行者玄奘⑤

天竺岁月

昌如 著

北京联合出版公司
Beijing United Publishing Co.,Ltd.

目录

CONTENTS

第01章

圣贤辈出的伽蓝

过了印度河，就真正进入到北天竺的地界。

其实乌铎迦汉荼依然属于犍陀罗的范围，在漫长的岁月里，它曾被来自遥远他乡的众多征服者统治，多种文明的洗礼使这里的佛教艺术激发出夺目的光芒。

弃舟登岸，重新踏在坚实的土地上，玄奘师徒都有一种说不出的畅快。他们牵马信步而行，只觉得空气中飘浮着一股浓郁的香气……

“这好像是郁金香的香气吧？”玄奘沉吟片刻说。

圆觉用力吸了几口，摇头道：“我们迦毕试国的郁金香可比这里的香多了！天气也比这里凉爽舒服。”

听了这话，玄奘不禁微微一笑，他知道这股熟悉的气味勾起了弟子的思乡之情。其实，他自己又何尝没有这思乡之念呢?

转过一道弯，果然看到一望无际的郁金香丛。这里的花都是野生的，那些黄色的、红色的花朵，都在风里飘摇。

“看来船工们没有说错，前面应该就是迦腻色迦僧伽蓝了。”行走在花丛中，玄奘有些神往地说道。

“还不知道那座伽蓝里现在有没有僧人了呢。”圆觉却显得有些鄙夷道，“还佛国呢，僧人居然还没我们迦毕拭多！”

玄奘道：“有没有僧人虽不知道，但总归会有佛的。”

他的目光越过那一眼望不到边的艳丽花丛，仿佛已经看到了曾经盛极一时的迦腻色迦僧伽蓝……

傍晚时分，师徒二人终于来到了这所著名的伽蓝。让他们备感欣慰的是，如今虽已是佛法式微，这里还有一些声闻乘行者在精进修行。

住持不在，伽蓝内也无知客之类的僧职，僧侣们各修各的，相互间既不干扰，也不沟通。两位游方僧的到来，并没有引起他们太多的注意。

玄奘也不去打扰这些道友的清修，径直带着弟子前往大殿礼佛。

途中，他们遇到一位很老的比丘，看上去有八九十岁了，身形枯瘦，玄奘忙合掌致敬。

“你们是来礼佛的，还是挂单的？”老僧随口问道。

“既礼佛，又挂单。”玄奘回答道。

“哦，这里房舍众多，你们喜欢哪一间，就随便住吧。”

“多谢大师！”

那老僧往前走出一段路后，又回过头，颇为怪异地看了玄奘一眼。

迦腻色迦寺[1]并未荒废，但显然已经失修多年，寺内院落中衰草密布，只是从那些高大的廊柱和精美的佛像上，仍可看出它昔日的辉煌和雄伟。

对玄奘来说，之所以要到这座著名的伽蓝参拜，倒不仅仅是因为这座寺院是迦腻色迦王所建，也不完全是因为此寺自兴建以来圣贤辈出。重要的是，印度佛教史上两位极具传奇色彩的人物——胁尊者和如意大师，都曾在这里居住过。

“师父，快来看，这是什么？”楼上突然传来圆觉的大叫声。

玄奘提起衣襟，拾级而上，却见圆觉正站在三楼一间半塌毁的禅房内，指着那沾满尘埃的墙壁给他看，那上面趴着一只巨大的蜘蛛，大得像只汤盘，毛茸茸的，甚是恐怖。

玄奘忍不住倒吸了一口凉气：“这里的什么东西都这么大！”

“这蜘蛛会不会有毒啊？”圆觉担心地问道。

“应该不会。”玄奘道，“我听说，有毒的蜘蛛个头并不大。”

说话间，那蜘蛛已经慢慢爬走了。玄奘正打算离开，突然瞥见墙壁上有一排排斑驳的铭文，不禁“咦”了一声。

圆觉也看到了，问道：“师父，这壁上刻的好像是字！可是……我怎么一个都不认识？”

“这是古佉卢文字。”玄奘伸手轻轻拂去墙上的尘土，小声说道，“这上面记载的是胁尊者的事迹。”

说起古佉卢文，玄奘也只是在西行的路上听说过一些。有一种说法，说这个世界上造字的圣人有三位：“一曰梵天，其书右行；一曰佉卢，其书左行；一曰仓颉，其书下行。”可见，佉卢文字是丝绸之路上一种很重要的文字了。[2]

后来认识了般若羯罗法师，得知这位北印度僧侣居然学过这种古老的文字，玄奘心生好奇，也便跟着学了一些。他天资聪颖，很快便掌握了一些拼读方法，但毕竟时间太短，因而对这种文字还不是太熟悉。

吃力地读了几行后，玄奘又仔细打量了一下这个塌毁了一半的房间，感慨地说道：“真想不到，我们现在所站的地方，便是当年胁尊者住过的房间。”

“真的吗，师父？”圆觉惊讶万分，“这上面都说了些什么？”

“这上面说，胁尊者名叫波栗湿缚，年轻时并非佛教徒，而是婆罗门教的大师。直到年近八十岁时，方才师从佛陀蜜多大师出家……”

玄奘继续往下看，从这些斑驳的字迹中，他大致了解了这位尊者的一些事迹，以及“胁尊者”这个名字的由来——

八十岁的婆罗门大师改变信仰，成为佛门僧侣，这在当时是件大事。很多人都觉得尊者是因为年纪大了想去寺院里混口饭吃，一些年轻人甚至直接讥笑他说：“愚蠢的老头啊，竟然浅陋到如此地步！出家修行之人有两件事情要做：一是习定，二是诵经。你已经这么老了，绝不可能会有什么进展，何苦到佛门里去混日子呢？”

面对人们的种种讥嘲，尊者当场立下誓言：“我若不通三藏真理，不断三界欲念，不得六神通，不具八解脱，终不以胁触席！”

尊者说到做到，从此，他日间研习理教，夜间静虑凝神，不眠不休地精进修炼，历三年而大成。因为这句别具一格的誓言，人们便尊他为“胁尊者”。

“原来是这样啊。”听了师父的介绍，圆觉对这位大师也是极为钦佩，连连点头赞叹。

玄奘看着铭文道：“这位胁尊者是马鸣菩萨的老师。当时的印度佛法正处在部派时期，各派之间的歧义和争论很厉害，尊者认为这对佛法的传播不利，便向国王提议发起结集，对十八部派的说法进行了统一的整理……”[3]

后面的字迹越来越模糊和难以辨认了，玄奘的手指从那些文字上慢慢拂过，一点一点吃力地往下读：“五百尊者先造出十万颂《邬波第铄论》释《素呾缆藏》；次造《毗奈毗婆沙论》释《毗奈耶藏》；再造十万颂《阿毗达摩毗婆沙论》释《阿毗达摩藏》。其中，《阿毗达摩毗婆沙论》又称《大毗婆沙论》，是‘说一切有部’最全面、最系统的理论总结。他们历时九个月，完成了佛教经典的第四次结集。”[4]

听到这里，圆觉更觉惊异：“既然已经有过三次结集了，为什么还要结集呢？”

“你不明白，正是这次结集最终改变了佛门内部部派纷争的局面，使沙门致力于修正和研讨佛法，同时也使得大乘佛法更加完善和统一。”

圆觉恍然大悟道：“怪不得师父要来这里拜佛挂单，原来这里便是大乘佛典的结集之地啊。”

此时天色将晚，玄奘正待寻找房间休息，却见先前那位老僧提着一把扫帚，颤颤巍巍地爬了上来。

见到这师徒二人，老僧略微有些意外地问：“你们怎么在这里？”

玄奘忙合掌施礼道：“我们在此瞻仰圣迹。这么晚了，长者还要打扫伽蓝吗？”

“不打扫，就朽坏了。”老僧边扫边说，“我老了，力不从心，管不了那么多，但至少要把世亲菩萨著《阿毗达摩俱舍论》时住过的房间弄干净吧。”

“世亲菩萨……”玄奘微微一怔，“这里不是胁尊者住过的禅房吗？”

说罢，忍不住又看向墙上的铭文，心说：难道我刚才全都读错了？不可能啊……

“我说的是那边。”老人伸手往东一指，“往那边走五十步有间旧房，就是世亲菩萨当年著《阿毗达摩俱舍论》的处所了。人们敬仰他，于是便将他住过的房屋封存，注上标记，所以现在还算完好。”

原来如此！想不到自己距离圣贤竟是如此之近。玄奘心中感怀，忙扶住老人道：“大师，今天就让我来吧。玄奘万里西行前来拜佛求法，如今圣迹就在眼前，理应虔诚洒扫。”

听了这话，老僧身子一抖，看着眼前的沙门，有些不敢相信地问道：“你就是玄奘法师？是从东土大唐来的？”

“正是。”玄奘说着，从老僧手里接过扫帚道，“能与圣贤同室，不知是哪一世修来的缘法。玄奘打算今天晚上就住在世亲菩萨住过的那个房间，让玄奘来洒扫吧。”

说罢，他转身吩咐弟子道：“圆觉，去取些水来。”

老僧呆呆地看了他一会儿，似乎想从这张与身边人都不相同的面孔上看出点儿什么来。然而，最终他什么都没说，合掌离去。

玄奘同弟子一起把世亲菩萨住过的房间打扫干净，连同书柜都仔细擦拭了一遍。

书柜的顶端有一叠厚厚的贝叶，玄奘想将其拿开，却没有拿动，原来这叠贝叶的底端木板已经与书柜粘在了一起。

这好像是一部书，不知在此存放了多久。玄奘顿时心生好奇之念，双手用力撼了几下，终于将其取了下来，小心翼翼地捧到灯光下才发现，这竟是一叠梵文本的《婆薮槃豆法师传》，不由得心头剧震！

“师父，这是一部书吗？是讲什么的？”圆觉凑过来问道。

“这是世亲菩萨的传记。”玄奘一面小心擦拭着书上的浮尘，一面解释道，“婆薮槃豆法师便是世亲菩萨，因此这部书又名《世亲传》，记载的是无著和世亲两位菩萨的故事。在我的故乡有这部书的汉译本，但没有这么厚，想不到今日竟能在这里见到原本。”

“这里是世亲菩萨住过的房间，自然有世亲菩萨的传记了。”圆觉笑道。

玄奘摇摇头，这个沙弥的逻辑实在有问题，不过他没有说什么，只是小心地将这部书放在床头……

当晚，玄奘带弟子做过晚课后，便捧读起了这部《婆薮槃豆法师传》。

圆觉见师父微蹙双眉，神情似乎有点儿恍惚，又好像是在努力思考着什么，不禁问道：“师父你怎么了？这上面都说了些什么？”

玄奘放下书，喟然叹道：“原来，如意论师当年就住在我们楼下。”

圆觉不禁有些惊奇：“师父不是说，这是一部关于无著菩萨和世亲菩萨的传记吗？怎么又会提到如意论师呢？”

玄奘解释道：“这位如意论师，便是世亲菩萨的老师。他自幼天资聪颖，卓有辩才，长大后游学四方，声望日隆。那部著名的《毗婆沙论》就是他撰写的，写作的地点就在我们楼下。”

圆觉听了，惊诧不已。

玄奘不禁又想起，当初在龟兹国的阿奢理儿寺中与国师木叉鞠多的那场辩经，当时他们就曾提到过这部《毗婆沙论》。想来木叉鞠多在印度游学的时候，也曾来过这里吧？

如意法师所处的时代正是“超日王”统治时期，这是一个好大喜功的国王。据说他为了体现自己的仁慈，每天都要从府库里取出五亿金钱用来周济穷人。[5]

大臣们对此非常担心，因为再这样下去，国家的用度就要匮乏了。掌管府库的官员多次劝阻，可国王非但不听，反而又追加了五亿金钱用于布施。这下，终于没人敢再劝阻他了。

除布施外，超日王还喜欢骑马游猎。有一回，他打猎时围住了一头野猪，却被那野猪逃了，不知去向。他心中懊恼，竟然悬赏一亿金钱让人提供这头野猪的消息。

大约是对国王的荒谬行为有些不满，如意论师采取了一种特殊的讽谏方式，他上街剃了个头，也给了剃头匠一亿金钱。

犍陀罗国的史官大概觉得把这两件事情记在一起会很有趣，于是便在史书上同时记录了下来。

超日王翻阅史书时看到了这两条记录，顿时勃然大怒！他想，我是个国王，寻找野猪赏钱一亿不过是偶尔一次，沙门的头却是经常要剃的。这不就等于说，你一介沙门比我堂堂国王还要富有，还要慷慨吗？真是岂有此理！

超日王满心邪火，便想找个机会狠狠地羞辱如意论师一番，以泄心头之恨。

然而如意论师毕竟是声名显赫的学者，超日王没办法用世俗的方法对付他，就想到了佛家辩论的方式。他召集了一百位学富德高的外道学者，向如意论师发起挑战。

这虽然很不公平，然而如意论师自恃才高，也不介意，想都不想便应战了。

辩论开始，超日王就宣布说："如今诸宗学说部派纷杂，使本王莫知适从，所以本王决定验证优劣，以便专心尊奉。今日请来的各派论师都是教中精英，如意论师则是沙门中的名流长者。今日这番辩论：如意论师若是获胜，本王自当崇敬佛法；若是论败，我就要屠戮沙门！"

听到这番杀气腾腾的话，如意论师这才明白，此番辩论原来竟是冲自己来的！遂收起轻敌之心，认真地与外道论师进行辩论。

如意论师毕竟不是虚有其名，他大发雄辩之威，竟将九十九名外道尽数驳倒，只剩下最后一人下席来与他争辩。

如意论师根本没有把这个人放在心上，依然按照自己的所思所想侃侃而谈，毫不停滞。那位外道论师根本插不上话，只好尴尬地坐在那里听。

眼看如意论师就要取得最终的胜利，超日王急得就像热锅上的蚂蚁。恰在此时，如意论师谈到了火和烟的问题，他先说了火，而后说了烟，与当时人们先谈烟后说火的说法有异。正处于沮丧之中的超日王，如同见到了一根救命稻草，便不顾身份地大声喊道："如意论师词义有误！应该是先有烟，后有火，这是常识！"

实际上，如意论师并没有错。别人说有烟必有火，是从结果反推原因；如意说有火才有烟，是从原因顺推结果，两种说法当然都成立。

但是，如意论师已经没有辩解的机会了，当他想为自己的立论做解释时，超日王和一百个挑战者都已经开始叫嚣起来，一时间，现场吵吵嚷嚷的，根本就没人去听如意论师在说什么。

如意论师当众受辱，气恨交加，竟然一口咬断了自己的舌头，随后拂袖而去！

回到寺院后，奄奄一息的论师给自己最得意的弟子世亲留下了一张字条，告诫他说："党援之众，无竞大义。群迷之中，无辩正论。"

意思就是说，以后在那些结成盟党的众人之间，不要争论重要的理论；在愚昧无知的群迷之中，也不要辩论真正的学说。

在如意论师看来，那些只会跟在国王身后起哄的人，根本就不是真正追求真理的人，自己又何苦与他们辩论而自取其辱呢？

看到这里，玄奘不禁掩卷长叹。

如意论师可能是印度学术辩论史上死得最冤的一位高僧了，其死因不过是超日王的嫉恨。看来，得罪国王还真是一件危险的事情。

辩论也很危险，至少失败了是件很危险的事。玄奘再次想到了木叉麹多，他始终记得，这位在印度游学二十年的国师，曾对他说过这样的话："在天竺，辩论是一件很残酷的事。一个人若能正确审议精微的议论，能评议精妙的理论，辩论时思路敏捷，就会被请去乘宝象，前呼后拥，随从如林；如果词锋被挫，脸上就会被人涂上红白黏土，身上撒上尘土，被排斥于旷野，丢弃于沟壑。"

对于这种说法，当时的他还不甚相信，总觉得所谓辩论，不过是为了明辨真理，怎么能拿性命做赌注？现在看来，木叉麹多显然没有说错，印度的部派辩论就是如此残酷。

如意论师带着遗憾去世了，而那个热衷于布施的国王，也终于无法持续他的善行，在随之而来的增税问题上，他的善行变成了一个可怜的微小泡沫。再后来，犍陀罗江山易主，王朝改姓，如意论师的弟子世亲向新王上表，提及当年往事。新王知道如意论师是个贤士，又欣赏世亲的高雅品格，于是召集先前曾与如意论师辩论过的外道，重新展开辩论。在这场辩论中，世亲复述了当年老师的宗旨，顺利击败对手，为老师正了名。

这部《世亲传》主要讲述的是世亲的故事，他与无著同为大乘瑜伽宗的创始人。

无著和世亲是亲兄弟，他们的父亲是犍陀罗国师，母亲名叫比邻持。夫妇二人共生了三个儿子，长子阿僧迦，便是无著，次子是世亲，三子因母得名，就叫比邻持子。

三兄弟最初都跟随父亲信奉婆罗门教，后来皆依部派佛教"说一切有部"出家，成为当时佛界有名的高僧大德。三兄弟中，老三比邻持子据说修成了阿罗汉果，终其一生信持"说一切有部"。

相比较而言，他的二哥世亲的学问和胆识比他大得多。同样是学习"说一切有部"，世亲不满足于现有的经论，竟然潜入罽宾国偷学《大毗婆沙论》，著成《阿毗达摩俱舍论》一书，成了"说一切有部"中学问最高的人。

这是一个有趣的故事，那时的"说一切有部"是诸多派别中势力较强的一家，传法的中心位于罽宾一带，且内部已形成诸多不同的学派，出现了一些理论之争。

为了调和内部的理论纷争，确定"说一切有部"思想的正统，派内学术水平最高的迦旃延尼子比丘，召集了五百罗汉僧云集罽宾，共同撰集"说一切有部"论藏。他们发下通知，凡本派信徒所听到的佛法，都要送交罗汉大会，以便集中讨论，定其真伪。这一活动得到信徒们的大力支持，收到的教法信件多到难以计数。据说，五百罗汉用了整整十二年的时间才全部讨论完毕。

这就是佛教史上的第四次结集，又称"说一切有部"结集。其结果是纂成一部长达百万颂的《大毗婆沙论》，“说一切有部”的教理正统由此树立起来。

当《大毗婆沙论》完成之际，迦旃延尼子刻石立碑，称：从今而后，凡学习此论者不准离开罽宾，论中的文句也不许传至罽宾国外，以防其他各宗破坏“说一切有部”正法。

迦旃延尼子将此事禀报罽宾国王，得到国王的赞许。于是他们以赤铜为鍱，镂写论文，封于石函之内，建塔藏于其中。

罽宾四面环山，俨然是一座天然城池，只有一门可供出入。于是，“说一切有部”的教法便被很方便地禁锢在了罽宾国内。

这样一直过了四百年，直到世亲横空出世。

世亲是个天才，从小便博闻强记，才华横溢，大有读尽天下圣贤书之势。

后来，他听说罽宾国境内有《大毗婆沙论》流传，为“说一切有部”的不传之秘，便打起偷学此论的主意来。

世亲假装成疯子，混迹于罽宾国诸比丘之间，只要有关于《大毗婆沙论》的讲座便去听讲。众人见他语言怪诞，行为乖张，状如疯狂，也都没有丝毫的怀疑。

十二年过去了，世亲听讲此论已达数遍，其精熟程度超出世间所有的人，俨然成了“说一切有部”的专家。

心愿既遂，于是世亲便离开罽宾，返回故土。

世亲开始登坛讲课，四方比丘如云而聚，纷至沓来。每讲完一日，便把当日所讲的内容编成一偈，刻之于铜板，挂在大象头上，令人四处宣扬。并传下话去，如有人能破其所讲之义，欢迎当众辩论。

就这样，世亲一连讲了六百多天，编成六百多偈，“说一切有部”的教义已全部包含其中，却无一人敢出面同他辩论。

世亲所编的六百多偈，便是佛教史上著名的《阿毗达摩俱舍论》的颂文。

当他讲座完毕，偈颂已成时，便以此偈颂与五十斤黄金一起送给罽宾国的“说一切有部”比丘，表明自己弘其所学的决心，并希望他们对自己的偷学行为表示谅解。

“说一切有部”比丘见事已至此，本派教法因此盛行于世也不是什么坏事，也就随他去了。

这就是世亲偷法的故事。

玄奘读后不禁掩卷沉思，当年“说一切有部”将自己的权威之作《大毗婆沙论》禁锢在迦湿弥罗，不许其他教派的人前来学习，想来也是怕自己的理论被别人熟悉后加以破斥。因此，世亲想要学习此派理论，便只好采取偷学的办法了。用十二年时间扮疯子，只为偷学一部经论，这份心志，比自己的舍身求法，犹有胜之。

虽然成了“说一切有部”的权威，然而世亲并未偏执此一家之言，他对其余各派教义也都非常熟悉，在解释“说一切有部”理论时，常常引用别派的观点以疏通此派的矛盾之处。因而，人们都称赞他能“妙解小乘”。

但世亲也有自己的偏见，他虽能公平看待十八部派，却对大乘佛教心存傲慢，经常在讲经说法时宣扬，大乘佛教非佛所说，是邪门歪道。以世亲的学识声誉，他的行为对大乘佛教的影响自然是极端不利的。

而此时，年长他三十岁的兄长无著正在犍陀罗设立讲堂，宣扬大乘佛法。

他看到了世亲的论著，也听到了很多有关世亲的传说，对这位兄弟的才干极为佩服，又对他不信大乘感到遗憾。他担心自己故后，兄弟很可能会造论毁谤大乘，那时大乘学子怕是无人能战胜他，因此他想在生前说服兄弟改宗大乘……

无著写了一封信，说自己年老体弱，很想念兄弟，希望能与兄弟见上一面。

世亲接到信后，立即日夜兼程地赶赴犍陀罗。当他来到这里时，无著正在一座古老的佛塔前开设讲筵，为大众说法。

世亲知道哥哥已经改宗大乘，他对此事一直感到不解。于是，他抱着求教的心态，站在后面细细倾听。

那一天，无著所讲的，正是《瑜伽师地论》。

但凡高僧，都对佛经有着过人的直觉。世亲谛听之下，立即明白了大乘佛教的圆融无碍，自己从前的所作所为，竟然全都错了。

于是，他日日出席讲堂，听兄长讲解大乘，遇有不明了的地方，晚上再向兄长请教。他本是个绝顶聪明之人，领悟日深，不待兄长讲完，已是大乘瑜伽宗的信徒了。

想起自己昔日所为，世亲深感罪孽深重，不能赦免。他想找到一个赎罪的办法，便对兄长说：“既然我的罪是由舌头所造的，我愿割去舌头来赎罪。”

无著阻止了他，对他说：“罪已造下，即使你割掉一千条舌头，也无济于事。你如果真心想要忏悔除罪，应当寻找更加有效的办法。你的罪既然由舌而生，自然也应该用舌去灭。舌头本身是无辜的，何必把它割掉呢？”

世亲听从了长兄的劝告，自此便一心一意地宣扬大乘佛法。他撰写大乘论著，解释大乘经典，吸引了成千上万的人投师门下，终将大乘佛教推向另一个高峰。

自世亲之后，印度佛教的学风为之大变，几乎成了瑜伽行派唯识学说独擅天下的局面，持续时间长达数百年之久，这恐怕是连无著都没有想到的事情。

读到这里，玄奘再次掩卷，感慨地说道：“世亲菩萨写《阿毗达摩俱舍论》的地方就在这间老屋里，而他的老师如意论师，则住在胁尊者的楼下，这难道仅仅是巧合吗？我们现在所在的迦腻色迦寺，曾经见证了印度历史上佛法最为昌盛的时代，也见证了一大批为了追求真理、不惜性命的动人故事……咦？圆觉，你在听吗？”

他回过头，却发觉身边没有了声音，原来圆觉已经酣然入睡。玄奘不禁摇了摇头，这才意识到，天已经很晚了。

他将灯台移到一个角落里，以便弟子好生安睡，自己则在烛光下彻夜读着世亲菩萨的传记，完全忘记了困倦和疲劳，直到东方发亮……

天色刚明，玄奘便提起扫帚，将整座伽蓝里里外外都打扫了一遍，又在大殿前的小径上撒上了鲜花。

远处，几位中年僧侣簇拥着一位老僧匆匆赶来。

“你就是昨天晚上来的挂单行者？”那老僧问道。

“正是。”玄奘放下扫帚，合掌问讯，“大师是……”

“我是这寺中的住持。”那老僧道，“前些日子去了布色羯逻伐底城，参拜阿育王时期建的窣堵波，昨夜方回。听他们说寺中来了个挂单行者，是从极遥远的摩诃至那来的，老僧还不大相信。如今见到法师，果然面貌清奇，与我国中之人大不相同。莫非你就是玄奘法师吗？”

“不敢，沙门正是玄奘。”

“果然是东土来的玄奘法师！”住持激动万分，“昨晚老衲不在，实在是太怠慢了！”

玄奘道：“长老不必客气。出家人云游四方，随处挂单，有个住处就行，何来怠慢之说？”

住持笑了：“法师果然与众不同。数月前，般若羯罗法师曾来我寺挂单，向老僧说起过法师，也是敬佩不已。”

“哦？”玄奘心中一喜，“般若羯罗法师，他现在在哪里？”

“在磔迦国当国师。”老僧道，“他对法师可是赞不绝口啊，说法师精通大小乘各部经典，乃人天之导师！”

“太过奖了。”玄奘道，“这不过是贤者见爱罢了。”

这时，圆觉也已醒来，玄奘为他们做了简单的介绍，住持长老热情地邀请他师徒二人共进早斋。

斋毕，老僧道：“玄奘法师既然来到迦腻色迦伽蓝，便是难得的缘法，不可空过，还请法师开示。”

对于宣扬佛法的请求，玄奘向来不会拒绝，因而就在迦腻色迦寺暂住下来，开讲经论。他的梵语虽有些奇特的口音，却不影响沟通，反而让寺中僧众感到新奇有趣。

这样一连讲了七天，便将一部经论粗粗讲完了。

[1]迦腻色迦寺便是今天的焦里安寺院，两千多年前，这里曾是一所著名的佛学院。遗址中的泥塑留存为塔克西拉地区之最。在焦里安遗址上，有一座为纪念玄奘法师而竖立的雕像。

[2]佉卢文字最早起源于古代犍陀罗，其出现时间大约和印度的婆罗米文字相近。但婆罗米文字在印度和东南亚的许多文字中派生，而佉卢文则没有什么后继文字，最后被婆罗米文字取代。然而，佉卢文使用时期正是佛教的部派发展时期，很多佛经都是用佉卢文记载的，并通过丝绸之路向中亚和中国西部流传。

[3]小乘十八部指的是：一说部、说出世部、鸡胤部、多闻部、说假部、制多山部、西山住部、北山住部、萨婆多部、雪山部、法上部、贤胄部、正量部、密林山部、化地部、法藏部、饮光部、经量部。其中上座部分出十部，大众部分出八部。

[4]《素呾缆藏》指的是经藏，《毗奈耶藏》指的是律藏，《阿毗达摩藏》指的是论藏。

[5]超日王的梵文名称是“毗讫罗摩阿迭多王”。

古印度以十千为一亿，所谓金钱也并非纯金，而是镀金的铜币。五亿金钱实际上就是五万铜币，相当于中国的五十贯钱，但仍然是一个很大的数字。

第02章

宋云的笔记

第八天清晨，玄奘师徒告别了迦腻色迦寺，向东北方向出发。渡过一条大河后，便抵达了布色羯逻伐底城[1]。

这是一个充满岁月感和人文气息的地方，法显大师当年也曾来过这里。城内人口稠密，民宅鳞次栉比。西门外有座天祠，神像威严，据说灵异不断。

城北四五里处有一间不起眼的旧佛寺，竟是法救论师著《阿毗达摩论》的地方，还真是“山不在高，有仙则名”啊！然而，当玄奘怀着崇敬的心情到达此地时，却发现这里庙宇荒芜、僧侣稀少，只有零星几个宗奉声闻乘佛法的。

佛寺的旁边有一座塔，高约三百尺，为阿育王建造，塔身上雕刻着大量的纹饰。玄奘走上前，仔细观察后才知道，很多世以前，就是在这里，佛陀曾为国王，修菩萨行，为满足众生需要，不断布施。他在该国为王一千世，生生世世牺牲自己，成就众生。

师徒二人继续赶路，先去了跋虏沙城，在伊湿伐逻[2]论师撰写《阿毗达摩明灯论》的佛寺中挂单歇息。接着，又往东北方向走了二十多里，抵达弹多落迦山，参观了古仙人居住的石屋。后继续向东北行走五十多里，抵达崇山。崇山上有青石镌刻的湿婆妻子的雕像，当地人称其为毗摩天女，很多人在此祈祷祝愿。

“这可是真正的神像！”一位老妇人对远道而来的师徒俩说，“这不是人力塑造的，是天然生成的，非常灵异！各国的求福许愿者，无论贵贱，都聚集在这里向天女许愿，所祈求者大多能够实现。”

“这还不算什么。”另一个老妇人说道，“如果有人想见天神相貌，只要极端虔诚，专致一心，绝食七天，便有可能看见。”

这话一说，令圆觉备感惊奇，立即对玄奘道：“师父，弟子长这么大，还没见过天神呢！听说湿婆大神的妻子是雪山女神突伽天，生得美艳异常。咱们要不要试试？反正这法子听起来也不难啊……”

玄奘哑然失笑道：“你这孩子，当初让你去看佛影你不去，多好的机缘都错过了，如今却要看什么天神！我又没病，可不想在这里绝食七天。何况咱们不是婆罗门教徒，也达不到极端虔诚的地步，即使绝食七天，也是见不到的。”

圆觉想想也是，只能无奈地叹口气，跟随师父下山。

山下就是大自在天湿婆的祠庙，许多涂灰道人在那里祭祀礼拜，甚是虔敬。

从这里往东南方向行走一百五十里，抵达乌铎迦汉荼城，这是印度河畔的一座商业城市，城中居民富足安乐，喜欢蓄藏奇珍异宝，来自各地的奇宝珍物，大多汇聚于此。

对玄奘来说，这样一座城市显然没什么好看的，因而只歇了一个晚上，就又匆匆上路了。

天气越来越炎热，路上的行人也越来越少。由于没有雇用向导和手力，行李马匹全靠师徒二人照料，因而这段路走得甚是辛苦。

这天日刚过午，圆觉就累得不想再走了。他问玄奘：“师父，咱们下一段去哪里啊？”

玄奘道：“你累了吗？等到了婆罗睹逻邑，咱们就停下来歇息几日。”

“婆罗睹逻邑，那是什么地方啊？”

“是《声明论》的作者波你尼的故乡。”玄奘道。

圆觉大为震惊，作为一个迦毕拭人，他当然听说过《声明论》。它是世界上最古老的一部关于语言文字音声的文法典籍，全书共有千颂，每颂三十二字，共计八章文字，对梵文做了极其详尽的总结，去除了繁复琐碎之处，彻底探索了古今的文字语言。因而这部书又被称为《八章书》。

从这个角度讲，波你尼算得上是印度历史上最伟大的语言学家和语法学家了，堪称梵文文法的奠基人。

在很多人的眼里，大神梵天创立的梵文体系是如此复杂，波你尼能够熟练驾驭这种文法，已经与仙人无异。据说此人生而知之，博通物理，因而人们又称其为“波你尼仙”。

《八章书》写成后，波你尼仙将其封缄，呈送给国王。国王十分看重，立即传令全国，普遍教授学习。并且推行了奖励机制，有持诵通利者赏钱千金！

此令一出，五印度的贵族子弟都要学习《声明论》，教学之风盛行于世。一时间出现了很多学富才高、博闻强记之人。

“我猜想，这个波你尼仙一定是个非常聪明的人！”圆觉充满敬佩地说道，“小时候，我跟着父亲学习声明学，就觉得又累又麻烦。他写这部书，不知道费了多大的精力！”

玄奘笑道：“何必妄自菲薄？说不定你就是个格外有慧根之人呢。”

“为什么？”圆觉奇怪地问道。

玄奘道：“给你讲个故事吧，就是关于大阿罗汉度化波你尼仙的故事。”

在佛陀圆寂后五百年左右，有一位大阿罗汉从迦湿弥罗国云游至此，看到一个婆罗门正在粗暴地教训一个七八岁的稚童。罗汉看不下去，就问婆罗门：“这是你的孩子吗？你为什么要这样对待他？”

婆罗门说：“这当然是我的孩子，他不肯好好用功学习《声明论》，我就要教训他！”

听了这话，罗汉不禁哈哈大笑起来，也不劝解，就在一旁看着。

见此情形，婆罗门心里很不高兴，责备道：“你这沙门，看我打小孩很好玩是吗？不劝解也就罢了，为什么还在一边笑？”

罗汉摇头说：“我是不好意思说，怕你难为情呀。”

婆罗门更加奇怪了，一定要罗汉说出个所以然来。

于是罗汉问道：“你听说过波尼你仙吗？”

婆罗门说：“当然！这里就是波尼你仙的故乡，大家仰慕他的功德，还为他设像纪念。我怎么可能不知道他？”

罗汉正色说：“我告诉你，你的这个孩子就是波尼你仙转世。他拥有远超常人的智慧，却不究真理，不去研习世俗典籍，徒然荒废了精神和智慧，所以才在生死轮回中流转不休。因为他整理了梵文语法，积有善德，今生才能转世为人，成为你的爱子。但是这有什么用呢？他出不了轮回，今生还得从头学习声明，受你的打骂。”

接着，他对目瞪口呆的婆罗门说：“我看哪，你就别再让他折腾这些世俗的学问了。最近迦腻色迦王与胁尊者召集五百圣贤，在迦湿弥罗国作《毗婆沙论》，我也是其中之一。这孩子天生具有不凡之智，不如让他去迦湿弥罗学习佛法。”

说完这话，罗汉就显示神通，刹那间在婆罗门面前消失得无影无踪。

婆罗门受到启悟，便将此事详细地告诉邻里，听任儿子出家修行。后来他的儿子成了一位著名的论师，同乡之人也多被感化，开始崇奉佛法。从此，娑罗睹罗邑城中佛法大兴。

听完这个故事，圆觉不禁笑道：“我跟那个小孩儿不同，我可不是什么圣贤转世，也没那么聪明的脑袋，我只盼着好好修行，将来能够证得阿罗汉果，脱去这身臭皮囊！”

玄奘道：“这个志向可不一般，波你尼仙也未必能及。只是，你为何不喜欢这身臭皮囊？”

“因为我觉得好累，这身臭皮囊让我很不舒服。”圆觉说着，突然用手指着远方道，“师父你看！前面有座伽蓝，咱们投宿去吧。”

伽蓝的住持是一位白须白发的老沙门，一看到玄奘就两眼放光，激动地问道：“你是汉地来的玄奘法师？”

“正是。”玄奘立即下马，合掌致敬，“游方僧玄奘，偕弟子圆觉来此投宿。有扰长者，心甚不安。不知长老如何知道沙门的名字？”

住持道：“老僧是迦湿弥罗国人，前些日子，有故国的僧人在此挂单，向老僧说起法师，连连赞叹。还说国王正派僧徒沿路打探消息，预备迎接呢。此为甚深稀有之事，是以老僧知道法师之名。”

“原来如此。”玄奘合掌道，“沙门此行也是要去往迦湿弥罗的，多谢长老招待！”

晚课过后，玄奘同住持讨论佛法，一直聊到深夜。却听住持说道：“老僧有一样东西想给法师看，法师请随我来。”

说罢，他匆匆向前，将玄奘领进一间禅室，从经架上翻出了一叠发黄的贝叶书卷。

玄奘满腹狐疑地接过书卷，一眼便看出这是个很有些年头的抄本，里面的梵文写法相当正规，还有个别古例。

令他备感惊讶的是，书中居然还夹杂着一些汉字！

他立即翻到最前面，发现此书名为《魏国以西十一国事》，著书者竟是宋云！

玄奘不禁低呼道：“请问长老，这书卷是从哪里来的？”

“是著书者放在本寺的。”住持答道，“大概有一百年了吧。老僧只知，著书者是从东土汉地来的。”

“正是。”玄奘点头道，“他是我的同乡。”

玄奘所说的“同乡”，并非单指他们同为中原汉人，实是因为宋云也是东都洛阳人，他们是真正意义上的同乡。

早在取经之前，玄奘就听说过宋云的名字——他是北魏孝明帝时期掌管佛教的官员，当时被称为“僧统”，也是西行求法的前辈。

据《北史·西域传》记载，北魏神龟元年（公元518年），宋云与崇立寺沙门慧生、法力等人奉北魏胡太后之命出使西域，访求佛经。

由于是国家派遣，一行人携带了大量礼品，从洛阳出发，入吐谷浑，经鄯善、左末、媲摩、于阗等地入钵和国，至厌哒国境。于神龟二年抵达乌仗那国[3]。

此后，他们用了两年时间在北天竺一带广礼佛迹，访问了犍陀罗等地。于正光三年（公元522年），携大乘经论一百七十部，循原路返回洛阳。

这段旅程最为传奇的是，宋云回国途经葱岭的时候，竟意外地遇见了达摩祖师。只见这位老僧一手拄着锡杖，一手拎着鞋子，赤着双脚，由东往西翩翩而来。

宋云急忙停步问道："大师往何处去？"

达摩回答道："我在东土尘缘已了，现在要回西天去了。"

宋云回到京城后才知道，达摩已于两年前在禹门圆寂，葬于熊耳山，造塔定林寺。据说为查明此事的真假，孝静帝命人打开了达摩的坟墓，只见棺材内人影皆无，只余一只僧鞋。

这便是达摩祖师只履西归的故事。

玄奘去过少林寺，在碑廊内还见到过一块达摩只履西归圆碑，上边刻有四句话：

"达摩入灭太和年，熊耳山中塔庙全。不是宋云葱岭见，谁知只履去西天。"[4]

据说，宋云等人撰有记述此行的文字，可惜已全部遗散。幸好有宋云同时代的杨炫之所撰的《洛阳伽蓝记》[5]，综合收录了宋云等人的记述，因为此书是以宋云为主线，后人便将这部分文字称为《宋云行纪》。

北印度乌仗那国的一位老僧，竟然藏有一部中国官员百年前的笔记，这是玄奘万万没有想到的。

"长老，这部书卷可以借弟子看上一晚吗？"玄奘恳求道，"弟子想将它抄录下来。"

"当然可以。"长老道，"这是法师故乡之人的笔记，法师尽管拿去抄录，只要在离开前还给我就行了。"

"多谢长老！那我们师徒就在这里多打扰几日。"

玄奘用了一个晚上的时间，抄录宋云的书卷。

从这些书卷中得知，宋云与慧生等人最远就行至乌仗那国。一路上，他们向当地人传播了汉文化，也展示了北魏统治者对佛法的崇信。在至那仆底国，他们还撒下了梨、桃等果木的种子……

"原来至那仆底国的梨桃等物是由这几位前辈带来的，我还以为是那个西域王子呢。"放下笔，玄奘不禁喃喃自语。

在乌仗那国，宋云等人呈奉了北魏皇帝的诏书，进献礼品，说明来意。乌仗那国国王以高规格接见了他们，并派僧人陪同他们游历了周边的佛迹，参拜了附近的佛寺。

宋云、惠生等人还在该国的如来投身饿虎处建造了一座浮屠，并刻石铭颂北魏功德。又向该国国王介绍了中国的周孔庄老之道，描述了北魏京城洛阳的繁华、佛寺的鼎盛。国王听后仰慕不已，认为北魏就是佛国，甚至发出了“我当命终，愿生彼国”的感叹。

离开婆罗睹逻邑，玄奘同弟子一路往东北方向而行，先是沿着苏波河而上，一直走到河流的源头。

此时虽已是夏季，但苏波河源头的山上积雪未消，到了晚上，雪花飘舞，寒气逼人。

师徒二人穿越山谷来到印度河上游，一路上谷深涧陡，野兽出没，绝少人烟。崖壁上全是悬空架设的栈道，晃晃悠悠的，绵延数十里长。栈道下的木橛一个接一个，插在劈开的岩石缝隙里。

玄奘师徒手扶崖壁，小心谨慎地走在这些木条铺设的栈道上，夜间便就地坐下来歇息，相互靠在一起，以抵御从北部雪山上吹来的寒风。就这样行了两百多里，总算出了山谷，又看到一处盛开着郁金香的平坦所在。

“终于又回到世间了。”圆觉长出了一口气，心有余悸地说道。

当晚，玄奘师徒在一所花木繁盛的大伽蓝中挂单，得知此时已经进入乌仗那国之境，这片山谷名叫达丽罗川，由于盛产黄金，一向为周边各国所争夺，现归乌仗那国管辖。

歇息一宿后，师徒二人继续东行，一路上只见山川谷泽纵横交错，林木葱郁花果茂盛，这乌仗那国倒真是个风调雨顺、寒暑和畅的好地方。

在一处绝少人迹的山谷里，玄奘意外地遇到了四位瑜伽隐士，他们之中有婆罗门种姓的，也有低种姓的，全都捏着手印，闭目跏趺而坐，显然正处于禅定之中。

玄奘不敢打扰，只深深一拜，便牵着马小心翼翼地绕行过去。

“他们是在入定吗？”绕过一个山头，圆觉还时不时地回头去看，“我看他们衣衫不整的，身周全是野草，想是入定很久了。”

“他们都是精于真言的瑜伽行者。”玄奘回答道，“还记得达丽罗川的僧伽蓝吗？那里的常住曾跟我说过，乌仗那国的僧侣们多数崇信大乘佛法，其中一些人擅长禁咒之术，还有一些人偏重于禅定，就像这些瑜伽行者一样。”

圆觉好奇地往后看了看，喃喃自语道：“不知我哥哥是否也在修这种枯禅？”

“这不是枯禅。”玄奘道，“你莫要小看了这种修行方式，佛陀十大弟子中，头陀第一的摩诃迦叶尊者就修过这种禅，很可能他现在还在鸡足山上入定，等待弥勒菩萨的降世。便是现在，能够到达禅定三昧的也绝非等闲之人，他们之中有的已证四果。如果你哥哥也修这个，你该祝福他才是。”

“可我知道大乘佛法是要普度众生的。”圆觉小声说道，“像他们这样总是处在禅定之中，如何度众生呢？”

玄奘道：“要度人，先须自度吧？等到他们修持成就之后，便会以种种方便出现于世，救度无边众生了。”

“噢。”圆觉虽说已经明白，但心中还是不希望哥哥修这个法门。

穿过郁金香丛生的山野，行不多久，国都瞢揭厘城便遥遥在望，这同样是一座濒临大河的城市。

“苏婆伐窣堵河[6]！”圆觉指着国都旁边那条白亮的大河叫了起来，“以前在迦毕试国的时候，常听一些游方僧人说起过这条河。据他们说，沿王城往东北方向走二十拘卢舍进入大山，就是有名的阿波逻罗龙泉，那里有佛陀降伏阿波逻罗龙王的传说。”

“又是龙王？”玄奘不禁好奇道，“怎么哪里都有龙王？”

圆觉道：“从迦毕试国到印度，凡是有水的地方就有龙王。”

师徒二人聊着天，不知不觉间，已经行到了瞢揭厘城的城门前。

一队人马从城中驰出，簇拥着两头身披彩毡的大象，一个身着锦衣、面貌威严的中年人，坐在其中一头大象的背上，两旁军队前呼后拥，看气势赫然正是国王！

队伍走到距玄奘十余步远的地方停了下来，象奴吆喝着让两头大象都跪了下来。那国王在随从的帮助下走下龙座，径直来到玄奘的面前。

“这位便是摩诃至那国的玄奘法师吗？”国王单手放置胸前，行了一礼道，“弟子一向敬信三宝，以大乘佛法教化万民。听闻东方有圣贤到来，特出城相迎，请大师到王宫内接受供养。”

“阿弥陀佛！”玄奘合掌道，“大王不必多礼。”

国王伸手做了个“请”的手势，将玄奘引到另一头大象面前，象奴跪伏在他的面前，用身体充当他登象的阶梯。

玄奘以前从未骑过大象，此刻见这庞然大物就在眼前，不禁也觉好奇。那大象背上有一把亭椅，玄奘坐在上面，稳稳当当的，只觉得比骑马骑骆驼要平稳舒适得多了。

国王也上了象背，象奴一声吆喝，大象起立，整支队伍簇拥着国王和圣僧进入城中。

两头大象并排行走在瞢揭厘城的主街道上，象背上的玄奘心情甚是愉悦。进入北印度以来，他终于看到了一座比较像样的城市，目光所及之处，城内的豪华建筑以及数不清的寺院佛塔尽收眼底。

听说国王接来一位远方的高僧，城中百姓莫不好奇，纷纷扶老携幼，赶来瞻仰，以至于一度堵塞道路。

玄奘十分感动，坐在大象背上向热情的人群合十行礼，以示答谢。

终于进入王宫之中，国王命人准备丰盛宴席款待远来的高僧。

席间，国王颇为自得地问道："法师看我这乌仗那国如何？"

玄奘赞叹道："景色壮阔，花果遍地，寒暑和畅，人民丰足。玄奘自进入北印度以来，所见诸多城邦，这里是最繁华富裕的了，足见大王的德才。"

国王哈哈大笑道："法师夸奖了，这都是佛陀的加持啊，所以我国的佛法也极为昌隆。"

佛法昌隆吗？玄奘倒觉得不见得。

应该说，这里曾经佛法昌隆——鼎盛时期，苏婆伐窣堵河两岸光佛寺就有一千四百多所，僧侣一万八千多人，作为都城的瞢揭厘，更是处处显示出佛的光辉。

可惜现在没那么多了，多数伽蓝都已经荒废、萧条，僧徒数量还有上千，比犍陀罗国当然是强多了。但是这些僧人也只是喜欢诵读经文，却不深究含义。

既然提到国家之事，出于好奇，国王又问起玄奘的故乡。

玄奘向国王简单介绍了大唐的文化和信仰，特别提到佛法在东土方兴未艾的景象，国王不由得心生景仰道："想不到东土竟是这样一个好地方，本王欲派使臣前去修好，怎奈路途遥远，中间又隔着大雪山，怕是难以到达啊。"

玄奘笑道："沙门便是东土之人，不也翻越大雪山到达这里了吗？"

国王道："法师是蒙佛护佑的圣贤，我等凡夫哪里能比？又或许从东土到这里容易些，从这里到东土更难，也未可知。"

玄奘摇头道："大王有所不知，其实乌仗那国与我国渊源甚深，从这里去往汉地的人，比从汉地来这里的人还要多些。"

"还有此事？"国王有些不信地说道，"本王怎么从未听到过类似的传说呢？"

玄奘道："纸上的记载要比传说保存得更长久，我们汉地就有很多这方面的记载。早在数百年前的芨多王朝，就有乌仗那国的高僧昙摩罗，携带佛陀的真身舍利和经卷到汉地传法。"

"昙摩罗……"国王喃喃自语着，他确实从未听到过此人的名字。

玄奘并不觉得国王的反应有什么奇怪的，印度的高僧大都怀有一种理想主义的情怀，僧侣们携带经本四处传教，并不需要经过国王的准许。再加上印度很多国家都无史官，历史故事靠口口相传来维系，是名副其实的"传着说"，像这种出外传法之事，相隔百年，自然是无人知晓的了。

国王叹道："笈多王朝的事情，本王确实所知不多。法师能给我讲讲吗？"

"当然可以。"玄奘道，"昙摩罗尊者到达东土时，那里正处于南北朝的战乱时期。尊者智慧过人，到达中原后，他很快就通晓了汉语，并在都城洛阳依照乌仗那的风格兴建了一座法云寺，京都的僧俗都到他那里，请他传授佛法。"

国王很是惊讶："想不到乌仗那国还有过这样的人物。这位昙摩罗尊者，想必是唯一翻越大雪山进入汉地的乌仗那人了吧？"

"并非如此。北齐时，还有一位那连耶舍大师，也是从乌仗那国翻越大葱岭进入中原，受到文宣帝的礼遇。北周武帝灭佛时，耶舍大师隐于山野潜心修行，隋朝立国后，又被文帝迎请出山。大师一生共译出十三部七十多卷经书，玄奘幼时还曾读过他翻译的经书。"

听了这话，国王越发感到意外，忍不住问道："依法师之言，乌仗那国一直都有高僧去东土传法，本王竟然丝毫不知。只是这大雪山终归是一道天险，如何阻挡不住沙门？"

玄奘道："大雪山确实不易通过。另外，雪山以北还有沙漠，同样是死亡之地。但无论是雪山，还是沙漠，都有商道可以通行。玄奘一路之上遇到过很多商队，他们常年行走在那条道路上，来来往往，已经非常熟悉。大王，玄奘只是一介沙门，缺乏同伴和向导，又因私渡出国，途中绕了许多冤枉路，尚且可以来到这里。若是国王派遣，成群结队，选对路径，备好食水，则走起来应该更有把握。"

"原来如此。"国王松了一口气，"法师所言甚合我意，本王这就修书遣使，前去拜谒大唐皇帝，以修两国之好。"

"阿弥陀佛。"玄奘合掌道，"大王此举功德无量。设若大王遣使前去，大唐皇帝定会以礼相待。"[7]

在瞢揭厘城做了短暂停留后，玄奘便开始参礼附近的佛迹。

他先去了圆觉提到的阿波逻罗龙泉，原来这里便是苏婆伐窣堵河的源头，河水从此流向西南的山谷，波涛飞腾如雪，在阳光下映出五色彩虹。

顺河而下三十多里，果然看到一块平整的大石，仿佛人工制成的卧榻，这便是如来洗衣石。石上的袈裟纹理清晰可辨，犹如雕刻出来的一般。

南行四五十里，来到位于大山之中的摩诃伐那伽蓝，著名的萨缚达王的本生故事就发生在这里。

圆觉自进入寺中，就开始到处张望，希望能从这里的僧侣中发现那个熟悉的身影。

寺中常住看出了圆觉的反常，开口问道："这位小师父可是要找人吗？"

圆觉脸一红，正不知该如何答话，却听师父替他说道："这是沙门的弟子圆觉，来自迦毕试国。今日到此，除礼佛求法外，还为寻找他多年未见的兄长。"

"迦毕试国人？"那常住仔细打量了圆觉几眼，"你那兄长，法号可是叫婆苏蜜多罗？"

圆觉大喜道："正是，正是！他就在这座伽蓝里？"

"他在西北山下的摩愉伽蓝里修行。"常住道，"离这里有三四个拘卢舍的样子吧。山侧有一座白色的窣堵波，有一百多人高，婆苏蜜多罗论师就在那里。"

"多谢大师！"圆觉欣喜拜谢。

师徒二人立即来到摩愉伽蓝，果然看到一座高大的白色窣堵波。玄奘携弟子右绕七匝后，这才入塔参拜，却见一位中年僧侣正在佛前闭目打坐。

圆觉一眼便认出，这正是自己离乡多年的兄长，他心中激动万分，忙快走几步上前跪下，亲吻兄长的双足。

"原来是你啊。"婆苏蜜多罗睁开双眼，语气平淡地说道，"时间果然在飞快地流逝，你已经长成大人了。"

"是的！"圆觉双手合十，激动地说道，"我跟随我的师父去中印度学法，心中一直盼着能在途中与兄长一见。"

婆苏蜜多罗微微一笑，目光落在玄奘的身上："这位便是东土来的法师吗？"

"阿弥陀佛！"玄奘合掌打了个问讯。

婆苏蜜多罗起身还礼道："想不到我的兄弟能够依止大唐法师修行，这是他累世所结的善缘。"

"大师过奖了！圆觉夙植善根，今生能与玄奘有师徒之分，也是玄奘的善缘。"

几句话一说，大家便都熟悉起来，也便不再客套。婆苏蜜多罗尽了主人之谊，带玄奘瞻礼了附近的圣迹。

考虑到圆觉与兄长难得相见，玄奘不忍立即就走，于是就在这个窣堵波中多住了几日。每日除了诵经坐禅，便是阅读这一路抄录来的圣贤故事和宋云的书稿。

然而，他此行的目的毕竟是求法。到了第七天晚课后，玄奘便对弟子说道："我们在此逗留的时间已经不短，明日我打算继续上路，到迦湿弥罗去。你有什么想法？是随我上路呢，还是留在这里依止兄长？"

圆觉赶紧说道："弟子自然跟随师父。"

于是，当晚玄奘师徒便向婆苏蜜多罗辞行。

婆苏蜜多罗道："最近我正要前往呾叉始罗国参拜各个佛塔圣迹，法师要去迦湿弥罗，正好可以同行一段，不知意下如何？”

玄奘尚未说话，圆觉就兴奋地大喊道：“那太好啦！”

话音刚落，突然意识到自己有些失态，赶紧捂住了口。

玄奘微微一笑道：“呾叉始罗，好像是迦湿弥罗的属国？”

“正是。”婆苏蜜多罗道，“那里原本也有国王，但是后来各派酋首豪族争权夺利，王族被屠杀殆尽，不复存在。此国曾一度役属于迦毕试国管辖，近年来才归了迦湿弥罗。国内有不少阿育王时期建造的佛塔，每座佛塔都有圣迹和故事。”

“既如此，玄奘求之不得。”

于是，师徒二人先去瞢揭厘城向国王辞行，接着便同婆苏蜜多罗一起上路，去往呾叉始罗国[8]。

---

[1]布色羯逻伐底城，略称弗迦罗城，为古印度犍驮罗国的旧都城，位于今天巴基斯坦白夏瓦市东北，一度非常富饶繁华。公元前四世纪，亚历山大东征之际，该城为将军雅斯提士掠取。

[2]伊湿伐逻，汉译“自在”。

[3]乌仗那国位于印度河上游，相当于今天的巴基斯坦斯瓦特邦地区曼克尔城。

[4]此碑现在还存于少林寺中。

[5]《洛阳伽蓝记》，为中国古代佛教史籍。北魏迁都邺城十余年后，抚军司马杨炫之重游洛阳，追记劫前城郊佛寺之盛，概括历史变迁而写的一部集历史、地理、佛教及文学于一体的历史和人物故事类笔记。后世将《洛阳伽蓝记》、郦道元的《水经注》和颜之推的《颜氏家训》并称为中国北朝时期的三部杰作。

[6]苏婆伐窣堵河，即今印度河上游之支流斯瓦特河。

[7]贞观十六年（公元642年），乌仗那国诃斯王的使者到达长安，向唐太宗呈上国书，献上龙脑香等贡物。

[8]呾叉始罗国，希腊语谓之Taxila。汉译又有德叉始罗、竺刹尸罗、石室国等名。其范围横跨巴基斯坦旁遮普省与西北边境地区。自古以学问、技艺发达而闻名，与西邻的犍陀罗同属佛教美术盛行地区。

第03章

为什么要记这个

三个僧侣从曹揭厘城南门出城，一路往西南方向行走了二百余里，眼前出现了一座巨大的石门。这里的地面呈绛红色，生长着一种红色的草，就连周围树木的叶子也多为红色，且颜色黯淡无光，使人顿生凄怆之感。

“这是什么树？”玄奘来到一棵树前问道，“看这枝叶的形状倒有点像娑罗树[1]，只是，为何叶子却是红色的？”

“这就是娑罗树。”婆苏蜜多罗答道，“这地上的草便是吉祥草，与别处的原无不同。法师看到它们呈红色，是因为这里便是当年摩诃萨埵王子舍身饲虎的地方。”

玄奘“哦”了一声，“摩诃萨埵王子舍身饲虎”可是佛本生故事中非常出名的一个典故，想不到竟发生在这里！

两日后，三人来到呾叉始罗国的都城。这里土地肥沃，庄稼殷盛，花果繁茂，倒是个风景宜人的好地方。

“我们到竺刹尸罗城了。”婆苏蜜多罗道。

玄奘心中一喜，脱口而出：“便是法显大师来过的地方吗？”

“法显是何人？”婆苏蜜多罗奇怪地问道，又看了看弟弟，圆觉也是满脸困惑。

玄奘向他兄弟二人解释道：“法显是两百年前汉地的一位高僧，曾以花甲之龄西行，来印度求法习律，九死不悔，实为玄奘平生最敬佩的前辈。”

圆觉恍然大悟道：“原来师父并不是第一个从汉地来印度求法的！只是师父怎知那位法显大师曾经来过这里？”

“是大师的著作告诉我的。”玄奘道，“大师回国后，除翻译带回的律宗典籍，还著有《佛国记》一书，讲述了他所到过的国家和城市，其中就包括竺刹尸罗。”

“他是个修行人，为什么要花时间去记这个？”婆苏蜜多罗不解地问道。

玄奘道：“记下自己看到和听到的东西，可以让后世的人们都从中获益。比如我读了大师的这部著作，就明白了‘竺刹尸罗’这个城名的由来。《佛国记》云：‘竺刹尸罗者，汉言截头也。’说的是当年佛陀行菩萨道时，曾以一千颗人头布施于此，此地因此而得名。”

说罢，他指着不远处的那座城池道：“依照大师的记载，竺刹尸罗城中应该有阿育王建造的浮屠，传说夜里常常放着神光。”

婆苏蜜多罗点头道：“法师说得没错。竺刹尸罗有两座窣堵波，都是阿育王所建。你所说的夜里常放神光的那一座就在城门不远处。”

三人牵马进入城内，行不多远，果然看到一座白色的浮屠。圆觉不禁由衷地钦佩道：“那位法显大师的记载还真是准确！师父第一次来这里，对这座城市居然比本地人还要熟悉，看来你们中原人把自己知道的事情记在贝多罗叶上，果然有用。”

玄奘微微一笑道：“你终于明白有用了。不过，我们不是记在贝多罗叶上，是记在纸上。”

“纸是什么？”圆觉问。

玄奘解释道：“是一种很薄很平整的东西，可以在上面写字。”

圆觉想了想，依然想象不出那是个什么东西：“又薄又平整，不就是贝多罗叶吗？”

玄奘无奈地摇了摇头说：“我们的纸，不是在树上长出来的，是人工造出来的。”

“哦。”圆觉似乎有点明白了，但还是无法理解，“要写字，贝多罗树叶到处都是，采来用便是了，何必费劲儿去造？”

你以为哪里都有贝多罗树吗？玄奘觉得好笑，正欲解释，婆苏蜜多罗却又将话题拉了回来：“依靠贝多罗叶，永远不可能让知识进入头脑中，也永远不会转化成真正的智慧。”

这句话玄奘倒是同意：“大师说得是，知识自然是要记在脑子里的，若是不能将其转化成智慧，写多少遍都没有用。之所以要记在纸上或贝多罗叶上，不仅仅是为自己，更是为了让当世乃至后世更多的人获益。”

“修行人连管好自己都吃力，还妄想着去管什么后世之人，也未免太狂了吧？”婆苏蜜多罗冷冷地说道，“后世的人自有获得知识的途径。”

玄奘奇道：“后世人获得知识的途径之一，难道不是看前人留给他们的文字吗？否则圣贤为何要创造文字？”

婆苏蜜多罗摇头道：“我也不知圣贤为何要创造文字，只知道当年佛陀携众比丘在五印大地上行走，沿途传播正教，那时的佛法是何等辉煌！僧团律仪齐整，受人尊敬，证果的阿罗汉层出不穷。可惜佛灭度后，摩诃迦叶尊者被魔王迷惑，组织众比丘结集经典，以为可以泽及后世。却未曾想到，自打经典被结集后，佛陀的遗法就被那些自以为是的人改得乱七八糟，各部派为此纷争不休，僧团也不再清净。”

玄奘愣了一下，他没想到这婆苏蜜多罗竟是这样一种观念。想当年，那些印度、西域的高僧，万里迢迢去中原汉地传播佛法，翻译经论，让生活在别处的众生也有机会得闻佛法，难不成这种做法竟是错误的了？如今自己万里迢迢来到佛国，就是为了取经学法，如果没有真经，那自己到这里来做什么呢？

“如果不结集经典，圣贤们离世之后，正法如何久住？”他忍不住问道。

“圣贤们自有弟子，如同开枝散叶一般，生生不息，如何不能久住？”

“拜师固然重要，可若是为师者的说法不一，又该信受谁的呢？”

听了这话，婆苏蜜多罗很不高兴地问道：“法师还要依止几个师父？”

玄奘想起当年阿难尊者的故事，觉得现在的自己同当年的阿难一样无奈：“若只依止一位师父，像这样口口相传，学到了‘不见水老鹤’也不自知矣。”

“那么法师又怎知结集出来的经典，就一定是佛陀的真言？”婆苏蜜多罗问。

玄奘道：“传世经典是否是佛陀真言，与当年是否结集并无关联。当年，诵出经文的阿难尊者是佛陀随侍，多闻第一。依大师所言，就算不结集经典，尊者也会收徒授经，讲授的佛法一样也是这些，众阿罗汉亦复如是。说到底，佛典结集不过是多了一道写下来的工序而已。这样做至少可以避免每一代的口口相传中出现错误。”

“证果的圣者是不会出现错误的。”婆苏蜜多罗坚持道，“佛陀当年依据各人根器的不同，给不同的人讲不同的经，让他们各自获得属于自己的益处。可是到了结集之时，除阿难尊者外，众比丘僧也将自己的所知所闻诵出。殊不知，有些说法对某些人有益，对另一些人未必有益。如今全部结集，后世之人无论何种根器，都可一并读之，这样的混乱真是众生所需要的吗？事实上，经论读得杂乱无章，不仅对各自的修行有害无益，还会助人起懒惰之心。我知道现在那烂陀寺里有一众学僧，平常读经就喜欢依赖贝多罗叶，其实却是偷懒不肯用自己的脑子去记。那烂陀的护法菩萨们不喜欢这样的人，因为他们离开了贝多罗叶就不会说话，迟早要在辩论中被割掉舌头。法师可千万别学他们。”

这一番大论说出，玄奘不禁感到无语。他知道各人有各人的想法，勉强不得。何况这婆苏蜜多罗也是个修行之人，若能依止从他师尊处获得的法门而专注修行，更容易得道也未可知，自己又何苦跟他辩论这些？因而只是谦逊地说了句：“如此，玄奘受教了。”便策马而行，不再多说。[2]

婆苏蜜多罗却放慢速度，与圆觉并骑，小声说道：“你留下来，跟我修行，别再跟着这个思维古怪的外国僧侣了。”

圆觉很是为难，偷眼看了看跑在前面的师父，没有说话。

第二天中午，三人来到一座水塘边，这水塘看上去不是很大，方圆不过百余步，池水明净清澈，各色莲花满满地开了一池。

“这里是医罗钵呾逻龙王池。”婆苏蜜多罗说罢下马，合掌礼拜。

玄奘有些困惑地问：“这池塘如此之小，龙怎么腾挪得过来？”

婆苏蜜多罗道：“龙为神物，变化万方，它的居处不问大小。这里的神龙，本是从前迦叶波佛时代的比丘，他不小心损坏了医罗钵呾逻树，因而化身为龙，专管风雨。凡是要求雨求晴的，就到这龙池之畔，弹指散花，以示慰问，所求多能应验。”

如此说来，这是一条善龙，玄奘不禁点头赞叹。

从龙池往东南方向行走三十多里，进入两山之间，又看到一座佛塔，高一百多尺。

一位正在扫塔的老者对他们说：“当初佛陀预言，将来慈氏世尊出世之时，大地会天然地产生四大宝藏，这里便是其中之一了。”

“宝藏？”圆觉奇怪地问道，“我看这里就是一座破败空置的窣堵波，就算里面有宝藏，只怕也早被人挖光了吧？”

那老者笑道：“小师父你莫不是也想挖宝？我跟你说，此地之灵不可思议，以前这里曾经发生过地震，周围的山林都被震动了，唯独这宝藏周围百步以内晃都不晃一下。有些愚昧俗人，妄图来此发掘宝藏，大地立即震动，那些人都被震得跌倒在地！”

玄奘心说：这听起来怎么那么像质子伽蓝宝藏的故事？莫非所有藏有宝藏的地方都有类似的传说？

不过，他不打算追问下去，见那老者一个人打扫此塔甚是吃力，便过去帮忙。

老者很高兴，对玄奘道：“这位法师，你心眼儿好，又虔诚，日后必有好报。我跟你说，这塔是当年阿育王建造的，常于斋日期间放射光明，神仙撒的花、天人奏的乐，也时不时地可以看见和听到。我们村有个女人，患有严重的疥疮，偷偷来到塔前虔诚礼拜，忏悔所造之罪，看到庭院中有一些粪便和垃圾，就用双手捧去清除，又在塔上涂饰香料，撒布鲜花。回去后，她的重病竟然痊愈了，容貌也更加漂亮了，身上散发出名贵的香气，犹如青莲之香哪！”

玄奘看着塔中的佛像，合掌道：“阿弥陀佛，果然殊胜。”

他这一路上一直都是遇塔扫塔，倒不是为了追求什么灵验，而是出于对佛陀和诸圣贤遗迹的由衷敬意。

婆苏蜜多罗在一旁笑道：“既然有此灵验，我们也来清扫一下吧。”

圆觉对此也无意见，于是三个人一起动手，很快便将此塔清扫得干干净净。

天黑时，他们来到一处山林，附近并无僧舍可以挂单，于是三人便在林间找了一棵大树，树下铺上些吉祥草暂歇下来。

这里是北印度地区，不管白天的太阳多么炙热，夜晚都是极其寒冷的——北面高大的雪山就像一头冰冷的巨兽，将它的寒气吹了过来。

玄奘取出火刀火石，点起一堆篝火，三个人围火打坐，很快便在习习凉风和暖暖的篝火中睡着了……

之后的几天时间里，玄奘遍礼了呾叉始罗国中所有佛塔。同前面经过的几个国家一样，这里的佛寺浮屠大多已经荒芜倾损，僧徒数量也少得可怜，偶尔有那么几位，也是目光茫然，一问三不知。

三天后，玄奘向婆苏蜜多罗告别，说他打算到迦湿弥罗国去学习经论。

婆苏蜜多罗对此不以为然道："修行人还是以修行为主，经文看得越多，心中的执着也就越多，对个人的修行有害无益。"

玄奘道："可是，若不依经文修持，岂非盲修瞎练吗？"

婆苏蜜多罗摇了摇头说："如何修行是法师自己的事，我也不好多言。"

说到这里，他又看了圆觉一眼问："你呢？准备继续依止你的师父吗？"

圆觉垂下了头，自打昨晚师父跟他说要继续上路，他就一夜未眠。想着兄长的话，又想着那天兄长同师父的辩论，心中甚是矛盾。本欲辞别师父，却怎么也出不了口，以致早上起来，眼圈儿还是黑黑的。

"你怎么了，圆觉？"玄奘看出了弟子的异样，关切地问道。

"没什么。"圆觉小声答道，"弟子只是想到要与兄长分别，有些伤感。"

"那你就留下来吧。"

"不，不。"圆觉赶紧说道，"弟子愿依止师父修行。"

看着眼前这张年轻的面孔，玄奘突然想起当初自己在高昌国收的那四个弟子，想起死在雪山上的道缘，想起还俗经商的道信，以及在飒秣建国传播佛法的道诚和道通，不知道他们现在怎么样了。

沉默良久，他终于轻叹一声道："圆觉，师父也有兄长，还有别的弟子，有时我也会思念他们。但是中原有句俗话：天下没有不散的筵席。况且我们是出家人，此身于这尘世也不过是匆匆过客，何况亲族？实在不该让这些情缘影响了自己的本心。"

"是，师父。"圆觉垂首答道。

他师徒二人说话的时候，婆苏蜜多罗一直在一旁打坐，并不插言。

玄奘忍不住朝这位修行人看了一眼，他知道，对于佛法、对于修行的方式和手段，婆苏蜜多罗有很多想法都与他不同，却任由自己的亲兄弟依止他这个来自异域的奇怪师父。这倒真的有些奇怪。

不过转念又想到，像婆苏蜜多罗这样的印度僧侣，想必是完全相信各人都有属于自己的业缘的，所以才不对圆觉的选择做太多干涉。

说到底，每个人都走在自己的修行之路上，即使是亲兄弟，也无法替代。

玄奘告别了婆苏蜜多罗，携弟子圆觉回到国都竺刹尸罗，去向呾叉始罗国国王辞行，说自己要去迦湿弥罗国。

国王道："本王知道，法师此行是为了求法，这个是要紧事，本王何敢强留？要怪也只能怪呾叉始罗国不是佛典的结集之地，没有缘法留住法师。但此去迦湿弥罗，尚有上千拘卢舍的路途，你们就师徒二人，连个背行李的都没有，怎么去呢？况且你们远道而来，路径不熟。不如先在这里多住些日子，待本王为法师整备行李马匹，再寻几个手力，陪法师同去。"

玄奘合掌道："多谢大王关照！只是玄奘赶路心切，不想再等了，还望大王谅解。"

国王听他这般说，只得作罢。

去往迦湿弥罗的路程玄奘早已打听清楚，因此师徒二人一路行来颇为安稳，也不担心会迷路。他们白天穿山越岭，涉水渡河，夜晚或露宿森林，或寄身古庙，不知不觉又走了七八天。

这天，翻过一座高山，眼前又出现了一条河流，水流倒是不急，但看上去似乎很深的样子。

圆觉勒马四处张望："这河上怎么也没个渡船呢？"

玄奘笑道："这河看着不宽，没有渡船咱们就游过去。"

圆觉很是惊讶地说："原来师父还识水性啊？弟子竟然不知。"

"原本不识，是在你们迦毕试国学会的。"

确实，离开长安的时候，玄奘还是个完完全全的旱鸭子，以致当初抱着浑脱渡黄河时，他一度以为自己要淹死了。后来在西域，又经历了险些葬身孔雀河的惊险，他终于意识到，要想平安到达佛国，完成求法的目标，必须有一些自度的本领。这其中，水性便是很重要的一项技能。

玄奘一旦决定要学什么，就没有学不会的。在迦毕试国度夏的日子里，他常去附近的湖泊，同当地的年轻人一起洗澡兼游水，很快便掌握了水性。有时起了童心，他甚至还同那些年轻人比赛潜水，看谁在水下憋的时间久。

有了这样的能力，日后再遇到大江大河，无疑可以大大提高生存的概率。

圆觉垂首道：“师父乃是神佛应世，什么都会。弟子万万不及。弟子小时候家里管得严，很少外出。再加上少年出家，根本不识什么水性。”

这其实跟我一样。玄奘想。

他微笑着对圆觉道：“师父是同你开玩笑的，咱们还是看看这河上有没有渡船吧。”

于是师徒二人往上游的方向而去，行不多时，圆觉突然指着前方喊道：“师父你看！那里好像有一座桥。”

“太好了。”玄奘喜道，“果然是路到桥头自然直，咱们走吧。”

师徒二人催马前行，不一会儿就来到桥头，原来这桥是由竹篾搭建而成，悬于水面一丈多高，十余丈长，却只有尺把宽，旁边也没有栏杆，就像悬在空中的一条带子。

见此情形，圆觉的心顿时凉了半截，道：“刚才在远处没看清楚，还当有桥呢。”

“这不就是桥吗？”玄奘奇道。

“这哪里是桥？分明是耍把戏的人走的索！”

听了这种说法，玄奘不禁哑然失笑道：“耍把戏的哪有这么粗的索？东土的一些河道上，也有类似的窄桥，没有什么问题的。”

圆觉道：“话虽如此，可就算人能过去，马也过不去。”

玄奘点点头说：“这话倒是不错。这样吧，我先上去试试，看能不能把马牵过去，马若能过得去，人就更易过了。”

说罢，玄奘牵马过河，谁知银踪死活不肯上桥，四蹄蹬踏着往后退，梗着脖子朝水里看。

玄奘知道这马的性情，叹道：“看来，它是想从水里凫过去，那就随它去吧。咱们从上面走。”

说罢，玄奘便从马背上取下行李，然后放脱缰绳，银踪抖抖身子，踩着水下了河。玄奘一直看着它行到河流中段，原来水深未及马背。

“看来，这河水不深。”圆觉松了口气，也学师父的样子取下行李，放脱了马缰，让它随银踪凫水而去，自己则跟在师父身后匆匆上桥。

谁知他走得快了些，两人靠得太近，行李发生碰撞，圆觉刚上来没站稳，身体一歪，“扑通”一声落到了河里，一时水花四溅。

玄奘大吃一惊，正待下去救人，却见已经到对岸的银踪又回转头来，迅速游到圆觉的身边。圆觉双手抱住马腿，手忙脚乱地爬到马背上，虽说全身湿透，却没受什么伤。

其实这水并不深，一个成年人就算是站在河中央，也不会没顶。只是圆觉太慌张了，湍急的水流又使他站立不住，接连喝了好几口水，不停地咳嗽。

银踪在激流中潇洒地甩了甩头，然后便驮着这个沙弥，一步步地向前走，直到上岸。

玄奘的目光一直在他们身上，见弟子和坐骑都安然无恙，心里感到十分庆幸。这才发觉，自己已于不知不觉中，从桥上跑到了对岸。

圆觉浑身湿透，坐在马背上瑟瑟发抖，玄奘上前将他扶了下来，让他靠在岸边的一棵树上休息，又从行李中取出件干衣服给他换上。

“师父，你这匹马可真好。”圆觉心有余悸地说道，“要不是它救我，弟子此时已经死了。”

听了这话，玄奘深有同感，忍不住回头夸奖了银踪几句。

天色已晚，师徒二人都很困乏，所幸在离河不到半里的地方就有一间佛寺，两人便去那里挂单。

或许是因为白天落水着了凉，到了夜里，圆觉只觉得浑身冰冷，头也痛得厉害，在床上翻腾了半夜也难以入睡，只得叫醒玄奘道：“师父，弟子现在生了病，怕是不能陪您到迦湿弥罗了。”

玄奘伸手抚摸了一下他的额头，果然有些发烫，又替他搭了搭脉，好在脉息还算平稳，这才略略松了口气道：“想是过河时落水着了风寒，不过没什么大碍。你先喝口热水睡上一觉，发发汗，待天亮时我替你开个方子，叫这寺中常住去买几味药来，你吃了就好了。”

“可是，这样会耽误师父的路程啊。”

“不妨事的。”玄奘柔声道，“反正咱们连续走了七八日，也都累了，就在这里多住几天。你安心养病，病好了咱们再上路。”

玄奘的本意是安慰弟子，谁知圆觉听罢，竟抽抽搭搭地哭了起来：“不瞒师父说，弟子陪师父走了这一路，已是筋疲力尽。昨天又不小心掉到河里，险些把命送掉。师父您大概不知道，我在河里看到一只一尺多长的癞蛤蟆！以前在迦毕试国从来没见过那么大的蛤蟆，比兔子还大！真是太可怕了！从这里到迦湿弥罗还有很长的路程，又要翻山过河，就算弟子的病好了，恐怕也去不成了。倒不如早些辞别师父，也免得师父在这里等我。”

玄奘愣了一下说：“你不随我走，打算去哪里呢？你的家乡离这里更远，你一个人如何回乡？我又怎么能放心地让你一个人回去？”

“我……我想回竺刹尸罗。”圆觉小声说道，“依止……依止兄长……那天，他跟我说过，要我随他一起修行……”

原来，那位做哥哥的还是做了干涉啊。玄奘不禁苦笑道：“既是这样，我就不勉强你了，你自己多加小心。唉，早知如此，当初就该留下来。现在你一个人回去，徒然惹我担心。”

“师父不必担心。”圆觉垂着头，有些过意不去地说道，“弟子走了，师父也只有一个人，也要多加小心。”

玄奘淡然一笑道：“当年我一个人从东土出发，孤身行走数万里，死而无悔。现在已经到了佛国，还有什么可担心的？你不用想太多，先在这里静养几日，待病好了，再行返回吧。”

圆觉听了，感激不尽，很快便睡着了。

此时天色已经微明，玄奘自去做了早课后，便找到寺中住持，请他叫人烧些热水给圆觉喝，又写了方子央人抓药。

这圆觉是落水受了凉，但毕竟年轻力壮，吃了药，只休息了一天就退了热，又过了一天就恢复了精神。

第四天一早，玄奘见圆觉已经无碍，心中便不再牵挂，从包袱里取出些银钱和衣物给他，又叮嘱了几句，便与这位弟子告别，独自一人往迦湿弥罗国进发。

这之后的一段时间里，玄奘都在翻山越岭，先往东南进入山道，行七百余里，到达僧诃补罗国。

这个国家依山傍岭，坚固险峻，土地却很肥沃，庄稼在地里疯长，百姓在农务方面不需花费精力，便可收获许多粮谷。国中并无君王统辖，役属于迦湿弥罗。

出都城往南行不多远，便看到一座天祠，门旁标有梵文封记。玄奘出于好奇上前观看，才知道这里竟是耆那教的创教大师领悟本教至理，最初说法之处。

玄奘没有想到，自己尚未到达佛教的圣地，却先一步来到了耆那教的圣地！

耆那教的创始人筏驮摩那被他的信徒们称为摩诃毗罗，汉译为“大雄”，是与佛陀同一时代的人。

然而佛陀和摩诃毗罗的修行方式却又有着显著的区别——佛陀提倡一种质朴、清心寡欲的修行之路，而摩诃毗罗则主张极端苦修。为了达到完全断绝物欲的地步，他甚至拒绝穿衣服，一丝不挂地到处行走，以致身上沾满了屎尿，也毫不在意。由于仪表和举止的特异，他常常遭到奚落、污辱和殴打。然而摩诃毗罗毫不反抗地忍受着这一切，直到去世时，仍然坚持这种苦修的生活。

在教义上，耆那教承认灵魂的存在，有来世和今生。摩诃毗罗本人也有前生，耆那教共有二十四代祖师，创始人摩诃毗罗是第二十四代。之后，由于他已经修行圆满，不需要再转生，所以耆那教的祖师就止于二十四代了。

在世界观上，耆那教同佛教一样否定了创世论，否定了神，却产生出一种“万物皆有灵”的泛神论思想，认为不仅人类有灵魂，所有动物甚至草木也都有灵魂，因此都需要保护。从这个方面讲，耆那教的泛神论和慈悲论比起佛教来更加彻底。

因为耆那教在很多方面都很像佛教，以至于被人称为“小佛教”。但是，耆那教最终没有被纳入佛教的体系，因为这二者毕竟不同。

“耆那教也讲业力，只不过在一些细节上同你们不同。”一位婆罗门这样向玄奘介绍道，“依照你们佛门的观点，善业恶业的构成，必须通过心理动机才能成立。心中若不先存动机，则不能构成所谓的业。换言之，如果是出于无心而误杀生命，并不能构成完全的杀业。是这样吧？”

“是的。”玄奘点头道，“身在娑婆，没有人能够做到绝对不杀生。”

“可是耆那教却不这么认为。”那婆罗门道，“他们认为，业力的构成，完全是一种‘如是因生如是果’的必然现象。你做了何种业，就必须受何种报，不管你的动机是善、是恶，还是无意的，都必须受其果报。无意杀生也是杀业，必须受到种种杀业之报。”

“原来如此。”玄奘点头道，“这种慈悲心倒是可敬，只是他们如何做到绝对不杀生呢？”

“一方面是苦行，绝对严格的苦行！他们认为，要彻底地消灭痛苦，就必须彻底地消灭业力。如果以种种苦行来折磨自己，就能补偿往昔业力的亏欠，从而消灭往业。另一方面就是不再继续去做新的业，这样就不会受到未来的果报。所以，一位虔诚的耆那教徒会完全遵奉不杀的原则，比如，不在黑暗处吃东西，因为那样会无意中把一只昆虫吞下去，造成它的死亡；很多人会用布盖住鼻子，防止小虫吸入鼻孔。”

“那么走路呢？”玄奘问道，“印度的昆虫如此之多，他们如何保证不会无意中踩死一只？”

“确实无法保证。”婆罗门道，“所以他们才要一直用苦行来折磨自己，以便及时把业消掉。还有，一个富裕的耆那教徒会在走路时雇一个人在他前面扫路，这样他就不会无意中把一只虫子给踩死了。”

玄奘听得目瞪口呆道：“但是这样的话，恶业岂不是要由他雇的那个人来承担？这是慈悲之道吗？”

“这我就不知道了。”婆罗门道，“或许他们觉得这无所谓吧，反正谁杀的就由谁来承担责任。”

玄奘摇了摇头，这种非故意杀也必遭杀报的见解，实在是不可理喻。而且最终造成的结果，似乎也不那么仁慈，难怪为佛典所破斥。

佛陀也说苦，但佛陀却是从人们的现实遭遇出发，教给人们如何摆脱现实苦难的方法，以动机的善恶来决定业力构成，不拘泥于外在的行为，而是教化人们由内心去向善。

有这样一个故事：盲尊者迦丘帕喇夜间经行的时候，无意中踩死了一些昆虫。第二天一早，精舍的其他比丘前去找他时，发现了这些昆虫的尸体，他们认为尊者犯了戒，就向佛陀报告了这件事。

佛陀问他们：“你们有没有亲眼看到尊者踩死这些昆虫？”

比丘们说：“没有。”

佛陀说：“正如你们没有亲眼看到他杀生，他也看不见这些昆虫。再说，身为阿罗汉，他没有杀生的念头，所以他并没有犯戒。”[3]

显然，在佛陀的观念里，心是所有善恶状态和作为的先导，是衡量所有行为的最主要因素。

自从进入北印度，玄奘见到了很多耆那教徒，绝大多数都是“天衣派”的裸行者。但他心里明白，这里面的很多人其实都出身贵族，为了信仰而出家苦修。

很多耆那教徒从事占卜之事，这样可以获得一些稳定的食物来源。更多的人依靠乞食为生，其中包括阿育王的祖父旃陀罗笈多——为了忏悔早年的杀业，他将王位传给自己的儿子频头娑罗，然后便来到一个山洞里默默地修行。他一直忍受着贫穷和孤独，直到最后死去。

---

[1]娑罗树，佛教圣树之一，产于印度及马来半岛等南亚热带雨林之中，因其气味芳香，木材坚固，故可用来制作家具或建材，又可供作药用或香料。

[2]印度人没有用笔记忆的习惯，他们更愿意将千百年来流传的东西用口口相传的方式，记在一代一代人的脑子里。这导致几个后果：第一，这个民族的学者记性都特别好，一开口，往往是几万偈；第二，这个民族的传说多过历史，一旦传承出了问题，历史就会淹没。相比较而言，重视记录的佛教是这个地区产生的一个异类。

[3]此故事出自《法句经故事集》第一品。

第04章 神判

离开耆那教天祠后，玄奘沿印度河南岸向东南方向行了五百里山路，到达乌剌尸国。

这里同样是四面环山，峰峦叠翠，沟谷幽深，道路险峻。百姓不分男女老幼，个个赤身裸体。玄奘初时以为他们是耆那教徒，但是耆那教徒是绝对禁止肉食的，这里的人却没有什么禁忌。而且他们语言粗俗，性情暴躁，看着也不像是耆那教徒。只是，他们为什么都不穿衣服呢？

玄奘纳闷地进入都城，迎面碰上两群人在吵架，似乎是在婚姻交易中出现了问题，双方都在指责对方行了欺骗之事，吵得不可开交。周围的人对此也都见怪不怪，看都不看一眼。

玄奘见他们吵着吵着，就开始抄家伙动手了，很担心会出人命，正想着要不要上去规劝几句，却见一个两三岁的小儿蹒跚着进入人群，被一个男子一脚踢了个跟头，“哇哇”大哭起来。在他小小的身躯旁边，一群黑乎乎的赤脚跑来跳去，随时都有可能踩踏到他，一时险象环生。

玄奘赶紧上前抱住那个小儿，退到一边。

谁知他的这个动作引起了周围人的注意。毕竟在一群赤身裸体的土著人中间，一个身着长袍面貌清奇的外国僧侣确实显得与众不同，想不引人注目都难。

一个女人指着玄奘尖叫一声，大群的人便朝他扑了过来！

玄奘吓了一跳，只当他们是要夺回那个小儿，赶紧松开了手。谁料，那群人根本就不管小儿，扑上来就扒他的衣服！

玄奘大吃一惊，拼命挣扎着，幸好银踪就在人群外面，它抬起前蹄仰天嘶鸣，吓退几个人后，直奔到玄奘身边，让他爬上马背。

好不容易逃出人群，玄奘这才发现，身上的衣服已经被撕扯成条状。地上的那群人还在相互争夺扯下来的布条，夺过来就系在腰间。

玄奘恍然大悟，想起自进入这个国家，就没见着有种棉麻的，也极少见到养羊的，估计是此国不产棉麻丝毛的缘故。

北印度各国贫富差距极大，就拿穿着来说，有的国家即使是最低等的贱民也有衣服穿，奴隶们也大都衣帽整洁；有的国家却到处都是裸行者，很多平民百姓连一块遮羞布都没有。他们并非苦行僧，也不是成心不穿衣服，实在是衣服对他们来说属于奢侈品。

佛陀时代也常有这种情况。据说最初比丘接受施主整块布的供养，拿来做衣服，结果走到某些国家就会遭到抢劫。其实那些劫掠者未必是专门的强盗，有很多只是把布料当稀罕物的普通百姓。他们将比丘的新衣抢回去稍加改动，就可以穿了。因此那个时候，即使是在僧团之中，衣服失窃的事，也屡见不鲜。

有一天，佛陀在王舍城的帝释石窟前经行，看到山下的耕地一方方、一块块，沟畦分明，田亩齐整，心中欢喜，便指着田野对阿难说："你能教比丘制作这样形式的衣服吗？"

阿难立即答应，回去后便将一些捡来的布条清洗干净，一条一条地连缀在一起，做成农田般的样式，于是"福田衣"就这样诞生了。

后来佛陀告诉大家，过去诸佛及诸比丘弟子也都是这样做的：一来佛衣其形如田，比丘披着可由信徒来供养种福；二来将布料割截分裂，盗贼窃去无用，因为人家一看就知道是出家人的衣服。

如今，玄奘居然在一个国家的城市里被人哄抢衣物，虽然有些狼狈，但更多的却是怜悯。他从行李中取出几块细棉布，这是呾叉始罗国的国王供养给他的，随手抛了下来，看着一群人你争我夺，也不敢多留，策马落荒而逃。

这样的地方，佛法自然也不会昌盛。玄奘拖着疲惫的身躯，在都城内外转了一圈，最后总算在一座山坡上找到了一所寺院，却已是蛛网密结，一片破败。里面除了硕大无比的蜘蛛、蟑螂、老鼠和白蚁外，再无半个生灵。

寺院里通常都有塔，玄奘牵着马，慢慢地走到后面的院落里，果然发现了一座石塔，上面还有碑文，虽年久失修，但仍能看出上面的字迹。玄奘点起火把仔细辨认，这才发现，这碑文记载的竟是佛陀当年度化夜叉，令它不再吃人的故事。

原来，这里也有佛陀的足迹。

自从进入北印度，玄奘的心中就一直喜忧参半；喜的是，他终于来到了佛国，这里到处都是佛陀的足迹，还带着来自佛时代的灵气，可供他参拜和凭吊；忧的是，过去的辉煌映衬着现在的凄凉，佛教在它的发源地已经开始没落。

难道，真的已经到末法时代了吗？

夜已深沉，衣衫褴褛的玄奘独自坐在古塔的石阶上，倾听着远处山林里的虎啸猿啼，望着塔基内飞来飞去的白蚁，心中充满了悲哀与不安。

一头白色的牛缓缓地踱了过来，在他附近的一堵灰墙根处卧下，嘴里安详地咀嚼着什么。

银踪高傲地瞥了那头牛一眼，便挨着主人趴下来睡觉。

玄奘笑了笑，轻轻捋了捋银踪头上的白毛，又忍不住朝那头白牛看了一眼。

牛是印度人心中的圣物，白色的牛更是难得，通常都是神庙里的供物。却不知这头牛是从哪里来的，怎会没有主人？

不过，这念头也就在他的脑海中一闪而过，并未引起太大的涟漪。自从离开故国，一路上遇到了太多奇怪的事情，他早已经见怪不怪了，一头悠闲的牛而已，有什么好介意的呢？

当晨光照进破庙的塔基时，玄奘刚好做完早课，正打算带着银踪离开。外面突然传来一阵喧哗之声，紧接着拥进来一大群人，足有六七十位，绝大多数赤身裸体，只有七八个人穿着衣服。

“这就是那个沙门！”一个腰扎托蒂的壮汉指着他喊道。

“白牛，白牛就在里面！”

吵吵嚷嚷的声音令玄奘感到一阵头痛，他猜想这些人是来找牛的，于是侧着身子让了让，便要离开。

谁知众人竟“呼啦”一下将他团团围住说：“你这个偷牛贼，你不能走！”

玄奘不禁有些愣神，我什么时候成偷牛贼了？

“诸位檀越是不是误会了？”他奇怪地问道，“沙门远道而来，何曾偷过你们的牛？”

这时，一个身着长袍的中年人已将那白牛牵了出来说：“你说你没有偷，这头白牛怎么会在你这里？”

玄奘道：“是它自己跑来的。”

那人“哼”了一声说：“白牛何其宝贵，怎么可能没有主人而自己乱跑？不瞒你说，这头牛就是我们神祠里的。”

果然白牛都是有主人的。玄奘点头道：“沙门昨夜还在奇怪，不知它为何会到这里。既然是你们的牛，所幸没有丢失，你们将它牵走便是。”

“牵走？你说得倒轻巧！”那人冷冷地说道，“你将圣牛牵到这异教之地，致使它受到了污染，这是对神明的冒犯！难道你以为就这样算了吗？”

涉及神明之事，玄奘也觉得有些头大，他辩解道：“这牛确实是自己走来的，如果是沙门偷偷牵了来，临走时又怎会不牵走它？”

那穿长袍的冷笑道：“谁知道你夜里对它施了什么邪术？还有你这匹白马，搞不好也是偷的！”

说着，伸手就去牵银踪的缰绳。

这时，他身后一个白衣老者喊了一声：“伐伽跋耶长老，不要造次……”

话音未落，伐伽跋耶的手已经拉住了银踪的缰绳，银踪长嘶一声，头一甩便将其拉倒在地，摔了个灰头土脸，眼睁睁地看着这匹白马跑进了遗址后的丛林。

看到伐伽跋耶的狼狈相，另外几个穿衣服的人都忍不住哄笑起来。

伐伽跋耶恶狠狠地站了起来，冲玄奘吼道：“你这个魔鬼！还说不是你偷的！那匹该死的马若是你的，它怎么可能不顾主人，只管自己逃命？”

玄奘一时无语。银踪确实有丢下主人独自跑路的毛病，这一点与赤离截然不同。大概是它身上野马的习气未褪，而自己在这方面又格外纵容它的缘故吧。

看来白衣老者是这群人的首领，他来到玄奘面前，平静地问道：“外乡人，你如何证明自己的清白？”

玄奘摇了摇头，他孤身至此，确实什么都无法证明。

“那么，有谁能证明你的清白呢？”

玄奘依然摇头，他初来乍到，谁都不认识。

众人立刻嚷闹起来：“如此说来，这牛就是你偷的！估计马也是偷的，搞不好这些行李都是偷来的！该死的异教徒，必须为此付出代价！”

玄奘皱起了眉头，沉声道：“沙门不明白，你们是如何得出这样的结论的？不错，我是一个外乡人，确实无法证明自己。但为什么一定要由我来证明呢？你们能否先向我解释一下，是什么人让你们一大早找到这里来的？谁又能证明，不是你们中的一位故意将牛赶到此地，来诬陷沙门呢？”

此言一出，众皆哗然。他们大概没有想到，这个说话缓慢且带着奇特口音的外乡人居然好口才。

一般来说，人多对人少的时候都会在气势上占优，何况眼前这位孤身一人，被一大群人团团围住，难以脱身。正常情况下应该惊慌失措才对，而他居然还敢针锋相对地提出疑义，且目光明亮，语言有序，丝毫不惧周围那一大片敌视的目光和七嘴八舌的攻击。这令众人有了一种强烈的挫败感，急性子的已经上前推搡起来。

“你这该死的沙门，居然敢怀疑我们！难道说是我们串通起来冤枉你吗？”

玄奘被一股大力推倒在石阶上，刚刚撑起身，又被一只光脚踹在了胸口上，顿觉一股腥咸之气顺着咽喉直往上涌，费了好大的力气才勉强压住，总算没有吐出来。

眼前出现了一条条黑瘦的光腿和赤脚，交替晃动，仿佛要将他淹没。他已经无法起身，只能抬起手臂护住头面，努力躲避着这些人的攻击。

那白衣老者看来在这群人中颇有威望，他摆了摆手，制止了众人的喧哗和暴力，走到玄奘面前说：“我叫埃特罗，是梵摩神殿的大长老，这几位都是神殿的长老，其他人也是我们的信众。你能告诉我，你是谁吗？”

玄奘挣扎着从地上爬起来，整理了一下满是尘土皱巴巴的衣服，这才合掌问讯道：“沙门玄奘，从东土大唐而来。”

“玄奘？”埃特罗的眼中流露出几分异色，与其他几位长老飞快地交换了几下眼神。

“你是个有名望的外乡人，那么你是否知道，白牛在我们这里极为名贵，并且数量稀少。偷窃白牛是对神明不敬，这是很严重的罪行？”

“我知道。”玄奘也感到有些无奈，他恳切地说道，“大长老，沙门确实什么都没做。我是来礼佛求法的，要你们的牛作甚？”

“但是你无法证明自己的清白！”长老伐伽跋耶插嘴道，“如果没有别的证明方式，我们就只有使用神判了。”

“神判？何为神判？”玄奘困惑地问道。

周围的人都忍不住哄笑起来：“这个奇怪的外乡人，居然连什么是神判都不知道，大神一定不会保佑他的！”

埃特罗向他解释道：“神判就是说，当人的力量无法判定是非对错的时候，就把审判的权利交给神。”

原来如此！玄奘觉得不可思议：“神会接手这种事情？”

“当然。”埃特罗回答道，“神判共有四种，水、火、称、毒。你是异乡来的，我们也不欺负你，就由你自己来选择好了。”

“那么，你们能否告诉沙门，这四种神判都是怎么做的？”

“当然可以。”埃特罗道，“水判，就是将你和石块分别装入相连的两个囊中，投入深水，判别真假。假如人沉石浮，便证明有罪；若是人浮石沉，则表明无罪。”

这听起来可够悬乎的，玄奘暗自摇了摇头，又问：“那火判呢？”

“火判，就是烧红一个铁块，你可以上去用脚踩、手摸、舌舔，你若有罪便会受伤；若无罪，便丝毫无损。”

“你们见过有丝毫无损的吗？”玄奘忍不住问道。

“这是大神的意志。”埃特罗道，“你若是懦弱，承受不了铁块的炽热，也可用手捧着未开放的花蕾，撒在火焰上面。无罪者花朵开放，有罪者花蕾枯焦。”

这个听起来似乎还可以，至少是人道的。但要说花朵入火而不焦，不知道什么样的花能够做到。

玄奘想了想，又问：“还有两种是什么？”

埃特罗道：“称判，是将人与石块放在天平上一起称量，以其轻重验证罪案。无罪者人低石高，有罪者石重人轻。”

这个有点儿意思，胖子占优啊！玄奘忍不住好奇地问道：“用什么石头？”

埃特罗尚未回答，已经有人抬手朝四周一指道：“就这里的石头就行。”

玄奘环顾四周，这片遗址上布满了黑色的条石，每一块足有三五百斤，自己如何能与它们比分量？

见他默默摇头，埃特罗接着说道：“毒判，是将一只黑色公羊割下右腿，将毒药置于羊腿之上给你吃下。你若有罪便会毒发身亡，若无罪毒性自然消解，毫发无损。”

这显然也不行，先不说服毒会不会毫发无损，单单吃羊腿这一条，就令他无法接受了。

“就这四种吗？”他问，“还有没有别的了？”

“这四种难道还不够吗？”埃特罗道，“这四种神判方式，在五印各地世代相传，可防止种种邪恶之事。”[1]

原来整个印度都用这种方式断案？玄奘不禁倒吸了一口凉气。

同时，他心中又冒出另一个疑问：“这个判决是由你们来做吗？这难道不应该是国王或者官府的事情吗？”

“在乌剌尸国，这就是我们的事。”伐伽跋耶不耐烦地说道，“所有的判决都由梵摩神殿做出。外乡人，你现在可以选择了。”

玄奘顿时觉得头大如斗，能够有机会证明自己的清白当然好，他相信佛陀会保佑他，但他更相信“人需自助然后天助之”这条真理。若是自己什么都不做，而把一切希望都寄托在佛菩萨身上，并非真正的佛弟子。

四种神判方式，最后一条会犯戒，首先放弃；第三条摆明了不可能，也放弃；第二条实在恐怖，他在中亚地区已经尝到过火烧的滋味，可不想再自讨苦吃，也不打算平白无故地伤害花花草草，故而也放弃；于是就只剩下第一条了……

“好吧，沙门选择水判。”玄奘抬起头，沉静地说道。

既然人浮石沉就无罪，那么，凭借自己的水性，应该可以做到自救吧。

一群人簇拥着玄奘来到大湖边，这里有一条旧木船，船上早有人准备好了两只革囊和一捆长索。那革囊看起来是羊皮缝制的，其中一只装满了石头。

玄奘上前拎了一下，竟然没有提动，一颗心顿时往下一沉。看来这次真的有些麻烦了。

在一群人的高声唱祷中，几个裸身大汉将玄奘的双手反绑起来，将整个身体套进革囊，袋口扎紧，与那只装石头的囊连在一起，又在上面拴上一根长索，慢慢地放入水中……

玄奘很想问一句，你们是不是也该像我一样，用神判的方式来证明一下清白呢？但想想还是算了，这世间之人都深处苦海之中，能少死一个就少死一个吧。

羊皮革囊具备一定的隔水能力，因此玄奘一开始还可以在里面呼吸。他感觉自己的身体就像石头一样在快速下沉，湖水七八丈深，很快就到了底。

水从革囊缝合处的缝隙中渗了进来，玄奘有心将革囊彻底撕开，无奈双手被绑在身后，根本使不上力气。用脚蹬？除了让水进入的速度快一些，似乎也没别的作用。

这时他才突然想起，这种水判的方式不知道有没有时间限制。这个时间是不是在人可以忍受的极限区间内？这么重要的问题，自己刚才居然忘了问！

他还忘了一个问题，如果不使用神判，直接认罪会如何？

听说五印度没有死刑，也就是说，直接认罪反而能活命……

玄奘苦笑着摇了摇头，这种神判的方式似乎更容易制造冤案啊。罢了，还是先想想怎么脱身吧。

他知道，胡乱挣扎只能让这革囊里的空气快速耗尽，这样死得更快。因而索性闭上眼睛，默念《心经》。

外面传来划水的声音，是什么人来了吗？他睁开眼睛朝外望去，隔着囊皮，依稀看到一个很大的影子，似乎在撕扯绳索，却笨手笨脚的，怎么也弄不开。

此时革囊里的水已有三分之二，空气浑浊，玄奘努力朝外看，那奇特的轮廓有些眼熟，动作又笨，不像是个人。

直到那颗又长又大的脑袋挨在革囊上，玄奘才骤然反应过来：是银踪！这匹聪明的马儿并未跑远，竟然偷偷潜入水中救我来了！

玄奘心中激动万分，暗暗为他的马儿鼓劲。

然而银踪毕竟不是人，费了半天劲儿也解不开革囊，只好用牙咬着拖着走，大概是想将其拖出水面吧。可是这么两只巨大的革囊连在一起，分量很重，马儿又不擅长潜水，拖了一会儿便筋疲力尽，只得松了口，独自游走了。

玄奘暗暗松了口气，这一路西行，他已经损失了不少好马，实在不希望银踪也为救自己而死。现在这样就很好，一切听天由命，这才是真正的“神判”。

囊里的水进得更快了，已经快要满了，他只能把脸贴在囊布上呼吸……突然间脑中灵光一闪，银踪刚才连拖带咬，使这革囊的缝合处出现了较大的裂缝，这革囊似乎……快要烂了！

他仰起头，深深地吸了最后一口气，双腿对准一条缝隙，猛地一蹬！

革囊被蹬裂了，水“哗”地一下流了进来，玄奘屏住呼吸，努力将身体从囊中挪出，背朝着另一个装石头的革囊凸出的部位用力摩擦，希望能将手上的绳索磨断。

银踪又回来了，见玄奘已经出来，只是隔着囊布磨不断绳子，便上前衔住他的衣袖，迅速地将他带离此处。

岸上，长长的祷文终于唱完了，水面上依然平静如初，什么都没有发生。

主持神判的埃特罗叹了口气，他知道，这是很正常的，这意味着又有一个罪人以神的名义被带走了。

一个长老小声问道：“现在，要不要把他拉上来？”

埃特罗犹豫着看了看周围，有人点头，有人摇头。

伐伽跋耶笑道：“时间还早，再等一会儿吧。”

当玄奘再一次看到蓝天白云的时候，当真有一种恍若隔世的感觉，心中唯有连连拜谢佛菩萨的圣恩，虽然双手依然被反绑在身后。

他现在距离埃特罗等人所在的地方并不远，只不过一片茂密的芦苇丛遮挡住了视线，让他们看不到这里罢了。

紧挨着芦苇丛的是墨绿色的丛林，银踪便是从那里跑出来的。

白马小心翼翼地咬着主人的衣袖，将他拉到一块尖锐的礁石旁边。玄奘便在那块石头上磨断了绳索，随即伸出双手，紧紧搂住白马的脖子，口中念佛不已。

时间到了，船上的裸体汉子们用力扯起长索，将两只革囊拉出水面。

所有人都惊讶地叫了起来，他们发现，那只装着“罪人”的革囊已经破碎，里面空空如也。

“这是怎么回事？”埃特罗忍不住大叫了起来，他主持过不知多少回神判，从未出现过这样的怪事。

小船靠了岸，一个长老将那只革囊拿起来看了看。

“囊上有咬痕，一定是这湖里的龙干的。”

“你是说，那沙门被龙吃了？”埃特罗震惊地问道，他现在迫切地需要一个合理的解释。

“一定是这样的！”那长老肯定地说道。

“错了，龙是不吃沙门的。”一个清越的声音突然从他们身后传来，所有人都被吓了一跳!

几个长老一起回身，他们惊恐地看到，那本该死在水里的沙门，此刻正悠闲地站在一棵娑罗树下，用幽深的目光静静地注视着他们。

“你你，你是怎么上来的？”伐伽跋耶指着他，哆嗦着问道。

“沙门是怎么上来的，这并不重要。”东土法师面容平淡，声音也显得波澜不惊，“重要的是，我没有死，这是不是可以证明我的清白了？”

“……是，是的……”埃特罗口舌颤抖，艰难地说道。

“既然我是清白的，那也就意味着有人不清白了。诸位是不是也需要在大神面前证明一下呢？”玄奘漆黑的眼瞳从长老们脸上一一扫过，将各种惊诧和恐惧的表情尽收眼底。

大长老埃特罗立即将目光转向其他长老，他发现，有几个人的腿已经开始哆嗦起来。

“这到底是怎么一回事？”他厉声喝问，“难道在大神面前，你们还要说谎吗？”

“不关我的事！”终于，有人崩溃了，跪倒在大长老的面前，“是伐伽跋耶说，有个富裕的异乡人来到这里，他是个异教徒，却拥有一匹漂亮的马和很多漂亮的织物，如此没有天理的事情是大神不能允许的，所以……”

“所以你们就串通起来，想要诬陷这个异乡人！”大长老气得浑身发抖，“你们居然连我都瞒过了！”

“如果不瞒过你，你一定不会同意我们这么做的。”伐伽跋耶竟然说得理直气壮，又转过脸恶狠狠地盯住玄奘，“我只是不明白，大神为什么要包庇这个异教徒！”

玄奘心中暗叹，我也算是一个富裕的人吗？看来财富果然是惹祸的根苗啊。

“你们以后最好不要再这样做了。”他语气平淡地说道，“我想你们的大神一定不喜欢说谎的教徒。”

说罢，玄奘转身离去，只留下一群呆若木鸡的长老和百姓。

他就这样算了？人们不禁面面相觑，怎么也不敢相信，一个得到大神眷顾的人，竟然丝毫不起报复之念!

其实，玄奘的心中也在暗自庆幸。不管怎么说，这里的人还算单纯，对神力有着明显的敬畏。换了别的地方，他孤身一人，就这样出现在众人面前，能否平安离去，只怕是个问题。

离开了乌剌尸国，玄奘溯印度河的一条支流而上，稍往南迂回，便进入到迦湿弥罗[2]的地界。

这是北印度的一个山地大国，玄奘前面走过的很多小国，多是隶属于它的。全境四面环山，极为峻峭，虽然有路可通，却十分狭窄，这大概也是它能称雄北印的一个重要原因吧？

这一走又是十余日，一路上古树参天，时不时地还能发现几种珍奇药材。偶有平坦之地，便会出现村庄。环绕村庄的是满眼的郁金香和果树，还有大片大片的庄稼。

这里的百姓看起来也都很富裕，几乎每家都用牛来犁地，衣服多是白色毛布或棉布，显得干净整洁，形貌漂亮又友善，看着就舒服。

这样的地方着实令人心情舒畅，那场莫名其妙的神判带给玄奘的郁结之气，顿时一扫而空。

这天清晨，绕过一座山头，眼前再次出现了一条大河，隔着宽宽的河面，便可看到迦湿弥罗国的都城达摩舍罗，在薄雾中若隐若现。

这座城池呈细长条状，三面都是高大的雪山，一面临河。最令玄奘激动的，是城中那高高低低的佛塔，犹如森林一般！

见惯了佛教在北印度的衰微，眼前的盛景，倒令他有些不敢相信了。

“果然是佛国罽宾，气象不凡啊！”看着那些高出城墙的佛塔，玄奘不禁啧啧称叹。

这里就是当年世亲菩萨偷学佛法的罽宾，也是鸠摩罗什大师曾经求学五年之久的罽宾，搞不好还是龟兹国师木叉麹多学习声明学的主要地点，是佛法北传中亚、东传汉土的重要中转站。

河边有些渡船在做往来行人的生意，玄奘轻快地跳上其中的一条，船工将长篙一撑，渡船便向对岸驶去。

与同船的乘客聊了一会儿，玄奘发现，这个国家的居民大都爱好学问，见闻也广，很多人既信佛陀，也信婆罗门大神，就像中国的一些居士既是儒生，也是佛教徒一样。

船行至河对岸已近午时，玄奘正将行李放在马上准备上岸，却见两名津吏跳下船来，大声命乘客打开行李，欲行检查，一时间，船上的乘客都忙活起来。

那津吏走到玄奘身边时，见这沙门面貌清奇、风尘仆仆的，显然不是本国之人，忙上前合十行礼，恭敬地问道：“这位大师，可见过从东土汉地来的玄奘法师吗？”

玄奘有些惊奇地答道：“沙门正是玄奘。”

津吏的脸上登时变色，忙跪下顶礼道：“原来是玄奘法师到了！我王一向崇奉佛法，得知法师将到本国，这些日子天天都在等候，吩咐我们留心打听消息，又在西门外预备了车马仪仗，以便迎接。今日法师果然来了，我王听到这个消息，还不知会怎么欢喜呢！”

“阿弥陀佛！”玄奘合掌道，“多谢国王好意。”

津吏又道：“这里距离都城还有不到十拘卢舍，前面不远处就是我们这些津吏的石舍，法师请先到那里歇息一下，待我们前去向大王禀告。”

说罢又代玄奘付了船钱，然后引玄奘弃舟登岸，将其安置在附近的石舍内歇息。

这时，石舍里走出四五个人来，有两位将银踪牵去喂草，又有两人将行李搬到屋内。玄奘坐下后，便有人端来茶水，两名津吏则策马向远处跑去。

喝上一口浓浓的印度茶，眯眼看了看外面的天光，玄奘心想：现在已经过了午时，那两名津吏还要通过重重关门禀报国王，国王要出动非同小可，无论如何今天是不会来的，看来我得安心在这石舍内过上一夜了。

当天傍晚，玄奘正坐在石舍内看书，远处突然传来千军万马的声音，那声音渐行渐近，中间还夹杂着喧天的鼓乐，十分热闹。

玄奘吃了一惊，他没有想到国王的车马来得这么快，忙站起身来，牵马出了石舍，站在门外等候。

片刻间，大队人马已经到了跟前，只见幢盖塞途，烟华满路。最前面的便是那两个津吏，后面是马队一千余骑，左右大臣及一班僧众簇拥着两头大象，其中一头背上坐着国王——高鼻深目，满面虬须，身着锦服，手持鲜花，面貌颇为英俊，估计是出自婆罗门种姓。

津吏引国王下象，国王携大批僧侣径直向玄奘走来，先是虔诚礼赞，接着又亲自散花供养，态度十分恭敬。

玄奘也合掌问讯，双方寒暄一番后，国王遂请玄奘乘坐大象入城。

---

[1]《大唐西域记》第二卷中关于神判的说明：“事须案者。凡有四条。水火称毒。水则罪人与石盛以连囊。沉之深流校其真伪。人沉石浮则有犯。人浮石沉则无隐。火乃烧铁罪人踞上。复使足蹈。既遣掌案。又令舌舐。虚无所损实有所伤。懦弱之人不堪炎炽。捧未开花散之向焰。虚则花发实则花焦。称则人石平衡轻重取验。虚则人低石举。实则石重人轻。毒则以一羖羊剖其右髀。随被讼人所食之分。杂诸毒药置右髀中。实则毒发而死。虚则毒歇而稣。举四条之例。防百非之路。”

[2]迦湿弥罗，今印巴两国交界处克什米尔地区，在三国两晋南北朝时称为“罽宾”。来华传法的高僧中，佛图澄、鸠摩罗什、昙无谶等大师都曾在罽宾修习佛法。中土的求法僧人如法显、智猛等也都途经罽宾，在这里参拜、学习。迦湿弥罗的东北方是东西走向的喀喇昆仑山脉，离斯利那加250千米处，就是世界第二高峰乔戈里峰。

第05章

被圣王施舍的国家

这支浩浩荡荡的队伍，先在达摩舍罗城中绕行了一圈。两头大象并骑而行，一路之上鼓乐喧天，幢盖飘扬，军队前呼后拥，充满长街。百姓们万人空巷，扶老携幼，都来看东土来的高僧，一时间竟像过节一般热闹。

玄奘高坐在象背之上，举目四顾，发现这里同乌仗那国的都城一样，城郭壮丽，到处都有佛寺，且僧徒众多。这令玄奘的心情舒畅了许多——佛国毕竟是佛国。

城的四角，各有一座窣堵波。而在窣堵波之外，便是险峻的深谷，只有铁桥栈道通往外面，看上去崎岖悬险，易守难攻。

再往远处看，便是那重重叠叠的雪山峻岭，在夕阳的照射下，泛着一层玫瑰色的亮光。

“法师觉得我这迦湿弥罗国如何？”国王突然问道。

“真是个好地方！”玄奘由衷地赞叹道，“沙门听说，迦腻色迦王时期，胁尊者召集诸圣贤众四百九十九人，都是内通三藏、外达五明之人，连同尊者在内共五百名贤圣，在此地结集三藏。因而这里的经典保留得极为完整，计有三十万颂[1]。玄奘一直想来这里，一来瞻礼圣迹，二来学诸经论。如今心愿达成，方知佛国果真是名不虚传。别的不说，单单大都城四周那四座窣堵波，便是崇高壮丽，罕见之至了。”

“想不到玄奘法师远道而来，竟然对迦湿弥罗如此熟悉！”国王既惊讶，又得意地说道，“这四座窣堵波都是阿育王建立的，每一座里面都供奉有一升多的舍利，这是别的地方不曾有的。”

玄奘不禁倒吸了一口凉气，他还是第一次听到有人用“升”来计算舍利的数目。

国王接着说道：“法师说我国中经典完整，这话确实不假。我们迦湿弥罗一向是龙族守护的国土。法师你看，这里四面环山，地形险要，易守难攻，单凭这一点就足以称霸一方了。后来又有了佛陀的庇佑，更是固若金汤。所以，自古以来，这里还不曾遭受过外族的入侵，经典自然能够保存完整。”

“玄奘意欲将这些经典抄录附本，带回故国，让我故乡之人也能亲近圣贤的遗泽，不知大王可否准许？”

国王笑道：“弘扬佛法，乃功德无量之事，本王焉有不准之理？法师放心，如今的迦湿弥罗仍保留着世亲时期的佛法，却不像当年那般吝法了。”

玄奘不禁开怀地笑了。

看到他的笑容，国王的心情也变得舒朗起来。突然，他像是想到了什么，道：“法师孤身一人，要抄录那么多经论，实在太过辛苦和费时了。”

玄奘道：“既为弘扬佛法，又怕什么辛苦和费时呢？”

“那么，法师就在我迦湿弥罗国多住些日子？”国王两眼放光地问道。

“当然，沙门就怕大王不肯容留呢。”

国王哈哈大笑道：“本王听说，这一路之上，不知有多少国家想尽办法要留住法师，都没有成功。想不到我迦湿弥罗竟然如此大有缘法！这都是圣贤的遗泽啊！法师尽管在此住下，有什么需要就提出来，本王会尽力满足。”

“多谢大王厚意。”玄奘合掌道，“只是不知这达摩舍罗城中，哪座伽蓝里的经典最多呢？”

“自然是阇耶因陀罗伽蓝了。”国王毫不犹豫地说道，“那里不仅是我国最大的伽蓝，而且寺中住持僧伽耶舍论师戒行淳洁，多闻总持，乃我迦湿弥罗国中德行最高的大德，便是在北印度诸国，也享有极高的威望。”[2]

玄奘喜道：“如此，就让玄奘去那里挂单吧。”

国王点头道：“也好，法师远行至此，本该先到宫中接受供养。只是一来天色已晚，二来法师既然打算留下来抄习经论，那就来日方长。今晚就请法师先到阇耶因陀罗伽蓝安歇，待明日一早，本王再派人迎请法师入宫讲经。”

“如此，多谢大王！”

到了阇耶因陀罗伽蓝，玄奘被安排进一间最好的客房。

“这是专门用来接待顶尖学者的房间。”带路的沙弥对他说，“法师能住到这里，想必是精通‘五明’的大学者。”

玄奘道：“惭愧，沙门远道而来，没有学过什么‘五明’。”

沙弥忍不住多看了他一眼，眼中竟流露出一丝鄙夷之色。

看来，这迦湿弥罗对于“五明”等世俗学问十分重视。玄奘笑了笑，也不介意，合掌道谢后便踏入房间。

这个房间果然是用来招待学者的，桌案上摆放着不少书籍，玄奘随手翻阅了一下，发现这里面竟然还有迦湿弥罗的《国志》！

这倒令玄奘有些意外，他这一路所见到的国家，鲜少有记录历史的，迦湿弥罗在这方面算是个特例了。

他立即坐下，兴致勃勃地拿起《国志》看了起来。

《国志》记载，迦湿弥罗原本是一个龙池，如来涅槃后的第五十年，阿难的弟子末田底迦[3]罗汉来到此地，在一座大山岭上静坐，示现巨大神通。

池龙深信佛法，见此情形，便缩减池水，将大部分龙池用来供养罗汉。

如来涅槃后的第一百年，阿育王君临天下，声威远播异邦。当时有五百罗汉僧、五百凡夫僧，均受国王敬仰，受到一视同仁的供养。

有个名叫摩诃提婆的凡夫僧，豁达大度，富有智慧。可惜他的道理有违佛陀正教，似是而非，然而与他相熟之人，偏偏都追随这种异说。

阿育王不能识别凡圣，凭着感情偏爱，袒护他所亲近的凡夫僧，将五百罗汉僧徒全部召集到恒河岸边，意欲沉河加害。众罗汉被逼无奈，只得施展神通，腾空而起，来到迦湿弥罗地界，隐居于山谷之中。阿育王得知后，又悔又怕，亲自前来赔罪，请求这些罗汉僧还归本国。众罗汉拒不从命，阿育王只得为罗汉们建造寺庙，并将该国施舍给众僧。

这便是迦湿弥罗国的来历，虽然历史里面夹杂了很多神话传说，玄奘仍看得津津有味。

正当玄奘在禅房内翻看迦湿弥罗《国志》的时候，阇耶因陀罗伽蓝的常住僧侣们却不约而同地做了一个梦——

一个天神告诉他们："有一位来自远国的求法高僧，住到了我们这里。此人既为法来，便有无量善神在他身边围绕随护。你们应当勤诵经典，精进修行，怎能如此懈怠昏睡？"

僧人们个个从梦中惊醒，不敢懈怠，经行禅诵直至天明。

玄奘却是一夜好睡，自打离开了乌仗那国，这一路全是崇山峻岭，又是独自一人，马匹行李都得自己照顾，光走路就已经很辛苦了，更不要说，还要时不时地应付一下那些敌视佛教的人。想起那场"神判"，他就感到心有余悸，好几天缓不过神来，如今总算到了一个安全的地方，自然要好好休整一下。因此，看完《国志》后，玄奘便躺到禅床上沉沉睡去，全然不知身外之事。

清晨起来做了早课，只觉得精神焕发，想起国王昨晚说好了要请他入宫应供的，这会儿只怕来人已经在路上了。于是盘膝坐在禅床上，微闭双目，静虑凝神。

离开长安已经三年半了，故国早已远在天边，真正的目的地，却还差着一大截。多年的行走令他身心疲惫，伤痕累累。他原本以为，佛国自然是佛的国度，这个神圣的地方可以抚平他的伤痕，让他的心灵获得安宁……现在看来，不过是徒增新的伤痕罢了。

自从翻越大雪山进入北印度，玄奘不仅看到了佛法的衰落，也见识了印度诸国五花八门的宗教和浓厚的学术气氛。在这里，凡是能精通“五明”和“四吠陀”，又能秉持一种学说，或创立学说者，均被尊称为“论师”，受到各界的尊重。各个国家的各大城市都设有讲经堂，讲经堂前设置论鼓，每个有学问的人，不管他是佛教徒，还是婆罗门教徒、耆那教徒，以及别的什么大小教派，都可以以讲座的形式自由发表自己的学说和见解，听者也可以自由发问，辩难质疑。

按说各部派之间通过辩论的方式进行学术交流，以决定胜负，这本是一件既正常，又公平的事情，虽然追求胜利对于佛教徒的个人修行来说显得有些执着，但对于理论的完善，却是利大于弊的。

问题是，这种原本只为交流各派学说的辩论，到后来却成了你死我活的战场，其残酷程度丝毫不亚于刀剑相争！

想当年，如意论师仅仅是因为不堪车轮战的疲惫而将一个词组念颠倒了，就被判负，受到极大的羞辱，一代宗师，最终落得个惨死的下场。

一想到这些，玄奘就不禁从内心往外冒寒气。

自进入印度以来，他一直都在调整自己的心态，努力说服自己接受佛法在印度的现状，并希望凭借自己的信念和智慧，改变那些他能改变的地方。

可是如何改变呢？最直接的方式当然就是参加辩经，在激烈的学术辩论中战胜论敌，弘扬佛法。

但是他也知道，这不是件容易的事。

辩经一靠学识，二靠反应，三靠语言技巧。玄奘身为一个外国人，梵文并非母语，也从未经过系统的学习。虽然在中原时就有基础，这一路上也没断了学习和积累，但总的来说，还是对梵文文字的敏感远超语音。阅读是没有问题的，交流也还好，甚至可以做些翻译，但要应对这种激烈的学术辩论，却是远远不够的。

除此之外，还有因明学，这是印度各学派辩论中最重要的逻辑工具，若不能熟练地掌握它，想要在辩论中获胜，几乎不可能。

也不光是为了辩论，自己要在印度习经，要到那烂陀寺与那些高僧大德交流学习，要弘扬佛法，要尽自己的力量改变佛教在印度的状况，都必须具备相当熟练甚至是精通的梵语水平。否则，只怕尚未取到真经，就已先枉自送了性命。

这也是他决定暂时停下脚步，留在迦湿弥罗国习经的主要原因。不仅仅是因为迦湿弥罗收藏了大量珍贵而完备的佛典，更为重要的是，他必须在这里借抄经读经之际，系统地学习梵文梵语和“五明”大论，为接下来的游学做好各方面的准备。

门外隐隐传来一些声响，似有人在小声说话。玄奘站起身来，走过去将门打开，却愣住了，只见寺内僧众数百人齐刷刷地站在门外！

一个中年僧侣上前施礼，恭敬地说道：“法师终于起身了，我们都是阇耶因陀罗伽蓝的僧众，特来谒见法师，已在门外等候许久了。”

“阿弥陀佛！”玄奘合掌还礼，“玄奘只是个挂单僧人，诸位师兄何必如此？”

那僧侣道：“昨夜神人托梦，说有客僧为求法至此，甚为稀有。问我们为何还要昏沉贪睡，不去拜谒？当时我们数百人得梦皆同，于是都早早起来，诵经等待天明。今日能见到法师，实为毕生幸事。”

竟有此事？玄奘忍不住朝人群中扫了一眼，只见众僧个个面色虔诚，看上去不像是骗人的样子。想到自己贪睡不起，让常住们等了这么久，心中不禁有些愧疚，于是再次施礼谢过大家。

众僧将玄奘请到客堂就座，就佛法上的问题进行请教。玄奘回答了几条后，突然问道：“弟子昨夜来此挂单，却未见到住持僧伽耶舍大师，不知大师现在何处？”

一僧道：“大和尚在宫中为国王讲经说法，可能要过几天才能回来。”

“原来如此。”

这时，寺门外突然传来一阵喧哗，原来是国王派的人到了，迎请玄奘法师入宫应供。来人还说，国王同时还请阇耶因陀罗伽蓝的高僧们同东土法师一道赴宴。

于是，玄奘稍加整理，便同十几位本寺高僧一同入宫。

国王今天看上去很随便，穿着宽大的袍服，怀里抱着一只小兽，热情地招呼大家。

玄奘以前从未见过这种小兽，见其状如幼虎，又似乳豹，还有一点像东土的狸。只是神色比这三样动物都要温驯得多。

难道是国王命人驯养的狸？玄奘心中好奇，忍不住多看了几眼。

国王盛情邀请玄奘到主宾席上就座，来自各个伽蓝的数十位高僧大德在旁作陪。

宴席上有三净肉，玄奘对此已经习以为常，那些上座部僧人爱吃便吃，自己不吃就是了。

国王偶尔会拈起一块肉来，喂自己怀里的小兽吃。

见玄奘惊奇地看着那只小兽，国王不禁笑道：“这是我的喵呜，阇耶因陀罗寺的藏经楼里也有两只。法师莫看它小，身体却是敏捷至极。有它在，就没有老鼠去啃经书了。”

玄奘恍然大悟，这一路上，他曾在不少寺院的经夹中发现有老鼠啃咬过的痕迹，由于印度佛寺限制外人抄经，因此那些经书多数都是孤本，被老鼠啃掉，着实令人痛心。

他感慨地说道：“想不到迦湿弥罗竟有这等灵物，看着乖巧可人，居然能够保护经书，真是难得。”

国王哈哈一笑道：“法师没见过喵呜吗？其实不光迦湿弥罗有，中印度也有，那烂陀寺的三大藏经楼里养着十几只呢！它们是鼠类的天敌，就算平常吃饱了从不捕鼠，但只要有它们在，藏经楼里就不会再有老鼠和蝙蝠了，不是被吓得搬家，就是不生崽子。莫非东土没有？”

玄奘道：“东土应该也有类似的灵兽，只不过沙门没有见过。”

他之所以觉得应该有，是因为在《诗经·大雅》中曾经看到过这样一句话：“有熊有罴，有猫有虎。”那里面的猫大概有点儿像这个“喵呜”吧？

但是想想又不像，那个猫是与熊虎并列的，应该是一种豹子，估计不会是这种身材小巧容易驯养的小兽。

除《诗经》外，《礼记》中也曾有过一句：“古之君子，使之必报之。迎猫，为其食田鼠也。”

这大概就是捕鼠的兽了吧？然而同文中也提到了：“迎虎，为其食田豕也，迎而祭之也。”还是将猫与虎并列在一起。可见，这所谓的“猫”仍是豹类，且不多见，至少他就没有见到过。[4]

玄奘还知道，有一种小兽是伴随着佛教的传入而进入中土的，那便是“狸”，个头儿比这国王怀里的“喵呜”要大得多，高有三尺，不光吃田鼠，也吃家畜和家禽，猛兽的特征极为明显。中原的寺院里，显然是不可能驯养这种东西的。

国王见玄奘有些踌躇，便又问道：“若是没有喵呜，如何保证经夹放置久了不被老鼠和蝙蝠啃咬？”

玄奘尚未回答，旁边一位大臣抢先说道：“或者东土没有老鼠。”

玄奘道：“东土寺院的藏经阁中也有老鼠，虽然数量不多，依然会对佛经造成一定的破坏。”

“那也就是说，很多经书会因此失传了？”

玄奘微笑摇头道：“恰恰相反。印度的佛经或许会有失传，传到东土的却罕有失传者，除非遭遇重大法难。”

国王顿觉奇怪地问："这是为何？"

"因为在东土，绝大多数寺院里都有抄经僧。"玄奘解释道，"凡到寺院请经的信徒和居士，皆是有善心的仁者，寺院通常都是来者不拒的。所以，中土的经典拥有大量的复本，置于王公贵族和平民百姓家中。莫说是老鼠，便是发生了水火灾难，甚或是普通的法难，都难以摧毁这些经典。"

"竟然是这样……"国王若有所思地点了点头。

玄奘微笑道："大王不觉得，将经典大量地抄录下来，由不同的人带往各地学习并收藏，是保存佛法的最好方式吗？"

国王摇头道："话虽如此，但是这样一来，就显不出经典的尊贵了。"

玄奘奇怪地问道："所谓经典，应该是看的人越多，越显得尊贵吧？"

"那也得看那些读经人的质量。"国王坚持道，"像玄奘法师这样的，我们自然是放开经藏，随你抄录。至于那些贱民，是无论如何都不能让他们触碰的。"

玄奘对此无话可说，心中却在暗暗庆幸，幸好自己来得还算及时，迦湿弥罗目前拥有最完整的阿毗达摩论藏，可以任由他在此抄录整理。不然时间长了，就算有"喵呜"守护，也难保这些复本极少的珍贵经书不受侵害。

何况损毁经书的不只是老鼠，还有水火等自然灾害，再加上更为恐怖的人祸，都会造成巨大的损失。因此，在玄奘看来，与其让捕鼠的"喵呜"来守护经藏，倒不如多抄些复本来得靠谱些。

宴罢，国王向玄奘介绍了阇耶因陀罗伽蓝的住持，迦湿弥罗国最知名的高僧——僧伽耶舍长老。

玄奘赶紧施礼道："早听说僧伽耶舍大师博学多才，又是因明学的权威，玄奘心中仰慕不已。昨晚到阇耶因陀罗伽蓝挂单时，满心希望能与大师见上一面，谁知却是无缘，不想今日在此得见大师，甚是欢喜。"

"不敢！"僧伽耶舍还礼道，"老衲也是久闻法师之名，早就想与法师一同参详佛法了。"

国王哈哈大笑道："这件事得怪本王，这几日，是本王留僧伽耶舍大师在宫中讲经的。如今难得两位高僧在此相聚，能否开讲经论，当众辩难，推演佛法，也让本王和在座的诸位大德见识一下呢？"

玄奘心里明白，这国王是想考较自己的佛法道行。

他来佛国，本意就是为了学习佛法，与僧伽耶舍长老辩论，也只是同门切磋，并无大碍。但他想，这僧伽耶舍长老虽然堪称佛学大师，毕竟看上去已七十高龄，精力和体力都难与自己相比，作为一个远道而来的求法僧，又何必让这位老前辈难堪？但若是主动示弱，又是否会让国王以为自己不过是浪得虚名，以至影响了求法事业？因而一时有些踌躇。

僧伽耶舍长老却是一心想知道这个远道而来的年轻沙门究竟有多大的道行，何来这么大的名气？因而很痛快地接受了国王的提议。

他起身合掌道：“既如此，老僧不才，先行开讲了。”

玄奘无奈，只得合掌应承。

于是，两人面对面地各自坐在一个讲坛上，先由僧伽耶舍开讲，接着是玄奘，随后两人相互设疑论难，辩论采取一问一答的方式进行。

僧伽耶舍先讲部派佛法，再到大乘佛法中的疑难问题，信口提问。他说的梵文雅语中带着一点点北印度口音，偶尔还夹杂着几句当地方言，因此玄奘必须全神贯注，方不致听错听漏。

好在玄奘拥有极强的语言学习能力，经过中亚路上这一两年的练习，听力已相当精确，不仅交流起来不成问题，且能凭借他对佛法的学习钻研，参悟领会，对于僧伽耶舍长老的提问，也算是应答如流。

在座的僧众都没有想到，这个来自遥远国度的年轻沙门，竟然有如此精湛的佛学渊源。虽然他说的梵语稍嫌缓慢，还夹带着一股陌生的异乡口音，却是清晰流畅，并不影响人们听音知义。最重要的是，他能够用极其准确的词汇表达出深刻的佛法教义。但见讲坛上，一宾一主酬答自如，且都互留余地，并不穷追猛打。听的人是如醉如痴，对两位高僧的佛学水平佩服不已。

僧伽耶舍长老博学多才且修为精湛，平日里最是爱贤重士，几个回合辩论下来，便对玄奘的深厚学力和谦逊态度欣赏不已，竟有相见恨晚之感，忍不住欢喜赞叹道：“玄奘法师智慧高超，器量宏伟，老僧深感佩服，老僧认输。”

玄奘忙合掌道：“多谢大师夸奖！大师所讲，令玄奘受益匪浅，何言认输？应该是玄奘认输才对。”

国王非常高兴地说：“二位大师都不必过谦了，本王已经为你们的才华敬佩不已了。玄奘法师远行至此，这机缘殊为难得，还有哪位大德想要请教的？”

此时座中有大乘学僧毗戍陀僧诃、萨婆多学僧苏伽密多罗、僧祇部学僧苏利耶提婆等多人，他们都是道业坚精、多才善解的著名论师，虽然对玄奘的才学也极佩服，但听到僧伽耶舍大师这般称扬，还是觉得有些过了，心中颇为不服，于是纷纷发论诘难。

玄奘不慌不忙，一一应答，国王见他气定神闲，酬对应答无一不恰到好处，且态度谦恭有加，不禁敬佩不已，连连夸奖道：“好学识，好辩才！”

这时，一个大臣进来禀报道：“臣谨遵我王吩咐，从婆罗门子弟中挑选出二十名好学严谨、字迹端正的年轻人做抄书手，现已在殿外等候。”

“好！”国王爽快地说道，“玄奘法师远道而来，只为取经求法，我迦湿弥罗虽说不是什么大国，经本却还齐备。这二十名抄书手，便是专为法师挑选出来，将我国中存放的经书全部抄录一份给法师。另外，本王再增派侍从五人，供法师使用，一切所用文书纸墨材料，概由皇家供给。”

玄奘连忙起身道：“多谢大王！”

走出王宫时，玄奘隐隐听到几声议论：“僧伽耶舍法师和王上为何对这个异乡僧侣如此看重？还专门指派婆罗门给他抄书，也太过了些吧？此人虽有些辩才，但在学问上却未必有多强。”

“可不是吗，你看他从头至尾都没有使用因明论式，显然是从没有学过这个。”

“什么？连因明都没有学过，算什么学者啊？”

“就是嘛！而且你听他讲话虽然慢条斯理，看似稳重，其实是边想边说，口音还奇怪得要命！”

“真是难以想象，僧伽耶舍大师居然会迁就他。要我说，他这个样子去参加正规辩论，非被割了舌头不可！”

玄奘很是惊讶，看来无论什么地方都有这种爱嚼舌根的“凡夫僧”，就连佛国都不例外。

见玄奘走过，那些僧侣全都停止了议论，看过来的眼神中却带上了几分鄙夷之色。面对这样的目光，大多数人都会承受不住，会不由自主地低下头，自惭形秽。然而玄奘经过这段漫长的西行之旅，什么样的人和事不曾见过？对此反而不甚介意，只是冲他们微笑点头，在众人惊讶的目光中飘然而去。

然而，他虽不介意别人说些什么，这些僧侣议论的内容，还是进入了他的心坎，他留在迦湿弥罗，确实是想系统地学习梵文梵语和“五明”大论。

迦湿弥罗国具有悠久的历史和深厚的佛学底蕴，这些，是玄奘来之前就知道的。而在阇耶因陀罗伽蓝，僧伽耶舍长老与玄奘闲谈时就说得更多了——

“迦腻色迦王在位时，贵霜王朝国力强盛，为了教化四方，迦腻色迦王大力推行佛教，每天延请一个僧人进宫为他说法讲经。法师你也知道，当时的佛门正处于部派时期，彼此间都不服气，以致相互攻击，给佛法的传播带来极大的影响，国王对此也是深怀疑虑。后来，胁尊者就给迦腻色迦王提出了一个建议，利用王国的权威召开一次佛经集结大会，以正本清源。国王接受了这个建议，立刻下令召集全印度的高僧，来迦湿弥罗接受供养，集结佛法。”

这个典故，玄奘早在迦毕试国就已经大致听说了，这回听僧伽耶舍长老再次提起，且讲得更加细致，便认真地往下听——

“各地高僧毕集于此，一时盛况空前，却也难免出现鱼目混珠的情况。为使法会继续下去，迦腻色迦王决定从数千名僧人中挑选出一些真正有才学的高僧来进行佛典集结。经过繁复而又严格的选拔之后，四百九十九位僧人被留下。”

说到这里，僧伽耶舍长老突然停了下来，问道：“法师，你知道阿育王时期的第三次佛典集结，是由多少高僧完成的吗？”

“五百位。”玄奘答道，“这就是五百罗汉的由来。”

“正是。”僧伽耶舍道，“迦腻色迦王希望能够仿效阿育王，因此还需要再找一位高僧，以凑足五百之数。”

这也未免太着相了吧？玄奘心中暗想。但他没有说什么，且听僧伽耶舍长老继续讲下去——

这一天，一个衣衫褴褛的青年比丘来到迦湿弥罗，要求参与佛典的集结。

众多的高僧都瞧不起他，对他说：“你烦恼未除，还是先回去好好修行几年再来吧。”

谁知这个沙门却不屑地说道：“各位贤士对于佛法，想必已经没有了疑惑之处。我虽然看上去不学无术，但也略知三藏要旨，为何不能参加集结？”

众罗汉道：“年轻人，讲话不可如此狂妄。你应该退到静处，待证得无学圣果后再来这里，也不算晚。”

那沙门哈哈大笑道：“我立志追求的是佛果，决不会像你们那样专走偏僻小道。你们若是不信，我现在就把这个线团抛起，在它尚未坠地之时，我必当证得无学圣果。”

众罗汉当然不信，于是那沙门向天抛出线团，空中立刻便有天神现身接住，对他说道：“你在做什么？你当在今生证得佛果，三界之中最为尊贵，一切生灵都将仰赖于你，为何要在这里证此小果？”

见此情形，众罗汉不由得对这个年轻人刮目相看，赶紧向他谢罪，尊奉他为上座，凡有疑义，都来请他裁决。

这个来砸场子的青年沙门，就是著名的世友法师。

随后，世友法师同另外四百九十九位高僧一起，编纂了三十万颂的论书，总计九百六十万字，详细解释了佛法三藏，将原本纷乱繁杂的佛经重新统一起来。

迦腻色迦王自然十分高兴，随即下令将佛经镂刻于铜牒之上，封存于石函之中，又专门建造了一座佛塔，用来保存经典。然后他率军返还首都犍陀罗，走到西门之外，面向东方跪下致敬，并将这个国家全部施舍给佛教僧徒。

这个说法与《国志》上所说的不大一样，但都说明了一点，那就是：迦湿弥罗是被圣王施舍给僧侣的。

细节方面的事情，玄奘也不想去深究，他只问了一句："那座佛塔现在还在吗？"

"自然还在。"僧伽耶舍长老道，"相传，迦湿弥罗国是由药叉神守护的，封存经典的佛塔也得到了它们的保护。为了不让外道窃取和损坏千辛万苦完成的经论，国王又规定，如果有人想要学习，就必须在那座塔中受业。"

这个典故玄奘当然知道，若非如此，世亲菩萨也不用费尽心机扮作疯子，来此偷学佛法了。

从这个角度看，这第四次佛典集结，确实让迦湿弥罗完成了印度佛教史上的一次壮举，却也让当地陷入了一种保守自闭的风气中。难怪当月氏、安息、康居等西域诸国的高僧纷纷前往中原译经传道时，号称佛法鼎盛之地的迦湿弥罗国，竟无一人东行弘法。

---

[1]印度用梵文写的韵文，每两行押一次韵，称为一"颂"，一颂大约三十二个音节。

[2]"阇耶因陀罗伽蓝"汉译为"法救论师寺"，"僧伽耶舍"又名"僧迦耶舍"，有些地方意译为僧称法师。

[3]末田底迦，意译为水中、河中等。古印度陀颇罗人，阿难弟子，因在恒河受戒而叫此名。曾被佛陀授记到罽宾传法，为罽宾佛教的开创者，汉传佛教尊其为西方第三祖。《阿育王传》记载是他将郁金香引入罽宾的。

[4]在中国的十二生肖中，猫未占有一席之位，原因是这是一个外来物种。至于猫是何时传入中国的，各种说法不一。一般认为，欧洲家猫起源于非洲的山猫，亚洲家猫起源于印度的沙漠猫。明朝张岱《夜航船》一书中说，是唐三藏到天竺取经顺便把猫带回的，目的是让它保护经书，以防老鼠啮啃经书。民间也有这方面的传说。不过现在又有一种说法，说中国的猫是在十二世纪由中东传入的。我觉得这个可能性不大，毕竟武则天时期就有作为宠物的猫了。至于《诗经》和《礼记》中提到的"猫"，通常被认为是一种猛兽。只不过后来家猫传入后，直接使用了这个名字。据说埃及人称猫为"喵呜"，印度人怎么称呼的并不清楚，这里使用了埃及人的称呼。

第06章

讫利多种

“这些都已经是过去的事情了，如今迦湿弥罗的佛法已不如当年那般兴盛了。”僧伽耶舍长老感慨道。

玄奘道：“何止是迦湿弥罗？如今整个北印度地区，佛法都呈现出衰微之相。相比之下，迦湿弥罗已经算不错的了。只是它辖下的那些小国，在信仰上却有些混乱，也不知是什么缘故。”

僧伽耶舍苦笑一声，反问道：“法师听说过讫利多种吗？”

玄奘茫然摇头。

僧伽耶舍道：“当年，末田底迦罗汉取得这片土地后，建立了五百座佛寺，又从其他各国买来许多奴隶，充作仆役。末田底迦罗汉涅槃以后，这些贱民便自立君王，开始统治这个国家。邻近各国鄙视他们出身卑贱，都不与他们交往通婚，称呼他们为‘讫利多’，意思是‘买得’。”

玄奘点了点头，像这种贱民为王的事情在中原也是有的，特别是南北朝时期，时有从奴隶到皇帝的疯狂大逆转发生。相比之下，印度人的等级观念更强，在这方面自然也就更大惊小怪一些。

“后来呢？”他问。

“后来，阿育王攻占了这个国家，杀掉讫利多王，将这个国家施舍给僧众；再后来，迦腻色迦王在此结集经典，又施舍了一次。迦腻色迦王去世后，讫利多种再度称王，驱逐佛僧，毁坏佛法。”

玄奘觉得奇怪：“他们做他们的王，为何要毁坏佛法？佛门与他们有仇吗？”

“也算有仇吧。”僧伽耶舍长老道，“毕竟前两个圣王都是打着佛门的名义讨伐他们的。”

玄奘有些无语。圣王讨伐讫利多种，要么是出于征服的目的，要么是出于对贱民称王的事情看不顺眼，这关佛门什么事？何以要打着佛门的旗号？

僧伽耶舍接着说道："再后来，睹货逻国的呬摩呾罗王听说了讫利多人灭佛之事，便召集国内勇士三千，扮成商贾来到这个国家，国王把他们当作贵宾来接待。呬摩呾罗王又精选了五百人，身藏利刃，带着贵重珠宝上殿面君，说要亲自将宝物献给讫利多王。

"当时，呬摩呾罗王脱掉帽子奔向宝座，讫利多王于惊慌失措中被斩首。呬摩呾罗王立即通令臣民道：'这些贱民公然施行暴政，所以上天要我来此诛杀有罪之人。你们这些平民百姓，并无罪过。'接着，又将该国的辅佐大臣，全部迁往国外。

"平定此国后，呬摩呾罗王随即召集佛僧，建造佛寺，百姓的生活还如以往一般，并未受到多大影响。离开前，他又在西门之外跪下礼敬，将此国施舍给众僧。"

又是将此国施舍给众僧！看来这迦湿弥罗还真是与佛有缘。

只是，为什么他总有一种佛门被人利用了的感觉？

"那么，其他的讫利多种呢？"玄奘皱着眉头问道。

僧伽耶舍长老长叹一声道："讫利多种由于僧人的缘故而被屡次毁灭宗祀，所以世世代代积累仇恨，嫉恨佛法。"

玄奘忍不住道："这关佛僧什么事？分明是那些为王者瞧不起讫利多种，找个理由征伐他们罢了！佛门一向讲究众生平等，反对战争的。"

僧伽耶舍对此不置可否，接着说道："许多年过去后，讫利多种重新称王。因此如今这个国家，不大信仰佛教，对于外道天祠倒是特别重视。"

玄奘怔了一下问："大师的意思是说，如今的国王是讫利多种？"

僧伽耶舍点头道："正是。"

玄奘仔细回想那个国王——面容白皙俊美，言辞清雅，对低种姓者充满鄙视，怎么看也不像是个首陀罗啊。可看对面长老认真的样子，又不像是在说假话。

他将这个疑惑提出，僧伽耶舍长老点头道："讫利多种做了国王以后，从周边各国抢来婆罗门女子与之缔结婚姻。经过数代之后，相貌上竟与高种姓者无异。你是外来人，自然看不出来，但他确实是讫利多种无疑。"

玄奘道："既然已经与高种姓者缔结婚姻数代，那也就意味着，他身上流的血，大部分都是高种姓的了。"

"这不可能！"僧伽耶舍突然抬高了声音，大声说道。

见玄奘一脸愕然的样子，长老这才意识到自己的失态，忙合掌平息了一下心情，解释道："法师你可能不明白，只有顺婚才有可能融合血缘，像这种逆婚生出来的后代，只会降低种姓，成为旃荼罗。”

玄奘当然知道这个规矩，高种姓的男子可以娶低种姓的女人，这属于顺婚，虽然也会被人嘲笑或不耻，但总的来说还可以接受；而低种姓的男人娶高种姓的女人，却是绝对不被允许的。一经发现，要么处死，要么全家贬为贱民。

这个国王的祖先作为讫利多种，居然能够数代与婆罗门女子缔结婚姻，把持迦湿弥罗国的王位，想来也是凭借超强的武力了。

僧伽耶舍摇头哀叹道：“这真是迦湿弥罗的不幸啊！讫利多种做了国王，就绝口不提他们的血脉。外来的人看他们模样端正，也只当他们是高种姓者，他们自己居然也厚着脸皮承认。像这个国王，以前他的祖先根本就没有资格祭祀天神，可是现在，他不仅装模作样地祭祀起来，还阻止其他低种姓者祭祀，就好像他们跟那些贱民不一样似的。”

这充满哀叹的语气，倒让玄奘觉得好笑。这位老僧出身于婆罗门种姓，虽然出家做了佛门弟子，且学问高超，但骨子里那种高种姓的傲慢与优越感，却是怎么也去不掉的。

他忍不住劝说道：“什么顺婚逆婚，生下来的孩子不都是混血杂种吗？一眼看上去，有什么分别？”

“分别可大了！”僧伽耶舍道，“《摩奴法典》上对此说得清清楚楚明明白白，法师你是个外国人，大概不知道。”

“玄奘知道。玄奘刚进入北印度时，就在滥波国的都城读到了《摩奴法典》，也见到过那里面对顺婚和逆婚的说明。但是玄奘还是有一事不明。”

“法师请讲。”

玄奘道：“我记得《摩奴法典》上还说，世界是由梵天创造的，这话也说得清清楚楚明明白白吧？大师对此怎么看呢？”

僧伽耶舍不禁一愣，面色有些尴尬地说：“老僧身为佛门弟子，当然更相信佛陀的说法。再说，像这种世界起源的问题，属于真理层面，世俗的法典是说了不算的。”

“但是种姓说的根源就是梵天创世。梵天从身体的不同部位造出不同的人来，这才有了各个种姓先天的不平等。佛陀否认了梵天创世，自然也就否认了种姓说。佛陀亲口说过，众生平等。大师觉得这不属于真理的层面吗？”

僧伽耶舍被他问住了，半晌才讷讷地说道：“这话是真理没错，但是有的时候，真理也需要随顺世俗。”

“可是现在世俗方面没问题啊。”玄奘微笑道，“我看这迦湿弥罗的一切都很正常，国家富裕、百姓安宁。国王虽然祭拜天神，对佛法也算敬重，无论是对您这个本国长老，还是对我这个外国求法僧，礼节上都没什么可挑剔的。玄奘觉得，单就护法这方面讲，他未必就比那些高种姓的国王差到哪里去了。可是大师还在为国王的血统烦恼，这似乎与随顺世俗无关吧？”

僧伽耶舍长老一时愕然。

玄奘恳切地说道：“大师，其实你应该知道，《摩奴法典》根本就不是世俗法典，它并不是由某个国王颁布的法律制度，而是婆罗门学者依照《吠陀》经典以及婆罗门的生活法则编成的宗教文书。而我们佛门与他们在很多方面完全不同，当年佛陀十大弟子之一的优波离尊者就是首陀罗，佛陀与清道夫、女奴等人交谈，接受最谦卑的人的供养，从不介意那些人的种姓和血统。大师身为佛门弟子，如何能将一部婆罗门书作为自己生活的指导和善恶的标准？”

僧伽耶舍长老愣了半晌，方才长叹一声道：“其实老僧倒也不是介意他的血统和种姓，只是看不惯这等逆婚之子冒充高种姓者的做派。当年的优波离尊者，至少坦然承认自己是个首陀罗。”

玄奘感到有些无语。做了国王却对自己的出身不自信，想方设法地予以提高。这样的事情东土也有，大唐皇帝不就是现成的例子吗？

不过，这关一个修行人何事？他抬不抬高自己的出身，似乎与他人的修行无关吧？

而且还有一事玄奘也觉得奇怪：“既然大师看不惯这个国王，为何不离开迦湿弥罗呢？”

僧伽耶舍道：“迦湿弥罗乃一方佛土，历代圣王多次将此地施舍给佛门弟子。如若我们因为国王是讫利多种就放弃这个地方，如何对得起佛陀和历代圣王呢？”

玄奘笑着说：“不是所有的僧徒都在乎国王是讫利多种吧？就算他说谎，那也是他自己的事。说到底，皮相、种姓终究是空，佛门弟子一向以修心为务，岂可因一件与自己毫不相干的事而自寻烦恼，影响了修行？”

僧伽耶舍苦笑点头：“法师说的道理，老僧其实也都明白。可是人生活在这娑婆世界，总会沾染上一些世俗的情感，看到不顺眼的事，明知道和自己不相干，心里就是不舒服。这大概就是习气的熏染吧。老僧尚未证果，到底还是个凡夫啊，不及法师这般超凡脱俗。”

这番话发自肺腑，玄奘反倒沉默了一下。

世人会因为某件与自己毫不相干的事而自寻烦恼，这样的事情几乎在每个人身上都会发生，只不过不同地区的人，所介意的事情各不相同罢了。

玄奘当然不会将僧伽耶舍的夸奖当真，因为他明白，他之所以不在乎国王的血统和种姓，不是因为他的修为有多高，性情有多么超凡脱俗，而仅仅是因为他没有从小浸淫在婆罗门教的环境里。

在中原，也有不少人喜欢为与自己不相干的事情烦恼，这里面最典型的例子就是孔老夫子。他曾经说过一句话："是可忍，孰不可忍！"针对的便是当时的季孙氏在自家庭院里用了八八六十四人跳舞一事。依照周礼，乐舞时八人为一佾，"八佾"是天子才能享用的，像鲁昭公这样的诸侯只能用六佾，而像季孙氏这种卿大夫的身份，则只能是四佾。季孙氏居然打破规矩，设置了八佾的大型舞乐，相当于自比天子！这等僭越行为显然超出了孔子的承受能力，所以他才愤怒地说道："八佾舞于庭，是可忍也，孰不可忍也！"

中国的儒家强调等级，衣食住行都讲究秩序，所谓君君臣臣父父子子，要求每个人都必须各安其位，不得随意僭越。若是有人看到这种僭越，即使与自己毫不相干，也会觉得难以忍受。

玄奘心里明白，其实他自己也未能免俗。记得幼年读《论语》时，读到这里，他也同孔子一样，为季氏的僭越而感到气愤。这与僧伽耶舍为"讫利多种"国王行祭祀之事而感到气愤有何不同?

有些事情是禁不起细细思量的，一些毫不相干的事情，在很多人的眼里却是天大的事情，是决不可跨越的关键。因为这关系到一种秩序，以及由这种秩序而带来的内心的安全感。虽然这种所谓的安全感，其实根本就是虚妄不实的。

漫漫西行路，让玄奘于无形之中增长了许多见识，一些原本以为理所当然到想都不需要想的事情，也开始进入他的思维领域。

比如在中原，服饰被当作是一种秩序的象征。人的高低贵贱通过人为规定，什么身份的人穿什么衣服，绝对不可逾越。比如唐律规定商人不可以穿丝绸衣服，不管他有多么富裕，一旦有人发现某个商人穿了绸缎，就会立刻去官府告发。其实也未必会因此获得什么利益，仅仅是因为看不惯而引发了内心的气愤情绪。

而在西域和中亚地区，商人穿丝绸却不是什么了不起的事情。很多国家的贵贱是自然形成的，并且这种地位的高低，在服饰上并无明显的区别。多数商人对此也不在乎，不管多有钱，平常照样穿着粗麻衣，吃着粗劣饭。可见，贵人与贱人在服饰上完全看不出来。

玄奘原本以为，像这样毫无秩序的情况，势必造成国家的混乱，他也确实将一些国家的乱象归因于此。但是现在想想，那些商业国家有乱的，也有不乱的，乱与治似乎与有没有这种人为规定的秩序，并无多大关联。

有时，他会忍不住想起他那个便宜王兄麴文泰，身为高昌国王，却很羡慕中原的舆服制度，总想着全面效仿。结果惹出两场政变，反而把国家搞得乱七八糟的。事实上，他如果能少折腾些，就会发现，即使高昌全民乱穿衣，国家依然是有秩序的。

印度同中原一样，是个追求秩序的地方，在某些方面甚至比中原更极端。在玄奘看来，完全不可理喻的婆罗门教，它的核心教义就是为了保持高种姓者的纯净和避免贱民的反抗而制定的。这是一种建立在宗教之上神圣化了的秩序，把循规蹈矩纳入信仰，使人们遵从于现有的社会制度而不加反抗。

那么，假如没有了这种秩序，五印度会乱套吗？玄奘对此深表怀疑。

说到秩序的宗教化和神圣化，当年的儒家也曾朝这个方向努力过。

东汉章帝年间，皇帝在白虎观以“亲制临决”的法典形式，正式将谶纬神学钦定为一种正统的政治思想。就连那时孔子的形象，也是皮肤泛青、七窍突出，赫赫然如一尊大神。

然而，儒家的神圣化毕竟在时间上稍稍迟了一些。随着佛教的传入和道教的发展，儒家最终在宗教化的道路上缩了回去，继续走人间伦理的道路。

而印度的婆罗门教却在神圣化的道路上走得很远，也正因为如此，它所建立起来的社会秩序，就显得更加牢不可破。

玄奘无奈摇头。算了，还是不要去想这些事情了。他不是印度人，对种姓之说自然没有那么敏感。他站在婆罗门教的秩序之外冷眼旁观，自然很难理解身处其中的僧伽耶舍长老的感受。

身在这个异乡之地，他所关心的唯有佛法，只要那国王不敌视佛法，不伤害佛门弟子，他才不会介意对方是不是讫利多种，是不是首陀罗，是不是旃荼罗。

再说，这么多代过去，血缘之类的早已被冲淡了。如今的国王，身上流着的婆罗门的血，要远远多于讫利多种。他虔诚祭祀婆罗门的神，又崇敬佛法，不让那些低种姓的人读经阅典，以免玷污了神圣的文字和经典。他大概早就忘记自己是一个低贱的讫利多种了，更不会去想，像他这种情况，其实应该属于旃荼罗。

然而他可以忘，别人却不会忘。出于某种坚持，或者某种说不上来的心态，人们总是会有意或无意地提起此事。

“不管他是什么血统，玄奘都希望不要再有什么‘圣王’打着弘扬佛法的旗号来此讨伐了。”玄奘诚恳地说道，“若说是为了维护《摩奴法典》的权威，我还可以理解，但是佛门实在不宜参与此事，也承受不起这个因果，因为这原本就不是佛陀的教化。”

“法师说得也是。”僧伽耶舍长老显然也打算放下这个痛苦的话题了，“我们不说这些了。如今的迦湿弥罗，佛法虽然不太昌盛，好在仍然保留着由世友等五百高僧编写集结的完整佛经。”

玄奘点点头道：“这便是圣贤的遗泽，也是玄奘决定留在迦湿弥罗抄习经文的缘由。”

接着，玄奘就佛学中的一些疑难问题向僧伽耶舍长老请教，僧伽耶舍本就与玄奘一见如故，只觉得与其谈经论道是一种难得的享受，因而对于他的提问，凡是自己知道的，无不一一相告，不辞辛劳地孜孜讲解……

僧伽耶舍的谆谆教导，使玄奘获益匪浅；而玄奘的虔诚谦逊，也让僧伽耶舍长老欢喜叹赏。

“可惜啊，你生在远国，不是五印度人，又没有早一点儿来到这里。”他常常遗憾地说道。

“弟子现在来到这里，不也一样可以学习佛法吗？”玄奘不解地问道。

他从来都不觉得自己学习得晚了，当年法显大师以古稀之年尚且可以学会梵文，这一事实足以说明，只要开始学习，永远都不会晚。

僧伽耶舍长老却摇了摇头说：“你没有系统地接受过五明大论的教育，否则以你的悟性，很多东西根本不需要讲解，也能无师自通。”

又是五明大论！玄奘想起自己离开王宫时，那些中青年僧侣看向他的鄙夷眼神。似乎在印度人的心目中，没有接受过五明大论的教育，就算不上是一个真正的贵族。

“大师所说的五明大论，可是因明、声明、内明、医方明和工巧明？”他问。

“正是。”僧伽耶舍长老抬起头，惊讶地说道，“法师以前学过这些？”

“不曾，只是略知皮毛罢了。”玄奘道，“弟子年少之时，曾蒙故乡的一位老先生传授了些药石针艾之术，可与人治病疗伤，颇有效验，类似于印度的医方明；还有一位朋友，精通建筑冶炼、阴阳历数和占卜星相，其方法虽与印度的工巧明有些不同，却也独树一帜，皆是解决世间问题的手段；倒是内明、声明和因明，弟子接触得少些。”

僧伽耶舍长老道：“内明乃是脱生死天、究畅五乘因果的妙理，似法师这等悟性根器，那是一学就通的；声明是语言、文字和音律的学问，法师的梵文说得还可以，虽说口音有些古怪，但只要不参加辩论，就没什么妨碍的。”

“大师的意思，是不是我不想参加辩论，就可以不用参加了呢？”玄奘突然问道。

僧伽耶舍怔了一下，抬头看向玄奘，徐徐说道：“如果法师要参加辩论，就必须将梵语说得更地道些。此外，巴利语也要有所掌握。”

对于这种说法，玄奘并不是特别服气，他想，自己说的梵语固然有口音，可僧伽耶舍的梵语难道就没有口音了吗？

但看这老僧如此郑重其事，显然是把这当成一个较为严重的问题来看待了。于是便又问道：“玄奘自进入北印度以来，沿途听到很多人说梵语和巴利语，口音都各不相同。他们也都和大师一样说我口音古怪，还说像我这样讲话，遇到某些严格的辩论是会被割掉舌头的。那么，正确的发音应该是大师这样的吗？”

僧伽耶舍摇头道：“老僧的发音也不准确，只能说是被接受了而已，正确的发音都在《声明论》中。”

看着东方客僧微显凝重的黑眸，僧伽耶舍认真地向他解释道：“普通人的口音不同是因为他们没有学习过声明，五印度各个宗派的学者都是严格按照《声明论》中提到的发音和语法来说梵语的。”

“可是《声明论》只是一部书，如何能够显示正确的发音呢？”玄奘不解地问道。

僧伽耶舍道：“书中大致还是有所提示的，但更多的却是源于学者们的口口相授。”

“但是大师方才说过，你的发音也不准确。”

“是的，但我也说过，这种发音是可以被接受的。”僧伽耶舍耐心解释道，“如果你到了曲女城就会发现，那里从国王到百姓，所说的都是真正的梵语正音。各宗派学者参与辩论法会的时候，都必须使用正音。”

玄奘不禁微微皱起了眉头道：“可是佛陀当年却鼓励弟子们使用不同的方言来传教，他不介意语言的优美与否，只强调义理不可偏失，在语言上则尽可能地随顺众生，用他们听得懂的话，将真理传播出去。弟子记得经中记载，有一位优婆塞，讥讽一位比丘用方言诵经，使他感到羞耻。佛陀知道后，还批评了那个优婆塞。”

僧伽耶舍点头道：“你说得对，但那是为了传教，为了让大众都能听懂佛法。佛陀与其他学派宗师进行辩论时，一样要使用正音。因为只有当大家都使用正音时，才不会产生歧义。何况现在已经不是佛陀的时代了。”

“原来如此。”玄奘若有所思地说道，“也就是说，我必须在这里学会梵语正音，才能与人辩论？”

“正是。”僧伽耶舍严肃地说道，“我知道你的名望很高，但名望越高的人越容易被人关注。当年如意论师是如何圆寂的，想必你也很清楚吧？”

玄奘默然点头。

僧伽耶舍道：“好在你进入北印度以来，从未与人举行过正式辩论，这是你的幸运。否则你很可能走不到这里。”

玄奘沉默了一下，双手合十道：“多谢大师提醒。”

僧伽耶舍笑道：“其实像法师这样有佛护佑之人，原本不需要老僧多嘴提醒的。好了，五明之中还有一个因明[1]，这是思维分辨、考定正邪、研核真伪的理学论说。”

听到“因明”这个词，玄奘的精神为之一振。五明之中，他最感兴趣的便是因明，因为他天生就喜欢追求一些有难度的东西，像这种古印度的逻辑学自然很合他的口味。

“听说，大师是北印度因明学的权威？”玄奘恭敬地问道。

僧伽耶舍含笑摇头：“那些不过是别人的谬赞罢了，法师千万不可当真。不过，说起这因明啊，佛家弟子以前是不学的。”

“这却为何？”

“因为过去的圣贤皆以为，人身难得而又短暂，追求解脱尚且不够用，又怎么能把宝贵的时间白白浪费在这些逻辑游戏上？诚如佛陀所言，你被箭射伤，首先要做的是将箭取出，裹伤治疗，而不是去研究那箭是什么材质做成，是谁射出来的。因而在龙树、提婆二位菩萨之前，佛门弟子是看不上因明的。”

玄奘点头道：“果然，真正的罗汉僧不会介意世俗的眼光。那后来又为什么要学呢？”

“因为有人要同我们辩论。”僧伽耶舍长叹了一口气道，“婆罗门有一套严格的教育制度，男子七岁时开蒙诱导十二章启蒙经典，然后授五明大论，通读四吠陀。另外，像耆那教、正理派这些外道，也都擅长使用因明，这种思维考订的方法在辩论中是非常有用的。”

原来又是为了辩论。玄奘无奈地想，为了辩论他必须掌握梵语正音，为了辩论必须学会正确地使用因明论式。辩论真的已经成为印度各学派之间的战争了。

不过，因明是有关论证的理由的学问，虽然自己对其了解不多，却也知道这是大乘瑜伽行派极为看重的逻辑工具，还是很值得认真研习的。

说起来，玄奘对因明也并非一无所知。大约三百年前，古因明就开始传入中原，虽是一门冷僻的学问，却也颇有几卷译本。玄奘少年时就曾读过古因明的早期著作《方便心论》和世亲菩萨的《如实论》，只可惜这些译本在当时的中原都没什么反响，无人对此进行系统的研习和弘扬，更谈不上著述，许多佛门高僧甚至不知因明为何物。

但玄奘通读了那几本书后，却对因明学产生了浓厚的兴趣。这一方面是由于它是一门新鲜的学问，可以满足他旺盛的求知欲；另一方面因为它是唯识学的逻辑工具。

“佛门开始应用因明，是在龙树、提婆二位菩萨之后吗？”玄奘又问道。

“其实，早在他们之前就有人开始使用了。”僧伽耶舍道，“当年龙树菩萨与人辩论时，凭借自己超人的学识和辩才，就完全能够辩破外道、战胜论敌。可惜他这么做也激怒了对方，不仅难以使外道皈信佛法，反而使他们生出了怨恨之心，最终死于外道的逼迫；提婆菩萨继承龙树的衣钵，在破外道方面比他的师父还要尽力，战绩也更加可观，可是最终同样是被外道刺杀致死的。”

玄奘明白了：“所以圣贤们主张学些因明？”

“正是。”长老道，“我们与人辩论，是为了传扬真理和正法，而不是逞一时的口舌之利。因而在龙树、提婆时代，就有许多佛门弟子不同意他们的做法，比如当时的法救论师，就主张学习因明，辩论的时候要讲逻辑。到了无著、世亲兄弟的时候，因明在佛门中已经有了相当的规模。”

玄奘若有所思地说道：“弟子读过世亲菩萨的传记，据说除如意论师外，他的另一个老师也在同外道的一场辩论中失败受辱，世亲菩萨这才开始重视起因明的。”

僧伽耶舍点了点头说：“确有此事。那是数论派[2]的频阇诃婆娑，传说此人所学来自一位龙王，曾在一场由正勤日王主持的辩经法会上辩赢了世亲的老师佛陀蜜多罗，失败后的佛陀蜜多罗遭到一顿鞭笞，佛门因此蒙受奇耻大辱。”

玄奘很是惊奇地问：“数论派的理论很强吗？”

“应该说不弱。”僧伽耶舍回答道，“此派传承已久，除自身理论外，最重要的是，他们特别注重对因明的研究。”

玄奘点了点头，因明是关于逻辑的学问，数论派长期浸淫于此，想必会在辩论中大获裨益。能够战胜佛门论师，自然也不是偶然的幸至。

他思忖道：“如此看来，在世亲的时代，因明研究就已经开始进入繁荣期了，数论一派的力量也便壮大起来，以致引出了佛门论师论败受鞭的故事。不过，依弟子看，这对佛门未尝不是件好事，因为自此以后，佛门便开始重视因明，研究起论辩术来了。”

“确是如此。”僧伽耶舍点头道，“此事过去不久，因明学便成为佛门研究的重要内容，并在佛门弟子的手中得到很大的发展。特别是在世亲菩萨之后，著名的因明大师几乎全部出自佛门。”

“原来如此。”玄奘点头道，“弟子在东土时，曾读过世亲菩萨所著的《如实论》，想来因明学就是在那个时候传入汉地的？”

“现在已经很少有人读《如实论》了。”僧伽耶舍道，“大约一百年前，陈那论师创建的新因明取代了世亲菩萨的旧因明。”

说到这里，长老不禁有些感叹地说：“佛家理论本来就很重视思辨，再加上因明这个逻辑工具，简直如虎添翼，辩论时再也不会出现严重的逻辑问题了。”

玄奘恍然大悟，原来因明学在印度有了如此重大的变革，而陈那论师的新因明对于汉地的佛弟子来说，恐怕是闻所未闻的了。

---

[1]“因明”的梵语是hetuvidyā，读作“希都废陀”。古印度人给因明的定义是：“考订正邪，研核真假的方法。”因乃诸法之因，明乃彻法之智。这定义其实也并不难懂，“因”就是原因，即立论推理的基础、依据；“明”就是学问、知识、系统的学说，“因明”两字合起来，就是关于原因的学问。

[2]数论派，为婆罗门六个正统哲学派系之一，“六师外道”中最早成立的一派。相传创始人为公元前四世纪左右的迦毗罗。数论派认为，世间万象是由某些根本因转变出来的。

第07章

迦湿弥罗的辩经

这天晚上，僧伽耶舍再度来到玄奘的房间，见这位东方僧侣依然埋首于灯下，专注又投入地抄录着经文。

长老很喜欢这个年轻人认真时的样子，仿佛周围的一切都形同虚设，无法影响到他分毫。他忍不住问道：“法师抄经不计日夜，是急于抄完经文，好继续赶路吗？”

“不。”玄奘抬头答道，“这里的经典如此之多，足够弟子认真地学上一阵子了。但念生命短暂，有如白驹过隙，怎敢虚度？抓紧时间多抄一些总是好的。”

僧伽耶舍不禁感叹道：“法师如此精进，实乃佛门之幸啊。”

玄奘抬起头，漆黑的眸子里透出一道光亮问：“大师不嫌玄奘愚鲁吗？”

僧伽耶舍微微一笑道：“法师说哪里话来？以法师的智慧与学识，足以继承世亲菩萨所传法脉了。”

听了这话，玄奘放下手中的笔，起身说道：“既然如此，就请大师收玄奘为徒，为弟子系统地讲授因明和声明吧。”

说罢，俯身跪倒。

僧伽耶舍吃了一惊，赶紧伸手将他搀起道：“法师快快请起，老僧怎敢做法师之师？”

玄奘抬头道：“大师何必过谦？玄奘初窥因明之径，正不知该往何处去。上次听到大师的独到见解，这几日又拜读了大师的著作，真可谓茅塞顿开，获益匪浅。心中早有拜师之念，又恐大师嫌玄奘愚鲁，不堪教诲。”

僧伽耶舍感动之余，又有些奇怪地问：“法师远行至此，是为求法。佛法广大如海，学之不尽，为何还要花费这么多的心思去学习因明和声明？难道真的打算以异国人的身份参加辩论？”

玄奘道：“弟子来佛国之前便曾听说，摩揭陀国的那烂陀寺是五印度的佛学中心，弟子要去那里向戒贤论师学习《瑜伽师地论》。弟子听说，‘因明’这一名称就是在此论中被正式确定下来的。既然它是《瑜伽师地论》的重要内容之一，想必也是通往正理的门户和阶梯。而声明学可以帮助玄奘更好地掌握梵文，读懂经文。至于辩论，那倒不是最重要的。”

听了这话，僧伽耶舍长老长叹一声道：“法师所言不错，《瑜伽师地论》中关于古因明的部分确实很多，是以凡研习因明之人都会去读此论。只是老僧年逾七十，气力已衰，已经很长时间不讲经了。再说，要系统地讲授这两门学问，绝非一朝一夕之事。”

“玄奘不敢让师尊太过辛劳，只希望每日能得师尊点拨一二，便心满意足。”

僧伽耶舍摇头道：“那样的话，便是讲上数年，也不见得能讲完。”

“那么玄奘就在这里学上数年。”

僧伽耶舍大师再次为这个年轻僧侣的求知欲所感动，当即说道：“既然法师求法心切，老僧又怎敢吝法不教？每日讲上一点儿，如此轻慢，怎对得起历代圣贤的期许？依老僧之见，既然要拜师学论，就该立下日课，方有进益。”

玄奘恭敬施礼道：“师尊所言甚是。此事任凭师尊安排，弟子无有不尊。”

僧伽耶舍大师想了想，便提议道：“这样吧，我们每天上午讲《俱舍论》，下午讲《顺正理论》，初夜后讲《因明入正理论疏》和《声明论》，法师你看如何？”

玄奘大喜，忙恭敬一拜道：“弟子玄奘，谨依师尊吩咐。”

听说王城内大开道场，已经多年没有讲经的僧伽耶舍长老重登讲坛，专为东土沙门开讲《俱舍论》和《顺正理论》。这消息一经传开，顿时在国内引起了轰动，迦湿弥罗国境内的高僧以及四方耆宿、饱学之士，纷至沓来，到王城一睹佛学盛事。

一时间，各路高僧齐集王城，广设讲坛、论场，今日讲经说法，明日辩难质疑，偌大的王城顿时变得热闹非凡。

更多的僧人来到阇耶因陀罗伽蓝挂单，在僧伽耶舍长老讲课的时候进入禅堂，一方面旁听老法师的课，另一方面也想见识见识那个东土沙门究竟是个什么样的人。这样，原本只为玄奘一人准备的授课，竟一下子吸引了远近周边的数百位高僧前来听讲。

对此，僧伽耶舍长老毫不在意，只是依照自己的计划按部就班地讲解，将自己全部所学传授给这位亦徒亦友的年轻沙门。

“因明没有什么难懂的，无非就是破与立。”僧伽耶舍长老用一种很通俗的语言来解释因明的概念，“在因明中，通常把提出自己的观点称为‘立量’，把一个完整观点的陈述组合称为‘量式’。一个完整的量式，由‘宗’‘因’‘喻’三部分组成，其中宗是观点、因是依据、喻是实例。这是量式的三支。用这种语言可以建立自己的学说，驳斥别人的观点。”

玄奘沉吟道：“如此说来，因支便是这三支中最为重要的一支了，也是一般人驳斥的重点，难怪此法被称为因明。”

“法师说得不错。”僧伽耶舍道，“但也不能说其他两支就无法驳斥，事实上，很多人会立出有过失的宗题来。若是在辩论中发现了宗的过失，直接反诘是最方便的了。”

“师父能给弟子试举一例吗？”玄奘谦恭地问道。

“好，我便为你举一则最简单的例子。”僧伽耶舍道，“比如我立一宗：蛇有足。你便可直接反诘：此宗与现量相违。”

玄奘点头，因明立量，最常见的便是三种量，即：现量——用事实证明；比量——用逻辑推论；圣言量——圣人所说。

这其中，“现量”是指尚未加入概念活动，毫无分别思维作用，仅以直觉去了知外境的自相。“蛇有足”便是典型的“与现量相违了”。

“我明白了。”玄奘道，“与现量相对应的是比量，就是通过逻辑推理而获得的知识。宗支中既然有‘与现量相违过’，自然也有‘与比量相违过’了？”

“正是。”僧伽耶舍微笑道，“与比量相违过的也有很多，比如‘人不会死’。”

紧接着，他又给玄奘讲解了宗支的其他七种过失及因支的十四种过失，三种比量以及立破的一些方法。

老法师侃侃而谈，玄奘在一旁默默谛听。因明乍一看不算什么高深的学问，似乎很容易入门。然而登堂入室后才会发现，里面的内容极为丰富和琐碎，稍不留神就会出现致命的错误，因而学习起来缓慢而又枯燥。但对于玄奘来说，这并不是一件太困难的事，毕竟在他西行前，曾经师从十三位名师，向其中的六位学习过瑜伽理论，而瑜伽理论中便有因明的成分，如今一遇名师指教，自然能够排疑解难，融会贯通。

迦湿弥罗国地处北印度，气候寒冷多雪，出产龙马及各类新奇的草药等。僧伽耶舍长老也精通医方明，常为来寺院挂单的僧侣百姓看病。他看病的方式很特别，凡是生了病的，首先要求绝食七天。在绝食期间，一般都能自动痊愈；确实不能康复的，才开始用药物施治。

后来玄奘发现，这种奇特的治疗方法并非僧伽耶舍法师独有，五印度的僧医与巫医给人看病，基本上都是如此办理。不同的只是，僧医使用药物加经文，巫医使用药物加咒语，但首先要绝食三到七天却是他们共同遵奉的。

在很多医者的眼中，食物是致病的根源。因此，他们主张对病人先“净身”，即先把病人身体内外荡涤干净。手段不光是绝食，还有催吐、催泻、放血等方法。他们认为，只有病人的身体洁净了之后，用药才有效果。

有时，僧伽耶舍法师也同玄奘一起，到附近的山上采集草药。他告诉玄奘，遇到疾病伤痛，迦湿弥罗的巫医们是如何治疗的，僧医们又是如何治疗的。这二者之间虽有不同，却也可以相互借鉴。

玄奘对印度的医方明深为佩服，印度人称医生为“阿优吠陀”；“阿优”的意思是生命、年龄和寿命；“吠陀”的意思是知识。所以“阿优吠陀”合起来就是有关生命的知识。外乡的人又称这种医学为“吠陀医学”。

吠陀医学中有“地水火风，和合成人”的“四大”学说，认为人体“四大”各有一百零一种病，则全身共有四百零四种疾病。

最著名的“阿优吠陀”是耆域——佛陀时代的名医。佛经里，关于他与佛陀的治疗事迹俯拾皆是。

僧伽耶舍长老便非常敬佩耆域，视其如神，尊他为“佛家医圣”。

《佛说奈女耆域因缘经》中，完整地记录了耆域的故事，玄奘将此作为医学故事书，看得津津有味。

耆域是著名医师宾迦罗的弟子，曾先后担任过频毗娑罗王和阿阇世王的御医。后来他结识并皈依了佛陀，成为佛门大医，并屡次治愈佛弟子之病。

佛陀经常与耆域讨论医学、医术和医道这三方面的问题，他对耆域说：“你我宿命中曾经有约，俱当救护天下。我治内病，你治外病，共同成就救世功德。”

他甚至在耆域的建议下，吩咐比丘们要适当运动、勤洗澡等。[1]

而耆域也非常敬重佛陀，佛陀也会给人治病，并认为一切身心疾病的根源在于对“我”的执着，从我执中所产生的心毒便是贪、嗔、痴，从而引发各种疾病。

因而，佛门医方明要求学僧经医双修，内明与医明并重，广行六度，借病修道。僧侣中，以医方明成就智慧波罗蜜者颇有人在，而这一点，也是耆域格外佩服的。

在佛陀的开示下，耆域证得初果。在他眼里，佛陀实在是各方面的导师，是真正的“大医王”。

耆域的故事使玄奘感慨万千，佛陀经典当真是包罗万象，全面涉及了内明、声明、因明、工巧明和医方明等学问，堪称智慧的宝库。

耆域之后，最著名的“阿优吠陀”是舍罗迦和妙闻。这其中，舍罗迦是迦腻色迦王的御医，他的医著《舍罗迦本集》中，探讨了诊断、疾病预后和疾病分类等问题，并把营养、睡眠与节食视为维护人体健康的三大要素。

妙闻稍晚于舍罗迦，因而他的医学著作《妙闻本集》的内容更加丰富，除解剖学、生理学和病理学外，还研究了内科、外科、妇产科和儿科等病症，计有一千一百二十种。尤其是外科手术，更是神奇至极。书中记有一百二十种外科器具，并有拔除白内障、除疝气、治疗膀胱结石和剖官产等手术方法，所记药物多达七百六十种，极具实用价值。

在学习这些医学著作的同时，玄奘也向印度僧医们介绍了东土的草药和针艾之术，还给他们讲述了那个有关针灸起源的有趣故事——

“很久以前，在一场战争中，一个士兵被箭射中了，幸运的是，他没有死，也没有流太多的血，甚至不觉得有多疼，反而以前常犯的一种顽疾竟然奇迹般地痊愈了！这样的偶然事件后来又发生了几起，一些有心人便开始有意识地用一些尖利的石头，或削尖的木棍来刺激身体的某些部位，用来治疗疾病或减轻疼痛，这就是最早的针灸。”

听了这个类似于神话的故事，很多人颇不以为然。可是，当他们亲眼看到一个嘴歪眼斜、口角流涎、喝水呛咳的老者被玄奘一针下去，症状竟然减轻了不少，变得能说话、能喝水，目光也明亮起来，面目表情也正常了许多时，都不禁连连称奇，忙不迭地询问这到底是怎么一回事。

玄奘回答道：“他是因气血不通才得此疾，我以银针刺其穴位，通其气血，自然可以治愈。”

众僧听了，惊叹不已。

在玄奘看来，东土医学与印度医学各有其经，若能结合起来，确实可大大提高疾病的治疗效果。

除依止僧伽耶舍大师学习因明、声明、医方明及各部派佛典外，玄奘有时也抽空去城中那些新开的经所论场旁听。虽然不参与辩经，但他仔细揣摩每一位论师的话，细细加以领会，以便使自己能够迅速掌握各部派的佛学理论。他本就悟性非凡，听过之后便能触类旁通，夜晚常在贝多罗叶上写下自己的见解。

与此同时，国王派的那二十位抄书手，也住在阇耶因陀罗僧伽蓝里，轮番为玄奘抄书。玄奘则在听课之余，同另外五名助手一起，将这些抄录好的经书校对整理出来。

这座寺院里果然也有两只“喵呜”，看上去就像是两只小狮子，却比狮子小巧可爱得多。玄奘抄经之时，这两个小家伙就在他的脚下转来转去，时不时地用圆圆的脑袋蹭着他的身体，甚至跳到他盘曲的腿上。每当这个时候，玄奘便学着当地人的样子，轻轻挠一挠它们的下巴，或者摸摸它们的脑袋。两只“喵呜”显然很喜欢这种抚摸，立即便会找个舒服的姿势趴下来，发出心满意足的呼噜声。

玄奘不喜欢“喵呜”这个称呼，他依照中原古书中的记载，称它们为“猫儿”。这两只猫儿体毛柔软，看上去乖巧可人，却是不折不扣的小型猛兽，它们的双目明亮如灯，爬高蹿低如履平地，行走起来悄无声息，具有不可思议的敏捷性。

不过，玄奘没有看到过它们捕鼠。实际上，他就没在这座藏经楼里看到过老鼠，这两只猫儿平常吃的是烧熟了的三净肉，它们的存在只是为了吓走老鼠。

转眼几个月过去，在僧伽耶舍长老的精心指点和帮助下，玄奘如鱼得水，不仅了解和学习了印度的五明大论，全面掌握了因明学的知识和逻辑辩论技巧，还抄阅了大量的佛学经典，学业大为精进。

这天傍晚，他同往常一样，要去藏书楼里整理经卷。谁知刚一打开房门，就见十几位中青年僧侣站在门外，都是一脸严肃的样子。

玄奘觉得有些奇怪，问：“诸位师兄是——”

其中一位僧侣上前一步，合掌问讯道：“你便是那个来自边地的玄奘法师吗？”

玄奘皱了皱眉，印度的佛教徒认为，有佛法的地方是世界的中心，没有佛法的地方属于“边地”。生于边地是八种恶报之一，因为你可能一生都无缘听闻佛法。也正因为如此，法显大师在他的《佛国记》中，称摩揭陀国一带为“中国”，这是一个非常典型的宗教称呼。

大唐是有佛法的，当然不属于边地。何况，像这样当面说对方来自“边地”，是一种极不礼貌的行为，甚至可以说是挑衅了。

“沙门正是玄奘。”东土僧人不咸不淡地回应道，“不知诸位师兄是从哪里来的，到此有何见教？”

“我们是迦湿弥罗国诸寺的僧侣。”那人道，“我的法名叫辰那饭荼，一向修习大众部佛法，与法师也算是同道之人。法师来达摩舍罗城已有数月，可曾听说过我的名字？”

玄奘摇了摇头说：“沙门远道而来，每日只是听经抄经，不大过问其他事情，确实孤陋寡闻了。”

辰那饭荼的脸上现出几分失望之色，不过这神情转瞬即逝，随即便又平静如初。

“这位是僧祇部学僧辰那呾逻多。”他指了指自己旁边的伙伴说，“难道法师也不曾听说？”

他紧紧盯着玄奘，那神情仿佛在说，只有最狂妄无知的人，才没听说过这位的名号。

然而玄奘依然摇头，他不介意别人说他无知，他正是因为“无知”，才万里迢迢地来印度求法的。

那个叫辰那呾逻多的脸上明显有些挂不住了，他走上前，冷冷一笑道："看来法师是把全部的心思都用在了佛法修习上，全不把其他人放在眼里。听说僧伽耶舍大和尚非常赏识法师，不仅于佛法上倾囊相授，还说法师可继世亲昆季之风，可有此事？"

玄奘道："弟子万里远行来到佛国，只为能学到真正的完整的佛法。人身难得、生命如露，而佛法又广大无极。若不珍惜光阴，精进努力，便如犯了盗戒一般。幸而佛陀庇佑，让我遇到僧伽耶舍长老，不顾年迈励力敷扬，传授玄奘佛法真谛，玄奘真是感激不尽，无以为报，唯有更加精进而已。至于赏识一说，不过是老法师的抬爱之情，玄奘如何敢当？"

辰那饭荼及同来的僧侣们见这东土法师说话不卑不亢，确是高僧风骨，心中不禁暗自赞叹。

这些中青年教众大都年富力强，其中一些人已在此地求法修习多年，论学识虽然比不上僧伽耶舍，但在当地也算小有名气。他们这次到达摩舍罗城来，只为修习和辩论。谁知住了几日，听到最多的竟然是玄奘的名字。

特别是僧伽耶舍长老，常常感慨地对他们说："那个东土学僧实在是难得的佛学奇才！我看在迦湿弥罗的僧众之中，还没有人能够超过他。唯一可惜的是，他出生的国家太遥远了，没有机会亲近圣贤的遗芳，又不能久居于此。否则，以他的聪明、学识和修养，足以继承世亲菩萨的风骨了！"

僧伽耶舍长老对玄奘的夸赞，无疑将他推向了风口浪尖。这些当地僧侣自然不服，纷纷说道："那个沙门来自遥远的边地，年纪又轻，口音又古怪，他能读过几夹经书？想必是个徒有虚名之辈，大师又何必如此看重他？"

"是啊，我们在此修习多年，不仅熟知各类经典，也获得了很多名誉。大师反说我们都不如他，这也未免太过分了吧？"

僧伽耶舍长老看了这些僧侣一眼，淡淡地说道："愚笨的人得到知识和名誉对自己毫无益处，不但损了自己的幸福，还会刚愎自用，造出孽因。"

听了这话，辰那饭荼等人越发恼怒，于是结伴来到玄奘门前诘难。

玄奘将这些僧侣请到自己的禅房内，众人围成一圈坐下，开始就一些佛学上的问题展开讨论。

虽然对僧伽耶舍长老的评论不以为然，但众僧对于玄奘的学识与辩才还是很清楚的。他们只是在想，这个外国沙门来此不久，就算有几分辩才，也不过是仗着自己年纪轻、反应快占些优势罢了，未必就真有那么高的学问。于是便故意挑些冷僻深奥的典故诘难，意在难倒玄奘。

玄奘心里明白，这些人是专程来向自己挑战的。这样也好，既然在佛国学经，哪有不应对辩论的道理？回答这些僧侣的问难，也算是对自己这段时间所学的一次检验了。

这么一想，心情倒越发平和宁静，对众僧提出的佛学典故从容道来，对那些疑难的地方，也都剖析得明明白白，很轻松地便将这些挑战者一一驳倒。

众僧此次前来，原本是存了些轻视之心的，如今见这远道而来的沙门面色从容，语言流畅，回答问题平淡冲和，亦刚亦柔，毫无蹇滞，脸上却无丝毫傲慢的态度，都不禁为之愕然。

辰那呾逻多毕竟是僧祇部的高僧，还算有些修行，与玄奘对论几句后，便知对方是个真正的学者，且为人谦逊，处上风而不骄横，一言一行都留有余地，心中越来越佩服。当即起身，恭敬礼拜道："法师气度非凡，学识渊博，学僧远不及矣，今日冒昧前来打扰，深为惶恐。"

见辰那呾逻多已经心悦诚服地认输，众人自然也说不出什么来，纷纷拜别而去。

从此玄奘声名大振，很快传遍迦湿弥罗，传遍北印度的各个国家。

这以后的日子里，没有了辩经的干扰，玄奘终于可以继续踏踏实实地潜心于佛学之中。

对玄奘来说，这样的时光总是过得飞快，一转眼，他在这个北印度佛国已经生活了整整一年。

这一年，对玄奘来说至关重要，他取经的目的地本是摩揭陀国的那烂陀寺。但是在进入那里之前，他必须做好充分的准备，学习语言、逻辑等应用知识。而现在，他已经准备好了。

这一年来，玄奘的梵文大有长进，不仅能够熟练地使用悉檀体[2]写作论文，且在与来自五印度的各个高僧学者的交谈中，各地的语言和方言也都能熟练地转换和应用，口音越来越接近于梵语正音，为他日后的求学打下了坚实的基础。

这一年来，玄奘对印度佛学进行了一次系统而全面的了解，将五百罗汉第四次集结的三十万颂佛经一一细读并抄录，读完了九十六万字的佛教典籍，拥有了属于自己的梵文经藏，并开始着手翻译抄录下来的经书。

这一年来，玄奘几乎参观了迦湿弥罗所有的圣迹。他巡礼了五百罗汉的遗迹，又参拜了迦腻色迦王用石函封记铜经文的大塔。在那座大塔里，他见到了迦腻色迦王手书的经文，此经封存在一个石函之中，已经保存了数百年……

然而玄奘始终没有忘记自己的使命，所谓千里搭长棚——没有不散的筵席。他决定离开迦湿弥罗，继续前行。

看到玄奘在精心捆扎包裹那些抄录好的经文，僧伽耶舍长老和众多僧侣颇为不舍，纷纷劝他长住下来，别再四处奔波。

玄奘道："蒙恩师和诸位大德盛情挽留，玄奘安敢不遵？只是玄奘此行是为求法取经、利益众生，又怎能贪图一地之安逸，止步不前呢？正所谓天外有天，佛法无边，让玄奘去中印度吧，玄奘定不负大众所托。"

这番晓之以理、动之以情的话，让高僧们非常感动，他们明白玄奘去意已决，无法挽留，遂不再劝阻。

贞观四年（公元630年）三月，玄奘告别迦湿弥罗，告别恩师僧伽耶舍和热情的国王，告别藏经楼里那两只可爱的猫儿，带着四匹马拉的经文，离开了迦湿弥罗都城，一路往西南方向而去。

一路上风餐露宿，走了七八天，一百四五十里路，终于在大河以北、大山之南，发现了一座大众部佛寺。

玄奘立即进去挂单，这里面居然有僧徒一百多人。住持告诉他，从前佛地罗论师曾在这里撰写大众部经典《集真论》。

歇息一晚后，玄奘继续往西南方向行走了七百多里，越过一道山岭后，抵达半笯蹉国。

这也是北印度的一个山国，国中没有君主，隶属于迦湿弥罗。

玄奘一路行来，发现这里的山峰峡谷居多，农田较少，盛产各种花卉和水果，特别是庵没罗果、庵弭罗果、乌谈跋罗果、跋达罗果、茂遮果[3]，当地人酷爱这些水果的美味，家家户户种植成林。

这里的佛教同样衰微，国中有伽蓝五所，都已荒废倒塌。除都城北部一间佛寺内有几个僧人外，其余地方都没有看到僧侣。

好在当地民风质朴，百姓们也信佛，对过路的玄奘颇有好感。无论他走到哪一家，都有新鲜的果子招待，他们甚至用甘蔗来喂玄奘的马，然后聚在一起，听这远来的僧侣讲些简单的经文。走之前，又在他的行囊里塞满干果。

离开了好客的村民，玄奘一人四马，在山间行走了十余日，到达下一个国家——曷逻阇补罗国。

这里的地势依然险要，大部分地方都是山岭，平原狭小，物产不丰，民风刚烈。居民们肤色黝黑，个子矮小，身上裹着皮毛，形貌甚是丑陋，猥琐。

都城内有几所简陋的伽蓝，有少量僧徒在里面修行。婆罗门天祠只有一所，却是富丽堂皇，门前聚集着大量的外道，看起来甚是热闹。

在这所神庙前，玄奘遇到了一支前往中印度的商队，领头的名叫钵利奥逻，随行的五六人都是同一家族婆罗门种姓的商人，此外还有七八个雇来搬运行李的首陀罗奴隶。

钵利奥逻虽为婆罗门种姓，却虔信佛陀，因而一看到玄奘就热情地打招呼，问出一连串的问题——

“你这沙门不像是本地人，打哪儿来的？怎么就一个人？还牵了四匹马！你也打算做点生意吗？我跟你说，这里的民风不太好，你要当心被抢劫！倒不如跟我们一起走吧，我们人多。不过，你得先让我看看你都带了些什么奇货！”

玄奘觉得好笑，对这个热情的商人道：“多谢盛情！我是远来求法的僧侣，对做生意没什么兴趣。这马上带的也不是货物，而是经夹。”

钵利奥逻显然不信，玄奘便给他看了自己的行李。果然，四匹马背上驮的除了干粮、饮用水和一小部分文具衣物外，其余的全是经夹。

钵利奥逻顿时肃然起敬，恭恭敬敬地顶礼谢罪道：“是弟子太过鲁莽，冒犯了圣者。”

玄奘依照印度的习俗，为他摩顶祝福，搀他起来道：“你没有冒犯我，倒是我要谢谢你为我的安危担忧。”

钵利奥逻笑道：“法师这是准备到哪里去？”

玄奘道：“暂时打算先去磔迦国，再去中印度。”

钵利奥逻大喜道：“巧了，咱们同路！法师与我们一起走吧。”

玄奘微笑点头说：“你们打算什么时候走？”

“现在就走。”钵利奥逻道，“我跟你说法师，这曷逻阇补罗国没什么好看的，城中也没有君王。我在这里待了两天了，只想早点儿离开。这里的人模样丑陋，性情粗暴，说出来的话也是庸俗不堪，都是些低劣不祥之人。像法师这样的，还是离他们远点儿好。”

对于他的评价，玄奘不置可否。但要说早点走，他倒是没意见。

---

[1]《佛说温室洗浴众僧经》：佛告耆域：“澡浴之法，当用七物，除去七病，得七福报。何谓七物？一者然火；二者净水；三者澡豆；四者苏膏；五者淳灰；六者杨枝；七者内衣。此是澡浴之法。何谓除去七病？一者四大安隐；二者除风病；三者除湿痹；四者除寒冰；五者除热气；六者除垢秽；七者身体轻便，眼目精明。”

[2]悉檀体为梵文的一种字体，从公元四世纪开始，梵字转化为笈多字体，六世纪出现悉檀字体，十一世纪时，天城字体取代了悉檀字体，使用至今。十九世纪，欧洲人开始用拉丁字母转写梵文，但跟天城字体是并行不悖的。玄奘当时使用的梵文应该是悉檀字体。

[3]庵没罗果，即今天常说的杧果；庵弭罗果又称罗望子，是一种夹状果实，可以入药；乌谈跋罗果是一种无花果；跋达罗果又称滇刺桑，酸枣树的一种，果实很小；茂遮果是一种芭蕉科植物，有点像香蕉。

第08章

《吠陀》的世界

一行人整装出发，行走了一个多月，终于出了克什米尔地区，来到位于印度北部拉微河和印度河中间的磔迦国[1]。

磔迦国，算来也是北印度地区的一个大国了，周围有一万多里，因为靠近沙漠地带，又正值夏季，所以这里气候干燥，暑热多风。不过，这儿的人却很漂亮，个个浓眉大眼，态度友善。

玄奘一行人先到了阇耶补罗城，打算找一家寺院歇息，但在城内转了一圈儿，居然看不到一间佛寺，倒是婆罗门教的天祠，一所挨着一所，足有上百所！

商人们都有些累了，钵利奥逻建议到天祠里去投宿，玄奘无可奈何，只好应允。

他们选择的天祠就在城西门外，相对偏僻一点儿。

钵利奥逻上前敲门，玄奘和商人们站在他的身后，而那些首陀罗奴隶，则牵马站在二十步以外的地方等候。

这个天祠内有婆罗门教徒二十多人，身上穿着野蚕丝织成的憍奢耶衣。他们见投宿的人中有一个佛教沙门，不禁觉得奇怪。

钵利奥逻正要介绍，一个年轻教徒突然说道："这位就是在迦湿弥罗舌战群僧、讲演佛法的玄奘法师吧？"

玄奘心中暗暗惊奇：第一没想到这些婆罗门教徒居然也知道佛门的事情；第二没想到人家只一眼就认出了他。于是合掌上前道："不敢，沙门正是玄奘。仁者是怎么认出来的？"

那教徒笑道："这里面只有法师一人在脚上穿衣，所以猜到的。"

玄奘低头看看自己脚上的草鞋，不禁哑然失笑。

印度人没有穿鞋的习惯，无论贫富贵贱，几乎所有人都光着脚走路，偶尔冒出个穿鞋的，确实引人注目。

初到北印度时，玄奘原本也想入乡随俗，但最终还是决定不委屈自己的脚。北印度白天炎热，地面被太阳晒得滚烫，光脚踩上去很容易烫伤；夜晚寒气从北方高大的雪山上吹下来，赤脚行走又极容易受寒伤身。何况还要翻山越岭，万一不小心被尖锐的石子或荆棘刺伤，岂不白白耽误了时间？因此，他便使用当地的香茅或吉祥草为自己编织草鞋，以保护双脚。印度到处都是这两种草，穿烂了就随手扔掉，再换一双。想不到，这竟然成了别人辨识他的标志了。

看到一个颇具传奇色彩的异国僧侣，这些婆罗门教徒显然都非常高兴，纷纷欠身施礼道："法师的学识令人佩服，我们听说后都想见上一见。想不到今日就来了，这真是大梵天王的保佑啊！"

说罢，立即将玄奘和众商人请到天祠内歇息。

玄奘心中很是感动，看来印度各国的婆罗门教与佛教之间，并不都是你死我活的敌人，有些地方反倒是彼此了解、相互敬重的。这阇耶补罗城的婆罗门教徒能够摒弃教派纷争热情地招待他们，已经足够说明这一点。

商队中的首陀罗奴隶们并没有随主人一起进入天祠，只在外面将行李货物和玄奘的经书卸下，摆放整齐后便同马匹们一起去马棚内歇息。至于那些行李经书，自有天祠内的高种姓仆人帮他们抬进去。

玄奘一向睡得迟，在房间做完晚课后，便决定去找一位教徒借几本婆罗门教的典籍来看。

刚一出门，恰好碰上那个在门口猜出他名字的年轻教徒。玄奘向他说明来意，那教徒问道："法师想看什么书呢？"

玄奘道："《吠陀》，可以吗？"

这是婆罗门教最古老的经典，自进入北印度以来，玄奘就反复听人提起过这部书。人们都说，《吠陀》代表的是知识。这使得玄奘非常好奇，一直希望能有机会看一看，因为他相信，从这部经典中他可以深入了解印度人的思维方式。

不过他也知道，婆罗门对这种圣典非常看重，一般是不会拿给外国人特别是异教徒看的。自己也就这么一问，即使被拒绝了，也损失不了什么。

果然，那青年教徒很是惊讶，犹豫了一下，还是点头道："法师稍等，我去问一下祭司。"

"多谢仁者！"玄奘合掌道，"请问仁者怎么称呼？"

"我叫色跋罗。"那教徒道，"法师是个有名望的学者，我想祭司一定会同意的。"

果然，等了不一会儿，色跋罗就回来了，双手捧着一叠贝叶夹。

玄奘向他道了谢，便在房间里翻看起来。

佛教与婆罗门教最大的不同，是佛教没有创世神，而婆罗门教有，他们信奉梵天创世说。不过，他们并非单纯的一神教，除梵天外，还有其他神祇，但这并不能动摇“梵天创世”的根本理论。

《吠陀》里的宗教思想并不复杂，也没有太多的哲理和推导。相反，它的教义非常简单，说到底就是三条——吠陀天启、祭祀万能、婆罗门至上。

“吠陀天启”就是说，吠陀的思想是由梵天亲口启示给人类的，是不可以随意改变的。

“祭祀万能”，顾名思义，是说宗教的最高与最终形式就是祭祀。婆罗门教有很多不同的宗派，主祭不同的神明。每一个宗派都极其重视祭祀，他们认为只有祭祀才可以讨得神的欢心，从而达到各种不同的目的。

“婆罗门至上”就更好理解了，婆罗门的地位凌驾于其他各种姓之上不可动摇。当然，这也是梵天的意志。

婆罗门垄断了对《吠陀》的解释权，他们将最高之神称为“梵主”，即婆罗门主。祭神者称为“梵志”，即婆罗门种姓，宣扬神为人之本性，人为神之体现，因而人与神共一梵体。

就着那些闪亮的银匙灯，玄奘饶有兴味地一路读了下去——

大梵天是有名字的，他叫婆罗贺摩，是创造一切的本源，即创造之神。

《吠陀》中说，梵天是从漂流在水上的一颗金卵中诞生的，因而这颗卵又被称为“梵卵”。他出生后，梵卵的剩余部分扩张成为宇宙。

“这不就像盘古开天辟地一样吗？”玄奘心中暗想。

三国时，徐整的《三五历纪》中说：“天地混沌如鸡子，盘古生其中，万八千岁，天地开辟，阳清为天，阴浊为地……”与这里关于梵天的出生的描写是多么相似啊！果然，伟大的文明之间总有些共通之处。

不过也有人说，梵天是至高存在“梵”和阴性能量“自性”或“幻象”的儿子。

在宇宙创造之时，梵天创造了十一位“生主”，据说是人类的祖先，摩奴就是其中之一。除此之外，他还创造了七位圣哲，共同协助宇宙的创造。

由于他所创造的生主和圣哲都是从他的精神而非肉体中生出来的，因此他们又被称为“心之子”。

《吠陀》里面当然少不了提到种姓思想，且讲出了具体的原因。书中说，梵天用口创造了婆罗门，用手创造了刹帝利，用膝创造了吠舍，用足创造了首陀罗。因而，各个种姓是天生的不平等。

种姓制度已经渗入印度人的骨子里，各种姓的人在地位上泾渭分明，即使是最低等的人，也不觉得由婆罗门来掌握教权、垄断知识有什么不合理的地方。就像商队中的那些首陀罗，他们平静地干着粗活，平静地去马棚睡觉，脸上丝毫看不出有什么委屈和不满。

玄奘迅速地将这一页翻过，看这种涉及种姓的东西，总会令他产生一种沉重的感觉，还是看梵天与诸神的故事比较有趣——

梵天虽然是创造之神，却并不常介入诸神的事务，更少涉入生死大事，因此又有一个遍入天神毗湿奴，专司保护梵天创造的东西，即保护之神。

此外，还有一个大自在天湿婆，即毁灭之神。

这三大主神作为生发者、维持者与融化者，分别代表了宇宙的创造、维持和毁灭三个过程。

玄奘对那个湿婆大神尤其感兴趣，《吠陀》中说他是死亡和时间的化身，头戴骷髅做成的花环，由魔鬼和邪恶精灵陪伴左右。梵天创造了他，却控制不了他，以致让他斩掉了自己的一个头。梵天又被称为“四面佛”，但其实他原本有五个头，只不过第五个头被湿婆砍掉了。

在玄奘看来，这个喜欢破坏的家伙应该是一个恶神才对，谁会喜欢一个连创造神都敢伤害的破坏者呢？可偏偏印度人主供湿婆大神的最多，包括他借宿的这所天祠。看那些教徒毕恭毕敬的样子，他就觉得这真是一个很奇怪的现象。

为什么要供奉一个破坏者？难道是因为他很厉害？他有梵天厉害吗？

玄奘百思不得其解。

关于湿婆砍掉梵天头的典故，玄奘就曾不止一次地听一些当地人绘声绘色地说起过。他们说法各异，然而令玄奘备感惊异的是，多数人从感情上站在了湿婆这一边。

一种说法是，有一天，毗湿奴问梵天，谁是创造宇宙的至高无上的创造者？梵天回答说：“我是创造宇宙的至高无上的创造者，所以，毗湿奴你也应该崇拜我。”

梵天的话令湿婆大怒，因为湿婆认为他才是创造宇宙的至高无上的创造者。于是，愤怒的湿婆砍掉了梵天的第五个头。

还有一种说法是，梵天创造了智慧女神辩才天，又娶了她。从伦理上说，辩才天应该算是梵天的女儿。这种有悖人伦的做法惹恼了湿婆，故而将梵天的一颗头给砍掉了。

想不到，这个凶恶可怕的破坏之神居然还在乎人间伦理，这令玄奘感觉甚是有趣。

这时，色跋罗又回来了，显然是不放心这部圣书。印度的书籍复本量极少，像《吠陀》这样的书，一座神祠里最多只有一部，可不能随随便便地落在异教徒的手中。

玄奘将《吠陀》还给色跋罗，随即提出了一个问题："我见过很多信仰多神的教派，大多崇拜那些象征吉祥或胜利、财富或权力之类的主神，为什么你们会崇拜毁灭之神湿婆？"

色跋罗道："湿婆大神不仅是毁灭之神，还是生殖之神。你看到我们供奉的林伽了吗？那就是湿婆大神的阳器。它的底座是约尼，即女性生殖器，象征湿婆的妻子。"

听了这话，玄奘着实吃惊不浅。

他一进神祠就看到那根所谓的"林伽"了，当时只是觉得这根柱子很奇怪，"林伽"是梵语"标志"的意思，他原以为这是湿婆使用的武器或者法器什么的，没想到事实却大大超出了他的预料。

"另外，"色跋罗接着说道，"湿婆还是苦行之神，终年在喜马拉雅山上修炼，通过最严格的苦行和最彻底的沉思，获得最深奥的知识和最神奇的力量，这也是我们这些婆罗门修士所追求的……"

"等等，"玄奘更纳闷了，"你说湿婆在雪山上修苦行？那他不是也要打坐入定吗？"

"是啊。"色跋罗眨着眼睛道，"爱神伽摩曾经将雪山神女引到他的面前，破坏了他的苦行，令他重堕爱欲之中。结果湿婆神大发雷霆，发出神火，将爱神烧成了灰烬！"

"居然如此狂暴。"玄奘苦笑道，"湿婆修苦行、烧爱神，你们却供奉他的阳器，他究竟是纵欲还是禁欲呢？"

"这有分别吗？"色跋罗反问道，"生殖与毁灭、创造与破坏、纵欲与禁欲，原本就是相依相存的，这也是湿婆的性格。难道生不就意味着死，禁欲不就意味着纵欲吗？"

玄奘不禁有些发呆，不得不说，这确实是很棒的逻辑，以致他连当场反驳的心情都没有了。

后来他才知道，湿婆派的婆罗门教徒主要供奉的就是林伽，拜人形湿婆像的反而极少，有些教徒的胸前甚至还佩戴着林伽的标志。

或许，生殖和死亡真的与这婆娑世界的每一个人都息息相关，所以湿婆神才会受到广泛的崇拜吧。

见玄奘若有所思的样子，色跋罗更加眉飞色舞地说："湿婆还是舞蹈之神，他创造出刚柔两种舞蹈，被誉为舞王；他拥有一支强大的军队，全部由妖魔组成，他是它们的统帅，所有的妖魔都受制于他；他的妻子是雪山神女突伽天，美艳而又嗜杀，同样具有生殖和毁灭这两种力量。有一回，突伽天从后面用双手捂住了湿婆的双目，结果从湿婆额头上瞬间生出了第三只眼！这只眼睛能喷出毁灭一切的神火，杀死神和一切生灵。他曾经用这只眼睛将三座恶魔城市烧成灰烬，也曾用这只眼睛将那个引诱他脱离苦行的爱神无情地烧死。此外，他还是风暴之神，能发出毁灭一切的闪电！他连梵天的头都能砍下来，你不觉得这种力量很强大、很令人向往吗？”

原来还是崇拜强者的心理在作祟啊！玄奘心中暗想。

既然提到了梵天，玄奘便又问了另一个问题：“沙门在印度各地看到过很多婆罗门神殿，其中主供湿婆的固然最多，其次是毗湿奴，却极少看到有供梵天的，这是怎么回事？梵天不是创造之神吗？最不济也是三大主神之一，为何却很少有人崇拜呢？”

“法师有所不知。”色跋罗微笑道，“梵天是因为受到了诅咒，所以才乏人崇拜。”

“诅咒？”玄奘更加好奇，“谁能诅咒一个创世神？”

“是婆罗门仙人布里古斯。”

居然是婆罗门仙人！玄奘顿时惊讶得说不出话来。

在印度，仙人是介于天人、人和阿修罗范畴之外的一个存在，他们中的一部分是由凡人苦修而得到神通，一部分是世袭的，还有一部分是精通《吠陀》的圣人贤哲，拥有博学的知识、较高的道德和一定的法力神通。他们大多衣衫褴褛，却颇受人尊重。

玄奘一直觉得这些所谓的“仙人”，其实就是出类拔萃的婆罗门修士，有的还是学者，比如创作《罗摩衍那》的诗人蚁垤仙人和数论哲学的创始人迦毗罗仙人，以及著成《声明论》的语法学家波你尼仙。当然，还有那个给初生的佛陀看相的阿斯陀仙人。

要说这些仙人都曾通过禅修或苦行而获得了一定的神通，这个还可以理解。但要说他们连梵天这样的创世大神都能施以诅咒，就让人觉得太不可思议了。

他忍不住问道：“仙人通常都是凡人吧？最多介于人与神之间，怎么可能连主神都能诅咒呢？”

色跋罗摇头笑道：“这个世间有两种神：一种是天上的众神；另一种就是婆罗门仙人，又称梵仙，他们是人间的神！法师你是个外国人，所以不知道。梵仙是极其尊贵的存在，就连天神都对他们充满敬畏，否则，众友仙人也不会用骇人的苦行去得到它了。”

“这是什么意思？众友仙人又是何人？”玄奘问道。

色跋罗道：“众友仙人原本是一位刹帝利国王，名叫憍尸迦。他看上了极裕仙人那头能满足一切愿望的如意神牛，提出用无数财富去交换它，却被极裕仙人拒绝了。于是憍尸迦就企图用武力抢夺，他派出众多军队去讨伐极裕，都被出身婆罗门种姓的极裕仙人轻易击败。他的军队被消灭，他的儿子们被极裕仙人的诅咒烧成了灰，从天神那里借来的各种武器和法宝也都被一一化解。惨痛的失败让这位国王终于意识到，刹帝利的力量与婆罗门相比是如此渺小，于是下决心修大苦行来改变自己的种姓。他修行了几千年，终于把自己的种姓变成了婆罗门。”

听了这话，玄奘顿感惊奇地问：“原来种姓还可以通过苦行来改变？”

“通常不能，除非你有令众神动容的勇气和决心。”色跋罗认真地说道，“憍尸迦就是如此，在他修行一千年后，大梵天表示可以认可他为一位王仙，但他认为自己的目的没有达到，于是继续苦行下去。

“后来，因陀罗派出一名美丽的天女弥那迦下凡去诱惑他，企图破坏他的苦行。而弥那迦一开始也成功迷惑了他，但是后来众友识破了因陀罗的诡计，将已经怀孕的弥那迦赶走。后来弥那迦生下了一个女儿，就是著名的沙恭达罗[2]。

“梵天见他的决心如此之大，亲自赶来授予他‘大仙’的称号，这可是只有‘生主’才能享受到的殊荣！但是众友仙人还是拒绝了，他说他的目的是成为婆罗门，于是继续苦行。

“天神们得知众友仙人的苦行不仅没有停止反而变本加厉，一个个吓得胆战心惊。因陀罗又派出一名天女兰跋前去诱惑众友仙人，但立刻就被识破，兰跋被愤怒的仙人变成了一块石头。

“最后，众友仙人的苦行功果终于被梵天和所有天神承认，如愿以偿地成为一位梵仙。极裕仙人也承认了他的修为，两个人最终化敌为友。”

听到这里，玄奘不禁摇头道：“天生的种姓居然要通过数千年的苦行来改变，这是在说明成为婆罗门有多难吗？问题是，他成为婆罗门又能怎样？是为了取得一个尊贵的地位，还是仅仅为了抢夺极裕仙人的那头神牛？他最终得到那头牛了吗？”

“这我就不知道了。”色跋罗道，“不过，婆罗门仙人的法力是很强大的，就连三大主神都要屈服于他们，否则就会遭到他们的惩罚。”

“他们如何惩罚神呢？”玄奘好奇地问道。

“主要是使用诅咒。”色跋罗答道，“这些诅咒一旦发出，必然会实现，就连发出诅咒者本人也取消不了。毗湿奴就因为婆利古仙人的诅咒而在凡间转世了好几回；因陀罗也经常被诅咒、制裁和戏弄；还有梵天大神，仙人布里古斯邀请他参加一场祭典，但梵天却沉浸在妻子辩才天的音乐之中，完全不理会仙人的呼唤。仙人一怒之下便诅咒梵天，永远没有人类会崇拜他！所以法师你也看到了，五印度境内，供奉湿婆和毗湿奴的神庙遍地都是，供奉梵天的却寥寥无几。”

玄奘不禁感到奇怪：“如此说来，这些婆罗门仙人竟是连诸神都招惹不起的人物了？”

“那是自然。”色跋罗得意地诵出了一首偈子，“世界受制于诸神，诸神受制于咒语，咒语受制于婆罗门，婆罗门就是我们的神。”

原来如此！天上的诸神居然受制于地上婆罗门口中的咒语，也算是一奇。而且这样一来，婆罗门的实际地位岂不是超过了诸神？他们可以用咒术役使诸神，而诸神则必须照办无误，否则就会受到惩罚，连创世神梵天都不能幸免！

既然天上的诸神都必须按照婆罗门的意志行事，可见这些人间的神，根本就不是什么梵天的“仆人”，而是统治宇宙的神中之神了！[3]

色跋罗念完那个偈子，仔细观察玄奘的神色，却发现这位法师的脸上并没有流露出那种寻常人常见的敬畏表情，不禁微微有些失望。

他却不知，玄奘心中的失望不逊于他。本来是想听些有趣的故事的，谁知道绕来绕去，最终还是绕到了“婆罗门至上”的种姓制度上。

玄奘并不因此惧怕什么，是因为他早就已经见识过所谓的“诅咒”。这种纯精神的攻击对于一个真正的信仰者来说，从来都是无效的。

谢过色跋罗后，玄奘回到禅床上，结迦趺坐，任那如水的思绪在心中静静流过。

他知道，这个世界很不完美，莫要说什么“众生平等”，便是人与人之间，甚至神与神之间，也难得平等。

可难得归难得，不见得就不追求了。中国自古就有“王子犯法，与庶民同罪”这一说法，虽然这个说法极少被当真，但至少还有这么个说法。这种追求、这种说法本身，也是一种期望。

而像印度这样，从宗教、道德乃至法律的层面上支持这种不平等，却是他从未见过的。

他想起国内有些老百姓，虽然也很苦，但他们之中总还有人时不时地喊出“王侯将相，宁有种乎”这样的口号。而那些胆子小的，安分守己的，则靠行善积德企求来世。就算希望再渺茫，总归还有个希望。

而印度的婆罗门，却为自己编织了一个不可超越的神化地位。并且他们的经典认为，首陀罗和旃荼罗是没有来世的，他们根本就不存在所谓的“希望”。

这就是出身婆罗门的僧伽耶舍大师，会对身为讫利多种的迦湿弥罗国王祭拜神庙的行为持鄙视态度的原因了。

这种情形之下，佛陀能够建立一个宣扬“众生平等”的宗教，给生活在底层的人一个希望，这是何等不易！玄奘虽未生活在佛陀的年代，却已能感受到那如同刀光剑影般的争斗！

自从佛教和耆那教在印度兴起，婆罗门教就渐渐有些衰落了，以致很长一段时间，印度半岛呈三教鼎立之势，各教派之间通过论战来分辨正邪，吸引教众，宗教辩论之激烈可想而知。

印度是佛陀诞生的国度，却有着如此严密精微的逻辑学和辩论法则，对于在宗教辩论中失败者的处置极为残酷和血腥。玄奘初到时对此很不理解，现在他终于有些明白了。

在印度，一场论战的胜败不仅关乎个人荣辱，更直接关系到论师所在宗派的前途和既得利益。对于参与辩论的人来说，每一场论战几乎都是在以性命相搏。因此，当他坐在论台上，他便赌上了他的全部权利乃至身家性命。他必须全神贯注，全力以赴，这中间的过程可谓险象环生，不亚于一场战争啊!

在婆罗门天祠内睡了一宿后，玄奘与同行的商队告别了这些热情的婆罗门教徒，继续前行。

不久，他们来到奢羯罗城。这里是磔迦国的故都，玄奘去时，城垣已经崩坏，可是基址犹存。周围有三十多里，其中更有一座小城，周长不过六七里，看来是古代王城的遗址。城中居民倒也十分富裕安宁。

要说这里比阇耶补罗城强一些的地方就在于：一进城门就看到一所佛寺，里面有一百多个僧徒，虽然研习的是声闻乘佛教，但玄奘依然感到很舒心，至少可以到佛教伽蓝里去投宿了。

寺院的旁边还有福舍，专门用来救济贫苦居民，施舍药物和食品，并为旅行者提供衣食，解决他们旅途上的麻烦。

尤其令玄奘感到高兴的是，在这所佛寺中，他居然见到了自己中亚路上的伙伴般若羯罗法师!

“自迦毕试国一别，已是两年未见，不知师兄一向可好？”玄奘坐在般若羯罗的禅房内，问道。

“不及与师兄同路之时多矣。”般若羯罗笑道，“那时行路虽苦，总还能共参佛法，现在做了国师，反倒有些不自在。羯罗已经上奏国王，许我暂时辞去这个职位，好去那烂陀寺求学一段时间。”

“去那烂陀寺？”玄奘惊喜万分，“我也正要去那里，这么说，又可与师兄同路了。”

“这便是羯罗与师兄的善缘了。”般若羯罗开心地笑道，“大王初时不放我走，说我早有声名，何必再去求学？羯罗便跟大王说：‘王上，您听说过玄奘法师吗？他在迦湿弥罗的时候，让这个国家所有高僧都为之折服，声名早已传遍了整个北印！可尽管如此，他不还是一心求法，无有止境吗？’听了羯罗的话，大王无言以对，只得放行。”

“阿弥陀佛！”玄奘合掌道，“师兄谬赞了。”

般若羯罗接着说道：“大王跟我说，去那烂陀寺可以，但无论如何都要途经羯若鞠阇国，会见尸罗逸多大王，以通两国之好。师兄可准备去那里吗？”

玄奘点头道：“羯若鞠阇与摩揭陀相邻，国中圣迹很多，玄奘一定会去那里的。”

般若羯罗大喜道：“记得过黑岭的时候，就羯罗和师兄两个人，那个时候又担心迷路，又担心遇到强盗。这次可不同了，大王专门派了一队侍从做手力，护送羯罗去那烂陀寺。我看师兄身边也有商人为伴，加起来总共有三十多人，倒也是一支像样的队伍了。就算是强盗来了，只怕也得躲着我们点儿。”

玄奘微微一笑，他觉得般若羯罗实在是过于乐观了。记得当年从高昌国出来的时候，也是三十人的队伍，不还是遇到了强盗吗？更不要说离开素叶时，统叶护可汗派了一队骑兵护送他，照样有不长眼的盗匪拦路。

不过，他没在乎这个，因为还有更重要的问题：“前些日子，玄奘经过阇耶补罗城，那里竟无一座佛寺。玄奘不明白，这磔迦国的国王真的信奉佛法吗？若是信奉，怎么能允许自己国内的一座城市里完全没有佛法的存在？若是不信，又为何会拜师兄为国师？”

般若羯罗笑道：“大王是信佛的，但也信婆罗门教。师兄你觉得奇怪吗？这个地方的人大都如此，好学多闻，却又邪正兼信。”

玄奘果然觉得奇怪：“何为邪正兼信？”

“就是他们往往一个人信奉好几种宗教或宗派，有些婆罗门教徒也相信佛教的轮回学说，有些佛教徒也接受婆罗门教的等级之说，这在别的地方是没有的。”

这在中原倒是很常见的。玄奘想，既信佛又信道，还信民间鬼神的中原人实在太多了！只是没想到，印度也有这种情况。

然而细细一想又有不同，阇耶补罗城那座天祠里的教众，虽然敬他这个沙门，却依旧执着于他们自己的信仰。所谓婆罗门教徒接受轮回学说，以及佛教徒接受等级之说，想来不过是这两种宗教在数百年的争斗中相互影响和妥协的结果。

---

[1]磔迦国相当于今天巴基斯坦的阿萨路尔，与北印度的旁遮普邦相邻。

[2]沙恭达罗，印度古代诗人和戏剧家迦梨陀娑的七幕诗剧《沙恭达罗》中的主人公。诗剧中的沙恭达罗在自然界中长大，秀色天成，洁质自生，与森林中的小动物始终有着亲密的关系。后来与国王豆扇陀相识相恋，两人以干闼婆的方式（不经父母之命、媒妁之言的自主婚姻）私自成婚，后因怠慢了过路的仙人而遭遇了很多波折，但他们始终坚贞不渝。沙恭达罗堪称集自然美、朴质美和青春美于一身的理想女性。

[3]有关仙人的神话在印度文献中十分常见，一些著名仙人在各种宗教和文学作品中登场，占有非常重要的地位。仙人故事的种姓倾向性十分明显，婆罗门的能力超过了三大主神，例如推选最受人类爱戴的主神时，湿婆和梵天都因怠慢婆利古仙人而落选，获此殊荣的是对仙人毕恭毕敬的毗湿奴。

第09章

波罗奢森林

数日后，玄奘再次同般若羯罗法师结伴同行。不过这一次不再是他们两个，有来自迦湿弥罗的钵利奥逻商队，以及磔迦国国王派出的服侍保护般若羯罗的十几名手力与他们同行，一行三十余人浩浩荡荡地向西南方向行进。

渡过旃达罗婆伽河，又在那罗僧诃城中住了一晚。第二天清晨出城，行数十里路，便来到了一片郁郁葱葱的大森林中。

这是一片真正的原始丛林，林间古树参天，藤葛缠绕，一眼望去无边无际。

“这些大都是波罗奢树[1]。”般若羯罗指着那些高大的树木，对玄奘说道，“磔迦国的僧侣商人们又称这里为波罗奢森林。”

这些波罗奢树的叶子十分宽大，表面色青，汁液却是赤红的，所以当地人多用它来做染料，也有巫医用它制药。玄奘搞不清楚这种树叶到底能治什么病，看着有点不靠谱的样子，因此也不敢乱用。

“这里可不像是有人走过的样子……”他的目光停留在那些密密麻麻的灌木丛中。

“有人走过。”钵利奥逻走到他的身边，插嘴道，“这里的树长得很快，如果走的人不多，路就会很快被掩盖住。”

一行人在林间缝隙处小心翼翼地穿行，脚下积满了枯枝落叶，人马踩在上面松软无比，发出“嚓嚓”的声响。

林间光线很暗，抬眼望去，茂密的树冠遮天蔽日，很难看见天空。树间藤蔓遍布，树下荆棘丛生，各种植物纠缠在一起，密密麻麻的，连野草也难生长……

还有那千年的古藤，纠结缠绕在树上，如龙蛇盘踞，垂下百丈长条。这些长条又成了一众长臂猿的玩具，只见它们不时牵着藤蔓，从这棵树荡到那棵树，成群结队，悠然自得。

看到玄奘一行人进来，猿猴们呼啸着在树枝间跳跃，有那胆大的干脆站在不远处，瞪着一双红红的小眼睛盯着这些人的一举一动。待人群走近，便打一个转身，敏捷地蹿到树上，众猴“嘶嘶”地喊叫喝彩，森林中一片生机盎然。

玄奘觉得有趣：“这些猴儿倒不怕人，想是这里人迹罕至的缘故。”

“但愿我们也不会遇到人。”钵利奥逻嘟哝了一句。

“这是为何？”玄奘奇怪地问道。

“因为遇到的人十有八九是强盗。他们百十成群，常聚在山林间劫掠行人。”

玄奘忍不住朝四周望了一眼，这里阴森幽暗，的确是强盗盘踞的好所在。想想看，自己这一路西来，在那穷山恶水之间，也不知遭遇过多少次强盗了！

众人一边说着话，一边深一脚浅一脚地觅路而行。森林里一丝风都没有，闷热厚重的潮气压得人几乎喘不过气来。

这样艰难行走了两天，始终没有望见森林的边际。所有的人都已筋疲力尽，脚下软绵绵的像踩在了海绵垫子上，商人们开始盘算着找地方休息了。

玄奘却对那些波罗奢树的花朵产生了兴趣——眼下正是开花的季节，他在林中走了两天，特别注意到这些花的颜色，竟然会随着时间的推移而变色！日出前为黑色，日照时为红色，日夕时为黄色。玄奘原本以为这是太阳照射出来的光线效果，特意凑近了细看才发现不是光线的问题，确实是花色变了，当真神奇得很。

正当他饶有兴致地研究这些树花时，忽听不远处传来大象的沉闷叫声，几个磔迦国来的手力欢喜道：“前面有野象群，这附近应该有水源！”

大家鼓起劲头，又往前走了一段，前方果然出现了一块开阔的滩地，中间凹下去很大一片，显然是一个水池。

手力们欢呼一声冲上前去，却发现池水已经枯竭，只剩池底一洼污浊的浅水，不禁都失望地叹了口气。

玄奘朝远处望了望，只见这个水池大约半亩，池内外生长着密密麻麻的矮小灌木和荆棘，坡上则是一大片树林，成群的野象在林间悠闲地漫步。

他指着那些野象道：“既然野象群出没的地方会有水源，那也就是说，真正的水源一定就在不远处。”

“法师说得没错。”钵利奥逻喘着气道，“不过我们现在还是先休息一下，再找水吧。”

这一提议得到了大家的一致支持，人们从牲畜的背上卸下行李，七歪八倒地坐在地上休息。

突然，一声尖锐的哨音从林中响起，声音凄楚尖厉，听得人汗毛直竖。

大家不由自主地屏住呼吸，目光转向那哨音传来的密林方向，谁也不敢作声。

哨音刚落，就听得四周传来一阵窸窸窣窣的声音，打密林深处蹿出五六十个大汉，大都面孔黝黑。他们有的白巾缠头，身着短衣；有的则赤身裸体，只在腰间系一根长绳。却是个个手执刀杖，朝玄奘等人逼了过来。

商队和手力们大惊失色，一个胆小的奴隶拔腿就逃，却被离他最近的强盗冲上前去一刀砍死了。

见此情形，其余的人都不敢再动弹了。

眨眼工夫，强盗们已将这一行人团团围困在当中。先将行李货物全部抢夺过去，然后举着刀杖，逼令众人除去外衣，放置在一旁。

一个强盗上前提起玄奘的经包，嘴里嘟哝了一句："什么东西这么重？"手上用力一扯，只听"哗啦"一声，数十夹贝叶经撒了一地。

"这沙门！拿这么好的布包这些东西，不造孽吗？"强盗嘴里骂着，将所有的经包抖开，几个衣衫不整的家伙开始哄抢那些包布，有的直接缠到了头上，有的围在腰间。一个头领模样的家伙大声吆喝着，不准他们将这些东西据为已有。

玄奘自踏上西行之路起，已经不止一次地遇到过强盗劫财，大概是有菩萨的庇佑，每一次都能侥幸逃脱，因此并不感到惧怕。只是看到自己一向珍惜的经夹被扔得满地都是，还是禁不住有些心痛。

看看财物归置得差不多了，强盗头领朝四周使了个眼色，其余的家伙"唰"一下围拢过来，解下腰间的麻绳，把这一行人全部捆绑起来。

当大伙儿发觉不妙时，为时已晚，此时的他们除了束手就擒，已经没有了反抗的机会。

"你们……要做什么？"钵利奥逻不甘地抗议道，"不是已经……已经……把财物都给你们了吗？"

那强盗头领冷笑道："实在不好意思，我们都是本地人，若是抢了你们又让你们跑了，难保你们过后不带人前来讨要。"

"我们不会的！"看到希望，几个商人赶紧恳求道，"我们向大神发誓，不会再讨要这些财货。求求你们，饶了我们性命吧。"

强盗们对求饶的人群不理不睬，将这一行人捆绑齐当后，便像赶羊一般，将他们赶到那枯水池边，显然是要一众加以杀害。

人们惊恐万状，当真是上天无路，入地无门了。

玄奘跌跌撞撞地来到枯水池边，冷眼四顾，发现这个水池里似乎还有些水，但显然不是很深，里面长满蒿草藤萝、荆棘树丛，人一进去估计就会被这些枝枝蔓蔓埋没。

这时，身后的强盗们已经在“叽叽咕咕”地商量着分赃了。玄奘转了一下头，想看看般若羯罗在哪里，背上却猛地挨了一刀背，接着便听到一声吆喝：“不准乱动！”他只得再次将目光转向水池。

然而就在此时，他竟意外地发现池南荆棘丛中有个洞穴！一半在水里，一半被荆棘遮掩着，不知深浅，更不知能不能通到外面去。

我可以从这个洞穴逃走吗？玄奘的头脑飞快地思索着，眼下大部分强盗还在分赃，暂时顾不上他们，也认定这些“猎物”跑不了，因而只有一两个喽啰在他们身后巡视，应该是个逃走的好机会。或许，这个洞穴就是菩萨专门设计好了留在这里的……

可是，若要进入这个洞穴，最好的方式是抓住池边的藤萝下到那个地方，我现在双手被缚，如何过得去？

正思索间，忽觉有人轻轻触碰了他一下，回头一看，竟是般若羯罗。他不知何时凑到了玄奘身边，而那个巡行的强盗，已经走到另一边去了。

“师兄，”玄奘压低声音道，“我们逃走吧……”

听到这个“逃”字，般若羯罗明显有些惊异，小声问道：“往哪里逃？”

玄奘示意他往枯水池那里看，般若羯罗顺着他的目光望去，困惑地摇了摇头。那个水穴非常隐蔽，他所在的角度一时看不出来。

商人和手力们还在高一声低一声地哭泣，玄奘心里明白，这么多人一起逃生是不现实的，一旦被强盗发觉，他们一个也逃不了。何况天知道那个水洞是否通向外面。只怕是条死路的可能性更大一些……

眼下只有他和般若羯罗两人先尝试一下，看看能不能逃出，再去找人前来搭救，或许还有一线生机。

想到这里，玄奘冲般若羯罗使个眼色，纵身朝那枯水池中跳了下去！

坑中长满荆棘杂草，玄奘一落下去，就觉得全身像被人用刀子割了一般，眼前一阵发黑，险些昏迷过去。幸好下面还有一点儿水，冰冷的水花溅到身上，头脑立刻清醒了许多。

般若羯罗虽不知他要干什么，却也紧随其后，跳了下来。

玄奘此时双手被缚，双腿陷入淤泥半尺有余，自然无法接应对方。眼前的荆棘丛挡住了他的视线，使他也搞不清楚般若羯罗有没有受伤，便是受伤也顾不上了。

他小心翼翼地观察了一下周围后，轻声说道：“师兄随我来！”便奋力拔出脚来，蹚着齐腰深的水靠近洞穴。

坑中的泥很黏，走不了几步，草鞋就留在了泥里。

般若羯罗咬牙跟随在后，耳边是各种嘈杂的声响，他看不清岸上大声叫嚷的强盗，也看不清那些混乱的商人和手力，身上虽多处被荆棘刺破也浑然不觉。唯一感到不适的是，脚下的淤泥散发着一股恶臭，里面竟时不时地有人骨翻上来！估计是以前的受害者吧，这么一想，不禁浑身汗毛倒竖。

好容易来到玄奘身边，他终于看到了那个洞穴，险些叫了出来！

这时，有两个强盗已经攀着坑边的藤萝从上面溜了下来，他们挥舞着缺了口的砍刀，口中大声地叫嚷怒骂，显得杀气腾腾。可是池中荆棘太多太高，扎得他们受不了，池底的森森白骨也令他们感到极不舒服，所以走了没几步就又退了回去。

玄奘蹚水钻入水洞之中，般若羯罗也随后钻了进来。

这里看上去幽深黑暗，水面上绿藻轻浮，偶有白骨出现在眼前。四周的岩石犬牙交错，有些地方还能看出黑色的血迹。

“师兄……”般若羯罗背靠洞壁，喘息着说道，“这里这么多白骨，能走得出去吗？”

“试试看吧。”玄奘道，“实在走不出去，死在这里也无妨。”

说着话，他已经在洞壁的尖石上磨断了绳索，又替般若羯罗解开绑缚。

“我的小腿疼得厉害，这里好像有水蛭……”般若羯罗皱着眉头道。

玄奘也感觉不对，勉强抬起一条腿，震惊地发现小腿上已经爬满了水蛭，个个都有中指那么长！

玄奘不是没见过水蛭，这种东西在蜀地的稻田里也时有出现，但都很小。这里的水蛭实在太大了！可以清晰地看到它们身体两端那恐怖的吸盘，以及吸盘中间锐利的牙齿，它们用其中的一头牢牢地咬在皮肤上，身体以肉眼可见的速度膨胀着……

般若羯罗的情况显然也是如此，而且水中还有大量的水蛭和其他虫子朝他们游来。眼下除了赶紧离开这个恐怖的地方，他们什么都不能做。

两人相互扶持着，努力朝前爬去。

他们全身都已被坚硬似铁的荆棘刺得血肉模糊，脚也严重扭伤，更不要说腿上还挂着不知多少水蛭。可眼下已经顾不上那么多，只能走一步看一步了。

水洞里越来越黑，地面也是时软时硬，坎坷不平。两个僧人佝偻着身体，一步步地向前挪行。

就这样七拐八弯地行了数百丈远，终于发现前方隐隐透出了光亮。

玄奘知道那边肯定是出口，心中升腾起希望之火，脚下加劲，很快便走到了水穴的出口处。

这里水流湍急，竟是一个小型瀑布，两人站立不住，顺着瀑布一直跌落至一个小水潭中。

所幸水潭不是很深，二人又都通些水性，挣扎着爬上岸后，又立刻相互帮忙，揪下爬满全身的水蛭扔回水里。

“阿弥陀佛！也不知你们前生做了什么，今生变成这般模样……”

这些水蛭的身子已经比刚才大了不止一倍，被它们咬过的伤口还在不停地流血，看上去很难止住。好在般若羯罗在这方面有些经验，顺手将潭边的黑泥抓了几把，也不管玄奘怎样抗拒，不由分说地把伤处敷了个遍，又给自己的腿上也敷了一遍，居然真的止住了血。

玄奘脱下贴身短衣撕成四片，把他们的小腿包扎起来。心中暗自庆幸，总算捡回了一条性命。

“师兄……”般若羯罗指着不远处，低声道，“看那儿……有条路……”

玄奘直起身，顺着他手指的方向望去，灌木间果然有一条羊肠小路，弯弯曲曲地通向森林外面。

有路就有人，两人都不禁打心眼儿里感谢佛祖，又想到还有三十多人在强盗手中生死未卜，当真是一刻也不敢耽搁，顺着小路一口气飞跑了两三里路，终于出了森林边缘，转上了大路。

他们看到的第一个人是个农夫，约莫五十岁的样子，赤着上身，正在牵牛耕地。而在那农夫身后不远处，隐约可以看到简陋的村舍。

玄奘与般若羯罗赶紧上前，施礼求助。

那农夫抬起头来，不禁大吃了一惊！只见这两个陌生人光头赤足，脖子上散挂着佛珠，看模样是沙门，却不知为何这样衣衫不整，身上又是泥又是水又是血，手臂等裸露在外的地方几无完肤，有些伤口深可见骨，令人触目惊心。

“你们……是沙门？”那老农难以置信地问道，“从何而来？怎么弄得这么狼狈？”

“我们是去那烂陀寺求法的沙门。”玄奘长话短说道，“在前面的森林里遇到了一伙盗贼，有五十多人，把我们的行李衣物尽数劫走，还要加害性命。幸好池中多荆棘杂草，又有一条水道，我二人这才侥幸逃了出来。现在还有同伴三十多人被绑在树林里，不知生死，万望仁者想办法搭救搭救。”

那老农听了这番话，大骂道：“那帮天杀的！时常侵扰行人，弄得村里的人都不敢单独出门。如今竟连沙门都抢，当真不怕因果吗？”

他一面说，一面解下耕牛，把缰绳交到玄奘手里，道：“二位法师在此稍候。”

说罢，就朝着远处的村庄跑去。

两人焦急地等待着，心中不住地为那些落在强盗手中的同伴祈祷。

不知过了多久，就听村庄里突然传出一阵螺声，接着又有人打起鼓来，一时间鼓声号声响成一片。

不一会儿，那老农又跑了回来，在他的身后，跟着百十个手持农具和棍棒的村民。

“强盗呢？他们在哪里？”村民们大声问道。

玄奘赶紧说道：“就在前面不远处的波罗奢森林里，我带你们去！”

村民们跟随两个沙门赶往出事地点，他们一边跑，一边吹螺打鼓呐喊，以壮声势。

两个沙门竟然逃走，强盗们初时还感到有些气恼，但想到这二人被荆棘刺伤，那水洞也未必能通到外面去，估计闷死在里面的可能性更大，因此也不太介意，分完赃物后便拿着刀子逼近众人。

被缚之人个个惊恐万状，一时间哭声喊声求饶声响成一片，强盗们乐得哈哈大笑，早忘了那两个逃走的沙门。

听到村民的螺鼓之声，这帮强盗居然还在发蒙——是谁走漏了消息？

一个眼尖的喽啰指着远处尖叫道：“快看！是他们两个！”

强盗们万万没有料到，那两个沙门不仅从他们眼皮底下成功逃脱，居然还敢回来，且回来得这么快！看见来的人多，强盗们不敢抵抗，拿着财物蹿入林间，转眼间便逃得无影无踪。

玄奘引领众村民来到池边，见那些商人和手力依然被绑成一堆，脚下堆满散乱的贝叶经，不禁长长地松了一口气。

也亏得那些强盗心情好，只管以吓人为乐，并不急于加害，这才使得众人侥幸逃过一劫。

于是赶紧上前，同般若羯罗和众村民一起，给这些几乎被吓晕了的伙伴一一松绑，安慰一番。

这时坑底又传来一阵微弱的哭喊声，玄奘往下一看，只见有三四个受伤的商人和手力跌在下面，他们估计是被吓坏了，也想学两个沙门的样子逃走，却没有找对路径，此时正在荆棘丛中苦苦挣扎。

玄奘和般若羯罗赶紧抓住身边的藤萝下到池中，将那些伤者解开绑缚救了上来，众人七手八脚地替他们摘掉身上的水蛭。

村民们都很淳朴，热情邀请大家到村中投宿，众人自是感激不尽。

灾劫已过，玄奘终于松了口气，俯身将散落一地的贝叶经收拾起来，这些都是他在迦湿弥罗抄录整理的经文，想是因为太多太重，又不值钱，强盗们便将之随意抛撒了一地。

好心的村民们也上前帮忙，很快就将附近能够找到的贝叶集中起来。

经卷太多不易搬运，村民们又纷纷解下外衣、割些藤萝，将这些经文包成几包带回村庄。

经历了这场劫难之后，大家虽然性命无损，所受的惊吓却着实不轻，有不少人受了伤，商人们的财物尽失，更是沮丧至极，边走边悲泣涕零。

玄奘安慰他们道："我东土有俗语云，'天地之大宝曰生'，生命还在，就说明你最宝贵的东西还没有丢。小小衣资，不过是些身外之物，诸位仁者不必在意，慢慢再想办法吧。"

玄奘的乐观感染了众人，大家听了稍为宽怀。

钵利奥逻道："是啊，想我们刚刚遇到强盗，形势那般险恶，只觉得性命都难保，现在虽然损失了财物，总算保住了性命，也算万幸了。倒是多亏法师不惧怕强盗，危难之时还能想办法逃脱，这才救了大家的性命啊。"

玄奘轻叹道："沙门也不过是遇到强盗的次数多了，见惯不怪了而已。说起来，这还要感谢佛菩萨的加持。"

听了这话，商人们都有些不甘地说："佛菩萨固然慈悲，救了我们性命，却为何不救我们的财物？现在我们两手空空，前途渺茫，真不知该如何是好了。"

"可不是吗？法师的行李也丢了，经书倒是保住了。这样看来，倒真像是有菩萨在保佑呢。"

玄奘道："经乃三宝之一，能为众生开启无上智慧，且一旦丢失便无处找寻，菩萨自然宝之重之。至于钱财，不过是些流动之物罢了，就如那空中之风，河中流水，本来就不属于我们，顶多是从我们手中到了另外一些人手中，不仅不会丢失，且如流水一般，终会回来。诸位檀越但请宽心，这一次保住了性命，还怕日后不能重整旗鼓吗？"

钵利奥逻点头道："法师说得在理，东西丢了，能不能回来暂且不说，眼下除了释怀宽心，确也别无他法了。"

此时天色已晚，这支狼狈不堪的队伍便在这座小山村里安歇了下来。玄奘和般若羯罗住在先前见到的老农家中，好心的老农见这两个沙门伤得不轻，便请家人熬些草药来给他们清洗伤口，两人自是感激不尽。

夜晚，玄奘躺在藤床上，却怎么也无法入睡：一来天气闷热，二来伤势沉重，三来银踪被强盗们掳去，不知命运如何，心中悬念得很。明知道众生各有各的缘法，缘尽则散，挂怀也是无用，但还是忍不住去想……

这样一直挨到下半夜，才昏昏沉沉地睡去。

梦中，他看到一个金色的菩萨现身空中，指着一片巨大的杧果林对他说道：“玄奘，看到那片庵摩罗林了吗？那里有一位圣者，可以告诉你修行的真谛，汝莫失此缘……”

庵摩罗，意译为“奈树”，其实就是杧果。难道菩萨是在告诉我，这附近的杧果林里，有一位圣贤？

睁开眼睛时，天已大亮，虽然身上依旧有些刺痛，但比起昨日却好了不知多少倍，也不知是那老农家的药好，还是梦中菩萨的加持力……

起身诵了一卷经文后，玄奘便踏出房门，正看到那老农牵着一匹白马来到他的面前：“法师，这马是你们的吗？”

玄奘大喜过望！那老农牵着的正是银踪，玄奘只当再也见不到它了，却不承想它竟自己跑了回来！

银踪见了主人，仰天长鸣一声，声音中充满快活。玄奘惊喜交加，险些落下泪来。

“老檀越，这……这马……如何到了这里？”他声音发颤地问道。

老农笑道：“是我村中的一个牧童找到的。他在村外见到了这匹马，就把它带了回来。我猜想这可能是你们的，看它与法师这般亲热，应该是没错的了。”

“阿弥陀佛！”玄奘合掌道，“老檀越真是善士！对了，那位牧童在哪里？沙门要好好谢谢他。”

老农道：“他去放牛了，区区小事，不必言谢。”

玄奘感激不尽，突然又想起了什么问：“老檀越，这村子附近是不是有一片庵摩罗林？”

“有啊。”老农惊讶地说道，“离此也不是太远，法师问那里做什么？”

“玄奘听说那里有一位圣贤，想去求教。”

老人沉吟半晌，方才说道：“那片密林，平常很少有人去的。只听说林中住着一位瑜伽行者，今年已经一百七十岁了。法师所说的圣贤，莫非就是他吗？”

“正是。”玄奘忙施礼道，“那密林在什么地方？”

这时般若羯罗走了过来，听到“密林”二字，吓了一跳，忙插嘴道：“师兄身上有伤，就在这里好生静养几日，不要再往森林里去了！你要知道，那些密林从来都不是什么好去处，里面有各种猛兽毒虫不说，万一再遇到强盗，如何应对？”

玄奘微微一笑道：“师兄这是已成惊弓之鸟了。放心，不是每一片森林都有强盗出没的，何况那是有圣贤居住的地方。”

般若羯罗叹道：“我们的衣物都被抢劫一空，眼下两手空空的，只剩下一个受伤的身体，何苦又到密林中瞎撞？”

玄奘道：“对修行人来说，慧命才是最重要的。玄奘来此，本为求法，遇见有学问的圣贤，自然应该登门求教。至于那些身外之物，本就不属于我们，又何必太过在意？”

“可眼下你这个修行人却连一件长衣都没有了。”般若羯罗指着他身上破碎的沾满血污的衲衣道，“便是短衣也成了这个样子，几乎不能遮体。你总不能就这样去寻圣者吧？”

“有何不可？”玄奘道，“当年佛陀修苦行的时候，连这样一件衲衣都没有呢。”

说罢，又转向那个老农说：“请老檀越告知那密林的方位，玄奘感激不尽。”

老农一直在听他们谈论，如今见玄奘问他，立即说道：“在村西方向，距此也不太远。法师若一定要去，可穿我的衣裳，虽然有些残旧，但还算干净。”

“多谢老檀越！”玄奘深施一礼。

般若羯罗见玄奘主意已定，心知无法再劝，只得嘱咐道：“师兄路上千万小心，别让那些荆棘刺碰了伤口。这么热的天，伤口溃烂可不是闹着玩的！”

“知道了。”玄奘笑道，“师兄怎的变得如此婆妈？”

说罢便与众人道别，牵着银踪，独自前往庵摩罗林拜谒圣者。

这庵摩罗林与波罗奢森林又有所不同，这里的树木更加高大，且千百年来自生自灭。有的常年见不到阳光，上半截已经枯死，下半截却依然生机勃勃，枝繁叶茂，上面结满金色的野生杧果；有的裸露在外的根部已全部枯死，上面藤葛缠绕，长满菌类，奇的是树上的某一条枝干却又长出了新枝，枝上同样挂着几颗青绿色的果实……

玄奘小心翼翼地行进着，不知不觉已来到密林深处。此处林木不多，水流清澈，极为幽静。

在一个缓坡上，他终于看到一座小小的草庵，心想：这便是那密林圣者所居之处吗？于是上前敲门。

两位精神矍铄、鹤发童颜的老者来为他开门，玄奘向二位稽首问路，询问瑜伽行者的住地。

“我们都是瑜伽行者。”其中一位老者回答道，“不知仁者要找的是哪一位？”

玄奘道：“听说那位长者已经一百七十岁了，是这一带人人敬重的圣贤。玄奘特地慕名前来拜谒。”

“你叫玄奘？”两位老者颇有些意外，上下打量了他一番道，“是东土来的玄奘法师吗？”

“正是。”

老人欠身说道：“法师要找的那位圣贤，便是我们的主人，请进来稍候。”

玄奘大喜，合掌称谢后便进了门。

堂屋内有一个小小的佛龛，玄奘上前礼拜毕，便在地上的毡毯上趺坐下来，闭目合掌静静等候。

过了好一会儿，内屋传来一声轻微的声响，一个老人道："主人起座了。"

说罢掀开门帘，从里屋请出一位面貌清癯的中年僧侣。

"他就是我们的主人，长年论长者，也是法师要找的人。"老人向玄奘介绍道。

玄奘起身施礼，心中却有些不解——这个僧侣披着一袭长长的僧伽胝衣，看相貌，应该是婆罗门种姓，肤色白皙，体格魁梧健壮。看年纪，也就四十岁左右，怎么可能是那一百七十岁的瑜伽行者呢？[2]

但见那两名老侍者对这位年轻的"长者"毕恭毕敬，也不像是在作伪。他们低着头，在他的耳边说了几句话，那年轻的长者微笑着点了点头，冲玄奘点头致意。

两人面对面地坐下，长者看着玄奘，缓缓问道："佛子从何处来？找我有何事？"

他的口音很奇怪，模式完全是梵文雅语，各词语的腔韵和音节也与众不同，似乎是早期摩揭陀的方言俗语，听起来着实有些费力。

不过玄奘还是听懂了，他合掌恭敬地答道："弟子玄奘，乃东土学僧，今特来尊者处求学佛法。"

长者点点头道："我听说过法师的名字。但法师既是比丘，为何不着僧衣，却穿俗家人的衣服？"

玄奘道："弟子前些天经过波罗奢森林时遇到一伙强人，衣服盘缠被劫掠一空，贴身短衣也被荆棘划破。因此只能借了村民的衣裳穿，不成威仪，惹尊者取笑了。"

"原来如此。"长者叹息道，"我已经很久没去波罗奢林了，想不到那里又有盗匪猖獗。"

他转身对身旁的侍者说道："你们两个去那片森林看看吧，若能降服诸盗是最好的。"

两位侍者领命而去。

玄奘感到有些惊讶，心说：就这样两位老人，能够降服诸盗？他正欲开口说些什么，却见那长者已将手中的一部经夹放到他的面前，竟是一部用芨多字体写成的《中论》。

长年论长者兴致勃勃地谈起了这部《中论》，使用的竟是笈多王朝时期的梵音，他用这种古老的语言来讲解这部本身就很难理解的经书，只说了十几句，玄奘就已经如闻天书了……

---

[1]波罗奢树，意译赤花树。多分布于印度北部喜马拉雅山至南方的斯里兰卡以及缅甸。

[2]关于这位密林长者的年龄，有两种不同的说法：一说一百七十岁，一说七百余岁。这里采纳前者，没有别的理由，就是觉得这个年龄的可能性更大一些。

第10章

我们沟通能沟通的地方

这次交谈之后，玄奘就在大庵摩罗林的草庵中暂住下来，长者精通《中论》《百论》《经百论》《广百论》等大乘中观学论著。他很愿意为玄奘讲解这些经论，且讲起来有如长江大河，滔滔不绝。虽然由于语音和习惯用法的问题，玄奘只能听懂很少的一部分，但这丝毫没有影响他的兴致。

玄奘知道长年论长者当年曾与三百婆罗门教徒辩论而获胜，心中对他很是钦佩。

“这些都已经是很多年前的事情了。”长者感慨道，“这个世界上跑得最快的就是时间了，你看我那两名侍者，刚来的时候都还是孩子，现在也都是一百多岁的老人了。”

玄奘觉得奇怪，问道：“出家人视这副身体为臭皮囊，面对疾病和死亡从不拒绝。便是佛陀，在这方面也与普通人并无二致，为何长者会这般长寿？”

“我也不拒绝疾病和死亡，是它们从不来找我。”长者微笑道，“佛陀要人除去贪、嗔、痴，因为他知道，这三毒是疾病的三大要素。我没有这些东西，所以我是不会得病的。佛陀也没有这些东西，但佛陀是从菩萨道而入佛道的，因此，他必须向众生示现疾病和无常。”

玄奘默默点头，这长者的话中果然充满智慧。

大约半个月后，两位去往波罗奢森林的侍者回来了，与他们同来的，是聚啸山林的数十名盗贼，带着上次劫掠的财物和马匹，恭恭敬敬地前来向玄奘请罪。

长年论长者问他的侍者：“你们是如何降伏众盗的？”

一位老者道：“说起来，也是奘师在迦湿弥罗声名远播，人人敬重，所以才会如此顺利。”

另一位老者补充道：“我们去波罗奢森林附近，遍告那里的村民：‘东土高僧西来求法，不幸遭盗贼洗劫，衣物尽失，这正是大家播种福田的大好机会，千万不可错过。’村民们奔走相告，有些家里有做盗贼的，便叫他们前来请罪，退还财物。”

玄奘想到自己落入强盗手中，险些丧命，而这两位老人却轻而易举地降伏了众盗，心中不禁又是敬佩，又是惭愧。

这时，一个头目模样的盗贼上前跪下道：“我们不识真佛，误抢了远道而来的求法高僧，心中十分惶恐不安。现在，我们来向法师赔罪，从法师那里劫来的东西都在这里，弟兄们又献上粗棉布一匹，为法师压惊，请查验！”

后面的盗贼抬过来几只箱子，打开一看，里面果然是那些商人的货物，还有玄奘和般若羯罗的盘缠和僧衣，以及一匹粗棉布。

玄奘合掌道：“谢谢你们！诸位檀越都是有善根之人，应该知道，盗抢他人的财物是一种罪恶，若是为财而杀人，其罪更是无量无边。须知这世间，因缘果报丝毫不爽，何苦枉造恶业？”

“因缘果报什么的，我们不懂。”另一个盗贼小声说道，“只知道抢来的金银财帛是实实在在的。”

玄奘一愣：“既然如此，你们又为何要来请罪呢？”

“因为法师不是一般人。”盗贼头目叩首道，“两位长者说，法师是有神明庇佑的，难怪可以逃脱。我们若是不来请罪，必然遭到神明的惩罚。”

“是啊，村民们也都这么说。”其余强盗附和道。

原来还是一种威胁啊，玄奘心中隐隐感到一种失望和无奈。

他忍不住劝说道：“众生皆是佛。其实你们抢劫别人，与抢劫玄奘并没有什么本质上的区别。这世间的人总是喜欢信任自己亲眼看到的、亲耳听到的、手中握住的，就像你们抢夺的这些金银财物。只有这样，你们才会觉得安心吗？可是你们有没有想过，为什么你们劫掠了那么多人，还是这般贫穷，衣不蔽体呢？”

“这个……”强盗们相互看看，“可能是我们抢过就花，不知节俭吧？”

“要不，就是我们不小心抢了沙门，神明在惩罚我们……”

玄奘轻轻摇头道：“没有人会靠劫掠而富裕，这是因果规律，绝不是什么神明的惩罚。你们行劫掠之事，可能会有一点点的获得，但是失去的，却远远超出你们的想象。”

盗贼们伏在地上，不敢抬头，想到这位睿智的法师差一点儿死在他们手中，都不禁手心冒汗，后怕不已。

玄奘又问：“你们还记得以前劫掠过什么人吗？还知道他们现在都在什么地方吗？”

“只知道几个。”那盗贼头子叩首道。

“若是知道，就把劫得的财物归还给人家吧。”

盗贼们脸上露出为难的神色，那头目红了脸，讷讷地说道："可是……那些财物我们早就已经花光了。"

玄奘也有些无奈，想了想，道："这些马匹和货物是那些迦湿弥罗客商的，我会替你们还给他们。这两件僧服是佛家法衣，由玄奘收回。倒是这些盘缠，是迦湿弥罗国王供养的，可由玄奘自行支配，你们就拿去还账吧。至于你们供养的这些棉布，玄奘心领至诚，只是行路之人用它不着，你们也拿回去，分给那些被你们伤害过的人如何？"

盗贼们十分感动地说："法师真是菩萨心肠，我们回去后，定会弃邪归正，再也不做劫掠之事了。"

玄奘松了一口气，又为他们摩顶授戒，宣说简单的因果报应和居士五戒，众盗个个欢喜领命而去。

第二天一早，玄奘告别长年论长者和他的两位侍者，将强盗们归还的财物整理了一下放在马背上，带出大庵摩罗林，还给那些还待在村庄里的客商，村庄里顿时一片欢腾。

他在这个质朴的村庄中又度过了平静的几天。这天一早，从附近的城镇和村庄又来了三百多人，各自带着棉布和饮食，前来供养玄奘法师。

其中一个老者上前说道："两年前我曾在波罗奢森林里遇盗，随身财物被劫掠一空，还险些丢了性命，这两年再也不敢从那林中经过。想不到前几日，那些盗贼竟然找到我，归还了部分财物，又赠送了一块棉布，诚心忏悔，这可真是从未有过的事情。说起来，他们还不还钱倒还没什么，重要的是，这波罗奢森林又可以通行了。"

"是啊。"身后众人也都说道，"这都是法师福德所至，否则焉能如此？"

"所以我们略备供养以表致意，也为自己种些福田，还请法师不要嫌弃才好。"

玄奘感到有些意外，想不到林中遇险险些丢了性命，到头来竟是这样的结果。

他上前一步，搀住众人道："此事不是玄奘的福德，是那庵摩罗林中三位长者福德所至，是他们感化了众盗。玄奘同你们一样，也是受益者。"

"法师不必过谦了。"那老人道，"来还钱的强盗们说起法师，都赞不绝口啊。"

"是啊，法师，您就接受我们的诚意供养吧。"

玄奘心中不安，本欲坚辞不收，怎奈人家盛情难却，只得合掌称谢，收下部分财物，分给那些收留一行人的好心村民。

天气逐渐转凉，玄奘与般若羯罗身上被荆棘所刺的伤，也渐渐好了起来。

钵利奥逻早已等不及，跟两位法师互道珍重后，带着他的商队先行离开了。那些跟随般若羯罗的手力也都各自散去，只有两位沙门还留在村子里。

玄奘决定继续前行，他将自己亲手抄写的佛经整理好，托般若羯罗暂时保管，谢过热情纯朴的村民后，便前往大庵摩罗林的草庵之中，向那位瑜伽长者和他的两个侍者告别。

长年论长者不在草庵中，玄奘找到他的时候，他正站在庵后的一片密林里，对着那一大片庵多罗树出神。

玄奘不敢打扰，便在距离长者十余步远的地方静静等候。

“佛子，你来了。”长者轻轻说道。

“弟子即将起程前往中印度，特来向长者辞行。”玄奘合掌施了一礼，“打扰长者清修，实在是罪过。”

“你没有打扰我。”长者微笑道，“我也不是在修行，我在同这些树说话呢。”

玄奘看着那些庵多罗树，它们枝叶茂密，在山风中轻轻摇曳着，发出“沙沙”的声响。

“长者常来这里同它们说话吗？”他笑着问道。

“是啊。”长者的眼中闪动着奇异的光泽，“你要知道，这天地之间，从草木到智慧生物，都具有灵性和知觉，相互之间并没有绝对的高低之别。我一直相信，自己与这个世界、这片森林之间存在着一种神秘的诺言，这里的一切都是我的姐妹和兄弟，我们属于相互援助的同一个整体。”

说到这里，长者温暖的目光望向玄奘：“年轻的修行者，你有过这种感觉吗？”

玄奘摇摇头。

“不，你有过。”长者笑着提醒道，目光转向那匹正在安详吃草的白马，“多么漂亮的一匹马啊！它曾经是一匹野马，你征服了它，是吗？”

“不，是它找到了我。我们之间的关系不是征服的结果，而是心意沟通后的相互接纳。”

“说得对极了！”长者赞许地说道，“你看，这就是一种神秘的诺言。”

玄奘被长者的这种平等心态深深打动，他想，这才是真正的佛子，与那些始终放不下种姓制度的所谓学者完全不同。

“年轻人，我从你的眼睛里看到了疑问。”

“长者智慧惊人，弟子确有疑惑。”玄奘恭恭敬敬地合掌道，“弟子想知道，那些不许和普通人有所接触的旃荼罗，也住在各地的森林里吗？他们是否也同森林之间有一种默契？”

“你怎么会突然想起来问他们？”长者的眼中依然带着笑容。

“好奇而已。”玄奘道。

“一个年轻的修行者，要注意克制住自己的好奇心，否则会害死自己的。”

玄奘感到一阵愕然，甚至有些不敢相信。

“不过我会满足你的好奇心的。”长者看着他，缓缓说道，“旃荼罗不住在森林里，因为森林不喜欢他们，也不会接纳他们。他们住在城市的角落里，那些最肮脏的地方就是他们的家。”

“他们是恶人吗？”玄奘问。

“我不知道他们是不是恶人，只知道他们不祥。”

“那么，如果他们今生多做善事，将来进入轮回，是不是就可以成为高种姓的人了？”

“不，他们没有轮回，他们只有这一世。”

“这只是婆罗门教的说法！”玄奘忍不住抗议道，“佛教不是这么认为的！”

“佛教也这么认为。”长者的表情依然平静。

玄奘颓然叹了口气，他原本以为这位密林长者与其他印度僧侣不同，可是现在看来，似乎也没有太大的不同。

或许真正不同的，只有佛陀吧？

他忍不住又回想起自己初到印度时，见到那群旃荼罗时的情形，那些闪闪烁烁的恐惧眼神刺痛了他，他并不觉得那些人有多么肮脏、丑陋和讨厌。一路西来，他见过比他们更肮脏、更丑陋，也更加不讲道德的人，都不觉得把他们说成是和自己一样的人有什么不可接受……

“佛子，你还有什么问题吗？”长者问道。

“还有一个。”玄奘无力地问道，“为什么旃荼罗不造反？他们究竟在害怕什么？”

这个问题似乎不该由一个沙门提出，但玄奘还是提了出来。事实上，他想问这个问题已经很久了。

长年论长者显然被这个问题给吓住了，他目不转睛地看着这个来自遥远东方的奇特的僧侣，眼神中透露出隐隐的不安。

沉默许久，他才开口反问道：“假如，你只有这一世的生命，你难道不会珍惜吗？”

玄奘摇头道：“认为自己只有一世生命的人有很多，他们并不见得个个都怕死。如果活着只有屈辱，并且是世世代代的屈辱，这样的生命又有什么值得珍惜的？”

“那只是你的想法，不是他们的。”长者此时已经恢复了平和的心态，淡然道，“你认为这是屈辱，是因为你不是旃荼罗。年轻人，对于你没有见过的人或者事物，最好不要用自己的想法去妄下结论。”

玄奘的双眸微微一凝。的确，他从未真正接触过旃荼罗，对于很多事情的对错，只能依照自己对佛法的理解来判断，确实不该过早地下结论。

“我承认我不了解他们。但是，人们都不许我接触旃荼罗，我该如何去了解他们呢？就算他们身上真的有一些令人讨厌的东西，但那也只是因为他们被剥夺了与正常人接触和受教育的机会，从而不知道该怎么做才是对的吧？”

长者的眼中隐隐闪过一丝异样，他怔怔地看着玄奘的眼睛，玄奘也坦然地看着他。

终于，长者收回了目光，轻叹一声道：“我说过，他们不是讨厌，是不净、不祥。你居然想让他们玷污梵天创造的文字？你这颗奇怪的心里究竟在想些什么？”

“不是玄奘的心奇怪，而是梵天首先做了一件奇怪的事情。长者，这些不净又不祥的人，是否从梵天创世起就存在？”

“是的。”

“那么，梵天为什么要创造他们？难道就不怕玷污了自己吗？”

长者长出了一口气，终于摇了摇头，缓缓说道：“我不想再和你讨论这个问题了。我现在终于相信，在这个世界上，一些人之间永远也无法进行真正的沟通。不过没关系，我们沟通能沟通的地方。”

玄奘忍不住想起中亚地方的一些教派，彼此间打得你死我活，甚至发誓要打到对方绝种为止，也是因为彼此间无法进行沟通吗？

以前他对此不太理解，现在终于有些明白了，不同的人群之间拥有着完全不同的道德观。他们的底线不同、价值不同，自然也就难以沟通。

好在长者说了一句让他感动的话：“我们沟通能沟通的地方。”这是一种宽容。令玄奘感到欣慰的是，无论是印度人，还是中国人，都拥有这份难得的宽容。

这大概就是佛教能在这两个地方产生并发展的原因吧？又或许，是佛法给了人们这份宽容？

“大师，我要离开这里，到中印度去。”

长者点了点头说：“希望你一路平安。中印度高僧云集，你在那里可以学到很多。但是，我要告诉你的是，你未必能在那里找到一个可以同你心平气和地谈论旃荼罗的法师。你明白吗？不要试图和他们沟通这个问题，这对你不利，对你求法的目标也不利。”

玄奘沉默了一下，合掌拜谢道：“多谢长者教诲！”

贞观四年（公元630年）七月，玄奘同般若羯罗法师结伴，离开了磔迦国，继续向东南方向行进。

他们首先来到阇烂达那国，在这里，玄奘结识了一位名叫旃达罗伐摩[1]的老比丘。此人对般若学和唯识学尤为精通，著有《五蕴论释》《唯识三十论释》等著作，见解颇为独特。

玄奘读了这位法师的著作后，很是佩服，常去僧舍请教，旃达罗伐摩也对这位远道而来的求法僧极为欣赏，二人遂成忘年之交。

般若羯罗自然也不愿入宝山而轻过，便同玄奘商量，希望能够请旃达罗伐摩法师开解经论。玄奘早有此意，便向法师提出请求，法师自是无有不允。于是，两个年轻沙门向旃达罗伐摩法师细细学习了《唯识论》《对法论》《显宗论》《理门论》等经论。讲完这四论后，旃达罗伐摩又为他们讲了《众事分毗婆沙》。

转眼六个月过去，玄奘和般若羯罗告别了旃达罗伐摩法师，继续朝中印度进发。

他们来到了屈露多国，这是个山地国家，气候偏冷，偶有霜雪。难得的是，由于背靠雪山，一路上多有珍贵药材，玄奘随走随采，很快就装了满满一包袱。

这里还出产金、银、赤铜及火珠等物，普通村民的家中就可以看到，价格低得吓人。玄奘甚至在路上拾到了一枚内有火焰的珠子，品相极佳。

经过几个村庄后，玄奘惊讶地发现，这里的人不仅容貌丑陋，且脖颈粗大，似有肿块，脚也比别的地方的人肿大。[2]

"这是怎么回事？"他问般若羯罗，"是饮食的原因，还是天生如此？"

般若羯罗摇了摇头说："我也觉得奇怪，别的地方都没见过这样的。但看他们的日子过得还算平静，应该不会影响什么吧。"

"怎么可能不影响什么！"玄奘道，"就算当地人已经习惯了如此，但肯定还是会影响身体和寿命的。"

般若羯罗笑道："师兄你该不会是想拿你的那些细针给他们扎几下吧？这些人的脖子都像是吹了气，你若给他们扎破了，岂不是会出大问题？"

玄奘道："当然不是扎脖子了。虽然我不知道这到底是怎么回事，但是这种毛病多半是因为气血不通造成的，用针灸的方式确实可以对症。"

"算了吧。"般若羯罗摇头道，"怎么可能这一大片地区的人都气血不通？此事多半还是业力所致。"

"自然是业力所致。但即便如此，人还是可以做点什么的。"玄奘说到这里，目光突然停留在一个小童的身上。

那是个又黑又瘦的小童，只有五六岁的样子，挺着个粗大的脖子，晃晃悠悠地走过来，细细的两条腿几乎支撑不住身体。

玄奘见了，禁不住起了悲悯之心，朝他走了过去。

"让我给你看看病，好吗？"他尽量用柔和的口气同那小童说话，一只手轻轻地摸向他脖子上的肿块。

谁知那小童猛然尖叫了一声，扭头就往屋里跑去。玄奘正在想自己什么地方惊吓了他，就见那草屋里蹿出来一位奇丑无比的男子，手中拿着一根木棒，冲着他们大声呵斥。

对于北印度各地的方言，般若羯罗显然比玄奘了解得多，他立即挡在玄奘面前，赔着笑脸解释。

谁知这男子的脾气极其暴烈，不管般若羯罗如何解释，只管挥舞着木棒比画着大喊大叫。

这时，周围已经围上来一大圈人，每个人的脸上都充满敌意。

玄奘也看出来了，这些人认为这两个外乡来的沙门羞辱了他们。也怪自己的行为太过唐突鲁莽，这种情况是没有办法解释的，只能合掌道歉。

谁知致歉的话尚未出口，突然间膝盖一疼，险些跌倒在地，竟是一块石头砸了过来！

玄奘没有想到这些人如此野蛮，正怔忡间，旁边的般若羯罗也大叫了起来。

一时间，眼前石头土块乱飞，木棒竹片狂舞，两个沙门再也顾不上解释和道歉，抱头逃出了村庄。

村民们不依不饶地追了出来，直到两人狼狈上马策马狂奔时，还能听到身后越来越远的辱骂声……

“好险哪，差一点就被砸成肉饼了。”般若羯罗一边在山溪里清洗身上的瘀肿，一边心有余悸地说道，“玄奘师兄，你以后可别再给这些不明不白的人看病了。”

玄奘不禁苦笑，他只是出于好心，哪里想到会是这样的结果？

“你看到了吧？这就是低种姓者，丑陋，肮脏，野蛮，不可理喻。这是他们的业力所致。”般若羯罗厌恶地评价道。

“我不这么认为。”玄奘道，“他们只是没读过书，也没有接触过外人，所以才会显得敏感多疑。你说是业力所致，这话没错。但他们至少生而为人，没有生在畜生道里，说明他们还是有善根的。”

般若羯罗叹道：“师兄，你不觉得有些人还不及畜生可爱吗？比如你的马，它难道读过书吗？怎么看上去比那些人有灵气得多呢？”

“那是因为我对它慈悲。”玄奘一边用树枝洗刷着银踪身上的毛，一边说道，“我给它沐浴，让它干干净净的，这样别人就不会讨厌它；我经常同它说话，让它懂得人言，这样它就会显得善解人意，讨人喜欢；我还会给它讲经，让它增长善根和福报，来世不会再投生在畜生道里。羯罗师兄，如果那些村民能够得到善待，他们也会充满灵气的。而不是像现在这样，目光呆滞，浑身是刺，对外来者充满防范和戒备。是婆罗门让他们变成这个样子的。”

“那也是他们的业力所致。”般若羯罗坚持道，“谁叫他们没有生为婆罗门或者刹帝利呢？哪怕是生为法师的马，也比现在这种状态更强些。”

玄奘无奈摇头，他每次跟人讨论这个问题都碰一鼻子灰，实在郁闷得很。

两人在溪边歇息了一晚，继续南行。一路上发现山上还有不少修苦行的外道，多数是涂灰者，他们依岩据岭建造了许多石室，在里面修行。玄奘仔细观察，发现这些人的脖子上也有肿块。

他忍不住又起了冲动，这些苦行者中有很多是受过教育的高种姓者，和那些无知的村民毕竟不同。要不要先看看他们的脖子呢？也了解一下这种怪病到底是怎么一回事。

他把自己的想法跟般若羯罗一说，就被对方断然否决了。

“玄奘师兄，你千万不要以为这些修行者读过书就好说话，印度外道有九十五种之多，其中有不少性情奸诈又残酷的，你最好不要去招惹他们，否则死都不知道怎么死的！”

玄奘长叹一声，只得作罢。

让他稍感欣慰的是，这个国家也有佛教遗迹，那是一座阿育王塔，是为纪念佛陀在此说法而建造的。虽然昔日的佛塔已成斑驳的遗迹，但毕竟记载了佛陀的足迹。

佛陀当年在此行化的时候，这里又是一番什么情形呢？佛陀的教化有没有遇到阻碍？玄奘想象不出，毕竟这不是一个信佛的国家，能留下这么一处佛迹，已经很不错了。

自屈露多国南行七百余里，一路山高谷深，时有霜雪。不过比起大雪山和黑岭一带，毕竟好走多了。

十几天后他们出了山，来到设多图卢国[3]。

这里的气候与屈露多国完全不同，可能是地势较低又濒临大河的缘故，这里天气很热，土地肥沃，庄稼殷盛，果实繁茂。百姓服饰鲜亮，风俗淳和。

两个沙门在这个国家休整了几天，王城内外有十所伽蓝，僧徒虽然稀少，佛法却未断绝，不时有香客前来诚心礼敬。

玄奘突然发觉，自己现在的要求低得可怜，只要佛法还在，只要寺院里面还有僧侣，心里就很满足了。

离开设多图卢国，才算是正式出了北印度，进入到酷热难耐的中印度境内。

在短短不到一个月的时间里，玄奘经历了从冬到夏再到酷暑的气候变化，他不明就里，着实为这里的极端气候感到震惊。

不过，这一带田野开阔，河网密布，路途倒是不难行走。

在城郊的一些河上，他看到许多用树枝搭建而成的水上小屋。这种小屋的构造非常简单，用树桩将其固定在水里，一边紧挨着河沿，屋顶上堆着厚厚的树叶，几乎每座小屋里面都住着人。

“这里的人真是奇怪，居然将房子盖在水里，倘若水位上涨，难道就不怕把屋顶淹没吗？”看着那些水上木屋，玄奘颇为担忧地问道。

“这些都是临时住宅。”般若羯罗解释道，“现在是旱季，太阳只会把水汽晒得往上升，水位哪里会涨？这些住在水屋里的都是出城避暑的，等再过一个月进入雨季，他们自然会离开。”

“原来如此。”看着那些在水里嬉戏的年轻人，玄奘倒有几分羡慕，已经快到正午时分了，一股股炙人的热风迎面扑来，感觉就像是对面站着一只喷火的巨兽，直让他呼吸困难，恨不能也逃到水里去凉快一下。

般若羯罗擦了把脸上的热汗，对玄奘说道：“现在还不是最热的时候，等雨季过了才有的瞧，到时热风吹来，年幼体弱之人常会窒息而死。若是在沙漠中遇到这种干热风，必死无疑。”

说着，他用手指了指水中的人：“你看，一旦他们发现有热风刮来，就会迅速钻入水中，只将头露出水面，等热风过去了再出来。”

“真是个聪明的主意。”玄奘赞叹道，“只是为何这里都是吠舍种姓的人呢？”

般若羯罗道：“来这里避暑的都是平民，你当婆罗门会跟这些比自己低两个种姓的人喝同一条河里的水吗？真正的贵族都住在海边，不会待在这种小河沟里的。”

再往前行，他们又看到一些高大的树木下四仰八叉地躺着不少人，在树冠的阴影中闭目吐气。

看着这些皮肤被晒得黝黑发亮的人，玄奘突然想到了一个词语——“苦行”，这个词在梵文中的原意就是“受热”的意思，无论是婆罗门教徒，还是耆那教徒、佛教徒，都沿用了这个词。

玄奘还记得，自己最早得知这个词的真正含义，是在长安郊外波颇密多罗的精舍内。当时正值冬季，窗外飘着雪花，精舍内也冷得逼人，小小的火盆发出微弱的光，似乎只能给人一点温暖的想象……

那时他问波颇大师：“为什么要将苦行说成是‘受热’呢？难道受冷不是苦行？为什么佛经上总说，佛法会给这五浊恶世的人们带来清凉，而不是带来温暖？”

波颇当时正裹着毡毯瑟瑟发抖，听到玄奘的提问，他沉默了一下说：“这个问题，等你到了中天竺，自然就会明白了。”

现在他的确明白了，这个酷热的大陆，这样极端的天气，人们在漫长的苦行修炼中，将“受热”引申为“受苦”，实在是一种太真实的情感体验了！

难怪司马迁的《史记》中称天竺国为“身毒”，这个名字先不说音译得是否准确，单从字面上看倒是贴切得很，“一身毒火”，刻骨铭心。

但玄奘还是觉得叫“印度”更好，“印度”在梵语中是月光的意思，美丽而又清冷，希望它能给这个诞生了佛陀的神奇大陆带来一丝清凉吧……

---

[1]旃达罗伐摩，汉译调伏光。

[2]《大唐西域记》中对屈露多国百姓怪病的描写：“人貌粗弊既瘿且尰。性刚猛尚气勇。”其中，“瘿”就是脖子粗大，“尰”就是脚肿。

[3]设多图卢国，位于印度北部萨特累季河流域。

第11章

走向恒河

进入中印度，玄奘就算到达了佛教最神圣、最核心的地带。

这里是佛陀诞生、修行、得道和讲经的地方，到处都是佛迹，玄奘和般若羯罗一路探访，虔诚礼拜。

他们首先到达波理夜呾罗国，这是个富裕的地方，道路两旁长满庄稼。这里的稻种只需要六十天即可收获，种子随时随地撒下去，几乎不需要人来管理，它自己就可以像野草一样疯长，到时间了来收割即可，顺便再捋下几把稻谷扔到地里，过上两个月再来收割……

如此容易的耕作方式，也养成了当地人懒散的性格和习惯。玄奘注意到，很少有人在地里干活，多数人都在树下躺着喘粗气。不过这也不怪他们，这么热的天，身体稍微弱点的，待着不动都会热死。

离开波理夜呾罗国后，东行五百余里，到达秣菟罗国[1]。

这是当年迦腻色迦王的南方之都，气候更加炎热，土地也更加肥沃，盛产稻谷和棉花，城内的小作坊里则出产精致的细毛花布。家家户户种植杧果，即使是在城市里，居民家种植的杧果树也能汇聚成林，茂盛浓密，带给行人丝丝阴凉。

这里的杧果有两个不同的品种：小个儿的先青后黄；大个儿的始终青色，清甜可口。

秣菟罗国的宗教气氛也极为浓郁，佛教徒与各种外道杂居在一处，彼此和睦相处。百姓们性情和善，好修冥福，对神明有着本能的虔诚。

佛陀在世时曾屡次来到这个国家，讲经说法。因此，在这里玄奘看到了佛陀十大弟子的遗身浮屠，像舍利弗、摩诃目犍连、摩诃迦叶、优波离、阿难、罗睺罗，以及文殊师利菩萨等一众圣贤的窣堵波，都是阿育王所建。此外，还有过去四佛的遗迹，两位法师一一巡礼参拜。

离开了佛法兴盛的秣菟罗国，两人又往东北方向行了五百多里，到达萨他泥湿伐罗国[2]。

这里的气候、土壤与前面经过的国家没有什么不同，但民风却远不及秣菟罗国，人情淡薄，居民争相以奢侈为胜：一部分人精通幻术，崇尚特异技能；多数人逐利经商，只有少数百姓种田务农。

在都城四周两百里内，是一块被称为“福地”的地方。然而，当玄奘与般若羯罗来到这里时，看到的却是遍地的骨骸，纵横堆积，犹如茂密的树丛，令人触目惊心。

“阿弥陀佛，这是怎么回事？”玄奘喃喃地问道，“这里不是福地吗？”

般若羯罗苦笑道：“我倒是知道有关这个福地的由来。”

“哦？是怎么回事？”

“那是好几十年前的事了，当时这一带有二王分治，相互间争斗不休，干戈不息。于是两个国王达成一致，在边界处通过一场交战分出胜负。为了让自己这边拥有压倒性的军力，他们开始大量地招募兵勇。结果百姓怨声载道，不愿听从王命。”

“这是必然的。”玄奘道，“不管是出于什么理由，一旦归结到个体，战争便始终是无理的。况且是以倾国之力去打一场恶战，对百姓没有丝毫利益，还要承受残酷的后果。百姓们并不傻，彼此也没有冤仇，当然不会同意国王的做法。”

“师兄说得没错。百姓们都想好好过日子，平白无故地，谁愿替国王打仗？因而没有人去应征入伍，国王征不到足够的兵力，十分发愁。

“这时候有一个才能出众的婆罗门，他给国王出了个奇招，利用神的意志令百姓听命！

“这个婆罗门认为，对待那些平民百姓，很难与其商讨什么大计，只有神异之事才能打动其心，只有神的最高权威才能对他们产生影响。

“婆罗门在一卷细棉布上写下了一篇书谕，秘藏于山间岩穴之中。几个月后，岩穴前的树木已经长得十分茂盛粗壮，遮住了岩穴，国王便在朝会上对诸臣说：‘本王德行一向不足，愧于国君之位，承蒙天帝垂顾，在梦中赐我一部神书，今藏于某山某岭。

“于是下令搜寻，果然在国王所说的那片山林岩穴之中，找到了那卷神书。”

听到这里，玄奘不禁失笑道：“这算什么奇招？想不到天下的骗术竟然如此相似，当真可叹、可笑！”

“怎么？莫非你们东土也有类似的骗术吗？”般若羯罗奇怪地问。

“是啊。”玄奘道，“这种‘君权神授’的把戏可不像是印度人能想出来的，那个婆罗门的所谓‘奇招’，该不会是某个来自东方的人教给他的吧？”

般若羯罗惊奇地看着他说：“师兄的意思是说，印度人都没有谋略吗？”

玄奘道："这就是个骗术，何谈谋略？师兄你接着往下讲吧。"

般若羯罗道："天降祥瑞，群臣和百姓自然欢喜不已，他们奔走相告，载歌载舞地相互庆贺。很快，两国的人就都知道了灵书出世这件事。"

"那么，灵书上都说了些什么？"

"灵书上说，生死苦海，无边无际。众生沉溺其中，难以自拔。我有奇妙计谋，可救你们脱离苦海，到达彼岸。就在两国分界两百里的范围内，是古代君王世代相传的福德之地，可惜时间久了，铭刻记载都已湮没，此事竟被你们这些愚蠢的子孙给忘记了，以致你们现在沉溺于苦海之中，不得解脱。好在这些都是可以弥补的，聪明的人，应该立刻去参加战争，若是死在战场上，来世还可以转生为人；若能多杀无辜，还将获得天赐的福乐。杀的人越多，获得的福报就越大。至于孝子贤孙，服侍家中的亲人长辈，经过这片福地，获福无穷。这个办法，出力少而得福多，怎能错过机会？"

听了这个说法，玄奘真是目瞪口呆，什么样的天神才能说出"多杀无辜，受天福乐"这样的混账话啊？魔王波旬都不至于吧……

"这样的鬼话也有人信？"玄奘难以置信地问道。

"当然有人信。"般若羯罗道，"灵书一出，所有的百姓都疯了似的要求参军，于是国王下令招募勇猛之士，很快就聚集起了一支强悍的军队。战场上人人冲锋陷阵，个个视死如归。结果是尸积如山，白骨遍地。就是师兄你现在看到的样子了。"

玄奘呆了一呆，又问："可是，这样的不祥之地，怎么还能叫作福地？"

"习俗呗。"般若羯罗道，"民间这么称呼惯了，相沿成俗，仍称它为福地。"

看着眼前这片"福地"上的森森白骨，玄奘终于明白，智慧对于百姓而言是多么重要……

离开萨他泥湿伐罗国，又向东行了四百多里，到达窣禄勒那国[3]。这里同样是一个婆罗门教发达的地方：有天祠上百所，大量异道云集于此；佛寺只有五所，僧徒千余人，多习部派佛教，却都极有辩才。据说，这五所寺院就是为了纪念外国论师与诸多外道辩论取得胜利而建造的。

玄奘二人挂单的寺院名叫俱昏荼伽蓝，寺中楼阁连成一片，僧人们平时经常聚会，清谈玄奥，其他地方的才俊之士也常来此处，寻论问疑。僧人们严守清规，礼仪甚是周到高雅。

寺里有一位名僧，名叫阇耶毱多善闲，学问很高，辩才特佳。于是，玄奘和般若羯罗便去登门拜访。

聊了一个晚上后，两位客僧决定，索性在此住上两个月，听老法师讲完经部的《毗婆沙论》再走。

窣禄勒那国东临恒河，北靠雪山，阎牟那河在其国中部流过。从这里向上游东行八百余里便是恒河的源头，水质清澈透亮，流经此地时已经宽达十多里。河水呈深青色，波浪滔滔，一波接一波地拍打岸边的岩石，化作万千白色的碎沫，复又落入河滩。

河滩上是被河水带来的一片细沙，这就是恒河沙。赤足踩在上面，温软异常。

般若羯罗一到这里，就迫不及待地取水解渴，又滤了一钵递给玄奘说："师兄尝尝，这可是真正的福水！"

玄奘接过尝了一口，心中不觉感慨万千。

恒河，按照当地的发音应该是殑伽河，这条苍青色的河流是当地人心中最神圣的河，流传着许许多多的神奇故事。人们坚信恒河之水能够赐福于人，即使是罪孽深重的人，只要用恒河水沐浴，就能清除干净；喝了河中的水，可以除灾去殃；轻生者自沉河中，可以转生天界受福；用力拍击水流，激起波浪，能使亡魂获得超度；而若将死人的尸骸投入河中，则可使其不堕恶趣。正因为如此，每天都有大量的人来此河中沐浴，场面蔚为壮观。[4]

随后的日子里，玄奘经常在清晨时分带上几夹贝叶经来到恒河边，在习习的凉风中坐上一会儿。

天色尚早，多数人还沉浸在浓浓的睡梦之中。群星在幽静无垠的天空中闪耀，这些在长安看起来是白色的星星，到了这里却呈现出金黄色，难道说，是佛陀的光芒照射到了它们身上？

玄奘捧着几夹贝叶书籍，独自一人来到恒河边。他知道，现在是恒河一天中最安静的时候，再过两个时辰，成千上万的沐浴者就会把这里变成一锅热汤……

幸好眼下还没有人来，耳边只听到水声潺潺，靠近岸边的地方有几间零星的水上小屋，沐浴在星光之中，显得极为幽静闲适……

看着眼前苍青色的河水，浩浩荡荡，无边无际，细沙随流，波涛起伏，玄奘的一颗心也便跟着起起伏伏——

恒河多沙，所以佛经里常用"恒河沙"来形容无数之量。玄奘久闻恒河之名，也算是拜佛经所赐了。

同时，他又想起故国的黄河，同样是一条多沙的河流，虽没这么宽，但落差更大，水流湍急。

黄河出自昆仑，而恒河则源于印度北部的大雪山。其实无论是昆仑，还是大雪山，都是大葱岭的一部分。因而从某种意义上说，它们是同源的。

黄河孕育了中国的文化，恒河孕育了印度的文化。由于途经的地方不同，使得黄河浑黄激烈，恒河苍青舒缓……玄奘不知道，这世上还有多少人能够像他一样，被这两种完全不同的文化所浸染，被这两条各具性格的河流所触动？

一念及此，玄奘的心中不禁升起万千感慨，离乡多年，他从未像今天这般眷恋故国，怀念故乡，同时又对眼前这条宽阔碧绿的圣河，产生出无限的崇敬之感。

东方渐渐发白，附近的街巷里响起细碎的脚步声，接着，很多人出现了，像细流一样汇集到岸边，他们都是前来参加圣浴的。

水面上开始起伏着一颗颗脑袋和光溜溜的身体，或黑或白，越聚越多，呈现出一种奇特而又神秘的壮观景象……

以前，玄奘总会在这个时候回寺院听经，但这一次他暂时还不想回去，《毗婆沙论》已经讲完了，他们也准备告别阇耶毱多善闲法师继续上路，因此今天可以多待一会儿……

玄奘在河边的一棵树下盘坐下来，打开带来的书夹，这次他带来的不是佛经，而是两部世俗典籍——《摩诃婆罗多》和《罗摩衍那》。

这是古印度最著名的两大史诗，在长达数百年的时间里，无数民间艺人口口相传发展起来，包括了许多各具特色的诗篇和大量民间的口头创作，内容极其庞杂。其中，《摩诃婆罗多》被看成是“历史传说”，而《罗摩衍那》则被看成是“最初的诗”，成为后世诗歌的典范。

两部作品都曾大量地提到恒河，这也是玄奘将其带到恒河岸边来阅读的主要原因。

《摩诃婆罗多》里说，恒河是通往天堂的大门，流经天上、人间和冥界。当年，天神和阿修罗为争夺恒河的爱情爆发了一场战争，为了战胜阿修罗，天神在众仙的帮助下吸干了大海，打败了阿修罗。

然而，大海却回不去了。天神们只好请教梵天。梵天说：只有阿瑜陀国王跋吉罗陀才能使天上的恒河注满大海。

国王跋吉罗陀为了完成这一任务，在喜马拉雅山苦修了一千年。为他的诚心所感动，恒河女神化作一位美丽的女孩来到他的面前，答应了他的请求。

但是河水如果从天上直接倾泻下来，大地根本无法承受，所以，他们必须得到大神湿婆的帮助。

湿婆感动于国王的苦行，二人一起登上喜马拉雅，高呼恒河女神的名字，河水应声而下。为避免水势过猛淹没众生，冲毁大地，湿婆用前额抵住了河水巨大的冲力，让河水在他的发绺间流转千年，经缓冲后沿着自己的身躯缓缓流过大地，流向大海。

从那以后，恒河水就在印度半岛上奔腾不息。

看来，这湿婆也不仅仅是一个毁灭者，他的心中还装着苦难的众生，关键时刻也富有牺牲精神，难怪有那么多人喜欢他，恒河岸边到处都是供奉湿婆的神庙。

相比之下，《罗摩衍那》里的描述就有些不堪了，说的是湿婆与妻子做爱时，一次就达一百年之久，中间从不间断，精液喷洒成恒河……

自从看到这段描写之后，玄奘就不想再饮用恒河水了，至少不愿意直接饮用，不然会很不舒服。

这里也有湿婆的标志——林伽，早在磔迦国的阇耶补罗城里，玄奘第一次在借宿的婆罗门教神祠中看到这东西后，就暗自庆幸，幸好他们把这玩意儿供奉在神龛里，没有摆在外面。

但是现在，他发现自己庆幸得太早了，恒河边的一座湿婆神庙旁就竖着一根巨大的林伽，后面一溜神龛里还供奉着几十个小林伽，信徒们用鲜花、清水、青草、水果、树叶和干米供奉它们，祈求生育和性力的人还会伸手去抚摸一下，所以，这里的每一根林伽都被千万双手摸得乌黑发亮。

而在这些林伽的对面，就是一座火葬台，这里是婆罗门教徒认定的最神圣的葬身之地，每天都有人在此举行葬礼，火葬后的骨灰顺流而下流入恒河，还有一些涂灰外道从此经过，顺手抓起一把骨灰，涂抹在脸上和身上……

一边在祈求生育和性力，一边在上演着死亡和绝望，这就是人的一生。玄奘虽然幼入佛门，看惯了人间的生老病死，却从未像这些日子这般震撼。

天已大亮，原本安静的恒河变得拥挤生动起来，来这里沐浴的人已经达到数千，且不分男女老幼，成群结队地聚集在恒河沿岸，脱光衣物下到河里，多数人都保持着虔诚的静默，不断地浸水、喝水和祈祷。

若仅仅是沐浴取水倒也罢了，在河边，玄奘还看到了更多让人匪夷所思的举动。

距离他不远的地方有一些木桩，都是一对一对的，一根高一些，一根矮一些，初时不知道做什么用，但是很快他就明白了——

数十个天衣教徒赤条条地来到河边，焚香祈祷后，便涉水爬上这一对一对的木桩，一只手抓住高柱子，一只脚踩住矮柱子，空着的另一只手和脚凌空张开，整个人抬头挺胸腰板伸直，面孔朝着太阳的方向缓缓旋转……这种奇特的姿势看上去更像是一场标榜，直让玄奘叹为观止。

还有十几个人在树林里砍树，恒河两岸长满了高大的无忧树，每一棵都有数十丈高。人们挑好一棵树，砍断后剁掉枝叶，只留下光秃秃的树干，紧接着，十几个人一起把树干抬到河边，锯成长短不一的木桩。然后派人下水，找到合适的地点之后，就在河面上打下一根长木桩，再在这根长木桩的旁边竖一根矮一点的……

大约过了半天的工夫，他们就竖起了十几对，然后和前面那些人一起爬上木桩——此时前面上去的人，已经在阳光下站了大半日了。早晨的时候，太阳从东方升起，他们就面朝东方；如今到了正午，太阳升到了天顶，这些人竟也不惧那炫目的日光，一直跟着仰面朝天。烈日将他们的身体晒得通红发亮，上面滚滚而下的也不知是水珠，还是汗珠……可以想象得出，到了傍晚，日落西山，他们必会继续追随夕阳……整个过程中，所有修行者的身体就以一只手抓住的高柱子为轴心慢慢旋转，而在他们周围，水鸟成群、鱼虾嬉戏，水面上时不时地冒出一颗沐浴者的脑袋……

“师兄啊，原来你在这里，让我好找！”一个声音突然在耳边响起，却是般若羯罗。

“天热醒得早，便想到恒河边上来看看。”玄奘回答道。

“有什么好看的要这么久？连斋都不用。”

玄奘的目光望向那些修行者说：“跟他们比起来，少用一顿斋饭真的不算什么了。”

“你说的是那些天衣外道？”般若羯罗笑了起来，“是啊，日出日落，象征着生命与轮回。像这样长时间地修炼，不但能够强身健体，还会让精神得到升华呢。”

玄奘惊奇地看着他问：“师兄怎么知道？莫非你曾经修炼过？”

“我？当然没有！”般若羯罗赶紧否定道，“这是一位天衣教的朋友告诉我的，我已经很久没见到他了，大概他已经升天了吧。”

玄奘不禁深吸了一口气说：“这种修炼方式，当真是匪夷所思！”

“但也很有美感哦。”般若羯罗道，“曲女城里有一种舞蹈，便是借用了这种修炼方式。当年我看过那个舞蹈，完全不能跟这个相比！师兄你看，这里天地宽广，数百名裸身外道以同样的姿势、同样的节奏，迎着太阳在河面上缓缓旋转，这是何等奇特，又是何等壮观啊！”

玄奘苦笑道：“我倒没看出什么美感来，只是替他们担心。那个地方河水不浅，水流也急，像这样修行，一个不慎，岂不就跌入了恒河？”

“那不叫不慎跌入，那是升天和解脱啊！师兄你莫要忘了，这水可是福水！这些虔诚的信徒每天都会来河上修炼，刮风下雨也不会停息，这样数十年坚持不懈，直到落水升天的那一刻。”

怪不得他们能以这样的姿态站那么久！原来竟是练出来的。玄奘也不知道是该敬佩他们，还是该怜悯他们才好。

“我觉得，应该给他们讲一讲提婆菩萨的故事……”看着这些单腿站在柱子上的人，玄奘突然说道。

般若羯罗很纳闷地问：“提婆菩萨？龙树的弟子？他不是执狮子国的人吗？与恒河

有关吗？”

玄奘也很惊奇地说：“原来师兄竟不知道这个故事，我还以为每个印度僧人都知道呢。”

般若羯罗微微一笑道：“我是上座部僧徒，对那些圣贤菩萨的故事了解得不多，既然师兄知道，就讲给我听听。”

玄奘道：“这个故事，也是我在这附近的伽蓝中，听一位修习大乘中观学说的法师讲的。说是有一回，提婆菩萨游化到了这窣禄勤那国，看到当地人皆以恒河为福水，在此沐浴、修行，甚至投水自尽，以求升天。菩萨觉得这样做既愚昧，又残酷，便起了悲悯之心，想要感化此国的百姓，改变这种残酷的习俗。”

“他如何改变呢？”般若羯罗问。

玄奘道：“他跟随其他的洗浴者一起下到河里，俯身去参与拍水，却是逆水而击，方式异于别人。结果弄得水花翻飞，全溅到了别人身上。

“人群中有一位外道信徒，好奇地问他：‘你为何与众不同呢？’

“提婆菩萨回答说：‘我是狮子国人，父母远在故乡，如今那里正是旱季，我怕他们口渴，便在这里将圣水激起，希望能够接济到他们。’

“外道听了，都大笑着说道：‘天下还有你这样的糊涂人！狮子国离此万里之遥，你在这里激水，救济他们的饥渴，实在是愚蠢之至！’

“提婆菩萨惊奇地说：‘送不到？这怎么可能？死后的世界离这里更远，那些阴间的罪恶，尚且可以依赖此水洗除，我与家乡仅仅隔着山川，却属于同一个世界，怎么反而无法拯济？’

“那位外道听了，立刻哑口无言，同时也认识到了风俗之弊，于是便放弃了自己原来的想法，改投在提婆门下，皈依佛门了。

“周围的人目睹了这一场对白，当场也有许多人醒悟过来，表示接受佛法，愿意听从菩萨的教诲。”

玄奘讲完这个故事，对听呆了的般若羯罗说：“提婆菩萨深通‘实相’之说，精研‘法性’之学，怜悯众生，开导劝诱。师兄，我知道这里的人崇拜恒河，我也喜欢恒河，就像喜欢我家乡的黄河一样。但是像他们这样，在此自尽升天，将流过身体的沐浴之水直接拿来饮用，你不觉得是一种弊俗吗？”

“我不觉得啊。”般若羯罗道，“因为我从小也是这样长大的。不错，我现在信奉了佛陀，所以不会再像他们那样到这里来升天了。但我还是相信这水是福水，会帮助我去除灾殃，所以我会到这里来沐浴，也会直接饮用这里的水。如果我不这么做，或者我用佛法说服自己，告诉自己这么做是愚蠢的，从逻辑上当然可以说得通。但是那样的话，我会觉得很痛苦，非常痛苦，甚至觉得活着没有意思。我知道这是我的习气，谁叫我生活在这个世界上呢？至于他们——”

他指了指那些在柱子上修行的人说：“这是婆罗门教的一种修行方式，很多教派的人都这么做。除非你有能力彻底改变他们的信仰，否则这种风俗是不会改变的。”

“可是师兄你没有这个信仰啊。”

“但是我接受这种风俗。”般若羯罗道，“恒河不仅仅是一条河，它代表的是大神湿婆和雪山女神。在人们心中，这既是一种虔诚，也是一种生活方式。师兄你来自远国，你不会明白的。”

玄奘有点明白了，他一时陷入沉默。

般若羯罗有些担忧地看了他一眼，随即笑道：“我知道师兄慈悲，你就把他们的行为当作是一种苦修好了。”

苦修？是了，印度的确有很多苦修者，各自秉持着从远古时期便传承下来的种种稀奇古怪的“苦行”。

这段日子以来，他除了每天清晨到恒河岸边打坐读书外，有时也到附近的森林里转转。在那里，他见到了更多的苦修者，大多数是婆罗门教徒和耆那教徒，也有一小部分不知是什么教徒，只知道他们之中有的奉日月为教，有的奉水火为教……恒河两岸的热带丛林，似乎就是专门为他们准备的。

印度人自古就有在森林中漫游悟道的习惯，甚至形成了一定规模的森林团体。他们一般不受社会和法律的限制，但其内部却有着自己的律条。

这些苦行僧的修行方式千奇百怪：多数人以草为衣，有的只披着树皮树叶，有的完全赤身裸体；他们实行简陋的、饥饿的修行方式，只吃一些草木花果，有一天吃一顿饭的，有两天、三天甚至七天才吃一顿饭的；他们白天跷起一只脚，只用另一只脚站立，晚上就睡在尘土中，有的甚至睡在荆棘之上、水火之侧，使身体经受水深火热般的考验。总之，他们的修行方式是自惩性的，是极端痛苦的。

“你们为何要修这样奇特的苦行呢？”记得有一天，玄奘实在忍不住了，向他见到的几位苦行者发问道。

“修行可不是件容易的事情。”一个修士这样回答他，“如果容易，那岂不是人人都能修行了吗？想要修行，就必须吃常人无法吃的苦头。”

“可是，沙门还是不明白，你们使用这种方式，是想求得什么样的果报吗？”他问。

那修士回答道：“我们修炼这种种苦行，为的是要升天。”

“升天？”玄奘皱起了眉头，“天界虽然快乐，可一旦福德用尽，还是会跌落下来，继续轮回六道，最终还要受尽种种痛苦。你们为什么要修行这种苦（因）行，最终得到的仍是痛苦的果报呢？”

那个赤裸身体的修士用奇怪的目光打量着他，似乎是在思考该如何回答他这个问题。这时旁边冲过来几个人，手执藤条冲他吼道：“你这个贪图享乐的异乡人，不要用你那套罪恶的思想来影响我们！”

说着，便挥起手中的藤条朝玄奘身上抽打过来，他只好狼狈地逃离了这群苦修者。

那一天，当他离开那片丛林时，竟意外地遇到了几位佛教沙门，他们正坐在树下，脖子上挂着念珠，腰间缠了一块裹裆布，露出骨瘦如柴的身体。

玄奘初时以为这些人是瑜伽行者，便停下脚步，诚心向他们请教。几句问话之后才知道，他们并非修定，而是在用苦行的方式追求智慧和解脱。

“你们怎么会认为这么做就能得到无上智慧呢？”玄奘觉得很不可思议，“这样不是太愚蠢了吗？”

那几位沙门摇头道：“我知道你是释迦的信徒，只知道追求享乐，我们的修行方式你是不会理解的。”

“难道你们不是释迦的信徒？”玄奘反问道。

“我们信奉提婆达多[5]的教义。”那几位沙门答道。

听到“提婆达多”这个名字，玄奘顿时呆住了。

作为一个博览群经的高僧，玄奘当然知道提婆达多是何许人也——他是佛陀的堂弟，阿难尊者的亲哥哥，幼时曾与太子悉达多共习诸艺。由于他机智聪明，富有才干，因而各方面都非常优异。但也正因为如此，他常起争竞之心，嫉恨始终比他强的悉达多。

悉达多成道后，提婆达多也随其出家。他觊觎僧团的领导权，与当时的摩揭陀国王太子阿奢世相互勾结，逼迫佛陀将僧团的领导权交给他。遭到拒绝后，他竟怀恨在心，多次使计加害，但都没有达到目的。

有一回，他向阿阇世王借来八名武士，企图刺杀佛陀，但是没有成功，刺客们反而被佛陀感化，皈依佛门了。

还有一回，他将一头醉象引到佛陀的必经之路上，在佛陀经过时将醉象放出，结果那头醉象跑到佛陀的面前时，突然跪倒……

提婆达多害不了佛陀，便开始在僧团内部制造分裂，他主张实行更加严苛的戒律，并且标新立异地提出了五条严戒：

第一，比丘必须住在森林里；

第二，比丘只能托钵乞食，日中一食；

第三，比丘只能穿着“粪扫衣”；

第四，比丘必须住在树下；

第五，比丘不可以食用酥、盐、鱼、肉。[6]

事实上，这五条在佛陀的僧团中也是鼓励的，佛陀的大弟子之一摩诃迦叶与那些头陀行者，就实践比这更加严厉的苦行。

但这些都属于自愿选择，而非强迫。佛陀是宽容的，他实行的是“中道”的戒律。

苦行在印度毕竟还是有传统和号召力的，提婆达多很快招来了众多的追随者。最后，他带领数百追随者从佛陀的教团中分离出去，在象顶山上另立僧团，这是佛教历史上发生的一次最重大的分裂。

后来，舍利弗尊者专门前去劝诫那些跟随提婆达多的比丘，其中有一部分知过悔改，又重新回来依止佛陀。

再后来，提婆达多想再度加害佛陀，他想出了一个更加愚蠢的主意，将剧毒的药物藏在指甲里，想在与佛陀接触的时候掐入佛陀的身体。结果他没能刺进去，反而自破手指，毒死了自己。

据说提婆达多在堕落地狱的一刹那，生起了忏悔之心，他说：“我从心里皈依佛。”但是，好像有点晚了……

---

[1]秣菟罗国即今天的印度联合省Muttra，位于朱木纳河西南一带。

[2]萨他泥湿伐罗国，即今印度北部恒河支流朱木纳河上游所灌溉的平原。

[3]窣禄勤那国：今印度北部Kairena城。

[4]印度人直到今天还保留着在圣河沐浴的传统，不同的是，今天的恒河早已不是当年玄奘看到的那条清澈明净的“圣河”。由于恒河两岸每天都会向河中排放上亿吨污水，因此恒河已经成了一条名副其实的“污水河”。据印度卫生部门统计，经常在恒河中沐浴的人有40%~50%会患上皮肤病和胃病。尽管如此，虔诚的印度教徒们依旧在河中浸泡、沐浴、喝水。

[5]提婆达多，汉译“天授”，简译“调达”，为释迦牟尼佛的堂兄弟，曾加入佛陀的僧团，后因意见不合而离开，后另立僧团。

[6]这五条就是著名的“天授五法”或“调达五事”，记载于南传上座部律藏之中，原文是：尽形寿应为住兰若者。至村落者罪；尽形寿应为乞食者。受请食者罪；尽形寿应着粪扫衣者。受居士衣者罪；尽形寿应为树下住者。住屋者罪；尽形寿应不食鱼肉。食鱼肉者罪。

另，《十诵律》中记载的“调达五事”：①尽形寿坐着纳衣；②尽形寿受乞食法；③尽形寿受一食法；④尽形寿受露地坐法；⑤尽形寿受断肉法。

《根本说一切有部毗奈耶破僧事》记载：①不食乳酪；②不食鱼肉；③不食盐；④衣服长绩；⑤住在村中，不住阿兰若。

《大毗婆沙论》记载：“云何五法？一者尽寿着粪扫衣，二者尽寿常乞食，三者尽寿唯一坐食，四者尽寿常居回露，五者尽寿不食一切鱼肉血昧盐苏乳等。”

第12章

祭祀之地

玄奘想起小时候，二哥长捷法师在给他讲解佛经的时候，提起过提婆达多的这段故事。那时他便问道：“提婆达多害死了自己，当他重新转世的时候，他还会有机会修行吗？”

“只怕他没有这个机会了。”长捷兄长道，“他堕入了无间地狱，被大山镇住，烈焰焚烧，要经过一大劫才能跳出苦海。”

年幼的玄奘非常吃惊地说：“可是，佛陀曾经说过：我不入地狱，谁入地狱？现在提婆达多入了地狱，这是佛陀的本意吗？”

“这当然不是佛陀的本意。”长捷兄长道，“但俗话说，天作孽，犹可恕；自作孽，不可活。”

“可是佛陀是有大神通的圣者啊。”玄奘不服地问道，“如此大神通力在恶业深重的凡夫面前，竟是如此不堪一击吗？”

长捷兄长轻叹一声道：“四弟，我知道你有菩萨心肠。但是，众生的业力是不能用神通力随意地去改变和消除的，只能靠自己的修行去消除恶业。比如杀人犯在不知悔改的情况下，是不能平白判他无罪的。更何况，佛陀又不是审判者，你说是不是？”

玄奘若有所思地点了点头。

后来他到了净土寺，阅读了《法华经》后才知道，佛陀感念过去世前，提婆达多曾经帮助过自己，于是便在法华会中为提婆达多授记，并且说，提婆达多在地狱果报结束后，会升入天道，将来他也会成就佛道，佛号天王如来。

再后来，神通第一的摩诃目犍连尊者，将这个消息告诉了地狱中的提婆达多。于是提婆达多再度忏悔，并感谢佛陀的授记。[1]

这个相对完满的结局，令少年玄奘的心里好受了许多。

这么多年来，玄奘一直把提婆达多当作是魔王波旬一样的人物，万万没有想到，他分裂出去的僧团，竟然一直在印度延续了一千多年！现在的印度依然有提婆达多的信徒，他们同释迦的僧团一样，都崇拜供养过去三佛，却唯独不拜释迦牟尼佛。

看着面前这几个形容枯槁的苦行僧侣，玄奘想说什么，可最终什么都没说，只是默默地退出了森林。

如今，在这恒河边上，想起那些森林中的苦行者，玄奘不禁无奈地摇了摇头。他想，当年佛陀选择的也是那种自惩式的修行方式吗？幸好，他放弃了。

这时，他看到一群人簇拥着一个骨瘦如柴的老人来到河边，老人一丝不挂地焚香沐浴，态度极为虔诚。诵过经咒后，他抱起一块早已准备好的石头，平静地走入恒河……

玄奘吃了一惊，本能地想要上前阻止，却被般若羯罗一把拉住问："师兄，你要做什么？"

"那个老檀越……"玄奘伸手一指，神色显得有些着急，"那些人竟然逼他死！"

般若羯罗紧紧拉住他，小声说道："师兄莫管闲事，否则便是好心办了坏事。"

"可是人命关天……"

"这是他自己的决定。"般若羯罗正色道，"其实来这个地方升天的人并不算多，等你到了钵罗耶伽，才知道什么叫神明聚集！那里是两条大河交汇的地方，是升天寻求超脱的最佳处所。每年都会有上百人从五印各国前往钵罗耶伽，绝食七日，然后抱着沙袋、大石头、铁块之类的东西沉河升天。你若敢去阻止，只怕他们也要把你捆上石头，扔进河里。不过，你那就不叫升天了，在他们看来，你是下了地狱！"

玄奘道："就算被扔进河里，就算是下地狱，我也要去救他们！"

"可他们有权不让你救！"般若羯罗道，"你焉知他们不是快乐的？为什么要剥夺他们的快乐？"

听了这话，玄奘不禁一滞，终于颓然叹了口气。

见他脸色不好，般若羯罗只得放低声音，劝慰道："看这天越来越热了，咱们还是赶紧收拾东西起程，去往羯若鞠阇国吧。对了，师兄要不要先吃点东西？"

"不用。"玄奘道，"我什么都吃不下……我们去向阇耶毱多善闲三藏告别吧。"

要去羯若鞠阇国，必须先经过阿耶穆佉，这也是位于恒河岸边的一个国家。

两人乘船渡过阎牟那河[2]，到达东岸，来到秣底补罗国。

这是个气候清凉舒适、民风淳厚质朴的小国，信奉异教和佛教的人各占一半，很多人精通禁咒和法术。

然而，最令玄奘感到惊讶的是，这个国家的国王居然出身于首陀罗种姓！在此之前，他所见过的国王中，最低种姓的也是吠舍，还有就是迦湿弥罗那个模样酷似婆罗门，却疑似有着首陀罗血统的“讫利多种”国王。而秣底补罗国的国王，却实实在在是由身为“一生人”的首陀罗担任的，这本身就说明了印度的种姓制度也不完全是铁板一块。

由于连着下了几天雨，恒河暴涨，很多狭窄的河道也变宽了，商人们大都选择走水路，因此般若羯罗提议放弃陆路改走水路，坐船沿恒河顺流而下。

“这是最近、最快的选择了。”他说。

玄奘却有些犹豫道：“那么多人死在这条河里，船行在上面，只怕……”

般若羯罗笑道：“师兄太多虑了。哪条河里没死过人？便是在陆地上，无始劫以来，我们脚下的大地也不知吸了多少生灵的血！你若在乎这个，干脆就不用出门了！”

这话说得也有道理，玄奘不得不点头同意。

他们是在摩裕罗城上的船，这是秣底补罗国西北部的一座大城，居民人丁兴旺，水流交织，出产各种宝物。离城不远处有一座大天祠，据说里面的灵验奇迹很多。

玄奘与般若羯罗整理好行李马匹，沿着河岸走向那个繁忙的渡口，那里停泊着几艘大船。

一支满载木材和矿砂的船队正从河里提起锚索，玄奘认出这是大食人的船队，他们常在恒河一带往来，贩卖乌木和白檀，有的也做胡椒生意。

“那边有客船！”走在前面的般若羯罗往前一指，顺着他的手指方向，玄奘看到了那艘硬木大船。

几名船工正站在船头招徕客人，看到两个沙门牵了五六匹马过来，忙热情地上前打招呼。

玄奘单掌打个问讯道：“请问这船是去往阿耶穆佉国的吗？”

“当然！”船工大声回答道，“我们一直走这条河道，先去钵罗耶伽，再去阿耶穆佉，两位大师上船吧。”

听到“钵罗耶伽”这几个字，玄奘略略犹豫了一下，但他知道，有些事情是必须面对的，不想看也没有用，于是付了船资，船工又帮他们将马背上的经包卸下来搬上船，堆放在舱内的一个角落里，两个沙门将马牵上了船。

船上已经有了八十多个商客，他们的货物堆满船板，大都是些各式各样的果子，比如药用的庵没罗果、酿酒用的葡萄、沐浴用的僧伽逻香果。此外，还有一些五彩缤纷的宝石，一只泥坯制成的小火炉向上冒着火焰，这更增加了船舱里的热度，一个驼背的老人默默地坐在炉子旁边锻打金子。在他的身旁，胡乱堆放着庄严的佛像、木版画……

玄奘与般若羯罗找了个靠近船头的位置坐了下来，旁边的几个商人立即凑上来聊天，原来他们来自阎牟那河上游一带，经营紫胶、螺贝一类的颜料，难怪周围的船板上撒了五颜六色的一片……

其中一位热情地向两位沙门兜售一种坚果：“这东西跟另一种青黛浸成的麻布搭配起来，可是销往阿耶穆佉国的俏货！”

玄奘一眼便认出这是婆罗树上的果实，在恒河岸边的村落里，到处都可以见到这种印色用的坚果树，北印度僧侣常用它来给白布涂黑。

这时，又有两位老人上了船，他们显然不是商人，除了一只小小的装干粮的褡包外，没带任何货物行李，且裸着上身，瘦得露出根根肋骨。上了船便在一个角落里坐了下来，闭目养神。

看看远处没什么客人了，几名船工也都上了船，大声吆喝着，桨手们立即挥动船桨，将木船撑离岸边。

木船刚刚离岸，玄奘突然发现有三个年轻人从远处那片密密的阿输伽林中跑了出来，紧跟着这条船，跑得上气不接下气。玄奘站在船舷边看着他们，他们也朝玄奘用力挥手。

“他们可能也想上船。”玄奘对船工说道，“能不能等等他们？”

船工犹豫了一下，还是将船划到了岸边。

那三个年轻人一个接一个地跳上船，径直跑到玄奘面前，伏倒在地：“你就是东土来的玄奘法师吗？”

“正是。”玄奘伸手搀起他们，“仁者快快请起。”

“法师，我叫安达逻尼。”那个大一点儿的青年一边说，一边指了指身后两个人，“他们是我的弟弟，阿南达和阿萨摩。我们是阿耶穆佉国的人，要回家看望母亲，想不到在船上能见到玄奘法师，真是莫大的缘法。我们想要皈依，请法师为我们摩顶授戒。”

说罢，三个人一起磕下头去。

玄奘点点头，心中颇为欣慰。

这里毕竟还是佛国，是被佛陀的光辉洒过的地方，佛法对人们的影响是深远的。

商船顺着恒河，一路朝着阿耶穆佉国的方向前行，船上的风帆竖了起来，一列列滑翔而去的红鹳鸟火焰般地从帆前掠过……

“估计这是雨季前的最后一桩生意了。”一名船工坐在玄奘的身旁，感慨地说道，“等到连蚂蚁都不出来的时候，我们也就该收拾收拾回家歇着了。”

“寺院里何时安居？”玄奘问道。

“当然得等到雨季了。”船工道，“沙门都是讲慈悲的，雨季虫子多，他们怕踩着了。”

“沙门有什么慈悲的？”坐在角落里的两个老人懒懒地说道，“他们看不起我们这些去钵罗耶伽升天的人，早晚会受到神明的惩罚。”

原来这两位是去升天的！玄奘忍不住朝那两个枯瘦的老人多看了几眼，想要说点什么，旁边的般若羯罗却轻轻碰了他一下，示意他不要多管闲事。

船上的客商大多信奉佛教，但是两个老人的话，也并没有引起什么波澜，没有人觉得这有什么不对头。去钵罗耶伽升天，这样的人每天都能见到，根本就不足为奇。

来自阎牟那卖紫胶的客商凑到了玄奘和般若羯罗跟前，热情地对他们说：“等过了阿耶穆佉国，二位法师可就近去羯若鞠阇国看看，那可是个很强大的国家，而且佛法兴盛，特别是都城曲女城，有寺院八万四千座，沙门雨季前都喜欢到那里去度过安居日。”

“多谢檀越指点。”般若羯罗笑道，“我奉王命，正要去往羯若鞠阇国的都城，去见那里的国王呢。”

“你说的是尸罗逸多大王吧？”那客商道，“他确实很敬重沙门，就是脾气有些古怪。你若是不小心惹恼了他，莫说是沙门，便是佛陀在世，只怕他也敢叫人砍上一刀！”

玄奘心里一动说：“这个尸罗逸多大王，就是戒日王吧？”

“正是。”阎牟那客商笑道，“想不到你这外乡来的法师，知道的东西还真不少。”

般若羯罗一听这话就乐了，说：“老实说，玄奘法师不知道的东西，只怕是不多的。”

提起这个统治五印度的尸罗逸多王，大伙儿的话匣子都被打开了——

“此人本是吠舍种姓，姓曷利沙，名伐弹那，王号尸罗逸多，也不知怎么回事，他的祖上竟当了国王！”

曷利沙伐弹那翻译成汉语是“喜增”的意思，因而戒日王又被称为“喜增大王”。

那阎牟那客商见玄奘若有所思，很多人也都侧耳倾听，一时更来了兴致：“这位喜增大王的文治武功可不一般，听说他拥有一支所向披靡的象军部队，用了六年时间东征西伐，征服了整个中印度，他本人也成了五印诸国的盟主。之后便开始躬亲国政，不仅把国内治理得井井有条，而且大兴佛事，广建浮屠。”

“听起来，这像个转轮圣王的故事啊。”阿萨摩感慨地说道。

“可不就是转轮圣王吗？”那阎牟那客商道，“这位喜增大王信奉佛法，不亚于当年的阿育王！他通令境内不许杀生，并且广行布施，凡是府库内所积财宝，都拿来施予众生。他还鼓励僧人习经，规定不管是经、律、论，谁能宣讲一部，就可以免做寺内杂务；能宣讲两部，就给予上等房舍和卧具；能宣讲三部的，就派侍者服侍他；能宣讲四部的，则供给差遣的俗人，供他役使；能宣讲五部的，允许乘象舆；能宣讲六部的，乘象之外再加侍卫。因为他的这些规定，使得国中佛法极其昌隆，百姓们也都安居乐业。”

众人听了，都不禁啧啧称叹。

玄奘却暗自苦笑，依照他的这些规定，僧人都成什么了？

当红日西沉的时候，商船行到钵罗耶伽，在一个渡口处停了下来，那两名枯瘦的老人和一部分商旅便从这里下船而去。

“今晚就在此处抛锚歇息，明早再起锚。”船工说罢，桨手们便收了帆进到舱里，乘客们也都七歪八倒地在舱板上躺了下来。

玄奘一直惦记着那两个老人，偏偏不知道该如何是好。这种感觉就像是心中被堵了一块巨石一般，十分难受。

般若羯罗也知道他心情不好，趁着天还没黑，便拉他一道钻出船舱透透气。

夕阳如金，给风平浪静的恒河抹上了一层金黄，河水像清油一般平滑，闪着一缕一缕斑斓的光彩。

然而，高温丝毫没有减缓的迹象，空气中连一丝风都没有，直让人喘不过气来。

玄奘的目光始终注视着晃动的水面，由于天色已晚，河上的沐浴者大都已经回家，只有零星的几颗脑袋还在两种颜色的水中此起彼伏。

钵罗耶伽是中印度的一个大国，河东岸矗立着一座金碧辉煌的巨大天祠，显示出这里是婆罗门教神话中的圣地。

“那座天祠里供奉的是大自在天湿婆。”般若羯罗告诉玄奘，“听说这里颇多灵异。”

玄奘不以为然道：“大自在天哪里都有，为什么偏偏这里的灵异？”

“因为这里是‘恒河之门’，又是‘祭祀之地’呀。”般若羯罗说着，用手朝水里一指，“师兄你看！”

其实玄奘早就看到了，恒河流经钵罗耶伽时，与亚穆纳河交汇，因而这里的水面呈现出两种不同的颜色。大概也正因为如此，人们才认为这里是神明会合的地方吧？

般若羯罗说这里是“祭祀之地”，这话没错。钵罗耶伽是梵天创造世界后第一次献祭的地方，这个国家梵语名称的意思便是“祭祀之地”。

般若羯罗继续说道：“这钵罗耶伽一直都是中印度地区最重要的浴场，每天都有成百上千的朝圣者从各地赶来，在河水中浸泡沐浴，为自己和家人祈福。师兄你想想看，在一条圣河里沐浴，就能洗去一切罪恶，得到神明的赐福。而若是把沐浴的地点选在两条圣河交汇处的钵罗耶伽，效果是不是会加倍呢？想来那两个老檀越专程坐船来这里升天，也是出于这种心思吧？”

想起那两个枯瘦的老人，玄奘心里就不是个滋味儿，他闷闷地说道：“若只是水面颜色不同，这根本就不足为奇。且不说在北印度我就见识过这种奇特的景象，便是在我那遥远的东方故国，也有‘泾清渭浊’之说。”

般若羯罗十分惊讶地问：“原来师兄的家乡也有这种圣河景象？”

玄奘道：“我们那里倒没有圣河这一说。不过，在我的故乡，泾河与渭河交汇的地方，确实呈现出一边青一边黄这两种颜色。这都不算什么，毕竟是两条河流交汇，有两种颜色毫不稀奇。师兄你相信吗？这一路西行，我还见过同一条河流的主航道两侧出现水面颜色不同的情况呢。”

听了这话，般若羯罗不禁啧啧称叹：“大千世界，真是无奇不有。羯罗去过的地方实在太少了。”

玄奘抬头看着天空，轻叹一声道：“我去过的地方也很少，更不要说宇宙至大，包含无穷了。人生苦短，只有摆脱轮回，才能看遍这三千大千世界吧？”

般若羯罗不禁为他的这一想法所震撼，心说：你一个凡人，居然想看遍三千大千世界！我是该说你有志向，还是有野心呢？

玄奘再次将目光投向眼前的河水，他虽见多识广，却也不得不承认，恒河和亚穆纳河都是极宽的河流，因此这里的景象看上去更加震撼和瑰丽。

当地人将这里称作圣地，想必还是有些道理的。

随着最后几个沐浴者的离开，玄奘同般若羯罗回到舱内，鼻中立即扑满了各种食物交织而成的味道。船上的人正在吃晚饭，那些桨手嘴巴里嚼着生大麦，大声讲述着他们的见闻。

玄奘坐了一会儿，衣服就被汗水浸透了，黏黏地沾在身上。虽然走过很多沙漠，但他还从没有“享受”过如此高温。船舱里热得就像个大蒸笼，近百人挤在这狭窄的蒸笼内，“呼呼”地喘着粗气……他闭上眼睛，尽量让自己的心平静下来，去思考那些殊胜的经典。清波荡漾中，一颗心犹如莲花般绽放，静静吐香……

“师父……”在深深的禅定中，似乎有人轻轻触碰了他一下。

玄奘睁开双眼，见是那几个最后上船的，接受他摩顶授戒的年轻人。

“何事？”他问。

“您和这位法师刚才是在入定吗？”阿萨摩擦了一把额上的汗，不解地问道，“为什么身上一滴汗都没有？”

玄奘这才意识到，那一直黏在身上，让他很不舒服的汗水已经被蒸发得干干净净，除了留在衣服上的一层白色盐粒外，自己由内而外，竟觉得异常清凉。

再看看坐在身旁的般若羯罗，这位同修仍处于定中，面容肃穆，如一尊罗汉，身上也无一滴汗水……

“大概这会儿天黑，已经凉快了吧。”玄奘安详地答道。

“不可能。”阿南达叫道，“我们可都热得睡不着呢，师父怎会觉得凉快？这是什么魔法？”

玄奘对他笑笑说：“在我的家乡有一句话，叫作‘心静自然凉’，你们不觉得这句话法味十足吗？试着静下心来吧。”

于是，这些年轻人开始盘腿打坐，旁边一些商旅也热得难受，跟着打起坐来。

但周围的空气毕竟还是闷热难当，坐了一会儿，每个人仍是大汗淋漓。

玄奘知他们一时难以定住，于是轻轻念诵道：“善男子，一切障碍，即究竟觉，得念失念，无非解脱，成法破法，皆名涅槃，智慧愚痴，通为般若，菩萨外道所成就法，同是菩提，无明真如无异境界，诸戒定慧及淫怒痴，俱是梵行。众生国土，同一法性，地狱天宫，皆为净土，有性无性，齐成佛道，一切烦恼，毕竟解脱，法界海慧，照了诸相，犹如虚空，此名如来随顺觉性。”[3]

这船上的一部分人毕竟还是有些宿慧的，听了经文，幡然领悟，默默入定……

可还有一些人始终定不下来，安达逻尼索性提出了要求：“现在睡觉还早，师父能给我们讲讲经吗？”

玄奘道：“我给你们讲个故事吧。是一位修习大乘般若宗的法师讲给我听的，就发生在这钵罗耶伽。”

“太好了！”几个年轻人兴趣盎然，全都围了过来。

“在钵罗耶伽国中，有一座很有名的伽蓝，其之所以有名，是因为提婆菩萨曾在那里作《广百论》。”

说到这里，玄奘问这几个年轻人：“你们都知道提婆菩萨吧？”

“当然知道！”安达逻尼抢着说道，“他是龙树菩萨的弟子，以长于辩论著称，曾以一人之力挫败了许多外道。”

“正是。”玄奘点头道，“提婆菩萨在辩论时经常是妙语连发，其语句之诙谐幽默，在佛门弟子中是很少见的……”

那一天，提婆自南印度北上，抵达钵罗耶伽国时，在此国中有一位外道婆罗门，辩才无碍，声名显赫。其特长是循名责实，从事物的名字开始推究，探求事物的本质。此所谓“一招鲜，吃遍天”，世人竟鲜有能与之论辩者。

当他获悉提婆到来的消息后，非常高兴，立即找了过去。

这位婆罗门一见到提婆，第一句话便是：“你叫什么名字？”

提婆回答道：“天。”

提婆的名字梵文写作Deva，其意就是“天”，所以提婆的这个回答属于据实而答，并无不妥之处。

婆罗门当然也知道这一点，却不满意提婆取了这么个名字，于是便展开他循名责实的拿手功夫，顺着提婆的回话又问：“天是谁？”

提婆回答：“我。”

在印度，“天”与“神”是相同的事物，如：梵天、大自在天等，都是神的名字。婆罗门提问“天是谁”是想把提婆引入神的问题之中进行讨论。而提婆回答说是“我”，便是以自己的名字作答，巧妙地避开了对方的提问，未堕其彀中。

那婆罗门一计不成，便又顺着提婆所答的“我”字进行提问：“我是谁？”

提婆依旧只回答了他一个字：“狗。”

这个回答表面上是骂了这位婆罗门，但是婆罗门并没有立即反应过来。因为，“我”是印度哲学中经常被讨论的问题，意思是指事物的自在主体，或自性、本性等。提婆回答一个“狗”字，包含着狗，也具有自己本性的意思。所以，婆罗门并未发现自己已经受到了侮辱。

他又接着问：“狗是谁？”

提婆回答：“你。”

“你是谁？”

“天。”

“天是谁？”

“我。”

“我是谁？”

“狗。”

“狗是谁？”

“你。”

他二人就这样问来答去，总是在“天”“狗”“你”“我”这几个字之间来回循转。直到这时，那位婆罗门才惊觉事情有些不对头，仔细一想，原来自己已经被提婆骂了，禁不住放声大笑，对提婆的幽默风趣佩服得五体投地。

玄奘讲到这里，船上早已是笑声一片，都说提婆菩萨确实机智过人，辩才无碍。

玄奘也感到轻松愉快，严格说来，他从大乘般若宗的法师那里听来的这个故事，并不是一场真正的辩论，只是一次兴之所至的即兴问答。然而，由于提婆的诙谐幽默，使得这个故事充满了趣味性，令人过耳不忘。

这说明了什么？看着眼前开心的人群，玄奘不禁想到：婆罗门所提的问题，句句指向玄学领域，极其玄奥；而提婆的回答皆以眼前事物应对。这是不是说明，提婆不承认玄学世界的存在呢?

提婆是大乘中观学说的创始人之一，在他的理论中，全部世界仅仅是一种现象，除现象外，并不存在一个超越现象的本体世界。现象是假的，是各种条件因缘和合的结果，但除去这层虚假的现象，世界并不另有真实的东西，这便是提婆“性空”思想的核心。

而这一点，与玄奘主修的瑜伽宗并不相同。

玄奘由此想到，这则有趣的故事，恐怕不只是对提婆风趣对答的记录，更是对提婆“性空”思想的深刻反映。

“法师再给我们讲一个故事吧。”周围的年轻人一脑门的兴致，纷纷请求道，“太好听了！”

“好，那玄奘就再讲一个……”

第二天清晨，天气略略凉爽了些，般若羯罗仍在定中，船上其他人听了大半夜的故事便都睡去，特别是安达逻尼三兄弟，这会儿个个睡得十分安稳。

玄奘起身来到船头上，虽然天还没亮，河中已经有了不少沐浴者，两种颜色的水面上此起彼伏地晃动着数百颗脑袋，也不知昨天下船的那两个老人，是否也在其中?

他不由自主地将目光投向岸边，天祠门口出现了三三两两的朝拜者。而在不远处的丛林中，隐约露出村庄土屋的一角，耳边传来一两声牛的“哞……”声，这真是一个静谧的清晨!

天亮后，又有一些人陆续上了船，都是要去阿耶穆佉国的。其中有十几个人搬运着一根巨大的象牙，那象牙足有丈把长，粗壮至极。搬象牙的人用白布巾缠了手腕，有人往船板上放了一块毛毡，将那根象牙小心翼翼地放置在毛毡上，然后便坐下来，一边喘着粗气，一边撩起拖地的下摆扇风。这些人肤色黝黑，被那光洁的象牙一衬，更显得那脊背像是被娑罗树汁染出来的一样。

般若羯罗从定中醒来，精神百倍地来找玄奘。船工和桨手们大声吆喝着，巨大的船只分开了河中沐浴的人群，又开始前行了。

船离钵罗耶伽越来越远，玄奘站在船舷处，一直注视着向后退去的圣城。此时的他并不知道，这座沐浴在两条圣河光辉下的城市，日后会经历多少战火，经受多少不同文化的洗礼。

太阳越升越高，渐渐变成了一顶火伞，水中仿佛出现了无数金色的小太阳，那耀眼的光芒灼得人眼睛生疼，玄奘只得将目光转向河岸边那些绿色植物。

沿着河岸延伸而来的藤草植物与河面果木间生活着各种模样古怪的鸟儿，有五颜六色的鹦鹉、活蹦乱跳的沙雀，还有漂亮的凤卷尾、绿孔雀……阳光给每一片树叶都打上了明亮的小光点，看得久了便有些头晕……

这样行驶了一百余里，大船进入一片茂密的阿输伽林内，树木盖下来一大片浓荫，却感觉不到丝毫凉爽。高空中出现了浓黑的积雨云，就像一个巨大的锅盖压了下来，越发让人感到闷热异常……

玄奘依旧站在船舱外面，他不在乎酷热的天气，心中只有深深的感激——

这个酷热的半岛是真正的佛国，这里有佛陀的诞生之地、获觉之地、讲经之地，也是历代圣贤学习和生活的地方，所有这一切都将在自己面前铺开，痛苦和危险都已成为过去，只剩下一段平静的旅程……

---

[1]在原始佛教经典中，提婆达多犯下五逆重罪，破坏僧团，是极为负面的人物。而在一些大乘佛典中则另有说法，《妙法莲华经》中记载，提婆达多也被佛陀授记，将来成佛。并且说，提婆达多是来示现作反派角色的，为的是让众生体悟作五逆罪的果报会下地狱；在《大方便佛报恩经》中说，过去诸佛皆有提婆达多，而提婆达多在无间地狱中也如比丘一般入三禅乐。

[2]阎牟那河，意译为缚河，即今日的朱木纳河，起源于北阿坎德邦的喜马拉雅山冰川，在安拉哈巴德注入恒河。印度自古将此河视为阎摩天之妹阎美而加以崇拜，历代多建都于其两岸。

[3]此段经文出自《圆觉经》。

第13章

挑剔的女神

“两位师父待在外面，不嫌晒吗？”安达逻尼出来招呼道。

般若羯罗笑了笑说：“可也是，我的头都要晒晕了，差点儿睡着。玄奘师兄，咱们进舱去吧。”

“也好。”玄奘点点头说。

其实，船舱内虽无日晒，却是暑气蒸人，各种刺鼻的气味交相混杂，让人透不过气来。好在，舱里的大部分人都极尊敬这两位沙门，主动腾出一小块地方，请他们坐下讲经。

玄奘讲了一段经文，一颗心便宁静下来，再也感觉不到闷热。直到一声刺耳的锣响，打破了这一宁静。

紧接着，外面传来船工和桨手们的呼叫和陌生人的嘈杂声，将他强行拉回到现实中来——

“怎么回事？”

“发生什么事了？”

船上的客商们发生了骚动，他们纷纷起身，急慌慌地问道。

一些人钻出船舱，又紧张地退了回来，他们抱紧自己的财物，样子极为恐慌。

玄奘探头朝外面看了看，却见不知从什么地方钻出了数十条轻便小船，将他们所乘的大船围得严严实实。小船上的人一边敲锣，一边举着刀棍大声吆喝着驾船向大船靠近。

“有水贼拦船。”安达逻尼走到玄奘身边小声说道。

玄奘平静地点头，他西行至此，对这种事情早已见惯不怪，只是隐隐感到有些煞风景——为什么走到哪里都少不了强盗呢?

往两边看去，只见这一带的河道变得异常狭窄，两岸是更加浓密的丛林，林间挤满了各种果木，其中大叶花朵与杂生的多刺毛荚果交错而列。在它们的外围，是大片的剑麻丛与芦苇丛，还有其他一些不知名的高秆灌木。尤其引人注目的是浅滩处那一大片浓密的阿输伽林，被热雾笼罩着，显得葱郁、幽深。那些树的大部分枝干都长在了水里，且异常繁茂，一望便知是虎豹纵横、盗贼出没的地方。

显然，这些强盗同他们的船只事先就藏在这片水中密林里，一旦发现猎物，便立即蹿了出来。

看着贼船们逐渐靠近，大船上的桨手全都慌乱起来，他们用力划桨，试图掉转船头。然而那些贼船毕竟小而灵活，又带着铁钩和长绳，大船的边缘很快便被数十只铁钩钩住，动弹不得，眼睁睁地看着最前面的十多条小船迎流鼓棹，靠了上来。

数十名强盗一部分敲着锣，另外一些则呐喊着强行跳上大船，他们的手里握着短刀、鱼叉、弓箭、木棍……商船上一片混乱，几个胆小的客商竟然在恐慌中跳河而逃，但他们不是被水中的铁网挂住，就是被船上的强盗用带钩的鱼叉刺死，霎时间将苍青色的水面染上了一层血色。

两名船工和大部分乘客显然都吓得不轻，他们低着头跪伏在船上，恨不能将整个身体融入船板。

几个强盗走过去，提起两名船工，要他们赶紧将船靠岸。其余众贼则大声吆喝着，用刀棍逼令他们见到的每一位乘客，不管男女老幼，都将外面的衣衫除去，搜劫身上财物。

玄奘始终以一个观望者的眼光面对这一切，这是他西行以来第一次在水上遭遇强盗，心中隐隐感到有些麻烦，却也不是特别担忧。

强盗们将搜罗到的珍宝财物堆放到一条小船上，那根巨大的象牙难以运上小船，他们便留下几个人在一旁看守。

玄奘偶然间一回头，却发现坐在身边的般若羯罗脸色苍白，身体微微颤抖，不禁感到有些奇怪。

般若羯罗不是没见过强盗的人，在大雪山上被拜火教徒折磨，在波罗奢林中被盗匪劫掠，他都镇定自如。为什么这一次怕得如此厉害？

玄奘心中不解，小声安慰他道："强盗拦船，无非是求财。身外之物不足挂怀，给他们就是了。师兄不必太过担忧。"

般若羯罗轻轻摇头道："他们不是普通的强盗……"

"哦？"

这一点，其实玄奘也看出来了，长途跋涉和丰富的阅历，早已使他拥有了超乎常人的直觉和观察力。他知道这些人都是典型的中印度人，可他们同以往所见的那些面形枯瘦、肌肤肮脏、衣着零乱的强盗不同，这些水贼大都胖乎乎的。而且很明显，他们的一言一行都在按照一种既定的流程行进。

玄奘刚进入印度半岛时，便同这样的人打过交道了，他们把衣服撮成褶子用丝绳捆上，赤着足，露出涂黑的牙齿；他们吃饭前一定要先净手，水盆里放上几片柠檬片；他们不吃隔夜的剩饭菜，吃饭的器皿不相传递，瓦和木头器皿用过一次就丢弃；他们吃完饭喜欢口嚼杨枝，洗澡漱口没有完成就不会进行接触；他们认为，那些在辩论中失败的人都是愚昧得不可救药的家伙，他们给那些人的脸上涂满红白黏土，身上撒遍灰尘，放逐到旷野沟壑；他们中间那些触犯律条的人，那些不勤勉学习的人，轻者被当众斥责，其次无人同他说话，重则大家不与他同住，一旦被摈弃便无处可居，形如丧家之犬。

一句话，他们并不属于婆罗门种姓，却是虔诚的婆罗门教徒，没有任何外来压力会迫使他们改变意愿。

“那又怎样呢？”玄奘不解地问道，“不管他们是什么，做了强盗，不都是干着杀人劫财的勾当？”

听他说得如此轻松，般若羯罗不禁长叹一声道：“看这些强盗的言行规矩，应该是性力派的教徒，一向敬奉难近母。他们的祭祀仪式极为特别，五印各国的人都知道，怎么师兄反而不知？”

“难近母是何人？”玄奘小声问道。

“法师居然连难近母都不知道。”锻金的驼背老人不知何时走了过来，声音迟缓地说道，“她便是大名鼎鼎的突伽天啊！”

玄奘怔了一下，突伽天是婆罗门教诸神之一，名头的确响亮。除此之外，她还有一个更加鼎鼎大名的丈夫——湿婆。

“你们说的，是湿婆的妻子雪山神女吗？”他沉声问道。

“正是。”般若羯罗道，“难近母就是雪山神女，也就是突伽天。”

这个女神的名号倒还真是不少。[1]

“玄奘听说过雪山神女，似乎是个美丽的女神，师兄不也很尊敬她吗？”

般若羯罗轻轻叹了口气，并未说话。

“她确实很美。”阿萨摩不知何时也出现在他身边，插口道，“就像雪山一样，美丽又不易接近，要不怎么叫她难近母呢？她有八条手臂，持带蛇的长矛，骑着老虎或狮子，曾经打败过凶恶的水牛王阿修罗。她发起怒来面目狰狞，又酷爱血祭。师父，你想想看，这样的女子，就算她再美，你敢靠近吗？”

玄奘苦笑道：“这样的女子，简直就是恐怖的死神。不知道为什么会有很多人崇拜她。”

“人们崇拜她，是因为她拥有超凡的神力。”锻金老人严肃地说道，“其实，这位小兄弟还少说了一条，这突伽天还是一个淫荡之神，其性力不在她的丈夫湿婆之下。教徒们每年都要杀死一个漂亮男子，献祭给她……”

“原来还真是要以人做牺牲……”玄奘不禁皱起了眉，“那样岂不成了邪神？”

“法师可不能说她是邪神。”船上显然也有女神的拥护者，站出来说道，“她是湿婆大神的妻子，是正神。我们不能用人的善恶标准来要求神。再说，你又怎知那些牺牲者不是高高兴兴地去女神那里呢？毕竟，不是谁都有这个资格的。”

“确实如此。”旁边又有人说道，“就像人无须顾忌畜生的生死，神自然也不会在意人的生死。人给神牺牲，神保护活着的人。这样的交换，与世人养马养牛养羊并没有什么分别，哪里谈得上什么正邪呢？”

玄奘没有反驳，但心中颇不以为然。他可不认为人类是神养的马牛羊之类的牲畜，更不认为神会像人一样嗜血。在他看来，神之所以为神，是因为他有着远超于人的神格。那些杀人为祭的，称之为“邪神”已经很客气，应该称其为魔才对。

婆罗门教各个派别都极重祭祀，凡祭祀必定会杀生，其中杀牲畜的还算仁慈，有相当一部分教派是以人为牲。以人为牲也就罢了，有的祭祀方式极其残忍，务令牺牲者受尽痛苦而死。

这也是佛陀当年极力反对祭祀的原因之一，对于那些传统的火供、血祭等，佛陀曾多次予以批判，他说：“种种供养，实生于罪。”他视血祭为作恶，以至于当时的人们都说：“沙门瞿昙呵责一切祭法。”[2]

如今，佛陀已经入灭一千多年了，这种以人为牲的残酷祭法，仍堂而皇之地存在于佛国的土地上，怎不令他心生痛楚！

见玄奘面色不悦，般若羯罗小声解释道：“听说，突伽女神对祭品很挑剔，要年轻、健康、端正、身量高挑、肤色浅，最好是小麦色的男子。”

“居然还有如此考量？”玄奘惊讶之余，微笑着打量了一下般若羯罗，小声说道，“其实这些条件也不算太苛刻，我看师兄就很符合。”

般若羯罗不禁苦笑了一下说：“师兄莫要拿我取笑，我说的可都是真的……”

话音未落，舱门外突然又传来一阵骚动，玄奘朝外望了望，原来是一个少年紧紧抱着一个包袱，两三名强盗上去抢夺，那少年满面泪水，就是不肯松手。强盗恼了，举起手中的刀就要砍下……

“住手！”玄奘再也忍耐不住，一声清喝，从舱内走了出来。

持刀的人手停在半空，转过脸来，鹰隼般的目光紧紧盯住了玄奘。

“阿弥陀佛！”玄奘走上前，合掌施礼，恭敬地说道，“檀越意在于财，还请不要枉造杀业。”

几个强盗都没有说话，他们的目光还在这个身材颀长、面容清癯的沙门身上，仿佛看到了一件稀有之物。

玄奘一时没弄明白这些人的用意，只觉得他们的神情颇为古怪。或许是他们的暴力行为，从未遭到过阻止吧？

此时的他也想不了太多，只是镇定自若地同这些水贼对视着。

这时，又有数十位大汉跳上大船，走在最前面的是一个身着白衣、面貌威严的中年人，冲着这几位冷冷说道：“你们几个不干活，站在那里发什么呆？”

“摩沙法！”拿刀的强盗赶紧跑了过去，声音激动地喊道，“我们找到了人牲！最合适的人牲！”

“是啊头儿，你快来看！”其他强盗也都高兴地说道。

被称作摩沙法的白衣人来到玄奘面前，数十名大汉将这个沙门和他们的头儿团团围住。

“就是他吗？”摩沙法灰白色的眼球上下转动，打量着玄奘，“居然是个外国沙门！”

“怎么样，很合适吧？”拿刀的强盗兴奋地表功道，“这可真是天神显灵啊！现在秋祭就快过去了，还不曾找到合适的人牲，再这么耽搁下去，天神就该发怒了。感谢圣河为我们送来这个模样端正的沙门，咱们就在这里把他杀了，用他的血肉祭祀天神，岂不是大吉？”

旁边的强盗纷纷点头称是。

“嗯。”摩沙法也点头道，“难怪昨夜卜得的都是吉卦呢，这个沙门果然是上佳的祭品，想来女神见到他也一定喜欢，到时定会赐福于我们。”

玄奘恍然大悟，原来这帮家伙是挑中了他来祭神。看来般若羯罗和锻金老人并没有开玩笑，他们真的遇到了一个拿活人来作献祭的教派，而且专挑容貌端正的男子来献祭。

一念及此，玄奘便觉得有些好笑。这一路，他听说过各种各样奇奇怪怪的神，不管是善神、恶神，还是凶神、邪神，应有尽有。但是，像这样专挑男人的女神，还真是头一回碰到！

“玄奘这副臭皮囊既蒙天神抬爱，理当布施。只是诸位檀越若是为了祈求天神的赐福，这么做恐怕是南辕北辙，求福不得，反遭其祸啊。”

看着一脸淡然的僧侣，摩沙法不禁心中有气，冷冷地问道：“什么意思？”

玄奘道："沙门此番远来求法，跋涉千山万水，是要礼谒菩提树和须弥山，此外还肩负着求经问法使佛陀的光辉流传东土的使命。现在法未得而身先被杀，虽是用以祭神，只怕也未必吉祥。檀越也该问问你们的天神，是否真有此意？"

船上同来的人，俱点头称是，有几位已经开始哀告："你们放过法师吧，菩萨会保佑你们的！"

摩沙法哈哈大笑道："像祭祀这样的事情哪有不吉的道理？我们祖祖辈辈一直侍奉突伽女神，并因此获得女神的降福，从来就没听过有什么不吉的说法。何况昨夜还卜得难得的吉卦呢！你们要菩萨保佑我们，先问问你的菩萨能保佑你不死吗？"

"哈哈哈！"周围的强盗也都肆无忌惮地大笑起来，聒噪道，"你这沙门不要卖嘴，天神的意思我们难道不知，还要你来告知我们吗？"

玄奘心中有些无奈，普通的强盗还能试着用佛理去感化，但是在这伙不可理喻的性力派教徒面前，佛法却实在有些无能为力。

但不管怎么说，这些人守在恒河岸边的密林中劫掠的目的：一是为了获得钱财，二是为了解决人牲来源。现在他们既已得到了钱财和人牲，那么其他人也就有了生还的机会。

他面色如常，指了指那些被捆住的人道："既然如此，沙门不敢吝惜此身，但请诸位檀越高抬贵手，不要伤害同船的人。"

"也好。"摩沙法爽快地说道，"放了那些人也没什么。不过，得等到血祭结束的时候。"

玄奘松了一口气，于是不再多说什么，只是平静待戮。

摩沙法从玄奘身边走开，向同伴们问道："值钱的东西都弄齐了吗？"

"还有几包。"几个教徒提着包袱从船舱里走了出来。

玄奘心头一紧，那正是他装经书的包袱！波罗奢森林的盗贼们只是把经文扔得满地都是，可眼下他们是在水上，菩萨保佑，可千万别把经书扔到水里去啊！

一个教徒走上前去，随手打开一个包袱，从里面拿起一叠贝叶夹，只略略翻看了一下，就随手抛到了船板上，又去解另外几个，见全是经书，不禁唾了一口。

不过，同森林里的强盗一样，这些性力派教徒同样看中了那几层防雨的包袱皮儿和几件半旧的法衣，伸手一抖，原本叠放得整整齐齐的经卷就全部散落在甲板上。

太阳已经偏离了头顶，两名船工在钢刀的胁迫下终于将船靠了岸。

这正是一天之中最热的时候，火球般的太阳将大地烤得滚烫，人们都躲在屋子里，四周一个村民都没有。

教徒们把大船上的八十余人集中在一起，捆成一串赶下了水，一步步地走到岸上的丛林边，只将玄奘一人留了下来。

般若羯罗双手被缚，紧张地看着独自留在大船上的玄奘。

最初见玄奘被选中，他还觉得有些好笑，这个东方来的沙门，刚刚还说我般若羯罗符合标准，现在他自己就被挑上了，因果啊因果……

但是痛快过后，他开始为这位与他同行已久的同修感到紧张，毕竟这是性命攸关之事，真不是开玩笑的。

现在看来，玄奘的神情很坦然，他该不会还把这当作是一个玩笑，不知道自己已经面临绝境了吧？

同样看着玄奘的，还有摩沙法身边那几个首领模样的教徒，他们面容肃然，不时地小声与他们的祭司商量几句。

“我看，不如就在林中找个空地进行祭祀吧，也免得多生枝节。”一个人小声提议道，“听说有的沙门会使法术，不得不防……”

摩沙法点头道：“这样最好。你们多派些人手，砍树平地，再取水和泥筑个祭坛。”

“是。”几个教徒领命，下船而去。

这时，又有几个教徒手执绳索来到玄奘身边，欲将他捆绑起来。

玄奘的目光始终停留在那些散落的经书上，恳求道：“那些经夹是沙门带上船的，请让我将它们带上岸好吗？”

“你这沙门怎么这么啰唆？”一个教徒怒斥道，“你已经死到临头，还要这些经夹做什么？”

“檀越你这就不对了。”玄奘微笑道，“既然你们要将沙门献祭给突伽女神，就该敬我如神，满足我的需求才是。否则岂不是对神灵不敬？你们就不怕我在突伽女神面前告你们无礼吗？”

几个教徒不觉一愣，以往的“人牲”到这个时候早就已经吓得半死了，哪里还会这样跟他们谈条件？而且这条件听起来，似乎还有那么点儿道理……

众盗面面相觑，一时竟不知该如何回答才好，只得回头看着他们的白衣祭司。

“这些异教徒的书籍确实不该扔进恒河。”摩沙法沉吟道，“否则污了圣河，神灵会降罪的。”

“那么烧掉如何？”手下人问。

摩沙法犹豫了一下，忍不住又看了玄奘一眼，而这沙门此时也正望着他，黑色的双眸光彩焕然，令他不敢逼视。

不知怎的，他的心中竟产生了一丝莫名的慌乱，好像这沙门真的会到突伽女神面前告他无礼似的。

顿了一下，他终于无力地挥了挥手："不必了。你们帮他包好，带上岸去，交给那个与他一起的沙门。"

"是。"教徒们赶紧答应。

玄奘松了一口气，合掌谢道："阿弥陀佛！檀越一念善根，必有福报。"

摩沙法从鼻子里哼了一声，嘟囔道："英俊的家伙，嘴巴还挺会说，女神一定会喜欢你的……"

玄奘同这些性力派教徒一起收拾好散落在甲板上的经包，然后，他眼睁睁地看着十几个教徒拎着经包上岸，走到那群被捆成一串的人跟前，将经包扔到般若羯罗的脚下。

"这个给你！"

般若羯罗忍不住朝这边看过来，他看到两名教徒正拔刀押着玄奘下船，蹚水上岸。随着他们的走动，水面上泛起一层薄雾般的气浪，将他们裹在其中，竟有了一种很不真实的感觉。

而就在不远处的岸上，先行登岸的教徒们早已在丛林边缘处打扫出一块平整的空地，此时正忙着取水和泥，搭建起一座临时的祭台。

这个从远方来的执着的法师，这个同自己一起走过千山万水、经历过无数艰险的东土法师，今日当真要死在这里了吗？

一念及此，般若羯罗的心中便如锥刺般难过，忍不住大声喊道："你们不能拿他祭神！他是大唐来的求法僧！你们这么做，是在犯罪！"

然而，这些突伽信徒似乎没有听到他的话，便是听到了也不会理睬。多年来，他们一直杀人献祭，从未觉得这是什么犯罪的行为，相反，他们一直渴望借此洗刷掉自己前世今生的罪孽，让女神把祥瑞降临到自己身上。

踏上岸边的实地后，摩沙法冲手下说了声："把人牲洗干净！"便径直朝那座快要搭建好的祭台走了过去。

四名教徒答应一声，将玄奘身上的衲衣用力一扒，褪到了腰间，然后架着他紧走几步，来到一棵半没入水中的阿瑜伽树前，用浸水的绳索将"人牲"紧紧地捆在树上。

接着，四人便围在他的身边跳起除魔舞来，水花被溅得四处飞舞……

玄奘的半截身体都浸在水中，正在西沉的太阳光线透过那层扬起的水雾斜照下来，为他裸露在外的麦色肌肤罩上了一层透亮的金红色轮廓。

他觉得身下的水流微微鼓动起来，低头一看，却原来是一群欢快的小鱼游了过来，在他的身边转来转去。显然，这些在中原看不到的奇异鱼种是为了抵御暑热，才游到这片阴凉地带的。恒河水如绿色锦缎一般缓缓流动，在它的上方，水鸟越聚越多，匆匆忙忙地往来捕食……

多么奇妙啊！玄奘想，自打进入中印度，这些日子以来，我一直都在为那些死在恒河之中的修行者祈祷，想不到今日，我自己也被恒河之水沐浴，这副臭皮囊最终也将留在这条圣河中。

一股布满腐殖物的泥土气息扑鼻而来，顺着这股气息望去，他看到不远处的那座祭台就快要搭好了。祭台旁边，几处火堆也已经燃烧起来，十几个教徒正在那里疯狂地跳着除魔舞，火焰将他们的脸映出各种古怪的花纹。

在日头下晒得久了，玄奘的头脑渐渐昏沉起来。他眯起眼睛，感觉河水从他的身边缓缓流过，落叶慵懒地在波纹上打转，宛如这世间的芸芸众生，浑浑噩噩，随波浮沉。而岸边那刺目的火焰和舞蹈，又使他想到了在中亚遇到的拜火教徒。他不明白，为什么这世间会有那么多以杀人为业的神灵呢?

围在玄奘身边的四名教徒终于停了下来，他们不知从哪里取来四只木桶，用来在河中舀水，从“人牲”的头顶上倾倒下来，清洗这具即将献祭的身体。

他们的动作很慢，和着祭台边唱诗的声音，表情虔诚而又肃穆，仿佛是在完成一项神圣的使命……

清凉柔软的水流从头上、身上流淌下来，重新汇入恒河之中，玄奘竟觉得颇为舒适。虽然知道自己的福德不够，可他还是决定拯救自己，也拯救这些可怜的人——

“突伽女神是湿婆的妻子吧？”他含笑问道，“你们把我献祭给湿婆的妻子，难道湿婆大神就不会生气，不会降罪吗？”

几个浇水的教徒迟滞了一下，竟然不自觉地有些慌乱。从小到大，他们不知道做过多少回这样的祭祀，竟从未考虑过这个问题！

“你们在干什么？”岸上有人大声朝这边喊，“人牲洗好了吗？”

“洗，洗好了……”一个教徒有气无力地回答道。

此时，太阳已经接近雪山的山尖了，蓝色的天空和白色的雪山全被染成了血红色，仿佛在天地交接处燃起了一团大火。岸上的临时祭台终于搭建好了，在摩沙法的示意下，两名教徒将玄奘从树上解下，持刀押往祭台。

这帮家伙选的位置的确很好，玄奘赤足登上祭坛时，正对着东去的河水。夕阳西下，丛林最上层的叶子被红光尽染，各种高大的树木环出一小方天空，就像是一条生命的通道。

教徒们吹起了法螺，“呜呜”的声响将林中的雀鸟都惊得飞了起来。

摩沙法身披法衣登上祭坛，口中念念有词，召请突伽天的降临。两个持刀的教徒立于玄奘背后，做好了血祭的准备，其余诸人也都神色肃然，等待着太阳沉入雪山，那是他们祭祀的最佳时刻……

“请等一等！”般若羯罗突然大声喊道，“让我来代替他吧！”

法螺声停了下来，摩沙法转过头来，用冷冷的目光注视着般若羯罗问：“你愿意代他献祭？”

“我愿意。”般若羯罗用力点了点头，“你们的天神想要一个健康端正的男子，我想我也符合这个条件。请你们放了他，把我祭献给天神吧。”

摩沙法哈哈大笑，走到他的身边，揶揄道：“你愿意献祭，怎么就不问问天神喜不喜欢你呢？”

别的教徒也都跟着哄堂大笑，现场气氛竟又变得轻松起来。

般若羯罗的脸涨得通红，他是出身婆罗门的高僧，曾为一国之国师，此生之中，从未遭受过这等屈辱。

玄奘站在祭台上，看着这个陪伴自己走过无数山川的道友，心中万分感动。西行以来，他经历过大大小小数十次仪式，只这一次最特别，也最令他难忘。

他虔诚地双手合十，朝般若羯罗深深一揖，感谢他的舍生取义，也感谢他为了自己甘愿受辱。

虽然气氛有些尴尬，般若羯罗仍在做着最后的努力：“我是一个婆罗门，一直对突伽女神充满崇敬，用我献祭是最合适的。而这位法师不是本地人，他甚至不知道女神是谁。他从很远的地方走到这里，要到阇崛山去礼拜佛迹，求经问法。你们若杀了他，定遭恶报！”

强盗们哈哈大笑，离他最近的一位走上前去，狠狠地踢了他一脚说：“天神喜欢他，他就要为天神舍身，又会有什么恶报呢？”

般若羯罗被踢得弯下了腰，额上冒出丝丝冷汗，口中依然大喊道：“突伽天神是不会喜欢上一个外乡人的！”

“也不会喜欢一个沙门！”安达逻尼高声喊道，“让我代替法师吧，我是本地的婆罗门，年纪轻，身体又结实，女神一定喜欢！”

“让我去！我比法师更年轻、更健壮，也更合适！”阿南达和阿萨摩争抢着喊道。

同船的另外几个年轻人见状，也都纷纷站出来，表示愿意替代玄奘法师去祭祀天神。

摩沙法微笑着摇头，将目光转向玄奘说：“想不到你这外乡来的沙门，人缘倒是挺不错的。”

玄奘淡然道："非是沙门人缘好，而是佛陀的遗教使人向善。"

"向善？"摩沙法灰色的眼睛直直地盯着这个沙门，他已主持过不知多少次秋祭了，早就习惯于看到"人牲"在祭台上拼命求饶、跪倒在他的身前不断叩头，痛哭流涕地请求宽恕的情形。然而眼前这位即将成为祭品的沙门，却是神色镇定，既不反抗，也不配合，仿佛把一切都看得通透，倒让他觉得有些失望。

---

[1]除了突伽天、难近母、雪山神女外，这位女神还拥有杜尔迦、萨蒂、迦梨、帕尔瓦蒂、乌玛等诸多名号。她的主要功绩是消灭了魔王摩西娑苏罗及杜尔格摩、巽婆和尼巽等凶残的罗刹，作为降魔女神而受到崇拜。

性力派是印度教三大门派之一，主要崇拜时母、难近母和吉祥天女。每年的九月和十月举行的"难近母节"是印度东南地区最隆重的节日，信徒们将特制的难近母像供奉九天后沉入水中，并举行大规模的游行和庆祝活动。

玄奘到达印度时，正是这个教派比较兴盛的时期。

[2]"种种供养，实生于罪"，此句出自《杂阿含经》。"沙门瞿昙呵责一切祭法"，此句出自《长阿含经》。"瞿昙"是"乔达摩"的另译，佛陀的本姓，意思是"最胜之族"。

第14章

是谁让你讨这条捷径的

既然还有一点儿时间，他决定先为难一下这个沙门，否则，看他如此平心静气的样子，也未免太可气了！

于是，摩沙法走近前来，问道：“你们佛家讲六道轮回，你觉得你死后会进入哪一道呢？”

玄奘道：“沙门哪一道都不会入，我会去往弥勒菩萨的睹史罗天。”

摩沙法笑道：“你倒是挺自信的。据我所知，想去睹史罗天的沙门，就像这恒河的沙子一样，多得数不清。然而却不是所有的人都能如愿。多数人会进入轮回，有的还会堕地狱。你又焉知你死后不是堕地狱呢？难道你善知来生？”

玄奘微笑着摇头道：“檀越不是要把沙门献给突伽女神吗？沙门又怎会堕地狱？难道突伽女神竟是住在地狱里的？”

摩沙法被他噎了一下，忙摇头道：“当然不是！突伽女神住在高高的喜马拉雅山上。”

“那也就是说，沙门死后是不会堕地狱的，不是吗？”

摩沙法心中有些恼火，他感觉到对方是在诡辩，偏偏又不知道该如何反驳。

这时，玄奘已收敛起笑容，正色道：“檀越方才问沙门，是否善知来生？沙门告诉你，是的。佛陀说，持五戒者生人道，修十善者生天道，修四圣谛八正道者得声闻道，修十二因缘证辟支佛道，修六度四摄法成就菩萨道，是故我善知来生。”

“原来如此。”摩沙法半嘲弄地说道，“你们学佛之人，走路都怕踩着蚂蚁，原来是因为惧怕下地狱啊。”

玄奘道：“不杀生论，不独佛教如此。任何一个具有善根良知的人，都不应该故意去伤害生命。须知一切大恶皆从小恶始，不去有意伤害一切生灵，意在防微杜渐。蝼蚁和人同属有情众生，色身虽有大小之别，然情感无二无异，皆畏生死，岂可轻贱？”

“不要说得那么好听。”摩沙法冷冷地说道，“你们沙门不肯轻贱蝼蚁，是因为你们把自己等同于蝼蚁了！所以，我们便可以像轻贱蝼蚁一样轻贱你们！”

说到这里，他觉得自己占到了便宜，禁不住哈哈大笑。

玄奘坦然地一笑道：“原来檀越是要给你们的天神送一只蝼蚁过去，沙门可否将这番话转告呢？”

摩沙法登时被噎住了，他与玄奘辩论，原本是想在血祭之前将其折辱一番，却不承想，眼前的沙门智识过人，反应又快，且丝毫没被即将到来的死亡影响情绪，看来自己是无论如何也说不过的了。

然而他毕竟心有不甘，想了想又问道：“我知道你这沙门来历不凡，身份很不一般。你是从摩诃至那国来这里取经求法的？”

“正是。”

“你的国家远在天边，你走了那么远的路才来到这里，最终功亏一篑，你不觉得冤枉吗？为什么你的菩萨不保佑你？”

玄奘道：“菩萨一直在保佑我。然而修行人于修行的过程中总会遭遇磨难，可能是业障现前，也可能是其他原因。菩萨的加持可以帮助我们获得信心，但最重要的还是要靠自身。”

“那么，像今日这样的献祭你想过吗？”

玄奘默然点头，面容平静如初。

摩沙法的心中竟起了几分钦佩之情：“你是个了不起的修行人。其实我把你献祭给天神，也是为你好。你前面也说过，这样至少没有堕地狱之忧了。”

“原来如此。就算檀越不把沙门献祭给天神，而只是平常地加害，我也无忧。”

摩沙法浓眉一扬：“被无辜加害的人大都会堕地狱，因为心中愤懑不平。你怎么可能无忧？”

“善哉！”玄奘欣慰地点头道，“檀越也知沙门是个无辜之人，说明心中还有是非之念，可喜可贺。”

摩沙法再次被噎住了，心中越加恼怒——我真是吃饱了撑的，没事来找这沙门辩论，却被他处处占着上风。

正思索着该如何夺回主动权，玄奘却已经开始正面回答他的问题了：“就算沙门下了地狱也没有关系。佛门弟子触境随缘，智慧寂照，不生不灭，不常不断，是故于极乐不喜，于地狱无忧。”

摩沙法沉默片刻，终于决定结束这场莫名其妙的辩论：“你虽然辩才无碍，但这对我们而言是没有用的。何况将一个外貌端庄、身份尊贵又才华出众的年轻比丘献祭给突伽女神，女神定会欢喜无量。”

说到这里，他竟笑了笑说：“你也该感到欢喜无量才对。”

“沙门现在还不觉得欢喜。”玄奘安详地说道，“檀越能给我一点儿时间吗？不要逼我烦恼，请让我安心祈祷，欢喜取灭。”

“你是想用自己的方式来结束生命吗？”摩沙法冷冷地问道，“我可以给你一点儿时间，因为我们还要诵念咒语。你是我们献给突伽女神的人牲，必须用我们的方式去死！”

玄奘不再多说什么，他站起身来，双手合十，虔诚礼拜十方诸佛，然后便澄心净意，在祭台的中央端坐下来。

与此同时，摩沙法也带着他手下的信徒开始诵念祈祷……

事情到了这个地步，眼见着已经没有了丝毫挽回的余地，般若羯罗禁不住伤心地流下了眼泪，同船诸人欲救不得，也都掩面痛哭起来。

玄奘的心情却极为宁静，他微合双目，静心端坐于祭坛之上，缓缓转动着手中的念珠。优美的经文从他口中流出，仿佛一阵奇香在林中弥漫……那些同船的人不知不觉停止了抽泣，凝神静气地听着，只觉得这沉稳流畅的梵音有如大河一般，缓缓流过他们的头颅……

玄奘渐渐进入禅定，他感觉身旁的火焰分成了莲花状，接着便是一种强烈的上升感……

在空中，他看到自己的肉身还在那不甚平整的台子上静坐，裸露的上身伤痕累累，这条不平坦的求法之路，竟然给他留下了如此多的印记！

他看到树冠之下的众人围着祭坛，有的痛哭，有的漠然，还有的表情扑朔迷离，不知在想些什么；

他看到被森林与河流分开的田地、村庄和集市，牵着白牛的人在村间的土路上不疾不徐地行走着，沿途遇到的人都会虔诚地向它行礼……

他的视野随着心识逐渐上升，草木、房屋、河流、行人尽在他的双目之下。

他感到上升的速度越来越快，身旁云气翻卷，狂风鼓荡，天地倒悬。

恍惚间，有浩瀚的星云掠过他的头顶，宇宙至大，浩渺无穷，却又仿佛整个依偎在他的怀里。

大千万象，尽收眼底。

但是紧接着，他什么都看不清了，只剩下一片茫茫的泛着青气的海洋……

不知不觉间，他发现自己已经站到了须弥山前，那山高百千由旬，像一座金色的窣堵波，光耀炫目。从它中央散发出四条弯曲的透明的星河，环绕着须弥山，缓慢而又不息地运转着，活像一个巨大的罗盘状的“卍”字形。

玄奘突然记起，这个“卍”字就是“吉祥海云”的意思，也是呈现在大海云天间的吉祥象征。现在，他总算见到了真正的“吉祥海云”——那是由群星和合而成的天之海，如此浩大，又如此辉煌！

从这里朝山顶仰望，他已经可以望见众神环绕的妙宝台了，矗立于雪亮的星峰之上，众宝间杂，迥然秀出。

这莫非就是慈氏菩萨说法的地方？

历尽艰辛，我终于来到了这里，终于可以亲口向菩萨请教佛法的真谛了！

这一情形不知在梦中出现过多少回，只不过梦中的自己不像现在这般狼狈——难道就这样裸着上身去见菩萨吗？

玄奘心念一动，就觉得从身到心一阵清凉柔软，身上立刻披上了一袭雪白的僧伽胝衣，那轻柔的感觉，宛若他在高昌国时穿的那件冰蚕法衣。

四周光影变幻，如梦似幻，群星散发出淡淡的光辉，组成了一条道路，一道阶梯。身旁是不停跳动着的莲华宝焰，看上去无穷无尽、生灭不息……

玄奘容色肃穆，徐徐登上长阶，一步一步往上行来，纯白色的衣袍鼓动飞扬，在那星云之气中时隐时现……

也不知行了多久，包裹他的星云之气忽然散尽，立身之处已在长阶的尽头，眼前碧海汪洋，浩瀚无穷，鱼龙腾跃，波翻浪涌，苍然吟啸之声充斥天地。

这便是去往睹史罗天的必经之地吗？为何既无桥梁，也无舟楫？

这念头只在心中闪了一闪，玄奘便纵身向那大海波涛中跳下，脚下的大海犹如沸腾了一般，白气蒸腾，弥漫如云，大雨如注。

玄奘腾身直下，他看到那大海深处，群峰之间，涌现出千万条神鱼，遍体雪白，腹生百鳍，鳍长百丈，分水之声有如雷鸣，结队自山峰间游弋而过。

就在他即将坠入海中的一刹那，一朵七彩莲花自水面生出，将他轻轻托起，直上睹史罗天……

玄奘的诵经声似乎已经停止了，就连呼吸都变得若有若无。而随着红日完全沉入雪山之后，摩沙法长长的咒语也结束了，祭祀仪式终于正式开始，站在玄奘身后的大汉举起了手中的钢刀……

般若羯罗闭上了眼睛，泪水顺着脸颊流了下来——真的无可挽回了吗？

他听到身边的哭声越来越响，回荡在恒河两岸，那是几十名同船的旅伴在放声痛哭。一切都是徒劳的，除了用哭声来为法师送行，他们什么都做不了。

然而神迹总是在最绝望最不可思议的时候出现，就在钢刀即将落下的那一瞬间，空中突然响起一声巨大的炸雷，震得人耳鼓轰鸣，执刀的大汉手一哆嗦，差点儿把刀扔到地上！

每个人都惊恐地看着那浓密的黑云自四周涌来，须臾之间便聚集到了祭坛的顶端。紧接着黑风四起，狂飙过处，一棵棵碗口粗的树木被拦腰折断，小树被连根拔起，大树的枝叶成片折落，被狂风卷向半空，发出巨大的声响。

此时此刻，祭台上的沙门仍在盘足入定，那些刮断的枝叶在他的身体四周不停地飞旋着，密密麻麻，恍如一群受惊的鸟儿。事实上，鸟儿们早被惊动了，林中传来“扑簌簌”的声响，那是它们在四处飞逃。

黑风愈加狂烈，一个地滚雷自黑云中落下，点燃了祭台边上的一小片树林，那些树木霎时间变成了一支支火炬！

紧接着，雷电交加，大雨倾盆！

恒河平静的水面涌起滔天巨浪，数十艘小船被汹涌的浪头打翻卷走，就连那艘硬木大船也不幸解体，高翘着沉入河中。

“这是哪个神明在捣乱？！”雷雨交加中，摩沙法大声喊道。他的白衣被雨水浇透，紧紧地贴在身上，声音中透着从未有过的慌乱，“该死的魔鬼，你就不怕触怒大神吗？还不快停下来！”

其他信徒也被这突如其来的变故弄得惊骇莫名，他们纷纷放下手中刀棍，战战兢兢地发问道：“怎么回事？这到底是怎么回事？是因陀罗在发怒吗？”

“不像啊，这么大的风暴，倒像是大神湿婆在发怒……”[1]

一时间，叫嚷声和祈求声响成一片，水面和岸边一片混乱。

有胆子稍大些的，注意到了祭台上兀自端坐不动的玄奘，突如其来的暴风雨将这沙门的全身浇得透湿，水流如注，从他裸露的身体上滚落，而他却对这一切一无所知，只沉浸在心中那一片殊胜的领域之中……

“那，那个……沙门，他有……什么来头？”教徒们颤抖着相互问道。

“不……不是说了吗？是摩，摩诃至那……来的……”

“我告诉过你们，他是从东土来的玄奘法师，是罗汉降世！”般若羯罗在风雨中大声喊道，“法师所到之地，人人礼敬，你们怎敢杀他？难道就不怕获无量之罪吗？现在风波骤起，这是恒河的神灵在发出警告，赶紧停止你们的血祭！”

“你们要杀求法的圣僧，已经触犯神灵了。”那位锻金老人也颤颤巍巍地说道，“现在忏悔还来得及，否则便是不可饶恕的滔天大罪！”

“是无量罪！”安达逻尼三兄弟也在喊，“你们难道没有看到天神已经震怒了吗？如若还不快快停止杀戮而忏悔，你们早晚都会被化为灰烬，灵魂进入地狱，永不得出！”

教徒们个个面如死灰，惊惧万分，他们原本就觉得这场突如其来的“天灾”有些蹊跷，现在一听这话，再回头看看仍然一动不动地坐在祭坛上的玄奘，风雨中，他的神态更加平和，脸上泛着一种安详、静谧、尊贵、圣洁的光芒，更让人觉得这远来的沙门非同寻常。莫非这场突如其来的风暴，真是天神在发出警告，不许我们拿他献祭吗？

风暴越来越大，除了空中的枝状闪电外，那火球般的地滚雷也时不时地落下，其中一个掉入恒河之中，水面顿时如开了锅般翻滚起来。

“摩沙法！摩沙法！”一个教徒跌跌撞撞地跑过来，声音颤抖着说道，“看来真是天神震怒了，我们还是赶紧把这沙门放了吧，否则罪孽不小！”

“这不可能！”摩沙法低吼道，“风暴年年都有，与这沙门有什么关系？”

话虽如此说，语气却显得有些心虚。

“哪里是什么罪孽？”站在祭台上的持刀大汉高声嚷道，“分明是天神觉得我们献祭太迟了，这场风暴便是催促！”

说罢举起刀道：“等我先送他去见女神，保管什么事情都没有了！”

“师父——”阿萨摩绝望地喊了一声。

话音未落，一道枝状闪电的末端刚好落在祭台上，那大汉手中的钢刀被雷电击中，就听“啊——”的一声惨叫，这个粗壮的身体便如一片落叶般摔了下去，他直直地瞪着眼，烧焦的手臂举在空中，直把那些教徒和被捆缚的人都吓傻了，一句话也说不出来。

只听“扑通”一声，祭台下的一个教徒率先跪下，叩首忏悔，旁边的人受他的影响，霎时间跪倒了一大片。

摩沙法也终于彻底崩溃，不由自主地跪了下来，向玄奘叩头谢罪。头目如此，底下的人自然也都一个个拜倒在地，对着祭坛上的沙门高声忏悔。

此时的玄奘还在禅定之中，他身旁的火堆早已被暴雨浇灭，口中的经文虽然声音很低，却已把外界逼至遥远的天边。雨水打在他的肌肤上，溅起一层薄雾，他双手结印，一动不动地坐在那里，宛如一尊庄严端正的罗汉……

他终于登上了须弥山顶，这里的海水是如此安静，洁净光明的五色莲华怒放着，一直延伸到视线的尽头。莲瓣之间，无量菩萨摩诃萨、阿罗汉、辟支佛、比丘、比丘尼、优婆塞、优婆夷、诸天、梵天、夜叉、龙……俱于莲华之上，面向中央，结跏趺坐。

他看到一座金色透明的宫殿矗立于星海之上，一朵千叶宝莲大狮子座巍然高峙，放出无量微妙光明，交织垂覆，妙色层叠。

他看见慈氏菩萨身披僧伽胝衣，胸佩莲华璎珞，手结法印，颜色悲悯，端坐于狮子座上，身周遍布着五色祥云，霞光瑞霭，灵动异常……

一种从未有过的喜悦从心中涌起，就像潮水迅速蔓延到全身。他虔诚合掌，一步一步地朝菩萨走去。

海浪轻抚着他的脚背，他却浑然不觉，整个身心都已进入到一种忘我的境界之中……

“善哉玄奘！”菩萨的声音透着空灵与慈悲，于宝座上舒金色臂，手摩他的头顶，喟然叹道，“我于此候汝久矣。”

能够亲睹菩萨相好庄严，亲闻菩萨微妙音声，玄奘心中充满了喜悦和伤感，五体投地，合掌诵道：“南无当来下生弥勒尊佛！”

三千俱胝微尘大众合掌诵念：“南无当来下生弥勒尊佛！”

“玄奘，”菩萨慧目低垂，轻轻问道，“你今日到我这里来，莫非是有什么事吗？”

玄奘肃立于七宝狮子座前，向菩萨顶礼道：“弟子欲往佛国求法，一路上不敢懈怠。如今来到睹史罗宫，只盼能够亲侍供养菩萨，学习《瑜伽师地论》，以成就通慧。”

菩萨慈和地笑了：“你求法居然求到我这里来了，是谁叫你来讨这样一条捷径的？”

玄奘把下面发生的事情原原本本地告诉菩萨，并且说道：“有人要将弟子血祭，弟子已无力回天，只得深入摩诃般若大海，一心观想睹史罗天，愿得往生菩萨内院，待得亲闻妙法，领获真义后，再下生人间，教化这些可怜之人，令他们舍离恶业，修持正行，广宣诸法，普度众生，得安一切……”

“原来如此。”菩萨点头道，“明悟本来，登超十地，出离南天，步越苦海，此诚可谓菩萨道行者也！你能来到此地，便证明了你的心念极善极坚。只是教化之事不宜推到来世，你还是回去吧。”

玄奘心中困惑，道：“这会儿，只怕弟子的肉身已经被切割成微尘了，如何回得去？”

菩萨安详地摇头道：“玄奘，你走了多年的路，还未领悟这世间之道吗？”

玄奘不禁一怔。

菩萨微微一笑，举其掌心，于掌心之上，现一华藏世界，庄严大海，如大莲华，阎浮提根本世界之外，复有三千大千世界；每一大千世界之外，复有三千中千世界；每一中千世界之外，复有三千小千世界；每一小千世界之外，又有三千微尘世界……如是一一世界，有如莲华花瓣，重重无尽……

菩萨口说偈语道：“一花一念无量劫，大千俱在一毫端，我纳须弥入芥子，明悟四谛证涅槃。”

白衣无染的玄奘立于此华藏世界前，一时若有所悟……

摩沙法见玄奘面容不改，丝毫不理会他们的举动，心中越发感到不安。

他向四周看了看，只见他的信徒们眼中也都流露出恐慌的神情——如果这个沙门已经自行化灭，那还是被他们逼死的，不知道天神该有多么震怒？更不知这场该死的风暴何时才能止息？

在众人惶恐的眼神中，摩沙法抹了一把脸上的雨水，小心翼翼地登上祭坛，匍匐至玄奘的面前，伸出一只手，轻轻触碰了一下这沙门的手臂——

他记得有人说过，那些修习瑜伽的苦行者一旦入定，都可以用这种方式来唤醒……

他的举动收到了成效，玄奘终于从深深的禅定中觉醒过来，他睁开眼睛，安详地问道："时间到了吗？"

见这沙门还活着，无论是性力派教徒，还是同船商客，全都欢声雷动！

摩沙法长长地松了一口气，忙退开几步，叩首道："我们已经受到了警告，不敢加害法师。现在愿向法师忏悔，请法师饶恕我们的罪行吧。"

玄奘不解地抬头，看了看四周。

黑风不知何时已经叫嚣着远去了，溶溶的月光透过云层罩住祭坛，在他的身体周围形成一道柔和的光晕，原本黑暗的林间也有了些微的亮色。鼓荡的河面平息了，那些船体的分解物——甲板、舱板、篾片、龙骨、桅杆、舵与桨，沾染着细碎的泡沫被拍至岸边，在暗流上悬浮着，轻轻晃动……

"感谢菩萨教诲！"他双手合十，低低地说道，"苍天有眼，不灭玄奘。"

说到这里，他微闭双目，在心里轻叹一声。

本以为这次定然难逃此劫，也已经决定引颈待戮，不想事情竟是这样一个结果。

再次睁开眼睛时，他的神色已变得极为坦然，面对眼前这批跪地请罪的教徒，他没有表现出任何的意外和不可思议，只是平静地伸出一只手掌，放在摩沙法的头顶上，向他们开示佛法——

"佛说众生平等。身为盗贼，多杀多伤，已是罪孽深重。而用抢劫和杀人的方式来祭祀邪灵，更是无间恶业。人身难得，无常转瞬即至，何苦以电光朝露之身，做下无穷之孽？"

玄奘的话使摩沙法和他的信徒们大汗淋漓，他们虽不太相信因果，却也为玄奘的学识和气度所折服，于是一起谢罪道："我们做下了很多罪孽之事，惊动了天神，幸而回头及时，才没有铸成大错。请法师接受我们的忏悔吧。"

玄奘缓缓点头道："好，但是你们要先给他们松绑，再将抢来的东西悉数归还。"

“这……这是自然！”众人忙不迭地磕了个头，然后爬起来跑到林边，先将捆成一串的八十余人一一松绑，口中连连道歉；所抢衣服财物，一概还给本主；然后又将刀枪劫具集中起来，投入恒河之中。

玄奘抬头望了望天，折腾到这个时候，天已经快亮了。

“法师要不要去我们的村子里歇歇？”摩沙法站立在玄奘面前，小心翼翼地问道。

“不用了，沙门还要去阿耶穆佉国。”

“我们也要去阿耶穆佉国。”安达逻尼兄弟七嘴八舌地说道，“若不是被你们这帮强盗耽搁，这会儿只怕已经到了。”

“可不是吗？”一个船工抱怨道，“我们的大船都被昨晚那场风暴给打烂了，这以后的日子还不知道该怎么过呢！”

听了这话，摩沙法有些不安，只得说道：“我们的船大多也翻了。不过兄弟们可以帮忙，为你们重新打造一条大船。”

“那得多长时间？”船工问。

“两个月吧。”

“这么久？”阿萨摩瞪起了眼睛，“母亲久等我们不到，会以为我们死在了外面！”

摩沙法道：“我说要造一条大船，是为了还这两位朋友的。”

他指了指那两位船工说。

“那我们呢？”阿萨摩问。

摩沙法道：“岸边那片河丛里还有十几条小船，或许没被打坏。”

说罢，他吩咐一个手下去那里看看。

那人很快回来道：“神佛护佑！树丛里的船只都还在。”

“太好了！”摩沙法道，“我们就用这些小船送诸位去阿耶穆佉国。”

然而，安达逻尼兄弟仍不领情：“小船怎比得上大船安全？”

摩沙法笑道：“小船比大船快，小兄弟坐了就知道了。”

阿萨摩哼了一声说：“你管谁叫小兄弟？”

玄奘却很高兴，对般若羯罗道：“此地离阿耶穆佉已经不远，我们就坐小船去吧。”

“师兄说好便好。”般若羯罗愉快地说道。

安达逻尼兄弟听师父这么说，也便不再说什么了。

其余客商经此劫难，原本以为财货尽失，性命都不知道能否保全，这会儿既保住了性命，又没有太多财物上的损失，都在心中感谢佛陀保佑。他们望着玄奘的目光充满敬畏，同时又有些后怕，不愿再与这些可怕的水贼同行，纷纷表示要走陆路，或回钵罗耶伽，或去阿耶穆佉。只有安达逻尼兄弟与那位锻金老人答应坐他们的小船。

于是，这些原本同舟的乘客互道珍重，合掌告别。

看看众客商走远，玄奘也同般若羯罗等人收拾好经包行囊，在众多性力派教徒的帮助下，将马牵上了其中五条小船，继续沿恒河顺流而下。

由于昨晚刚刚刮了一场风暴，天气还显得有些阴沉，流云如飞瀑般从头顶上掠过，一丝难得的凉风吹在身上，惬意得很。那手执船桨的年轻性力派教徒，忍不住唱起诗来——

“云啊！请听我告诉你应走的路程，再倾听我托带的悦耳的音讯；旅途倦怠时你就在山峰顶上歇歇脚，消瘦时便把江河中的清水拿来饮一饮……”[2]

玄奘闭上眼睛，有些陶醉地听着这曲调简单却极具叙事性的诗歌，他知道这些都是中印度的婆罗门从小就会的东西。实际上，昨晚祭祀的时候，他们唱的也是这种东西。

那教徒声音一停，离他最近的另一条小船上的桨手也跟着唱和起来——

“天真的女神仰面望着你，以为是有一阵大风把山峰吹得飞起；你从这有湿润芦苇的地方升天向北去，路上要避开那守八方的神象攻击……”[3]

听到“神象”一词，玄奘不禁想起在波罗奢森林见到的那些野象，于是说道：“沙门在森林中经常见到野象群，各个城邦里也都有大象。这样的庞然大物，你们竟然能制伏它们，着实不易。”

“确实不容易。”阿南达道，“我父亲当年就是驭象人，我们的村庄临近森林，里面野象众多，男人们便以捕象和驯象为生。”

玄奘啧啧称叹道：“如此巨大之物，就算被捕获了，只怕也会桀骜不驯吧？”

“还好啦。”阿萨摩道，“猎手们把捕获的大象带回村庄，让它们吃芦苇和青草。一开始它们肯定是灰心丧气的，拒不进食。不过没关系，村里的人一起出动，围着它们敲锣打鼓和唱歌，就能制伏它们。”

“居然如此容易？”玄奘听得惊奇不已。

阿南达笑道：“大象是极聪明的动物，它知道谁对它好。驭象人躺在地上，它们就在他身边围成一道保护墙；驭象人受伤倒地，有些大象还会冒着被打死的危险来保护他；驭象人阵亡之后，大象会把他的尸体卷回来，让人埋葬。父亲当年曾给我们讲过一个故事，说是有一头大象在发怒的时候不小心弄死了驭象人，事后竟由于伤心绝望而死去。”

玄奘感动不已地说：“我原以为这么大的动物定然粗笨，想不到竟是如此忠义重情。”

“它们才不粗笨呢。”阿南达道，“它们什么都会做！”

“而且它们的忠义重情，胜过很多人！”安达逻尼说到这里，有意无意地瞥了坐在船尾的摩沙法一眼。

摩沙法却只管看着水里，默默地想着心事，对于安达逻尼的目光视而不见。

“他还在想着祭神的事呢！”阿南达取笑道，“竟然以美男献祭给难近母，这是谁最先想出来的点子？分明是在羞辱湿婆神嘛！”

摩沙法道：“湿婆有湿婆的乐趣，女神有女神的享受。”

听了这番话，玄奘与般若羯罗都不禁傻眼了。

“那么，你们以后还会再找男子献祭吗？”阿南达问。

摩沙法心虚地看了玄奘一眼，又把头低了下去。

阿南达乐了：“别看我师父，他有神佛护佑，你们奈何不了他的。我是问你们以后有什么打算？还会再去抓一个男子献祭吗？”

摩沙法没有说话，船上一时陷入沉默，只听到身边传来“哗哗”的流水声。

---

[1]在婆罗门教的体系中，帝释天因陀罗是雷电之神，湿婆则又为风暴之神。

[2][3]出自占印度迦梨陀娑的长诗：《云使》。

第15章

曲女城的传说

玄奘有些不安，瞧这架势，摩沙法还没有放弃祭神的想法啊。

他忍不住说道：“据沙门所知，真正的神都是具足福德的，绝不会轻易杀生。你们的血祭一定有问题，该不会是有人曲解了天神的意思吧？”

“肯定是的呀！”阿萨摩大声说道，“我听说，湿婆神的面貌威严端正，头顶装饰着恒河与弯月，常在火圈中翩翩起舞，其舞姿曼妙绚丽，舞到极处可以将世界毁灭，连诸神都不能幸免。有这么个英俊又强大的丈夫，女神还不满足，还要找什么凡间男人，这不是无聊吗？”

船上众人发出稀稀拉拉的笑声，摩沙法的脸色立刻变得很难看。

安达逻尼凑到玄奘身边，小声问道：“师父，你说佛门弟子慈悲为怀，可是面对想要杀死你的人又如何？也能原谅吗？”

玄奘道：“佛陀当年也遇到过这种情况。我虽不及佛陀，但是，我愿照他说的去做。”

安达逻尼泄气地坐在了一旁。

玄奘的宽容大度令摩沙法感佩不已，也让船上的其他人产生了好奇之心。

阿南达忍不住问道：“师父啊，难道佛陀就没有嗔恨心，就不会发脾气吗？”

玄奘道：“佛陀若是有嗔恨心，会发脾气的话，他又怎能成为佛陀呢？”

“不对！”阿萨摩突然喊道，“我读过一部经典，上面说，有一次佛陀的大弟子舍利弗和摩诃目犍连带着五百徒众前来听经，佛陀却很生气地斥责他们，让他们出去！这不就是嗔心使然吗？”

“你确定这部经典你读全了吗？”玄奘看着他问道，“还是仅仅浏览了一个大概？或者根本连看都没有看过，只是道听途说？”

阿萨摩愣了一下，随即不好意思地说道："法师还真是厉害，什么都瞒不过你。我确实没读过那部经，而是听一位到我们村行化的苦行者说起过，在某某经典中有佛陀发脾气的描写。"

玄奘无奈地叹了口气说："经典就是这样被传讹的。"

阿萨摩好奇地问："法师，莫非这是那个人瞎编的故事？"

"倒也不完全是瞎编，而是断章取义。"玄奘耐心地向他解释道，"这个故事本身是有的，舍利弗与目犍连带了五百徒众去参加法会，但是这五百徒众成群喧闹，不尊重庄严法会。佛陀命他们出去，并不是出于嗔恨心，而是出于慈悲心，怕他们做出恶业。这就好比大地覆载我们，一切如如平等，如果你在地上跌倒了，这是你自己不小心的缘故，你能怪大地对你不好、对你生气吗？"

听了这个比喻，船上的很多人都忍不住笑了，摩沙法也频频点头，觉得心服口服。

然而一旁的阿南达却感到不服："佛家不是讲因果吗？难道做下恶因的人，就不该受到恶果吗？"

玄奘道："阿南达，你相信因果是对的，但也不要追求事事有因就有果，因为许多因果是需要将时间放长了去看的。"

师徒几个又聊了一会儿，安达逻尼突然说道："师父，到了阿耶穆佉国后，你到我家里去接受供养吧。"

"不必了。"玄奘道，"我要去羯若鞠奢国会见尸罗逸多王，要去礼拜佛陀的出生地、得道地、讲经地和涅槃地，还要去那烂陀寺求法。生命短暂，要做的事情却那么多，实在耽搁不起啊。"

"那样的话，我们就要同师父分开了。"阿南达有些遗憾地说道。

玄奘道："相聚总是暂时的，分别才是这世间的常态。你们回家后，要好好修行，要依法不依人，有些事情需要亲自求证，方可不负此缘。"

"可是师父不在身边，我们可读的经书又很少，跟谁修行呢？"阿萨摩问道。

阿南达也说："听说修行的路有许多条，佛陀说八万四千法门呢！"

"是啊。"玄奘感慨道，"佛陀提供那么多的法门，这是他的慈悲心，他希望每一个人都可以选择适合自己的修行路径。"

"自己选择修行路径，怕是很容易走偏吧？"摩沙法突然又插了一句。

"你已经走偏了。"阿南达取笑道，"你们信奉邪恶的女神，为什么不把自己当人牲贡献给她？"

摩沙法神色一变，却偏偏说不出反驳的话来。

"不要无礼。"玄奘制止道，"现在摩沙法是在帮助我们，我们应该心存感恩才对。你们一路上都在对人家冷嘲热讽，这样的身、语、意，是与修行相悖的。”

“是，师父。”阿南达赶紧垂下了头。

既然认了错，玄奘也就不再说什么，而是就着前面的话题接着说道：“至于你们方才所说的修行法门，那并不是最主要的。佛门那么多法相，说到底还是要教人们识破妄相，从而妙悟到本有真心。并非要我们入海算沙，历数名相。”

说到这里，他又看了看摩沙法，突然说道：“在这船上左右无事，我给你们讲个故事吧。”

有一天，佛陀带弟子们来到一条大江之上，他俯身拾起一块拳头大小的石头，对弟子们说：“我现在把这块石头扔到江中，你们谁能告诉我，石头会浮着，还是沉没？”

说罢，佛陀扬手一掷，石头落到江水中。

弟子们莫名其妙，心想：石头入水，自然只有沉下去了，这么简单的道理还用问吗？

然而师命难违，弟子们齐声回答说：“石头沉没了。”

佛陀叹息一声道：“这块石头没有缘分啊！”

弟子们更加糊涂了，石头落水下沉是最自然不过的事了，难道它有缘分就可以不下沉了吗？

这时佛陀又问：“如果我跟你们说，有一块石头三尺见方，放在水上不但没有沉，反而过江而去，石头也没有湿。你们相信吗？”

弟子们全都摇头，说：“这怎么可能？”

玄奘讲到这里，问摩沙法等人：“你们觉得这可能吗？”

摩沙法立即摇头，安达逻尼三兄弟也都说：“这不可能。”

般若羯罗显然听过这个故事，坐在一旁微笑不语。

“但是佛陀说，这是可能的。”玄奘道。

很多人惊奇地看着他。

玄奘道：“其实这件事情再简单不过了，佛陀说，那块石头拥有善缘。什么是它的善缘呢？就是船。石头放在船里渡江，自然既不会下沉，也不会被弄湿了。”

众人恍然大悟，安达逻尼忍不住拍了一下脑袋道：“我真是糊涂，这么简单的事情都没有想到！”

玄奘道：“人世间的事情也是如此，恶人遇上善缘，也能做好事，成好人。所以，人生在世，应该选择一位好的老师，多结交一些好的朋友，这些就是人的善缘了。”

阿南达等人连连点头道：“法师说得太好了，佛陀真是个大智慧者！”

玄奘道："在佛陀住世的时代，佛法并不像现在这样完备而系统，佛陀也从未撰写过一部著作来教育后人。他传教的方式都是即兴的，经常借用身边的小事来借题发挥，寓大于小。通过一个个小小的比喻，使弟子迅速明白其中的喻义。"

"我也明白这里的喻义了。"阿萨摩道，"一个好的老师就像是一条渡船，渡我们到达自由的彼岸。"

"你说得对。"玄奘道，"在我的家乡有一句俗语，叫作'近朱者赤，近墨者黑'。有一位圣贤名叫孟轲，他幼年时家住在坟地附近，他常常玩筑坟墓或学别人哭拜的游戏。母亲认为这样不好，就把家搬到了集市附近，于是孟轲又模仿起别人做生意和杀猪的游戏。孟母认为这个环境也不好，就把家搬到了学堂旁边，于是孟轲就开始跟着学生们学习礼仪和知识。孟母认为这才是儿子应该学习的，心里很高兴，就不再搬家了。你们看，孟母三迁其居，择邻而处，为的就是要给儿子找一个好的善缘啊。"

"原来师父的家乡还有这样充满智慧的母亲。"安达逻尼激动地说道，"师父，你就是我的善缘！"

"法师！"摩沙法突然站起身来，在玄奘身前跪下说，"这件事确实是我们有罪。我们作孽多端，行为颠倒。今日有幸遇见法师，感动上天，才得了这一番教诲。请从今日起，许我们放下屠刀，洗手归正，永远不再做劫掠和血祭之事了。愿法师能替我们做个见证！"

说罢，叩下头去。

阿萨摩点头道："我就知道，你们先前在祭坛那儿的忏悔，并没有真正放弃血祭。"

摩沙法流下了眼泪，道："弟子先前只当法师不是凡人，以为天神下旨，不许用法师血祭。这一路上还在琢磨着祭期将至，不知再到哪里去找人牲。现在弟子知道错了，欲拜法师为师，领受五戒。"

"阿弥陀佛！"玄奘手捻佛珠，轻诵一声佛号，"摩沙法，你终于回头了。"

两天后，小船抵达了阿耶穆佉国。玄奘与他的新弟子们合掌告别，互道珍重，他决定趁天还没黑，抓紧时间再行一程。

摩沙法有些依依不舍地问："我们何时才能与师尊再次见面？"

玄奘道："缘是不可攀的，我们只需各自燃起心中那盏不灭的灯，在短暂的人生中多做善事，少种恶果，一切随缘便是。"

"是，弟子谨遵师命！"

摩沙法同他的伙伴们个个欢喜，礼拜辞谢，上船而去。

夕阳西下，五条小船向着恒河的上游划去，天水交接的边际灿烂如火，半个天空都流金溢彩，小船仿佛要被巨大的落日融化了！

锻金老人感慨地说道：“果然是佛法无边啊，此事若非法师求法殷切，一片至诚，感动天地，如何能得到这般结果？”

安达逻尼兄弟听了，也都点头说是。

死里逃生的经历，让玄奘更加相信佛祖和菩萨在冥冥之中保佑着自己。有了神明的护佑，哪怕前路再危险、再困难，也没什么可怕的。

离开阿耶穆佉国后，玄奘同般若羯罗穿越一片荆棘繁茂、猛兽纵横的热带丛林，到达遍地甘蔗粳稻的憍赏弥国[1]。

同其他地区一样，当地的佛教已经衰落，外道势力大为兴盛。玄奘来到一所倾废荒芜的寺院遗址，他看到寺院东面的杧果林中有一处房屋旧基。据记载，这里是无著菩萨撰写《显扬圣教论》的地方。

佛寺东南方的楼阁上有一砖砌旧室，世亲菩萨曾在室内撰写《唯识论》，驳斥小乘佛教，责难各派外道。

这里还有过去四佛的坐处，以及经行场所的遗迹，有佛陀用过的水井和浴室，井里的水仍然充足，浴室却已塌毁。

这里有具史罗长者的故宅，宅内有一座三百多尺高的阿育王塔。当年，佛陀曾在此说法数年。

此外，这里还是护法菩萨降服外道一举成名的地方。而护法菩萨，正是那烂陀寺寺主戒贤法师的师父，位列大乘唯识宗十大论师之首。

两个僧人在都城的废旧王宫里四处巡视，参拜圣迹。他们发现，这里还有一座巨大的精舍，高约六十尺，内有一尊檀木佛像，上悬石质顶盖，看上去庄严肃穆。

两位游僧散花礼拜后，便向精舍的守护人询问这尊佛像的来历。

守护人说：“这尊佛像是当年的邬陀衍那王所制作，是世界上的第一尊佛像。”

“第一尊？”玄奘惊讶不已。

守护人点头道：“法师大概也听说过，当初佛陀悟道后，曾去弥勒菩萨的睹史罗天为他的母亲摩耶夫人说法，历时三月不返。当时的邬陀衍那国王很担心他再也不回来了，再加上思念佛陀，于是便想得到一幅佛陀的画像，聊作慰藉。他找到目犍连尊者，借他的神通之力把一名工匠送上天宫，亲眼瞻仰佛陀说法的形象，用檀木雕刻出这尊佛像。当佛陀再度回到人间时，这尊檀木佛像还曾起身迎接世尊，世尊慰劳他说：‘教化世人，很辛苦吧？开导末法之世，也正是我所希望的。’”

这个神话般的故事让玄奘非常感动，他目不转睛地看着这尊佛像道：“如此说来，这应该是世界上最接近佛陀样貌的佛像了……”

“所以这里常有灵异之事发生。”那守护人道，“最常见的就是，夜间不时地有神光发出；再有就是，这尊佛像重如须弥，各国君王都曾调派人手，试图抬起佛像。虽然人多势众，却不能移动分毫。于是只能绘制图形供养，这样大家就都能够获得真容了。”

“竟有此事？”玄奘注视着这尊檀木佛像，心中一时竟生起爱乐之念，笑着说道，“佛像搬不动，想必是世尊未见到有缘人，不愿离开。那么，是不是谁能搬得动，这尊佛像就归谁供养了？”

“这个……”守护人万万没有想到，玄奘竟会问出这样的问题，看着跃跃欲试的玄奘，一时竟不知道该如何回答才好了。

般若羯罗在一边笑道：“玄奘师兄，我知道你与佛有缘。你若有心，佛陀一定会满足你的愿望的。只是这尊佛像在此已经有些年头，你若真想供养，不如请人照原样再塑一尊。至于这一尊，就让他继续留在这里吧。”

见他当真，玄奘不禁莞尔。

他确实有得到这尊佛像的念头，希望能将其带回东土，让故乡的人们也能一睹这最初的佛颜。既然此地的人也舍不得，那就只能请当地的能工巧匠将这尊佛像复制下来，日后带回故国了。

想到“回国”二字，玄奘心中竟是一阵激荡——离开故土已有数年，现在的自己已经来到了这佛的国度，却还没有求到真正的佛法，不知道此生能不能平安归国，将佛陀的光辉遍洒中原大地？

离开此地时，守护人的一句话，又让玄奘原本轻松的心情变得沉重起来：“佛陀说，佛法会逐步灭尽，憍赏弥国轮在最后。所以上自君王，下至平民百姓，凡是入此国境者，想到佛陀的这番话，都会感到悲伤……”

你成功地让我也感到悲伤了。玄奘心中自语，我知道，这世间的一切都会遭遇无常，连佛法都不能例外。可是，为什么我要诞生在这像法时代，亲眼看着佛法一点一点地走向湮灭？

怀着万分感伤的心情，玄奘离开了憍赏弥国，继续朝他的目的地而去。

大唐贞观五年（公元631年）五月，玄奘和般若羯罗法师马不停蹄，终于赶在雨季到来之前，来到了羯若鞠阇国[2]。

一踏入国境之中，就见道路两旁禾稼丰盛，花果繁茂，一派富裕安乐的景致。更难得的是风俗质朴，就连偶尔撞见的行人，也都是面带笑容。他们个个模样俊美，服饰鲜艳，举止文雅，一派丰足安乐的样子，看着就让人舒服。

“这是个适合安居的国家！”骑在马上，看着路旁茂盛的稻谷，玄奘不禁由衷地赞叹道，“同为中印度国家，有的富裕，有的贫穷；有的风俗淳厚，有的多诈多杀；就连人的相貌都有如此大的区别，这里的人容貌俊美，衣着也整洁有致。而有些地方的人相貌丑恶不说，偏偏还喜欢露形露体。不同国家间的差距竟然如此之大，这难道就是众生的共业吗？”

“众生的共业，再加上佛陀的护佑。”般若羯罗道。

见玄奘回过头来看着他，般若羯罗又跟他解释了一句道：“师兄还记不记得那些商旅说过，这里的国王信奉佛法？”

玄奘想起来了，说道：“正是。他们还说，戒日王是个转轮圣王。他的国家有佛寺一百多所，僧人一万多名，外道几千名。佛法与异道都十分昌隆，信徒也是一半对一半，而在佛学方面，各种流派的学问都有人潜心研学。”

般若羯罗高兴地点头道：“不瞒师兄说，羯罗早就想来这里礼佛了，却因为各种俗事一再耽搁，抽不出身。所幸这次大王命我来此会见戒日王，期盼着能通两国之好。其实，就算大王没有此令，羯罗也是要来的，算是了却儿时的一桩夙愿。”

两人说着话，突然空中一个响雷，豆大的雨点倾盆而下，瞬间将他们连人带马淋了个透！

“糟糕！今年的雨季怎么提前了？”般若羯罗的马一不小心陷入一个泥坑之中，他狼狈地下马去拉，玄奘也过去帮忙。

中印度的雨季大约是从每年的五月十六日开始，到九月十五日结束。其间大雨倾盆，河流泛滥，道路淹没，交通中断。在这样的日子里，人们只好待在家中或村子里，以他们前一季所收获的农作物为生。出家人外出行化也会极为不便，何况还有无数的农作物及昆虫会在不知不觉中被伤害。因而几乎所有出家人，都会暂时中断他们的行化活动，找一个安静的地方隐居下来。

想当年，佛陀和他的弟子们都曾应邀在精舍，或安静地花园里度过雨季，有的时候，他们也退隐森林。每到这个时候，人们便成群结队、不避风雨地来到佛陀的住所，聆听佛法，尽可能地利用这一大好时机来亲近佛陀。

“如果现在佛陀依然住世的话……”玄奘的心中有些伤感，他多么希望能够亲耳聆听佛陀的教诲！

大雨大得铺天盖地，道路上泥浆横流，积水没膝。两个僧人顶风冒雨行进了两百余里，隔着密密的雨帘，终于看到不远处那座雄伟的大城。

“师兄请看，那便是国都曲女城[3]了！”般若羯罗用马鞭遥指着前方的道路说。

“曲女城？”玄奘重复了一遍，“好古怪的名字！”

“师兄莫嫌它名字古怪，它可是恒河岸边最大最富裕的城市了。羯罗幼时便常听到这座城池的名字，虽说今日第一次到此，竟觉得熟悉之至。”

“那定是师兄前世与此地有缘了。”

玄奘说着，又朝那个城池遥遥望去——此城西临恒河，看上去高大坚固。依他估算，方圆至少有二十里。

想到即将完成国王的重托，般若羯罗十分高兴，他兴致勃勃地对玄奘讲起了曲女城的由来——

“很久以前，这座城市名叫拘苏摩补罗，意思是‘花宫’，国王号梵授王，他有一千个儿子和一百个女儿！

“当时，这里还有一位修行者，在恒河岸边修炼瑜伽。无论刮风下雨，还是烈日当空，他都一动不动。很多年过去了，他的身上落满泥土，外形便如枯树一般，飞鸟游禽栖息在上，并遗下一颗尼拘律树的种子。那颗种子在他肩上的泥土中逐渐萌芽，年复一年，修士身上竟长出了一棵垂荫大树！树干粗壮，枝条上结满果实，鸟儿们也开始来此筑巢。当地人觉得惊奇，便尊称他为‘大树仙人’。”

玄奘津津有味地听着，像这样的苦修者，他在恒河岸边的丛林里经常见到，虽然没有身上长树这么夸张，但是长藤萝苔藓的，却是屡见不鲜。

“有一天，梵授王的女儿们来到河边游玩嬉戏，恰好被大树仙人看到。只一眼，他竟被女儿家的姿容美态给吸引住了。于是他从坐了多年的森林里走了出来，去面见梵授王。他说：‘我栖息于山野之中，已经过去了许多岁月，出定后就看到你的女儿，欲爱之心顿生，无法摆脱，所以远道而来求婚。’他还说，自己已经得道，拥有了无上的神通，如果国王不答应他的请求，他就要施咒降祸给这个国家。”

听到这里，玄奘不禁苦笑道：“一念无明，便堕轮回。可叹这大树仙人修行多年，欲界爱染之心竟然不退反炽，多年的修行怕是要白费了。”

“是啊。”般若羯罗道，“不过他的威胁还是起了作用的。你想那国王毕竟是个凡夫，怎么敢得罪仙人？偏偏又想不出什么对策来，只好对仙人说：‘请您先回去静候佳期，待我与女儿们商量，挑选一个吉日良辰。’仙人于是欢喜地返回林中。

“仙人去后，梵授王便去征求女儿们的意见。理所当然地，女儿们都不愿意嫁给这个古怪的老仙人。国王不好用强，又惧怕仙人的报复，整日忧愁不已，面容憔悴。

“年幼的小女儿觉得奇怪，便趁国王空暇之际问道：‘父王有一千个勇武的儿子，能令万国归顺慕化，现在却因何事忧愁呢？’

“国王叹息道：‘你年幼不知，那大树仙人前来求婚，而你的姐姐却无一人肯从

命。你知道婆罗门仙人神通广大，能施咒术降灾招祸。倘若不称他心，他必恼怒，到那时悔之晚矣，所以父王才有所畏惧啊。'

“听了父王的话，小女儿决定牺牲自己来拯救这个国家。梵授王无法可想，便用车驾将小女儿送至仙人处。

“那仙人见国王送来的竟是一名稚齿女童，且不及她的姐姐们漂亮，很不高兴地说：‘大王一定是轻视我这个老叟，所以才送此女童来嘲笑我！’

“梵授王连忙说道：‘我怎敢嘲笑仙人？实在是没有办法，我已问遍诸女，但无人肯从命，唯有这最小的女儿愿来供您使唤。’

“仙人勃然大怒，降下恶咒道：‘这些女人瞧不起我，着实可恨！我定要惩罚她们！我要让你那九十九个女儿全都变得弯腰曲背，形貌丑陋，终生无法嫁人！’

“此毒咒一出，梵授王的九十九个女儿都变成了弯腰曲背的老妪，从此，花宫城便被称作‘曲女城’了。”

“原来这便是曲女城的由来。”玄奘摇头叹息道，“佛陀说得没错，没有正念的指导，单纯的苦修是无法出离烦恼的。这位大树仙人枉自修炼多年，仅仅有了些微神通，心中却还是欲海难填，嗔恨不退，离得道只怕还差得远。”

般若羯罗道：“师兄所言极是。世人起修行之心容易，退此心更易。这雨怎么越下越大了？咱们赶紧进城吧。驾！”

两人进得城来，但见城门两侧浓荫夹道，城内楼台殿阁相望，台榭栉比，道路整齐，园林相望。城中遍植花果树木，虽在瓢泼的大雨中，色调依然光亮鲜艳。路旁时不时地出现一个水池，水流澄澈，里面盛开着各色莲花。一些商贩就站在屋檐下，贩卖着来自域外的奇珍异宝。

玄奘手握缰绳，在宽敞的街道上策马而过，边走边赞道：“真不愧为印度的名都！玄奘一路行来，走过的城池不下百座，也只有我大唐的长安、洛阳和成都，可与此城相媲美了。”

“师兄所说的那些地方，倒让羯罗心向往之。”

“心向往之，不如躬而行之。待玄奘取到真经，回归东土之时，师兄也来同行如何？”

“若有那样的机会，当然是求之不得了！”般若羯罗笑道。

又行一程，玄奘越来越觉得这里的地势颇为熟悉，似乎在哪儿见过。

走到一座高大的伽蓝前，他终于想起来了：“这里不就是法显大师在《佛国记》中所称的罽饶夷吗？以前只在书中得知，真没想到，今日玄奘也能到此。”

般若羯罗惊奇不已地说："原来以前也有师兄的同乡到过此处。"

"是啊，两百多年了。"玄奘抹了一把脸上的雨水，感叹道，"玄奘这一路，是踏着前辈高僧的足迹来的。"

"二位法师是要挂单吗？"一个年轻沙弥从寺中出来，合掌问道。

"正是。"般若羯罗忙合掌还礼。

"那么，快请进吧。"那沙弥赶紧将他们引了进去。

这座伽蓝名叫跋达罗毗诃罗，寺中住持毗离耶犀那也算是当地的一位名僧。两位游僧入寺后，连湿衣服都来不及换，就被人引去拜见。

"二位法师是从圣城钵逻耶伽过来的吗？"毗离耶犀那仔细打量着这两个浑身湿透的年轻沙门，缓缓问道。

"正是。"般若羯罗欠身答道。

毗离耶犀那屈起手指轻轻掐算着："从钵逻耶伽国往西南方向，渡过阎牟那河，一直到憍赏弥国，那一大片地方全是森林，里面多有恶兽、野象出没，行人从那里经过，常会无端遭到攻击。二位法师能够至此，也算不易了。"

"还好。"玄奘谦逊地说道，"路上虽遇到些虎豹和野象群，但它们的性情大都温和，并没有招惹我们。想来是因为佛陀的慈悲护佑，才让我们有惊无险，安然渡过丛林。"

"难得，难得！"毗离耶犀那连连感叹。

玄奘只是笑笑，心中暗想：猛兽、野象哪里比得上强盗的凶险？猛兽吃饱了便会慵懒地散步、歇息，便是有人从它们身边走过，只要它们觉得安全，也不会抬一下眼皮；强盗可就不同了，他们贪得无厌，永远没有饱足的时候，好在还可以用佛法去感化他们。

毗离耶犀那十分好客，热情邀请道："今年雨季提前，二位法师一路辛苦，就请在此安居吧。"

玄奘合掌道："多谢大师，我二人正有此意。不知这附近可有佛陀圣迹？"

"圣迹到处都是。从这里往东，有个劫比他国，那里有一所著名的伽蓝院，乃佛陀圣迹'三宝阶'。二位法师既是来求法礼佛的，便不可错过。"

"三宝阶……"听到这个名字，玄奘不禁猜测道，"想是供奉着佛、法、僧三宝？"

"不不不。"毗离耶犀那连连摇头道，"这'三宝阶'是一排并列的阶梯，中间一排是'黄金阶'，左边一排为'水晶阶'，右边一排是'白银阶'。想当年，如来离开胜林，升上忉利天宫，为其母摩耶夫人说法，三个月后准备返还人间。帝释天于是施展神通，建立宝阶。佛陀从善法堂起身，由天神大众随护，踏中间的黄金阶而下；大梵天手执白拂，踏银阶侍奉于右侧；帝释天手持宝盖，踏水晶阶而侍奉左侧。这时，诸天菩萨都陪随而下，撒散香花，一时间璎珞缤纷，香烟氤氲，因而留下这三宝阶。”

“阿弥陀佛！”玄奘双手合十道，“依大师所言，果然是个殊胜之地，弟子定然前去拜谒。”

三人又说了一阵子话，不觉天色已晚，两位客僧起身告辞，般若羯罗合掌道：“弟子还有一事请问方丈。”

“法师请讲。”

“不知大王何时上朝？弟子也好前去拜见。”

“法师要见大王吗？”毗离耶犀那问。

“正是。弟子从磔迦国出来时，大王便曾反复叮嘱，一定要去曲女城拜见戒日大王。”

毗离耶犀那恍然大悟道：“原来法师是磔迦国的国师，老僧倒失敬了。”

“不敢。”

毗离耶犀那沉吟片刻道：“若是如此，二位来得可不巧了。”

“大师此言怎讲？”

“最近一段时间，大王一直在外巡视，未曾归来。”

听了这话，般若羯罗不禁皱起眉头，问：“那么，何时能回？”

“法师说笑了，国王的行踪，老僧又怎会知晓？”

见般若羯罗面露失望之色，玄奘安慰他道：“师兄不必心焦，玄奘这一路也曾听说，戒日王经常巡视各地，察访民情，且居无定所，随其抵达之地，搭建茅屋居住。但他通常不会在雨季外出，这里毕竟是国都，想那国王也快回来了。”

“法师说得甚是。”毗离耶犀那道，“只是那戒日王若是在外巡视期间刚好赶上雨季，也会停下脚步，在行宫内准备佳肴，宴请各派学者贤人。那样的话，就不知何时归来了。不过，二位法师既然来了，就在此耐心等候吧。”

“多谢大师！”玄奘道，“师兄，咱们就在这里安居，正好向方丈大师讨教些佛法如何？”

“好啊。”毗离耶犀那笑道，“老僧也有很多不解之处要向二位法师请教呢。”

---

[1]憍赏弥国是古印度大国，其国都位置有不同说法。依据《大唐西域记》所载的距离和方向，大约位于印度联合邦阿拉哈巴都西南，印度铁道苏都那站附近。

[2]羯若鞠阇国即今印度北方邦卡瑙季一带。

[3]曲女城即今印度联合省克诺吉城。玄奘在印度的时候，正是曲女城的全盛时期。

第16章

前往舍卫国

两人在沙弥的带领下先去沐浴更衣，随后便在寺中安顿了下来，每日里跟随毗离耶犀那三藏研习佛法。偶尔晴天或者雨下得不大的时候，便出来四处观光，巡礼佛迹。

玄奘首先去了劫比他国[1]，参拜毗离耶犀那三藏所说的“三宝阶”。

谁知到了之后，却只见一片废墟和三排高大的石阶，这些石阶自南至北排列，面向东方下降，最高处有七十余尺，附近盖有一间小小的精舍，哪里有什么黄金白银水晶的影子？

他满心困惑地来到精舍前敲门，向当地人打听圣迹之事。

精舍内只有一位年迈的优婆塞，他打开门，惊奇地打量着玄奘问：“你是个外乡人？怎么在安居日里到处乱跑？”

玄奘合掌问讯道：“弟子乃东土游僧玄奘，来此参谒圣迹。打扰老菩萨清修，实在罪过。”

老人眼中顿时闪过奇异的光彩，问：“是在恒河岸边惊动天神的玄奘法师吗？”

玄奘愣了一下，他没想到，那次恒河遇险的经历，竟连这位身处僻地的老人都知道了，忙谦逊地说道：“不敢，那次全赖佛陀慈佑，玄奘方得脱险。”

“阿弥陀佛，果然是法师！快快请进。”老人说着，身体往旁边一侧，将玄奘请入精舍之中。

这所精舍只有一间正堂和一间侧室，正堂正中供着一尊石刻佛像，左供帝释之像，右供梵王之像。三像后面各有佛光，雕塑得极为生动传神。

玄奘在佛前礼拜献花毕，那老人便将其引入侧室坐下，为他倒了碗茶汤。

“多谢老人家！”玄奘感激地说道。

“法师不必客气。”老人笑道，“听说法师神通广大，佛法精湛，已是一段活着的传奇。”

玄奘不安地说道：“那是有人谬赞，沙门哪有什么神通？”

“法师不必过谦，此事有人亲眼看见，说有盗匪将刀砍在法师的脖子上，法师安然无恙，那盗匪却遭天罚而亡。”

玄奘有些糊涂了，这老人说的分明就是上次在恒河上的那次遇险，他记得自己当时从定中醒来时，看到一人执刀倒卧于祭台之下，一身的焦煳之气，看样子像是遭遇了雷击。那人真的砍了自己一刀吗？不太可能啊，他对自己的这副肉身还是了解的，绝对禁不起刀砍。话说回来，就算真的砍了，佛菩萨也不会降下这样的灾祸。难道说，真是天神的处罚？

他摇了摇头，决定不去想这个问题了：“老菩萨一个人住在这里吗？”

“是啊。”老人道，“我在这里独自修行了很多年，守护这三宝阶。除了一个侄子每隔几日给我送些吃的用的，讲些外面的故事外，这里已经很久没有旁人来了。”

玄奘奇怪地问道：“外面那三层石阶便是三宝阶吗？”

“是当年三宝阶所在的地方。”老人解释道，“数百年前，这里还有三宝阶的。后来战乱四起，很多国家的国王为了补充军费，便带军队来此盗挖黄金白银。说起来真是罪过啊！他们把这里挖得不成样子，三宝阶也就逐渐沦没了。现在法师看到的三排石阶，是后世君王在原有的基址之上，仿照从前的格式，垒砌砖石，重新砌造的。”

玄奘合掌道：“阿弥陀佛，原来如此。”

老人接着说道：“现在的三阶虽然不再是三宝所砌，阶上倒是嵌了些宝石饰品。难得今日雨停，法师请随我来。”

玄奘随他出门，朝那三层石阶走过去，果见石阶的最高处镶嵌有各色宝石，旁边还有一根阿育王石柱，高达七丈有余，色泽青红，质地坚硬，呈瓜棱形石柱样式，很像极西地区一些外道的神庙。柱顶雕刻着一头石狮子，向着宝阶的方向蹲伏。各种奇异的雕像环绕在石柱的表面，神韵极为生动。旁边还有一座石基，长五十余步，高七尺左右，同样雕着精美的花纹。

玄奘合掌礼拜，想到这里便是当年佛陀从三十三天降还人间之处，心中不禁有些激动。

那是佛陀得道后的第七个雨季，为报母恩，他以神通力前往忉利天，为天人们讲说《阿毗达摩》，他的母亲，在他出生不久就离世的摩耶夫人，也从兜率天往来听法。

经上说，忉利天的人身长一由旬，所以佛陀到达忉利天后，首先便以神通力将自己的身长增至一由旬，与忉利天众身长相当。

帝释天领着诸天前来拜见佛陀，并提出要用天界最美味的食物“苏陀”来供养佛陀。

然而佛陀却说：“我用人间之食。因为我身生于人间，长于人间，于人间得佛。”

在佛经中，佛陀从不认为人比天更低贱，相反，他对人间极为珍重，认为三十三天的天人命终之后，以人间为其往生的最佳去处。

佛陀对此的解释是：“诸佛世尊皆出人间，非由天而得也。”

天道与地狱道，是六道中的两个极端，由于过去世业力的缘故，这里面的众生，都只是被动地受报。天界众生不需要付出任何努力，自然就能够得到快乐的生活；而地狱道的众生身处痛苦之中，也没有造新业的机会，只是不停地偿还……

人间则不同，每一个人的生活，不仅与过去世的业力有关，也受到今生努力与智慧的影响。

天人是有福报，相貌好、寿命长，还有神通力，但因其沉湎于五欲，反而不如人更容易修行正果，获得解脱。

生而为人得闻佛法，这是多么殊胜的事情！

“法师请随我来，前面还有圣迹。”老守护人的话突然在玄奘的耳边响起。

玄奘跟随着这个老人，沿石阶高处往西南方向行了数里，眼前出现了一片繁茂的花林，各种奇花异草高高低低地交织生长，异香扑鼻，引得彩蝶上下翻飞。

“这里便是瞻博迦花[2]林。”老人说着，分开花木，径直往林木纵深处走去。

走了大约一个时辰，眼前花木渐稀，前方隐隐出现了一座浮屠。到了跟前才发现，这里竟是一大片平地，周围十四五里，碧草如茵，香花遍地。

那老人道：“这里便是当年佛陀经行和入定之所，也是莲华色比丘尼为首先见佛而幻化成转轮王的地点。”

这也是经典中提到的一个故事：佛陀到三十三天讲经，一去便是三个月。人间的四众弟子都十分想念他，得知佛陀即将重返人间的消息后，大家都很兴奋，各国国王及四众弟子群集于此，争相做着迎接的准备。

这时，已证得阿罗汉果的莲华色比丘尼心中暗想：这么多人都去迎接佛陀，我就这样前往，一定很难见到佛陀。得想个办法……于是，她以神通力，化成庄严威势的转轮圣王模样。

与此同时，尊者须菩提正在王舍城北郊灵鹫山的一个山洞里缝补衣服，也在暗自思量：如今佛陀返还赡部洲，天神大众伴从，我该做些什么呢？我当然要去迎接世尊，但哪一部分才是世尊？是眼、耳、鼻、舌、身、意吗？是地、水、火、风的哪一种吗？佛陀曾经说过，诸法皆空。这个五蕴[3]之身，是找不到做得了主的那一部分的。要礼见最崇高的佛，就要从蕴处界中观得无常。现在，就让我皈依真实正法处，以慧眼观看佛的真身吧。”

想到这里，尊者须菩提继续缝补他的衣服。

再说莲华色比丘尼所化现的转轮圣王，受到各国国王和百姓的赞叹和礼让，在佛陀的双足踏回大地时，第一位站到了佛陀面前。

直到这时，莲华色比丘尼才恢复成原来的模样，向佛陀顶礼道：“现在我礼见最崇高的世尊，今日最先见到世尊的，是我莲华色比丘尼，如来的弟子。”

此情此景，令在场的各国国王不免怨叹，居然让一位比丘尼捷足先登了。

佛陀却微笑着回答道：“你不是首先见我之人。须菩提观察到诸物皆空，他才是最先礼见如来的。”

接着，他又对其他四众弟子和国王们说：“能观空、无我的解脱法门，这才是礼佛的真正意义，也是解脱的关键，佛法的实质。”[4]

据说，佛陀返还人间后，把在天上所讲概要地讲述给尊者舍利弗听，舍利弗又详细地为其他弟子们讲解此法。

所以，现在所存的《阿毗达摩》，被认为是舍利弗对佛法的进一步阐述。

告别了这位善良的老者，玄奘回到曲女城。

进城之前，他先骑马绕着城池转了一圈，想估算一下这座城池究竟有多大，却在东南方向两河交汇之处，意外地发现了一座高大的浮屠，高两百余尺。

这样一座浮屠，定是圣迹。玄奘想到这里，便策马跑去。

这浮屠显然已经很久无人照顾了，里面的佛像和供桌上落满灰尘，空气中散发出一股潮闷的气息。

玄奘依稀记得在城东南六七里的恒河南岸，也有一座同样高大却同样冷清的浮屠，两座塔一在西北一在东南，遥相呼应。

从浮屠中出来，他将马匹圈转，走向附近的村庄，准备向当地人打听一下这两座塔的来历。

恰于此时，一支商队从他身边擦肩而过。玄奘一手勒住马，一手执于胸前，朝走在最前面的中年商人施礼问讯道：“敢问檀越，这座窣堵波是何人所建？供奉的是哪位圣贤？与恒河南岸的那一座有关吗？”

那商人道：“这两座窣堵波都是阿育王所造。当年佛陀曾在这两处说法布道，所以阿育王建塔以做纪念。”

玄奘觉得奇怪，忙问：“既是古塔，又是佛陀讲经之所，为何无人守护？”

商人笑道："近些年来，戒日王也造了很多窣堵波，比这两座更精美、更高大，谁还守护这两座残破的古塔呢？"

听了这话，玄奘不禁心生感慨，想这世人还真是喜新厌旧，连圣迹的兴颓都受到影响。于是决定先不回城，而是继续走向附近的村庄，向村民们借来扫帚水桶等物，用了四五天时间，分别前往这两座浮屠，虔诚礼拜后，将浮屠内外清扫得干干净净。

"多么清净古朴的塔啊！"玄奘手执扫帚，站在浮屠的最顶层，只觉得一股柔风拂过脸颊，说不出的舒适惬意。

"待玄奘取经归国，定要在故乡造上一座浮屠，让佛陀的遗教有一个存放之处，也让玄奘自己有个清净的译经之所。"

转眼两个月过去，眼看雨季已经过去一半，雨水也不像先前那般热烈，一些修行者陆陆续续地开始外出行化了，然而戒日王却还没有回来。

前方依稀传来一些消息，有说戒日王不日就会归来的，也有说他准备继续巡视的。般若羯罗到王宫附近打听了几回，人们都说，大王做事一向随性，要等他回来，不知还得多长时间呢。

玄奘有些等不及了，说到底，他来印度是为了求法，与国王并无关系。这个戒日王虽然在印度各国有着举足轻重的地位，却也不是非见不可的。如果不是为了般若羯罗，他才不会在此等候那么长时间。

一日做完早课，玄奘终于向般若羯罗提出了建议："看这样子，戒日王要回来，至少也得等到热季了。不如我们先去拘萨罗国的祇园精舍巡礼一番，然后再回来见王也不迟。"

般若羯罗叹道："师兄的提议甚好，只是羯罗离开磔迦国的时日已经不短了，路上多次停留下来习经问法，又屡次遇盗，险些性命无存。如今好容易到了曲女城，怎么也得等见了尸罗逸多王，完成大王所托，才好继续前行。"

玄奘想了想，提议道："那么，师兄在此等候，玄奘自己先去附近的国家巡礼，待到热季时再回来与师兄会合，你看如何？"

"这样也好。"般若羯罗点头道，"我知道师兄此行的目的不是见王，让你在此虚度光阴，羯罗心中也甚是不安。那舍卫国的祇园精舍羯罗曾去过多次，骑马十几天就到了，不过我担心师兄到了那里，恐怕会感到失望的。"

玄奘凄然一笑，说："师兄的意思是说，那里的佛法已经凋零了吗？"

见般若羯罗默然不语，玄奘也没有继续追问，只是轻声道："那里毕竟是佛陀留下足迹最多的地方，玄奘已在经典中神交已久了。"

说到这里，他低声诵起了一段经文："如是我闻，一时佛在舍卫城[5]，祇树给孤独园……师兄啊，就凭着这段经文，玄奘无论如何都要去那里看看。至于现在的佛法是否昌盛，那是众生的因缘，玄奘不会执着于此的。"

"师兄心里有准备就好。"般若羯罗道，"对了，你抄录的那些经书就不必带着了，暂且存放于寺中，由羯罗替你保管，也省得你带着那么多的经包跑来跑去，太辛苦了。"

"如此，多谢师兄了！"

于是，玄奘暂别般若羯罗和毗离耶犀那三藏，于大唐贞观五年（公元631年）七月，独自离开曲女城，沿恒河往东南方向而去。

这一地区多热带雨林，狼虫虎豹、大象野猪经常出没。由于雨季尚未结束，河流泛滥，森林里到处都是齐膝深的水泽，水中树间随处可见出来觅食的蛇虫，行走起来极为艰难。

玄奘总算明白佛陀为什么要制定雨安居的戒律了——这里的蚊子几乎有蜻蜓那么大，还有其他大大小小的飞虫，着实难以防备。进入雨林没多久，他的身上就被叮咬得痛痒难耐。

行了六百多里后，终于将这片可怕的森林抛在身后，再度经过两河交界的圣地钵逻耶迦，抵达鞞索迦国[6]。

这同样是一个佛教发达的国家，国中百姓爱好佛学，喜欢修福积德。境内有佛寺二十余座，僧人三千多名，全部研习"正量部"佛教。

都城之南有一座较大的伽蓝，当初提婆设摩阿罗汉曾在这里撰写《识身论》，论述"无我"学说；瞿波罗汉则在这里撰写《圣教要实论》，论说"有我"学说。由于这两派各自执着于对佛法的不同观点，一度争论得十分激烈。

还有护法菩萨，曾在这里于七天之内，挫败部派佛教的一百位论师。

这里同样也是佛陀亲履之地，立有一座两百余尺高的佛塔，当初如来曾在此说法六年，开导教化众生。

说法塔的旁边有一棵杨树，只有六七尺高，玄奘初时并未在意，直到守塔的居士告诉他，这是一棵佛陀时代的树，已在此地存活了千年之久，他才感到惊诧不已。

"既是千年老树，为何如此矮小？"他问。

"这便是此树的奇妙之处了。"那守护人道，"年复一年，不长不缩，一直如此。这么多年过去，不知有多少邪见之人及外道信徒，竞相伤残砍伐此树，但它旋即又复生如初。"

玄奘奇道："为何要砍此树？莫非它也与佛有缘？"

“那是自然。”守护人道，“这可不是一般的杨树，它是当初佛陀用来清洁牙齿的齿木，被佛陀随手丢弃在地上，后来生根发芽，长成了这棵树。”

听了守护人的这一番话，玄奘心中感慨不已，果然是佛国啊，每一个不起眼的东西都有一个令人神往的故事。

离开鞞索迦国，继续向东北方向行走五百多里，抵达室罗伐悉底国[7]，也就是佛经中经常提到的、大名鼎鼎的舍卫国。

这个历史悠久的国家，便是当年强大的拘萨罗国的首都，是佛陀传教说法最多的地方，佛法的真谛就是从这里开始流传至世界各地。

玄奘曾在经典中无数次地神游这座城市，早盼着有朝一日能够亲履此地了。

然而，当他真正踏入城池后，看到的却是一片荒凉景象——

城郭已经破旧不堪，城墙倒塌，古老的伽蓝大半荒废，僧徒寥寥，只有少数“正量部”行者还在修炼；婆罗门教徒所建的用来祭祀大自在天湿婆的天祠，倒有一百多所。

由于般若羯罗事先出言提醒过，因而玄奘倒也没觉得有多失望，反而对这座城市至今还有寺院和僧侣感到安慰。

牵马行走在城池的街道上，举目四顾，玄奘完全可以想象得出，这里的佛法曾经是相当兴盛的——城内外有上百座已经倒塌毁坏的伽蓝，脚下随处可见大量的旧基石，这便是当年与佛陀同时代的波斯匿王[8]的宫殿遗址。

而就在废宫东部不远处，还有一处古迹，上建一塔，乃是波斯匿王为如来所建的大法堂遗址。除此之外，还有波斯匿王为如来姨母摩诃波阇波提比丘尼修建的精舍遗址。

再往东去又有一塔，乃是善施长者的故宅。

故宅旁边，又有一座大塔，是杀人魔头鸯窭利摩罗弃邪归正的地方。

鸯窭利摩罗是“指鬘”的意思，就是以人的手指做头饰，这真是一个恐怖的名字。

其实鸯窭利摩罗的原名叫阿合沙克，意为“天真”。他的父亲是拘萨罗国的国师，这使得鸯窭利摩罗从小就受到良好的婆罗门教育，长大后又在当时印度著名的教育中心塔阇兰进一步深造，成为导师最优秀、最受宠爱的好学生。

不幸的是，他的同学对他产生了嫉妒之心，他们伪造事实，在导师面前恶毒地对鸯窭利摩罗进行人身攻击。导师被激怒了，不问青红皂白地将他赶了出去。

离开了导师的鸯窭利摩罗，四处寻访新的名师。这时候，一位“仙人”告诉他，只要他能弄来一千根人的手指头，就能升入梵天。

鬼迷心窍的鸯窭利摩罗受到诱惑，他独自一人来到拘萨罗，开始了杀人生涯。

他把杀死的人的手指头做成冠饰，戴在头上。久而久之，这竟然成了他的标志。

他成了舍卫国最著名的恶人，国王多次派人捉拿他、追杀他，都被他逃脱了，甚至那些追杀他的士兵反被他杀死，割掉了手指。

此时的佛陀正在舍卫城里游化讲经，一些比丘听到了这个杀人魔王的恶行，便回来转告佛陀。

佛陀听了比丘们的转述，一言不发，默默地朝鸯窭利摩罗藏身的林中走去。

沿途的民众纷纷警告佛陀，他们说："不要再往前走了，那片树林里住着一个危险的杀人魔头！"

佛陀没有在意他们的警告，继续默默地朝树林里走去。

鸯窭利摩罗看到佛陀独自走来，心想：太好了！这个不知死活的沙门，竟敢独自经过这里，这可真是上天赐给我的机会！

于是，他立即抽出刀子，大步朝佛陀奔去。

佛陀仍以平常的步伐走路，但奇怪的是，鸯窭利摩罗却怎么也无法接近他。这个冷面杀手奋力奔跑着，直跑得气喘吁吁，汗流浃背，却始终无法追上佛陀。

终于，他停了下来，大声喊道："喂！前面的沙门，你给我站住！"

佛陀站住了，安详地说道："我早已停下来了，鸯窭利摩罗，你也该停止了。"

杀人魔头不禁一惊，心里嘀咕道：真是奇怪啊，明明是我止步了，这个沙门却说他已经停止了，这到底是什么意思？

他站在那里，问道："出家人，你在走动，而你却说已止；我已经不走了，你却说我非止。我问你，这是什么意思？"

佛陀的脸上露出微笑，和颜悦色地对他说道："我已不再作业，抛弃了侵犯众生的暴力，故说我已止；而你尚在造作恶业，是故非止。你为何要执着于那种愚蠢的想法，放弃行善的根本，激发作恶的动机呢？"

听了这话，鸯窭利摩罗久埋心底的善念一下子显现出来，他想：我是在做坏事吗？为何那个仙人告诉我，只要能杀满一千个人，就能生入梵天？为什么我从来就没有问过一句"为什么"？

这时，他才突然意识到，眼前这位面目慈和，却让他怎么追都追不上的人不是别人，正是传说中的佛陀！出于悲悯之心来拯救他了。

他立刻扔掉手里的刀子，向佛陀顶礼道："世尊，请允许我随您出家！"

佛陀接受了，对他说："欢迎你，比丘！"[9]

鸯窭利摩罗就这样完成了出家的仪式，成为僧团的一分子。

得知此事后，波斯匿王大大地松了一口气，因为鸯窭利摩罗对他的国民来说，实在是一大危害，国王打心眼儿里敬佩和感激佛陀。竟然可以不用刀杖，就降服这样凶恶的人。

但是，鸯窭利摩罗并没有得到快乐，即使是在寂静的禅定之中，他也忘不了他的过去。那些死于他刀下之人的惨叫声，时时响在他耳边。而且，由于他过去所作的恶业，在街上乞食时，他会莫名其妙地被不知从何处而来的石头、瓦片、棍棒击中，满脸伤痕，手脚处处是被划破了的口子。

佛陀看到他这个样子，就告诉他："遇到别人打你，你要忍耐，千万不可回击。以后慢慢就会好的。"

一天，他同往常一样沿路乞食，看见一位因难产而痛苦万分的妇人，产生了深深的悲悯之情，回精舍后就把这位妇人的可怜与痛苦告诉了佛陀。

佛陀教他念诵如下经文："女菩萨，自从受戒以来，我知道，我没有故意伤害过有情生命。以此真实功德，祝愿你和你的孩子安然无恙。"

此经就是佛教后来的《指鬘经》。鸯窭利摩罗牢记这段经文，又一次来到那位在痛苦中煎熬的女子面前，用布帘将那女子隔开，自己坐在蒲团上，口中不断地念诵这段文字……不一会儿，这位女子平安生下了一个孩子。据说，念诵此经的效应，一直流传至今。

不久，鸯窭利摩罗证得阿罗汉果。在谈到自己的皈依时，他曾这样说："有的人因武力而屈服，或由铁钩，或由皮鞭，但我却向一个既无棍棒，又无刀剑之人臣服。"

鸯窭利摩罗的故事，一度让很多人感到不解：为什么佛陀能够轻而易举地让人转变心念？一个杀人恶魔也能证得阿罗汉果。这实在太不可思议了！

在指鬘塔前，有不少僧侣和居士来此参拜，还有一些普通的游客，他们听了指鬘的故事，便提出了这个疑问。

有人问玄奘："我现在也在做禅修，而且我从未杀过人，我的善念至少要超过这个杀人魔王吧？为什么我想要证得阿罗汉果就那么难？法师你说，这公平吗？"

玄奘道："要回答这个问题，沙门首先要问一下诸位，你们可知，我们所处的这个贤劫[10]，至今已经有多少佛出世了？"

那人立刻回答说："这个我们都知道！现在是贤劫的第九小劫，共有四佛出世。其中，第一至第八小劫，无佛出世；第九劫减至人寿六万岁时，拘留孙佛出世，为贤劫第一尊佛；减至四万岁时，拘那含牟尼佛出世，为贤劫第二尊佛；减至寿两万岁时，迦叶佛出世，为贤劫第三尊佛；减至一百岁时，释迦牟尼佛出世，为贤劫第四尊佛。等到第十小劫，人寿八万四千岁时，弥勒佛将会出世，为贤劫第五尊佛。"

"说得对。"玄奘赞许地点头，"由此可见，要想值遇佛陀在世是很难的，因为每当一尊佛入灭后，都要经历一个非常漫长的岁月，才会有另一尊佛出现。佛陀的出世稀世难逢，就如同昙花一现，电光一闪，便又进入到漫漫长夜之中。”

“法师是想说明什么？”有人问道。

玄奘道：“我想说明的是，所有能够与佛陀降生在同一时空的人都绝非偶然，不管他们是什么样的人。在此之前，他们必定都经过了累世的修学，积累了很多的功德，才有机会值遇佛陀，当生获得解脱。这些人中，包括佛陀的各大弟子，包括善施长者，包括频毗娑罗王和波斯匿王，也包括阿阇世王、鸯窭利摩罗、提婆达多，甚至，包括欲界天主波旬。”

“可是，这些人既然善根福报具足，为什么还会做出种种恶事来呢？”很多人对此感到不解。

玄奘道：“这是因为，业力是相对而复杂的。身为娑婆众生，经历过累世累劫的轮回，没有谁是只做善业不做恶业的，也没有谁是只做恶业不做善业的。摩罗波旬曾经供养过辟支佛，提婆达多也曾在往世里帮助过佛陀，他虽然在今生做了五逆恶事而不得不下地狱，却依然得到了佛陀的授记，这便是他的善缘和福报。要知道，佛陀本人在长达九十九阿僧祇劫的时间里，曾经供养了无量无数诸佛，都没有得到授记，直到遇到燃灯佛，方才得到授记。可见这是多么殊胜的缘法。

“鸯窭利摩罗也是如此，他在过去世中一定做过很多的善业和恶业。同时，他一定曾经与佛陀建立过某种善缘，并且证悟阿罗汉果的因缘即将成熟。善因与善缘相接，善业的果子先行成熟，于是他遇到了佛陀。但尽管如此，过去世所累积的那些恶因恶缘也不能不解决。事实上，除了鸯窭利摩罗，佛陀还遇到过其他不幸的人，比如妓女，比如贫穷的老妇，比如麻风病人。他们同样是因为往昔的恶因而招致恶果，这恶果必须由他们自己来承受。幸运的是，往昔的某个极为殊胜的善因或善缘使他们值遇佛陀，而佛陀便是在这个最关键的时刻，出现在他们面前，破除了他们的余惑，让他们于今生证果。”

“原来如此！”人们频频点头，“这样看来，那些人虽然有的可怜，有的可恨，福报却比我们都大得多啊！”

这是自然的，玄奘想：我还要经过多少世的修行，才能与佛陀生在同一时代呢？

[1]劫比他国即僧伽施，现在印度联合省Sankasia。

[2]瞻博迦花，栀子花的异名。玄奘《大唐西域记·钵逻耶伽国》："大城西南瞻博迦花林中，有窣堵波，无忧王之所建也。"

[3]五蕴：佛教关于人体和其身心现象都是由哪些要素构成的理论。五蕴分别是色、受、想、行、识。"蕴"的意思是积聚或者和合。"色"即物质的积聚；"受"为领取纳受之意；"想"是于所知境执取形象，安立名称，生起认识的心理；"行"是造作之义；"识"为了别所缘之境，共分八识。

[4]此故事出自《增壹阿含经》。

[5]舍卫城位于今天印度的舍赫特。

[6]鞞索迦国一说是Biswaan，在联合省克诺吉东北八十余里，一说在Oudh南五六十里处。

[7]室罗伐悉底国又名舍卫国，现在印度联合省巴尔兰普尔境内，处于今Gogra与Gandak两河之间。

[8]波斯匿王为中印度拘萨罗国国王，兼领有迦尸国，与摩揭陀国并列为佛陀时代的两大强国。

波斯匿王与佛陀同龄，曾和佛陀辩论而结成好友，视佛陀如师，与摩揭陀国的频毗娑罗王同为护持佛教的两大国王。

[9]本故事出自《增壹阿含经》《杂阿含经》等经典。原文佛陀说的是："善来，比丘！"这是佛陀度人出家时常用的一句话，现代人又将这句话翻译成："来吧，比丘！"

在《维摩诘所说经》中，文殊师利去维摩诘处探病时，维摩诘对他说："善来，文殊师利。"这里的"善来"，应该就是"欢迎你"的意思。所以"善来，比丘"这句话应该理解成"欢迎你，比丘"。

[10]贤劫，就是我们现在这一劫。此时期的往复循环中，有千佛出世，所以称作贤劫，也叫善劫。

依据佛经所云，上一大劫为庄严劫，下一大劫为星宿劫。据《贤劫千佛名经》记载，我们现在正处于贤劫的第九小劫。释迦牟尼佛为贤劫出世的第四尊佛；弥勒为贤劫第五尊佛，将在第十小劫出世。此后的第十一至十四小劫，无佛出世；到了第十五小劫，将有九百九十四佛相继出世，是佛比较集中的一个小劫；此后，第十六到第十九小劫，无佛出世；到了第二十小劫，楼至佛出世。合为贤劫千佛。

第17章

祇树给孤独园

从指鬘塔往城南方向行五六里，便到了著名的逝多林“祇树给孤独园”。

这座精舍是如此著名，或者说，在玄奘，乃至所有佛教徒心目中，已经不能用“著名”二字来形容这里了。

在玄奘看来，“舍卫国，祇树给孤独园”这几个字带给他的，更多的是一种无与伦比的亲切感——佛陀曾在这里度过了二十五个雨季，在中原佛教信徒中植根最深、流传最广的两部经典：《金刚经》和《阿弥陀经》，就是佛陀在这里宣说的。而在上座部佛徒心中最神圣的四《阿含经》，多数也是在这里宣说的。

在这里，众多的经藏被开启，无数的菩萨、阿罗汉、天人、大众欢喜谛听，证得果位。这些经典大多是这样开头的——

“如是我闻，一时，佛在舍卫国，祇树给孤独园……”

玄奘就是念诵着这段经文来到这个地方的，心中的恋慕之情自是难以言说。

可惜，他所看到的祇园精舍，已经是一片颓垣败瓦，只有一对阿育王建造的石柱依然矗立在东门两旁，似在向这远方的客僧诉说当年的庄严气象。

面对这衰落的遗址，玄奘的心中百感交集，这样一个圣地，自己一路行来，竟不见一处佛教伽蓝，到处都是婆罗门教的天祠。那些天祠富丽堂皇，楼堂馆所，雕梁画栋，应有尽有。两下一对比，心中不免发出一阵深深的感慨。

合掌礼拜后，他缓缓踏入东门，在林间废墟之中，有一所砖室巍然独存，踏入里面，迎面便是一张供桌，上面供奉着一尊紫檀佛像。

“这尊佛像看上去形制古旧，是阿育王时期的吗？”散花礼拜后，他向旁边的一位守护者询问。

“不是的。”那守护者道，“这是从前波斯匿王听说释迦佛升三十三天为母说法之后，心中异常思慕，又听说憍赏弥国国王曾经刻有檀香佛像一尊，于是他便仿照那尊檀木佛像造了此像。”

“阿弥陀佛，原来如此。”

玄奘伸出手，抚摸着这里的残砖破瓦，追思着佛陀、诸阿罗汉圣者和比丘大众，心中沉重而又感慨，恍如又回到了当年世尊说法的年代——

佛陀在菩提树下成道后，便带着弟子们四处传道，受到世人的普遍尊敬。那个时期，佛教僧团同其他的沙门教派一样，居住在露天，被人们笼统地称作“沙门”。

一天，僧团进入摩揭陀国的首都王舍城，国王频毗娑罗闻讯后，立即前来拜见佛陀。佛陀向他宣讲了著名的“缘起”理论，国王和他的随从们都欢喜信受。频毗娑罗王当场提出皈依佛陀，并于第二天在王宫中设供，宴请佛陀及其他僧团成员。

餐后，一位叫作迦兰陀的长者决定，将自己在王舍城郊外的一片竹林赠送给佛陀和比丘们居住。这样僧团就有了一个固定的居住地，一处环境优美的竹林。

此后不久，又有一位接受了佛教的富家女子维莎柯，发愿在竹林中为比丘们建筑可以遮风挡雨的房舍。

很快，六十座简易的竹屋就在那片清净的竹林中建成，被称为“竹林精舍”。在佛经中，“精”的意思是“精进”“精行”，所谓“精舍”，就是用来精进修行的场所。

就在竹林精舍建成的那一年，一位来自拘萨罗的善施长者远道来访。

善施长者本名须达多，其为人聪明仁厚，善于积财，又乐善好施，哀恤孤独，因此人们都尊称他为“善施”“给孤独长者”。他因为到南方访亲，得见佛陀的圣颜，自愿皈依。

看到竹林精舍后，善施长者向佛陀提议，要在拘萨罗的首都舍卫城也建造一处可供僧人们雨季安居的处所，恭请佛陀去那里讲经说法。这一提议得到了佛陀的同意。

回到舍卫城后，善施长者便开始四处寻找适合僧团居住的地点，最终他看中了太子祇陀的园林。这里的环境幽雅宁静，林茂花香，实在是僧人清修和传播佛法的好去处。于是长者便去求见祇陀太子，希望太子能将这座园林转让给他。

然而，这毕竟是一座皇家园林，祇陀太子自然不会轻易转让。但他也没有一口回绝，而是提出了一个非常苛刻的条件：“善施长者，我也非常仰慕伟大的佛陀，但这座花园是我的最爱。这样吧，如果您能用黄金铺满园地，这座园林就是您的了。”

此言一出，善施长者立刻毫不犹豫地答应下来，用马车将自己的藏金装载而来，当着太子的面把金砖一块一块地铺在园地之中。太子为他的虔心所感动，想撤回约定，然而善施长者不许。他总共使用了十万块金砖，最后还剩下一小块地方没有铺到，正当他准备再去寻找一些金砖时，祇陀太子连忙摆手叫停道：“你能做如此供养，佛陀一定是无上的福田。我也当布下善行的种子，这块地就算作是我的布施吧！”

见长者还有些犹豫，祇陀太子来到他的面前，恭敬地说道：“善施长者，您以布施闻名，我又岂能落后于您？既然您买下了这座园林，请允许我用这最后一块地建立精舍，并将这园中的林木奉献给佛陀，共同迎请那智者来此讲经吧。”

当时的舍卫城全是外道的天下，善施长者担心施工时会有外道徒众前来捣乱，他希望佛陀能派一个设计和督导工程的人来。于是，佛陀派了智慧第一的舍利弗尊者跟随善施长者到了北方。

果然，精舍才动工不久，磨难就随之而来。外道们一致要求善施长者和祇陀太子打消建立精舍供养佛陀的本意，并要求同佛门比丘辩论。

当善施长者怀着忐忑不安的心情将这个消息告诉舍利弗时，舍利弗不惊反喜，他说：“长者不必担忧，这正是一个宣扬佛法的大好时机，也是佛陀派我来此的本意。”

祇园精舍的守护人名叫阿帕般利，他请玄奘看了舍利弗与外道们的辩论之处，那是一座旧伽蓝，高达六十多尺，里面供奉着佛像，面朝东坐。此外，还有描述这场大辩论的壁画作品。

这场辩论最终以舍利弗的胜利而结束，他因势利导，采取不同的语言和措施进行化导，使上千外道接受了他的教理，皈依佛陀。

佛陀本人还在南方，佛光就先庇照到北方，善施长者和祇陀太子真真切切地感受到了佛法的伟大，他们由衷地佩服舍利弗，更感激佛陀的威德。

“法师看那是什么？”阿帕般利手指东方，问玄奘。

玄奘朝那个方向看了一眼，却见是一座婆罗门天祠，立于僧伽蓝东部六七十步处，规模与伽蓝相同。

“这就是一座天祠，有什么问题吗？”

阿帕般利笑道：“法师难道没有注意到，伽蓝的影子覆盖住了天祠吗？”

玄奘仔细一看，可不是吗？此时正值黄昏，夕阳西下，佛寺长长的影子将天祠整个地包裹在其中。

“这能说明什么？”他不解地笑道，“现在是黄昏，阳光自然会将伽蓝的影子罩向天祠；到了明日清晨，太阳从东面照射过来，也会令天祠的阴影遮蔽伽蓝的。”

“法师你可猜错了。”阿帕般利得意地说道，“此事的有趣之处就在这里，早晨日光从东面照射之时，天祠的阴影不会遮蔽伽蓝；但是到了午后，太阳转到西面，伽蓝的阴影却能覆盖天祠。”

玄奘先是一愣，随即哑然失笑道："这也是舍利弗尊者设计的？莫非这里是先有天祠后有伽蓝？"

"还真不是。"祇园守护者道，"这两个建筑差不多是同时完成的，谈不上是谁设计的，只能说是天意了。"

天意吗？玄奘抬头看了看天空，心中感慨不已。

发心即成就，善施长者发心供养佛陀，无疑是怀着一颗清净欢喜的诚心。所以，当他请舍利弗尊者前来丈量精舍基址，准备开工时，尊者就在这里抬眼看了看天空，突然笑了。因为道场尚未开工，善施长者投生兜率天的善果，已经历历在目了。

祇园原本就是个风景优美的园林，又有大智舍利弗的设计，很快，一座雅致清幽的佛堂便建成了。

不久，佛陀和众比丘来到拘萨罗，波斯匿王率领臣民出城迎接，将佛陀迎至这座新建的佛堂之中。

佛陀宝相庄严，告众比丘道："此园为给孤独长者所买，树木是逝多所施。他二人同一心愿，合建了这一功业。从今往后，应该把它叫作逝多林，给孤独园。"

这就是著名的"祇园精舍"。

这座由佛陀亲口命名的园林，同"竹林精舍"一道，成为佛陀传播佛法的两个重要地点，直到晚年，他都经常来往于这两处精舍。

月亮升起来了，玄奘静静地盘坐在祇园精舍的废墟中，如同当年的世尊一般，在树下打坐入定，感受着世尊给这里带来的光明与清凉——

"有五件事，所有的人，包括女人、男人；在家人或出家人，都应当时常拿来自我警惕。那就是：

"我会变老，我不能免于变老；我会生病，我不能免于生病；我会死亡，我不能免于死亡；我所拥有的一切，都有离我而去的时候；我所做过的恶业，终究都会由我来承担。

"这样，可以警惕以年轻力壮、没病痛、能活着、能拥有、心存侥幸作恶而自豪的人，免除他们的沉迷与行恶，引导他们走向出世的修学之路。"[1]

……

这是佛陀在某一天的第一时夜为众比丘说法。佛陀经常讲苦，却让他的弟子们成为这世上最快乐的一群人——能深切了解生命的本质，就不会被生命中的许多纷扰所苦恼；能如其本来地看待一切事物，就能够始终保持平静安详，不被外境的变化或不幸所击败。所以，佛陀本身从不忧郁悲伤，佛陀的脸上总是带着微笑。

说法后的佛陀身心愉快，独自漫步到精舍东北处的一片林间。这片树林名叫“得眼林”，是佛陀与弟子们经行和修习禅定的场所。

佛陀在“得眼林”中独自经行、思考，这时，他看到一个生病的比丘坐在树下，脸上露出痛苦的表情。

佛陀走上前，关切地询问：“你怎么了？”

比丘诉说道：“世尊，弟子得了重病，可能快要死了。”

佛陀深为怜悯，用手抚摸着他的额头道：“那么，看护你的人在哪里呢？有人来探视过你吗？”

“没有，世尊。自从我得病以来，没有人来探视过我。”比丘委屈地说道。

“那么，当你没有生病时，有没有去探视过其他病人呢？”

“没有，世尊。”比丘垂首道，“弟子平时一向懒散，没有照顾过其他人。现在生病了，也没有人来照顾我。”

佛陀点头道：“你不要害怕，让我来照顾你吧！”

说完，佛陀便将比丘领到精舍内，亲自烧了热水，为他沐浴，又替他换上干净的衣服和床单，教导他以后要精进自励。

“人应当舍离三世轮回的大病，为什么这么说呢？人出生时，有在胎中不自由的灾难；出生后，有老、病、死的苦迫；人一老，各种病痛便随之而来，最终面对死亡，识与形崩离，然后随业往生到善趣或恶趣之中。只有修证贤圣之道的人，才能真正离苦。

“你应当了解：现在如来在世间宣说正法，你又能够听闻正法，如果不努力修学，失去这样的机会，后悔就来不及了。”

听了这番教诲，比丘泪流满面，玄奘也同样目盈泪光，他看到佛陀的身上洒满慈悲，目光柔软得如同今夜的月色，他能够读懂其中的牵挂，为了播下解脱的种子，佛陀奉献了太多，而自己可以回报的只有精进和自励。

天亮后，佛陀要阿难集合附近的比丘，当众制定了僧团成员生病时的看护制度，如果生病比丘没有弟子，则应当由大家轮流排班看护。

佛陀对弟子们说：“比丘们！你们出家修行，父母无法照顾你们。若不彼此照顾，还有谁会照顾你们？请记住，谁看护比丘，就等于看护佛陀！”[2]

当天边露出一抹白色时，玄奘自然出定，他愉快地起身，去精舍附近的小河里洗了一把脸，继续巡礼祇园精舍附近的遗址。

距离精舍不远的地方有一口井，佛陀在世时便是从这里打水饮用，旁边还有阿育王建造的纪念塔，塔内藏有如来舍利。

“这个地方是有神灵暗中警卫的，因而常有灵异瑞祥之事发生。”阿帕般利边走，边向玄奘介绍说，“有时鼓奏天乐，有时会闻到神香。总之是各种神奇之事。”

阿帕般利显然是个不错的向导，对祇园的一草一木都极为熟悉。这里遍布着佛陀的脚印，每一个地方都有故事。玄奘发觉自己竟不知不觉中被他带到了一个天坑般的大坑旁边，坑内外长满杂树野草，往下看竟是深不见底。

“这是什么地方？”他奇怪地问。

阿帕般利沉声道：“这里是提婆达多身陷地狱之处。”

玄奘不禁倒吸了一口凉气。

“提婆达多把毒药藏在指甲里，想要毒杀佛陀。可惜果报现前，他害死了自己。法师现在面对的这个坑，就是当年他陷入地狱的地方。”

阿帕般利说到这里，又往南指了一下，那里有一个小小的村落。

“那个村庄的边缘也有一个坑，只要下雨，地上的水便会流入坑中。然而奇怪的是，无论有多少水流入，那个坑总不见满，最多十几天，坑中的积水便又消失了。”

“应该是慢慢渗下去了吧？”玄奘猜测道。

“不，那也是个地狱之门，是傲慢的婆罗门瞿伽梨身陷地狱之处。”阿帕般利道，“这一带共有三个地狱之门，还有一处是婆罗门女战遮身陷入地狱之处。法师请随我来！”

玄奘跟在阿帕般利身后，边走边听他介绍说：“战遮是个狂热的婆罗门信徒，她看到佛陀在祇园精舍说法，受到大众的恭敬而声誉日隆，便心生嫉恨。她想，如果我当众折辱败坏了乔达摩的声誉，就可以让我的老师独享美名了。

“她想出了一个很古怪的主意，将一只木盂藏在怀中，伪装成妊妇之状来到祇园精舍，在信众中大声喊道：‘这个说法之人，曾经与我私通，我腹中怀的就是他的血脉！’

“听了这话，信众中即使是那些道心最坚固的人，也不免大惊失色。佛陀却不为所动。正当人们吵吵嚷嚷，疑惑不决时，帝释天变化成一只小白鼠钻入战遮衣中，咬断了系木盂的绳索，木盂掉在地上，‘当啷’一声震惊了大众，凡看到此等情形的人莫不哈哈大笑。

“一个善信上前捡起木盂问道：‘这就是你的孩子吗？’战遮无言以对。这时，地上突然裂开一个大坑，那个战遮女就此堕入了无间地狱。”

玄奘道：“我记得经书上说，战遮女当时是羞愧难当，跑出了祇园精舍。于是佛陀继续讲法。怎么到你这里就成了下地狱了呢？”

阿帕般利道：“经书上主要是讲佛法的，至于这种细节，哪能都说得那么全？法师你要了解更多的情节，还得听我们这些守护人的！只有我们才对圣迹最熟悉。你看，这不就是地狱之门吗？”

原来，说话间，他们已经抵达了目的地。

“法师请看，这里便是地裂之处。”阿帕般利指着面前的深坑道，“因其与地狱相通，所以，雨水永远也积不满，因为水都流到地狱里去了。”

面对眼前这深邃得望不见底的洞口，玄奘恭敬合掌，深深礼拜。

地狱之门，这神奇而又残酷的大坑出现在祇园附近，不管它是真是假，都足以说明当年佛陀弘法的艰难。

阿帕般利道：“其实，这三个地狱之门早在很多年前就已经关闭了，所以我也只能带法师来看看这些坑。我知道还有一些没有关闭的，这附近就有一处，很多罪人都会在那里被送入地狱。”

玄奘悚然一惊道：“你说什么？现在的地狱之门？”

阿帕般利神秘地一笑，问：“法师想去看看吗？”

祇园的守护者将玄奘带到城外，此地距北方的大雪山很近，一股清新凛冽的山风吹得人颇为惬意。

然而，这种凉爽的感觉只维持了大半日，正午过后，他们来到一座颇为奇特的山间，空气渐渐变得燥热，就连胯下的马也开始焦躁不安起来。

“快到了？”玄奘的心中竟莫名其妙地感到不安，这可是很多年都没有的感觉了。

他一向对自己的感觉很信任，一般来说，如果他感觉到危险，那就一定有危险在等待着他！

他开始感受这种奇特的感觉——是缘于那种奇特的燥热吗？不，不完全是。

是他听到了一种低沉的声响从脚下传出，仿佛大山在痛苦地呻吟，又像是一个受了致命伤的巨人发出疼痛难忍的哀号，让人一听就有一种很不舒服的感觉。更不要说，他感觉这山竟然在微微地颤抖！

难不成这山竟然是个活物，就像迦毕试国附近那座每年都会长高的阿路猱山一样？

可是，即使是在阿路猱山，他也没有这种强烈不安的感觉啊。

空气也很不好，到处都是灰色呛鼻的烟尘。玄奘从马背上解下水袋，接连喝了好几口水，嗓子里依然干得厉害。

“快到了，就在这座山上。”阿帕般利往前指了一下。

这山看上去也不是很高，山上烟尘更多，浓雾弥漫，什么都看不清，脚下的“隆隆”声越加明显，仿佛整个大地都在颤动。

阿帕般利的坐骑无论如何也不肯再往前走了，银踪也“咴咴”地哀叫起来。

山下有个村庄，两人决定将马匹暂留在村庄里，步行上山。

然而，就在玄奘即将离开的时候，银踪却死死咬住了他的衣袖，似乎要阻止他上山。

玄奘明白，对于危险，马比人有着更加强烈和准确的预感。他看了阿帕般利一眼，见这个祇园守护人一脸轻松之色，应该不至于把他引入险地吧？

“放心吧。”他轻轻拍了拍银踪的长脸，安慰它道，“我天黑前就回来接你。”

银踪终于松了口，恋恋不舍地看着主人离开。

“真没有想到，法师的这匹马竟是如此有灵性！”阿帕般利边走边赞叹道。

玄奘道：“马都是有灵性的，我所遇见的马没有一匹例外。”

“那是因为法师有些神性。”阿帕般利认真地说道，“一般来说，一个具有神性的人，他身边的畜生都会变得充满灵性。”

玄奘微笑着摇头道：“灵性不是靠神性来生发的，而是由善念生发的。倘若一个人心存慈悲、平等和仁爱，慢慢地，他身边的生灵都会变得有灵性……仁者这是要带我去一个很危险的地方吗？”

阿帕般利点头道：“当然了，地狱之门，就是直通地狱的地方，至今还在使用。你说危险不危险？”

听了这话，玄奘还真是有些好奇了——活着的地狱之门，那会是一个什么样的所在呢？

此时，他们已经来到半山腰，经过一片黑色的石头林时，发现一群婆罗门教徒和一群白衣耆那教徒正在这里进行一场激烈的辩论。

参与辩论的婆罗门声音很大，语速也非常快，颇有几分得理不饶人的感觉，他对面的那个耆那教徒很明显已经有些招架不住了。

“这里会有人下地狱的。”阿帕般利肯定地说道。

玄奘不明白他的意思，但也没追问，他的目光被远处山顶上的景象深深吸引住了——

那儿的烟雾刚刚消散，隐隐露出圆锥形的有些凹陷的山尖，大量的灰尘从凹口处喷出，在天空中形成一片黑云，遮天蔽日，使得这一带的天空更像夜晚，而不是中午。隐约间，还可见到圆柱形的火焰从山尖冒出，闪闪发光……

再看自己的四周，却是一片洪荒般的景象，没有一棵树，没有一丛灌木，甚至连一棵草也没有！到处都是巨大的奇形怪状的黑色熔岩。

玄奘恍然大悟道：“原来，这里是一座火山呀！”

在西域和中亚地区，他曾见过各式各样的火山，那干涸的熔岩河给他留下了深刻的印象，那都是很多年前爆发过的痕迹。但是，一座正在喷发中的活火山，他还是头一回见到。

“法师果然聪明！”守护人称赞了一句道，“这可是拘萨罗地区最厉害的火山神，他的大嘴巴一直通向地狱！法师你看，他现在正在发怒，想吃人了。”

玄奘心说：何止是发怒啊，我看他简直是咬牙切齿，怒不可遏了！他似乎正在酝酿着一场激烈的爆发……或许，就是现在？

他立即将背上的斗笠戴在头上，又提醒阿帕般利也戴上头巾，以防止被突然飞来的炙热的火山渣砸中脑袋。

此时两人离那火山神的大嘴巴又近了一些，可以看到火山正在不停地向高空喷射着岩浆，黏稠的岩浆落在岩石上，慢慢摊开，逐渐冷却成生面团的样子，却依然闪烁着耀眼的红光。

他们边走，边躲避着那些从天而降的可怕的熔岩团，万一不小心被其中的一块击中，那可就有得瞧了，衣服会立刻被点燃，皮肤会被烧焦，那滋味儿，只怕比落入地狱之中好不到哪里去。

“他这个样子有多久了？”玄奘边躲开一大块熔岩，边问道。

“你问谁？”阿帕般利向另一边跳开，对于玄奘的问题一时竟没有反应过来。

“火山神啊。”玄奘小心地避开地上的熔岩，口中说道。

“差不多有一个月了。”阿帕般利的身体在不停地躲闪跳跃，嘴里嘟哝道，“希望他今天的脾气能好一点儿。”

“仁者见过他发脾气的样子吗？”玄奘好奇地问道。

“我是没见过。”阿帕般利道，“不过我听说，十几天前，有一帮骷髅教的家伙来拜谒火山神，也不知是什么地方出了岔子，得罪了尊神，上山的时候就有两个人被一阵石头雨给砸死了。其余的人见势不妙匆匆下山，可是他们太慌张了，以致在回程中迷了路，被困在两股熔岩流的中间活活烧死了！”

“阿弥陀佛！”听到这里，玄奘忍不住低诵了一句佛号，“仁者熟悉这里的地形吧？”

“我当然熟悉了！”阿帕般利骄傲地说道，“再说我们又不是骷髅外道，又有法师跟随，怎么会有事呢？”

原来你是在指望我！玄奘心中顿时觉得不靠谱了：“我跟火山神可没有半点交情啊！”

“法师太谦逊了。”阿帕般利呵呵一笑道，“谁不知道，您的头上有神明护佑？今日若非有您陪着，我是无论如何也不敢到这里来的！”

听了这话，玄奘彻底无语了。

第一次这么近距离地接触一座活火山，玄奘心中的感受是很奇异的，只觉得脚下越来越烫，蒸汽从每一道石缝里喷射出来，不时有大大小小的火山渣落在身旁，如同冰雹一般。

头顶太阳晒，地上热气烤，那种身处地狱的感觉越来越强烈。

他不禁感到有些不解，我为什么要到这里来呢？地狱的入口有什么好看的？

然而，虽然脑子里这样想，脚下却还在不停地往前走。

突然，他感觉自己的胳膊被人猛地一扯，耳边传来阿帕般利尖锐的声音：“法师，快停下来！”

他立即停住了脚步，在浓浓的迷雾中，地面仿佛看不见了，脚下不远处，巨大的烟浪和云雾混合在一起，隐约可见红色的火光，从烟雾里传出的声音，好像成千上万头愤怒的狮子发出的吼声。

玄奘这才明白过来，他已经站在了火山口的边缘。刚才若不是阿帕般利及时拉住了他，他几乎就要直接迈下去了。

“这里，便是地狱的入口了。”阿帕般利往前面的下方一指，沉声说道。

玄奘摇头道：“这里分明就是个火山口。”

“地狱就在我们脚下！”阿帕般利坚持道，“每一座火山都是圣地，不管你是什么教派的人，对火山神都必须虔诚恭敬，否则神就会在盛怒之下把村庄和城镇摧毁！”

“那也只能说明他是个凶神罢了。”玄奘不以为然地说道，“就像突伽女神想要人牲一样，火山神大约也喜欢这样。可这跟地狱又有什么关系？”

“因为那张大嘴下面就是地狱的入口。”阿帕般利指着下方的火山口大声说道，“国王和城主将一些怀疑犯了罪又不肯承认的人送到这里来。如果他有罪，就会堕入地狱；如果他无罪，地狱就不会收他，他就会完好无损地回来。”

玄奘的心中有些震惊，对于印度的法律他已经很熟悉了，总的来说还算仁慈，不管你犯了什么罪，只要承认了，就不会被判死刑，顶多被判劳役。但是，如果你拒不认罪的话，就得准备好接受严酷的神判，“水、火、称、毒”四种选择，哪一种都不是好过的。这也是五印度各国流行的做法，不承想这里竟然还有一个让火山神代劳的判决方式。

此时，一阵微风吹来，把浓重的烟雾吹散了一些，白色的烟柱和红色的火舌也被吹向一侧，玄奘终于有机会看到火山口内部的景象了。

这是一个由熔化的岩石形成的白热的熔岩湖，数十丈深的地方满是冒着气泡的鲜红的岩浆，就像一锅滚开的粥一样，巨大的漩涡形成一个红黄相间的太极图，活像太上老君的八卦炉。

很难想象一个血肉之躯落入这锅沸腾的石浆粥里，会是个什么样的情形！

---

[1]出自《阿含经》。

[2]出自《阿含经故事集》。

第18章

地狱门前的辩论

玄奘直起身子，抹了一把脸上的汗水。来自火山口的热气加上头顶上火辣辣的太阳，使他感到恶心和胸闷；不断冒出的灰白烟气又让他睁不开眼睛。他感到咽喉肿痛，简直透不过气来，急切地盼望能早点儿离开这里。

“我们回去吧。”他说，“这里的烟雾好像有毒，我觉得头有点晕。”

两人往回走了十余步，阿帕般利看着玄奘苍白的面色，不禁担忧地问道：“法师，你没事吧？”

“没事，谢谢！”

又走了几步，玄奘突然想起一事，问阿帕般利：“山下的那个村庄，好像已经没多少人了，是不是都搬走了？”

“当然。”阿帕般利笑道，“谁愿意守着一个成天发脾气的凶神呢？”

“可为什么还有人留下来？”

“那都是些老人，不愿意离开自己的家园。而且他们坚信，只要虔诚拜祭，火山神是不会找他们的麻烦的。”

玄奘摇头说：“凶神的脾气是很难预料的，还是劝他们搬走的好。”

正说着，就看到不远处，那群辩论的婆罗门教徒和耆那教徒相互簇拥着走来，显然，论辩已经结束了。

祇园守护者赶紧拉着玄奘往旁边避让，双方教徒并没有注意他们，而是径直来到他们刚才站立过的火山口处。

玄奘看到那个参与辩论的耆那教徒满脸沮丧，合掌祝祷，口中唱着诗，似乎是在祈求神灵的保佑。

耆那教徒也拜火山神吗？玄奘不明白，而且，看那些婆罗门教徒，也都是一脸肃穆的样子，更是令人费解。

然而还没等他想明白，就见那耆那教徒张开双臂，朝着火山口纵身跳去！宛如一只白色的蝴蝶飞入巨大的食人花的口中。

玄奘大吃一惊，正要上前阻止，手臂却被阿帕般利紧紧拉住：“法师不要过去！”

“那个耆那教徒只是辩论失败，难道就被判有罪？”玄奘不解地问道。

“不，是他自己选择跳下去的。”阿帕般利沉声道，“很多论败者都会这么做，用最后一种方式来证明他的论据是正确的。如果他安然无恙，即使辩论失败，别人也会承认他的论点正确，他失败只是因为不善言辞罢了。这是论败者保住自己和教派荣誉的最好方式。”

玄奘不禁打了个寒战，回身看着阿帕般利，认真地问道：“有保住荣誉，平安返回的吗？”

“也许……以前有吧。”阿帕般利不太肯定地回答道，“不过，最近几年还不曾听说。”

“只怕檀越有生之年都没有听说过吧？”

“法师说得没错。”阿帕般利点了点头，“我确实从没有听说过，就不知道这次如何了。”

他们又站在原地等了一会儿，火山口渐渐又汇聚起了浓雾，什么都看不见了。

果然是个凶神啊！玄奘悲哀地想，一个活生生的人就这样被吞噬，竟连一点特别的反应都没有。

“他不会回来了。”一个婆罗门教徒大声喊道，“他已经下了地狱！”

其余的婆罗门教徒一起欢呼起来，庆贺他们的胜利；耆那教徒们则个个沮丧，垂头丧气地往回走。

经过玄奘身边时，那个参与辩论的婆罗门似乎觉察到了什么，突然朝他看了过来。

玄奘没有闪避，神情平淡地回望着他。

“你是个沙门？”那人停住脚步，站在玄奘面前，惊奇地问道。

“阿弥陀佛。”玄奘合掌打了个问讯。

那婆罗门上上下下打量着玄奘：“看你的模样和装束，不像是本地人，莫非是外国来的沙门？”

“沙门玄奘，从大唐国来。”

“玄奘？哦，听说过，很有名气的一个沙门。”婆罗门的脸上露出一个无害的笑容，“我叫塔罗讫栗，是这一带的婆罗门祭司。说真的，我们拘萨罗的婆罗门教和耆那教都很兴盛，两教的学者们也常在一起辩论教义。至于佛教沙门，一来不多见，二来他们一向胆小愚蠢，我已经有很久没跟他们辩论过了。听说法师是驰名各国的高僧，学问高深，辩才无碍，到这里没有多久就折服了很多人。我们来一场辩论如何？输的人下地狱！”

玄奘摇头道：“我不想同你辩论。”

塔罗讫栗开怀大笑道：“我本以为你与其他沙门不同，想不到你还是怕了！难道你的名声就是通过这种缩头缩脑的方式获得的吗？”

“随便你怎么说吧，沙门要下山了。”玄奘淡淡地回应了一句，径直朝山下走去。

他本就不喜欢与人相争，何况是这种玩儿命的赌注，更是打心眼儿里排斥。

然而，在场的婆罗门教徒和耆那教徒们似乎都不想让他就这么走，他们前拥后堵，将这僧俗二人团团围住。

玄奘安静地注视着他们问：“诸位这是何意？”

“你为何不应战？”一个耆那教徒大声质问道，“一个真正的沙门应该为维护自己的教义而战，何况你是一个出色的法师，怎么可以拒绝辩论？你的胆怯会让你的教派蒙羞，让支持你的人失望的！”

听了这话，阿帕般利哑然失笑道：“佛家是否蒙羞，关你们耆那教什么事？你们的教派刚刚有人蒙羞而去，你怎么不为夺回荣誉而战？”

那个耆那教徒脸一红，一时竟说不出话来。

“他们已经输怕了。”塔罗讫栗笑着替他回答道，“没关系的，如果你们也怕了，就直接认输好了。”

阿帕般利摇头道：“塔罗讫栗，你不要以为自己刚刚辩论胜利，就已经了解到了人生的真理。你和玄奘法师相比差得太多了，法师不但有大智慧，而且有大慈悲。自从他来到拘萨罗，祇园附近的人差不多有一多半都皈依了佛陀。法师布教的时候，即使是在最荒凉的沙漠边缘，那地方也仿佛成为庄严的圣地。再多的听众，只消法音一起，他们就会变得安静、平和、诚恳。塔罗讫栗，你是不会有这样的威德之力的，所以，我希望你在法师的面前，能息下那颗狂妄的心。”

“哈哈哈哈！”塔罗讫栗笑出了眼泪，“现在他已经准备认输了，你所说的大智慧在哪里呢？那令人感动的力量，又在哪里呢？或许在你的眼里，他是一个智者。但在我的眼里，也许就很庸凡了。哈哈哈！”

虽然对阿帕般利的那番话不以为然，甚至还有些惶恐，但玄奘还是很感激，他说：“我没有什么大智慧，也没有可以使人感动的力量。真正有大智慧，使人感动的是佛陀。”

塔罗讫栗笑着摇头道：“我不信佛陀，我奉事的是梵天和日月之神，我们每天举行火供和生祭。世上万物，只有火才是最干净的，火山神的力量是最强大最持久的，因此我选择在火山口辩论，我喜欢将活人从这里送入地狱。”

玄奘道：“火不可能长久地燃烧下去，火山也不是最强大的力量，就连太阳都不可能永远地存在下去。这世间的一切都流转无常，万物皆不真实。如果你不消除内心贪嗔痴的毒火，仅凭着火供和生祭，又怎么可能使你的心变得清净呢？你说你喜欢把别人送入地狱，却不知你的心早就去了地狱。”

“我不喜欢与人空诤。”塔罗讫栗半眯着眼睛说道，“你既然有辩才，那么，我们还是正式辩论吧，就在这里，为了佛陀的教示，怎么样？”

看着塔罗讫栗得意的笑容，玄奘知道，他已经没有别的选择了。

两人就在距离火山口数丈远的地方，面对面地坐了下来，祇园守护者阿帕般利同一众婆罗门教徒、耆那教徒一起，将他们两位团团围住。

玄奘久经辩论，但是像今天这样，面对着一个正在喷发的火山口辩论，却还是平生头一回。铺满眼帘的是红黄交织的炫目熔岩，那些气泡受高温而炸开，燃起一团团火苗，散发出灼人的热气，仿佛是从巨龙的鼻孔里喷出的烟，发出可怕的“嗞嗞”声。

刺鼻的浓烟和白色的蒸汽将蝼蚁般的人群团团包裹着，偏偏这些人还狂妄地无视这自然的力量……玄奘只能默默地闭上眼，以禅定来适应这一切。

塔罗讫栗却对此等景象甘之如饴，他低头看了火山口一眼，微笑着说道：“地狱之门，多么壮观的地方啊！听说你们佛门之中也有地狱。”

玄奘点头道：“地狱乃众生业力所感，众生业力不绝，地狱自然也难以消失。”

塔罗讫栗道：“可惜呀，你们的地狱不是永恒的，哪怕在这世间犯了再大的罪业，下到无间地狱里，也不可能永不出离。你们的天堂也是一样，不是永远的。”

“是的。”玄奘道，“这个世界上没有永恒的地狱和天堂。众生的恶业不管有多大，都不致招来无限的苦果。无间地狱的时间是以劫来计算的，但是尽管如此，仍然会有出来的一天；同理，有漏的善业不管多么大，都不可能使人升入永恒的天堂。”

“所以你们的地狱并不具备威慑力，天堂也不具有足够的吸引力。”塔罗讫栗笑道，“不像我们，大神创造了这个世界，创造了人，也创造了天堂和地狱。在大神的意志下，地狱是永恒的，天堂也是永恒的。只要你相信大神，蒙神的恩宠，你就能进入永恒的天国。”

玄奘微笑了一下说：“佛门重自力，生为人身可以修行就是最高贵的，不需要借助神的恩宠。说到天堂和地狱的永恒，有限的因怎么可能结出无限的果来？你之所以会得出这样一个不合逻辑的结论，是因为你只看到了这一劫。或许，在这一劫的世界中，你们的大神拥有很大的福报和威力，于是他便自以为可以为所欲为，顺之者昌，逆之者亡。然而再多福报也有用完的一天，无论是身为大神，还是转轮王都很难例外。何况你们这些信徒还仰仗着神的恩宠胡作非为，肆意杀戮，不但自己造下恶因，也折损了大神的福报。”

塔罗讫栗大怒道：“你这个魔鬼！你会为你的渎神行为付出代价的！”

玄奘微笑道：“这可真是奇了，是你主动找我辩论，怎么又说我渎神？至于说到代价，莫说是得罪一个神，便是得罪一个人间的帝王，或者只是得罪一个寻常的无赖，都有可能为之付出代价。但是对一个修行者来说，这种所谓的代价，不过是修行途中的资粮罢了。所以，我不介意付出代价。倒是你，若不消除这骨子里的贪婪、嗔怒和愚痴，不依靠自己的智慧去判断和修行，只想着仰仗他力，即便今生仗着大神的恩宠升入天堂，恶业的种子也不会消失。说到底，无论是人也好，神也罢，那些相对的，有执着的，有能所的善业，无论多么伟大，都只能算是有漏之业，不能实现最终的解脱。指望大神的恩宠在天堂永远享乐，不过是南辕北辙罢了。”

阿帕般利有些紧张地看着他们二人，他对玄奘的话有些听不懂了，什么辕什么辙?

玄奘解释了这个来自故乡的寓言故事，此时火山的吼声似乎小了一点儿，因而玄奘的声音便听得格外清晰。

塔罗讫栗不想再与玄奘讨论这个问题了，他开始转向辩论的正题：“我听说，大乘佛法认为，一切皆空。可有此事?”

“正是。”玄奘答道。

塔罗讫栗摇头笑道：“世间的一切，明明都是真实的存在，你却非要说空，该怎样来自圆其说呢?”

玄奘沉吟道：“我若是跟你说，‘当知虚空出生色相’，你可能听不大懂。也罢，给你讲点现实的吧。”

他停顿了片刻，用手朝山下一指，道：“檀越请看山下的那座房子，它是由地、水、火、风四大元素，以及各种因缘和合而成的一种有功用的现象，被我们取了一个‘房子’的名相，仅此而已；再比如说，这间房子在这个村庄中，是最堂皇美观的，但若把它搬去同城市中的房屋一比，它就显得矮小简陋了。城市中巍峨高大的房屋，若是同尸罗逸多王的宫殿相比，就又显得微不足道了。一切事物都依赖于一定的因缘或条件才能存在，本身并没有任何质的规定性，这就是‘空’。然而空并非虚无，它是一种不可描述的实在，既不同于‘有’，也不同于‘无’，所以称为‘空’，也可称为‘妙有’。”

听了这番话，多数耆那教徒和小部分婆罗门教徒忍不住喝起彩来，有几位还举手为礼，道：“法师所解佛法，实在是令人钦佩之至啊。”

塔罗讫栗的脸色变了，他只得再一次避开问题，转而讲述吠陀经文，这是他最擅长的。

但反驳也是玄奘擅长的，他开始步步紧逼，很快，塔罗讫栗就显示出了浮躁之气。

说起来，塔罗讫栗也算是婆罗门教的高手，显然对与佛教徒的辩论颇有经验。可惜，他遇见的是玄奘——只要一涉及辩经，从来都是气势如虹的玄奘，面对一波接一波的攻击、提问和反诘，他感觉自己只有溃败一途了。

两人对坐辩论了半个时辰，塔罗讫栗的额头开始冒出了汗珠，脸上惊愕的表情再难掩饰，甚至露出了些微的惶恐。

"你这沙门，是在怀疑吠陀的思想吗？"塔罗讫栗有些恼羞成怒地说道，"这些都是由梵天亲自启示给人类的，吠陀天启，是不可以随意改变的！就如同婆罗门的地位凌驾于其他三种姓之上，这是梵天的意愿，是不可动摇的，更不该受到任何形式的质疑！"

玄奘摇了摇头，平静地说道："在没有得到验证之前，一切都可以被质疑，哪怕是神的意愿。否则又何必辩论？"

塔罗讫栗怒道："不要满口胡说，梵天的意志，不是像你这样的凡夫能够了解的，只有婆罗门才能讲清楚。"

"沙门明白。"玄奘点头道，"这是最简单的，一切黑锅都被推到了梵天和诸神的背上，你们什么都不需要做，因为解释合理性的责任是他们的。"

"我们还是赶紧离开吧！"见塔罗讫栗气得满脸通红，已经有些口无遮拦了，他的一个弟子突然大叫道，"我感觉这座火山有些不对劲儿，它太安静了！或许它已经悄悄张开了嘴巴，准备给我们来一场岩浆浴呢！"

"你们怕了？"耆那教徒们立即聒噪起来，"因为你们快失败了！火山神张开了嘴巴，是因为地狱已经做好了接收你们的准备！"

"胡说！"塔罗讫栗气急败坏地说道，"明明是这个沙门亵渎神灵，才惹得大神发怒的！你必须为你的渎神行为付出代价！"

玄奘道："似檀越这般把一切罪过都推到梵天背上的，大神才会发怒吧？虽然他的福报很大，却也经不起你们这样来折损。"

听了这话，众人忍不住都哄笑起来。

塔罗讫栗擦了一把额上的汗，看了玄奘一眼，玄奘却很平静地回报他一个微笑。

这笑容很坦然，很明确——不管你做出什么样的决定，我都会奉陪到底的。

塔罗讫栗知道，他今天是无论如何都辩不赢的了，且不说眼前的沙门学识渊博辩才无碍，就是气势也在他之上，再辩下去只能是自取其辱。

于是他站了起来。

"好吧，今日我们不分输赢……"刚说到这里，那些耆那教徒就又大声聒噪起来。

塔罗讫栗老脸一红，强忍着对那些声音听而不闻，他看了看面前的火山口道：“本来我是一定要辩出输赢来的，但是现在看来，地狱之神显然不喜欢我们在这里辩论，它准备发脾气了。我们不能违逆神的意志，否则他会把我们全收了去。”

“你胡说！”那个耆那教青年大声喊道，“火山神分明已经变得安静了，你没见他已经很久没有往外喷射熔岩了吗？他在认真地听你们辩论。你们现在离开，只会激怒他！”

塔罗讫栗鄙夷地看了他一眼，道：“年轻人，你们不是事火者，就不要说对火山神比我们更了解。我曾经见过很多火山，告诉你，它现在的安静就是在准备发怒！”

“就算他准备发怒，恐怕也是打算把你收了去吧？”耆那教徒们依然不依不饶地聒噪道，“你说火山神不喜欢有人在此辩论，刚才是谁一定要辩论的？”

塔罗讫栗不再理睬他们，只将目光转向玄奘。

要想中止辩论，他必须得到对手的同意。至于那些耆那教徒，就让他们喊叫好了，毕竟他不是在同他们论战。

玄奘默默地点了一下头，眼下确实没有分出胜负的必要了，再说即使赢了，处理起来也会很棘手，他总不能眼睁睁地看着对方下“地狱”吧？

于是塔罗讫栗转过身来，在耆那教徒们一迭声的起哄声中，带领手下的教徒匆匆离去。

“你们也赶紧离开吧。”玄奘对那些耆那教徒说，“常言道，物极必反，一座连续低吼了一个多月的火山，突然间变得安静起来，怎么说都不是一件寻常的事……”

“你怕了吗？”那个年轻人充满敌意地看着他，冷笑道，“就算是火山神要发脾气，也需要一些蓄力的时间吧？你为什么就不能把辩论进行下去，把那个该死的家伙送入地狱后再走？”

玄奘愣了一下，他可以感觉到这个年轻人心中的怨毒之气，或许，那个辩论失败被迫跳入火山口的人，是他的师父或师兄也未可知……

“真是奇怪啊。”阿帕般利在一旁冷冷地说道，“是玄奘法师在辩论，是否接受对手的求和，自然也是法师说了算。你一个旁观者，袖手站在一边，有什么资格说三道四的？”

那年轻人大怒，冲过来还想再说什么，被旁边的中年同修一把拉住道：“不要再说了！你现在这个样子，已经违背了一个修行人的原则！”

那人又抬头看着玄奘，合掌诚恳地说道：“法师辩才无碍，又善良宽恕，我们都是很佩服的。我们耆那教奉行苦行，讲求仁爱和自律，在许多方面与佛教相通。法师不要同我这师弟一般见识，他入门不久，修为浅薄，遇事容易激动。现在，大家一起下山去吧，不然就真的来不及了！”

玄奘合掌还礼，那年轻人却依旧梗着脖子说：“我不要和这两个胆小的家伙同路！”说罢径直走向了另一条路。

他的师兄显然有些不好意思，冲玄奘歉意地点了点头，便带着众人追了过去。

玄奘与阿帕般利从来路下山，此时天已渐渐暗了下来，在黑云的笼罩下，来时仅有的一条崎岖小路也看不见了。他们简直就是跌跌撞撞地往回爬，不时地滑倒在地，手脚都被尖利的、像玻璃碴一样的火山岩划破了。

好容易回到山下的村庄，远远地就听到银踪和另一匹马焦躁的嘶鸣声。

玄奘加快脚步，冲进了马厩。

一见到主人，银踪立刻转为兴奋，打了个响鼻儿后，就把一颗大脑袋亲热地搭在了他的肩膀上。

两人跑了一整天，已是筋疲力尽，但他们不敢停下来休息，急急地牵出处于不安状态的坐骑，又招呼村民们同他们一起离开。

“大神发怒了，赶快离开这里！”

“老檀越，快收拾一下，离开这里！”

他们挨家挨户地敲着门，大声喊着。

“不，大神没有发怒。”一个老人带着嘲弄的语气对他们说道，“你们这些胆小如鼠的年轻人啊！我从小到大就生活在这里，火山神虽然最近脾气暴躁了些，但并没有对我们造成伤害。看哪，他现在已经安静下来了。”

玄奘急道：“他现在的安静是在蓄力，下一场喷发很可能会更加激烈的！”

老人大怒：“你这沙门，不要信口胡说！大神发脾气还需要蓄力吗？”

玄奘彻底无奈了，这村子里的青壮年都跑光了，留下来的全是这种顽固得像石头一样的老人，不是那么容易被说服的。

两匹马踢踏着长腿，显得越来越焦躁。阿帕般利也有些着急了，拉着玄奘的衣襟说：“法师不要再劝了，他们是宁可死在火山神的手里，也绝不会离开家园的。这是他们自己的选择，我们不应该干涉！”

玄奘不禁一愣，这话让他想起在恒河岸边面对那些投河升天的人时，般若羯罗对他说的那句话：“他们有权不让你救！”

他终于咬了咬牙，同阿帕般利一起上马离开。

大雾迷蒙，风声尖啸，身后的大山发出低沉压抑的“隆隆”声，厚厚的乌云就在他们的头顶上翻滚，低得仿佛伸手就能够着。

天黑得伸手不见五指，两人只能凭借着偶尔炸响的雷电来辨别方向。

“看这样子，要下雨了。”面对空中枝枝杈杈的闪电，玄奘有些忧郁地说道，“但愿雨水能浇灭火山神的怒火。”

话虽这么说，但他自己也知道这不可能，雨水顶多能减轻一些暑热，至于大神的怒火，又岂是区区雨水能够浇灭的?

说不定，那头上的乌云就是火山灰，就连这雷鸣电闪，也是那个喜怒无常的大神弄出来的呢!

又一个闪电在他们头顶炸开，紧接着，他们感到身后的大山剧烈地震动起来。

两匹马高声嘶鸣着，驮着主人跑得更快了。

暴雨终于落了下来，夹带着一股土腥气，淋在身上立刻变成了泥浆!

玄奘心中吃惊不浅，看来这天上的乌云中果然掺杂着大量的火山灰，以致原本应该干净清澈的雨水，落下来都变成了泥雨。这些泥浆又黏又重，马腿上已经被糊满了，行进的速度明显慢了下来，马儿们拼命挣扎，喘着粗气，绝望地哀叫着。

玄奘不由得在心里为那些留在村里的老人担忧，在这样的泥雨中，他们还能逃出生天吗?

还有那些耆那教徒，他们下山时走的是另外一条路，也不知道现在怎么样了。

但这些担忧显然是无济于事的，此时的他根本无法可想，他不可能再回过头去看看那个村庄，更不可能去了解那些耆那教徒的情况。事实上，就连他自己的性命，此时也不在自己手中了。

泥水不停地往嘴里和眼睛里流，想躲也躲不开。糊满了泥的身体越来越沉重，他觉得自己快要变成一个泥俑了。

马儿们已不堪重负，两个人只得下马，吃力地牵马前行，这才意识到，地上的泥浆竟是如此黏，简直成了糨糊!

在这可怕的泥雨中，每向前迈一步都极为艰难。草鞋变得越来越厚，上面的泥浆怎么也甩不脱，玄奘只得放弃这双鞋，同阿帕般利一样赤足前行。

空中时不时有火山渣落下来，这些东西虽然比一般的石头要轻，又被雨水降了温，却依然带着火山的温度。砸到斗笠上还没事，一旦落到身上就会立刻烫起一个大火泡。

“我真是该死！”阿帕般利一边躬腰拉马，一边深深地自责道，“我为什么要带法师来看地狱？是我把法师带进地狱的，我真是万劫不复！”

“檀越不必担心。”玄奘抹开脸上的泥浆，安慰他道，“我们并没有犯罪，没有下地狱的理由。”

“可也难说得很哪。”阿帕般利苦着脸，大声说道，“大神的脾气喜怒无常，他降下这泥巴雨，就是想把我们埋进地狱！”

“大神是不能决定谁下地狱的。”玄奘正色道，“何况我们还有佛法的护佑。”

听到最后这句，阿帕般利终于定下心来，开始认真地对付眼前的困境。

暴雨中的山野，气温下降得厉害，狂风发出刺耳的尖啸，再加上火山低吼、火光闪烁、石雨纷飞，四下里充满了不安与恐惧的气氛。两个泥人冻得浑身发抖，他们相互搀扶着，就这么跌跌撞撞地行走了一个时辰，雨总算小了一些。

待到他们如老牛负重般喘息着爬上一个高坡时，竟意外地发现，高坡的后面没有遭到雨水和火山灰的袭击，一条白亮亮的小河闪动着诱人的光。

两人大喜，连同马匹一起欢呼着冲了下去，跳进河里，将身上那层厚厚的黏糊糊的泥浆冲洗干净。

待他们狼狈地爬上岸，只觉得全身的骨头都被抽走了似的，勉强穿上衣服后，便倒在河边的草地上睡得人事不知。

也不知睡了多久，身下突然传来一声巨大的声响，将他们从睡梦中惊醒过来，那种感觉就像一个沉睡多年的巨人突然醒来，在抖动他的身体。又像是某个大神突然发狂，将坚实的土地变成了海洋，一时间，大地震颤，波涛汹涌！

阿帕般利猛地坐了起来，眼中露出深深的惊惧之色，他知道，这是火山神以加倍的强度再次发怒了。

玄奘感觉自己身下的草地像船板一样来回摇晃着。他想，这果然是一个凶神，难道他是在后悔自己先前的软弱，下定决心非要毁了这个世界不可吗？

好在过了一会儿又平静了下来，只是身边的空气更加呛人了。

“好险啊！”阿帕般利再度平躺下去，枕着手臂，心有余悸地说道，“如果我们走得再晚些，只怕就真的进地狱了！”

玄奘道：“如此看来，那些婆罗门学者倒真的救了我们。如果我们继续辩论下去，后果可就不堪设想了。但不知他们的命运如何，有没有逃出去？”

“法师无须为他们担心。有一句话他们没有说错，他们是事火的，对这座火山的熟悉程度绝对超过我们。不过，当时他们提出中止辩论根本就不是为了救我们，而是为了扭转败局。”

玄奘道：“即便如此，我们也是受益者，应该感恩才是。”

阿帕般利摇了摇头说：“我们不是受益者。法师你忘了吗？如果不是他们硬拉着你辩论，我们此刻早已下山，也不会像现在这样狼狈了。”

这话说得倒也是，那些婆罗门教徒竟然选择一座正在喷发的火山进行辩论，着实令人惊叹。想起塔罗讫栗面对火山口时的那股兴奋劲儿，玄奘就感到难以理解。

第19章

佛陀故里迦毗罗卫

提起火山神，阿帕般利就仿佛打开了话匣子，滔滔不绝地说道：“在我的家乡，也有一个祭拜火山神的教派，每年都要把一个人当作祭品送进火山口。火山神很挑剔，只喜欢年轻健壮的人，因此对祭品的选择极为严格。”

“就像性力派教徒为突伽女神送牺牲一样吗？”玄奘问道。

“法师居然也知道性力派！”阿帕般利兴奋地说道，“没错！突伽女神对祭品的选择比火山神更严格，这是因为女神比男神更挑剔！不仅要年轻健壮，还要英俊帅气，被选中的男人通常都会觉得荣幸之至。”

“荣幸吗？”玄奘苦笑着摇头，“我怎么不觉得？”

“不过呢，能够充当火山神的祭品，也是件值得骄傲的事情，很多人都这么认为。”阿帕般利道。

“檀越也这么认为？”玄奘奇道。

“我当然不。我是个佛教徒，不喜欢这些杀生献祭的事情，更不希望自己被当作祭品献给火山神。何况这个还是地狱之神派来的，会把人带进地狱的！不过，我现在觉得，刚才的害怕真是很没有道理，这地狱之神根本就不是冲我们来的。法师，你想啊，那个叫塔罗讫栗的家伙硬要同法师辩论，他快要输了，却要赖说什么平手，真是丢尽了婆罗门的脸！连大神都看不过去了，法师你还在替他们担忧。”

玄奘叹道：“这世间本不该有相争的，特别是在灾难面前，我们渺小得可怜。众生本就没有人我的分别，大家合起来就是一体。”

“可是法师你这样认为是没用的。”阿帕般利道，“你若是不信我的话，那就等着瞧吧，如果这次火山神没有把他收进地狱，他心中必定会对法师生出怨恨，恨法师害他在教众和耆那教徒面前丢了面子，早晚还会再来找法师辩论的！”

玄奘也明白阿帕般利所言在理，他走过无数地方，阅人无数，怎么可能不明白这个道理？只是心中感到十分压抑罢了。

迟疑许久，他终于缓缓吐出一口气道："我不喜欢辩论，一点儿都不喜欢。很多无谓的辩论，无非就是争论。这样的争论完全是胜负心在作怪，与真理相违背，也对修行者的清净心田构成了干扰。胜利者招来怨恨，失败者付出代价，整日生活在苦恼之中。只有宁静的人能够舍弃胜败，所以才会平安幸福。"

阿帕般利道："或许法师说得没错，可是这里有太多的地狱之门，是不可能宁静的。因为地狱里面的怨气，随时都会从那些门里冒出来。法师你也看到了，耆那教徒本来应该是清净和宽恕的，至少他们的教义是这样说的。可实际上呢？昨天那个小子的杀心有多重！虽然这杀心明显是针对那些婆罗门的，但是我毫不怀疑，他也想把法师给弄进地狱！法师你看这里的雨水都和着稀泥，哪里有什么清净？"

玄奘心里一动道："那么，你倒是说说看，如果昨天下午我与塔罗讫栗一起跳进地狱之门，会怎么样？"

"那还用说？"阿帕般利极为肯定地说道，"事情是明摆着的，他会被留在地狱里，法师会安然无恙地回来。在拘萨罗，靠辩论来判断真伪邪正，一向是行之有效的好法子。"

"既然如此，那还辩论什么？"玄奘忍不住说道，"直接叫双方各出一个人往下跳就是了，岂不省了许多口舌之争？"

"这样啊……"阿帕般利以前从未想过这个，不禁沉吟起来，似乎是在认真思索玄奘的提议，"把真相交给火山神，真的，我以前怎么没有想过……"

玄奘原本只是想依据他的话引出一个荒谬的结果来，让他自己明白依靠火山神来分辨正邪是一件极其可笑的事情。万万没有想到，这不靠谱的祇园守护者居然真把这话当回事儿了！

如果哪天这家伙真的提出这么个建议，自己这个始作俑者可是罪孽不小。

想到这里，玄奘不禁感到有些恐惧，忙打断他道："沙门只是随便说说，檀越千万莫要当真。火山神哪有这份闲心去替凡人分辨是非？凡人的事情，还是应该由凡人自己来解决。"

"不不不，有时候，也有很多无聊到喜欢管凡人闲事的大神……"

阿帕般利刚说到这里，就被玄奘再次打断了："你听，地底下好像又在响了，这里看来也不是那么安全，咱们还是赶紧回祇园去吧。"

两天之后，玄奘收拾好行囊，牵上已经平静下来的银踪，离开了祇园精舍。

他再次来到那个高坡上，遥望着远处那座几乎已经认不出来的火山。

前几天看到的那个圆锥形的山顶，已经被整个儿地掀掉了，眼前是长达数里起伏不平的黑色斜坡，数十缕浓烟从不同的地方升起，在斜坡上凝结成一层厚重的雾气，像波浪一样起伏来去。当飘过潮湿的黑色岩石时，这些雾气竟然能像河水一样朝两边分开，在岩石的两侧翻滚着。

而当雾气过去的时候，玄奘看到眼前出现了一大片焦土，被熔岩和泥浆覆盖的大地一眼望不到边。沙石经过高温的洗礼，呈现出琉璃化的状态。迷幻的光芒闪烁着，将地狱之门衬托得更加引人注目。

一些地方变成了熔火的沼泽，虽然那“沼泽”是黑色的，但隐隐约约还有红光从里面透出来，显示出它并没有完全冷却。冒着气泡的岩浆铺满地面，上下翻滚，从那里刮来的风，也带着炙热的气息。

至于那个村庄是再也看不到了，甚至找不到它曾经存在过的痕迹……

玄奘默默地站在山坡上，一动不动。他在想，如果火山神的发怒只是为了接那些犯了重罪的人下地狱，又为何要牵连无辜呢？

银踪安静地矗立在主人身旁，一动不动，仿佛也在回味那天的惊险。

玄奘闭上眼睛，合掌诵上一段《往生咒》，为那些不幸的人超度。

阿帕般利也来了，他默默地等候玄奘诵完经咒，这才上前道：“我是看着这座火山长大的，却还是第一次知道它这么厉害。莫非是因为法师的到来，触动了它的好胜心，才使得它在法师面前抖一次威风？”

玄奘凄然一笑道：“这是玄奘的业障，不知道要用多少劫才能偿还。”

阿帕般利沉默了一下，把话题转开道：“法师不肯留在拘萨罗，准备去哪里呢？”

“玄奘要去迦毗罗卫。”

“哦。”阿帕般利点了一下头，沉重地说，“迦毗罗卫已经不是当年的样子了。”

“我知道。”玄奘的语气丝毫不带感情。

“听说那里有很多外道，专门找去朝圣的佛教徒辩论。”

“会像这里一样，选择一个很奇怪的地方辩论吗？”玄奘忍不住问道。

“那倒不会。”阿帕般利道，“迦毗罗卫的外道比这里的要温和得多，他们通常都会很虚心地向你求教，然后提出问题。如果你答不上来，他们就会要求你加入他们的宗门。”

“听起来还不错，是个正经讨论学问的样子。”玄奘微笑道，“他们都是婆罗门教徒？”

“也不全是。”阿帕般利道，“有很多属于六师外道，还有一些冷门的教派，人员很少。”

玄奘点了点头，他知道印度有九十五种外道[1]，有时甚至一个村庄就有好几种思想混杂在一起，除古婆罗门教外，多数思想门派都是在佛陀时期形成的。

在佛陀诞生前后的数百年里，以恒河、朱木纳河流域为中心，形成了十六个国家。因而这段时期被称为印度历史上的“列国时代”[2]，又称“十六国时代”，其时间刚好与中国的春秋时期相重合。

而那个时候的印度思想界，也同中国的春秋时期一样，既发达又混乱。婆罗门教一度衰落，各种思潮纷至沓来，人们对世界的本源和人生的意义提出了迥然不同的看法和主张，形成了几十种不同的观点和派别，并且树宗立教，招罗徒众，相互辩论，堪称印度的“百家争鸣”。

这其中，影响最大的便是阿帕般利提到的“六师外道”了，这也是佛经里经常提及的，由六位思想家创立的六种学派。

耆那教始祖筏驮摩那，又名尼干子·若提子，属于或然论者，他认为生命不得解脱是由于业的无明和束缚，因而主张以严厉的苦行为解脱方法，并强调尊重任何形式的生命。

顺世派代表阿夷多·翅舍钦婆罗是一个唯物论者，认为世界是由地、水、火、风四种元素构成，世界上一切事物都是无因而生，自然而有，从而否定了神和其他的原因。他反对轮回、业报、祭祀和苦行，主张“顺世”与“纵欲”，宣称人生的目的就是要追求快乐和满足。佛教徒称他的这种理论为“现世涅槃论”。

浮陀·迦旃延则是“七元素说”的创立者，认为一切众生都是由地、水、火、风、苦、乐、生命这七种要素组成，人类只不过是由这些元素机械地组合在一起罢了，而这七种元素本身是不灭的。因此，以刀杀人，刀子也只是在这七种元素的间隙中穿过，并不算伤害人的生命，自然也就不可能产生什么果报。佛教徒称他的理论为“常住论”，耆那教徒称之为“无作用论”。不过，这种七元素理论对以后胜论学派的形成有重要影响。

奴隶出身的富兰那·迦叶是一位道德相对主义者，他认为在表象跟行为之外，没有任何东西存在，没有功德，也没有罪业；没有善，也没有恶。不管你是行善或是作恶，都是虚空的。因而他对社会上的一切道德都表示了怀疑和否定，甚至认为杀害生命也只是一个行为，没有任何意义。这种“道德否定论”或“行为无效论”，被佛教徒称为“空见外道”。富兰那·迦叶一生裸体修行，一度成为王舍城的“名德宗主”，但是后来在与佛陀的争论中失败，愤而投河自尽。

末伽黎·拘舍罗则是生活派的领袖，也是一位彻底的“宿命论者”，他认为世界上的一切都是命定的，在命运的锁链中，个人意志无能为力，伦理道德也没有意义。因而无所谓祭祀和轮回，也无所谓行善与作恶，只要经过四十八万大劫，无论智愚善恶，所有的人统统得到解脱。由于该派相信冥冥中已定的命运是不可抗拒的，因而特别热心于占卜。

六师中的最后一位是散若耶·毗罗梨子，一个怀疑论者，他的学说被称为“不可知论”或“诡辩论”，《梵网经》则把他纳入“永远模棱两可的人”或“反复不定的人”，不能对当时的主要课题持坚定立场，只在怀疑和诡辩中反复摇摆。

关于六师外道的文章，玄奘都粗粗读过，这也是为了能更深入地了解印度这个国家。在他看来，这些宗教家都从某一个方面阐明了他们所见到的某一部分真理，同时他也从中看出了当时印度思想界的矛盾之处，那就是走上了两个极端：一是顺世享乐，偏重于有；一是遁世苦行，倾向于空。

除了这六种最具代表性的思想之外，印度还有其他不同的思想派别，最终形成了九十五种外道。

这些外道的思想和见解，总括归纳起来，不外乎是：全然的常见、部分的常见、无因无缘论、有边无边论、不定诡辩论、有想论、无想论、非有想非无想论、断灭论，以及现法涅槃论等等，共计十类六十二种，因而又被称为“六十二见”。

玄奘没有想到，在佛陀的故乡迦毗罗卫竟然还有这么多的外道，这倒令他多少有些意外。

“我知道了。”他默默点头道，“谢谢你，阿帕般利！”

“那么法师一路多保重了。”

“檀越也多多珍重。”

玄奘双手合十，谢过好心的祇园守护者，一人一骑离开了舍卫国，起程朝佛陀的故乡进发了。

沿着苍苍茫茫的大雪山南麓，美丽的印度河之滨，向东南方向行走七八百里，就看到一片被森林覆盖着的广袤土地，它的名字叫劫比罗伐窣堵国，听起来似乎很陌生。然而玄奘知道，这里便是佛陀的故乡——迦毗罗卫[3]，一个有血、有肉、有情感的佛陀用生命爱着的地方！

此时是大唐贞观五年（公元631年）底，正是北印度最凉爽怡人的季节。

玄奘骑在马上，放松缰绳，任由银踪自在随意地走在路上，自己的思绪也在这自在随意中静静地蔓延……

佛陀的父亲名叫首图驮那，汉译为“净饭王”，他的王后是天臂城的公主摩耶夫人，二人婚后多年一直无子，直到有一天——

摩耶夫人做了一个美丽的梦，她梦见自己的头顶上出现了一片美丽的天国花园，一位面貌庄严的菩萨骑着一头雪白的六牙巨象腾空而来。菩萨经过的地方，天人们都在合掌为他祝福，菩萨面带笑容合掌还礼，骑着白象一直来到夫人的面前，然后从她的右胁进入了腹中……

醒来时的摩耶夫人，内心充满了吉祥和喜悦，不久，她便发现自己有了身孕。

这便是世尊的选择，在哪里诞生，就选择那里的人们认为最吉祥的东西，给人们带去欢乐与吉祥。在印度半岛，六牙白象便是最吉祥的动物。如果世尊选择在中国诞生，那么定然是凤凰或者麒麟等瑞兽驮着菩萨入腹吧？

想到凤凰，玄奘不可遏制地想起自己的故乡凤凰谷，心中满溢着欢喜和忧伤。

今生今世，我还有可能重返故乡吗？

玄奘到达迦毗罗卫的时候，此地已经十分荒芜。尽管如此，他还是轻而易举地找到了那片美丽的森林。

这里便是佛陀的诞生地，蓝毗尼森林。

一千多年过去了，蓝毗尼的草木依然葱茏，那美丽的池潭及摩耶夫人采摘花朵的无忧树也都还在，郁郁葱葱的枝叶，似在向这位远来的沙门讲述佛陀诞生的故事——

当时的迦毗罗卫有个风俗，女子必须回娘家生产。摩耶夫人孕期将满之际，净饭王依据这一俗例，派出一支队伍护送夫人回娘家天臂城生产。

队伍行至蓝毗尼时，夫人感到有些疲劳，又见这里的树林苍翠蓊郁，无忧花开得异常美丽，禁不住心生欢喜，便提出在花树下稍事歇息。

侍女们将夫人扶到那棵枝繁叶茂的无忧树下，一朵美丽的花正好开在夫人的头顶上，夫人举手欲采，就在这时，一个神奇的婴儿自她的右胁出生了。

据说，佛陀甫一诞生，就有各种瑞相与吉兆同时产生——是时天地大放光明，无忧树下生出七宝莲花，大如车轮。刚刚降生的小王子，就落在七宝莲台上。他无须扶持，就在地上迈出七步，一朵朵金色的莲花从地下涌出，承接其足……继后，王子举目眺望四方，一手指天，一手指地，朗声说道：

“天上天下，唯我独尊！”

伴随着稚嫩的童音，天空出现无数彩虹，大地呈现六种震动，天降甘泉为王子沐浴，四大天王用准备好的五彩天衣围裹住太子的身体，帝释天、大梵天各以化身示现，守护四周，不叫王子受到人类或非人类的伤害。

值得一提的是，王子口中的“唯我独尊”的“我”并非是指佛陀本人，而是指众生的自性，即“我性”。“我”的梵文音译是“阿特曼”，本意为“呼吸”，后被引申为生命和自性。

“我”在佛法中从来都是一个名词，而非人称代词。“天上天下，唯我独尊”的意思就是说，在这个世界上，唯有众生本具的自性才是最尊贵的。

净饭王为自己的长子取名悉达多，意思是“愿一切成就”。紧接着，他又请来国中最受尊敬的婆罗门——阿斯驼仙人来为王子看相。

这位智者一看到王子就忍不住浑身发抖，落下泪来。正当国王与王后对此感到不解和疑虑时，仙人开口了：“大王不用担心，我不是在为王子伤心，而是在为我自己伤心。王子具足三十二相，八十种好。他将成为众生的导师，圆满通晓一切智慧。可悲的是我已经老了，无法亲聆他的教诲，我的业障何以如此深重啊！”

说到这里，他竟悲不自胜，号啕大哭起来。

然而，净饭王对这个预言并不满意：“他是我的儿子，应该成为一个伟大的国王，而不是一个修行者。”

“也许会吧。”仙人擦着眼泪道，“如果他不出家修行的话，必将成为伟大的转圣轮王。但是很多时候，凡人的想法都是一厢情愿的。”

仙人的预言，使净饭王于快乐之中又多了一层忧虑。

离开无忧树林后，玄奘马不停蹄，又来到昔日迦毗罗卫的都城所在地。此时天色已晚，风尘仆仆的他找了个清净的水池沐浴更衣后，便径直去释迦族的宫殿遗址进行瞻礼。

月冷风清，转眼千年过去，已经没有多少遗迹可给这位远来的僧侣看了。迦毗罗卫国早已不复存在，国都废弃、城墙坍塌，远远望去，只是一些残缺不堪的石头而已。

好在昔日宫城的墙基依稀可见，玄奘手执佛珠，绕着墙基走了一圈，用脚步丈量出内宫的周长有十四五里。

长久的荒弃，使得原先的道路上长满野草，两头狮子正旁若无人地在遗址的草丛间踱来踱去。

银踪显得有些紧张，玄奘将它牵入坍塌的大殿中，自己则站在宫城的正中茫然四顾，昔日金碧辉煌的皇宫，如今成了一片废墟，心中不禁升起沧海桑田般的感慨。

他自幼饱读经书，如今到了圣地，就算没有向导，也可凭借经中的描述，从那些残砖败瓦中找出佛陀曾经留下的遗迹来……

欢乐的日子持续到第七日，人世的磨难开始降临到年幼的王子身上——佛母摩耶夫人逝世了。摩耶夫人的妹妹，悉达多的姨母摩诃波阇波提，代替姐姐肩负起王子母亲的责任。

儿时的悉达多生活富足而温馨，净饭王请来了跋陀罗尼婆罗门，向他授学传统的《吠陀》经典及五明大论，这些都是早期婆罗门思想的主要学说。

然而，这些正统教育并没有束缚住王子的思想，就拿《奥义书》来说，原意为师生近坐，由老师向学生秘密传授有关梵的思想。这些思想都是天神的启示，具有很深的秘意，所以必须秘传密授。

但是，得道后的佛陀却始终将所谓的“秘密思想”[4]排斥在教法之外。在佛法中，从来就没有什么秘传密授神授的内容，因为在佛陀看来，真理在每个人面前都是平等的，是可以言表的，甚至是可以拿出来辩论的！

天亮后，那两头狮子不知跑到哪里去了，玄奘将银踪牵出殿外，让它自行吃草，自己则重新回到宫殿前的空地上，在里面缓缓漫步沉思。

这种做法叫作“经行”，是从佛陀时代就流传下来的一种重要的修持方法。经行同静坐一样，可以修定，可以修慧，可以修止，也可以修观。因而可与静坐交替进行，以防止久坐昏沉。

佛陀当年对静坐和经行同等重视，甚至认为在修智慧时，经行的修法更胜于静坐。

佛在《四分律》中说，时常经行能得五利：第一，能堪远行；第二，能静思维；第三，少病；第四，消食；第五，于定中得以久住。

对于常年行走在外的玄奘来说，经行是比静坐更加方便的修行法门。每到一座城市，他都会用步行的方式绕着城池转上一圈。他手捏佛珠，边走边默诵经文，脚步的节奏与经文的节率形成一种奇妙的和谐。他用这种方式丈量那些城池的周长，丈量自己走过的路，其数字常常准确得令人吃惊。

悉达多九岁那年，他跟随父王和大臣们一起巡查国界，巡查完毕往回走的时候，大家都有些疲倦了，于是就停下来，坐在阎浮树下歇息。

太子想单独待一会儿，享受一下独处的欢乐，便来到另一棵树下，观看农民在田间的劳作。

他看到农夫在田野里赤身耕作，炎炎烈日炙烤着脊背，满身尘土，喘息流汗，犁柄研磨着肩颈，犁绳勒破了皮肉，鲜血直流，心中不禁滋生起深深的怜悯之情。

“想不到世间之人如此痛苦！”

刚刚想到这里，一个更加平常又不幸的场景在他的面前展开了——泥土中的小虫被犁铧翻出，暴露于光天化日之下，不安地扭动着身体。成群的鸟雀从天而降，争相啄食。巧的是，恰有一只老鹰从半空中俯冲下来，用锋利的爪子一把抓住一只鸟儿，振翅而去……

眼前这一幕场景深深触动了太子，他第一次知道，原来大自然并不是他想象中那么宁静和温馨。

他不安地想："这个世界为什么会这样？众生为什么这么可怜？当它们相互吞食的时候，难道不觉得恐惧和痛苦吗？一个慈悲的世界，不应该是这个样子的。"

当净饭王与众多大臣走过来的时候，远远地看到太子端坐在树下，似乎正在思考着什么。七彩的阳光从树荫间透过枝叶星星点点地落下来，照在太子的脸上，显得温暖而又神秘。虽然太阳逐步转动，但是树荫却不稍移，始终遮覆在王子头上。

这一幕场景令净饭王十分感动，他走到太子面前，握住他的手问道："你独自一人坐在这里，在想些什么呢？"

太子把刚才的事情简单地说了一遍，然后说："这个世界充满了苦难、凶残和折磨，有什么办法能够帮助世间的众生，让它们不再面临如此悲惨的命运呢？"

听了这番话，净饭王顿时感到既担心，又害怕。

随着悉达多太子日渐长大，他的天赋与才能越来越多地突显出来。到他十二岁时，已通晓六十四种书，熟悉一切兵戎战法，并且练就了一身好武艺。在历次比武中，他总是获胜，甚至徒手驯服过一头暴躁的野象！

在都城南门外的大路左侧，有一座窣堵波，那里便是悉达多太子与其他释迦族王子们较量技艺的地方。当时的悉达多拉开强弓，一箭射出，穿破铁鼓，连羽没入石板之中，地面上竟涌出一股清流！人们争相传颂，称呼它为"箭泉"。

玄奘顺着这个窣堵波往东南方向走了三十多里，果然发现了石板地上有一股泉水，这便是箭泉。水流清澄似镜，当地人说，人们一旦患病，饮用、沐浴此水之后，大多可以恢复健康；远方来的旅客将泥土带回家乡，不论何处病痛，只要把泥浸湿覆在额头之上，神灵便会暗助，也多能霍然而愈。

净饭王对悉达多寄予的期望越来越高。在他看来，悉达多不过是个少年，就已经文武双全，实属世所罕有。如果再经历十年左右的历练，莫说做一个好国王不在话下，便是真如阿斯驼仙人所说，日后成为带领释迦族人统领天下的转轮圣王，也极有可能。

净饭王深深沉浸在自己的幻想之中，但他也知道，眼下最要紧的，是要避免太子走上预言中的另外一条路。

因为，随着太子日渐长大，这预言越来越有实现的可能。悉达多与同龄人之间的巨大反差，早已引起净饭王的注意，他常常从这个少年脸上看到一丝淡淡的忧伤，这忧伤的神情，让他越来越感觉到不安……

净饭王无论如何也想不明白，为什么像悉达多这个年纪的孩子，会不喜欢欲乐而喜欢沉思呢？为什么他会对这世间的痛苦有着那么深切的感触？难道那些事情不是理所当然的吗？

他真的很怕太子因为对世间痛苦的体验过早、过多，而去思考这个年龄所不该思考的问题！

可是这件事情是他无法左右的，毕竟悉达多在一天天地长大，人的生老病死以及世间的种种悲惨、不平、烦恼和苦难已经开始进入他的眼睛，冲击他的心灵，并深刻影响着他。

净饭王也不是不希望释迦族中出一个圣人，他只是觉得，这个人无论如何不能是悉达多！他甚至说过："等再过几年，我会考虑去出家修行，积累一些梵行，以获得升天的功德。但我决不允许悉达多出家，断绝我的王嗣！"

为了留住太子以承继王位，净饭王竭尽所能地为他提供一切物质享受。迦毗罗卫虽然是个小国，但太子的生活依然优裕舒适。他拥有三座宫殿，一座用于冬季，一座用于夏季，还有一座用于雨季。每座宫殿内都有一座特别营造的莲池，里面生长着各色莲花。太子使用的都是迦湿弥罗出产的檀香木，头巾和衣服也全都来自那里。

到悉达多年满十七岁，行过成人礼后，净饭王又为他娶了邻国天臂城主之女、美丽贤惠的耶输陀罗公主为妃，并在宫中增添了众多的采女，日夜陪伴他娱乐……

很显然，净饭王是在想方设法让他的儿子生活在一个应有尽有的环境中，他希望用世间一切美好的事物，来填满太子的生活，让他沉溺于五欲的欢乐享受中，把那些"乱七八糟"的想法全都抛弃掉！

然而，丰富的学识加上勤奋的思考，使悉达多自幼便养成了观察事物本质间相互关系的习惯。

有一天夜半时分，太子从睡梦中醒来，看到那些陪他娱乐至深夜的舞女横七竖八地躺在他的周围。她们的睡相极其丑陋，有的披头散发，倚伏在乐器上；有的半身赤裸，手脚着地；有的互相枕卧，东倒西歪；有的眼泪鼻涕，狼藉纵横；有的口角流涎，粗俗不堪，平时的那些美貌荡然无存。这副人间世相的无常画卷令太子吃惊不已，心灵受到强烈的震撼。

他想："原来我身处一个充满怪异的世界而不自知，什么风华绝代、国色天香，竟都如此虚幻不实。可怜这些女子，只知沉溺于眼前这些不实的欢乐，全然没有想过，她们短暂的青春，不久就要面临衰老和死亡。美貌总有一天会被丑陋取代，快乐之后必定有痛苦跟随。

“现在她们都睡着了，只有我是醒着的。即使她们醒来，也还是会继续浑浑噩噩地追求享乐，与睡觉时又有什么分别呢？”

他开始注意观察那些隐藏在事物背后的潜在规律。特别是，当他开始将注意力集中到生命本质问题上的时候，他便陷入了更深的思索之中——

“我被生、老、病、死、忧伤、苦恼所束缚，始终想不明白，究竟是什么原因招致的苦果？为什么人人都在生死轮回的泥沼中越陷越深？又为什么还要追求具有同等性质的事物，被这些相同本质的事物束缚呢？我该如何去认识它们之间的相互关系，从而让我，以及这世间的一切众生，得到真正的解脱？”

思索使他有所收获，却又令他陷入更深的困惑之中。他的父王和臣民们对他寄予无限的期望，而他的内心却游离于一个广阔无垠的天地之中。他开始对自己奢华的生活感到不安，更厌倦了纵乐和享受。事实上，无论是感官与物质层面的快乐，还是理性与精神层面的挣扎，对他而言，都是枷锁……

玄奘是能够理解这种困惑的，当年的自己，不也正是因为这种困惑，而毅然决然地踏上这条生死未卜的旅途吗？

---

[1]所谓“外道”，又作“外教”“外法”“外学”，梵语原义是指“神圣而应受尊敬之隐遁者”。能够跳到世俗之外，去追求更高存在的修行人。这样的人就是圣者，是值得尊敬的，所以佛教也尊他们为“师”，称他们的思想为“道”。

佛家为了便于区分本派与别派的差别，使用了“内道”“外道”“内典”“外典”这样的称谓。“道”就是思想，“典”就是经典。“外道”可以理解为佛教以外的思想，“外典”则是佛教以外的经典。这是为了判别亲疏，本身并不含有贬义。

“外道”还有另外一层意思，就是“心外求道”。《三论玄义》卷上载：“至妙虚通，目之为道。心游道外，故名外道。”

[2]据《中阿含经》记载，这十六个国家分别是：摩揭陀、拘萨罗、鸯伽、迦尸、跋耆、末罗、支提、跋沙、拘娄、般阇罗、阿湿婆、阿般提、婆蹉、苏罗婆、犍陀罗、剑浒沙。

[3]迦毗罗卫即今天的尼泊尔白塔瓦尔州。

悉达多大约生于公元前560年，比中国的圣人孔子大8岁左右。

[4]“秘密思想”在佛陀入灭1000多年后，被引入佛教系统中，最终形成一个势力庞大的教派——密宗。

第20章

众生的苦难与缺陷

太子越来越喜欢独处，他在禅定中观察到日常的那种感官欲乐，实在是太短暂太浮浅了！

“父王希望我能够成为转轮圣王。不错，转轮圣王人人都想做，但是有一个转轮圣王，就会有一群亡国之君，有谁愿意去做后者呢？更不用说，一个转轮圣王的诞生，不知要用多少无辜者的鲜血去铺垫！

“何况，转轮圣王就能永远保住自己的江山吗？难道就不会被其他的野心家所取代吗？

“即使我成为一个转轮圣王，也不足以为人类求得永远的、永恒的福祉，不足以让人类获得永恒的安乐与祥和，更不足以解决人类生老病死的问题。

“这个世界的杀戮和鲜血已经太多了，我或许改变不了这一切，但至少我自己能够抽身出来，不让自己的手上沾满血腥……”

悉达多终于下了决心，走出世的道路，离开这个欲望之所，出家修行。他希望能帮助众生寻找到苦难的根源，最终达成彻底解脱的目标。

这一次，母亲的劝说意外地没有奏效。无奈的净饭王只得采取缓兵之计，对他说：“迦毗罗卫的王位需要有人来继承，你必须先为王室尽了义务，生下王孙之后，才能出家。”

悉达多同意了。

仿佛上天也要成全佛陀，不久，耶输陀罗公主便生下了一个漂亮可爱的儿子。

一切看上去都是那么美满，净饭王心想：有了儿子，或许就可以拴住他那颗不安的心了吧？

然而，悉达多决心已定，他早已看到在那欢乐外表下深藏着的枷锁，他为自己新出生的儿子取名“罗睺罗”，意思就是——“枷锁”。

“你是一个佛教徒？”一个苍老的声音突然在耳边响起，将玄奘从一千多年前的佛陀时代生生拉回了现实。

玄奘抬起头，见问话的是个老人，身上裹着破旧的衣服，赤着脚，个头不高，精瘦，满脸皱纹，两只眼睛却炯炯有神。

在他身后，还跟着一大群人，有老有少，都在好奇地打量着他。

大概是这附近的村民吧？玄奘猜想着，忙站起身来，合掌问讯。

“你是来瞻礼圣迹的？”老人惊奇地问，“怎么就一个人？”

“一个人不可以吗？”玄奘微笑着反问道。

“这一带的森林里常有野狮子出没，有时它们会走到这片遗址中来。所以，没有人敢一个人到这里来。你大概是个外乡人，没见过野兽吧？”老人猜测道。

玄奘有些惊奇地问：“野狮子吗？昨天傍晚沙门还见到两只。它们就在这片遗址间漫步，脚步沉稳，如同经行一般。沙门觉得，既然同在圣地，就算有缘，还跟它们打了个招呼。然后我看到它们就在那片草地上歇息，今天早晨才离开。”

老人眼中的神色越来越惊奇，他身后一个年轻人忍不住问道：“它们没有吃你？”

这话问得玄奘很无语，心说：它们若是吃了我，我还能在这儿跟你们说话吗？

那年轻人显然也觉得自己这话问得有些奇怪，尴尬地冲他一笑。

老人向玄奘介绍道：“我叫瓦卡尼柯，就住在这附近的村子里。”

他又指了指旁边的中年人和身后的年轻人道：“这是我兄弟罗那伽，这是我的侄子提迦陀耶，后面的都是我的族人。请问法师是……”

玄奘合掌道：“沙门玄奘，是东土汉地来求法的比丘。”

“哦，”老人若有所思地点头道，“听说过。”

众人一起坐了下来，很多人好奇地打量着玄奘，这位不知从哪里来的外乡僧侣浑身散发出恬静柔和的气息，令他们心生欢喜。

此时天已近午，有人回家取来食物，摆在他的面前。

菩萨戒规定：比丘不得拒绝在家人的供养，但也不能白白地接受供养，吃完饭，必须给人家讲经说法。

于是玄奘跟他们讲起了佛陀，虽然这些人就住在佛陀的故乡，但是对于佛陀生平的了解，确实不及饱读经书的玄奘。

讲到佛陀决定离开家去修行的时候，那个年轻人提迦陀耶突然问道：“佛陀为何要抛弃对家庭的责任？他完全可以在‘家居期’结束后再出家。”

玄奘怔了一下，所谓“家居期”的说法是婆罗门教的传统。《摩奴法典》中对高种姓的“再生族”规定了“四行期”，即：梵行期、家居期、林栖期、遁世期。其中，“梵行期”指的是少年求学的阶段；“家居期”指的是从青年成家一直到中年以后的阶段，要求合法地完成娶妻、生子、做家长等世俗任务；“林栖期”指老年离家，退隐山林；“遁世期”指彻底告别尘世的生活，出家苦行至解脱。在印度历史上，晚年的出家者，特别是以国王的身份出家修行的，并不少见。

玄奘看了看四周，村民们的目光都在他身上，似乎在等待他的回答。

“你们不是佛教徒吧？”他突然问道。

瓦卡尼柯老人点头道：“我们信奉的是大自在天湿婆。”

难怪！玄奘感到很好奇：“那怎么想起要到这里来呢？这里除了遗迹，什么都没有。”

“我们是来参拜佛母摩耶夫人的。”中年人罗那伽说道，“村子的人经常来拜，有时女人也来。这样可以保佑我们生一个健康聪明的儿子，就像悉达多太子一样。”

玄奘微微一笑，想不到佛母摩耶夫人竟然成了一些人心中求子的神。

提迦陀耶继续刚才的问题：“佛陀为什么要抛开他的家人，遁世修行？”

玄奘道：“佛陀是因为看到了世间的逼迫和不完满，为了让他的家人和世间的一切众生真正获得自由和安全，才出家修行的。”

“什么才是真正的自由和安全？”有人问。

“比如，存亡自在。”玄奘举了个最浅显的例子道，“这个世间有生老病死，不管你是什么人，每个人都无法摆脱老、病、死的厄运，就像是生活在一个封闭的水池里的鱼，可以很清楚地感觉到池中的水越来越少，自己和家人必定会遭遇到厄运。你说，这能有什么自由和安全的感觉吗？”

“佛陀是为了解决老、病、死的问题，所以才离开家去修行的吗？”罗那伽插口问道。

玄奘点头道：“可以这么说。生死事大，佛陀就是因为这个因缘才来到这个世界上的。”

罗那伽不解地摇头道：“可是，老、病、死，这些都是自然规律。为什么独独佛陀要对此感到忧虑呢？况且他还那么年轻，离死亡还早着呢！”

玄奘道：“当年也曾有人这么问过佛陀，佛陀的回答是，不管我是转轮王还是别的什么人，如果我老了，要痛苦地面对死亡的时候，有谁可以替代我吗？既然没有人可以替代我，那么，我为什么不可以对这个我无法避免的厄运感到忧虑，并且尽力想办法去解决它呢？”

罗那伽愣了一下，随即说道：“可是，忧虑也没有用啊……”

玄奘道：“很多人都是你这样的想法。有人可能还会开导说：‘这种事情，别去想它就是了，因为想也没有用。’可是，真是这样吗？至少在你没有想到要去解决之前，不能轻易地得出有用还是无用的结论。再说，这个世界上有很多忧虑都没有用，却不代表人们就真的不去想它了。诸位檀越，你们有谁敢说，自己从来就没有想到过老、病、死的问题？”

众人相互看看，摇了摇头。

“这就是了。”玄奘道，“对于每一个人来说，这是最大的阴影，最深的烦恼，就像一张越收越紧的网，让人喘不过气来。而且，由于它的不可避免性，这阴影最终会演化成绝望。”

提迦陀耶道：“可是梵书上说，婆罗门死后会直接升天，刹帝利只要每天阅读《吠陀》经，按时给大神献祭，死后也会升天。佛陀为什么还要对此感到忧虑？”

“那么，更低的种姓呢？”玄奘问道。

“佛陀是刹帝利，他不需要为更低的种姓者操心。”

“事实上，佛陀不仅为他们操心，还为那些被献祭给大神的生灵操心。那些被作为祭品杀死的，有牲畜，也有人。当他们不得不死的时候，他们难道就不会感到恐惧、痛苦和绝望吗?

“有些人觉得有了《吠陀》的许诺，就可以高枕无忧了，但是佛陀不这么想。小时候的他曾经被一件事情深深地困扰过，那就是老鹰把小鸟吃掉了。他不明白为什么会这样？为什么老鹰必须吃掉小鸟，不然就会饿死？要知道无论是被吃掉还是饿死都是一件极端痛苦的事情，而佛陀又一向对痛苦的事情很敏感。他不明白为什么要么小鸟被吃掉，要么老鹰被饿死？这么残酷的事情每天都在发生，成了这个世界的常态。他不相信这是某位大神的杰作，我想也是。如果这个世界真是神创造的，神不会这样设计，因为所有被他创造出来的生灵都是他的孩子。你能想象一个父亲会故意让自己的孩子自相残杀吗？你能想象一个父亲会让他的一个孩子天生就必须做另一个孩子的食物，否则就要饿死吗？你能想象一个父亲会要求把他的孩子作为祭品杀死，献祭给他，并且以此作为另一些孩子升天的阶梯吗？如果有人要求我这么做，那么不管他是谁，也不管他有多大的能力，我都会对他说一句：我宁愿下地狱。

“我想佛陀也是这么认为的，他不相信哪个父亲会对自己的孩子如此残忍。何况宇宙如此之大，几乎有着无穷的空间，并不需要这么残酷的设计。所以，他认为，这个世界之所以是这个样子的，一定另有原因。而他想找到这个原因。”

“那他也应该等到家居期结束后再出家。”提迦陀耶坚持道，“这样既完成了世俗的义务，又不耽误出世寻求真理和解脱。”

玄奘道：“沙门对你们所谓的家居期不是太明白，这个时间究竟是多长？是不是只要他没有因老病而对家庭构成负担，就都算是‘家居期’？”

“至少，他应该先继承王位，治理国家，去做一个转轮圣王，为子孙打下一个江山，然后再出家。这样也算是对他的亲族有个交代，就像阿育王的祖父旃陀罗笈多一样。”

“为了子孙？”玄奘忍不住笑了，“如果你们说，把国家治理好是为了子孙，这话还说得过去。但千万别说什么打江山做转轮圣王是为了子孙。”

“法师这话是什么意思？”罗那伽在一旁不解地问道。

玄奘道：“据沙门所知，阿育王是杀死了他的九十九个兄弟才登上皇位的。对于旃陀罗笈多来说，是不是只有阿育王才是他的孙子，其他九十九个就都不是呢？”

周围的人全都愣住了，他们竟然从未想过这个问题。

“况且阿育王还杀死了他的全部王族政敌，这些人中包括了他的叔叔伯伯。也就是说，绝大多数都是旃陀罗笈多的亲生儿子。所谓为了子孙打天下，这不是一句笑话吗？”

说到这里，玄奘竟不可遏制地想起了自己离开长安前，发生在国内的那场政变。据说李渊曾老泪纵横地说道：“这难道就是得到天下的代价吗？”想必他的心中也有些后悔吧。

由李渊再联想到前隋的杨坚，多么了不起的皇帝！可他死后，五个儿子还不是拼了个你死我活？最后的胜利者杨广，也因为太过折腾而使得国家陷入乱局，自己死于非命不说，儿孙们也都被各路“反贼”杀光了吧？到现在，除了几个公主，杨坚还有后代留下来吗？

所以，要说打天下是为了实现个人的理想和抱负，这话或许没错；要说是为了国家和黎民百姓，虽说有贴金的嫌疑，也勉强说得过去；但要说是为了什么子孙后代和家族利益，则纯属梦话了。

“那他至少也该为了他的妻子和儿子留在家中吧？”提迦陀耶道。

“然后等到他老病交加的时候，就算度过了‘家居期’吗？”玄奘质疑道，“如果这段时间他死了呢？你要知道，生命是很脆弱的，有许多人年纪轻轻就离开了人世，他的家人还不是要继续生活下去？那样算不算抛弃了他的妻子和孩子呢？”

“当然不算。”提迦陀耶道，“因为死亡是没有办法的事情。”

“是啊，从道德上讲当然不算，但实际效果却是一样的。而且这种没有办法的事情经常发生，事实上谁也躲不掉。”

众人听了，连连点头道：“法师说得是，谁家没有死过人呢？这样的事情躲也躲不掉。”

“既然躲不掉，倒不如不去想它，多想想活着的事情。”一个中年人突然说道。

玄奘道：“你这话，倒让我想起了我家乡的一位圣人，他曾经说过一句话：‘未知生，焉知死？’意思是说，连活着的时候应该怎样做人都没有弄懂弄清，哪有时间去研究死了的事情？这话说得一点儿都没错。可是，死亡终究是每个有情众生都必须面对的问题，谁也逃避不了。我知道，绝大多数人对此都采取了一种自我安慰式的乐观与淡然的态度，无法真正看透这背后隐藏着的无法自主和永无出期的绝望，或者即使看到了也不去想它。可即便你告诉自己不要去想，它还是会时不时地冒出来骚扰你一下。即使我们大部分时间都在考虑活着应该做什么，怎么做，但在某一段时间，比如生病的时候，不舒服的时候，甚至仅仅是一个人独处的时候，你都有可能在不经意间想到这个问题。从这个意义上讲，要人不去考虑死亡的问题是不太可能的。”

“是啊。”瓦卡尼柯老人信服地点头道，“我从三十多岁的时候，就经常会想到死亡的问题，有时候我也不想去想，但还是忍不住，我想我真的是老了……”

“有这个想法是人之常情，与年龄无关。”玄奘道，“哪怕是一个幼儿，从他知道人会死亡的那一刻起，这个阴影就已经在他的头脑中形成了。他会问：‘人死后究竟去了哪里？’有人可能会回答他说：‘去天堂。’有人会回答：‘去地狱。’有人会说：‘重新转世，重新开始。’有人会说：‘哪儿也不会去，人死了就没有了，彻底归入虚无。’还有的人会呵斥他说：‘你一个小孩子家，活得好好的想什么死啊？活着该做什么事情你搞明白了吗？’

“我的家乡还有一句话，叫作‘人死如灯灭’，就属于其中的一种回答。我知道印度有个顺世派，也持这种观点，所以他们主张今生尽情地享乐。”

“我们这里也有顺世派。”罗那伽不屑地说道，“他们没有道德观念，只知道纵欲享乐。还说反正人都是要死的，为什么不抓紧活着的时间多享受些快乐呢？他们说自己是这个世界上最乐观的一群。”

玄奘道：“这种看似乐观旷达的态度，其实恰恰是一种最深的绝望。就像羚羊被狮子追赶，最终会停下来等待死亡一样，那不是通达，而是彻底绝望。人似乎比羚羊强一些，懂得通过享乐来掩饰人间的苦难和缺陷，陶醉于眼前短暂虚浮的快乐，短时间内或许可以起到一些作用，使人暂时忘却心底最深刻的创痛。然而这种回避终究于事无补，甚至还有引人堕落的嫌疑。”

众人默默点头，无论他们信仰的是什么，普遍不赞成放纵的态度。

玄奘接着说道：“每个人都有看到自己亲人死亡的经历，但是他们中的大多数都是当时悲伤一下，感慨一下，然后继续过自己的日子；有的人承受不了失去亲人的打击，也跟着去了；还有的人日日生活在对死亡的恐惧中，惶惶不可终日。只有很少的人会真正认真地去思考，死亡究竟是什么？或者打算去解决这个问题。

“这个世界上的人以各种不同的方式活着，他们中的大多数考虑的都是活着的事情。这些人中有贫有富，有智有愚；有的读过书，有的没有读过；有的做过官，有的没有做过；有的人可能会娶很多妻子，有的人一生都不会娶妻；有的人会生很多小孩，有的人一个孩子都没有；有的人总是生病，有的人却从来没有生过病；有的人怕死，有的人对死亡无动于衷……但是，不管他们有多大的不同，所有的人都会死，只有这一条是没有例外的，不管你怕还是不怕，也不管你在乎还是不在乎，结果都是一样的。所以，人们才会想到死，谈论死，把这作为一个大问题来看待。所以，佛陀才会说：生死事大。

“在佛陀看来，这才是人类最大的苦难和缺陷。年轻健康的生命早晚要承受衰老疾病的酷刑，承受死亡的悲剧。众生真的是生命的拥有者吗？为何对自己的生命没有丝毫的掌控权？对于聪明、敏感，自以为充满智慧的人类来说，这是最深的绝望。为什么不给予正视呢？为什么要回避呢？如果他不去解决这个问题，那么，就算他一直守候在他的家人身边，哪儿也不去，他也不可能真正保护他们——净饭王会死，波阇波提夫人会死，耶输陀罗耶轮陀罗会死，罗睺罗也会死。在死亡面前，所谓的陪伴和保护不过是一句笑话，所谓的负责也只是一个笑话。当他的亲人们一个接一个地进入死亡之门的时候，他能拉得住他们吗？他甚至都不知道是谁带走了他们！

“所以，佛陀才会去思考，去寻找，思考人生痛苦的根源，寻找生老病死的原因、轮回的原因以及脱离轮回达到究竟解脱的方法。他不相信这个残酷的世界是以善名著称的大神创造的，他想找到真相，想知道为什么众生都被束缚在这个罗网之中，挣脱不开？他们究竟做了什么，要遭受这样的苦果？这些问题的提出不仅是为他自己，也是为他的家人，更是为了所有众生。

“至于你们所说的做转轮圣王，当然很伟大。但是同这件事情相比，就实在是微不足道了。人们迷恋世间的一切，渴望财富、权力、名利、享乐，为了得到这一切，有的人甚至不择手段。转轮王当然可以做很多事情，这些事情对他的百姓有好有坏，但通常都是为了一部分人的利益而牺牲另一部分人，说到底不过是一场胜负游戏。如果他发动战争，则有可能血流成河。

“其实，在共同的无可逃避的死亡面前，人类所追求的一切，都不过是在一所巨大的监牢内折腾罢了。人一出生就在这所监牢里，把这所监牢当成他的全部世界，相互之间不停地争斗。有的人获得了比别人更多的食物和器具，有的人获得了其他人的尊重，还有的人拥有了对其他人生杀予夺的权力，于是便开始沾沾自喜，觉得自己是这个世界上最强大的。殊不知，他自己的命也没有掌握在自己手中，当他不得不面对死亡的时候，他与那些被他生杀予夺的众生相比，又有什么本质上的不同？”

“可是，如果他追求的就是活着时的成就，根本就不介意死亡呢？”有人突然插口问道。

玄奘摇头道：“我也不介意死亡，但这是两回事。这个世界上有很多人不惧怕死亡，他们中间有的愿为家人而死，有的愿为知己而死，有的愿为君主而死，有的愿为真理而死，还有的甚至仅仅是为了满足自己的某种嗜好，也甘愿赴死。但是沙门要说的是，自愿赴死与不得不死是两个概念，主动选择和被动接受也绝不是一回事，你的生命究竟是在你自己手里，还是在别的什么东西手上，这种感觉也完全不同。如果你仔细想想，当你怀着喜悦的心情看着你的孩子出生，在你尚且不知道他将来会成为一个什么样的人的时候，就已经可以毫不怀疑地断定，他必定会死，他必定会在未来的某一天承受这份恐惧和痛苦。这是一种什么感觉？或许世人已经习惯了，身处牢笼之中，还觉得很踏实。但是我觉得这种感觉很不好，就像奴隶和死囚一样，既没有自由感，也没有安全感。可笑身边的人还在这里蝇营狗苟，说什么‘这是我的，那是我的，你是我的，你的命也是我的……’之类的话。

“而佛陀就是想弄明白，这一切究竟是为什么？众生为什么会进入这所监牢？能不能出离？怎样出离？众生有没有可能真正成为自己的主人？真正掌控自己的命运？他需要一个答案，众生其实也需要一个答案。佛陀出世的本怀，就是为了要使众生摆脱生、老、病、死的缠缚，从而成为自己的主人。在佛陀看来，这才是人生的头等大事，只有解决了这个问题，众生才是真正自由的，也才是真正安全和有尊严的。”

这番话说完，众人都不禁“啧啧”称叹道：“如此说来，佛陀真的是悲悯众生，他的志愿实在是太大了！”

这是当然，玄奘想，所以佛陀才会成为众生的导师，成为这个世间永不寂灭的智慧之光……

村民们带着回味回去了，走之前，他们纷纷对玄奘说：“明天我们还要来听法师讲佛陀的故事。”

夜间，玄奘静静地禅坐在王宫的基址上，任轻柔的思绪慢慢飘荡开来。从喜马拉雅吹来的风轻轻拂过，空气中弥漫着雪山的冰冷气息，带着无忧树叶特有的清香。他就在这股清寒的香气中进入禅定，似乎还能够感受到当年佛陀的呼吸……

眼前的遗址，渐渐幻化成一座美丽的宫殿。空中，半盏明月正将它的柔光洒下，给宫殿披上了一层淡淡的清辉，一个身着锦衣长袍的年轻人，就在这光辉中朝他走了过来。

玄奘一动也不敢动，怔怔地看着那个华服青年——他看上去是那么年轻，高高瘦瘦的身材，一头浓密的黑色卷发，清癯而英俊的面庞，细腻且泛着光泽的蜜色肌肤……他缓慢地走着，来到一个金色的床塌前，静静凝望着床上熟睡的美丽女子和她身旁的婴儿。

有那么一瞬间，玄奘突然感觉自己距离此人如此之近，近得可以感受到他的呼吸。这就是佛陀啊！乔达摩·悉达多，古迦毗罗卫国的太子，曾经修行了三大阿僧祇劫的菩萨，每一世都牺牲自己、成就众生，积聚了数不清的功德，他终将成为人天的导师！

但是，此时的菩萨，还只是一个心存疑惑的年轻人，他只有十九岁。从这一天起，年轻的他决定告别娇妻幼子，告别豪华的宫廷生活，告别唾手可得的王位，走向阿拔弥河边的森林。那里是古跋伽仙人们修苦行的地方，他将去那里寻找困扰他许久的问题的答案。[1]

为了不给自己的出走制造麻烦，他没有去抱刚刚出生的小王子，只是默默地站立了一会儿，便转身悄悄离开，趁着茫茫夜色出殿而去。

城外的月光下，为他牵马的车夫车匿涕泣相劝道："太子生长宫中，安享尊荣。今到山林，伴随荆棘虫兽，怎么经得住这诸多苦患和险难呢？"

悉达多回答道："我在宫中，虽能避免有形的荆棘虫兽，却不能免于无形的荆棘虫兽。我现在离开，正是打算彻底解除人间的苦难，从而得到永久的真实的安乐。"

在优楼频罗村附近的森林边缘，太子用身上华丽的宝衣同一名苦行者交换了一件破旧的衣服，然后剃除须发，走入森林。

从这天起，那个高贵的悉达多太子不见了，取而代之的是修行者悉达多——

他手持钵盂开始行乞；他严格遵循"过午不食，日中一食"的沙门戒律；他开始寻找导师，学习并不断超越……

悉达多最先拜访的两位导师：一个是数论派的苦行者，名叫阿罗逻伽那摩，另一位是瑜伽大师优陀伽罗摩补多罗，他们同属于重视禅定、以修心来启发智慧的实证派。

阿罗逻仙人对他说："要消灭生死的根本问题，首先应当住在闲空的所在修习禅定。从一禅依次进入四禅，就到达了无想报的境界。有智慧的人可以通过远离挂碍、烦恼的'如实智'，完全证悟这个教法，并能乐住于法中，以达到真正彻底解脱。这是修行者的彼岸，是幸福的源泉。"

听了阿罗逻仙人的介绍，悉达多开始跟随他学习这种禅法，他天赋惊人，又有禅定的底子，没过多久，便通过深入的直观掌握了这种禅定，渐渐进入一种冥想、纯净、虚幻和无限的状态之中……

但悉达多很快发现，这里并不像导师所说的，是一个自由的王国。当他从冥想中走出，仍然会有很多的烦恼。他知道，这不是一种理想的状态。

于是，当悉达多认为自己已经能够娴熟地驾驭这种禅定时，便继续向导师请教，希望可以学到更多更高深的东西。

阿罗逻坦率地告诉悉达多，这已经是他所证之法的全部。然后，他以异常尊敬的态度邀请悉达多同他一道作为那些同修者的"导师"，共同领众弘法。

菩萨的头脑没有发热，他意识到导师的教法只能使他达到"无所有处"的定境，这只是思维境界上的提高，并没有达到"灭苦"和显发"智慧"的目的，更不可能超脱生死。自己远没有彻悟真理，如果就这样去教导别人，无异于以盲导盲。

所以，悉达多谢绝了导师的邀请，告辞离开。

不久，悉达多又来到瑜伽大师优陀罗伽罗摩补多罗的住处，在他的门下学习另外一种禅法。

这是一种古印度自古无人能够超越的最高禅定境界，叫作“非想非非想处定”，即泯去“想”和“非想”的差别，住于“平等寂静”的知见之中，感到心似乎与“不动的真理”合一。

悉达多很快就能娴熟地驾驭这种禅定，于是，导师向他发出了同样的邀请。但他仍然觉得，到目前为止，这些禅定都没能解决他的问题。最后，他还是选择了告辞离开。

不过，虽然对这些理论和修持感到不满足，佛陀却并不排斥这些教法。他后来把这种“非想非非想处定”的禅法列为世间法“四无色定”中最高的禅定境界，这种禅定的修持方法，也被佛教继承下来。

佛教在禅定上安立智慧，却认为只修禅定无法契合真理。禅定虽是心的锻炼，但出定后又会回到动摇不停的心，所以佛陀才会认为，禅定自身是盲目的。

在这之后的一段时间里，悉达多又陆续拜访了许多其他学派的学者和大师，比如当时赫赫有名的事火外道。悉达多与他们进行交流、探讨和辩论，希望能为自己寻找到一种最适合的修行法门。

然而，他发现，所有这些都是生灭无常的，那些事火的行者，心中反而被欲火所烧，这不能不令他感到极大的失望，最后只得郁郁离去。

---

[1]关于佛陀离家修行时的年龄，有两种说法：一说是十九岁，一说是二十九岁。关于佛陀在菩提树下得道的年龄，也是两种说法：一说三十一岁，一说三十五岁。佛陀涅槃的时间通常认为是八十岁。于是佛陀住世说法的时间也就变成了两种：一种是四十五年，一种是四十九年。

我个人认为佛陀离家时十九岁这一说法比较靠谱，主要原因有三：

一是经中说，当时佛子罗睺罗刚刚出世，佛陀是十六七岁成亲的，两三年后做父亲要比十二三年后更符合常识。

当然这不是主要原因。主要原因是，佛典中说佛陀出家后，先是经过了一段时间的求师访学，跟随了至少两位导师学习禅定，然后才进入苦行林的。苦修六年后，又经过一段时间的调整和禅修才在菩提树下得道。也就是说，从离家到得道，这个时间肯定是超过六年的。而如果佛陀离家时是二十九岁，即使按照三十五岁得道，也是刚好六年，若按照三十一岁得道则只有两年，时间上显然不够。

最后就是，佛教很喜欢使用七这个数字，以及七的倍数，所以我觉得，佛陀住世说法七七四十九年，要比四十五年的可能性更大一些。

本书是按照佛陀十九岁出家，三十一岁得道，八十岁入涅槃，说法共四十九年来算的。

第21章

佛的觉悟，魔的阻挠

这一天，他来到摩揭陀国。这是一个以军阀政治为主体的国家，从国王频毗娑罗登上王位的那一天起，就将婆罗门的神权一脚踢开，由国王垄断统治大权，明目张胆地与大神梵天分庭抗礼。在一些婆罗门学者的眼中，这种不受任何道德和传统约束的行为，简直可以堪称“无赖”了。

然而，在那个拼实力的年代，君主集中制已经开始展示出它独特的优势，王权思想的不断强化，竟使得“礼崩乐坏”的摩揭陀国成为十六国中发展最快、最强大的国家。

由于政治空气的宽松，首都王舍城里逐渐聚集起一批具有叛逆性格的学者和宗教家，他们从各个地方会集于此，潜心研究自己的学说，逐渐形成了五花八门的宗教和学术流派。

这些学者普遍对婆罗门的特权采取漠视的态度，他们更喜欢排除所有宗教典籍和前人的经验，仅仅依靠自身“体证”的结果，对宇宙、人生进行全新的诠释，逐渐形成了“地论”“水论”“火论”等自然派哲学，以及“时论”“方论”“虚空论”等抽象派哲学。他们中的一些人精通天文和数字等知识，另一些人则非常关注医学。

科学的实证主义，加上禅定的内证功夫，对当时的各个教派影响很大。他们中的大多数反对神创论，但接受某种形式的“轮回学说”。据说，这一观念是出于禅定思维的结果，他们开始四处行化，并发表各种演说。

之后，各学派间的辩论也越发多起来，人们经常可以在城市的大街小巷见到一些沙门宣说他们五花八门的学说，有时还可见到不同的学派，甚至多方之间举行辩论的场面。

悉达多就是在这个时候来到摩揭陀国的。

国王频毗娑罗很快便注意到了这个衣衫褴褛，但面貌庄严的青年沙门，同那些肮脏傲慢、动不动就对招呼不周的施主发怒，甚至施以诅咒的婆罗门“仙人”相比，这个青年修行者看上去是如此不同，于是便派人暗中打探他的住处。

在王城郊外的森林中，频毗娑罗王曾与悉达多有过一段深入的交谈，当他得知这位沙门是出身于释迦族的刹帝利种姓后，频毗娑罗王热心地劝他还俗，并承诺将一支装备精良的军队交给他，请他担任这支军队的统帅。但是这些都被悉达多婉言谢绝了。

国王不解地问道："有很多人从很远的地方来摩揭陀国修习苦行，他们所得到的果报，也只是那么一点点。而你是王种，怎么可以修习那样的苦行呢？"

悉达多回答道："他们住在你的大都城里，修习的方法怎么能算是苦行？我知道还有一种修法是最苦，也是最难实行的，而我正要去修习它。"

原来，在尝试了很多修行法门都不见效后，悉达多终于决定，去森林里体验一下传统的苦修。

国王感慨他的心志之坚，便同他约定，得道后一定要来度化自己。

于是，悉达多来到了伽阇山的苦行林中，摒弃一切欲望，静心冥想，专心悟道……

不久，他的族人阿若憍陈如等五人，也跑来跟随他，他们在一起共同度过了六年的苦修生活。

在那段日子里，悉达多几乎赤身裸体，他常年睡在野外，不避风雨，吃很少的食物……有一段时间，他尝试着修习"止息"禅定，强行限制呼吸，以致造成强烈的头痛、腹痛和灼热感，身体就像被架到了火上，一度处于弥留状态……之后，他又尝试了常站不坐、常蹲不站、单腿独立、倒立而行、以棘刺为床、将身体吊离地面、忍受烈日暴晒，以及坐冰块、泡水、禁语等常人难以忍受的奇怪苦行。由于他净心守戒，不卧不起，鸟儿在他的头上结巢哺雏，芦苇和茅草缠绕住他的双腿，他却听之任之，不为所动。

一转眼，六年过去了，悉达多由最初的每日食一麻一麦，渐至七日食一麻一麦，直至完全不饮不食。他的头发脱落了，目光变得模糊，眼窝深陷，皮肤发黑，身体更是变得极度消瘦，形若枯木，手摩胸腹，能触背脊。

然而，这一切都无济于事，苦修不仅没能让他大彻大悟，相反，种种的身体痛苦和疲惫，反而使他更加真切地意识到自我的存在和欲望的不可遏制。

为什么会这样呢？难道觉悟仅仅是一种幻觉？难道我将在这种虚幻的追逐中断送性命不成？这难道就是自古以来，圣人们所津津乐道的"解脱"之法吗？

他开始怀疑这些苦行之法是否能够使他达到最终的觉悟。

经过认真思考，悉达多终于明白，极端的苦行与极端的纵欲，同样是缺乏理智的行为，这种非理性的自我折磨，根本就是一条无法走通的歧路。

更何况，刻意地追求苦行也是一种执着，修行的方法如果过于注重形式，而无关心里的清净，这样的修行，又能有多大的效果呢？

“菩萨经过多年勤修，实践了当时婆罗门教和诸沙门集团最高超的两种修行方法——禅定与苦行，却始终未能找到他所觅求的解脱之道。特别是，他以自身实践得出了苦行无益的结论，于是决定放弃苦修，凭自己的智慧另辟蹊径。”

玄奘端坐在王宫遗址的石头上，继续为村民们讲述佛陀的故事。

“那他这六年的苦行不就白费了吗？”有人遗憾地问道。

“修道之人的诚心是永远不会白费的。我想，这六年的苦修对于佛陀来说，应当是弥足珍贵的。须知在此之前，佛陀已经经历了累世累劫的修行，积累了如恒河沙般数不清的功德。这六年是他今生必经的身心磨砺，挺过这一关，才有了菩提树下凤凰涅槃般的佛陀。”

“那么，佛陀后来又是怎么修行，怎么成佛的呢？”村民们七嘴八舌地问。

玄奘沉默了片刻，他的思绪仿佛又回到了一千多年前……

那一天，瘦骨嶙峋的修行者悉达多终于走出了他苦行六年的森林，来到美丽如画的尼连禅河畔。饥饿使他两眼发黑，体力耗尽，走起路来都摇摇晃晃……

一位好心的牧羊女发现了这个苦行沙门，将一碗乳粥捧到他的面前，他没有拒绝。

尼连禅河的碧波，洗去了苦行者身上积存六年的泥垢，沐浴后的悉达多神清气爽，心情愉悦。他想招呼那五位跟随了他六年的同修也来清洗一下身体，但他们都对他的行为感到诧异，以为他退失了道心，不再是一位真正的修行者，于是毫不客气地离开了他，扬长而去！

看着道友们远去，菩萨什么都没有说，他将手中的钵盂放在河里，默默祝祷：“如果此生我能够成道，请让此钵逆流而上……”

钵盂果然逆流而上，真实的信愿力竟会产生如此强大的力量……

悉达多开始远离众人，独自在林中修习禅定。此时的他没有同伴，只有难以想象的寂寞与孤独，以及随时可能遭受的诽谤和非议。

但是，这并没有使他退缩，他认定自己选择的道路没有错，他已经看到了觉悟的曙光，只不过还没有得到实证罢了。

此后，每隔一段时间，他便于夜间来到一些土著人供养“鬼神”的寺庙及神龛附近打坐修禅。这些令人恐怖的地方，天黑后是不会有人靠近的。悉达多到这里来，不是为了祭拜鬼神，只是想借助这些特殊的场所，磨砺自己的身心。

起初，他同普通人一样，承受了内心种种不可名状的恐惧。据《中尼迦耶》记载，静心修禅的悉达多，常会见到一群“猛兽”向他奔来，“孔雀”将树枝折断，发出巨大而恐怖的响声。

悉达多没有使用咒术等外在的手段，虽然他精通这些方法。他深信，恐惧是从自己内心所生，使用那些外在的手段，只能使内心得到短暂的安慰，克服一时的恐惧，却不能彻底地消除恐惧。

于是，他开始集中精神，以独特的方式向恐惧发起挑战。

当他经行时，恐惧袭来，他仍然从容地经行，直到恐惧消除；当他打坐时，恐惧袭来，他仍然维持原状，继续打坐，直到恐惧被彻底扫除……

在这样的环境中，他的心智经受了前所未有的锻炼，直到有一天，他发现恐惧已经彻底地离他而去！

菩提萨埵，依般若波罗蜜多故，心无挂碍，无挂碍故，无有恐怖，远离颠倒梦想，究竟涅槃。

真是不可思议！玄奘想：我常诵这部《般若波罗蜜多心经》，也常以此经来驱走自己内心的恐惧和脆弱。却似乎第一次意识到，“恐怖”的消除就是自心“颠倒梦想”的结束，也是通向涅槃的重要门径，而它的先决条件就是“心无挂碍”，彻底地超越表象带给人的主观困扰！

这一天，悉达多渡过尼连禅河，走到伽耶山附近的一座小山旁，他看到一片茂密的森林静静地平铺在绵延起伏的高原上，森林的边缘有一株枝繁叶茂的毕钵罗树，树身宽广，树下有块方方正正的石头。菩萨心有所感，认为这里是个静坐修行的好地方。

他用柔软的吉祥草叶编成坐垫，铺在石头上，对自己说：

“如果我不能得证，就不起此座！”

这宏大的誓愿遍满虚空，一时间天地震动，山林作响，盲龙开目，百鸟齐鸣，整个大地被一种祥和的氛围笼罩着，就连空气中都充满了法的欢喜。

菩萨盘坐在树下的吉祥草垫上，摒除杂念，进入禅定三昧。

魔宫被震动了，看到人间的悉达多马上就要觉悟，魔王波旬慌了神——他是六欲天主，一向主掌人心中的各种欲望，如贪婪、憎恨、愚痴、傲慢、猜疑、忧愁与怨毒。一旦众生没有了这些欲望，便脱离了他的控制。

他不能让这样的事情发生，于是立即率领魔众赶往菩提迦耶去阻挠和干预菩萨证道。

据《杂宝藏经》记载，当时波旬组织了大批魔军，来到悉达多的面前。见此情形，那些原本护持在菩萨身边、打算分享法喜的天人四散奔逃，毕钵罗树下只剩下菩萨一人结跏趺坐。

然而魔王始终无法靠近这棵树，于是他招呼魔军，分别使用风、雨、刀、枪、热炭、热灰、沙粒、泥土和黑暗这九种风暴来袭击，狂烈的风暴将毕钵罗树周围的一切都摧毁了，可是菩萨仍端坐树下，置于甚深的禅定之中，岿然不动。

于是魔王亲自上阵，向菩萨投掷“飞轮”，“飞轮”却变成了一顶华盖，护持在菩萨的头顶，“魔军”们向他投掷的巨石，也变成满天的花雨飘落在他的四周。

不甘失败的魔王又派出他的三个女儿，她们盛装严饰，罗衣临风，用各种方式诱惑菩萨，竭尽种种妖娆之态，希望能唤起悉达多对宫殿享乐的记忆。但菩萨深心寂定，视而不见。

魔王波旬无计可施，于是他深入定中，对悉达多道：“你一介凡夫俗子凭什么觊觎最高的真理？在你之前不知有多少比你更伟大的修行人想成正觉，最后都失败了。你现在赶紧离开这里！”

面对威胁，禅定中的菩萨安详地回应道：“我看这世间，不管是人类还是非人类，没有谁能够让我离开此座。”

他告诉波旬：“你前生曾经受过一日一夜的八关斋戒，供养过一位辟支佛。以这样的善功，所以此生才能生在他化自在天，成为六欲天主。而我却于三大阿僧祇劫不知修了多少功德。一切大地，无有针许非我身骨。所以，你是不可能扰乱到我的。”

然而魔王不信，他冷笑着说道：“瞿昙，你说我当年持戒施食，这件事情是有的，我自己也知道。然而你说你脚下的大地，即使是一针尖大的地方，也有你当年舍身的身骨。谁来为你证明？”

菩萨没有说什么，而是缓缓伸出一只手，触向大地。

就在这一瞬间，大地出现六种震动，地神现身出来，发出震耳欲聋的声音：“我为世尊做证！自从这块大地诞生的时候，我便在这里。世尊所说的一切，真实不虚！”

这巨大的吼声吓得魔军丢盔弃甲四散奔逃，然而魔王却仍然不以为然。

菩萨朗声说道：“此地能生长万物，是因为它没有我相、我执，不起分别之心，对一切万物悉皆平等。所以，大地可以证明我刚才所说的话，真实不虚。”

听到这里，村民们都唏嘘不已，感慨万千地说道：“原来佛陀修行，经受过如此多的邪魔外道的侵扰和诱惑啊！可是我们不明白，那些魔究竟是从什么地方冒出来的呢？魔宫又是修在哪里的？”

“在这里。”玄奘指了指自己的胸口道，“魔是从人的心底、从外界的各种声色中冒出来的。魔只是表象，苦难与阻碍更多是来自于修行者的内心。”

瓦卡尼柯老人听明白了：“法师的意思是说，魔是由人心中产生的？”

“是的。”玄奘道，“外境从来都不是实有的，而是因缘所生。魔王都是从识海中来，是由烦恼的种子变现出来的。魔王以欲为食，众生心识中的一切贪婪、嗔恨、愚痴、我慢，都由这些魔军控制。从而使众多的修道者因魔起障，陷入迷惑，不能保持真实无妄的本体，最终在觉悟的道路上功亏一篑。”

“原来如此！”众人恍然大悟，连连感叹。

一个年轻村民笑着说道：“我想魔是不喜欢人觉悟的，因为觉悟了的人已经消除了贪、嗔、痴这些欲望，魔就没有食物了！”

玄奘赞许地点头道：“世人在修佛过程中所遭遇的大大小小的磨难和挣扎，都可以看作是佛与魔的争斗。降伏魔军并非只是降伏外界的魔，更是降伏自己心中的魔。”

众人听了，连连点头。

“那么，这是否说明了，如果我们努力修行，朝着最终的觉悟而努力的话，魔就一定会出现呢？”有人问道。

“是的。”玄奘回答道，“真理的体悟不是那么容易的，到了一定程度时总会遭遇磨难。即使是已经修行了三大阿僧祇劫的佛陀也无法幸免。烦恼妄想即为魔，它们会变幻出各种花样，引诱修行者。谁能克服这些磨难，谁就能远离颠倒梦想，进入到真实不虚的觉悟之道。”

说到这里，玄奘自己也忍不住心有所动——我总觉得西行的路上有一种力量在阻碍我，让我步步艰难。这不也是磨难吗？难道说，我求法的心愿并不坚固？

“那么，魔王波旬到底存在不存在呢？”提迦陀耶不解地问道。

“波旬是存在的，他就住在欲界天的最上层。”玄奘伸手朝天上一指，道，“《杂阿含经》中说：欲界诸神力，天魔波旬为第一。波旬所住的地方名叫‘他化自在天’，他是那里的天子，掌控欲界。”[1]

“天魔？”村民们有些惊讶。

“是的，天魔。”玄奘点头道，“世人一提起魔，总会联想到恶魔和邪魔，殊不知，波旬其实是天魔，因曾经做下功德而成为六欲天主，属于天神一类。然而由于他修福未修慧，知见不正，心存我执、嫉妒、傲慢、嗔恚，所以依然是魔。”

这时，聪明的提迦陀耶发现了问题：“可是法师你刚才明明说，魔是从众生的心识中产生的。现在又说魔波旬是真实存在的。这是怎么回事？”

玄奘道：“我来问你，你觉得佛是真实存在的吗？”

“当然是了！”提迦陀耶道，“我们这里就是佛的故乡啊！”

“但是我可以告诉你，佛也是从人的心识中产生出来的。魔从妄心中来，佛从真心中来。迷惑的心，就是妄心；觉悟的心，就是真心。众生迷惑颠倒，就是为魔所摄；一旦转身觉悟，就是被佛所度。”

“哦。”很多人立即发出恍然大悟的声音。

玄奘接着说道："佛与魔都是真实存在的，但他们又都是空的。事实上，这世间的一切外境皆是如此，它们由识而生，究竟是空。"

"那么，像法师这样的修行人，心中也有魔吗？"村民们好奇地问道。

"当然有。佛陀说过，这个世界上最难战胜的就是自己。我若可以做到，这一路不知能减少多少麻烦。"

说到这里，玄奘的神色难掩黯然。

然而，提迦陀耶依然不太相信这种说法，他感觉心中还有许多问题，却又不知该从何问起，只得说道："你的辩才比我好，但不一定就是最好的。我知道有一个人，他一定能辩赢你！"

玄奘道："能辩赢我的人太多了！再说我也不喜欢辩论，也不会在这里待太久，明天，或者后天，我就要离开了。"

提迦陀耶急道："干吗这么急着走呢？我希望你能和摩纳宾耆迦辩论，他的年纪和你差不多大，是我们村最有学问和辩才的人！可惜他到大雪山朝圣去了，走了两个月，大概这两天就回来了。"

玄奘若有所思，"摩纳"在梵语中有年少婆罗门的意思，看来他口中的这位摩纳宾耆迦是村中一位年轻的婆罗门学者。

"法师就等他一等吧。"罗那伽也在一旁帮腔道，"你是一位有名望的人，摩纳宾耆迦也是。我们希望你们两个能够辩论一场。"

玄奘依然摇头道："辩论本身倒没什么，只是输了的人动辄就要砍头割舌，十分残酷。这里是佛陀的故乡，我不希望让圣地沾染上血腥。"

"法师放心，没有什么血腥的，输的人只需要加入赢者的宗派就可以了，以前来这里的人都是如此。"罗那伽向他解释道。

玄奘愣了一下，蓦然想起祇园精舍的守护人阿帕般利说过的话——

"迦毗罗卫的外道比这里的要温和许多，他们通常都会很谦虚地向你求教，然后提出问题。如果你答不上来，他们就会要求你加入他们的宗门。"

这么一想，不禁暗笑自己糊涂。

这些村民摆出一副供养和求教的架势，还真的差点儿迷惑了他。幸好他还有点辩才，才没有被问住。

不过，他的心中倒也没有受骗的气愤感，同喜欢坐在火山口辩论的塔罗讫栗相比，这些村民确实显得可爱多了。

"好吧。"他欣然应允，"那玄奘就在这里多待两天。"

村民们脸上露出了笑容，似乎这个面容安详的外国沙门，已经成为他们中的一员。

玄奘一向认为，真理与辩才无关。但是既然印度人都吃这一套，随顺一下倒也无妨。

当年的佛陀不也如此吗？

毕钵罗树下的佛陀对波旬说："爱欲、忧恼、嗔恚、贪婪、昏沉、怯懦、疑惑、虚伪、名利、我慢，这些就是你赖以进攻的军队吗？凡夫不能战胜它是因为懦弱，我将用智慧粉碎它，就像用石头击碎一只瓦罐。"

并且——"非但今日，过去亦尔。"

听到这些话后，魔王知道自己已经完全输了，他感到无比惊惧和愤怒，同时还有深深的不甘。他对菩萨说："虽然你即将成就正等正觉，但这并不代表你已经赢了。我现在阻止不了你，但是等你灭度之后，我便于末法时期派出我的魔军去摧毁你们！"

对于这样的威胁，菩萨丝毫不予理睬。

可是波旬紧接着说道："到时候，我会让他们到你那里出家，穿上你的袈裟，住进你的伽蓝，曲解你的经典，破坏你的戒律，宣讲我的法理，毁灭你的教化！"

听到魔王最后的诅咒，菩萨竟流下了眼泪，他说："这是众生的业力……"

玄奘心里不禁一酸，在这样的业力面前，佛法是如此脆弱，众生又是如此福薄。现在的佛门之中，是否还有拜佛念佛，却会让佛流泪的僧人呢？

树林中，魔王逃走了，梵王与地神也悄然隐去，只留下行者悉达多端坐于毕钵罗树下。

为了理想，他舍弃了一切诱惑，顶住了一切威胁，最终留下一个宁静无染的心境。他明白，最后的真实就要被他证悟到了。

微风拂过，山林作响，空气中流动着芳香。行者悉达多在月光下进入禅定，此时万里一色，恍如菩萨寂静的心田，充满生机，却又湛然不动。

在这寂而常照、照而常寂的禅悟境界中，他的内心脱离了一切执着与烦恼，心中本具的智慧光明渐渐显露出来，纯净无染、安详柔和，就像一面洁净、光亮而又圆满的摩尼宝镜，如实地映现出世间万法的实相！

上下、前后、左右；过去、现在、未来……宇宙万物，六道轮回，所有的空间，所有的时间，所有的细节，都如一卷画轴般，清晰而又真切地展现在他的面前！

他看到了久远以来的自己，都生在什么地方，做过什么事情，一切善善恶恶，是是非非，了然于心。无数大劫的生死轮回，在他的眼前一一重现。

他看到了宇宙的诞生、发展、灭亡……进入一切皆空的虚无状态，然后再诞生、再发展、再灭亡……他看到精神和物质相互作用，世间万物，一切有情，都在这个过程中生生不息。

他看到了沙漏一样的须弥山，周围是无尽的海。海中有着渺小的四大部洲，包括他所诞生的阎浮提，在人类看不到的地方，覆盖了欲界天、色界天和无色界天。

而在须弥山与四大部洲的涡旋外，他看到了许多不同的世界，它们有盘形、有方形、有回转形、有莲花形，甚至还有众生身形，无数生命身处其间，有的世界的人身形巨大无比，有的却小得看不见……

他的视野一直延伸，看到了完整的小千世界、中千世界、大千世界……无数个大千世界构成了一个盘，二十个盘构成了一个华藏世界，像这样的华藏世界如恒河沙般，数不能尽……

他看到不同的世界里，时间流逝的速度是不同的。即使是在同一个世里界，欲界天、色界天以及无色界天的速度也各不相同；天、人间、地狱的速度各不相同。至于不同佛国之间的时间流逝速度，就更不可等量计算了。

他看到了地狱之苦、天堂之乐，以及苦乐之间的迅速转换。无数大劫的时间洪流，有如电光火石般从他的眼前晃过。

他看到人类的婴儿从入胎到出胎、从幼年到长大，然后以各种方式追逐名利，直至变老、死亡，这一过程几乎在每一个人身上上演；他看到人的身体就像一个巨大的虫窝，有八十多种虫子在里面自在生存……

他看到有情众生轮回生死，无始无终。在漫长的轮回过程中，以十二缘起[2]的方式不断轮转——老死缘生，生缘有，有缘取，取缘爱，爱缘受，受缘触，触缘六入，六入缘名色，名色缘识，识缘行，行缘无明……这是一条清晰无比的因果链条，它揭示了轮回的秘密，突显出生命的真相。

他看到了一和万有之间的关系，看到了宇宙万法可以在任何一个个别的现象中得到全部的显现，哪怕是一颗芥子、一粒微尘，也可以融摄无边的法界。

他看到了真如、实相，以及一切众生都拥有的这颗心。在他的慧眼中，一切万法无不映现，现象宇宙与本体宇宙，山河大地、日月星辰、善恶美丑，乃至十世古今、无边刹土，全都融摄于当下的一念之中。

这是众生本具的如来藏识，他的一念，众生的一念，共同创造了这个世界。无限的时间、无限的空间，都被包融其中，彼此同一理性，无有分别、无有间隔：极乐与地狱之间没有隔断，诸佛菩萨和六道众生之间没有分别。所谓“心念转大千”，当如是也！

佛陀成道于腊月初八，毕钵罗树下。从此以后，那棵树就有了一个新的名字——菩提树。

[1]佛教欲界天共分为六层，分别对应众生的六根——眼耳鼻舌身意，其中“他化自在天”为欲界天中最高的一层，居住于此天的众生，只用意根就能生出自己想要的前五根相应的识，可以随意受用其他天人化现出来的欲乐目标，假他之乐事，自在游戏，故曰“他化自在”。

波旬就住在他化自在天里，是只用意根的魔王。世尊成佛前的最后一关，即为意根。而一旦证悟成佛，五蕴已灭，意根就不能再束缚他了。

由于魔王波旬是他化自在天的天子，因此也有人把此天称为“魔天”。

[2]十二缘起又称十二因缘，是佛教重要的基础理论之一，是释迦牟尼佛自修自证得到的真理，指从“无明”到“老死”这一过程的十二个环节，因果相随，三世相续而无间断，使人流转于生死轮回大海，而不能得以出离。

第22章

成佛是怎么一回事

村民们口中的摩纳宾耆迦第二天就来了，他坐在玄奘面前，问出的第一个问题就是：“你能告诉我，成佛是怎么一回事吗？”

“成佛，到底是怎么一回事？”从小到大，有无数人向玄奘提出过这个问题。

那时，他的回答往往是：“断绝一切烦恼，悟彻心性本源，成就一切智和一切种智，能自觉觉他，觉行圆满，便可名之为佛。”[1]

但是这个回答依旧不能让人满意，因为对于普通人来说，就算每一个字都能理解，依然想象不出这到底是怎么一回事。

所以这一次，他干脆换了一种更加直截了当的回答：“成佛，就是证入涅槃。”

“那么，涅槃又是怎么回事呢？”理所当然地，摩纳宾耆迦这样问他。

“涅槃嘛，”玄奘沉吟着答道，“简单地说，就是破除了烦恼障和所知障，转染成净，转识成智，最终达到一种无生无灭、永恒安乐的生命境界。”

“可是，那种境界到底是什么感觉呢？”对方开始刨根问底。

玄奘笑道：“我不知道，我真的不知道。真正的涅槃是离言绝相的，你若想知道，只能亲自证入。”

对于这个回答，村民们显然不满意，提迦陀耶在一旁忍不住插问了一句：“佛陀应该是知道的吧？他是怎么说的？”

“佛说，不可说。”

“这是什么话？”提迦陀耶终于忍不住了，大声质问道，“佛不是想要众生都解除烦恼，证入涅槃境界吗？为什么不告诉我们涅槃境界究竟是什么？我总要知道最终的结果是什么，才能决定值不值得去追求吧？”

“就是啊。”旁边立刻有人附和，“如果涅槃的结果就是虚无，什么都没有，那还不如轮回呢！虽然苦，但苦中总有些快乐。哪怕是地狱里的纯苦无乐，也比什么都没有强啊……”

“我看你也别去信他了，不如加入我们，至少还可以升天。”

面对这吵吵嚷嚷的场面，玄奘平静地说道：“所以说，佛陀无法解释啊，因为一解释就会产生这样那样的误解。”

“这话怎么讲？”摩纳宾耆迦微笑着问道，似乎已经成竹在胸。

恰于此时，有一头牛慢慢踱了过来，玄奘指着那头牛道：“你们知道，它眼中的世界只有黑色、白色和灰色吗？”

村民们一愣，不约而同地看向那头牛。

“不可能的！”一个满脸胡须的村民大声道，“这是我家的牛，我对它很熟悉。它很健康，眼睛没毛病。”

“它是很健康，但是所有的牛眼中的世界都只有黑色和白色。”玄奘认真地说道，“这是它们这个种群的共业所致，与有没有病无关。”

“原来是这样……”人们看着那头牛的眼神渐渐有些异样。

玄奘道：“现在让我们想象一下，有一个世界，那里的牛拥有和人一样的智慧。它们有语言、有文字，懂得很多知识。但是它们眼中的世界却只有黑与白，以及介于黑白之间的灰，因而它们的语言和文字中自然也不会有‘彩色’这个概念，因为这完全超出了它们的经验。不是某一个人的经验，而是所有人的整体经验。现在，你无意中到了那个世界，你该如何用它们的语言向它们解说‘彩色’这个词呢？”

听到这个问题，村民们全都愣住了，他们面面相觑，一时不知道该如何回答才好。

玄奘道：“它们可能会问你：你所说的‘彩色’到底是什么？是方是圆，还是三角？是软是硬，还是不软不硬？是甜是酸，还是辣？是黑是白，还是介于黑白之间？是另一种灰吗？是一种特殊的灰吗？灰到什么程度？

“那么你该如何回答呢？我想你只能使用‘遮断’的方式来回答它们了：彩色不是黑，不是白，也不是介于黑白之间的特殊的灰；彩色更不是方，不是圆，不是三角；不是软，不是硬，不是不软不硬；不是甜，不是酸，也不是辣。彩色也不是一种色，而是很多很多种色，多得超出你们的经验和想象……

“事实上，它们那个世界很可能连‘颜色’这个词都没有，只用‘深’与‘浅’，‘暗’与‘亮’来表达和描述黑白两色就足够了。你又该如何向它们解释呢？”[2]

瓦卡尼柯老人苦笑起来：“确实没有办法解释，怎么解释都是错。人和牛之间的差别太大了。”

玄奘摇头道：“人和牛之间的差别并没有多大，我们都生活在这个阎浮提世界之中，都拥有一个四大假合、危脆不堪的色身，生命不管是对人还是对牛而言都十分短暂。相比之下，人与天人之间的差别更大一些，比如‘无色界天’，是没有物质只有识的。当然我们这个世界其实也是这样，但是会有第八识变现出来的虚假的境相。‘无色界天’里连这个虚相都没有，与我们生活的欲界可谓截然不同。至于佛的境界，就更不是凡夫所能够想象的了。”

“你说什么？我们这个世界的物质是心识变现出来的虚相？”几个村民异口同声地叫了起来，声音竟是出乎意料地大，引得遗址四周一片回声。

玄奘纳闷地问：“我记得，昨天好像说过类似的话吧？你们当时也没这么大反应啊。”

提迦陀耶道：“你昨天说什么了？我怎么不记得了？”

玄奘道：“我昨天说，佛与魔都是存在的，但他们又都是空的。这世间的一切外境皆是如此，由识而生，究竟是空。”

提迦陀耶愣了一下，玄奘昨天确实说过这样的话，只不过当时他正想着找摩纳宾耆迦来与玄奘辩论，就没在意这段话。事实上，当时的村民们谁都没有在意，这会儿听玄奘重复之后才想起来，一时竟有些发蒙。

见大家都不说话了，玄奘感叹道：“你们看，我仅仅是跟你们说一句外境皆空，你们居然都不能理解，还能要求佛说什么呢？”

摩纳宾耆迦道：“可是法师你说没有物质，这话确实让人无法理解。我们这个身体难道不是物质的吗？我们可以看到、摸到、感受到的，难道不是物质吗？”

玄奘道：“我没有否认物质现象，更没有说它不存在。佛家所谓‘实有’，指的是不因缘有、独立、不变，符合这三个条件的便是‘实有’，而不符合这三个条件的，就是‘不实有’。因此，‘不实有’并不能完全理解成‘没有’。”

摩纳宾耆迦道：“我知道法师的意思，但物质应该是脱离因缘而实有的。你们的佛说过五蕴——色、受、想、行、识，第一条就是物质。你怎么可以否定它呢？”

听了这话，村民们一起点头。

玄奘道：“物质现象仅仅是一种‘现象’，它不能离开识而独立存在。因此，它只能是一种假象。你既然知道佛说过‘五蕴’，难道不知道佛还说过‘五蕴皆空’这样的话吗？”

“那应该是某种玄妙的说法，与法师所说的‘空’不会是一回事。”摩纳宾耆迦坚持道，“你说这个世界是众生的第八识变现，可是我们每个人的识都不一样，为什么看到的物质世界却是一样的呢？”

说罢，他用手指了指玄奘背后的无忧树，说道：“比如说，那棵Saraca asoca，我看是Saraca asoca，你看应该也是Saraca asoca，对不对？”

“不是啊。”玄奘微笑道，“在我的国家，人们叫它‘无忧树’。”

摩纳宾耆迦愣了一下，村民们也都愣住了，他们不懂汉语，显然不知道玄奘的意思。

好在玄奘也不打算在这个问题上逗他们，他说：“我家乡人口中的‘无忧树’，就是你口中的Saraca asoca，只不过不同的语言给它起了不同的名相。”

“那就是说，我们两个看到的确实是同一件东西了。”摩纳宾耆迦立即说道，“这至少说明这棵树是离识而独立存在的。”

玄奘摇头道：“不一定。我和你都是人，虽然一个是沙门，一个是婆罗门，一个是唐人，一个是迦毗罗卫人，但是，既然都降生在人道之中，业报上的差别就不会太大。你只知道我们两个人看这棵树都是树，焉知一只蝙蝠、一条蛇，或者一只蚂蚁也是同样的看法呢？说不定在它们各自的眼中，看到的是完全不同的图像呢。”

“有这个可能吗？”摩纳宾耆迦疑惑地眨着眼睛。

“我想，有这个可能。”瓦卡尼柯老人突然插嘴道，“你忘了法师刚才说过，一头牛眼中的世界是没有色彩的吗？牛尚且如此，何况是蝙蝠、蚂蚁、蛇呢？听一些修行人说，在蚂蚁眼中，这个世界是平的，它永远都不会知道，在它的头顶上有一双眼睛，在盯着它！”

这话一说，旁边的提迦陀耶不高兴了，恼火地问道：“什么修行人？他们是怎么知道的？是蚂蚁告诉他们的吗？”

瓦卡尼柯老人对侄儿的无理态度有些无奈，也知道自己这时候不该胳膊肘朝外拐，便闭上了嘴，不再说什么。

玄奘微笑道：“蚂蚁不会说话，牛也不会，所以，仁者不相信我的话也情有可原。那咱们还是说回到人吧。仁者方才说，我们看这棵树都是无忧树，这话听起来没错，但仔细推敲还是有问题的。”

“什么问题？”摩纳宾耆迦问。

玄奘道：“你之所以认为我们看到的是同样的东西，是因为我们用语言给它们起了名相。事实上，你眼中的这棵树和我眼中的这棵树是否一样，是不一定的。”

摩纳宾耆迦皱起了眉头问：“法师这话什么意思？”

玄奘道：“我们为了交流和分别而使用语言，并且为许多东西制定了名相，这些名相是如此有用，以至于我们都以为它们是真实不虚的了。但实际上，名相就是名相，只是为了赋予这个世界秩序而创造出的一个假借的概念。比如我叫玄奘，但‘玄奘’这个名相与我本人并没有什么真正的关系，它唯一的作用就是方便人们分别而已。

“别的事物也是一样的。我们都管这个叫无忧树，这个名相在你、在我似乎是一样的，但是焉知它在我们的眼里、心里也一样？换言之，仁者你确定你所看到的、听到的、闻到的、尝到的、感受到的、认知到的世界，与我看到的、听到的、闻到的、尝到的、感受到的、认知到的世界，真的是同一个世界吗？”

“你可以把你看到的世界告诉我，这样我不就可以知道我们看到的是不是同一个世界了吗？”摩纳宾耆迦道。

玄奘缓缓摇头道：“我如何告诉你？不还是要通过概念和名相吗？别忘了，那只是人们为了分别和交流而创造出来的假借物，并不能如实地反映说明这个真实的世界。”

摩纳宾耆迦愣了一下，道：“就算我们两个看到的世界明显不同，我们人与牛、蝙蝠、蚂蚁看到的世界也各不相同。可世界就在这里，它该是什么样的还是什么样的，并非是空。”

“那么，你觉得世界应该是什么样的呢？”玄奘温和地问道。

摩纳宾耆迦再次皱起了眉头，看了面前充满自信的僧侣一眼，不知为何心中竟感到有些发虚，他弱弱地回答道：“我无法肯定地说出这个世界的样子，但有一点我可以肯定——它是真实存在的！”

玄奘笑道：“沙门说过这个世界不存在吗？我说它的本质是空，但空不是不存在，只是不能脱离因缘而独立存在。你看，现在我们连名相上都无法做到统一了，你眼中的‘空’与我眼中的‘空’不同，你眼中的‘存在’与我眼中的‘存在’也不同。”

摩纳宾耆迦道：“也许我们两个对于‘空’的理解不同，但是对于‘存在’的理解应该是相同的。”

玄奘摇头说：“你理解的‘存在’是物质本身的存在，我理解的‘存在’是物质现象的存在，这就是不同。”

摩纳宾耆迦有些惊愕。

玄奘道：“就像这棵无忧树，你以为它是真实的，那是因为你的眼睛同这棵树之间建立起了一种依存关系，但是这种关系与实质并不相同。事实上，没有任何事物的本质是表面上看起来的那样。仁者你觉得这棵树是什么样子的？”

摩纳宾耆迦愣了一下说：“是……是这个样子的。”

“是这个样子吗？”看着已经不太自信的摩纳宾耆迦，玄奘不禁微微一笑，“其实，这棵树本身谈不上样子不样子，它只在观看者的眼睛里有样子。所以这棵树既不是绝对的无，也不是绝对的有，它是‘空’。既然我们因为它的样子而产生了那么多的纷争，那么，为什么不可以抛开一切假借，就以这棵树的本来面目来看待它呢？”

“你的意思是，直接把它看作是空？”摩纳宾耆迦有些晕了，但他还是坚持道，“可是这棵树不仅能够被我们看到和摸到，它还是有功用的。比如它能够为我们遮风挡雨。白天太阳晒的时候，一站到树下就会感觉阴凉了许多。如果它是心识变现出来的，是假的，虚幻的，又怎么会有这么实实在在的作用呢？”

玄奘看着他，问道：“仁者的意思是说，心识所现的虚幻之物，绝不可能有实实在在的作用了？”

“当然！”摩纳宾耆迦理直气壮地说道。

玄奘道：“中印度有一座著名的城市，叫曲女城，是戒日王的都城。仁者听说过这座城市吗？”

“听说过。”摩纳宾耆迦点头道，“我知道戒日王是个很有本事的王，而且我还知道他其实是吠陀种姓！”

果然，婆罗门三句话不离种姓啊！玄奘无奈地摇了摇头道：“那么你可知道‘曲女城’这个名字的由来？”

摩纳宾耆迦怔了一下，道：“是很久以前的一位国王，不小心得罪了一个婆罗门仙人，那仙人便发下恶咒，把国王美丽的女儿们全都变成了驼背的老妪。”

玄奘点头道：“那恶咒便是由识而发，不管是出自第几识，总归不是外境，却产生了实实在在的功用。”

摩纳宾耆迦沉默不语。

见他不反驳，提迦陀耶有点急了，插嘴道：“可这个故事只是个传说，不一定是真的！”

难得啊！一个信奉婆罗门教的青年，居然怀疑婆罗门仙人的故事！玄奘正感到惊奇，旁边的瓦卡尼柯老人再也忍耐不住了，冲侄儿发了脾气：“你这臭小子！凭什么说不是真的？你竟敢质疑仙人的诅咒？”

提迦陀耶动了动嘴唇，没有说话，看他既胆怯又不服的表情，玄奘就觉得有些好笑，他将目光转向摩纳宾耆迦，问道：“仁者认输了吗？”

摩纳宾耆迦心中暗骂玄奘滑头，他不想质疑仙人的咒术，但也不甘心就这么认输。挣扎良久，他终于摇头道：“这个故事不能证明是真的。”

玄奘伸手制止了想要发脾气的瓦卡尼柯老人，点头道：“那么沙门再给你举个例子吧，这个故事发生在我的家乡，是一位文人记载的。他的名字叫应劭，祖父应郴曾经做过县令，故事就发生在那段时间……”

有一天，应郴请主簿杜宣饮酒，酒席就设在厅堂之中。杜宣端起酒杯要喝的时候，突然发现杯底卧着一条小蛇，似乎还在蠕动，顿时惊得冷汗涔涔。但是酒已端起，不饮不恭，何况县令还是他的顶头上司。无奈之际，杜宣只得闭着眼睛将这杯酒喝了下去。仆人再斟的时候，他借故推却，起身告辞了。

回家之后，杜宣就病倒了，总觉得有条小蛇在肚子里翻腾，令他疼痛难忍。家人请了许多大夫为他诊治，吃了许多药，病情始终不见好转。没过多久，整个人就变得形销骨立，奄奄一息。

应郴得知杜宣病重的消息后便来探视，询问他怎么会突然病得这么严重。杜宣自认为必死，便将那天在他家中喝到一条活蛇的事给说了出来。他说："那条小蛇现在还在我的肚子里，我的病就是被它折腾的。"

应郴听了，觉得很奇怪，心想酒杯之中怎么会有活蛇呢？他仔细思量后，突然哈哈大笑起来。

应郴表示，要帮杜宣把这条蛇给捉出来，他命人用马车把杜宣接回家中，两人又回到那天饮酒的地方，坐在原来的位置上，应郴取出上次用的杯子，倒了一杯酒，递给杜宣，请他往里面看。

杜宣一看，竟然还是上次的那条小蛇，在杯中蠕动，顿时大惊失色！应郴叫他仔细再看，他这才注意到，这似乎是一张弓的影子。

这时，应郴又指了杜宣身后的北墙，那里挂着一张红色的弓，因为光线的作用，弓的影子映入酒中，酒水微微摇晃，使那影子看上去就像是一条会动的蛇。

杜宣恍然大悟，原来自己竟是被一条子虚乌有的蛇给折腾得差一点死掉，真是可笑至极！于是也跟着笑了起来，心中郁结一扫而空，肚子也不痛了，没过多久病就好了。[3]

讲到这里，玄奘对听呆了的摩纳宾耆迦道："仁者你看，这杯中的蛇是不是假的、虚幻的？但它却起到了实实在在的作用。杜宣以为自己喝下去的是一条活蛇，就开始生病，他可是真病不是诈病啊，病得都快要死了。可见虚幻的外境也是有功用的，因此不能凭借所谓的功用，得出外境是实的结论。"

听了这个故事，村民们都若有所思地点着头，摩纳宾耆迦却还是摇头不已："这是你家乡的故事，我以前可从来没听说过，不能作为证明。"

玄奘早知道他会这么说，微笑着点头道："既然仁者对所有的故事都不相信，那么沙门只好举一个你自己的例子了。"

"我自己？"摩纳宾耆迦十分纳闷，心想：我们不是第一次见面吗？你会对我很了解？

正惊疑间，却听玄奘问道："仁者有没有做过噩梦，梦中感觉非常无助？"

摩纳宾耆迦点了点头说："做过。有一回我梦见自己在雪山上修炼，来了许多野兽，将我团团包围起来。它们的数量多得可怕，我想逃，却怎么也逃不脱，惊出一身冷汗才醒过来。"

"这便是你质疑仙人咒语的报应！"瓦卡尼柯老人恨恨地说道，"老汉我就从来没做过这样的噩梦。”

玄奘伸出手，制止老人继续往下说。

“那么，当你醒来的时候，那些追赶你的野兽还在不在了？”玄奘问。

“当然不在了。”摩纳宾耆迦惊奇地看玄奘一眼道，“那只是一个梦而已，梦里的东西都是幻境，怎么能当真呢？”

玄奘又问：“那么，你在梦中惊出的汗是真是假？”

摩纳宾耆迦被问得一愣，低下头小声说道：“那倒是真的。”

玄奘道：“这就是了，梦为虚幻，梦中那些追赶你的野兽都是由你的心识而发，显然也都是虚幻不实的。但是，这些虚幻的外境却产生了实实在在的作用，让你惊出了一身的冷汗。不是吗？”

摩纳宾耆迦终于点头道：“法师当真是辩才无碍！我现在相信虚幻的外境也能产生实在的功用了，可我还是不能理解外境是虚幻的这一事实。”

玄奘道：“如果你想象一下，我们现在都活在一场大梦之中，你就能理解这句话了。我们自以为真实存在的一切，其实都是梦中场景。佛证菩提，菩提就是觉，也就是醒来了。所谓成佛，就是从这场无明大梦中醒来，眼前豁然开朗，世界霎时间变得清晰无比，许多于睡梦中无法自主的事情，醒来后都可以自主了。”

“从大梦中醒来……”摩纳宾耆迦认真思索着，终于，他摇了摇头，“难以想象。”

玄奘道：“这便是佛陀的难处了。他想在这个世间普度众生，他希望每一个众生都有机会入佛知见，体验到涅槃的美妙。可是，他所体悟到的真实世界，超出了人们的整体经验，人间甚至没有这方面的语言和名相。所以，无论他怎么解释，人们都只能按照固有的经验去理解和想象，而这种理解和想象通常都是错误的，都只是迷梦之中的虚幻。”

摩纳宾耆迦默然点头，竟似有所领悟。

“他醒来了……”他喃喃自语，“这意味着什么呢？”

“意味着在这天地之间，有一双眼睛睁开了。”玄奘略有几分激动地说道，“黑暗的大地上从此便有了一颗闪亮的启明之星……”

就在睁开眼睛的一刹那，佛陀看到天上有一颗明亮的星星，他感慨地说：“奇哉！一切众生皆有如来智慧德相，只因妄想执着，不能证得。”

“佛陀的这句话是什么意思？”摩纳宾耆迦问，他现在已经非常虚心。

“意思就是说，众生心与佛心，无二无别，本来一体。心即是佛，佛即是心。”

“也就是说，我们其实都能成佛是吗？”

“是的，一切众生皆有自性光明，一切众生都有智慧的种子，一切众生都能够从大梦中醒来，抵达真实不虚的般若之境，从而看到那幅宇宙人生的全景图，真正做回自己的主人——那才是众生的本来面目啊！”

“本来面目……”摩纳宾耆迦仰头看天，满脸困惑，“那就是涅槃境界吗？到底是什么样子的呢？”

他居然还在关心这个问题。玄奘不禁苦笑道：“沙门说过，涅槃是离言绝相的，这种境界无法用语言来描述。佛陀也只能采用‘遮断’的方式，用否定人们所有概念分别的方式来描述涅槃。其实也是出于方便，告诉众生，远离你们平常的那些名相和概念吧，因为那根本就是两回事。佛陀从不吝法，如果能用平常的语言和概念来为我们解释涅槃的话，他早就解释了，哪里还需要费那么多的事呢？”

“就像是为一头牛解释颜色一样困难？”一个村民突然问道。

“比这还要难。”玄奘道，“佛陀在《阿含经》中说，涅槃不是任何物质状态，不是任何禅定境界，不在任何时间内，不在任何空间中，不是开始，不是终结，不是来不是去也不是住，不是生不是灭，不依赖任何条件。

“总之，佛陀使用了一连串的否定，就是为了告诉大家，任何语言文字都无法描述涅槃，任何概念范畴都不堪规定涅槃。涅槃也不是任何主观上的感觉，因为任何感觉都是刹那生灭的，而涅槃是不生不灭的。”[4]

“涅槃是修行的结果吗？”摩纳宾耆迦突然问道。

“不能这么说。”玄奘道，“涅槃不是任何东西的结果。如果它是一个结果，那它就是某种因缘而生的有条件的存在了。但是涅槃非因非果，它是超越因果的。”

“但是佛陀是通过修行证入涅槃的。”摩纳宾耆迦坚持说道。

玄奘道：“通过修行证入涅槃，并不能说明涅槃就是修行的结果。就好比那座雪山。”

他指了指不远处的喜马拉雅山道：“你可以通过这条路走到那里去，但是你不能说，雪山是路的结果。因为不管有没有路，雪山都在那里。涅槃与修行的关系也是如此。”

摩纳宾耆迦点了点头，又微微闭上眼睛，似在认真思索玄奘的话。

提迦陀耶忍不住说道：“法师你说得虽然很好，可惜我们还是不知道涅槃是什么，心中总会有些疑虑。”

玄奘道：“涅槃就是涅槃。你唯一能知道它的方法，就是亲见亲证。按照佛所说的方式依法修行即可，千万不要总想着成佛后是什么样子的，那样很容易着了魔相。因为你的想象都是以这世间不实的经验为依托，强行去想象那些你没有经历过的事物。结果可想而知，你能想象到的基本上都是错误的，徒然产生执着分别。所以佛说：凡有所相，皆是虚妄。”

说到这里，他对不以为然的提迦陀耶笑道：“不过仁者也不用担心，我知道你的疑虑是什么，也可以帮助你打消这个疑虑。涅槃是空没有错，但绝非空洞无物的可怕境界。涅槃具足‘法身、般若、解脱’三德，又怎么会是你想象的那种空洞虚无类似死亡的状态呢？人们称涅槃为寂灭，指的是烦恼寂灭，它所熄灭的是一切不真实的东西，就像患了眼疾的人看到的空中幻相。一旦治好了眼疾，消除了虚幻，剩下的便是绝对的真实。

“所以，涅槃不会是生命的死亡和心识的断灭，而是生命的升华和心灵的净化。”

“原来如此。”提迦陀耶如释重负般地松了一口气。

“其实，这些都只是比喻。”玄奘重申道，“真实的涅槃不可想象，想象出来的都是错误的。另外就是，涅槃也绝非死了以后才能证入，活着的时候便可证入这个境界。例如我们的世尊，他在菩提树下证入涅槃境界后，又以化身住世说法四十九年，在各处行走，教化众生，而不是做一个虚无缥缈的偶像。还有一些大菩萨，以大智不入生死，以大悲不住涅槃，随机应物，随缘示现，广度众生。”

听到这里，众人都不禁啧啧称叹。

证悟后的佛陀，智慧通达，心无挂碍，为诸天宣演《华严经》二十一天后，他下决心将他所证悟到的真理与世人分享，令众生入佛知见，从而像他一样达到解脱离苦的目的。

于是，他离开菩提树桓，走向人间，开始了长达四十九年的传道之旅。

然而，这绝不是一件容易的事情，甚至可以说非常艰难。

佛陀自证的思想体系与当时的主流意识形态婆罗门教是完全对立的，独创的“缘起”理论全面否定了婆罗门教的“神创论”，不仅对“梵天”的创世之功予以了坚决否认，并且对其在婆罗门教中所宣示的种种“德能”，提出了彻底的怀疑！

另外，他的“无常”“无我”等思想，也与婆罗门教“梵我合一”的思想完全对立。

而在当时各派沙门普遍重视师承及“苦行”的情况下，他全新的“中道”思想，也与传统的沙门思想水火不容。

这样看来，佛陀的教法要想被当时的人们接受，几乎是一件不可能的事情，这其中的艰难程度丝毫不亚于最初六年的苦行。

经中描述，佛陀在行化的路上曾经遇到了一位名叫优波伽的外道行者，这位行者见佛陀相貌庄严，浑身散发着一股安详沉静的气息，不禁油然生起恭敬之意，便问他学的是什么禅法，老师是谁？当他得知佛陀是自证自悟的时候，很不以为然，立刻便与他分道扬镳了。

佛陀当然不会在意这些，既然已经决定要在这五浊恶世之中弘扬正法，帮助众生脱离苦海，他便早已做好了这方面的准备。

[1]这里指的是觉悟的两重含义：觉察烦恼，使之不为害于人，这叫作“一切智”；觉知各种事物的原理，而能了了分明，这叫作“一切种智”。自己能够觉悟，又能使他人觉悟，智慧与功德圆满，就叫作“自觉觉他，觉行圆满”。

[2]颜色词在各个文明中其实出现得都很晚，例如《荷马史诗》中经常使用同一词语来表示一些有着本质区别的色彩，或运用根本不一致的色彩来描述相同的物体，以至于有科学家甚至一度怀疑，荷马时代的希腊人色觉发育还未完全。事实上，他们只是语言和文化方面尚未完备。

[3]此故事出自汉应劭的《风俗通义·怪神·世间多有见怪惊怖以自伤者》。

[4]南传《阿含经》中这段的原文是：彼处亦无地水火风，亦无空无边处、识无边处、无所有处、非想非非想处，亦无此世彼世，日月俱无。比丘众，我于彼处不名来，不名去，亦不名住，或灭或生，彼非定住，非发端，亦非依存之物，是即苦灭涅槃。

第23章

教诫神通

佛陀是慈悲的，他知道机缘未到，是不能勉强的。他与优波伽的这次见面种下了一颗种子，这便是以后得度的机缘。

佛陀还知道，在波罗奈城附近的鹿野苑森林中，有五个机缘成熟的人正在等待着他，他们便是当初离他而去的五位苦行者——憍陈如、阿舍婆誓、摩诃跋提、摩男俱利、十方迦叶。佛陀很快便找到了他们，他要将自己证悟到的真理，同这些曾风风雨雨跟随了自己六年之久的同修共享。

然而最初，这五人的态度并不友好，他们远远见到佛陀走来，便相约谁都不去理睬他，因为他们认定悉达多已经是一位修道者的叛逆！

可是，当佛陀来到他们面前时，五位修士竟然被他的威仪所慑，不约而同地站了起来，有人接下了他手中的钵，还有人为他打来了洗脚水。

当然，慑于威仪，以礼相待，并不表示他们就真的认定眼前的人已经觉悟。

于是，佛陀坐了下来，开始向他们宣说自己的思想——四谛、五蕴、十二因缘、三十七菩提分[1]，并且针对当时流行的享乐主义和苦行主义两种极端，提出以“八正道”来代替苦行，反对一切极端化和偏执。

“八正道是什么？”提迦陀耶突然问道。

玄奘回答道：“是避免极端的欲乐和苦行，避免常见与断见，避免过度的乐观和悲观的一种修行方式。因而，八正道是纯粹的中道。分别是：正见、正思维、正语、正业、正命、正精进、正念和正定。它能对一切有情发展出无私的悲悯和慈心，引领人们从自利趋向利他，从虚妄走向真实；它能将修行者导向平静与通慧的境界，令我们厌离五欲、断除烦恼、证入涅槃。”

摩纳宾耆迦沉吟道：“八正道的第一条就是正见，也就是说，要有正确的观点和思想。但是这很难。这个世界上有很多宗派，每一个宗派都有属于自己的观点、论点和主张，如何才能获得正见呢？”

玄奘赞许地点头道：“仁者善问。的确，正信的目的，是要获得并坚持正见。佛说：‘随明于有智者则生正见，有正见则生正思维，有正思维则生正语，有正语则生正业，有正业则生正命，有正命则生正精进，有正精进则生正念，有正念则生正定。’可见，正见乃是八正道中一切修行之首。”[2]

“正见属于信仰吗？”提迦陀耶再次插问道，“比如，我现在相信的都是我的祖辈和父辈告诉我的，从小我就相信这些，这算不算正见？

玄奘轻轻摇头道：“轻信当然不算正见，因为没有经过自己的思维。正见属于般若，可以让人明辨真理，生发智慧。”

“可这个世界上不是所有的人都有智慧。”提迦陀耶看了摩纳宾耆迦一眼，道，“他有智慧，我没有。但是我有信仰，同样可以舍生忘死，不惧苦行。”

玄奘道：“正见不是让你去受苦、去死，而是选择正确的道路，帮助众生寻找到终极的答案，从而摆脱苦难，得到光明和自在。如果没有正见，一个拥有信仰的人，同样会干出愚蠢残忍的事情。”

“但是，你怎么知道哪种观点是正见呢？”

“这需要用你的心和你的智慧去分辨。”玄奘道，“有些事情你一旦下了结论，一旦接受了这个结论，就不会再想去寻找真相了。所以，从一开始就要小心谨慎，在你还没有足够的智慧和分辨力的时候，不要随便接受没有充分证据的主张。”

“那也就是说，也不要随便接受佛陀的主张了？”提迦陀耶问道。

“是的。”玄奘道，“佛陀要求他的弟子们对真理要认真地检验，不要盲目轻信，而是通过了解、学习、理解、分析、验证等，来确认自己是否接受这个思想和主张。只有这样，才能够获得正见与正信。”

“这样的观点，憍陈如他们竟然那么容易就接受了？”提迦陀耶还是觉得不可思议。

“你当众生都像你这般刚强难度吗？”瓦卡尼柯老人不满地说道，引得周围一片笑声。

“可能也不是特别容易。”玄奘认真地说道，“毕竟他们以前都认为，苦行是通向解脱的唯一道路，还曾经因为佛陀放弃苦行而与他决裂。哪会那么容易就接受他的观点呢？”

“难道通过苦行真的不能达到解脱吗？”村民中也有苦行者，显然对这种说法不服。

玄奘道：“佛陀在经中列举了形形色色的苦行方式，他说：‘人们以无数方式苦役此身，但是，若无正见与正戒，无从得到解脱。因为苦行并不能消灭造成痛苦的根源。’”

“那么，佛陀是否认为苦行者死后都会下地狱呢？”瓦卡尼柯老人突然插了一句。

“当然不是。”玄奘道，“苦行者死后如何，不是由其苦行决定的，而是依其所造的善恶业而定。佛陀从未说过苦行是不好的，事实上，苦行虽不是道，却可以成为助道之缘。后来在佛陀的僧团之中，也有实践苦行的，比如摩诃迦叶尊者。即使是提婆达多提到的那五条严戒，佛陀也没有明确地表示过反对，而是听任大家自由选择。佛陀不反对苦行，他只是以亲身经历告诉我们，如果没有正知正见，这种故意找苦吃的行为，其实并无多大意义。”

听了这话，有些人频频点头，有些人陷入深思，还有的人依旧不以为然。

玄奘心中感叹，佛教诞生已经一千多年了，人们依然不能完全理解和接受，更不要说一千多年前了。

佛陀的理念一反当时的传统，自然要受到比丘们的种种质疑。所以这一过程，绝不是居高临下的说法，而是平等的辩论。

这样你来我往，不知经过了多长时间，其间佛陀为了说服他们，将自己所悟的“四圣谛”“十二因缘”等理论反复说了三遍，这在佛经中被称为“三转法轮”。

这一过程长达数日，因为在他说法的过程中，曾有三位比丘外出乞食，另两位继续听他说法，乞回的食物六个人一起分享，然后听过法的人再外出乞食，其他的人再来听法。

“这是佛陀决定离开菩提树桓，到人间弘法后，第一次完整、系统且不受任何干扰地演说他的教法。”玄奘道，“之所以选择这五位，并不仅仅是因为他们曾陪伴他度过了六年艰难的苦修生活，更重要的是，佛陀相信他们都是有智慧有道基的修行者，堪受正法。事实也的确如此，佛陀说法后，五位行者当下悟解，证得阿罗汉果。他们至诚皈依佛陀，成为最初的比丘。从此，阎浮提世界中又有了僧团。”

众人听了，啧啧赞叹道：“这是佛陀的智慧和辩才啊！”

玄奘微笑道：“佛陀自然是智慧无边，辩才无碍的。不过，此番他能够说服五比丘，也显示了佛法本身的缜密和完整。”

“那么，佛陀后来又做了什么？”摩纳宾耆迦好奇地问道。

“后来，波罗奈国巨富俱梨迦长者的儿子耶舍前来拜见佛陀，成为第六位比丘。俱梨迦长者与其夫人也皈依佛陀座下，成为最早的在家男女信徒——优婆塞、优婆夷。此外，耶舍的五十位亲朋好友也受到感召，一起皈依佛陀做了比丘。”

“这么多！”村民们不禁惊叹道，“佛陀这时候已经有八万四千弟子了吧？”

“五十六位。”玄奘道，“至此，佛陀座下有了五十六位比丘弟子，并且都已经证到了阿罗汉的果位。佛陀要求他们各持衣钵，去不同的地方游方教化。而他自己则独自来到伽耶山下的尼连禅河畔，向当时很有名望的事火外道[3]领袖优楼频螺迦叶、伽耶迦叶、那提迦叶说法，迦叶三兄弟被折服，率其徒众一千余人皈依佛陀，做了比丘。

“再然后，佛陀带领这些新收的弟子来到摩揭陀国的首都王舍城，履行得道前的诺言……”

听说悉达多回来了，频毗娑罗王欣喜若狂，他亲率文武百官，迎出摩揭陀国的都城王舍城。

眼前的沙门比起几年前见到的那个太子更加庄严，更加充满智慧和光明。频毗娑罗王震惊之余，不禁肃然起敬，他盛情邀请佛陀登坛说法。

不久，频毗娑罗王便率领王亲国戚、文武百官皈依佛门，成为佛陀的护法弟子，又把竹林精舍赠送给佛陀和他的弟子们，佛陀在那个清净的竹林里度过了三个雨季。

当时的印度各个宗派中，流行咒术咒语，讲求神通神迹，而在这个方面以婆罗门教为最甚。因而，有位叫“坚固”的居士向佛陀提出建议，希望他能够让比丘们使用一些神通，这样一定会有更多的人皈依。

然而佛陀拒绝了，他说：“我从来不教弟子们显示神通，我只教他们在安静的地方思维真理。如果有功德，不要表现出来；如果有过失，则应自我发露和忏悔。要教化众生，使用教诫神通比使用神足通或他心通这样的神通更有效。”[4]

佛陀对此做出了解释，他说：“如果有一位信仰正法，皈依三宝的人，告诉另一位不信的朋友说：‘真是太稀有太神奇了！我见过比丘能现无量神足神通，能隐身、穿墙、入地、水上行走、空中飞行，甚至直达梵天！真是大神力、大威德啊！’那位不信的朋友可能会这样回答：‘是啊！确实有一种这样的明咒，可以让人有神通力，在天上飞行。那位比丘就是依着这样的明咒而现出无量神通的。’

“你看，像这样，不仅没有达到宣扬正法的目的，是不是反而成为一种诽谤呢？据我的观察，展现神通变化弊大于利，所以，我不希望比丘们以这样的目的展现神通。”

听了佛陀的话，坚固居士失望之余又不禁有些好奇，他问道：“那么佛陀，您所说的可以使用的教诫神通究竟是什么呢？”

佛陀回答道：“例如可以教给他们：你应该这样思维，不要那样思维；意念应该这样，不要那样；应该舍离什么，安住于什么……像这样说法，内容纯正，义理清净，可令人修行圆满。人们听了这样的教诫和说法后，就会真正对佛法产生正确的认识和信心，进而有意愿学习，成就三明解脱，这就是比丘们的教诫神通。”

当玄奘在迦毗罗卫的王宫基址上讲述了这个故事后，村民们立刻七嘴八舌地讨论开了——

有的说：“佛陀当年传法时不也示现过神通吗？为什么他要一再禁止佛弟子们追求和展示神通呢？”

有的说：“佛陀大概还是想将佛法同婆罗门教区分开来吧？毕竟那些仙人的咒术是很神奇的，连大神都怕呢！”

还有的说：“用神通来宣扬佛法，这难道不是一个好办法吗？就算是被人当成咒术又有什么关系？只要灵验不就行了吗。”

玄奘摇头道：“因地不正，如何能够引入纯正的佛法呢？你们都说神通好，咒术好，能不能先告诉我好在什么地方？”

提迦陀耶抢着说道：“神通的好处数不胜数！我若有了神通，就可以想要什么就有什么，想去哪里就去哪里；有了神通，就会有很多人视我如神，敬重我，供养我，还有很多漂亮的姑娘愿意嫁给我；有了神通，我就可以知道有没有人在背后骂我、诽谤我，如果有的话，我就对他发出恶咒，让他永远说不出话来！”

玄奘看着这个激动的年轻人，淡然道：“这样看来，佛陀限制弟子们使用神通，当真是智慧无边。你所说的这些，归根到底还是‘贪、嗔、痴’这三毒在作祟。以此心地来修行，即使有了神通，也只会令三毒更加炽盛，为害甚大。”

“假如我修神通是为了追求智慧和解脱呢？”瓦卡尼柯老人突然问道。

玄奘道：“神通同智慧解脱并无多大关联。佛陀的弟子中，有一部分属于慧解脱阿罗汉，意思就是说，他们是从智慧入解脱，是没有神通的。但这并不妨碍他们成为诸漏虚尽的阿罗汉。可见，神通与解脱并无必然的联系。有神通的人不一定能达到解脱的境地，达到解脱境地的人也不一定有神通。当然，漏尽通除外。”

“原来是这样。”瓦卡尼柯道，“可是我还是很想拥有神通，怎么办呢？”

“那你一定不是单单抱着求智慧和解脱的目的来修行的。”玄奘肯定地说道。

老人想了想，点了点头说：“法师说得没错，我的目的的确不纯。”

玄奘道：“神通通常来自于禅定，但禅修的方法属于共法，可以用来实现各种不同的目的。佛陀是要大众借用禅定得到智慧，以实现最终的解脱，而不是追求那些雕虫小技。

“其实神通并不稀奇，它是每个众生本具的能力，就像佛性一样。譬如火本有光，如果有人说，火不发光，那一定不是火的问题，而是被什么东西遮蔽住了，以至阻碍不通。众生也是如此，五蕴、六根、六尘都是障碍，对于神通的过于执着，也是一种障碍，这些障碍遮蔽了自性，遮蔽了我们本来具备的某些能力，更使得我们在烦恼海中流转不息。

“一旦去除了这些遮蔽，神通便会自然而然地显现出来，当然这不是一件容易的事情。有人偶尔证得，但只要他没有彻底消除烦恼，也很容易退失。比如提婆达多，他辛苦习得的神通，最终还是因为他的心术不正而退失了。

“然而人一旦使用过神通，就会产生依赖感，就像刚才这位居士所说，你希望人们能敬你如神，你希望能借此获得许多世间的好处，甚至你希望用这个来对付那些不喜欢你的人。却不知道，这些都是烦恼的根本，以此心态追求神通，必入歧途。

“佛陀还担心一个问题就是，以佛家正常的途径证得神通并不容易，因为那需要断除无明，而世人想要获得神通的欲望本身就是无明。于是，就有人去追求咒术之类的外道神通。这样就会造成因地不正，于他本人没有任何好处。若再以此蛊惑人心、扰乱世间、干预因果，很可能会遭到惨烈的报应。这就是神通的负面效果。

“在《长尼迦耶》中，佛陀就曾经说过：‘正因为我看到了施展神通的缺陷，我对此感到忧虑、厌恶和羞耻。’

“更何况，当时还有人将比丘施展的佛门神通比作婆罗门神咒，这在佛陀看来，也是展示神通的负面效果之一。”

“这算什么负面效果？”提迦陀耶抗议道。

玄奘摇头道：“沙门说句实话，如果有人说佛门没有神通，这不会构成诽谤。因为在佛陀眼里，所谓‘神通’只是强名，既然这种能力人人本具，是很自然的东西，那便算不得‘神通’；但若有人说，佛门神通其实就相当于‘犍陀罗咒术’或‘摩尼咒术’之类的东西，那就构成诽谤了。仁者可能会觉得这无所谓，只要灵验就好。佛陀却认为这样很容易造成人们对佛法的误解，是一种谤法行为，而且有伤大雅。所以，佛陀不喜欢神通，弟子中真有神通者，也不让轻易展示，谎报有神通者还会被逐出僧团。”

听了这话，提迦陀耶忍不住满脸通红，他是这些村民里面最执着于婆罗门教的，玄奘的话无疑令他感到很不舒服。但他又知道自己辩不过玄奘，于是便将目光投向摩纳宾耆迦——这个村庄真正的婆罗门学者，希望他能说句话。

他却不知，摩纳宾耆迦已在刚才的辩论中被玄奘折服，正想着要不要皈依佛门，因而丝毫不觉得玄奘的话有什么问题，只是若有所思地说道：“难怪佛陀会说，使用神通宣扬佛法有很大的缺陷，看来是没有错的。佛陀具足宿命通，他一定是看到了这么做的后果不好，所以才不愿意叫弟子们展示神通，宁愿用什么……教诫神通来宣扬佛法，教诫算什么神通？”

“就是啊。”提迦陀耶立即说道，“‘漏尽通’算神通也就罢了，为何教诫也能被称为神通呢？”

玄奘微笑道：“教诫神通，只是教化。就是依佛解说，有次第地引导人们修学正法。这听起来确实一点儿都不神秘。但是你们想想，能够仅凭教化引导一位凡夫成为解脱圣者，还能以一教十，以十教百，百教千万……如此辗转传授，让无数人通达彻底止息烦恼与解脱的境地，这难道不算是一种神通吗？”

村民们愣住了，思忖良久，才有人摸着脑袋道：“照法师这么说，这教诫还真是一种神通啊！不是谁都有这个本事的。”

“我不觉得这算什么本事。”提迦陀耶继续抬扛，“你们想想看，神足通能穿壁飞天，他心通能知道别人心里在想什么，这才是实打实的本事呢！”

玄奘道：“本事不重要，重要的是效果。你说的这些本事听起来是很稀奇，但是对一般没有这些神通能力的人来说，看到这样的神通，和看到幻术有什么区别呢？即使知道这是神通，那又如何？不会的人照样不会，没有办法分享。如果有人在我面前展示这样的神通，我会对他说一句：‘你的神通，与我何干？’”

“如果有仙人诅咒了你，你就不会这么说了！”提迦陀耶大声道。

玄奘淡然一笑道：“沙门不是太介意诅咒的。”

在他看来，诅咒术、威赫术、魅惑术……所有这些针对人的心识的攻击，顶多用来对付心力脆弱的普通人罢了，而对于受过禅定训练的修行人来说，则不仅是无效的，还可能成为修行路上难得的资粮。

提迦陀耶显然不服，还想再说什么，被他的伯父一眼瞪了回去。

于是玄奘接着说道：“只有通过教诫神通，有次第地为人解说，循循善诱，才能造福众生，成就无量福德。你们说是不是？”

村民们频频点头道：“法师说得有理，这也是佛陀的慈悲。”

“也是大乘佛法的精髓。”玄奘道，“化他不忘自修，自修不妨化他，唯有如此，才是正法的实践者。所以佛陀才会让他的弟子们四处游方教化，以大慈大悲之心，度众生出苦海。而且，佛陀还要求他们必须各自分化一方，不可两人同往一个地方。佛教的积极传道，就是从这时候开始的。”

说到这里，玄奘心中若有所悟。这段日子他一直想不明白，为什么佛陀降生的地方会有这么严重的等级制度？比东土还要严重得多，很多地方怎么看怎么不完美。现在想来，这其实是很正常的，正如佛陀通常会去寻找那些歹恶不善之人，以“八正道”教化之，因为清净善德之人会主动来找他。

传说过去诸佛通常都会选择有转轮圣王的时代来下生，唯有释迦佛不同，他甘愿在“五浊恶世”之中宣扬佛法，因而便显得格外艰难。

佛陀曾多次在经典中说过众生“刚强难度”的话，能够接受佛法的人总是少数。何况他的肉身也是四大和合，在这个世间不能久存，一旦涅槃，魔便会乘虚而入。

婆罗门和刹帝利坚持种姓制度，是因为他们高高在上，不愿舍离这份特权；吠舍和首陀罗也坚持种姓制度，是因为什么呢？因为放弃这种制度就意味着他们要与贱民平等，他们宁愿被比自己种姓高的人欺压，也不愿意同比自己种姓低的人平等，这就是人性，也是魔性。

魔的教导深入人心，是因为魔总是教导众生增长贪、嗔、痴；而佛的教导之所以曲高和寡，是因为佛总是教导众生要远离贪、嗔、痴。

然而佛陀并不介意，他还是选择了这个“五浊恶世”，选择了这个糟糕的时代，这个糟糕的地方。他说：“虚空有尽，我愿无穷。”尽自己的力量，改变能改变的，度化能度化的，因为这些都是菩提的种子。

地藏菩萨发愿在地狱里度尽众生，他真的能改变地狱吗？短时间内很难。他也只能度他能度的。可能每天下到地狱里的众生，比他度出去的要多得多，但他不后悔，不绝望。他说：“众生度尽，方证菩提；地狱不空，誓不成佛……”

完美的地方有佛出世，那是锦上添花。不完美的地方有佛出世，才真正体现出大乘佛法济世度人的精神。

玄奘对众村民说：“佛陀对佛法的修学者，一直都是以教诫神通、成就无量福道为期许的，这便是大乘菩萨的利他之行。”

说到“利他”，立刻就有一个聪明的家伙抢着说道：“那么，有了神通之后去帮助众生，是不是也是行菩萨道？也有福德？”

“也算是吧。”玄奘道，“不过，这终究是有漏的世间法。佛陀所要教导我们的，是烦恼的彻底止息和生命的解脱，这绝不是神通能够办得到的。况且世人心性薄弱，焉知有了神通不去造业？就像那大树仙人，那么多年的修行，竟然用来威胁和伤害无辜的女孩。”

“很多婆罗门仙人都这么干。”瓦卡尼柯老人叹息道，“他们禁欲就是为了更好地纵欲。”

“难道不对吗？”提迦陀耶小声嘟哝了一句，似乎不敢让他的伯父听到。

玄奘也只当听而不闻，继续说道：“所以佛陀才要比丘们先从‘漏尽通’入手，以开发觉慧，证得真空为‘体’。至于其他五种神通都只是一时之‘用’，最多是度人时的方便示现，不会有其他任何目的。”

“原来如此。”摩纳宾耆迦心悦诚服地点头道，“法师也是有教诫神通的人哪！”

“不，真正具足教诫神通的，是佛陀。”玄奘轻轻说道。

作为中印度地区最活跃的沙门文化中心，有很多教派都集中在王舍城里，然而佛教僧团的到来，却给这里带来了不小的轰动。

产生轰动的原因不是因为他们人多，也不是因为佛陀的教法有多新奇，更不是因为有人展示了什么了不得的神通，而是缘于比丘们那与众不同的威仪。

或许是因为印度的气候比较极端，导致印度人也喜欢走极端，在这块大陆上，禁欲与纵欲并行不悖，苦行与享乐并行不悖。就连思想界，也是有的极端重视物质，有的极端重视精神……

而佛陀却提出了“中道”的修持方法，这使他的僧团远离了自我折磨的苦行，僧团成员们因为合理而有规律地摄取食物，身体大多比较健康。另外，他们还舍弃了传统苦行中那些泯灭个人尊严的戒律，开始注重起个人的卫生和形象——他们不食五辛以保持口气清新；饭后会净发、洗脸、刷牙，保持清净庄严的面貌；行动讲究“行如风、坐如钟、卧如弓、站如松”，他们来自不同的种姓阶层，但每个人看上去都极具威仪。

这种威仪不是做给外人看的，而是借由对身体行为的调整和控制，使内心达到平衡与沉静，有利于入定思维。

但是不管怎么说，佛教僧团与当时流行于其他沙门团体中的肮脏、怠惰、散漫形成强烈的反差，以至于当他们走出去，无论是形象上还是精神面貌上都显得与众不同。

这种独特的威仪折服了许多人，其中就包括佛陀十大弟子中的舍利弗和目犍连。

舍利弗，本名优波室沙；目犍连，本名拘律陀。他们原本都是删阇耶教派的弟子，都出身于婆罗门家庭，自幼接受过良好的教育。据说舍利弗七岁那年，曾参加过一次由十六国论师组成的辩论大会，在激烈的论辩中，年幼的舍利弗竟然战胜了十六国中许多大名鼎鼎的论师，从此名闻天下。

舍利弗以聪明才智见长，目犍连则以洞察入微著称，二人才学不相上下，学习、修行都在一处，发誓荣辱与共。在当时的学术界，名气颇为卓著。

然而，由于对世间的很多事情想不明白，他们两人都于二十岁左右离开家乡，来到丛林，偶遇当时被佛教称为“六师外道”之一的删阇耶教的教主，于是便拜师学习。

删阇耶教又称“不可知论派”，这是一种直观主义学派，对一切问题都不做决定说。如对有无来世、有无果报等问题，他认为说有就有，说没有就没有，甚至认为可以不说有，也不说没有。这种支离暧昧的回答，被佛教徒称为“难以捕捉的鳝鱼说”，客气点说就叫“怀疑论”或“不可知论”。

不过，这派学说含有反对婆罗门的世界由梵我转化而来的主张，他们主张踏实修定，以求得真正的智慧。

舍利弗和目犍连很快发现，删阇耶教的学问不是终极真理，不仅不能彻底解决人们脱离苦海的问题，甚至不能满足自己的求知欲。于是他们决定离开，另外创立一个学团，招收弟子，顺便留心寻找更圆满的教法，并且相约，无论谁先得到真理，都要与对方分享，以便相互开悟，共同获益。

许多年过去了，他们仍然没有找到能满足他们精神需求的教法，于是便认为这个世界上再也没有比他俩更有智慧的人，再也没有人够资格做他俩的老师。

这一天，舍利弗走在街上，偶然遇见一位相貌庄严、神情寂静、进退有方的比丘正在托钵乞食。他就是佛陀早期的弟子马胜比丘。舍利弗竟然被这位干净利索、很有教养的比丘所打动，心中不由得生起一种敬慕之情。

“若非已证圣果，内心了无挂碍，怎么可能如此安详寂静？”

舍利弗认为，这位举止温文高雅、与众不同的比丘，一定是个修为极高的人。看到马胜比丘刚刚乞了食，正走在回去的路上，就尾随他到了住处。

一直等到马胜比丘用过斋饭，开始洗钵时，舍利弗才走上前去，恭恭敬敬地向他求教，并询问他师从何人，所学何法。

马胜比丘回答道：“我的导师是佛陀，他怜悯六道众生，放弃转轮王位出家修行，证成无上菩提，具备一切智慧。我刚刚听闻导师的教法，还不能全部了解和领会。事实上，那些甚深的佛法，只有佛与佛之间才能探究讲述。像我这样的愚昧之人，根本就不知道该如何来形容导师的教法。”

舍利弗说道：“那就谈谈你所听到的话吧。”

于是，这段佛教史上著名的《因缘偈》，就从马胜比丘的口中诵出——

“诸法从缘生，诸法从缘灭，若能解此者，即得真实道。”

这段偈子的意思就是说：世间的一切事物及其运作的规则，都是依据适当的条件而生成的，也同样会因为条件的丧失而消亡。若能明白这个道理，就走向了通往最高真理的道路。

这句以“缘生缘灭”为主题的偈颂，刹那间如一道闪电般划过舍利弗的心灵，法界的真理历历在目——

“原来宇宙的一切众相，只是因缘法则而已。在缘起缘灭中，并没有任何自性的存在。可叹一切众生，都执着于我，因此永远轮回在生死的迷途中。如果消除了这种执着，便会立即远离束缚，破除烦恼黑暗的迷障。我过去所学到的东西都是不正确的见解，只有今日才听到真正的道理，找到真正能够引导我趋向真理的导师。”

一直以来，舍利弗都在寻找这一答案，删阇耶教派的学说中，最使他不满意的就是“不可知论”，这也是他和目犍连离开这一教派的原因。

如今，他的心自由了，不再有“我执”的缠缚，于当下就证得了初果法眼净。

[1]三十七菩提分，也译作三十七道品、三十七觉支等。它是佛陀教导众生修证圣果的三十七种途径和方法。“菩提分”的意思是成就佛教四圣谛的智慧，通向涅槃圣果的道路。分为七科，即四念处、四正勤、四如意足、五根、五力、七觉分、八正道。《俱舍论》卷二十五称：“三十七法顺趣菩提，是故皆名菩提分法。”

[2]此段经文出自《相应部》。

[3]印度的事火外道与中亚的拜火教并不是一回事，他们更像是一种认定苦行可以得到解脱的沙门教派。据说这些教徒经常用火炙烤自己的身体，甚至熏烤自己的鼻子，并且认为通过这种火烤的苦行，可以帮助他们得到“解脱”。

[4]“神足通”与“他心通”皆为佛教六种神通之一。六种神通分别是：天眼通、天耳通、宿命通、他心通、神足通和漏尽通。其中，只有“漏尽通”才是佛教所独有的，称为“出世间神通”，其他五种神通都是印度传统宗教所共有的，称为“世间神通”。

第24章

众生平等

“我听说，缘起理论是佛教中最根本的理论之一，法师能和我讲讲，什么是缘起吗？”摩纳宾耆迦向玄奘提出了请求。

玄奘点头道：“‘缘起论’[1]认为，世间一切事物的生起，都依赖于各种相关条件——因和缘的完全具足。一旦支撑事物的各种条件不再存在了，事物也就走向消亡。”

“那么，因与缘有什么区别吗？”摩纳宾耆迦问。

玄奘道：“因是对果有趋向性的缘。比如，我想到印度来求法，这就是‘因’；无论我最终求没求到法，都是‘果’。决定果和因是否一致的是‘缘’，即各种条件。比如我的身体状况、这条道路的情况、我所遇到的人、印度佛法的现状，甚至佛菩萨的加持。所以，严格地说，因也是缘，只是处于核心的缘。”

“那么，如何确定在这么多的缘中，究竟哪一个是因呢？”摩纳宾耆迦追问道。

“很简单，把这些缘一个一个地排除，看看哪一个缘对最终取到法这个结果有趋向性。”玄奘道，“如果没有我想求法的想法，那么，不管保留哪个条件，我都不可能求到法。所以，想求法就是缘中的因。因明中称因为‘近取因’，指的就是在趋向上距离结果最近的缘；称缘为‘俱有缘’。”

“缘起论就是因果论吗？”罗那伽插问道。

“不完全是。”玄奘道，“我们一般理解的因果是指，有某个真实的原因，一定会导致某个真实的结果。二者的关系是客观存在的。但佛教的因与果都是非真实的，因与果本身并没有任何关联，关联是识建立的。这完全是两个概念。佛教只讲‘缘起’或‘因缘’，因果在佛教中被称为‘安立’。”

“我明白了。”摩纳宾耆迦点头道，“缘起就是佛陀解释世间所有事物的生灭过程。可是，知道了这个，对我们这些众生有什么帮助吗？”

“可以帮助我们正确地认识这个世界，从而摆脱无明的干扰。”玄奘道，“佛陀通过‘无分刹那’与‘无方分微尘’这两个概念，从时间和空间的角度对世界上的一切现象进行细微的分析和观察，最终确定，世界上的一切事物都是由因缘和合而刹那生灭，运动与变化是这个现象世界中一切事物的具体表现，不变的事物、永恒的事物是没有的。所以我们可以得出‘诸行无常’的结果。

“通过缘起理论我们还可以知道，这世间的一切不是不存在，只是现象的虚假变现。所以可以得出‘诸法无我’的结果。又因为一切都是虚假的，所以缘起性空。

“你们看，作为判断佛教理论标准的‘三法印’，都是依缘起法则成立的，这就是它的作用。”

“可是，我还是不明白它对修行者有什么好处啊。”提迦陀耶突然说道，“反而因为否认了大神的作用，让人心里毛毛的。”

玄奘道：“佛法的修行，目的是明白自己的心。‘明心’就是明白自己当下的每一个心念都是缘起的，因境而生，因境而灭。修行人只有明白了这个，才会有证悟的现象发生。”

“为什么会这样？”提迦陀耶问。

玄奘回答道：“一般的修行人，当缘起法还没有从心底生起的时候，很难摆脱‘断见’与‘常见’的缠缚。只有明白了心法的因境生灭，才能不落断常二见，也才能明白‘五蕴皆空’，从而去除无明、转识成智、证悟菩提。须知在佛法的修行当中，如果不能清楚地在自己的身心上证到身心缘起法则的展现，是没有办法知道佛所讲的‘空’的意思的。所以，缘起法是修行人体证‘空’的最重要工具，无论修习何种法门，‘缘起’总是绕不过去的。而如果修行者的内心没有对缘起法的深刻理解与亲证，就不会有真正的解脱。”

然而，提迦陀耶还是摇头道：“我听不懂你的话。”

“我听懂了。”摩纳宾耆迦却显得很高兴的样子，“回去后我会跟不懂的人解释。现在，请法师继续往下讲吧。”

回到住处，舍利弗将路上遇到马胜比丘之事一五一十地跟目犍连说了，说到那个因缘谒时，目犍连心生慧解，即听即证，当时就远离尘垢，得证初果。

两个好友从此对佛法心生敬仰，各自带领门下的两百多名弟子去拜访佛陀。

佛陀对他们说：“欢迎你，比丘！你虔诚修持梵行，就能脱离苦海。”

听闻这一句话，两人须发自落，袈裟自服，成为比丘相。佛教僧团立即壮大起来。

七天后，目犍连证得阿罗汉果，获得神通威力。半个月后，舍利弗听闻佛陀为他的舅舅长爪梵志说法，也证得阿罗汉果，拥有了无穷的智慧。

舍利弗与目犍连是佛陀门下最重要的两位弟子，被称为“双贤”，辅佐佛陀的教化。[2]

由此可见，虽然当时的佛教僧团还没有严苛的戒律，但比丘们的精神面貌与整齐划一的风气，在当时的王舍城，形成了一道独特的风景线。在很多人眼里，以马胜比丘为代表的佛教僧团的形象与威仪，是佛教与其他教派最大的外在不同。

至于内在，则是佛陀那充满智慧的教化。

佛陀的思想直接根源，以彻底解决人生的根本问题——生死为中心，以“缘起”的智慧如实观察宇宙人生的本来面目，特别是如实地观察自心，依照智慧自净其心，从而解脱世间诸苦，获得现前、后世乃至永恒的安乐幸福。

佛陀说法时善于条分缕析，他常常使用譬喻、故事来讲解那些深奥的道理，用易诵易记的偈颂来复述和总摄其说，这就使得他的说法既有理论的严密性和逻辑性，又有很高的文学性和趣味性。他善于观机逗教，针对不同听法者的疑惑和根器，说相应的法，他称这种方式为“应病与药”。他在《杂阿含经》中说，一个好医生应具有善知病症、善知病源、善知对症下药、善知治愈后如何保健不令复发之法。佛陀自身便是成就此四种医德、善疗众生诸病，尤其是心病的“大医王”。

佛陀的智慧和魅力不仅让舍利弗、目犍连这样出类拔萃的学者为之折服，在那几年里，摩揭陀国的许多贵族、大臣、富豪也都纷纷皈依，追随佛陀。就连一些曾经对他的悟道不屑一顾的外道，也开始对他心悦诚服，并最终皈依……

对于经典中的这些记载，玄奘并不觉得有什么稀奇，毕竟佛陀具有一些超凡卓绝的能力，能够使最敌对、最倔强、最愚笨，或意志最脆弱的人奇迹般地改变心意和态度，这种出众的教化能力难道不是佛陀的“神通”吗？

教诫神通，名副其实。

在玄奘看来，凭借着佛陀的智慧和魅力，短时间内能够有这么多人前来皈依，实在不是什么大不了的事情。倒是同一时期发生的另外一件小事，引起了他更大的兴趣——

有一天，佛陀正在精舍内讲法，忽听人群后面隐隐传来哭泣之声，世尊慈悲地走过去，只见一位老妇人双手掩面，抽泣不止。

佛陀温言问道：“这位老菩萨，你为何哭泣？”

那老妇人仰望佛陀，悲伤地说道：“我听闻佛陀说法，心中欢喜感动，想要皈依佛门。但是，我是一个孤老婆子，家中贫穷，又没有亲人，不像那些王公贵族可以出家学道，所以心中悲伤。”

佛陀安慰她道：“善哉！老菩萨，佛门广大，不分高低贵贱、男女老幼，只要心向佛法，都有资格皈依佛门，修行大道。这就是‘众生平等’。”

那老妇几乎不敢相信自己的耳朵：“尊贵的佛陀，您是说，像我这样的可怜人也有资格学习佛法？”

“老菩萨放心，像你这样慈悲向善的人都没有资格，谁还有资格呢？只要你精进努力，将来的成就一定不会比那些学者和贵族差。”

听了这话，老妇人泪流满面，立即拜倒在佛陀的脚下说：“慈悲的大觉圣人啊，我今日终于看到了天地间最伟大的光明！我愿意心向佛法，努力修道，再度众生。”

在种姓制度深入人心的古印度，佛陀的这种言论令在场的绝大多数人都难以理解和接受。频毗娑罗王就忍不住问道：“尊贵的佛陀，像这样的老太婆，难道也有资格修学高贵的佛法吗？”

佛陀平静地回答道：“大王，佛法确实是高贵的、珍奇的，这是因为它属于所有众生。众生平等，一切都是因缘所致，这才是它真正的高贵之处！”

“众生平等，难道梵天用脚创造的人，也能同用口创造的人平等吗？”有人还是不理解。

佛陀道：“生命的本质不是你们想象的那样，命运也绝不是被某一个神祇或某一种力量所支配的。你们不应该被眼前的假象所迷惑，冷静下来便可以明白，每一个生命都有他的自由，也都有选择自己命运的权利，每个人的命运都掌握在他自己手中。”

频毗娑罗王等人感叹着佛陀的胸襟。但是，由此一来，佛教与婆罗门教的矛盾彻底公开，佛教的“众生平等”理论与婆罗门教的“梵天创世”的根本教义显然无法调和了。

据佛典记载，当时的婆罗门祭司曾鼓动六师外道一起向佛陀诘难，非要用神通力同佛陀一较高下。

然而佛陀拒绝使用神通，选择了忍耐。

外道们无可奈何，就对在路上托钵的比丘们说道：“沙门瞿昙带你们来到这里，扰乱我们的国家，妨碍我们的事业，诱惑我们的子弟，真是岂有此理！现在他连出面与我们比试都不敢，可见没有什么真材实料。他的那些邪说用来骗骗无知的人或许还行，真正有智慧的人是不会接受的，你们还是赶紧离开这里吧！”

回到精舍，比丘们将这些无理的话禀告佛陀。佛陀听了，脸上无丝毫不愉之色，他安详地对诸比丘道：“这是很平常的事情，你们不必为此感到不安。只要你们不与他们争辩，过上一段很短的时间，一切闲言都会过去的。”

佛陀从来都不是一位神秘主义者，也不喜欢使用强力来使对方臣服。他的教法圆融而通俗，他本身又是一位高明的演说家和深具魅力的导师，因此，他坚信自己可以通过正常的方式来传播他的教法，而不必通过所谓的“神通”去降服别人。至于外界的那些激将与骂战，对他的心更是起不到丝毫的骚扰。

果然没过多久，讥评之声就渐渐听不到了，大家反而很乐意去接近比丘，接受比丘的德化。

没有超验的启示和神秘的理论，佛陀的学说最终还是得到了人们的认可。

玄奘的说法也得到了村民们的认可，摩纳宾耆迦信服地向他顶礼说：“我从今天起愿意皈依佛法。”

提迦陀耶急了，赶紧拉住他说：“摩纳宾耆迦，你怎么……”

摩纳宾耆迦微笑着说道：“前面的辩论我已经输给了法师。我们事先说好了的，负者皈依。法师不提，那是他慈悲谦和，我却不能耍赖不认。”

提迦陀耶立刻无话可说了，毕竟是他硬拉着摩纳宾耆迦来这里同玄奘辩论的。

瓦卡尼柯老人同几个村民也当场表示，愿意皈依。

玄奘为这些人授了居士戒后，天已经快黑了，村民们再次离开时，竟都有些依依不舍。

玄奘告诉他们，自己明天就要离开迦毗罗卫。摩纳宾耆迦当即表示，明天早晨还会再来，为师父送行。

提迦陀耶却有些恶毒地说道：“法师夜里一个人在这里要小心，当心别被狮子吃掉！”

这算是一种诅咒吗？玄奘奇怪地看了他一眼，坦然一笑。

天完全黑了下来，遗址中伸手不见五指，玄奘依然在荒草台基上独自禅坐，遥追佛陀。

那两头野狮子又来了，就在离他不远的地方静静地趴着，似在听他诵经。

玄奘觉得，自己与这两头狮子是有几分宿世因缘的，短短两天时间，他们就好似已经是老朋友了。

这便是佛陀遗迹的加持啊，连凶猛的狮子都有了灵性，奇迹从佛陀的时代一直流传至今……

佛陀再次回到迦毗罗卫，是在他得道后的第五年，此时距离他离开王宫已经过去了整整十二个年头。

这一天，佛陀在王舍城听到了父亲净饭王病危的消息，他立即带着弟子们回到故乡，来到父亲的病榻前，为其说法。净饭王当下证得阿罗汉果，享受七天的禅悦后安详离世，享年九十七岁（一说九十三岁）。

出葬那天，佛陀亲自抬棺，尽了人子的责任。

净饭王的遗体火化后，迦毗罗卫的王位由他的侄儿摩诃男继任，佛陀则带领弟子们暂居在离城不远的尼拘律林中，普施法雨，为有缘人说法。

在那段日子里，释迦族的年轻王子们纷纷前来亲近佛陀，这其中包括佛陀的亲弟弟难陀，儿子罗睺罗，甘露饭王之子、新王摩诃南的弟弟阿那律，曾一度被立为王储的跋提，白饭王之子提婆达多，以及提婆达多的幼弟——当时年仅五岁的阿难。

在这些王子中，年纪最幼的阿难深得佛陀的喜爱。据说，阿难也喜欢亲近佛陀，不仅恭恭敬敬地礼拜，还拿了把扇子殷勤地替佛陀扇风。佛陀问起他的生辰，得知这个善根深厚的堂弟，竟然出生于自己得道之时，不禁深深地为之感叹！

种子入地，就会发芽生长。随后不久，释迦族的七位王子均起了皈依佛陀出家修行的念头，当佛陀带领弟子们离开迦毗罗卫时，王子们也相约偷偷出走，追随佛陀游化的路线，去寻找佛陀。

由于出家修行要剃除须发，王子们甚至还带上了出身首陀罗的理发匠优波离。

到了弥那邑附近的丛林时，王子们脱下身上的华衣，叫优波离把他们七人的须发全部剃除，又将自己随身的珠宝衣物送给了优波离，嘱咐他返回迦毗罗卫。然后，七位王子便径直去找佛陀了。

然而，当王子们身着染衣、风尘仆仆地见到佛陀后，佛陀并没有立即允许他们加入僧团，而是叫他们住在一间空屋里，静坐七日。佛陀希望他们能在这七日内凝神定气，忘记王子尊荣的身份，然后才准许他们出家，进入僧团。

而在另一边，优波离见王子们远去，本欲回转王城，但他忽然想道："如果我接受了这些珠宝衣物回王城的话，释迦族的王公大臣们一定会责怪我。况且，如此尊贵的王子都能舍弃世间的荣华而出家，像我这等下贱之人，对世间又有什么好留恋的？我也应该去找佛陀，出家修行。"

优波离想到这里，立刻将那些珠宝衣物挂在树上，任由过路的人去拿，自己则继续前行。

然而他走了一程后，突然想到自己的出身，不禁又悲哀起来，坐在路边流泪自语道："我怎么有资格出家呢？他们都是王子，而我是奴隶的身份，我怎么能和王子一样去出家修道呢？"

他怨叹世间的不平等，怨恨自己的命运不幸，正哭得伤心时，忽然听到耳边有人问道："你为什么哭得这么伤心？"

优波离抬头一看，原来是舍利弗尊者不知何时走到了他的身边。

他忙擦了一把眼泪，跪下顶礼道："尊者，您是佛陀的大弟子，有着无量无边的智慧。我想请问您，像我这种首陀罗身份的人，可不可以做佛陀的弟子？我这样的妄想真是太大了！”

舍利弗平静地问道：“你叫什么名字？”

优波离说出了自己的名字，舍利弗立即想起一事问：“我记得世尊在迦毗罗卫城剃发时，有一位年轻的理发师曾经进入过四禅，那便是你吧？”

优波离点了点头，舍利弗十分欢喜，当即说道：“佛陀的教法，是自由、平等、慈悲的，不分职业和种姓。只要一心清净，谁都可以做佛陀的弟子，谁都可以出家，谁都可以证得无上的正觉。跟我来吧，优波离，佛陀一定会很欢喜地允许你出家，允许你做他的弟子。”

听了这话，优波离烦恼俱消，立即跟在舍利弗的身后去见佛陀。

果然，佛陀一见到优波离，听他说明来意后，就很高兴地对他说：“欢迎你，比丘！”并亲自为优波离剃度。

玄奘心中感慨，优波离的出家使得佛陀制定的法制逐渐实现，尽管印度社会种姓森严，人与人之间地位悬殊，但在佛法僧的教团里，却没有四姓的分别。

“百川河水，同流入海；四姓出家，同一释姓。”这是佛陀平等的精神，现在由优波离的出家而实现佛陀的理想，佛陀怎么能不高兴呢？

理发匠优波离从刚刚剃度的喜悦中回过神来，立即问起先行来此的跋提王子等人。

佛陀嘉许地说道：“优波离，你很有善根，我知道你将来一定能够宣扬正法的。在你来此之前，跋提王子他们已先行到此，要求剃度出家。我虽然已经允许，但他们还需经过七日的修行，忘记自己王子的身份，才可以正式剃度，成为我的弟子。那时他们便会出来，有礼貌地同你见面。”

听了这话，优波离放下心来，心中对佛陀感激不尽。

七日后，佛陀叫出跋提王子等人同大家见面，王子们意外地见到优波离的比丘相，都极为惊奇，一时不知道该如何招呼他才好。

佛陀平静地对他们七人说道：“你们踌躇什么呢？出家学道之法，首先就是要降伏骄慢之心。优波离既然先行剃度，便是你们的师兄，你们应该向他顶礼才是。”

听了佛陀的话，诸王子顿感为难，他们犹豫地看着优波离，实在难以跪拜下去。

佛陀摇头道：“看来，你们还是去除不了王族的优越感，那么就立即回家去吧。出家不是换一件衣服就可以的事，对人没有怨亲的分别，能以真理教化人间，这样才是真正的出家。像你们这样强大的‘我执’和‘我慢’，哪里能称得上是出家？莫非你们真的觉得，你们有什么比优波离更超胜的地方吗？”

听到佛陀的这番开示，跋提王子等七人豁然醒悟，立即虚心地向优波离跪下顶礼，这反而使优波离感到局促不安。

佛陀温和地对他说道："你当以兄长的身份对待他们。"

优波离感动万分，只是向佛陀深深顶礼。

优波离没有辜负佛陀对他的期许，就在他出家的那年雨季，僧团内举行安居的时候，这个出身首陀罗的青年比丘便因根机敏锐、精进修道而开悟，成为阿罗汉。从此，他开始成为教团中的上首，受到出家、在家二众的尊敬。这不只是首陀罗种姓之光，也是佛教的平等之光。

佛教的平等之光在另外的地方也开始显现——四年后，佛陀的姨母摩诃波阇波提夫人发起菩提之心，带领一群释迦族的女人，来到佛陀的住处，请求出家。

佛陀感到非常为难，波阇波提夫人是他最尊敬的人，他自幼便不愿违逆她的意思。可是在当时，印度各宗教学说纷纭、派别林立，女子出家却还没有先例。

佛法在世间，即便是佛陀，也难以抗拒世间的法则。为了佛教在世间的正常传播，佛陀拒绝了这个请求。

然而波阇波提夫人并没有灰心，她又两次、三次地前往尼拘律苑请求。佛陀不堪纠缠，只得带领弟子们前往距毗舍离不远的那摩提尼精舍去教化。

但是，波阇波提夫人出家的决心已定，她剪去头发，赤着双足，在五百多名释迦族和拘利族妇女的陪同下离开迦毗罗卫国，前往毗舍离追赶佛陀。

迦毗罗卫距离毗舍离有两千多里的路途，这些住在深宫中的王族女人，平常连上下楼梯都会觉得疲倦，现在变成三衣一钵的比丘尼，赤着双脚赶了二十多天的路程，当她们终于到达那摩提尼精舍时，已经累得上气不接下气。

她们不敢进入精舍，只能疲倦而又憔悴地跪在外面继续请求。

恰于此时，一个英俊的少年沙门从精舍内出来，看到这五百女众都穿了沙门的粗衣，满身灰尘、满面泪痕，不禁感到大为吃惊，忙问："你们这是在做什么？"

波阇波提夫人认出这个少年便是四年前跟随佛陀出家的小王子阿难，他长高了，稚嫩的眼中仿佛有一团灵气在流动，那是佛陀的智慧之光……

夫人立即合掌答道："我们为了求道，割爱辞亲、弃家远来请求剃度。可是佛陀却不允许，我们宁可死在这里也不回去！"

波阇波提的话使少年阿难深深感动，他安抚她们道："你们安心，我会替你们去请求佛陀。"

然而，当阿难把这五百女众的愿望告诉佛陀时，佛陀却叹息道："我可怜她们，但我更怜悯这世间一切众生。为了正法的久住，阿难，你去替我回绝了她们吧。”

阿难不肯去回绝，他向佛陀禀告道：“佛陀，如果是别人，弟子可以去回绝。但波阇波提夫人是佛陀的姨母，假如非要拒绝她不可，一定会发生不幸的后果。她们对弟子说，就是死，也不回去。”

佛陀无奈地说道：“阿难，僧团之中是不允许女众出家的。这件事情弊大于利，就不要再提了。”

“不，佛陀！您说过众生平等，佛法不该有男女的分别。”

“你说得对，阿难。”佛陀道，“如来的法，天上人间都是一样的。如来不拣择男女，一切众生皆以平等心看待。女众也可以和男众一样，依照佛法信仰、修持、证果，但是不一定非要出家。阿难，正觉的道果，是不分在家与出家的。我如今所现的出家相，也不过是一种权巧方便，并非佛陀的真实相。”

阿难道：“可是既然佛陀在这个世间示现比丘相，又建立了僧团，为什么要拒绝那些可怜的女人呢？”

佛陀道：“从法理上讲，男女两性要共同在一起修道，是非常困难的一件事。这是法则问题，不是男女平等的问题。”

看见佛陀如此坚决地拒绝，一向温和的阿难忍不住流下泪来，他深深顶礼道：“佛陀平等摄受一切众生，她们也是众生之一。难道佛陀忍心见她们白白死去，就不能慈悲地伸出救援之手来吗？”

佛陀沉默了，他似乎意识到，在这个世间，法与情有时候是不能兼顾的。佛陀更知道，由于众缘与共业的关系，这个世间并没有清净常住不坏的法。

他就这么静静地看着阿难，许久，终于开口道：“既然如此，你去叫她们进来吧。”

佛陀慈命一出，阿难便欢喜地跑出去传报这个喜讯，门外的波阇波提夫人和五百女众也都止不住流下了眼泪。

佛陀收下了这些让他感到非常棘手的女人，并专门建立了比丘尼僧团，但希望她们对比丘能奉行“八敬法”[3]。

女众们对阿难感激不尽，波阇波提夫人恳切地说道：“阿难陀，我们能奉行这八敬法，就好像佳人获得美装，实在是太好了！”

得知僧团之中有了女人，又有一些女子陆续前来，请求出家，其中就包括出身贫寒的莲华色。佛陀是提倡平等的，既然收下了王族的女人，就没有理由拒绝其他女人的出家请求。因此，后来加入比丘尼僧团的人数，也开始越来越多。

在长达四十九年的弘化生涯中，佛陀因材施教，不知感化了多少人求皈受戒，改恶修善，得大解脱，了悟无上菩提。

玄奘心里明白，这件事说起来简单，然而细细推究，却又是一件极其艰难的事情。

有许多人反对佛陀，有人设计谋害他，有人企图破坏他的名誉。但无论发生什么，佛陀仍留在人间，一如不受污染的莲花。莲花在佛教中象征着纯洁——佛陀在世间，但不落世间。

我如今遇到的挑战，比起佛陀来，实在是小得太多了！

坐在佛陀故乡的无忧树下，玄奘静静地观想着，眼下印度佛法衰微、外道云集，这是事实。可毕竟佛陀的遗法已经在这块土地上存在了上千年，还有无数同修在努力实践着它，我实在没有资格抱怨什么。

如今的他已行遍千山万水，来到这佛陀的故乡，眼里看到的是葱郁的树林、苍翠的高原，心中感受到的是孤寂无边的天地和悠悠不绝的生机。佛法就在这片生机之中，不管是强大还是衰弱，都顽强地存在着。还有什么不满足的呢？

这么一想，玄奘只觉得浑身上下充满了简单的喜悦，完全忘记了缠绕他的烦恼和痛楚。他就在这留下佛陀最初足迹的无忧树下跏趺而坐，进入到殊胜的禅定世界里。

无忧树的叶子静静地飘落，顺着他的肩头滑到地上，对此他一无所知，像佛陀一样清心静虑，让智慧之光照彻自己的本源……

为了追寻佛陀的足迹，玄奘告别了迦毗罗卫，告别了新收的俗家弟子摩纳宾耆迦、瓦卡尼柯等人和那些热情的村民，沿恒河一路往东南方向而去，在中印度各国之间游历行走。

烈日就像个暴君，在天地间尽情挥洒着热量，洒在滚烫的土路上，也洒在东方僧侣瘦弱的肩上。风像是从火炉里扇出来的，热气腾腾的，刮到身上，火辣辣地灼人。

玄奘手牵缰绳，一路走着、看着，脚下焦黄的草鞋冒起了青烟，然而他却浑不在意，平静地欣赏着身边那些高大的伞形树木，看它们随意地生长着。树木之间则是一片片像蒿草一样疯长的绿色植物，几片简陋的茅草屋星星点点地搭建在绿荫下，身着短衣短裤的乡民，在这一片绿色中时隐时现……

村庄附近通常都有池塘，水牛在烈日下的水中缓缓挪动，一群赤裸的孩子则围着牛嬉戏玩耍，若远若近的欢叫声映衬得天地间更加静谧、安详……

一路上，他不时地遇到一些佛教、婆罗门教，以及耆那教的苦行僧，他们从他的身边擦肩而过，微笑着向远道而来的修行者点头致意。同北印度各地的沙门行者一样，这些苦行僧毫无例外都是赤着双足赶路，玄奘惊讶地看着他们被晒得黝黑的脚，不知道这脚掌是如何承受这滚烫的地面的。

他不禁回想起当年，与自己年纪相仿的佛陀，以及他的诸比丘弟子，是否也同这些苦行僧一样，赤着双足，行走在这片滚烫的大地上呢？

[1]“缘起论”使很多人认为佛教是“无神论”，这种说法不够严谨，因为佛陀并没有否认“神”的存在，只是否定了他们“创世主”的身份。依照“缘起”学说，婆罗门教的“梵天”及诸神都是存在的，只不过他们与其他众生一样，处在六道轮回的大转盘中。同人类相比，不过就是寿命更长一些，神通更大一些，相貌更端正些而已。他们不仅无法拯救人类脱离种种苦难，甚至自身也无法逃避这些痛苦。

[2]出自《佛本行集经·舍利目连因缘品》。

[3]八敬法是比丘尼必须尊重比丘的八条规定。不过现在也有高僧和佛教学者提出，此法可能非佛陀所制，因为违背了佛陀应机制戒的原则。还有一种说法是，摩诃迦叶曾与阿难就女人是否能出家一事起过争执，因此“八敬法”很有可能是在佛陀涅槃后，由保守的上座部长老制定的。

第25章

行走的佛陀

同当时的六师外道等其他新兴宗教相比，佛教的崛起是极其迅速的。特别是频毗娑罗王和波斯匿王的先后皈依，使得佛教在当时印度半岛两个最大的国家中站住了脚，很快便成为扩展地区最大、影响最深远的一个思想派别，甚至于在某些国家和地区取代了婆罗门教，成为占主导地位的思想。再加上佛陀宣扬四姓平等，可想而知，它必将受到来自婆罗门教的疯狂反扑。

佛陀的弟子中有位名叫婆悉咤的比丘，本是婆罗门种姓。有一天，他对佛陀说："世尊，我因为对正法有着坚固的信心，才跟随佛陀出家学道。不想却因此遭到族人无情地责骂和谴责，他们常跟我说：'婆罗门是天下第一尊贵的人种，是从梵天的口中生出来的，因此只有我们才有高贵纯净的白皮肤。我们婆罗门不但这辈子是清净的，下辈子也永远是清净的。你怎么可以自堕身份，加入佛陀的教团之中呢？'"

听了这话，佛陀微笑着说道："看来婆罗门是真的完全忘记了过去四种姓形成的历史真相了，才会自以为是梵天真正的子民。有优越感就会有'我执'和'我慢'，这些都是烦恼的根源，谈何清净？我见过很多婆罗门种姓的人，他们杀生、偷盗、邪淫、诈伪、凶恶、贪欲、嫉妒、嗔恚、邪见，诸般恶业无所不为。当然，刹帝利、吠舍、首陀罗之中，行此恶业的也不少。这个世间无论那一个种姓，都有善有恶，有清净的也有不清净的。不善的行为有不善的果报，就算是婆罗门种姓，也不能避免这因果的定律。你看，现在的婆罗门，和过去已经大不一样了，他们娶妻生子，和常人没有什么不同。他们自称自己是梵种，是梵天口中生出来的，这就是妄语。

"与优越感相对应的，是自卑感。这同样是一种'我执'，与佛法的修学不相应。婆悉咤，你要知道，无论那一个种姓，剃除须发，穿着法服，精进修道，一律都是沙门、比丘，都可以成就圣果，成为阿罗汉。阿罗汉才是清净的！所以，如果以后再有人以世俗的眼光来质问你的种姓身份时，那么，你就回答他：‘我是沙门释种之子’；或者，你也可以这样回答：‘我从正法所生，是正法的继承者’。”[1]

虽然有许多人忌恨佛陀，诽谤和侮辱他，然而佛陀并不介意，他以博大的胸襟和独特的忍辱之法教导弟子们，无论发生什么，都不要因不满和不快而大发雷霆。

佛陀说：“比丘们，如果你们听到别人诽谤如来、佛法和僧团，不要忧愁、伤心，更不要因此而愤怒，甚至怀恨在心而意图报复。因为，这样做只会带给你们障碍，不能如实地判断别人所说的是有道理的，还是错误的；反之，听到别人称赞如来、佛法和僧团，也不必感到欣悦、愉快，因为，这同样会给你们带来障碍，使你们不能如实地判断别人所说的是有道理的，还是错误的。”

接近正午时分，玄奘来到一个小村庄，这里的村民富裕而又虔诚，他们从未见过像玄奘这样相貌奇特的外乡比丘，得知他是求法僧后，忙将他迎入村中盛情款待。

用过斋饭，一个村民略带几分自豪地向玄奘介绍说：“我们这附近的波里拉亚克森林是当年佛陀隐居之地，当时僧团内部出现了一些问题，佛陀便到了那里。”

玄奘知道这个村民所指的问题是什么：那一天，两派持不同意见的比丘发生了争论，他们中的一部分跟随精通律藏的法师；另一派则跟随精通阿毗达摩藏的法师。他们整日争辩，互不相让，甚至连佛陀的劝告都听不进去。

佛陀已经完全息灭烦恼，因此当他无法教导弟子们达到与自己同样的境界时，不会感到任何的失望和不安。佛陀了解一切众生的境界，他只是在帮助众生完成他们自己的解脱。

因此，当他知道自己暂时无法解决僧团的分歧时，便开始寻思：既然他们都不理会我的劝说，我留在这里也起不到多大作用。假如我从这些吵吵闹闹的人群中离开，独自到一个清净的地方去，会怎么样呢?

佛陀这样想着，便没有通知僧团，独自一人去了波里拉亚克大森林中隐居，在花香四溢的娑罗树下，度过了他觉悟后的第十个雨季。

据经中记载，在这次安居期里，一头大象和一只猴子每天都采摘水果来供养佛陀。

众生平等，这些可爱的动物也都是有佛性的。

而在另一边，明白了佛陀离去的原委后，舍卫城的信徒们拒绝再供养这些比丘。比丘们终于认识到自己的愚昧，于是他们重新和解、修好。但信徒们要他们承认，是他们的错误才造成佛陀的离开，否则便不愿再像从前那样尊敬他们。信徒们要他们必须去恳请佛陀的宽恕，将佛陀接回。然而当时正是雨季的中期，外面大雨滂沱，很难出门寻找，所以那一次的安居，比丘们过得很是辛苦、惨淡。

谈及这些事情，村民们感慨地对玄奘说："法师，你能相信吗？在佛陀住世的时代里，僧团之中也有这样起争论的人呢。"

"是啊。"玄奘附和道，"当年的频毗娑罗王也曾这样问过佛陀，佛陀回答说：'僧团中广纳各种不同根性的人，他们在未来都会成就清净之法的。'"

"那么，为什么他们当时还会起争论呢？"

"因为他们的心被烦恼遮蔽了。"玄奘轻轻说道，"就像乌云将月亮遮蔽，灰尘将明珠遮蔽。众生的本来面目被妄想、执着遮蔽，于是便堕入世间烦恼爱欲的旋涡之中，饱尝种种痛苦而不自知，更无法抵达智慧的彼岸。被污染的明珠就像是一颗泥丸，当然会有很多的不清净……"

"可是，这些妄想执着又是怎么产生的呢？"总有人喜欢寻根究底。

"是由无明产生的。"玄奘道，"它是一切执取和贪嗔的根源，使我们无法见到世间的实相。佛陀说过，人生诸苦非关天帝鬼神，不由种种外力，而以人心所起的诸烦恼为根源，从诸烦恼而生起。众生在无常诸法中，将虚幻的假象执着为真实恒久的存在；在无我诸法中，将虚幻之境执着为真我，于是便有了'我执'和'法执'这两种烦恼之心，因此便有了贪、嗔、痴这三毒。它蒙蔽了众生的真如之性，让众生永远沉沦于无常的苦海。"[2]

"可佛陀为什么选择独自离开？难道就不能以神通力帮助他的弟子们去除烦恼，清净自心吗？"有人这样问道。

"不能。"玄奘很干脆地回答，"如果可以的话，佛陀一定会逆着因果法则，使世间的一切众生证悟佛果，解脱生死轮回的，而不仅仅是清净他的弟子。因为，他是那么的慈悲。可是，他终究无法这么做。

"佛说：'一个人必须要为他自己的心和行为，以及由此产生的后果负大部分责任，无论是善还是恶。'

"佛说：'你们不要认为仅仅皈依了佛陀，或者凭借自己的信仰就可以得到清净，证入涅槃。不是这样的。只有自己才能造恶，只有自己才能不造恶，只有自己才能污染自己或者清净自己。'即使是佛陀也没有办法清洗他人的不净。所以他选择离开，让比丘们自行悔悟。"

安居结束后，阿难和众多比丘立即到森林里找到佛陀，并向佛陀表达了他们的忏悔之意，于是佛陀又回到了祇园精舍。

精舍的比丘们看到佛陀，都忙不迭地顶礼、认错。佛陀告诫他们说："生命是无常的，而你们的行为就像永远不会死亡一般，这样怎么能够得到究竟的解脱呢？"

佛陀总是在弘扬一个极为迫切的信息：生命是短暂的，人身是难得的。那扇通往痛苦轮回的大门正在下面敞开着，等待着我们。无量劫以来，我们就这样在六道中轮转，经过无量的苦难，好不容易得到一次人身。你要是轻轻把它放过去，下次再想得到人身，就不知道要等到什么时候了。

在这样迫切的信息面前，怎么还能将宝贵的时间用在争论上？

一念及此，玄奘忍不住抬头望向深邃的天空，喃喃自语道："生命是没有庇护和保佑的，佛陀也只是告诉我们应该如何去做。我们真正能够依靠的，唯有自己。"

同村民们聊起佛陀，玄奘的心中备觉亲切。村民们也很喜欢这个友善的外国沙门，他是个很好的倾听者，他们已经很久没有这样同一个陌生人侃侃而谈了，不管他们谈什么，这个沙门都听得极为认真，甚至可以说是如痴如醉，黑眸中闪烁着不灭的灵光。

离开奥克那拉村不久，玄奘又来到一座小城——毗兰贾，这里是佛陀得道后，度过第十二个雨季的地方，也是佛家制定戒律的开端。

就在这一年，由于国家和地区性的自然灾害，僧团开始面临一场前所未有的饥荒，佛陀和他的弟子们不得不以马料为生。途经此地的马贩子友好地把自己的马料提供给他们，佛陀以绝对平等无分别之心食用这些物品。

舍利弗尊者敏锐地意识到，这场灾难对于僧团来说，是一场必须面对的重大考验，甚至关乎僧团的前途和命运。

一天，他静坐完毕，便恭恭敬敬地请问佛陀："哪些佛的教法持续长久，哪些佛的教法不能长久？"

佛陀回答道："毗婆尸佛、尸弃佛和毗舍婆佛的教法没有持续多久，而拘楼孙佛、拘那含佛和迦叶佛的教法却能长久流传。"

"是什么造成了这种分别？"舍利弗追问道。

佛陀回答道："这是因为有些佛制定了僧伽规范，而有些佛虽致力于佛法的教化，却没有为众弟子制定清规戒律。"

舍利弗尊者当即向佛陀建议，在僧团内建立起一套完整的戒律制度，这样不仅僧团的圣洁生活会持久，也可防止僧团内部因饥饿而出现各种犯罪行为。

然而，佛陀却回绝了这一看似具有先见之明的建议。

"不要急，舍利弗。"佛陀平静地说道，"在不善之法没有生起时，制定一套防止犯罪的惩罚性条律，是对大众的不信任。"

紧接着他又提出：必须在僧团内部的个人不当行为发生后，这些条律才可以制定和发布，以此来清除不净。

“舍利弗，当僧团生存长久、发展完善、名闻利养增多时，不净之法就会生起。到那时如来会制定根本大戒，以防止类似的事情再度发生。现在的僧团没有问题，比丘们远离恶习、清净无染、善德兼备，最末的五百弟子也都获得了预流果，定不退转，决定觉悟。”

这慈悲的预言令玄奘感慨万分，佛陀对弟子的爱护可谓无微不至，不仅所教化的对象不分贫富贵贱，不分种族信仰，一律平等。最重要的是，佛陀的弘化是以慈摄众、以法领众，以智教众、以法养众。他不希望在弟子们尚未发生不当的行为前，就用戒律来约束他们。

不管怎么说，毗兰贾的安居被认为是制定律藏中十波罗夷的开端，那些后来可以见到的各种烦琐的戒律，都是在不同时间、不同地点，因不同的事件而逐步制定出来的。

其实，戒仅仅是一个基础阶段，其本身不是目的，而是达到目的的一种方式。

佛教的基础是戒律，智慧则是其究竟，这两种互相补充的功德，犹如鸟的两只翅膀。佛陀的称号之一就是“两足尊”，具足智慧和善德。

佛教的道德观不是建立在任何可疑的神启之上，而是建筑于可验的事实和个人经历的基础之上，是一种理性的、可行的法典。依据佛陀的说法，行为有善、恶、非善非恶，以及趋于断灭一切行为的行为。善业是一个人解脱的关键，但是，一旦梵行的最终目的达到之后，一个人则可超越于善恶之上。

年轻的阿难还没有达到解脱的程度，所以他被美丽热情的摩登伽女迷惑，险些出了问题。

摩登伽女认定阿难不是个断绝情欲的人，她使用了一种古老的娑毗迦罗先梵天咒，用来迷惑阿难。她还时常穿上美丽的衣裳，守候在祇园精舍的附近。只要看到阿难出来，就会跟随在他的身后。

阿难对此非常烦恼，只得去恳求佛陀的帮助。

佛陀微笑道：“阿难，你为何会被一个女子弄得没有办法？这都是你过去只重多闻，不重戒行的关系，一旦声色的境界逼来，就觉得无力抵挡。这一次我可以帮你，但愿你以后不要再找这些麻烦了。”

于是，佛陀将阿难留在身边，一连几天不再出门。摩登伽女等不来他，不肯死心，竟然追到了祇园精舍佛陀座前，倾诉了她对阿难的爱慕之情。

佛陀问她：“你为什么会爱上阿难？”

摩登伽女回答道：“因为他年轻、英俊、可爱，不嫌弃我是个首陀罗女。”

佛陀道：“你看到的太少了，阿难还有很多更加可爱的地方你没有发现。他是一个证果的比丘，将来决定可以解脱，而你尚在轮回之中。你既然爱他，就应该先精进修行，等到你的道心能够同阿难相比的时候，你才能嫁给他。”

听佛陀这么一说，摩登伽女立即高兴地应允下来。

摩登伽女开始听闻佛陀说法，遵照佛陀的指示修习禅定，一颗心渐渐安静下来，没过多久，居然证得了阿罗汉果，这是四圣果中最高的果位，阿难都还没有达到，以致见到她都感到惭愧！

摩登伽女沉浸在甚深的禅悦与法喜之中，她这才知道，过去所执着的爱情实在无知得很，犹如作茧自缚。她跪在佛陀座前流泪道：“伟大的佛陀！我现在已经完全从迷梦中清醒过来。感谢佛陀，为度化我们这些愚痴的众生，用尽种种苦心和方便。现在，请佛陀慈悲怜悯我，准许我的忏悔。我愿永远踏着佛陀的足迹，走向真理的领域！”

佛陀微笑着回答道：“摩登伽女，你有很好的根机，能够脱离烦恼的缠缚。你现在所修证的圣果，已经超过了阿难。佛陀为你感到高兴。”

然而，摩登伽女转祸为福的佳话，却在世俗中引起了一场轩然大波。在很多人看来，圣人佛陀竟然准许一个下贱的首陀罗姑娘加入教团，这是无论如何都说不过去的事情。佛陀先是准许首陀罗出身的理发师优波离出家，继而允许女性出家，如今又允许贱女摩登伽出家，可说是一再地挑战公众的底线，就连普通的信众都感到十分不快，更不要说那些外道了。

许多人以此作为攻击佛陀的材料，就连僧团内部，也有了许多不满的声音。

终于有一天，这些不满的人来到佛陀面前，七嘴八舌地抱怨起来。

佛陀静静地听完他们的话，对他们说道：“你们都是我的弟子，是为了追求真理和解脱才来到这里的，为什么还会有这些分别心？平常你们总说要把爱施与一切有生命的众生，可是现在却连与自己同一身份的人类，都有着高低贵贱的分别，那么你们救度一切众生的宏愿，又该如何去实践呢？”

众比丘听了，哑口无言，一时竟不知该说什么才好。

佛陀接着说道：“让首陀罗女子出家，正如当初我允许优波离出家做比丘一样。每一个众生，只要他具备善根，与佛陀有缘，佛陀一定摄受他，不遗弃他。现在，优波离与摩登伽女都已经证得阿罗汉果，他们的智慧远远超过你们这些自以为高贵的人，你们为何还觉得自己强过他们？

“学佛的人，首先要净化自己的身心，强化自己的道念，用污秽的心、不成熟的见解，来批评论断事情，这样的人不能称之为修行人。”

听到佛陀的训示，众比丘弟子深怀惭愧，低头不语。

然而，僧团内部的不同声音好解决，外面的非难就有些麻烦。当佛陀带着僧团进城游化时，有许多市民冲着他们投掷木块、石头，大叫大嚷：“蠢驴！白痴！骆驼！地狱的种子！永世得不到解脱！苦难的恶趣正等待着你们！”

阿难实在无法忍受这种恶意的辱骂，某天回到精舍，他来到佛陀的面前请求道：“世尊，那些市民都在咒骂和侮辱我们，我们还是离开这里，到其他地方去吧。”

“我们应该到哪里去呢，阿难？”佛陀心平气和地问道。

“到另一座城市去，世尊。”阿难回答道。

“如果那里的人也辱骂我们，我们又该到哪里去呢？”佛陀追问道。

“那就再到另外一座城市去，世尊。”

“阿难，你不该这样想。”佛陀温和地说道，“问题在哪里发生了，就要在哪里解决。只有这样，我们才能到其他地方去。”

阿难沉默了。

佛陀告诫阿难，要修习安忍之行，他说：“大象在战场上能经得住如蝗之箭，我们将以同样的方式忍受辱骂。人中的最上者为难忍能忍之人。”

最后，他又安慰阿难说：“不要以此为忧恼，阿难，这些人的诽谤最多持续七天，到了第八天，他们就会安静下来，佛陀所遭遇的困难不会超过七天。”

佛陀说得没错，世俗的辱骂只持续了七日就自动停息下来。此后，随着摩登伽女的美德圣行传扬开来，人们渐渐开始理解佛陀的苦心，也逐渐对摩登伽女生起了恭敬供养之心，僧团的威信再度建立起来。

佛陀得道后的第二十年，阿难被选为佛陀的常随侍者。

当时佛陀已经五十一岁，由于在行脚的路上身体不适，回到竹林精舍讲法。诸比丘弟子集结在一起，商议道：“佛陀渐渐年老，身边需要一个常随侍者，我们应该公推一位能侍奉佛陀的人做侍者。”

这次集合的上首弟子很多，在这些人中，长老阿若憍陈如首先站起来自荐做佛陀的侍者，他是最初的五比丘之一，从佛陀在森林里习苦行时就跟随在佛陀的身边，可以说是有比丘的第一人。

然而佛陀不允，他说：“你的年纪高于我，我怎么能要你来照顾我呢？你只要照顾好自己就好。”

后来又有多位比丘主动自荐，要求做佛陀的侍者，佛陀都叫他们去各处弘法而辞谢了。

只有摩诃目犍连知道佛陀的意思，他和舍利弗来到年轻的阿难处，劝说道：“阿难陀比丘，佛陀的意思是要你做他的侍者。你年纪轻，记性好，性情又温和，担任此职最合适不过了，我们希望你能够承担。”

当时的阿难只有二十岁，听后连连摇头道：“我在诸比丘中年纪最轻，怎么能担当这个重任呢？”

经过目犍连、舍利弗的劝说，阿难最终同意了，但他提出了三个条件：

第一，佛陀的衣服，无论新旧，我都不穿。

第二，如有信众请佛陀应供，我不侍奉前去。

第三，不该见佛陀的时候，我不去见。

目犍连和舍利弗把阿难的意思转呈给佛陀，并向佛陀转达了阿难的条件。

佛陀非但没有生气，反而非常欢喜地赞叹道：“善哉，阿难真是个品格优秀的比丘！他提出的要求，是为了避免讥嫌。他怕别人批评说，阿难是为了衣食供养才侍奉佛陀的。他知道做一些必要的预防，才会有这样的要求。”

从此阿难就做了佛陀的侍者，在他侍奉佛陀二十九年的岁月里，他都遵照佛陀的意旨行动，依教奉行，跟随佛陀的身后，到各地弘化。以这样的因缘，佛陀在不同的人面前所说的佛法，几乎都流入到阿难的心里……

玄奘继续东行，穿越了一片猛兽和群盗出没的丛林之后，进入拘尸那罗国[3]境。

同别的圣地一样，这里也是城郭颓毁，邑里萧条而人迹稀少。只在城市的东北角有一座阿育王时期的宝塔，看上去仍然精美庄严，塔内有石柱，上面镌刻着佛祖涅槃的故事。

塔院内还有一口水井，玄奘上前俯视，只见井水清澈，映出自己风尘仆仆的面容。

往城西北方向又走了三四里，渡过恒河的支流无胜河，走不多远便到了无胜河西岸的“娑罗”树林。

娑罗树是典型的热带树种，树干的粗细、模样同槲树相仿，树皮呈青褐色，宽阔的叶片略呈白色，看上去异常光润可爱。

走过八棵娑罗树，玄奘在两棵离得较近的树间停下了脚步。

这里，便是如来寂灭之处！

站在树前，对着巨大的佛陀卧像，玄奘心中一阵痛楚。

《法句经》中说，佛陀是人类中的最圣者，但他的肉身依然是由这世间的四大物质和合而成，因此不会永存。同其他众生一样，佛陀也会有生、老、病、死。

随着年龄的增长，佛陀的身体渐渐虚弱，且常有背痛的毛病，这大概是当初那六年苦行给他造成的影响。但他不愿停歇下来，仍在西北各地巡游讲经。

然而，晚年的佛陀又有诸多逆缘，各种不幸的事件接踵而至。这其中最不幸的，就是他的国家——迦毗罗卫国的灭亡。

这件事情的主角，就是波斯匿王的儿子毗琉璃王子。

思及此事，玄奘不禁百感交集，他的思绪似乎又回到了《长阿含经》和《增一阿含经》中所记载的那个时代——

拘萨罗国国王波斯匿王初登王位时，听说释迦族的女子种姓高贵，容貌漂亮，就想迎娶一位做王后，于是派遣大臣前去迦毗罗卫国求婚。

那时的拘萨罗国是与摩揭陀国齐名的强国，也是迦毗罗卫国的宗主国。按说强国主动提出联姻，也是一桩美事，可是释迦族人闻听此事后，却感到十分棘手。原因是释迦族人自命自己是最优等的种族，看不起粗鲁的波斯匿王，不愿与其婚配。但他们又惧怕波斯匿王强大的军事力量，所以一时商议不下。

这时净饭王的侄子摩诃男说："我有一个办法，不用激怒波斯匿王就可以解决这个问题。我家中有一个婢女，名叫末利，生得端庄美丽，就说她是我的女儿，把她嫁给波斯匿王好了。"

得到众人的同意后，摩诃男就让这个叫末利的婢女沐浴更衣，用宝车亲自将她送往波斯匿王那里。

蒙在鼓里的波斯匿王欢欢喜喜地娶了迦毗罗卫国的末利姑娘，并将她立为王后。

佛陀回乡省亲时听说了这件事，非常震惊，他问摩诃男："释迦族人怎可用欺骗的手段来从事政治呢？"

摩诃男道："这是没有办法的事情，拘萨罗国太过强大，得罪了波斯匿王，我怕会有不幸的后果。但他毕竟种姓低下，我不能将释迦族的女子嫁给他。"

对于这种说法，佛陀很不以为然，他说："你们在形式上这样自高自大，殊不知欺骗的种子一旦种下，迟早会结出灾难的果实。"

波斯匿王娶了末利夫人后，十分宠爱。不久王后生下一子，这便是毗琉璃王子。

毗琉璃王子十六岁时，奉父亲波斯匿王之命到迦毗罗卫国拜访外祖父摩诃男和释迦族的王子们，顺便学习箭术。当时的净饭王早已逝世，摩诃男继位为王，他按照既定的礼节款待了毗琉璃王子，让王子住在宫中，出入乘坐高大的象骑，却事先将所有比毗琉璃王子更年轻的释迦族王子都送到郊外的一个村落里去，以避免他们向毗琉璃王子致敬。

这样过了一段时间，毗琉璃王子一行人折返回国。路上，王子发现自己少带了一样东西，就叫身边的好苦梵志回去取。

好苦梵志回去后，惊讶地发现一些女仆正在用牛乳清洗王子坐过的地方，一些神圣的地方甚至被掘土三尺，重换净土。

好苦梵志觉得奇怪，就问一个正在擦洗坐具的女仆："这个坐具看上去很干净，你为什么要擦洗它呢？"

那女仆嘟囔道："这是那个婢女的儿子坐过的地方，是不净的。"

好苦梵志听了这话，十分震惊。经过各种旁敲侧击和多方了解后，他终于知道了事情的真相，于是回去向王子禀报说，王子的母亲末利夫人并非释迦族的公主，而是一个婢女。

毗琉璃王子得知真相后，感到异常屈辱和气愤，便对好苦梵志道："释迦族人对我这般侮辱，日后我登上王位，一定要踏平迦毗罗卫国，杀光所有的释迦族人！"

几年以后，二十岁的毗琉璃王子在舍卫城发动兵变，杀死了他的兄长祇陀太子，又将父王的侍卫杀掉，夺取了王冠和权杖。为避锋芒，波斯匿王只得偕同末利夫人前往迦毗罗卫国避难。

又过了几年，波斯匿王因病死在迦毗罗卫，释迦族人用王者的葬礼将他厚葬。

而此时的毗琉璃王子，已经自行即位做了拘萨罗国的国王，是为毗琉璃王。

这天，毗琉璃王向大臣们问道："如果有人侮辱你们尊贵的国王，视国王为不净的人，你们说他的罪该如何处罚？"

众大臣异口同声地回答道："他的罪应该万死！"

"好！"毗琉璃王立即说道，"释迦族人伤害我的自尊，侮辱我的人格，把我看成是不净的人，他们罪该万死！我一定要去讨伐他们！"

众缘和合，不幸和灾难的果实真的快要成熟了。

在去往拘尸那罗的路上，玄奘曾顺路参拜了还军塔。所谓"还军"，就是让军队回还，讲述的便是这段悲惨的往事——

当拘萨罗的大军抵达迦毗罗卫国境时，毗琉璃王遥遥望见佛陀在大路的正中间结跏趺坐，挡住了大军前进的方向。他觉得奇怪，立即下马上前，恭敬行礼道："佛陀，那边有枝叶繁茂的大树，可以遮阳蔽日。您为什么偏偏要坐在大太阳底下呢？"

佛陀看着年轻气盛的毗琉璃王，在大军卷起的滚滚尘土中，有些动情地说道："我的国家就是我的大树，现在你要把这棵树砍掉了，你叫我到哪里去找树荫呢？"

毗琉璃王知道佛陀的意思，一时有些踌躇。虽然这种个人的、非暴力的阻止，对于一支全副武装的军队来说简直微不足道，但他知道，自己不能硬来。

毕竟他的父亲波斯匿王曾经皈依到佛陀的门下，成为佛陀的俗家弟子。如今，佛陀亲自来到半路阻止他的攻伐计划，他无论如何也不能视而不见，因此只好宣布暂时退兵。

毗琉璃王回军后，佛陀并没有感到多么欢喜和兴奋，他知道因果和业力是世间的法则。

果然，没过多久，毗琉璃王第二次出兵征伐迦毗罗卫，途中又遇到佛陀坐在大路正中，只得再次回军；当他第三次出兵的时候，又遇到佛陀坐在路中央，他仍然下令回军。

玄奘来到佛陀当年端坐过的地方，不同的是，当年的大道已经看不到了，成了一片原野，阿育王在这个位置上建起了一座庄严的佛塔。

“还军塔，还军塔……”玄奘手抚佛塔喃喃自语。那时的世尊，是在以他个人的威望挽救他的国家和亲族。他知道这么做其实没有多大用处，但是那一缕故国之思，使他终究不能无视。

据经中所载，当毗琉璃王受到好苦梵志之惑，第四度出军征伐时，佛陀突然头痛起来，他深知这是释迦族的业报现前，他已经无法阻拦。

看到佛陀的脸色很不好，阿难觉得奇怪，便上前询问道：“佛陀，自从我跟随您出家学道以来，还从未见过您这样的面容，一点儿精神都没有。这到底是为什么？”

佛陀悲哀地回答道：“不幸的事情就要发生了，迦毗罗卫国即将遭遇悲运。佛陀面容颜色的改变，是在为国家和亲族服丧。”

听闻此言，佛弟子中神通第一的目犍连尊者当即提出，要以神力来阻止王伐。

佛陀哀示道：“此事已不可救，若以神通来阻断业力，只会遭到更加惨烈的报应。这是释迦族的共业所感，因缘之果，你不能为他们代受。”

目犍连尊者没有听从佛陀的劝告，他决心凭借自己的神通，拯救释迦族人。

---

[1]此故事出自《阿含经故事集》。

[2]如果有人要问，无明又是从哪里来的？请去看《圆觉经》《楞严经》《华严经》。

[3]拘尸那罗国即今天印度、尼泊尔交界的凯撒。

第26章

阿难的七个梦

毗琉璃王的大军很快就包围了迦毗罗卫城，目犍连施展神通，将相识的五百人摄入钵中，从空中飞出迦毗罗卫城。

国王摩诃男迅速集结四兵，出城一由旬以对抗毗琉璃王。他们箭术高超，或射落对方士兵的头髻，或射断对方的弓弦，或射破器杖、幢幡等，却始终未伤一人。

毗琉璃王非常惊惧，对群臣道：“释迦族人的箭术之精名不虚传，他们如果真想伤害我，我必死无疑！”于是下令退兵。

这时，好苦梵志劝阻道：“大王有什么可畏惧的呢？释迦族人皆持五戒，为优婆塞，宁死也不肯断众生性命。我们应当进军。”

毗琉璃王听从了好苦梵志的话，继续进军，释迦族人果然退入城中。

拘萨罗军队隔着城墙，向城内之人发出通令：“献城投降者可免一死！否则，城破之日，血洗全城！”

此时释迦族中有一位十五岁的少年，名叫奢摩，他登上城墙独自应战，杀死了众多敌军。敌军顿时崩溃逃散，藏入土洞之中。

受到奢摩少年的鼓舞，另有释氏兄弟三人也提刀出城，杀向敌军。

可是别的族人却对他们说：“你们这么做有辱释迦族的门户。谁不知道应战？但我们释迦族人向来修善，蝼蚁尚且不伤，何况是人命？你们既然忍心使用暴力，杀伤生灵、玷污宗族，理应被驱逐，现在速速离开此地！”

于是，奢摩少年与其他三位释种青年杀出重围，从四个不同的方向离开了迦毗罗卫城。

毗琉璃王的军队最终杀入城中，开始大肆屠杀释迦族人，并要求部下挑选五百名释迦族的女人带回他的行宫。又将抓到的释迦族男子集中起来，用战象踏死。一时间，迦毗罗卫城血流成河。

这时，摩诃男来到毗琉璃王面前，乞求道：“当年，是我让婢女末利冒充我的女儿下嫁给你的父亲，所有的恶业都是我造成的。我愿意接受惩罚，请你允许释迦族人离开此城。”

面对这个一直被他称为“外公”的国王，毗琉璃王竟然想出了一个残酷而又刺激的主意：“我听说你能在水里潜很久，现在你潜入水中，我叫释迦族人随意逃生，等你浮出水面之后，我再下令杀死剩下的人。”

摩诃男同意了这个要求，他潜入水中，再也没有出来。

毗琉璃王在岸边等了很久，眼看着城中释迦族人从四个城门竞相奔逃，几乎都要逃光了，他终于起了疑心，对身边的大臣说：“摩诃男怎么还没有浮出水面？他不可能潜这么久，就算他淹死了，尸体也会浮上来的！”

于是派人下水查看，却发现摩诃男将自己的头发紧紧地系在水底的树根上，断绝了自己的性命。

得知此事后，毗琉璃王心中升起一丝悔恨道：“我外公是为救护自己的亲族而死，早知如此，我终究不应如此讨伐。”

出于感动，他停止了屠杀计划。

关于这个国王摩诃男，玄奘还记得在《杂阿含经》中有一个关于他的故事——

那依然是佛陀得道的第五年，回故乡迦毗罗卫城省亲的时候。当时佛陀住在城南尼拘律树园，有一天，摩诃男来礼见佛陀，杞人忧天般地对他说道：“世尊，现在我们迦毗罗卫这个地方，物产丰富，人口众多而繁华，我每天进进出出，身旁常有狂奔的象、马，横冲直撞的人、车擦身而过。我时常在想，真不知道哪一天会被其中的一头撞死，而死前又仓皇地忘记了念佛、念法、念僧。我担心像这样的死法，不知道下辈子会沦落到哪一道？出生到什么地方去？”

当时佛陀很认真地对他说道：“摩诃男，你不用害怕。你死后会出生到好的地方，不会沦落到三恶道中去，也不会有不好的报应。这就好比是一棵树，从幼苗时起就倾向东方生长，继续长大时，还是一直朝着东方倾斜生长，日后如果有人砍倒这棵树，那么，你认为这棵树会朝哪个方向倒下呢？”

“当然是朝东方倒下了。”摩诃男回答说。

佛陀点头道：“摩诃男，你也一样。就好比有人将装有酥油的瓶子丢到深水池中，瓶子当然会一直沉入水底，但那瓶中的酥油，终究还是会浮到水面上来一样。摩诃男，你长久以来念佛、念法、念僧，死后即使身体被火化了，或者被抛弃在坟场间，任由乌鸦、鹰鹫、野狗、土狼啃食，任凭风吹、日晒、雨淋，久而久之，身体化为尘末，但心灵经长期熏陶所建立起的坚固的信仰、戒行、闻思、布施、智慧，会引领你的心识升华，趋向于安乐美好之处。”

如此看来，摩诃男平常就是一个善根和学养深厚之人，虽然他在血统和种姓的问题上过于自高自大，以致惹下滔天大祸，却不失为一个真正的贵族。

而佛陀的意思也很明显：平日修学的熏陶，远比临终前的那一念更为重要。

或许，当摩诃男将自己的头发系在水底的树根上时，心中会浮现起佛陀对他说过的话吧？

毗琉璃王退军之后，目犍连尊者回到佛陀的身边，对他说：“承佛神力，我已护佑五百人。”说罢将钵取出打开，才发现，钵中所藏之人已全部死亡。

目犍连尊者这才真正觉悟到，因果法则是不可违背的，就是神通也敌不过业力！

再说毗琉璃王出城后，安慰被他抓来的五百名释迦族女子道：“不必忧愁，我现在是你们的丈夫。”

他想和其中一女通情，这个女子却大骂道：“我为什么要和女奴之子通情？”

毗琉璃王大怒，下令斩断她的手足，扔入深坑。随即又召来另一个女子，结果这个女子也是这句话：“谁会和女奴之子通情！”

五百名释迦族女子都这样辱骂毗琉璃王，于是她们都惨遭同样的惩罚。

而此时，佛陀与众比丘正在赶往迦毗罗卫城，众释迦女遥见世尊，都心怀惭愧地低下了头。佛陀知道众女子惭愧无衣，便叫比丘们以僧衣覆盖住女子的身体，又为她们讲说佛法，演说苦、集、灭、道四圣谛。

诸女聆听佛陀教诲之后，尘垢俱尽，得到法眼净，命终后转生天界。这时帝释天变化成婆罗门，收集她们的骸骨，予以火葬。

这时，佛陀深沉的目光望向已面目全非的迦毗罗卫城，对众比丘说道：“毗琉璃王和他的兵众七日之后，都将毁灭。”

佛陀的预言很快便传到毗琉璃王的耳中，他感到非常恐惧，立即下令收兵回国。

到了第七天的傍晚，他依然安然无恙，便以为已经幸免于难，于是便召集他的军队，在宫城之中举行宴会庆贺。

谁知当天晚上倏起雷震，宫城外阿贻罗河的上空暴雨倾盆，暴涨的河水有如万马奔腾，冲入宫城，将毗琉璃王和他的军队一齐冲入大海。

不久后一场天火降下，将拘萨罗宫城一烧而空。

毗琉璃王死后不久，曾经雄霸一方的拘萨罗国被摩揭陀国所灭，这为印度的统一打下了基础。但这一切对于释迦族来说，来得太晚了。

这个故事玄奘原本在经文中了解过，但是经文中的描写到底不及亲临其地来得震撼，他曾在迦毗罗卫城的西北部看到上千座纪念释种的窣堵波，后又在还军塔前听了守护人的讲述，久久不发一言。

在玄奘看来，这件事情固然说明了业力的强大和可怕，但也从另一方面说明了印度人对于种姓和血统的执着。释迦族人为此不惜欺骗强大的波斯匿王父子，并埋下了亡国的祸根；而毗琉璃王为此数次发兵攻打迦毗罗卫。就连那五百名性情刚烈的释迦族女子，也是出于对“女奴之子”的鄙视，而被毗琉璃王残忍杀害的。

事实上，波斯匿王同末利王后一直非常恩爱。末利王后智慧美貌，深得波斯匿王的敬重和喜爱，从某种意义上说，波斯匿王皈依佛法，也是受了末利王后的影响。

波斯匿王可能一生都不知道，他所深爱着的美丽的末利夫人，其实是个婢女。但这真的很重要吗？如果他知道了真相，是否会像儿子一样气愤难平？

在玄奘看来，如果波斯匿王对此感到气愤，或许还说得过去。至于毗琉璃王子的愤怒，就全无道理了。那位末利夫人是生养他的母亲，这是不争的事实，不管她是公主还是婢女，这一点都无法改变。不论发生什么情况，他既然进了这个女人腹中，就说明他与这女人有着极深的因缘，净也罢，不净也罢，他都注定是她的儿子，有什么好气愤的呢？

或许他气愤的只是释迦族人对他的歧视吧？玄奘默默地猜测着，又或者说，从毗琉璃王子知道真相的那一刻起，他的心中就埋下了自卑的种子。佛陀说过，自卑和自傲都是一种“我执”，对人性的破坏极大。毗琉璃王子就是因为这个，才产生了一种强烈的偏执，非灭了释迦族不可！从某种意义上说，他的心已经下了地狱。

幸运的是，释迦族中那四名被驱逐的抵抗者最终逃出生天——奢摩少年北上雪山地区，娶了具善龙女为妻，并在岳父的帮助下夺取了乌仗那国王位，成为乌仗那国的国王。而他的儿子，便是鼎鼎大名的上军王。而另外三名释种青年，一人成为梵衍那国国王，一人成为呬摩呾罗国国王，一人成为商弥国国王。王业世代相传，后裔绵延不绝。

玄奘叹息不已，他想：奢摩少年当初想必也是抱着“我不入地狱谁入地狱”的心态去抵抗毗琉璃王的，他的行为未必错误。而释迦族人之所以狠心驱逐他和另外三个青年，只怕也是想为释迦族保留下几条优秀的血脉吧。

这场战争过后，佛陀再也没有回过迦毗罗卫，他在行走中度过了自己的晚年。

那一年，佛陀同弟子们来到波吒离子城。摩揭陀国的两位大臣输尼陀和伍沙陀罗王正在那里建造防御工事，因为阿阇世王一心要对繁荣的跋只共和国发动战争。

佛陀就在一间破旧空洞的房子里住了下来，以天眼慧观众多天人聚集在城中不同的地方。他向弟子们预言道：“这座城市日后将会成为僧团居住的重要城市、经济和贸易的中心，但是眼下，它将遭到火灾、水灾和战乱的袭击。”

得知佛陀到了波吒离子城，当地的两位大臣立即赶来参拜，盛情邀请他和弟子们到家中用斋。

其实，两位大臣的邀请另有目的，他们是奉了阿阇世王之命来找佛陀，想弄清楚佛陀对这场战争的看法。

这样的战争计划显然得不到佛陀的支持。佛陀宣称，只要跋只人做到如下几点，他们就不会灭亡：

第一，时常聚会一处，举行多种会议。

第二，集体协商，一致行动，共同完成他们的任务。

第三，不颁布没有颁布的法令，不删除任何已经制定了的法律，依跋只古训原则行事。

第四，供养、尊敬、重视国内的长者，听从他们有价值的劝告。

第五，老人、少年和女子不会无缘无故地被武力拘捕和绑架。

第六，尊敬、礼拜宗教圣物，不疏忽以前举行的宗教仪式。

第七，善待阿罗汉，保护和供养他们，使已经来到或还没有来到自己国家的阿罗汉得以安住。

佛陀说，如果他们能够做到这几条，则跋只国不但不会衰败，反而会兴旺。

两位大臣明白了佛陀的意思，离开了。他们将这场谈话回报给了阿阇世王，阿阇世王只得暂时放弃了他的攻打计划。他可以完全肯定，如果不以外交等手段分裂跋只人的联盟，摩揭陀就不可能在战场上战胜跋只族人。

也就在这时，佛陀听到了耆那教教主尼干子在波和城过世的消息。一位名叫周那的沙弥，当时正好在波和城内结夏安居，了解了当时的情况。安居期结束后，他找到尊者阿难，告知了这件事，并且说：“尼干子过世不久，当地的耆那教教团便分裂成‘白衣派’和‘天衣派’两种派别，彼此间对教义有着不同的理解和看法，以致相互斗争。耆那教的弟子们对这种情形也都感到厌恶与反感，无所适从。”

听到这些事，阿难深有感触，他对佛陀说：“世尊，我听到耆那教分裂的消息深感震惊，担心世尊入灭后，如果僧团之中也发生类似的事情，一定会让许多人苦恼，对大家都不利。”

佛陀问道：“阿难，你觉得大家可能会为了什么事情而分裂呢？”

阿难回答道：“可能会因为对戒、定、慧修学的不同，而起分裂和争论。”

佛陀摇头道：“这种可能性很小，多半是因修行经验和方法上的不同而起争执，造成分裂。阿难，我教了大家许多自知、自觉、自证的修行方法，比如四念处、四正勤、四神足、五根、五力、七觉支、八正道，会有比丘对这些有不同的主张吗？”

阿难说道：“不会的，世尊。但我担心世尊入灭后，那些只尊崇世尊的人，会对僧团的生活和戒律有不同的意见，而起争执。”

佛说：“阿难，这类争执通常会有六种起因，即：生气怨恨、轻蔑傲慢、妒忌贪婪、虚伪欺诈、恶欲邪见、固执己见，而对师长、正法、僧伽都不谦恭，也不好好修行，因而在僧团之中引起争端。如果发现自己或别人身上有这六种情形，应当赶快舍离。如果没有这些情形，将来就不会起争端了。阿难，当有争端发生时，可以用‘七灭诤’[1]的方式来解决。”

佛陀在这座城市住了几天就离开了，为纪念他的到来，当地人将佛陀离开的城门命名为乔达摩门，又将他渡河的渡口改名为乔达摩渡口。

玄奘抱了些干草，在这娑罗林双树间铺设法座，于此处静坐打禅。

附近村镇的信徒们相约前来拜望，并诚心邀请远来的法师开坛讲经。

“无须开坛。”玄奘道，“这里是佛陀进入涅槃的地方，我们就在这里共修吧。”

“那么法师能给我们讲些故事吗？”一个年轻的村民热情地请求道。

玄奘点头应允，其实他所讲的故事，这些村民大都知道，只不过他们还是喜欢一遍又一遍地听高僧讲述，特别是像玄奘这样的高僧，听他讲故事实在是一种享受。

这也算是一种善缘吧，玄奘想。

“你们想听什么呢？”他问。

“比如，大阿罗汉目犍连以神通降伏外道……”

话音未落，旁边就有老人制止他道：“佛陀早就说过，神通抵抗不了业力，目犍连尊者也是知道这一点的。”

“所以他才甘愿死于外道之手？”那年轻人反驳道。

听到这番争执，玄奘心中一痛，思绪仿佛又回到了当年佛陀的年代——

那是巨星升起又陨落的年代，一些大阿罗汉纷纷先于佛陀进入涅槃，这其中就包括十大弟子中神通第一的目犍连尊者和智慧第一的舍利弗尊者。

玄奘想起在西行的路上，那个来自高昌国的小弟子道通曾困惑地问道：“我真是不明白，像摩诃目犍连这样有大神通力的圣者，居然也会被外道暗害而不知躲避，这不是太奇怪了吗？”

“你觉得很奇怪吗？”当时，弟子道信这样教训师弟，“想想看，像佛陀这样六通具足的人天导师，不也不肯用神通力使自己常住世间吗？”

“可这是为什么呢？”道通仍觉得难以理解。

忆起往事，玄奘的心中颇为感慨，想起西行路上那段艰难行路的日子，伴随着漫漫黄沙，他常跟弟子们讲这些从经中读来的故事。这些故事早已沉淀在他心中，因而诉说起来犹如亲见。弟子们个个听得心驰神往，忘记了旅途的凶险和疲劳，恨不能肋生双翅立即飞往佛国，拜谒这些圣地。

说起来，这些故事离弟子们固然很遥远，于他不也一样？所不同的，是他可以用优美动情的语言把这些故事告诉弟子们——

目犍连尊者是佛陀的僧团中最活跃的人物，有大神通力，往往别人做不到的事情，他能做到；别人不能到达的地方，他都能到达。他的好友大智舍利弗，跟随佛陀出家半个月后才尽诸结漏，断除烦恼；而目犍连却只用了七天时间，即尽结漏，现神通力，证得阿罗汉果。

佛陀的比丘弟子中，有神通的非常多，目犍连之所以被公推为神通第一，其中一个很大的原因是他常显神通。当年，佛陀到天宫为母说法，他曾受众比丘的请求，到天宫去探望佛陀；目犍连自己的母亲因毁谤三宝而堕入地狱受苦，他便去地狱救母；而在频毗娑罗王被他的儿子阿阇世囚在狱中的时候，又是他奉佛慈命，同富楼那一起，从空中飞进狱中，为王说法并授予八关斋戒……

佛陀早就说过，神通不是究竟的法门，过分依赖它会产生严重的副作用。因而他从不许弟子们显异惑众，弟子们也自觉遵守导师的这一教导。

有一次，佛陀带着弟子们来到一条大河边，准备登舟过河。就在这时，一个婆罗门来到他们身边，大声嘲笑道：“这些沙门真是没用，过个河还要坐船！”说罢纵身跃向水面，飞奔过河。到了河对岸，还挑衅似的看着他们。

比丘们心中便有些不忿，纷纷请求佛陀展示一下神通，给那个狂妄的外道瞧瞧。佛陀却淡然地说道：“我们上船吧。”

船靠岸后，佛陀向摆渡人询问渡河的船资，摆渡人说：“每人一文钱。”佛陀付过钱后，对弟子们说：“你们看，这样的神通，就值一文钱。”

然而目犍连对此却不以为然，时不时地要展示一下神通，而佛陀对他似乎也很纵容，极少斥责。

“这不是偏心吗？”当日听到这里，道缘忍不住喊了起来。

“佛陀不是偏心。因为佛陀深知一个事实，那就是，以目犍连的神通助其宣化固然好，但目犍连运用神通的结果，却不能胜过业报。个人所造作的业力终归要了，佛陀是想以这样的事实教诫后人。”

“所以，一个神通广大的阿罗汉却会死于外道的暗害？”道通瞪大了眼睛，小脸上满是不理解。

玄奘轻轻叹了口气。

由于目犍连常以神通力降伏外道，这使他遭到不少嫉妒，外道们都在等待机会除掉他。对此，他毫不在意，仍然过着行云流水般的布教生活。

终于有一天，在罗阅城附近的伊私阇梨山谷，目犍连遭到一群外道歹徒的袭击，他们从山上推下乱石，将他砸至重伤，最终不治身亡。

比丘们沉浸在深深的悲伤之中，很多人纷纷猜测此事的因果，认为像摩诃目犍连这么一位有着大神通力的尊者，为什么不能避免外道的袭击？是不是他前生曾经做过什么孽事？

其实，这与前生孽事无关。目犍连的遇害，恰恰因为他是神通第一，且过多地使用了神通。

真正的佛教徒，依法修行，自然知道如来所说真实不虚，不需要靠神通来起信。若是以神通获得在家人的特别尊重、名闻利养，这已经是在造业，却还不是特别严重。但若让人觉得，佛门主要修的是神通，甚至以神通来分辨贤圣，那便后患无穷了。毕竟魔王也有神通，外道也有神通，甚至有些从未修行过的凡夫在某种机缘巧合之下，也会有神通。靠神通来宣扬佛法，很容易将人引入歧途。

更不用说，有时一个不小心，以神通力来阻断因果之链，自然会遭到惨烈的报应。

佛陀不主张显现神通，还因为人类在道德与心性上没有达到要求。佛陀经常告诫弟子，即使是做善事，也应采取正确的方式，比如通过教诫来说服对方，可以使因缘果报朝着好的方向发展，从而实现多方获益。而使用神通就属于不正确的方式，是对因果的一种粗暴干预。

更不要说，每个人心中都有着各自不同的善恶标准，每个人都天生擅长为自己的行为找理由。在这种情况下，神通绝不应该被提倡。

好在目犍连毕竟是一位大阿罗汉，已经可以存亡自在，进入不生不灭的涅槃境界。他很清楚神通敌不过业力的道理，更明白这具业力招感的色身原本就是无常的，总要感受苦报。即使是修行人，也不可违背这一法则。所以，他甘愿如此，怀着欢喜殉法而去。

目犍连遇害不久，舍利弗也因病圆寂于故乡那罗陀村。

身为佛陀的上首大弟子，舍利弗在僧团中的地位极其重要。佛陀晚年的行化生涯中，常常居无定所，那时僧团的人数越来越多，不可能都与世尊随行，大多数人待在祇园精舍或竹林精舍等处过着集体生活。佛陀虽是僧团的领袖，但是很多时候，实际的统率者却是舍利弗，他以他超群的智慧保障了僧团的稳定，使佛法得以有序地开展。

对于目犍连和舍利弗的圆寂，佛陀是否感到悲伤和遗憾呢？玄奘记得经书上说，就在不久之后的一次法会上，佛陀仿佛不经意地说了一句："舍利弗和目犍连入灭后，我觉得这样的集会，犹如虚空……"

玄奘在拘尸那罗逗留了七日，事实上，这七日他都在娑罗林双树间静修。白天，常有人来请教佛法，他便同来人共同参详；夜晚，他独自一人在星月下禅坐，任自由的思绪随风飞扬……

大概就在双贤灭度后的一个夜晚，阿难一夜之中梦见了七件奇怪的事情，他心中不安，于是便来到佛陀的座前，向佛陀禀告。

"你梦见什么了？"佛陀慈和地问道。

阿难合掌答道："一者，我梦见大海被烈焰焚烧，火光冲天；二者，我梦见太阳沉没、月亮沉没、星宿亦沉没，娑婆世界一片黑暗；三者，我梦见出家比丘堕落于不净的大坑之中，在家人却在他们头上；四者，我梦见一棵繁茂的旃檀大树，有许多山猪挖掘树根；五者，我梦见我头顶须弥山，却不觉得太重；六者，我梦见大象抛弃小象而去；七者，我梦见狮王死去，名花撒在头上，上面可见七根毫毛，禽兽们依然惧怕远离。但不久从狮子的体内却生出虫来，吃了狮王身上的肉！

"佛陀，我以前从未做过这么多奇怪的梦，我真不明白，这些怪梦是从哪里冒出来的？"

听完阿难所述的梦中七事，佛陀不胜感慨地说道："阿难，梦由心生。你心不安，所以才会有梦。但有时梦境也确实是某些事情的征兆。你梦中的七事便是如此，我来为你分别解说：

"第一，你梦见大海为烈焰焚烧。这象征着未来僧团中的比丘，善心转少、恶逆炽盛，彼此争斗，犹如澄清的海水变成了火海一般。

"第二，你梦见日月星宿皆沉没，娑婆世界一片黑暗。这是说佛陀不久就要入涅槃了，诸大弟子也都会相继进入涅槃，人天的眼睛将闭上。

"第三，你梦见出家比丘堕落于不净的大坑之中，在家人踏着他们出头。这预示着未来比丘们相互嫉妒、毁谤、不畏因果，舍弃戒律、贪图享乐、终至堕落，死后下地狱。居士们反而比他们更精进，发心供养三宝，死后升天。

"第四，你梦见山猪挖掘旃檀大树的树根。这是说末法时代，有许多白衣到寺院里来破坏僧团，毁坏佛塔、佛寺。

“第五，你梦见自己头顶须弥山，而不觉得沉重。这是说我入灭后，阿难当为诸大比丘、人天之众承教启经、结集法典。

“第六，你梦见大象抛弃小象而去。这是说未来邪见流行，坏我佛法。有德之人，皆隐而不现。

“第七，你梦见狮王死去，身上生虫，生吃其肉。这是说佛寂灭后一千四百七十年中，诸弟子精勤修道，一切恶魔不能扰乱。此后弟子们自行不法，破坏佛教。”

说到这里，佛陀的眼中有些黯然地说：“恶性比丘破灭佛教，非天魔外道可破。”

“一千四百七十年……”玄奘喃喃自语，这个时间距离现在并不太遥远了，难怪自己这一路看到的都是佛法的衰相。

关于佛法的未来，佛陀曾有过两个著名的预言，且都是有着明确时间的。

一个便是《阿难七梦经》[2]中的：“佛泥洹后一千四百七十岁，我诸弟子修德之心，一切恶魔不得娆乱。弟子自行不法，以坏佛法。”

也就是说，从佛陀入涅槃的那一天算起，1470年间，弟子们的修德之心都不会改变。但是1470年后，弟子们就开始“自行不法”，破坏佛法了。

另一个预言就是在很多经论中都提到过的“末法时代”，不过佛陀并未指出末法时代的具体时间。[3]

在对留守的比丘做了最后的开示之后，佛陀便在弟子阿难的陪伴下继续北行，经阿帕罗蹄卡、那烂陀，渡过恒河，到达吠舍离。[4]

当时正值雨季，佛陀劝告弟子们就在吠舍离城内或附近安居，他自己则决定在吠舍离城不远的贝鲁瓦度过他的第四十九个，也是最后一个雨安居。

这一年，佛陀不得不承受重病的折磨，剧烈的头痛使他难以忍受。但他知道，他不宜猝然离去，于是便以意志、正念、省思来坦然面对这一切，常寂于体验阿罗汉的乐趣之中。

在拘尸那罗，村民们纷纷向玄奘请求道：“请法师为我们讲一讲佛陀最后的行化吧，比如佛陀最后提到的显密之分。”

玄奘沉默了一下，他知道现在的印度佛教正悄悄盛行着密教，所以这些村民对此感兴趣。

“沙门并不太懂得什么显密之分。”他谦逊地答道，“若说最后的行化，这两种术语当指个人同佛法的关系。”

村民们立即顶礼道：“请法师明示。”

玄奘想了想，道：“佛陀曾经向弟子们举过几个例子——

“‘我的这些佛法将不教授其他人。’持这样的想法，就意味着使佛法限制于内部阶层。

“‘我的这些佛法将只教授其他人。’持这样的想法，则会把一部分人拒之门外。

“‘我将对此人说法。’持这样的想法，将使僧团内部产生局限。

“‘我将不对此人说法。’持这种想法，意味着个人歧视。

“佛陀对他的法和律都没有这样的分别，他没有内部弟子和外部弟子之分。”

说到这里，玄奘想起经文中佛陀对阿难的劝诫：“阿难，僧团希望从我这里得到什么呢？我讲授佛法，没有显密之分。在真理面前，佛陀没有一般老师捏紧的拳头。

“有人也许会认为：‘我将领导僧团’，或‘僧团应依附于我’，或‘我要对僧团的事务有所指导’。阿难，如来从不认为应该领导僧团，或僧团应该依附于他。因此，如来为什么要对所有的僧团事务加以指导呢？

“阿难，我现在已经八十岁，就像一部老车，只有靠不断地修补才能勉强维持。只有深入到无形的意念之中，一心不乱，断除受念和散乱，身体才能得以安隐。

“因此阿难，你们是不能一直依靠我的，你们应当依靠自己，依靠法。因为除此以外，就没有什么好依靠的了。”

“怎样才是依靠自己，依靠法呢？”阿难向佛陀提出了疑问。

佛陀道：“你们应当努力地在自己的身体、感受、心念、想法上专注觉察，来止息一切忧愁烦恼。自己做自己的岛屿，自己为自己的依怙，不外求皈依。

“我入灭后，能够这样修行的人，一定能达到最高的成就，那就是我真正的弟子了。”

---

[1]所谓“七灭诤”法就是佛陀制定的为裁断有关僧尼犯戒等争议而设的七种方法。“七灭诤”分别是：现前毗尼、忆念毗尼、不痴毗尼、自言毗尼、觅罪相毗尼、多人语毗尼和如草覆地毗尼。

[2]《阿难七梦经》，东晋天竺三藏竺昙无兰译。这是佛陀在2500年前的预言，可以说除佛教外，其他宗教都没有在典籍中记载对本宗教不祥的预兆。可见佛陀智慧深广如海，又坦坦荡荡。

[3]佛经中关于正法、像法、末法的说法是有的，但是现在网络上的许多关于“佛入灭后，正法五百年，像法五百年，末法一万年”的说法并无经典依据，仅见于一些高僧开示。《大藏经》中找不到这些数字，即使在《楞严经》中，也只是说到了末法时期的乱象，并未说明什么时候才是末法时期。近代汤用彤先生在《汉魏两晋南北朝佛教史》中说，这个数字最早是昙无谶说的。印度人其实并不重视时间的具体性，佛经中所涉及的时间绝大多数是虚指，而且佛教显然不是宿命论。所以我个人认为，所谓佛灭后一千五百年就进入末法时期，至少在时间上并不可信。

[4]吠舍离，或称毗耶离，现印度巴沙尔地区，位于今天印度比哈尔邦首府巴特那的北边。著名的维摩诘居士就居住在这座城市。

佛陀灭度百年后，耶舍比丘召集了七百名上座部长老，在吠舍离城进行了第二次经典结集，造成上座部与大众部的分裂，开始了部派佛教时期。

第27章

拘尸那罗的落日

“佛陀虽然年老体衰，但他还是利用一切机会，权巧方便地开导众比丘。在这里，佛陀更是特别强调，佛法的修学、生死的解脱，除依靠自己对法的实践外，再没有其他依靠。佛教中没有祈愿或替代祈愿的祷告者，一个佛教徒不应希冀从祈祷中得到解救，而应该依靠自己精进努力，赢得自己的解脱，获得清净。佛说：‘汝等须自力，如来唯导师。’佛陀从不以僧团的领导者自居，佛寂灭后的僧团也从未设过领导者。佛陀希望从弟子那里得到的不是顺服，而是对他教法确确实实的尊随。

玄奘坐在娑罗树下，对前来请教的村民们讲述着佛陀最后的开示，心中渐渐升起一缕清凉之意。

他说：“佛陀涅槃前夕，许多弟子都来向他行礼作别。但是，有一个比丘却把自己关在一间小室之内，致心禅定。佛陀把这位比丘招至跟前，询问他没有到场的原因。他说：‘世尊，我明白您将在三个月后圆寂。我想，恭敬老师的最好方法，就是在他圆寂前证得阿罗汉果。’

“佛陀称赞了这个比丘，他说：‘爱我之人应以此比丘为榜样，修习佛法最好之人即最尊敬我之人。’”

“既然佛陀清清楚楚地教诫他的弟子们不要依止于他人，佛教徒为什么还要皈依于佛、法、僧呢？”一个年轻的优婆塞问道。

玄奘答道：“佛教徒皈依三宝，仅仅是把佛陀看成是指明解脱之道的导师，佛法为解脱生死轮回的方法，僧伽是正法生活之道的现实榜样。佛教徒认为，只在形式上皈依三宝，并不能使人得到真正的解脱。”

众人叹了口气说：“但是现在拘尸那罗缺乏佛寺和高僧，我们就连形式上的皈依也做不到啊，如果世尊能一直住世就好了。”

听了这话，玄奘心中莫名地一酸。

其实，佛陀是可以继续住世的，可是这世间之事，常常不能尽如人意……

那一天，佛陀同弟子阿难去了重阁堂。当他们谈到吠舍离城以及城中寺院的美丽怡人时，佛陀说道："如果有人修习、发展、掌握、经历、实践或究竟获得四神足，他就可以随意生存一阿僧祇劫或者更长时间。阿难，如来修习、发展、掌握、经历、实践，究竟获得四神足，如果愿意的话，如来可以住世一劫或更长。"

这是多么明白的暗示啊！可惜阿难陀尊者却不能领会，未能请佛陀为了众生的利益和幸福，出于对有情世间的悲悯，为了人天的安乐，再住世一劫。

经典中说，之所以会这样，是因为当时阿难的心被魔王迷惑了，他毕竟还没有证得阿罗汉果啊。

佛陀叫阿难自去静坐修行，这时魔王又来到佛陀身边，劝他说："如来在这世上教化世人，时日已久。蒙你超度之人，多如恒河沙数，你应该享受涅槃之乐了。"

佛陀将一撮尘土放在手掌之上，问魔王道："是大地上的土多，还是我手掌中的土多？"

魔王答道："自然是大地上的土多。"

佛陀说道："我所超度的人犹如掌中土，而未超度的人犹如大地土。"

说完这话，佛陀沉默了一下，宣布道："三个月后，我将进入涅槃。"

魔王听后，高兴退去。

这时，天空雷声大作，大地四处轰鸣，阿难直到此时才如梦初醒。他恳请世尊留在世上，为了众生的利益和幸福，再住世一阿僧祇劫。

"不，阿难。"佛陀悲悯地说道，"不要再请求佛陀了，请佛住世的时间已经过去。"

玄奘可以体会到阿难当时的懊丧和悔恨，外加一种无能为力的悲凉。

"我想，佛陀应该是没有遗憾的。"玄奘道，"佛陀从来都是一位实践者，生于人间，长于人间，深具魅力，具足智慧。他向追寻真理的人展示了事物的本质，教给人们从生命之苦中获得解脱的唯一途径。他不仅教授真理，还在僧团内部实践着四姓平等的理想，也引导着他的僧团远离玄谈之风。在漫长而成就非凡的教化生涯中，他完成了自己的使命，成就了无数人的愿望。八十岁那年，他意识到他的使命将要结束，已经给予在家和出家弟子必要的指导，使他们不但能坚定地信奉佛陀的教法，而且有能力向他人解说佛法。所以，他决定不再用毅力和体验圣果喜悦的方式来维持他的余生。"

说这番话的时候，玄奘神色黯然。

佛陀的涅槃不是死亡，而是回归他的本来面目，回到无漏究竟的寂灭相中，这当然是一件值得称赞的事情。然而对于娑婆世界的凡夫来说，则意味着失去了导师，无法再得到佛陀的亲自教化。

佛陀确实不遗憾，遗憾的是我。如果佛陀依然住世，我今天的很多疑惑便都可以在佛陀面前迎刃而解了。阿难陀尊者、舍利弗尊者，你们何以有如此福报，得以同佛陀一起降世？而那个时候，我又在哪里沉沦？我的业障何以深重至斯？

佛陀最后的旅行是同弟子阿难一起完成的，之所以不选择他的教化中心，比如王舍城、舍卫城等地圆寂，想来是因为他常行中道的缘故。

但是玄奘更愿意相信，一生都在行走的佛陀，在住世的时间即将结束时也不愿停下他的脚步，宁愿在心爱的弟子的陪伴下，翻山越岭，继续他漫长的旅程……

当佛陀来到南末罗国的波伐城时，受到当地一位锡铁匠纯陀的热情招待。纯陀将佛陀请到他家的杧果林中，并煮了一锅名叫"输卡拉末达毗"的美味佳肴供奉给世尊。

这是菇茸，其实就是一种蘑菇汤。当时正值雨季，天气炎热又潮湿，蘑菇极易腐坏。佛陀吃了几口后感觉非常不好，但他仍然感激纯陀的盛情款待，只是建议他不要再将此食给别人吃。[1]

纯陀听从了佛陀的劝说，把剩余的食物埋在了地下。

饭后不久，佛陀就感觉腹中一阵阵钻心地疼痛，他默默地忍受着，没有作声。

第二天一早，佛陀告别热情的纯陀，离开了美丽的贝卢弗，带领弟子继续旅行，朝西北方向的家乡进发。

当他们到达拘尸那罗城附近的希拉尼耶伐底河时，由于过度虚弱和疾病，佛陀再也走不动了，他意识到自己的生命即将终结，便示意到贝鲁伐那村稍作停留。

这时，一个名叫跛库沙的过路人走近佛陀，佛陀的安详寂静使他敬佩不已，聆听佛法之后，跛库沙以两件金色的僧伽胝衣供养佛陀，他给佛陀披上了其中一件，另一件给了阿难。

当阿难把这件长衣缓缓地披在佛陀身上时，他惊呆了，此时佛陀的全身光明鲜亮！他不禁惊叹道："真是不可思议！世尊的身体如此明洁，出乎寻常地鲜亮。即使是这两件金光闪烁的袈裟，披在世尊身上时，它们好像也失去了任何光泽。"

佛陀微笑着，向他解释道："佛陀色身的两次放光超乎寻常，那便是获证菩提之夜和涅槃之夜。"接着，佛陀宣称，"是夜三时，我将在拘尸那罗境内的双娑罗树下圆寂。"

佛陀在俱多河洗了最后一次澡后，上岸休息，他说："阿难，我听说有人对铁匠纯陀产生愤恨，并对他说：'这是你的罪过和失误，纯陀，如来吃了你供养的饭食后，不

久就要圆寂了。’阿难，这样的说法应该得到制止。人们应该说：‘这是你的福报，纯陀，佛陀吃了你供养的饭食后，证入涅槃。’

“阿难须知，有两种供养功德相等，所获利益福报平等无二，超过其他任何供养。是哪两种供养？如来于圆满觉悟之夜所受的供养，以及果证无余涅槃之夜所受的供养。此两种供养具有同等功德、同等利益，远胜于其他一切供养。铁匠纯陀做此功德将会使他长寿，死后获得善生，得以升天为天王。

“阿难，所有对纯陀的指责都应如此受到制止。”

佛陀悲悯最后一餐的慷慨布施者，他不希望那个淳朴的铁匠因为这件事情而受到任何伤害。对此，他做了周到的安排和细心的安慰。

随后，他步行来到娑罗树林，阿难在靠近河边的两株娑罗树间敷设了床座，佛陀头朝北方，于双树之间寂然而卧。

此时太阳已经西下，黑暗渐渐笼罩着世间，娑罗树上鲜花盛开，美丽的花瓣一片片飘落，盖满佛陀的全身，一切都呈现出虔诚之态。

“多么奇妙啊。”阿难感慨地说道，“娑罗树花非时开放，世间的万物都在礼敬佛陀。”

“阿难。”佛陀对弟子道，“如来不应如是受到尊敬、礼待、顶礼、崇拜、赞美。若有比丘、比丘尼、优婆塞、优婆夷以法而住，如理修习，以法正行，此人才是以最上法恭敬、礼拜、顶礼、崇拜、赞美如来。如是，阿难，你应如此自我训诫：愿自己以法而住，如理修习，以法正行。”

在最后的日子里，佛陀仍在孜孜不倦地教导弟子，一直承侍在他身旁的阿难，蒙受到佛陀的感召，德慧渐渐走向成熟。

在拘尸那罗，有一位四方云游的婆罗门学者须跋陀，他听说行僧乔达摩将于当夜三时涅槃，立即赶到波陀那的娑罗树林中，走近站在一边的阿难，向他恳求道：“我曾听年长阅深的老师乃至他们的老师以及诸苦行僧说过，高贵觉悟的阿罗汉应现于世，是甚为稀有之事。今夜最后时，行僧乔达摩将入涅槃。可是我还有一些疑难问题，我相信乔达摩有能力为我讲解，我将因此去除疑虑。阿难陀尊者，我可以看一眼行僧乔达摩吗？”

“不行，朋友。”阿难一口回绝道，“世尊的身体十分虚弱，请让他清净地休息，不要再去打扰他了。”

阿难一向性格谦和，以往无论是比丘、比丘尼，还是在家信众乃至外道教徒来参拜佛陀时，他总会安排适当的时间，满足各人的愿望。尤其是远道而来的客人，在未见佛陀前，还能得到阿难亲切的安慰，获得安乐。

可是现在，佛陀快要灭度了，阿难沉浸在深深的悲伤之中，难以自抑。他知道须跋陀是外道首领，又恐他趁此机会来为难佛陀，因而尽管须跋陀两次三番地重复了他的请求，都被阿难以同样的方式拒绝了。

须跋陀道："可是佛降人世的机会是那么难逢，真正的佛法也难以听到，我有很大的疑问，担心日后无处请教。"

佛陀听到了他们的对话，对弟子说："阿难，不要阻挡须跋陀，让他过来吧。你放心，他不是来找我论战的。无论他问什么，都是渴望得到知识和解脱。而且，我所说的一切，他都会马上明白。"

佛陀的声音虚弱又柔和，然而却很清晰地传到阿难的耳朵里，阿难只得将须跋陀引到佛陀跟前。

一阵友好问候之后，须跋陀在一旁坐下，提出了自己的疑问："像富兰那边叶、末伽黎拘赊黎、删阇夜罗眠、阿青多翅舍钦婆罗、迎罗鸿驮迥荫延、尼健陀若提子等，这些苦行僧，或为一派之长，或为闻名于世的宗教导师，或为大众推崇的善德之人，他们是否真正完全彻底地掌握了真理？或是他们之中有人掌握了，还有人没有掌握？"

佛陀道："须跋陀，不要自寻烦恼地想知道他们全部或一部分人是否觉悟了真理，我将以正法告之，汝今谛听，谨记所教。"

"如是，世尊！"须跋陀回答道。

佛陀告诉他，任何教法中，有八正道才有沙门果，若无八正道，就不可能有真正的沙门果。只要比丘正确地安住，世间就不缺阿罗汉。

须跋陀道："妙哉，世尊！你解开了我心中的迷雾。但愿我可以在佛即将涅槃时投佛出家，并受比丘大戒。"

佛陀说："须跋陀，任何一个已经接受过外道思想的人，希望在佛法中求受沙弥和比丘大戒，都必须经过四年的体验期，观其行，察其性，四年之后，经众弟子做证，方可受戒而为比丘。但是一切都在人行，我知道这对你不难。"

须跋陀道："世尊悲天悯人，普度世人，而无偏袒。我愿接受四年考验，使三业合于修行要求。经众弟子做证，受戒而成为比丘。"

佛陀道："我先前已经说过，一切都在人行。"

言罢，垂目道："欢迎你，比丘！"

只此一句，须跋陀须发自落，袈裟着身，成了一个面貌庄严的比丘。

佛陀欣慰地对身旁的弟子说道："阿难，你可给他授戒。"

"是，世尊！"阿难答道。

就这样，须跋陀在佛陀面前出家受戒，成为佛陀的最后一名亲授弟子。

受戒不久，须跋陀尊者便远离人群，独自隐居，精进修习，最终证得阿罗汉果，诸漏除尽，智慧现前，烦恼消灭，他是世尊亲自度化的最后一位弟子。

得知如来即将入证涅槃，拘尸那罗城内的迦摩罗人扶老携幼地来到这片树林，向佛陀拜别。

他们来到佛陀的面前说：“许多来向我们传教的梵志和婆罗门都抬高他们自己的教法，指责他人。对此，我们感到迷惑不解，不知道到底谁说的正确。”

佛陀道：“是的，迦摩罗人，你们的迷惑和怀疑是正当的，因为面对一件可疑之事，怀疑就产生了。”

佛陀给了他们如下忠告：“不要轻信传言，比如‘我很早就这么听说过’；不要轻信传统，认为这是历代相传；不要毫无调查地轻信他人所说；不要轻信与经典相符之事；不要轻信猜测；不要轻信表面的推理；不要轻信与先入为主一致的观点；不要轻信似是而非之事，认为这好像应该被接受；不要因尊敬某个人而接受其法。一个真理的追求者，不能仅仅因他人的权威而接受一切，而要运用你们自己的理解能力，自我判断事情的正确和错误。这里面最关键的是理性的悟解。”

佛陀告诉他们：“当你们自己明白哪些事情是不善的、错误的，你们就要真正地拒绝它们；而当你们自己知道哪些是善、正确的，你们就要以此为行住。”[2]

而在《法智论》中，佛陀运用通俗易懂的事例，以不同的语言，给予了同样的忠告：“如智者在试金石上煅烧、敲打、摩擦，以检验真金；同样，你们在接受我的话语之前，要检验它们，不要仅仅因为尊敬我而接受我的教法。”

正在附近弘法的阿那律尊者，也率众比丘赶来，他们恭奉师尊，静静地肃立于左右，聆听导师最后的遗教。

这时，阿难流着泪，代表众比丘向佛陀提出了四个问题，佛陀都一一给予了解答。

阿难问：“佛住世时，众比丘弟子以佛为师；佛涅槃后，我们当以谁为师？”

佛答：“应以波罗提木叉[3]为师。”

阿难问：“佛住世时，众比丘弟子依佛陀安住；佛涅槃后，我们依谁而住？”

佛答：“应依四念处[4]安住。”

阿难问：“佛在世时，恶性比丘，自有佛陀调伏；佛入涅槃后，面对恶性比丘，我们如何调伏？

佛答：“默摈[5]置之。”

阿难问：“佛住世时，一切言教皆出佛口，大众易生信解；佛涅槃后，经典的结集，如何才能叫人起信？”

佛答：“一切经典结集，当以‘如是我闻’之句按在经首。”

夜已深沉，西山上的一轮满月，看上去分外光明。佛陀心如止水，和往常一样，慈祥地向弟子们说法。

大地一片宁静，弟子们屏息凝神，聆听这最后的法语。

讲完后，佛陀向大家提出了一个问题：“诸比丘弟子，我所说的四谛十二因缘，是我证悟的真理。对此信解不疑的人，就是他的入道之门。今夜我将涅槃，你们如有疑惑，可速速提出，我当为你们解说！”

玄奘端坐在娑罗双树下，眼前清晰地浮现出佛陀最后的面容，他看到佛陀连续问了三次，众人都默默无言。

是佛陀将要涅槃的气氛震慑了诸弟子，还是诸弟子对四圣谛十二因缘，都已深解不疑，以至于没有问题了呢?

他们都是跟随佛陀多年的常随弟子，多数已证得圣果。对于根本的佛法，想来不会有不解的地方。

这时，天眼第一的阿那律尊者，右膝着地，合掌恭敬，代表大家禀白佛陀道：“佛陀，我等诸比丘弟子都信解四圣谛十二因缘是宇宙人生的真理。在这个世界上，太阳可以变冷，月亮可以变热，雪山可以变成大海，大地可以变为废墟，佛陀所说的四圣谛十二因缘的教法，不可令异！”

佛陀安静地听着，庄严的脸上露出欣慰的笑容，四十九年的行脚游化，一切苦心都没有白费。

感情脆弱的阿难再也忍耐不住，眼泪不由自主地流了出来，他不敢再留在佛陀的面前，独自跑到园中，放声大哭起来。

佛陀叫阿那律去喊他过来，阿那律对阿难道：“别再悲伤痛哭了，以免天神讥笑责怪。”

阿难边哭，边说：“我从幼年时便跟随佛陀，如今，我的导师即将离我而去，别的大弟子都已经开悟，唯有我还是有学之人，今后我该依谁来证悟呢？”

阿那律将悲痛欲绝的阿难拉到佛陀身边，佛陀温和地开导他说：“阿难，不要再忧伤了，如果舍利弗和目犍连还在世的话，一定不会像你这样。世事无常，有相会就有别离。佛陀若以应身住世，终是无常之相；唯有证入涅槃，你们依法而行，才是佛陀常住世间。”

见阿难依然泣不成声，佛陀知道他的心思，温言抚慰道：“阿难，你辛苦侍奉我二十九年，功德无量，我将以这个功德报答你。你不久就会脱离烦恼的缠缚，开悟证果，佛陀会在法性中照顾你的。”

接着，佛陀当着众位弟子的面赞美了阿难，对他圆满的善德给予高度的评价：“诸比丘，阿难陀非常忠实地侍奉我多年，他为人温和而宽厚，善良又忍耐，从不扬己之长，显人之短。他总是尽力为别人提供方便，即使是和外道论法，也是只显正而不破邪。他精进修道，听闻大法而不忘却，曾经感化了旃陀外道。我知道在家信众们都喜欢听阿难说法，他的功德将来一定能在世间发出光辉！”

“不，世尊。”阿难流泪道，“我心性不稳，持戒不严，所以才会一再地为魔所乘。因为我的过错，无上圣法没有了导师，我们失去了导师……”

“阿难，不要这么想。”佛陀悲悯地说道，“你对我没有什么缺陷，有形之物终不能长久，不要再为那些像梦境、泡沫、雪堆、幻影一般的不实之事而忧愁了。

“这是一个无常的世界，即使是佛陀，来到这个世界，也不可能不老、不病、不死。但是如来的法身永远存在。阿难，我涅槃之后，所教之法和所制之律将是你们的导师，你们依法而行，就是我的法身常在之处。”

阿难悲泣着，一句话也说不上来。空中的满月，静静的光如同流水一般照着娑罗林，佛陀寂然的心也照彻林中所有的人。这是无法经验到的庄严场面，在场的每一个人，都在屏气凝神，聆听这最后的法音。

“阿难。”佛陀轻轻说道，“如果你希望的话，我圆寂后，小小戒可舍。”

玄奘静静思索着佛陀的这句话。佛陀说小小戒可舍，但他没有使用强制的口吻，而是用了虚设的语气，他甚至没有明确地说明小小戒有哪些。这一事实产生的直接结果就是，佛陀涅槃后，在众比丘参与的第一次结集中，对戒律没有做任何改动，而是全部保留了下来。

当时，阿难来到结集地转述了世尊的话。但是，主持结集的摩诃迦叶尊者只一句话就将他问住了：“何为小小戒？”

阿难没有想到这一点，他只得承认，自己当时没有问世尊。

由于佛陀没有具体地说明哪些是小小戒，众罗汉也无法得出任何结论。最终，摩诃伽叶征得了僧团的准许，没有去除任何戒律。

接着，佛陀对四周屏气凝神的弟子们说道：“众弟子谛听，我今为汝说法，诸行皆是坏灭法，应自精进不放逸，勤求出道。”

这是世尊最后的教诲。

此时已是中夜过后，轻柔的风带来淡淡的微凉，佛陀右侧而卧，右臂支颐，静静地躺在两棵娑罗树间，入初禅静虑；从此处起，入第二禅，第三禅，第四禅；由第四禅起，入空无边处地；从此地起，入识无边处地；从此地起，入非想非非想处地；从此起，入无受想地……

随即，佛陀从无受想地起，入非想非非想处地；由此地起，入无所有处；由此地起，入识无边处地；由此地起，入空无边处地；由此地起，依次入第四禅，第三禅，第二禅和第一禅；然后又从次第静虑起，依次入证第二禅，第三禅乃至第四禅静虑；从第四禅起，当下即证无余涅槃。

佛陀圆寂于公元前543年的二月十五——月圆之日。[6]

在世尊涅槃之地独坐深思，玄奘的心中久久不能平静。他在想：佛陀的一生几乎都在行走，他不也是一个行者吗？

佛陀涅槃地附近，照例有阿育王所立的佛塔和石柱，这是八位国王分配舍利之处。石柱上刻写着这件事情。

佛涅槃后，摩诃迦叶组织了毗荼仪式，八个国王各自率大军到来，其中包括乌仗那国的上军王，他是当年逃走的奢摩少年的儿子，释迦族的后裔。

奢摩夺得乌仗那国的王位后，革除弊政，表彰贤明，体恤民患，把国事治理得井井有条。想起亡国之恨，他曾起心攻打毗琉璃王。得到的消息却是：毗琉璃王已经在消灭释迦族的七日后暴毙了，强大的拘萨罗国已经灭亡，而奢摩的三个兄长当年也都杀出重围，并且都做了其他国家的国王。

既然毗琉璃王已经因他的恶行得到恶报，奢摩便决定不再累及无辜。

奢摩去世后，他的儿子嗢呾罗犀那继承了王位，这就是上军王。

上军王继位不久，他的母亲具善龙女因病双目失明了。

当佛陀在苏婆伐窣堵河的源头降伏了阿波逻罗龙王后，上军王的母亲立即焚香祈愿，希望能聆听到佛陀的法音。

于是佛陀来到了瞢揭厘城的王宫中，为龙女宣说“四谛”“十二因缘”等真理。听闻佛陀的开示，龙女心生喜悦，她的双眼也因此而复明了。

她恳求佛陀道：“伟大的世尊啊，我的儿子身上也流着释迦族的血脉，他现在出外巡视国土，未能亲聆佛陀教诲，佛陀可否在此地稍作停留呢？”

佛陀告慰她道：“善女人，上军王是我释迦族的后裔，是闻教而能信悟，不须亲见如来也能发起菩提心的上根器者。我现在要离去了，他回来后你就对他说，如来将往拘尸那罗入般涅槃，届时，他可去那里分取如来的舍利。”

上军王在回宫途中，突然看见宫中光明闪耀，以为发生了火灾，心中大急，立即快马加鞭赶了回来。却见宫内一切无恙，母亲双目复明，他高兴地问道：“究竟是什么不可思议的吉祥因缘出现，能令母亲您的双眼复明？”

具善龙女回答道：“你出宫后，佛陀亲临宫中，为我说法，治好了我的眼疾。现在佛陀已前往拘尸那罗要入涅槃了，你速去迎取舍利回国供养。”

上军王听到佛陀要入涅槃，而自己又错过了见佛陀最后一面的机会，一时悲伤不已，立即带领队伍直奔拘尸那罗。

可是，当他赶到的时候，佛陀已入涅槃，有七个国家的国王在场，他们派遣直性婆罗门与拘尸那罗的末罗人谈判，要求分取舍利。

末罗族人说道：“如来屈尊降临我国，他的舍利理应由我们供养。你们还是回去吧。”

各国国王见恳求不能达到目的，纷纷要求以兵戎相见。

眼看现场气氛剑拔弩张，直性婆罗门高声喊道：“世尊忍辱负重，修福积善。今天你们却为了他的舍利，要以武力侵凌，这是对世尊的尊重吗？不如把这舍利平均分成七份，各自拿回去供养，何必兴师动众？”

刚刚赶到的上军王立即说道：“分成八份，还有我的一份！”

然而七国国王轻视他是后来者，不想与他分取佛陀舍利。上军王大怒，险些要以武力抢夺。

这时，天神和龙族也要来分取舍利。最终大家达成协议，将舍利分成三份，分别放置在天界、龙族和人间，然后再把人间的一份由八国平分。

分舍利的工作就由直性婆罗门来担任，他只提出了一个要求：分好之后，将计量舍利的瓶子给他。各国国王自然看不上一个小小的瓶子，于是便答应了他的请求。

但是谁也没有想到，直性婆罗门在瓶子里做了手脚，他用蜂蜜涂在瓶的内壁，再用它来计量舍利，分给诸王。事后婆罗门将瓶子带回，获得粘在瓶内的舍利，建造佛塔，连瓶藏在塔内，取名为瓶塔。后来阿育王开塔取出舍利瓶，改建了一座大塔。

却说上军王得到舍利之后，以黄金造了一座小塔，装载着佛陀舍利，用大象驮着回乌仗那国。当队伍行到离瞢揭厘城西南六七十里的一条河的东面时，大象突然僵立不动，瞬间变成了一块石头。于是上军王就在石象旁建起一座窣堵波，供奉佛陀舍利。

佛陀入灭后不久，尊者阿难在摩揭陀国首都王舍城游化，住在城北迦兰陀竹园的竹林精舍。

这天一早，阿难应邀去探访一位名叫“瞿默目犍连”的婆罗门。两人见面寒暄后，瞿默目犍连提出了一个问题：“你们当中，有哪一位比丘的能力，是与尊者瞿昙一样的吗？”

阿难回答道："没有。因为世尊是法的先觉者、教导者，所有比丘都是依从佛陀的教导而成就的，仅从这一点来说，是没有任何比丘能与世尊等同的。"

此时，奉摩揭陀国阿阇世王之命，在王舍城内督导建设的大臣禹舍，也正好来访，就加入了他们的谈话。禹舍显然对佛陀入灭后，僧团的运作方式感到好奇，就接过话题，问阿难道：

"你们当中，既然没有一位比丘能和世尊一样，那么，有没有哪位比丘，是沙门瞿昙生前所指定的接任领导者，来成为你们的依靠呢？"

"没有。"阿难回答道。

"那么，有没有哪位比丘，是僧团大众推举出来的领导者呢？"

"也没有。"

禹舍对此感到不解，他说："如果是这样，那你们如何保持僧团的清净与和合呢？"

"我们是'依法不依人'。"阿难平静地说道，"我们沿着村落和城市游化，在每月十五日举行集会布萨，大家依佛法、戒律，以彼此发问的方式反省检讨。如果有过失犯戒的，就依法、律的规定来处置，所以我们僧团得以维持和合。"

大臣禹舍再问："你们当中，有值得恭敬、尊重，让比丘们愿意跟着他学习的吗？"

阿难回答道："有。如果有具足持戒圆满、多闻深入、作善知识、身心远离、乐于禅观、衣食知足、正念成就、精进修行、圣慧明达、漏尽解脱等十种成就的比丘，就是大家恭敬、尊重，乐于跟他学习的对象。"

大臣禹舍当下深表赞叹，他述说了自己上一次拜见佛陀的经验，认为佛陀赞叹一切禅修。

阿难不同意禹舍的想法，纠正他道："佛陀对没有离贪、嗔、昏沉、掉悔、疑等的禅修，并不赞叹。佛陀经常赞叹的是初禅、第二、第三、第四禅的禅修。"

最后，阿难又为瞿默目犍连婆罗门澄清了一件事："佛陀、慧解脱与俱解脱阿罗汉，这三者的解脱，并没有差别，也没有哪一种比哪一种更殊胜的说法。"[7]

[1]按注疏上说，所谓“输卡拉末达毗”就是一种有毒蘑菇。但也有人认为此名称代表着一种美味的佳肴，或一种富有营养的化学食品，参照《那兰陀所问经》。

[2]出自南传《增支部·伽罗摩经》。

[3]“波罗提木叉”，梵文，原意为“善法的初基”“善法的依止处”，后来专指佛陀为出家众比丘、比丘尼制定的戒律，“以波罗提木叉为师”就是“以戒为师”。

[4]“四念处”是指身、受、心、法，即观身不净，观受是苦，观心无常，观法无我。

[5]“默摈”的意思就是“默默地摈弃”，也就是说不理睬他、不恼害他，由他自己反省。

[6]关于佛陀住世的年龄，现在普遍的说法都是八十岁，但是其出生与涅槃的时间各佛教国家说法不一，以致不太确定。1950年，锡兰首都科伦坡举办首届“世界佛教徒友谊会”做出议决，将公元前543年五月十五日定为佛陀涅槃日，但是中国佛教徒依然按传统的二月十五日来算。

佛陀涅槃的年份还有一种说法，即公元前486年。这个时间是根据“众圣点记”推断出来的。所谓“众圣点记”就是说，当年佛弟子优波离于佛陀圆寂后结集律藏，于当年七月十五日僧人们对着律藏自我检测后，以香花供养律藏，即记下一点置律藏前。尔后，传持律藏的众圣，依照此法，每年记下一点，以表示经过的岁数，这便是“众圣点记”。至南朝齐永明八年（公元490年）共传得975点，此为研究佛陀入灭年代的重要资料。若依此向上推算，则佛陀入灭年代当为公元前486年。然而《开元释教录》卷六称，此纪年与法显所传狮子国佛牙精舍的纪年不同，且《善见毗婆沙律》并非优波离所集录，故对众圣点记的纪年表示怀疑。另外，优波离供养律藏是否确实起于佛陀入灭之年，仍无法确知。

[7]出自《阿含经故事集》。

第28章

鹿野苑

瞻礼了佛陀涅槃的圣地后，玄奘继续南下，穿过荒凉的田野和茂密的森林，渡过哥格拉河，走了大约五百里，再度来到恒河岸边。

这里属婆罗尼斯国，是中印度的一个大国，国界长四千多里，国都濒临恒河，十分宽阔。城内市井繁荣，居民富裕，很多人家中藏有巨财，珍宝满室。

玄奘之所以到这里，是因为这里有佛教的另一处圣地——佛陀最早宣讲佛法并度过第一个雨季的鹿野苑。

印度多鹿群，这一路行来，玄奘在森林和草原上见过各式各样的鹿，有的比银踪还要高大，完全可以骑乘；有的就像一只猫儿，两只巴掌就能捧住。然而鹿野苑里却没有鹿，这个名字来源于一个美丽凄恻的故事。

传说很久以前，森林里居住着一群快乐的鹿，鹿的首领是一只五色鹿王，身形高大挺拔，毛柔软细密，闪耀着五色光泽。行走时步态从容，安定有力，俨然王者风范。

它带领数千只鹿生活在山清水秀的森林里，饿了吃林中的嫩叶鲜花，渴了喝溪中清澈的泉水，闲暇时则自由地散步、嬉戏。鹿群里的老老小小，都过着快乐无忧的生活。

但是，好景不长，有一天，国王带领士兵们到森林中狩猎，他们将森林团团围住，利箭像雨点般地射出。

鹿王带领鹿群东奔西跑，好不容易才逃出了包围，但已有不少鹿死于士兵的乱箭之下，还有一些鹿或被活捉，或跌下山崖、摔入陷阱，或被荆棘扎伤、被泥潭吞没。

鹿王心里非常难过，它以为经过这次灾难，鹿群可以过一段安稳的日子了，可是没想到仅仅过了几天，国王又来打猎，鹿群再一次受到严重的损伤。

原来这个国王很喜欢吃鹿肉，每隔三五天便来打一次猎。

鹿王想：“我身为鹿王应当保护种群的安全，如果为了贪图丰美的水草而待在这里不走，反而使大家都受到伤害，这是我的罪过。可是迁到哪里去才好呢？哪里才能找到这样丰美的水草呢？”

它考虑再三，决定亲自去找国王谈判。

鹿王独自来到皇城中，城中百姓看到这么一只雄奇漂亮的大鹿健步入城，都十分吃惊，纷纷说道：“一定是我们的国王心地善良，为人慈悲，所以才感动圣鹿来朝啊！”他们都把这当作一桩非常吉祥的事情，没有一个人敢捕捉或阻拦鹿王。

鹿王径直走到国王面前说：“我们在大王的国境内生活，是指望能得到大王的庇护，没想到近来经常受到袭击，每次都死伤惨重。听说大王喜欢吃鹿肉，我们也不敢逃避，只希望大王能告诉我们每天需要几头鹿，我们一定自愿如数前来，绝不敢欺骗大王，希望大王可怜我们这些无辜的生灵。”

听了这番话，国王心中十分惊讶，他对鹿王说：“每天只需要一头鹿就够了。没想到为了这一头鹿，让你们死伤如此惨重。如果真像你所说，每天会有一头鹿主动走进我的御厨房，我发誓再也不到森林中去打猎。”

鹿王辞谢了国王，回到森林中，召集鹿群，向大家宣布了与国王谈判的结果。鹿王说：“为了避免全族覆灭，从今往后，每天要有一头鹿，为了族群献出自己的生命。否则，大家都无法安定地生活下去。”

听了鹿王的话，群鹿们也觉得只能如此，于是大家共同商议，以抽签的方式排定前去国王御厨房的次序。从此以后，每天都有一头鹿主动来到王宫中，国王再也没到森林里中去狩过猎。

日子一天一天地过去，这一天，轮到一头怀孕的母鹿去送死。母鹿跪在鹿王面前，哀求道：“我虽然应该去死，可是我的孩子还没到要死的时候啊！请鹿王宽限几天，让下一个先去，等我把孩子生下来，一定马上去御厨房。”

下一头鹿听说要自己先去，也跪在鹿王面前，哀求道：“鹿王，到该我死的那一天，我绝对不会多说一句话，但按规矩我还可以再活一天一夜，让我活过这一天一夜，我才死而无怨。”

鹿王左右为难，心想：“让母鹿去，一下子便害了两条性命。让另一头鹿去吧，还没到该它去的时候。”

鹿王考虑再三，便让这两头鹿都退下，毅然决定由自己代替母鹿前去。

厨师看到这只雄奇的鹿王亲自前来就死，觉得非常奇怪，马上跑去报告国王。

国王来到鹿王跟前问道：“今天怎么是你亲自来了？难道你的族群都死绝了吗？”

鹿王便把母鹿已怀小鹿，又不忍心以其他鹿替代，所以亲自前来的原因讲了一遍。

听了鹿王充满哀伤的话语，国王感动得流下泪来，他说：“真没想到，一头牲畜也会这样杀身成仁！我是一个人，却像野兽一样残忍；而你是鹿身，却像人一般高贵。我真是连鹿王都不如啊！”

国王立即下令将鹿王放了，从此戒吃鹿肉，并且将此地开辟为一片鹿场，供鹿群繁衍生息。

美丽的故事毕竟离现实很远，好在走了那么久，玄奘对印度佛法的衰微，也已经有了充分的心理准备——佛教圣地被各种富丽堂皇的外道天祠包围着，寺院和僧侣少得可怜，到处都是或赤身露体或浑身涂灰的外道，这样的情形他已经见得太多了。

同其他地方相比，婆罗尼斯的佛法还算昌隆。玄奘骑马在都城外围兜了一圈，很快便看到一座古旧庄严的大伽蓝，当即下马来到门前，请求挂单。

让玄奘没有想到的是，这座伽蓝居然如此气派宏大！从外面看已是庙舍相连，纵横交错。进到里面更是长廊四合，石阶宽大，层层向上。寺中主殿高两百余尺，石壁上雕刻着佛教故事，木柱上布满精美的纹饰，顶部是黄金做的庵没罗果形的宝瓶，殿内有万佛龛，由百余级的石龛组成，每一龛内都供奉着一尊黄金佛像，形态各异，大小不等，生动逼真，栩栩如生。大殿的中央供奉着主尊——做转法轮之姿的如来等身佛像。

玄奘心中暗暗惊叹，自进入天竺以来，他还不曾见过这样壮丽的寺院呢！

伽蓝内的僧徒也极多，有一千五百余人，都是小乘“正量部”的行者。

见到寺中长老后，玄奘好奇地向他打听这座伽蓝的名称，得到的回答令他吃惊不浅：“这里就是佛陀初转法轮的鹿野苑啊，法师难道没听说过吗？”

站在极宽极高的大殿之上，注视着那尊和世尊几乎同样大小的石佛像，玄奘久久不愿离去。

佛像生动地描绘了世尊“初转法轮”时的情形，像座的背上还有两个飞天像，台座夹着轮宝，右边有三个比丘，左边是两个比丘，外加一个带着婴儿的妇女。

这五位比丘就是最早接受佛陀说法的五个弟子了。

其实，当年的佛陀并不是在鹿野苑，而是在距此地不远的波罗捺罗斯，向五位弟子宣说他的思想的。在那里，佛陀对自己悟出的理论进行了具体而又细致的阐述，五位苦行者被他的思想折服，当下即获果位，成为佛陀最初的弟子。他们表示，愿意为佛法的弘扬终生效力。

那次讲经结束后，佛陀便带着五位弟子来到鹿野苑，在此度过了成道后的第一次雨安居。

现在的鹿野苑共有八个区域，如八瓣宝莲从地涌出，里面殿宇庄严，气派非凡。而在当年，这里根本就没有任何特别的可供居住和遮风挡雨的地方。

然而，佛陀却对此甘之如饴，他在此地讲经说法，普降法雨。

佛教创立之初，并没有固定的说法场所，“沙门”思潮的传统一向是离开人群漫游山林，佛陀也不例外，他喜欢远离人间社会的各种束缚，自由自在地亲近大自然，思索人生的哲理。

佛祖十大弟子之一的迦旃延曾经写诗，热情描绘了这种场景——

“满铺着伽悦利藤的花环，这些胜景悦目娱心。大象的鸣声回荡山谷，这些岩石叫我喜欢；浮云蔚蓝，灿烂华美，流水清凉，澄澈见底。到处是因陀罗的牧人，这些岩石叫我欢喜……”

而记录佛陀言论的《经集》中也说——

“贤明智慧的人，一心一意追寻精神的安定。他在森林里漫步，他在树丛中冥想，感到极大的满足。”

《经集》之后的《长老偈》，其中有这样一段诗句——

“我走入深山中，栖身于岩石的裂缝间，我止息了内心的分别省察，远离不必要的恐怖，摒除种种放荡，而默然冥想。啊，人所得到的快乐，没有比这再大的了……”

无论是旱季还是雨季，佛陀都在山林中深思冥想，在自然中体悟和感受一种宗教性的精神快乐，并将法雨洒向四周……

玄奘在鹿野苑凭吊数日，不放过任何一处佛陀的遗迹。寺中僧人告诉他，在主殿的东南，便是佛陀初转法轮之处，有阿育王兴建的很多佛塔，于是玄奘便来到塔前拜谒。

这是一些非常美丽的白塔，高高低低，星罗棋布。在塔群的中央，玄奘发现了一根巨大的石柱，在正午阳光的照射下，石头柱面闪闪发光。玄奘走近细看，只见石柱顶上立着四只面向四方的石狮，柱上刻有铭文，记载着佛陀出家修道和传法的故事……[1]

傍晚时分，玄奘回到住处，寺中沙弥告诉他，一个商人已经在此等候很久了。

踏进僧房，果见一位风尘仆仆的商人从座中起身行礼。

“你就是玄奘法师吧？”商人恭恭敬敬地行礼道，“我从曲女城来，受般若羯罗法师之托，给玄奘法师送一封信。”

玄奘心中一喜，合掌谢道：“有劳檀越了。”

商人告辞后，玄奘坐在案前，打开信件。

般若羯罗在信中说：他已经见到了戒日王，现在已离开曲女城，正在赶往那烂陀寺。信中还说：戒日王派给了他大量马匹，这样，他把玄奘抄录的那些经文顺便也捎上了。他请玄奘不必再回曲女城，只管继续南行。这样，他们两人便可在那烂陀寺会面。

看完这封信，玄奘心中一阵欣喜，他来天竺，一为求法，二为参谒圣地。现在，距离求法的目的地那烂陀寺越来越近，佛教的四大圣地，他已亲履其三，就差佛陀得道的大菩提树没有拜谒了。本来还想着先去曲女城与般若羯罗会合，现在既然般若羯罗已经离开了曲女城，他也就不必再走回头路了。

第二天一早，玄奘收拾起简单的行囊，告别了拥有许多神奇故事的鹿野苑，坐船沿恒河南下，行三百多里到达战主国。

这里的伽蓝之中，也有阿育王建造的塔，里面供奉着如来舍利。当年世尊曾在这里为天人讲法七天。而在阿育王塔的侧面，则有过去三佛的经行遗迹，外加一尊慈氏菩萨像，个头虽然不大，却是栩栩如生，令人生敬。据当地人说，此地常有奇迹灵通之事发生。

玄奘在一所奇怪的伽蓝前停下了脚步，这座伽蓝距离都城两百余里，名叫阿避陀羯刺拏寺，翻译成唐语便是“不穿耳寺”。寺院占地不大，但是雕琢装饰得十分精巧，花卉水池交相映照，亭台楼阁连成一片。寺内僧徒数量虽然不多，却是庄严肃穆，有礼有仪。

玄奘之所以停下来，完全是被这个古怪的寺名所吸引。依照他的经验，寺院名称古怪者，多半都有故事。

正犹豫着要不要进去挂单，一个沙弥从里面出来，看到玄奘，眼睛顿时瞪得溜圆，拔腿就往里面跑，边跑，边喊：“来了个不穿耳的沙门！”

玄奘摸了摸自己的耳朵，有些郁闷。印度人无论男女、不分僧俗都穿着耳环，自己这个不穿耳朵的沙门确实显得与众不同，但也不致会吓到人吧？

正想着，却见那沙弥又回来了，还领着个年长比丘出来，朝玄奘恭恭敬敬地行礼，询问了一句：“师父从哪里来？”

玄奘注意了一下这一老一小，都是普通的印度僧人，耳朵上也都有环，一时搞不清楚这“不穿耳寺”究竟是什么意思。见对方礼数周全，便也合掌还礼，恭敬答道：“弟子玄奘，从东土来。见过大师！”

那老僧显然听说过玄奘之名，十分高兴地说：“太好了！不穿耳寺已经很久没有接待过不穿耳的僧侣了。想不到今日东土法师到此，实在是佛陀的庇佑啊！”

玄奘更加奇怪，忍不住问道：“此寺为何叫作不穿耳寺？有什么故事吗？”

老僧呵呵笑道：“故事当然有，法师且进来，老僧讲给你听。”

于是，玄奘便在这个奇怪的伽蓝里挂了单，当晚便听那老僧讲了这寺院的来历——

原来，当初大雪山北面的睹货逻国有一些虔诚的沙门，想到印度寻访圣迹，探究佛法。于是他们便联系了一些志同道合之人，结伴出行。

好容易到达印度，自然是要借宿佛寺的，谁料寺僧轻视他们是边地来客，不肯留宿。无奈之际，这些沙门只得在山野间露宿，外遭风吹日晒，内苦口渴腹饥，只落得面色憔悴，形容枯槁，好不凄惨。

来到战主国的时候，正逢该国国王游玩近郊，看到这些外来僧人颇感奇怪，于是便问道："你们是哪里来的乞丐？耳朵上没有穿环，身上的衣服又肮脏破烂，真是奇怪得很！"

沙门答道："我们是睹货逻国的僧人，相约到佛国来瞻仰圣人遗迹。可叹我们福薄，被印度僧众嫌弃，这里的沙门不肯照顾远行之人。我们原想返回本国，然而走了那么远的路，却未能遍观佛迹，到底心有不甘。虽然路途艰苦，还是要等心愿实现了才罢休。"

国王听了此语，心中既感动又悲伤，当即下令在此建造一座伽蓝，并写下如下规定——

"本王能称尊世间，全仗佛法的灵佑。既然做了国王，就该听从佛陀的教导，对一切僧徒施惠接济。如今建立此寺，敬招外乡僧侣。自今日起，所有穿耳僧人，不准留宿在此伽蓝之中。"

由于这个事迹，此寺便被命名为不穿耳寺。

原来这是一座专为外乡僧侣建立的佛寺。玄奘不禁想起法显大师在《佛国记》中所说的话，他说印度有些地方对外乡来的客僧极不厚道，你若没有钱物供奉，就不肯留宿。看来，这的确是各国求法前辈面临的棘手问题。

像"不穿耳寺"这样的寺院，在整个印度寥寥无几，绝大多数客僧还是经常要在住宿的问题上遇到麻烦。

在"不穿耳寺"住了一晚，玄奘便离开了战主国，转向东北又走了一百五十余里，来到吠舍离国。

这个国家方圆五千多里，土地肥沃，花果繁茂，民风淳朴，盛产名贵的庵没罗果和茂遮果。人们普遍注重行善积福，信奉各种神灵。

这里曾经佛法昌盛，境内的数百所伽蓝遗址也说明了这一点。可惜的是，多数伽蓝已经遭到毁坏，仅存的三五间，也是僧徒稀少，一派破旧凋零的景象。

国中另有天祠数十座，杂居于此的，多是裸形外道。

都城吠舍离四周圣迹极多，犹如鱼鳞般密集分布。可惜时光流逝，寒暑交替，这些地方大都人烟稀少，甚是荒凉。只剩枯树和遗迹，作为历史的见证。

玄奘重点参拜了一处遗址，那是都城东北方向的维摩诘菩萨的故宅，也就是维摩诘菩萨同文殊师利菩萨宣说不可思议解脱法门的圣地——积石精舍。

如今的精舍仅存一间石屋，四周却是香花环绕，这些花都是精舍的守护者及附近的村民共同种植的，花香馥郁，令远来的玄奘颇感欣喜。

玄奘缓步进入精舍，想起自己幼年时读的《维摩诘所说经》，便是发生在这里的故事，心中就觉得不可思议。在这十尺见方的小小石屋内，竟能容得下八千菩萨、五百声闻、十万天人、三万二千狮子座、毗耶离城及须弥山阎浮提四天下而无所妨碍；甚至四天王忉利诸天，在不知不觉间也都进入到石舍之内……

静静在石屋之中打坐，玄奘仿佛听到维摩诘菩萨在此宣讲大乘佛法精义的洪亮声音，与文殊师利菩萨共同阐说着不可思议的解脱法门……

恒河进入中下游，由于哥格拉河和根德格河的流入，河床明显加宽，有十余里宽，河面上烟波浩渺，一眼望不到边。

清晨，一个捕捞河藻的人驾着一艘小小的树皮船，沿河岸的浅滩顺流而下，时不时地将手中系着丝网的长杆伸向河里……

河面上突然起了风，小船在浪头间忽上忽下，险象环生。

捕藻人努力控制着小船，将其驶入一个狭长的河湾，然后跳上了岸。

这一带气候炎热潮湿，岸边全是密密麻麻的原始森林。各种树木长得又高又密，从远处看，就像墨绿色的波涛在风中起伏。

“这么大的风，河藻都不知道被藏到哪里去了。算了，还是去祈求阿难陀尊者的保佑吧……”捕藻人嘟哝着，顺手将丝网扔到船上，系上船缆，便扭头朝那娑罗树林掩映的窣堵波走了过去。

这座窣堵波位于密林深处，看上去已经很古老了，原本白色的塔身上斑斑驳驳地长满阴湿的苔藓和干涩的藤萝。那些不同年代的藤萝，像蛇一样纠结在一起，一层一层地爬在墙上，有的藤萝已经攀到了塔尖之上。

很显然，这里人迹罕至。确切地说，如果不是那些散落在绿藓重重的砖石上的花瓣儿，捕藻人甚至都要怀疑这里从来没有人来过了。但是这些花瓣儿确实是新鲜的，带着露水和香气。

沿着花瓣铺开的小径，捕藻人一直走到塔基处，终于看到了那个撒花者。

原来是个外国沙门，修长的身材裹在一袭宽大的青色长袍里，正从随身的褡包内取出一小团干花，撒在佛龛前的青砖地上，然后合掌，恭敬地礼拜。

而在他身旁的一棵娑罗树旁，一只竹制的带着铜油碗的驮经架斜靠在树干上。显然，这个沙门也是来此不久。

“嘿！”既然见到了人，捕藻人就上前打了声招呼，“你是新来的看护者吗？要我说，你们这座塔可真是够呛，已经很长时间没人看护了吧？去看看对岸的那座吧，就在竹林精舍的旁边，那里每天都有香花、灯烛和往来拜谒的人群，塔面上一尘不染，那才像个供奉尊者的样子！若是当年的吠舍离国王知道后世比丘如此对待阿难陀尊者，不知会作何感想呢。”

听着他叽里咕噜地说了这么多，沙门黑亮的双眸中积聚起越来越浓的惊讶。

“这位檀越，你是说，这里是供奉阿难陀尊者的舍利塔吗？”

“原来你竟然不知道！”捕藻人奇怪地打量着这个容貌端正，又有些特别的沙门，“这里是阿难陀尊者分身寂灭之处，你竟然不知道！是了，你看上去不像吠舍离人，你到这里来，就是为了在砖石地上撒这些花瓣吗？”

沙门微笑道：“这些干花是吠舍离城的善信们布施的，他们在维摩诘菩萨的精舍附近种上了各种香花，听说这些花的香气能储存很久，直到花不在了，香气还在。”

“香花？你在说香花？”捕藻人不屑地抽了一下鼻子，“听说过华士城吗？佛经上称为‘巴连浮义’的，就在对岸的森林里，那才是真正的香花之城呢，这里的花算什么？”

“原来香花城就在对岸啊，我还以为只是个传说呢。”沙门高兴地说道，“我收下这些花瓣，本打算到摩揭陀国的竹林精舍去敬献的。但是这里也有佛像，也应该接受敬献，于是就把它们撒在了这里。既然对岸有香花城，那就是说，到了竹林精舍，也不缺敬献了。”

“嗯，嗯。”捕藻人随口应着，心里却在想：香花城虽然不是传说，却早已被森林覆盖。这个沙门，看上去很虔诚，却好像什么都不知道似的，真是个奇怪的家伙！

他却不知，对方心中奇异的感觉不逊于他——这个奇特的施主是从哪里冒出来的？他是个佛教徒吗？佛教徒怎么可能赤裸着身体，只在腰间围上一小块兜裆布就大摇大摆地进入圣地？难道他是露形外道？也不像，露形外道都是很彻底的，绝不会在腰间围那块多余的兜布。

看上去，他倒像个达罗毗荼人，他们通常穿得极少，皮肤也是同样黝黑漆亮。但是，达罗毗荼人大都沉默寡言，不像这位这么健谈……

沙门一时想不通对方的身份，不便造次，散花拜祭完毕，便从驮经架上取下一只细草编织的拂帚，走入塔内，开始仔细清扫佛像身上的灰尘。

捕藻人晃动着两只漆黑的臂膀，跟着他走了进来，口中还在喋喋不休道：“你知道吗？我在恒河上捕捞河藻，见过各式各样的外国人，有艺人，也有僧侣。比如，那些身形矮小得可笑的僧伽罗人，其实是狮子的后裔，一个个力大无比！我还见过长着鸟嘴的那罗稽罗洲人，总之，什么奇形怪状的家伙都有！让我猜猜看，你是从乌荼国来的？”

“不，我来自大唐。”沙门手下不停，随口应着。

“大唐？”捕藻人小声嘟哝着，“那是个什么地方？”

“檀越听说过摩诃至那吗？”沙门问。

“这个我当然听说过了。”捕藻人得意地说道，“有一位从摩诃至那国来的大法师，名叫玄奘，听说他拥有无上的法力和神通，可以让河水倒流……”

“那些都是讹传罢了。”

沙门的语气淡淡的，捕藻人却感觉自己受到了莫大的污辱，他一把抓住沙门的手臂，咆哮起来：“我在讹传？你竟然敢说我是在讹传？你凭什么这么说！”

他的手劲极大，沙门一时无法挣脱，只得停下手中的活，回身说道：“檀越请放手，沙门就是玄奘。”

捕藻人如同被烫了一下，忙不迭地缩回了手，低呼道：“最胜自在的尊者啊！我说你今天为什么要让风神藏起了河藻，让我的一家人饿肚子，原来是要在这里度化我……”

玄奘奇怪地看着他问：“檀越，你在说什么？”

“我在说什么？是啊，我在说什么呢？”捕藻人低着头，团团乱转，嘴里不停地嘟哝道，“我今天捞的河藻太少了，这怎么能够满足婆罗门的需要呢？我一家人的午餐要泡汤了……”

玄奘看了看他腰间悬挂的铜壶，这才明白过来，印度北部和中部的婆罗门喜欢用河中的绿藻制作染料，因而这一带常有以打捞河藻为生的人。

这个行当很危险，吠舍离城的居士们是这么跟他说的，那些捕藻人驾驶着很小的树皮船行驶在宽阔的恒河上，就像一粒随波漂荡的坚果一样，一个大浪就会将船打翻。河面上每天浮起的尸体中，如果不是自愿升天的，十有八九便是这种捕藻人。

玄奘不禁心生怜悯，安抚道：“檀越不必忧心，沙门随身带有干粮，可以布施给你和你的家人。”

“不不不，你是个沙门，应该由我来布施你才对。可惜我什么都没有，只有这一点可怜的河藻……”

说着，将腰壶解了下来。

“我不需要这些河藻。你可以告诉我如何到达南岸吗？我要去摩揭陀国，却找不到渡船。如果你能告诉我一个过河的方法，那便是你的布施了。”

“当然，我可以的！”捕藻人很高兴，将铜壶重新系回到腰上，“我就是摩揭陀国的人，你明白吗？我叫萨缚达多！”

玄奘点头道：“好名字。”

“你当然知道的了，这是很久远以前一个国王的名字。”萨缚达多兴奋地说道，“我有一条船，我天天驾着船在恒河上漂来漂去，在船上我就是国王！你可以上我的船，我载你过去。”

玄奘大喜，立即合掌致谢。

萨缚达多也很开心，他看着玄奘忙来忙去，小心地问道：“我可以帮你扫塔吗？”

“当然可以。”玄奘道，“这是很殊胜的功德。”

两个人动手，速度就快多了，萨缚达多又极能干，天未过午，佛塔就焕然一新了。

休息了一会儿后，两人结伴离开，玄奘将经夹挂在银踪的背上，跟在萨缚达多的身后，牵马出了森林。

很快，他就看到了那条河湾中的树皮船。

玄奘有些吃惊，这船比他想象得要小得多，也薄得多，他甚至怀疑这样一条小船能不能载得动两个人和一匹马！

“法师上船吧！”萨缚达多跳上船，解开缆绳，大声喊道。

玄奘往远处的河面上看了看，有些犹豫。要过这么宽的河，这条船实在太小了点儿。

“你在害怕？”萨缚达多的脸上现出奇怪的神情，“我见过很多虔诚的朝圣者，他们从来就不知道什么是害怕！”

玄奘笑道：“朝圣者也要选择一条合适的渡船才能到达彼岸。”

“我这条船就很合适。”萨缚达多自信地说道，“你别看它小，可结实着哪！”

见玄奘仍是一副不以为然的神色，他又补充了一句：“我们摩揭陀国的人信奉世尊的遗教，不打妄语的！”

这最后一句话打动了玄奘，他立即将马牵上了小船。

小船晃晃悠悠地向河中心驶去，玄奘的心竟如二十年前刚出家时那般激动不已。他知道，那在心底构筑了无数遍的灵山——那烂陀寺就在前方，佛陀的声音已经在向他召唤了。

萨缚达多是个健谈的人，他一面摇着船，一面有一搭没一搭地跟玄奘拉着话。

“摩揭陀国有很多有意思的地方，如果你要瞻礼圣迹，就去灵鹫山、竹林精舍这些地方，离王舍城都不远。对了，要先去香花林，就是香花城的旧址，它现在已经被森林完全掩盖住了，但还有花，顺着香气就能找到。从那里往东是频毗婆罗王林，再往东去是阿摩落迦林……南面有鸡园寺林，西边有供养林……你看，森林就是这样连在一起的，稍不留神，它们就会占领所有的地方！

“我见过很多苦行僧，大多来自南部的森林，他们到了摩揭陀，通常都要去这几个地方。你若是肯多待些日子，还有阿输伽王的故都波吒厘子城……”

“还有那烂陀寺吧？”玄奘突然打断他，问道。

“那烂陀寺？哈哈！当然了！”萨缚达多的兴致更高了，“那里也是一片丛林，智者的丛林！再有智慧的人到了那里，都会有一种被淹没的感觉。你是去找人辩论的？我跟你说，那地方每天都有人上门挑战，只要赢得一场辩论，第二天可就名扬天下了！不过，依我看，法师你已经名扬天下，用不着再去，万一有个闪失就不好了。你知道，很多人连门都进不去呢。”

“为什么？”玄奘奇怪地问道。

“辩不赢看门人，哪里还敢进去呢？”

“照这么说，那烂陀寺的门者，也都是博学通达之人了？”

“博学通达之人？当然了！”萨缚达多的脸上满是敬佩之情，自豪地说，“那烂陀寺的测试极为苛刻，那些去求学的人到了寺门前，先要经过看门人的诘难，十个人里面有七八个人会因答不上来而灰溜溜地回去，只有两三个在学问上博古通今的，才有机缘进入寺门。不过，就算得到准许进去了，也不见得能入得了那些大德和学者的法眼，接下来还是免不了要遭受挫折，名誉扫地。最后剩下来的，都是才能极高的、博识多闻的、多才多艺的贤人智者。当他们离开那烂陀寺的时候，所到之处，都能受到各国国王、学者的礼遇和敬重。”

玄奘笑着摇头道：“你说得也未免太邪乎了吧？”

“梵天大神做证，我决不打妄语！”萨缚达多急忙发誓道，“虽然我只是个捞藻的人，但不会瞎说。法师你想想看，那烂陀寺的僧众有好几千人，个个都是大学者，其中声誉传布国外者，就有一百多人。法师是从很远的地方来的，听说过护法、护月、德慧、坚慧、光友、胜友、智月、戒贤这些大德吗？”

玄奘点头道：“这些人德行隆盛，已是众所周知。他们撰写的论著、注疏，每人都有十多部广泛流传于世，备受世人的推崇。玄奘自然不会不知。”

“法师果然厉害！”萨缚达多兴奋地说道，“但是你知道吗？这些人全是从那烂陀寺出来的，后来名震五印度！所以那些外国的学者，如果想要显扬名声，都到寺门前去请教释疑，这样才能美名远播啊！我听说南印度有个国王，想让他的儿子到那烂陀寺求学，结果就没通过看门人的诘难，那国王气得扬言要派兵攻打那烂陀寺呢。”

“后来怎样？”玄奘好奇地问道。

“后来？后来啥事儿都没有！那国王也只是说说罢了，他哪敢真打过来？”

玄奘忍不住心向往之，这位捕藻人所说的一切都是那么神奇，神奇得令他有些忐忑不安——我历尽波折来到这里，那烂陀寺，你真的可以解决我心中的疑惑吗？

---

[1]这个石柱也是根据玄奘的《大唐西域记》发掘出来的，现为印度的国徽，石狮柱顶现存鹿野苑博物馆内。

第29章

进入摩揭陀国

小船行驶到河流中部，撞上了水下的一股暗流，立即上下颠簸起来。

银踪本就紧张不已，这时忍不住高声嘶叫起来，玄奘赶紧拉住它的缰绳，尽力安抚。

萨缚达多也不再闲聊，双手紧紧握住船桨，努力控制着小船，应和上水流左右旋转的节奏，任船在水面上忽上忽下。

过了小半个时辰，总算冲出了这股暗流。

玄奘松了口气，赞叹道："仁者真是好本事！"

"算不得本事。"萨缚达多谦逊地说道，"我在恒河上漂来漂去的有二十多年了，我熟悉恒河超过熟悉我的父母和妻子！"

玄奘觉得这个比喻好生奇怪，也不好接口，只得岔开话题，看着远处的烟波道："恒河到了这里就变宽了，如果事先不知，沙门还以为这是个大湖呢。记得在阿耶穆佉，河水也很宽，但站在北岸还可以直接看到南岸的村庄，这里却什么都看不见。"

"这里不算什么。"萨缚达多道，"如果法师从香花城那一段走，比这还要宽得多呢。"

"宽阔的河水通常都是很平静的，难道那里的水下也有暗流吗？"玄奘问。

"河水都是一样的。"萨缚达多道，"它们是大神湿婆和雪山女神突伽所生的孩子，一出生就带着破坏的野蛮性子。只不过到了平原地带，看到了新奇绚丽的风景，满足了它们诞生不久的虚荣心，它们就自以为变成平原的孩子了。脚步也开始变慢了，一粒粒的水珠慢慢地铺开，看上去要多乖有多乖……但是法师你千万别被它们的表象所迷惑，以为它们的野性就此消失，成了乖孩子。它们到底是破坏之神的孩子，怎么可能没有野性呢？只不过长大了，野性都被压在了心底，让你看不出来。一旦看出来的时候，那可就要了命了！"

玄奘被这充满禅意的语言吸引住了，他感慨地说道："檀越不仅熟悉水情，且深具佛性，沙门佩服！”

得到法师的夸奖，萨缚达多十分开心，越发说得滔滔不绝：“法师，你有没有注意到，这恒河河底与岸坡间随处可见水晶与黄铜的矿石。那些婆罗门说，这都是大神梵天的杰作！他们把河水引到神庙的池子里，在里面沐浴，并把那些水池命名为恒河门。那可是增生福德、消弭罪过的好地方啊！经常有来自远方的成百上千的人众，聚集在那里洗澡。要知道恒河水经常泛滥，淹没村庄和农田，只有那些进入过恒河之门的人才能逃脱……看！那就是供奉阿难尊者舍利的窣堵波了，就在竹林精舍的旁边。”

玄奘顺着他的手指望去，果然看到对岸不远的山上，翠竹掩映中露出一小截窣堵波的白色尖顶。

“我们这里的人只在这两座窣堵波间来来往往，法师你别看它们分别建在恒河的南北两岸，可有时候它们的倒影却会同时照在河水之上，长长的，在河中心就可以看到。人们都说，这是阿难尊者在保佑两岸行船的人呢。”

玄奘心里一动，站立在船头，看着两岸那两座分属于两个不同国家，却供奉着同一人的舍利的窣堵波，不禁感慨万端，思绪一下子飘得很远……

佛陀涅槃后，阿难悲痛难抑，参加完荼毗仪式后，他将自己关在房中静心，每天只喝一点点乳汁，什么东西都不吃，什么话也不讲，就这样在静思中度过了三天。

三天后，他动身前往王舍城，因为那边四月十五的安居日要结集佛陀的经典。阿难虽然还没有开悟，但在佛陀的教法中，他有着极其重要的地位，他不能不去为佛陀的法身慧命报效微劳。

恒河之上，萨缚达多一边划着小船，一边热情地向玄奘讲解着：“阿难陀尊者是个很温和又有人情味的人，在去王舍城参加结集的途中，他还绕路到吠舍离国的金刚村去了一趟，有些跟随他的比丘就因此和他失散，各自去行脚游化了。为了这事，当他到达王舍城时，还被摩诃迦叶尊者呵责了一顿。你知道，摩诃迦叶尊者是很厉害的，阿难尊者只能默默地忍受，不敢同他说理。”

玄奘从萨缚达多的语气中听出了感情和倾向，他有些惊奇，便说道：“玄奘在吠舍离国时，也曾去过那个村庄。”

“法师果然去过很多地方！”萨缚达多佩服地说道，“我虽然常到吠舍离，却还一次都没去过金刚村呢。”

他们的船虽小，速度却很快，在水面上飞速地前进着，玄奘的心思也跟着水流，到达王舍城的毕波罗延石窟……

两个月后，阿难抵达王舍城，此时已是结集经典的前一天。由于阿难尚未开悟，摩诃迦叶没有把他的名字列入其中。

这是很不寻常的，所有人都知道阿难的特长，他常随侍在佛陀左右，佛陀的说法，他能过耳不忘。这一点，大迦叶也不能不承认，但他依然坚持自己的意见。

天眼第一的阿那律尊者也同大迦叶持同样的看法，这又给了阿难一个意外的打击。

不过，对于阿难来说，打击反而成了他的增上缘。当天晚上，他摒除一切外缘，静坐冥思，将一切放下，于中夜即开悟证果！

第二天一早，他示现神足通，不等门开就进入窟内。

诸大比丘都对他投以惊奇的目光，证果后的阿难像极了佛陀，有人甚至怀疑他是佛陀再世！

这一天刚好是佛入灭后的第九十日，结集法藏的典礼正式开始。

在摩诃迦叶的主持下，阿难被全体比丘公推到了狮子座上，朗声诵出：

“如是我闻，一时，佛在……”

在座的很多比丘都流下了眼泪，三个月前，他们还能够亲耳听闻佛陀的说法，现在却只有“如是我闻”了。

玄奘知道，自己所诵的很多经典，比如《长阿含经》《中阿含经》《杂阿含经》《增一阿含经》，以及《譬喻经》《法句经》等，都是在这著名的第一次经典结集大会上，由阿难尊者诵出来的，心中不禁对尊者深深感恩。

佛陀涅槃后，继承佛陀衣钵的是被尊为首座的长老摩诃迦叶尊者，阿难则协助尊者处理教务。

二十年后，摩诃迦叶已经一百多岁了，他将正法眼藏、涅槃妙心的心法以心印心地传给阿难后，就持佛袈裟前往鸡足山入灭尽定，等待弥勒出世。阿难从此肩负起主持正法、导进学人的责任，这也是当年佛陀对他的期许。

很快，佛法便在阿阇世王的护持下，平和地弘扬开来。

阿难一百二十岁时，有一天在摩揭陀的森林附近经行漫步，无意中听到一位青年比丘正在诵经，他将佛陀的一首偈语念得错谬百出，文字混乱。

阿难听后，心中除了伤痛感慨，更生出对佛陀的思念之情，于是缓缓走向那个比丘，对他说：“你诵的这不是佛陀的遗法。”

说罢，他诵出正确的偈子，点拨指教，使其警悟。

那个青年比丘听了阿难的教诫之后，回去便告诉了自己的师父。哪知他师父听了之后，竟不屑一顾地说道：“阿难老朽，已经失去了记忆和智慧，你不要听他胡说，我教你的绝不会错！”

青年比丘听了师父的话，又再回去告诉阿难。阿难默然不语，抽身而退。

玄奘看到，年迈的尊者手托钵盂，沉默地走向森林深处。一向温和的阿难，统理当时的僧团，拥有着至高无上的教权，却仍以忍让为处世的根本。

不过，这次事件之后，阿难开始深深地厌离世间。他想：佛陀涅槃不过百年，谬解佛法的人就这么多了。我为众生诵出佛法，而人们的我见我执之心并未有丝毫减少，我留在这世间还有什么意义呢？我确实已经老朽了，为了世上众生，想在人间久住。但是众生烦恼重重，难以教诲。佛陀与众多的圣者先后进入涅槃，现在只剩下了我一个人，如同被砍光的森林，只留下一棵老树，已不能再遮风挡雨。人间很寂寞，久留无益，我还是进入涅槃吧！

于是，阿难回去后，将佛法流传的责任付嘱给他的弟子商那和修，自己则拿起钵盂朝着北方的恒河走去。

那个时候，摩揭陀国的阿阇世王正要同吠舍离国开战。阿难边走边想：如果我在摩揭陀国入灭，遗骨就不会分给吠舍离；如果到吠舍离入灭，他们也不会将舍利分给摩揭陀国。如果两个国家为争抢舍利而扩大战争，岂不是我的罪过？我究竟应该如何做，才能够解开这两个国家的怨恨呢？

玄奘微闭双目，坐在船头，他感到自己身下的恒河水承载了太多的悲喜，空中的异香至今仍能闻到。

恍惚间，他看到尊者来到恒河岸边，上了一条小船，走上了涅槃之路。或许，就如自己所乘的这样一条一模一样的树皮船？

得知阿难离开的消息时，阿阇世王几乎昏死过去，他立即命人备起车驾，带领十万兵马追了过去！

与此同时，吠舍离王听说阿难尊者将至，不禁悲喜盈心，也出动十万大军奔驰到北岸迎候。

当阿阇世王的军队终于抵达恒河南岸的时候，阿难已经坐船到了恒河的中央。

阿阇世王立刻下马，五体投地地大声喊道：“最胜自在的佛陀！请您慈悲，施给我们寂静的尊者！三界明灯的尊者，请您回来吧！”

岸那边，吠舍离的人也这样叫着，两支军队在恒河两岸对垒，军旗遮天蔽日，杀声震天。

阿难站在船上，朗声说道：“我不愿你们两国因我而交战，所以才特地来到恒河中间入灭，希望摩揭陀国与吠舍离国从此交好，勿使生灵涂炭！”

说完这话，尊者便于舟中腾身而起，两岸万众朝天仰首，他们看到，尊者的身躯在虚空中跏趺而坐，入寂灭定，燃起了熊熊大火……

圣体荼毗后结成无数五彩舍利，并在堕地前自然地分成两份，一堕南岸，一堕北岸。

一时间，两军拜伏在河岸，号啕悲恸，哭声震天。

二王各得一半舍利后，各自在岸边建起舍利塔以事供养，一个是在毗舍离城北方的大林重阁讲堂，一个是在王舍城外竹林精舍的旁边。

由于阿难尊者分身入灭的因缘，摩揭陀和毗舍离两国遂释嫌修好，不再战争，不仅在当时保住了千千万万人的生命财产不受损失，而且两国从此交好百年，再无战事……

“法师，摩揭陀国到了！”

随着萨缚达多的一声呼唤，将玄奘从冥思中带回现实。在湿重的水汽里，他看到前方由棕榈木搭构而成的码头长桥，以及用绿铜石和青斑石砌成的水阶。看到了远处的红泥屋顶、大茅草屋顶、金盘浮亮的寺庙顶端……辽阔的水面上渐渐出现了一个国家的大都城，带着蒸腾的水汽和亘古不变的炎热。

玄奘不能想象，他是从供奉阿难陀尊者的两座窣堵波之间渡过恒河的。现在，他终于踏入中印度地区最古老，也是最重要的国家——摩揭陀国[1]。

那烂陀寺就在这个国家，因此，从某种意义上说，他此行的目的地已经到了。

摩揭陀国地处恒河中下游，境内气候炎热，土地肥沃，河流纵横交错，首都王舍城就坐落于恒河的南岸。

自难陀王朝兴起后，摩揭陀国开始支配恒河全域。此后旃陀罗笈多，也就是“月护王”的势力崛起，在婆罗门的帮助下赶走了希腊人，回师摩揭陀，定都华氏城，建立起印度历史上空前强大的孔雀王朝。

到了阿育王时期，孔雀王朝的国力达到了顶峰，其版图几乎覆盖印度全境。阿育王在境内大力弘扬佛教，佛教史上的四次集结，有两次发生在摩揭陀国境内。

摩揭陀国也是佛陀布道多年的地方，可以说，佛陀一生的大部分时间都在摩揭陀国度过，与他有关的故事和遗迹，也大多集中在王舍城附近。

在摩揭陀国，佛陀度过了至少二十个雨季，他孜孜不倦地对众比丘和信众做着开示，直到八十岁即将涅槃之际，才在阿难尊者的陪伴下离开了王舍城。

如今的摩揭陀国依旧是印度大乘佛教的中心，境内有五十多座伽蓝。这个数字乍听起来似乎并不稀奇，但每一座伽蓝都极尽宏伟壮丽，古老而又庄严，僧侣众多，与别国伽蓝的荒凉景象形成鲜明的对比。

此外，摩揭陀民风淳朴，人们普遍崇尚学问、尊敬佛法，特别是大乘佛法。因此，玄奘一踏入国境，立刻引起了轰动，沿途善信争相供养这位来自远方的高僧。

玄奘在众多僧俗的陪同下，一路朝拜圣迹——

首先当然是去王舍城，它是这个国家的政治文化中心，上古历代君王都住在城内。

他们依然是走水路，摩揭陀地势较低，气候炎热潮湿，平地遍布水流，可以坐船驶向任何一个地方。

河流的两岸种满稻谷，作为中印度最富裕的国家，摩揭陀一向以盛产优质大米而闻名五印，便是坐在船上，也能闻到那股四溢的香气。

“这是什么稻米？怎么这么香？”玄奘问同行的当地僧侣。

那僧人笑道：“这是我们摩揭陀国的特产，供大人米。”

“供大人米？”玄奘微笑道，“这个名字倒很新奇。”

那僧人道：“这种稻种十分奇异，颗粒比一般稻米都要粗大壮实得多，成熟时香气四溢，煮起来味道极佳，光泽、颜色也都殊胜至极。唯一的问题是产量太低，所以国王下令少量种植，收获后全部由官府收去，专门用来供养国王和一些重要学者。莫说是像我们这样的普通僧侣无福受用，便是种植此稻谷者也不得随意食用，一旦被发现，是要获罪的！因此我们称此米为‘供大人米’。”

玄奘明白了，这不过是一种少数人享用的东西罢了。

说着话，小船已经驶入山地间的王舍城。经书中说，此城四面环山。然而转过一个山口，并不见繁华的城郭，眼前出现的都是参差不齐的城墙遗址，很多地方已经倒塌。

这些遗址大多修建在山腰与河谷地带，四周山势高耸，悬崖陡峭，十分险峻，只有城西一条羊肠小道可通外面。城内建筑别具一格，大城内套着小城，小城内有着成片的羯尼迦树，虽不高大，但由于树叶是金黄色的，阳光照在树上，好似金光流淌，分外惹眼。

遗憾的是，这样一座千年古城竟是年久失修，成为一处废墟。目之所及，皆是残砖破瓦，满地狼藉。

“不是说，现在的王舍城依然是摩揭陀国的都城吗？”玄奘回过头，不解地问道，“难道就是这里？”

陪同的僧人解释道：“这里是旧城的遗址。现在的国都虽然也叫‘王舍城’，却是阿育王时期建立的，与老王舍城完全不同。”

“原来如此。”玄奘这才释疑。

“但是，只有在这旧城的遗址中才能找到佛陀的圣迹，”那僧人接着说道，“法师看到宫城北面的那座高塔了吗？那里便是提婆达多和未生怨王放出醉象想要撞死佛陀的地方；还有东南角的那个水池，那是室利居多挖出来的地狱火池，池水看起来很清，手伸进去也是凉的，但是奇怪的是，只要投入火种，水中便有火焰腾起，若是将其他东西投入，也会起火燃烧。”

玄奘沉吟道：“想必是池中有火油。我在睹货逻等地，也曾见过这样的火油池。”

“法师说得对极了！”僧人佩服地说道，“那是恶魔从地底下带出来的火油，当时的室利居多就是受到邪魔的控制，企图用火坑和毒饭陷害佛陀！”

“那边还有一塔，是什么地方？”玄奘问道。

僧人回答道：“那是耆域医师为佛陀建造说法堂的地方，塔边的精舍就是耆域医师的故居了。”

历史的繁华已经远去，废墟带给人的震撼便显得格外强烈。玄奘站立在船头上，听陪同的僧人们给他讲解这一路的圣迹，双手合十，遥遥参拜。

不知不觉已到了城市北门，众人弃舟登岸。这里是整座老城最宽敞的所在，城门内外种植了许多香茅草，行走其间，香气四溢，难怪王舍城又被称作“上茅宫城”。

当然，到了王舍城，最重要的还是参谒精舍。佛陀一生游历教化四方，光在王舍城附近就有三处精舍：迦兰陀长者奉献的竹林精舍、名医耆域奉献的耆域林精舍，因摩诃劫宾那而建的精舍。

每一处精舍都曾经留下过佛陀的足迹，外加一个个鲜活动听的故事。

从竹林精舍南行五六里，到达毗婆罗山，山上林木繁茂，林中隐隐露出一座石砌的大屋。

不知怎的，玄奘一见到这座大石屋就心生恭敬之意，他走过去合掌礼拜。待进入石室，发现这里竟是极为空旷清凉。不明白这样一间又大又空旷的石室是用来做什么的，于是向旁边陪同的僧人询问。

那僧人道：“这是个很重要的地方，叫作毕波罗延石窟。佛陀寂灭时，摩诃迦叶尊者曾与五百罗汉集会于此，结集三藏，书写在贝多罗叶上留存后世。从那以后，佛教经典便开始在五印大地上流传。”

玄奘恍然大悟，原来这里就是第一次结集的毕波罗延窟圣地啊！可叹经书中对这石窟的所在写得清清楚楚明明白白，我却是到了跟前还懵懂不知……

这时，又有一位僧人上前询问道：“法师想不想去拜谒另一个结集地呢？”

玄奘惊奇地问：“怎么，这里还有别的结集地吗？”

那僧人道：“就在竹园以西十拘卢舍处，阿育王也建有一座宝塔。佛陀寂灭时，诸比丘弟子中证得阿罗汉果的有数千人，大迦叶却只选择了其中的五百人参加结集，其余的因各种原因被排除在外。除他们之外，还有正处于修学阶段、尚未证得阿罗汉果的数千僧侣，自然也是没有资格参与结集的。

“于是这些人便云集于宝塔处，说：‘当初世尊在世之时，不分年龄和上下尊卑，大家同拜一师，彼此间都是平等的。如今世尊寂灭，尸骨未寒，陡然生出三六九等，结集时竟将我们排除在外，真是全无道理。虽然被他们藐视，我们依然要报答佛恩，将我们所听到的佛法结集起来。’

“于是，大家集思广益，集结法藏。因为参加集会的人数众多，计有一万多人，而且是由罗汉僧和凡夫僧甚至一部分居士合作进行的，所以称他们结集的经典为‘大众部’。”

玄奘苦笑，想不到佛陀寂灭后不久，佛教就一分为二了。

离开王舍城后，玄奘又去参访了恒河南岸的另一座旧城。此城是当年强大的孔雀王朝的首都，因而城池极大，方圆七十多里，虽然久已荒芜，基址依旧保存完好。

漫步在荒芜的街道上，玄奘想起经典中那个美丽的故事——

佛在世时，佛陀和阿难在王舍城托钵乞食。有两个孩子在大路中央用沙土建筑他们的城市，其中一个小孩看到佛陀的庄严相貌，非常高兴，捧起一捧沙子放到佛陀的钵中。

“这是我献给您的米饭！”小孩子认真地合掌礼敬。

佛陀微笑着，身体发出光明，这道光绕佛三匝入佛左掌。

阿难惊奇地问佛陀：“世尊，您放光是什么因缘呢？”

佛陀回答道：“在我入涅槃百年后，此儿将生在波吒厘子城，他会成为转轮圣王，信乐佛法，造八万四千佛塔来庄严这个世界，他的名字叫阿输伽。”

阿输伽的意思是“无忧”，这是阿育王出生时，他的父王给他起的名字。因此，阿育王又被称为“无忧王”。他建立起强大统一的孔雀王朝，就定都在这座城市。

由于此地多香花，因而这座城市一开始被称为“香花宫城”，后改名为波吒厘子城。

参访了几座古城后，玄奘来到伽耶城，驻锡在尼连禅河畔的底罗磔迦寺。

这是一座以修习大乘佛法为主的寺院，经阁里堆满了各种经夹，偶有从未见过的版本，令玄奘流连忘返。

这里还有一座佛塔，名叫“落犍椎塔”，讲述的是提婆菩萨的故事——

波吒厘子城原本是中印度的佛教中心，有百余所佛寺，僧徒整肃，学业清高，垄断了摩揭陀国的文化教育，异教学者皆缄口销声，不敢相争。

然而，或许是盛极则衰，不知从何时开始，摩揭陀国的佛教逐渐衰微，那些前辈高僧相继离世，年轻学者却又成长不起来，无法继承先人的学业，佛教在此国的盛况，便再也无法维持下去了。

佛教衰落之时，便是异教的兴起之机。他们师徒相传，教出了一大批有作为的弟子，终于使自己的势力强大起来。

于是，数以千计的异教学者会集波吒厘子城，与那里的佛教僧侣展开了一场大辩论，彻底击垮了佛教。

异教学者取胜后，便以胜利者的姿态发布声明道："从今往后，摩揭陀国境内一切伽蓝，皆不许击犍椎集众。"

犍椎是佛教声器，凡是钟、磬、鼓、石板、木鱼、砧槌，有声能集众者，皆名"犍椎"。

寺院之中，每有法会，便击犍椎以召集众僧。故而，一所寺院有没有犍椎之声，便是判断此寺院是否正常活动的重要标志。

异教学者辩论获胜，便不许佛教寺院再击犍椎。摩揭陀王同意了这个苛刻的声明，派专人对国境内的佛寺进行监督。佛僧们蒙受耻辱，只得忍耐而退。

此事一晃便过去了十二年，摩揭陀国始终未闻犍椎之声。佛教僧侣们含羞忍辱，纷纷远走他乡，更有一些人历尽艰辛，走到了遥远的南印度。

那时的南印度是大乘佛教的天下，在龙树、提婆师徒的努力下，大乘佛法正值蓬勃的发展时期。

提婆听说了发生在摩揭陀国的事情之后，便向老师龙树请战道："波吒厘子城的佛教学者受外道所困，被禁止敲击犍椎，已有十二年之久。我想单身北上，摧破邪见，重燃正法火炬。老师认为可行吗？"

龙树回答道："此事我也听说了，我将亲自前往。"

提婆道："此事何劳老师辛苦？如果您信不过弟子，我们不妨事先演练一番，由您来扮外道立义，弟子随文破斥分析。您看如何？"

龙树点头同意，于是他主张外道论点，提婆驳斥其理。

这场演戏般的辩论一直持续了七天，最终龙树无法再坚持，他感叹道："外道的教理还真是不行啊，太容易被驳倒了！就算我不是假扮的，也无法赢你。你这就去吧，我相信你一定可以取胜！"

提婆于是受命北上，一路向摩揭陀国而来。

提婆智慧聪敏，精于论辩，早已名声在外，波吒厘子城的外道听说他要来，立即集合到一起，商讨对付提婆的办法。

最终，他们商量出一条妙计，那就是通过国王的干预，不让提婆进入波吒厘子城。

于是，他们对摩揭陀王说："大王当初屈尊出席辩论大会，规定沙门不得再击犍椎。现在应该再下一道命令，不许邻国僧人进入城中，以防止他们内外勾结，轻易破坏您先前的禁令。"

摩揭陀王答应了他们的请求，传令守门将士严加把守，不许邻国僧人随便进出。

提婆一路辛苦，终于来到波吒厘子城下，却被守门将士拦住，不许入城。提婆问明缘由，便到无人处换上普通百姓的衣服，将脱下的僧伽胝衣叠好，藏于草束之中。然后背着草束，顺利混入波吒厘子城中。

进城之后，提婆丢掉草束，重新穿上僧衣，来到一座佛教寺院门前，请求挂单。

遗憾的是，寺中僧人被国王的禁令所限，竟无人肯留宿提婆，提婆只好在钟台上露宿了一宿。

第二天一早，提婆起身站在钟台上，奋力敲起钟来。

“当——”，“当——”，“当——”，肃穆悠长的钟声，在清净的晨风中越传越远，响遍了全城。

波吒厘子城各佛教寺院听到此声，群起响应，悠远的晨钟声顿时汇成一片，在全城上下回响不绝。

听到钟声，摩揭陀王立即派人追究责任，却不知是谁首先敲击。一路追查到这所佛寺，大家都说是一个外乡比丘所为。

国王便命使官将提婆抓来，厉声质问：“国王曾有禁令，不许寺院击打犍椎。你为何在此敲钟，难道就不怕王法吗？”

提婆回答道：“钟声洪亮，降妖伏魔。寺院怎么能少了钟声？各类犍椎都是我教用来敲打集众的，有了犍椎却不使用，挂在那里做摆设吗？”

那使官回答道：“先时此国僧人辩论失败，国王因而颁制禁令，不许再击犍椎，至今已有十二年了。”

提婆冷笑道：“好厉害的辩论章程啊！辩论失败不应该是论师本人的耻辱吗？砍头割舌皆不为过，为何辱及教门？”

官员回答说：“我们这里的规矩就是如此。”

提婆道：“那好吧，我今天就要在这里重新击响法音！”

得知有远方沙门欲雪前耻，摩揭陀王立即召集各方学人进行辩论，并制定规则：“如果辩论失败，必须自杀谢罪。”

在这场辩论会上，提婆与众外道各抒己见，往来交锋。提婆针对对方所说，随意破斥，口若悬河，不到十二天，所有外道皆理屈词穷，俯首认输。

从此，摩揭陀国重新听到犍椎之声，佛教在此地再度复兴起来。

为纪念提婆的功绩，当地僧侣便建了这座佛塔，以表彰他的高超德行。

---

[1]摩揭陀国位于今印度比哈尔邦西部的巴特那和北方邦东南部的伽耶地区。

第30章

我还没有准备好

玄奘决定，就在这座伽蓝内度过雨安居。

然而，当他将自己的想法向底罗磔迦寺的住持长老优钵陀耶说明时，长老不解地问道：“法师为何不去那烂陀寺，同那里的高僧学者们共同结夏安居呢？”

是啊，为什么呢？玄奘摇了摇头，自己也说不出个理由来。

到那烂陀寺取经求法，本来就是他舍生忘死西行的主要目的，如今那烂陀寺近在眼前，又刚好赶上雨安居日，大德们应该都在，正是前去请教的绝佳时机，为何反而不去呢？

见玄奘沉默不语，长老以为他还没有听说过那烂陀寺，便热情地介绍道：“法师来摩揭陀国求法，若是不去那烂陀寺，就太可惜了。那里可是五印度最著名的寺院啊！自佛陀入灭以来，数次结集的佛典几乎都可以在那里找到；婆罗门教以及六师外道的典籍那里也有收藏。此外，还有许多天文地理、医药技艺方面的书籍。想当年，龙树、无著、马鸣、提婆、世亲这些大菩萨都曾在那里修业讲学。即便是现在，寺里的常住也有几千人，个个都是才能高广、学识渊博之人，其中德行、名声驰于内外的大德高僧和婆罗门学者有数百人。庙中住持戒贤大法师号称‘正法藏’，品德才识极高，是护法菩萨的亲传弟子，也是大乘瑜伽学派的权威。法师若是到了那里，有什么问题不能解决呢？”

这些我都知道，玄奘想，我只是有时连自己都不明白自己的心。

“法师不会是不认得路吧？”优钵陀耶长老关切地问道，“那烂陀寺就在王舍城附近，只一天工夫就能走到。凭法师的才华，根本就不需要担心守门人的诘难，我敢说，他们都不是法师的对手。”

玄奘感激地笑笑，他知道那烂陀寺所在的方位，相比之前走过的千山万水，这点路简直微不足道。

至于说到门者的诘难，就更是笑话了，连在火山口的辩论都经历过的玄奘，还在乎这点诘难吗？

漫漫取经路，万水千山，早已把他的心灵磨砺得坚强无比，再没有什么能够让他感到惧怕。更何况，在迦湿弥罗，他曾拜僧伽耶舍长老为师，用了整整一年时间，系统地学习了因明和声明，在逻辑和语言这两方面，也都有了充足的储备，他有足够的信心进入那烂陀寺学习高深的佛法。

既然如此，为什么在距离那烂陀寺只有区区数十里路的时候，又犹豫不定了呢？我究竟还有什么放不下来的呢？

思忖良久，玄奘还是不明白自己想要的究竟是什么。他只好对优钵陀耶长老道："多谢大师提醒。玄奘一路西来，就是要前往那烂陀寺拜谒戒贤大师，学习《瑜伽师地论》。如今那烂陀寺已近在眼前，心中的愿望即将达成，玄奘心中的确是欢喜无量。只是不知道为什么，总是隐隐觉得，自己还没有准备好……"说到这里，他停顿了一下，似乎找到了理由，"玄奘想，这大概也是佛陀的意思，是他要玄奘在距离那烂陀寺仅一步之遥的地方暂时停下脚步，在这佛陀觉悟的地方、传道授业的地方，脚踏实地地去感受真正的佛法。大师，这伽耶城的前身便是伽耶村，因为有了佛陀的觉悟，它才成为一座城市。玄奘希望能在这座城市多待些日子，同底罗磔迦寺的同修们共同结夏，度过这个雨安居。"

"我明白了。"长老理解地笑了起来，"有时候，我们把一件事情看得越重，准备的时间越长，当真正要面对它的时候，就越是放不下。这是人的天性，连大唐法师都无法避免啊。"

对于僧侣来说，雨季安居不仅可以学习、修行，也是个结交各式人物的好机会。因为每天都会有很多人到寺院里来，利用宝贵的安居期亲近大德，请教佛法。这一点，早在佛陀的时代就已经成为惯例。

当然，来的人也不全是为了释疑请教，有些甚至是专为辩论而来。这其中有外道、居士，也有僧侣，还有的只是过来闲聊。

玄奘在底罗磔迦寺中住了几日后，城中的很多人都认识了这位远方来的求法者，他们将东土沙门的故事添油加醋地传播到这座城市的每一个角落，于是又有更多的人前来，给他带来各种有用的和没用的消息，以及一些荒诞不经的传说……作为回报，人们希望大唐法师能够表演一点儿小小的神通法术，比如对这个地方的水旱灾害做出预测。虽然最终的结果是失望，他们也乐此不疲地请求。

玄奘觉得应付这些人很累，于自己的修行也无多大益处，便干脆躲离人群，每天做完早课后就到附近的窣堵波里去独自清修。

这个窣堵波所在的地方，据说是当年舍利弗听阿湿婆说法之所，后来不知是谁在这里用泥砖砌起了这座佛塔，塔身上抹着白色的灰泥，远远望去还以为是白石砌成的。

大概是由于摩揭陀国的佛塔和圣迹太多了，这一座就显得很不起眼，加之又不是阿育王这样的转轮圣王所建，因而此塔不那么惹人关注。同对岸的阿难陀的窣堵波一样，上面结满了苔藓和鸟粪。

玄奘一路行来，每遇到这样的佛塔，都会进去虔诚地洒扫，使之恢复其本来庄严的面貌，这一次自然也不例外。

当他提着扫帚接近宝塔时，看到一些谷壳和草秸从灰泥的边缘处露了出来，沿着砖缝，是一道道灰白色的细线，犹如水痕。

这样的痕迹是玄奘所熟悉的，那是香油滴子留下的印迹，说明这座佛塔虽然简陋，毕竟曾经受到过人们的敬重。

佛像表面也有许多风干了的油迹，青砖地上还有一些枯萎的干花，它们散落在佛塔周围，早已没有了香气……

绕塔一圈后，玄奘发现四边的小龛内也刻有不少佛像，看上去都是犍陀罗风格，刻工精巧，栩栩如生。

想不到犍陀罗佛像竟然在这里也可以看到！玄奘感慨着古代信徒和工匠的虔诚与毅力，同时心中又有些不安：为什么在佛陀觉悟成道的地方，在这个看起来佛法极其昌盛的地方，还有遭受冷落的佛塔呢?

以后的每个清晨，玄奘都会到附近的河里去提上一桶水，把塔龛里的佛像全部清洗干净，然后便盘足坐在石塔的不远处，默默地凝视着他们。沐浴后的佛像庄严慈悯，冲他微笑着，常使他心中涌起一种莫名的感觉，有温暖，有欢喜，也有伤感……

正当玄奘在底罗磔迦寺安居的时候，距此仅数十拘卢舍的那烂陀寺接纳了一位来自磔灿国的求学僧侣，他的名字叫般若羯罗。

按说，在那烂陀寺，雨安居期间是不招生的。但考虑到般若羯罗是磔灿国的国师，有一定的才华和名气，对于这样的人才，那烂陀寺向来都不会吝惜自己的诚意，因而寺中九大德之一的智光法师亲自接待了这名求学者。

几番对话下来，智光法师认定这位学习部派佛法的般若羯罗拥有不凡的智慧，当即拍板将他留下，又为其在戒日王院的二楼安排了住处。

谢过智光法师后，般若羯罗指挥带来的手力们将行李抬进自己的房间。众学僧看到那一包包码放得整整齐齐的手抄经文，眼睛都看直了！

戒贤法师的弟子、已经七十高龄的觉贤长老听到般若羯罗的名字和奇事，不禁喃喃自语道："莫不是东土高僧到了？"

"长老，来的是磔灿国的国师般若羯罗，不是什么东土高僧。"智光法师提醒道。

"我知道。"觉贤长老微微一笑，"老衲要见一见这位磔灿国的国师。"

般若羯罗被请到了觉贤长老的住处，长老上下打量着他，开门见山地问道："听说国师离开磔灿国时，曾与一位来自东方汉地的僧人同行？"

"长老是在问玄奘法师吗？"般若羯罗恭敬地回答道，"事实上，我们从缚喝罗国就开始同行了，那是大雪山以北的睹货逻故地。两年前，弟子去那里朝礼圣迹，在当地最有名的纳缚伽蓝遇到了玄奘法师，从此一路同行数千里，情同手足。"

"哦？"觉贤长老略带几分惊喜地说道，"想不到你们两位竟是如此有缘。只是，既然一路同行数千里，为何现在又不同行了呢？"

般若羯罗道："只因弟子奉了我王之命，要先去拜谒戒日大王，偏偏大王当时外出巡视，不在王城之中。玄奘法师远道而来，不愿为等候一个王者而虚度光阴，便与弟子暂别，独自去各地巡礼圣地。弟子曾致书信与他，约他在那烂陀寺见面。"

"如此说来，玄奘法师也是要来那烂陀的了？"

"他求法的目的地就是这里，可能过不了多久就到了。"

"不是吧？"旁边一位中年法师突然插言道，"我听说他已经到了摩揭陀国，而且，比国师还早到几日呢。"

般若羯罗一愣，忍不住看了一眼这位插话的法师，认出他是大乘中观学派的理论权威师子光，同样是寺中九大德之一。此人学的是婆毗吠伽的清辨一系，向以博学多才、能言善辩著称，却不知他为何会突然说出这样一番话来。

"大师如何知道？"

师子光傲然一笑道："国师以为那烂陀寺只是个关起门来做学问的地方吗？不瞒你说，早在那个玄奘进入北印度之初，我们就已经听说有这么一号人物了，包括他这一路上的那些或真或假的故事，也都打听得清清楚楚。他现在正在底罗磔迦寺安居，根本就没有到那烂陀寺来，你为何要在长老面前打妄语？"

"弟子没有打妄语。"般若羯罗辩解道，"玄奘法师曾多次跟我说过，他万里求法的目的地就是那烂陀寺。"

"那就是他在打妄语了。"师子光不屑地说道。

"这不可能！"

觉贤长老用手势制止了他们的争执，又问道："那位玄奘法师的学问和修为，比起国师来如何？”

般若羯罗道：“弟子怎么敢与玄奘法师相比呢？如果弟子是人间的一盏灯烛，那么玄奘法师便是天上的明月。”

“国师何必替一个不知深浅的边地沙门吹嘘？”师子光忍不住说道。

“弟子不打妄语。”般若羯罗再次强调道，“弟子携带的行李中，有十几包手抄经文，都是玄奘法师在迦湿弥罗抄录的。”

“哦？”智光大师颇感意外，“原来那些经文不是你的。”

“是弟子替玄奘法师保管的。”般若羯罗道，“他为了能来那烂陀寺求法，事先在迦湿弥罗学习了一年，系统研习了五明大论和佛法。其因明、声明和医方明，都远在弟子之上，至于大乘瑜伽和中观之学，更是少有人能及得上他。”

此言一出，师子光登时脸现怒容，冷冷地问道：“国师的意思是说，那个外国沙门也精通大乘中观学说吗？”

般若羯罗这才意识到自己有些失言，师子光是那烂陀寺大乘中观学派的权威，在他的面前夸赞玄奘精通中观学说，无异于一种冒犯。

可是，话已出口，再收回已不可能，何况出家人也不能打妄语，般若羯罗又是一国国师，出身婆罗门种姓的他有着天然的傲气，因而平静地点头道：“正是。”

但他也不想得罪眼前这位大师，紧接着又补充了一句：“弟子乃是井底之蛙，只觉得玄奘法师的学问难以企及。不过，天外有天，人外有人，特别是那烂陀寺更是智者云集之所，还有比玄奘法师更强的学者也未可知。”

师子光不以为然地哼了一声，不再说什么。

一阵沉默后，觉贤长老轻轻叹了口气：“老衲相信国师所言句句是实。只是，那玄奘法师既为求法而来，为何到了摩揭陀国，却不立即赶往那烂陀寺呢？”

“这……”般若羯罗也不知玄奘是怎么想的，一时有些无语。

“或许，他要等到安居期结束后再来。”旁边一位一直没有说话的高僧解围道。

师子光不以为然地摇了摇头说：“底罗磔迦寺所藏经文，那烂陀寺无不齐备，他为何要选择在那里安居？他究竟在等什么？”

“每个人的想法不同，我们又怎么可能猜得到呢？”那位高僧微笑道，“我看我们还是不要在这里瞎猜了，等到解安居日不就什么都明白了吗？”

这位高僧名叫海慧，同智光、师子光一样，也是那烂陀寺九大德之一，因而他的话同样有一定的分量。此言一出，众人都点头称是。

大唐贞观六年（公元632年）九月，解安居日。

一大早，玄奘沐浴更衣，辞别了优钵陀耶长老和底罗磔迦寺的数百僧俗，带上一袋从香花林中采来的香气四溢的鲜花，又请了寺中一位名叫达摩掬多的年轻僧侣做向导，到伽耶山朝拜佛陀成道的圣地——菩提树和金刚座。

脚下道路平坦，绿草如茵，波光粼粼的尼连禅河就在身旁静静地流淌，从远古一直延续到今天。当年，它曾陪伴着佛陀一路走到菩提树下，如今又陪伴着远来求法的僧侣走在同一条路上。

虽然雨季过后有一段极其炎热的气候，但玄奘的脚步却很轻快，此时他心情舒爽，看什么都那么美好。

这里就是佛国，我来到了佛国。这里的土地撒满世尊的足印，处处皆有灵气，或花雨空中，或光照幽谷……

由于已经进入旱季，尼连禅河的水流细而和缓，透过清亮的河水，可以看到河床上淤满了白色的带有闪亮晶体的沙粒，不用渡船，直接就可以蹚过去。

玄奘在河边蹲下，双手掬起一捧河水，洗了一把脸，享受着那股透心的清凉之气。河水倒映着蓝天白云，倒映着他明净又虔诚的面容。

洗了几把脸后，他便脱去鞋子，将裤腿卷至膝上，然后站起身，招呼自己的马过河。

银踪正等得不耐烦，见主人招手，立即撒着欢地踏足而过，激起的水花落在玄奘身上，凉爽宜人。很快，一人一马便到了对岸。

河堤上是一片宽阔的田野，牛羊在吃草，一群皮肤黝黑的孩子在嬉笑追逐着，还有几个孩子在水坑周围撒欢打闹，赤裸的小身体上沾满沙粒。远方，茅舍被郁郁葱葱的小山所环绕，那被大片杧果林笼罩的村庄就是他们的家。

小路上也不乏人影，身穿鲜艳沙丽的妇人们背着孩子、赶着羊群，从他们身边经过，善意地点头致意；老汉们赶着牛车悠悠前行；一个身穿白色兜提的汉子，牵着载重如山的大象不紧不慢地走着……

空气中到处都是流动着的雾气，如同尼连禅河畔的白沙，每一个颗粒都很透明。

“多美的地方啊！”玄奘喃喃自语，眼前这宁静、祥和的景致，也曾是当年佛陀看到的吗？

“伽耶山一直以来都是中印度人心目中的神山，自古摩揭陀国国王灌顶登基，都要来此神山祭天。”达摩掬多边走，边向玄奘介绍。

玄奘举目四顾，这才意识到自己已不知不觉进入山林之中，身边溪谷杳冥，峰岩险峻，森林密布。

他不太在意国王祭天之类的事情，心中所想的都是佛陀。

天近正午，雾气渐渐散去，玄奘已经可以看到山下西南十四五里处那棵葱郁挺拔的大菩提树了。

当玄奘来到菩提树桓的时候，已经有无数僧俗在此围绕礼拜，其中大多数是解夏而来的僧侣。

玄奘默默地站立树下，那以前只在经典中见过的神圣的树，如今就在他的眼前静静舒展着——它看上去有四五丈高，树干粗壮，上面凹凸不平，显示出不凡的年轮和沧桑。树皮呈黄白色，树枝上的气生根下垂如须，侧枝向四周扩展，叶面上闪动着翠绿的光泽，青葱茂密。整棵树枝叶扶疏，浓荫覆地，不染尘埃……

佛陀的声音似乎就在他的耳边回荡："阿难，如果有众生见到菩提树，听到树上铃铛、璎珞、金锁的声音，嗅到树花的香气，尝到树果的美味，触到树的光影，忆念树的功德，以这些因缘，乃至获得涅槃期间，他们的五根无有过患，内心无有散乱，都于阿耨多罗三藐三菩提获得不退转……"[1]

佛陀的一生可以用四棵树来连接——他降生于无忧树下，得道于菩提树下，涅槃于娑罗树下，经典首次结集于七叶树下。因此，在佛门弟子的眼中，无忧树便是生命的象征，菩提树是智慧的象征，娑罗树是圆满的象征，七叶树是传承的象征。而这些生机盎然的树，不正是佛陀一生的写照吗？

一位居士告诉玄奘："法师你莫看这棵大树不会说话和走路，却有人的情义。它本是常年葱郁，便是冷季也不凋落。唯有每年的佛涅槃日，它的树叶才会纷纷扬扬地飘落下来，枝条上还淅淅沥沥地掉着水珠，就像泪水一般。

"正因为有此异象，每到佛陀涅槃日，各国的国王、大臣、比丘们都会从四面八方来到树下，用醍醐来浇灌这棵菩提树。百姓们则聚集树下，点起烛火，焚香散花，歌舞环绕，日夜不停，然后从地上拾取几枚菩提树叶回去，视为祥瑞圣物收藏。过不多久，树叶就又长出来了，更加鲜嫩碧绿。"

那人一面说，一面笑道："我家中还供奉着几枚菩提叶呢，这些树叶给我们一家带来了好运。"

玄奘默默地来到树前，双手合十，恭恭敬敬地礼拜这棵曾为佛陀遮挡风雨的大树。

这是纯粹从心底发出的一种虔诚和恭敬，他的眼前一片翠绿，仿佛看到当年的佛陀正从树下站起身来。彼时，太阳刚刚从东方升起，满地金光，犹如面带微笑的佛陀，以圆满的智慧与慈悲照耀了整个大地！

信众们常带着鲜花等物来供养佛陀。有时佛陀外出说法，人们遇不上世尊，就会觉得很扫兴。后来阿难把这件事告诉佛陀，佛对阿难说："礼拜菩提树吧，这和礼拜如来的功德一样大，因为它帮助如来圆成佛果。”

所以，见菩提树如见佛。

经中说，佛陀临涅槃前，曾与阿难尊者从吠舍离国重游此地。当他走到恒河边时，站在南岸的一块大石上，对阿难说：“这是我最后一次遥望金刚座和王舍城了……”

那块石头上从此留下了他的足印。

遗憾的是，自从佛陀灭度以来，佛法便日渐衰微，菩提树依然枝繁叶茂，但由于几位恶王的相继砍伐，早已不是当年的高度。而那庄严的金刚座，那以坚石为基、柔草铺就的金刚座，又在哪里?

玄奘回头向达摩掬多询问，达摩掬多指着菩提树东面那片平整的沙土地说：“这里便是当年金刚座的所在地。”

玄奘的目光聚焦在那片沙地上，久久没有挪开。

“所谓金刚，坚固耐久，能开万物，永世长存之谓也。这助佛陀得道的金刚座，怎么就不复存在了呢？”他不敢相信地问道。

“这里的因缘，弟子也不太清楚。”达摩掬多老老实实地回答道，“弟子从未见过金刚座，只听我父亲和师父说，它曾经在这里。”

玄奘又向刚才的居士和其他参拜者打听，却始终没有问到“金刚座”失去踪影的真正原因。

他的心中不由得一阵难过。金刚座可以说是整个佛教的起源地，相传贤劫千佛都要在此座上成就，即使世界倾覆灭绝，金刚座也绝不动摇。如今，世界并未倾覆灭绝，为什么金刚座却被沙土覆盖，令人再也无法见到其真面目了呢?

达摩掬多见玄奘神色黯然，一时竟不知该说什么才好，沉默了一会儿，突然看到金刚座南北两边的菩萨像，立刻找到了新的话题——

“法师请看，这两尊观自在菩萨等身像，便是用来界定金刚座的南北宽度的。”

玄奘望着那两尊面向东方、被沙土埋了半截的菩萨像，有些不解。

达摩掬多解释说：“佛入涅槃后，八国国王在金刚座的南北方分别安置了这两尊观自在菩萨像。谁知近些年来，这两座石像一直在往下沉。传说，若这两尊菩萨像完全沉没于沙土之中，便是佛法当尽之时。”

原来如此！原来失去踪影的并不仅仅是金刚座，这两尊预示着佛法兴衰的观自在菩萨像，看来也难逃此厄运！

玄奘伤感地看到，北侧的那尊石像已经没入腰际，南侧的那尊更是被沙子淹没到齐胸的位置了。照这样下去，距离没顶之日还能有多久?

金刚座沉入了地底，菩萨像没到了胸口，就连这棵曾为佛陀遮风挡雨、相传有数百尺高的菩提树，也在千年的风雨动荡中饱受摧残，被邪恶的国王们砍到了只剩五丈多，华光盛景早已不复当年。

玄奘无法形容自己在这一瞬间的感觉，只觉得无数种情绪朝他扑面而来——孤独、恐惧、绝望、痛苦、悲哀、慈悲、坚定……种种情感交织在一起，冲刷着他的大脑，令一向坚韧的他再也难以承受，他失魂落魄地萎靡在地，拜伏于菩提树下，满腔的热情与求法之苦在心头翻涌而上，化为盈目热泪。

佛祖啊，弟子还是来晚了，已经错过了佛教在印度的最好时光，我还能够看到您的遗教吗?

他想起当初，自己拼着性命不顾一切地踏上这条未卜之旅，只为寻找心中的圣地，只为追求佛法的真谛。一路西行，越千山涉万水、遇盗贼、伏外道，经受了数不清的苦难和灾劫……在很多人的眼里，这个东方僧侣是那样虔诚、坚定、忘我，无视一切苦难和诱惑。然而没有人知道，他执着的内心世界有着怎样的柔软和脆弱!

当他一路历尽艰辛，终于来到佛陀的觉悟之地时，竟发觉自己似已用尽了全身的气力和精力，到了油尽灯枯的时候。

因而，当他面对这棵青葱翠绿的菩提树时，内心竟无半分喜悦之情，更多的是悲哀懊悔，久久不能平息。

“佛陀成道之时，弟子不知在哪一道漂沦，如今直到像季方才至此，我的业障何以如此深重！”

一念及此，玄奘再也忍耐不住，整个人拜伏在地，痛哭失声!

达摩掬多万万没有想到，一向思维敏捷、学问广博、为人所敬重的玄奘法师，竟也有如此脆弱的时候。看他伏倒在树下，哭得像个无助的孩子，达摩掬多一时竟有些手足无措了。

“法……法师……你怎么了？”

玄奘伤心地哭泣着，不顾一切，这是他西行求法以来第一次放纵自己的感情——大漠的绝地、凌山的冰雪、强盗的屠刀、美丽的女子以身相许，还有无数至高无上的荣誉，于他而言，都不过是那漫天而降的花海，飘然而落，片叶不沾身……但在佛陀成道的菩提树下，他却再也无法控制自己的情感，他甚至觉得，如果不痛痛快快地哭上一场，他整个人都要疯掉了!

就在这昏天黑地、泪眼蒙眬中，秦州的智辛长老不知何时出现在他的眼前，长叹一声道：“这些年来，老衲所思所想，尽是如何光大这南廓寺，法师要做的却是光大整个华夏的佛教，当真令人佩服得紧哪！”

而坐在长老面前的那个年轻稚嫩、怀揣着一腔豪情的自己回答道：“能否光大佛教，玄奘还不敢想。玄奘只是希望，此行能到佛陀的故乡，解决自己心中的疑惑……”

“去吧，去完成你的心愿吧。”智辛长老的形象不知何时又变了，变成凉州的佛教领袖慧威法师，目光中透着深深的期许。

年轻的他依然端坐，脸上带着几分刚硬、几分愚直，明知故问道：“大师认为玄奘西行求法是应该的吗？对弘扬中原佛法有益吗？”

慧威法师慈爱的目光注视着他，缓慢而又坚定地说道：“老衲认为，法师所做之事不仅有益于中土众生，且以法师的决心和智慧，也定是能够做到的！”

接下来便是瓜州州吏李昌，将凉州都督的访牒拿起来看了看，便满不在乎地伸向佛像旁燃着的烛火。

“李居士！”他伸手便欲制止。

“大师不必担心。”李昌坦诚的笑容令他感到温暖，“大师有此宏愿，弟子愿祝师成就这一无上功德！”

他眼睁睁地看着那张凉州都督亲笔签发的访牒，在这温暖的烛火中化成灰烬……

在瓜州郊外的塔尔寺里，胡僧达摩狂喜地说道：“我做了一个梦，梦中的法师足踏莲花，飘然西去……”

而当面对他的质疑时，这位胡僧认真地说道：“法师不该这么想，神谕总有他的道理……”

然后便是那个将老马赤离赠送给自己的胡人老汉，爽朗地提醒他道：“法师记住，在沙漠中行进，可不能跟它对着干，要想办法去适应它。你头一回走沙漠，希望赤离能够帮到你。”

“过了河可就连逃的地方都没有了……”石槃陀小声嘟哝着，这个在危难中临时收下的胡人弟子虽然胆小，却依然将自己送过了葫芦河。

“老衲来这里已经三十年啦，没想到今生今世还能再次听到乡音哪！”伊吾老僧无尘长老紧紧抓住他的手臂，喜极而泣。

“我能为法师做的，也只有这些了。”高昌王兄麹文泰那依依不舍的期待眼光。

草原上甩掉皮袍尽情舞蹈的伊塔，还有那天真稚嫩的女儿国主迦弥罗……

你们现在都还好吗？

瀑布般的冰幕映衬在冰柱的后方，隐隐流动着红青色的反光……热海一望无际，鱼龙也为之欢歌，平坦而温暖的地方就是印度……素叶、赭时、屈霜你伽、羯霜那、拘迷陀、缚喝、胡实健、梵衍那、乌仗那、迦毕拭……

他看到一支疲惫的队伍在雪山上缓缓移动着，那里面有索戈、安归、道诚、道缘、道通、欢信、帕拉木昆……

你们现在又在哪里?

甚至，他看到了被他亲手送给饥民的小白龙，那平静而高贵的目光；浑身像黑色锦缎一样的乌骓马，最后那声凄厉的惨叫；还有赤离，那陪伴他走过八百里大漠，与他相依为命的老马赤离……

你们现在又在哪一道里沉沦，飘零?

……

是的，我到了，我终于到了!

我本来以为，在佛陀的故乡，在佛陀成道、说法的地方，经过历代圣贤的四次大规模经典集结的佛教，应该能够如实地反映出世尊的遗法。

可是自从进入这个炎热的大陆，一路行来，我看到的是什么?

荒废的庙宇、残旧的佛塔、倒毁的寺院；抚今追昔的先贤往事，充斥世间的异教外道，各教派间残酷的辩论法则……

佛迹荒废，庙宇凋零，便是那仅存的佛教寺院当中，也以修习部派教法的僧侣居多，大乘行者少得可怜。走了那么远，竟极少碰到能让我长时间停下脚步求教的高僧大德……

诸事无常。这是佛陀的教义，他从小就知道。可是他毕竟没有达到究竟解脱的程度，面对这一切，还是觉得难以承受。

玄奘越哭越伤心，这发自内心的悲痛惊动了数千个“解夏”归来的僧人。他们看到这位不知是从哪里来的，但显然是走了很远的路的外国僧侣，拜伏在菩提树下痛哭失声，每个人的内心深处都仿佛被什么东西触动了一般，无不为之感动。僧侣们围着他纷纷落泪，数千来菩提迦耶朝圣的善信，也都呜咽不已……

[1]出自《无量寿经讲解》。

第31章

一切皆在人为

不知不觉，般若羯罗到达那烂陀寺已经一个多月了，早已熟悉了这里的学习生活。他最喜欢听长老们讲说十八部派的学说，那些极富逻辑性的语言令他无比欢喜，他越发觉得暂时放弃国师之位，到那烂陀寺来学习是一件多么正确和明智的选择！

这天，当他抱着几夹贝叶经前往讲堂听课时，却被师子光长老拦住了——

“今天已经是解安居的第五日，你说的那位玄奘法师怎么还没有来？”

对于这句直截了当的质问，般若羯罗颇感厌烦。他毕竟年纪轻，又出身婆罗门种姓，曾经有过一国国师的尊贵身份，平常难得有人用这种口气跟他说话，因此忍不住顶了回去：“长老不是说过，对玄奘法师的情况了如指掌吗？那么您一定知道他在哪里了？”

师子光被这句话噎住了，他当然知道现在的玄奘正在拜谒大菩提树，对于一个经过万里之遥来到圣地的沙门来说，这确实无可非议。只是般若羯罗的语气太让人生气了。

“你现在是在那烂陀寺！你不是磔灿国的国师，而是一个前来求学的僧侣，怎么可以用这样的语气同一个长老说话？难道佛陀的教法没有告诉过你，要敬重长老吗？”

“弟子不敢。”般若羯罗不咸不淡地回应道，“弟子只知道，在那烂陀寺，每一个人都精进努力，在闻、思、修方面提升自己。为什么长老要阻止弟子去听习佛法，只为打听一个根本就未来到那烂陀寺的游僧的下落呢？”

“因为我怀疑你在打妄语。”师子光道，“那烂陀寺的僧众都是戒行清白、律仪严制的，你应该知道。”

“弟子当然知道。”般若羯罗微笑道，“但弟子更知道，那烂陀寺的‘戒行清白，律仪严制’是要求大家自我约束，而非表面上正气凛然，实际上却是制度和规矩强迫的结果。如果弟子犯了妄语戒，自然会与这座寺院格格不入，并遭到同修的默摈。如果那样的话，弟子一定会自行离开，长老就不必替弟子操心了。”

师子光万没有想到，这个新来的比丘竟有如此好的口才，果然不愧是当国师的料！正想与他再争辩几句，却见海慧法师走了过来。

同他二人打了个招呼后，海慧法师便转向般若羯罗，温和地问道：“我记得，这段日子你一直在听习十八部派学说，怎么今日不去听了？”

“弟子惭愧，这就前去。”般若羯罗合掌施礼道。

“快去吧。”长老微笑着说道，“像这样的常课最好不要落下。”

“是，弟子受教！”般若羯罗说罢，又朝师子光行了一礼，转身便匆匆离去了。

看着般若羯罗远去的背影，海慧法师笑着问师子光：“长老是在打听东土高僧的事情吗？”

“是的。”师子光苦笑，“我怀疑他根本就不是什么高僧，而是一个徒有虚名的狂徒。连那烂陀寺都不放在眼里，也未免太狂妄自大了。”

“我们不能这样猜测。”海慧法师沉吟道，“他走了数万里路才来到这里，是从大雪山的另一面一步一步翻越过来的啊！我们不能怀疑他的虔诚。你也知道，他现在正在礼拜大菩提树。”

“那并不需要太长时间。”师子光坚持道，“我有一个感觉，他这么做是在故意拖延时间。他现在已经家喻户晓，名声越来越大，一定是希望我们去迎接他。”

“原来你这样想……”海慧法师愣了一下，自语道，“我们去迎接他？这么做，倒也未尝不可……”

“万万不可！”师子光急了，“那烂陀寺还没有开过这个先例！”

“现在开一下有何不可？”海慧法师笑道，“既然那东土僧人在摩揭陀国已经家喻户晓，想必有些真才实学，他走了那么远的路来到这里，我们只是将他迎进寺来，这对那烂陀寺又有什么损失呢？就算如长老所说，他只是个徒有虚名的沽名钓誉之辈，那么，只须在寺中待上几日，他自己就会觉得惭愧，会主动离开的，长老又在担心什么呢？”

师子光当然不担心，只是对海慧提出的要去迎接玄奘的提议，他是一肚子不以为然，偏偏还不好反驳，正在后悔自己前面的猜测太过随意，却又听到海慧法师说：“我猜，他现在一定是遇到了什么困扰，所以才迟迟不来。前天他在菩提树下失声痛哭，很多人都亲眼所见。直到今天，他仍然没有离开那里，不知道在想些什么……”

“外乡人都这样。”师子光鄙夷地说道，“就连南印度森林里的那些修行者都神神道道的，何况是从几万由旬以外来的？”

海慧法师奇怪地看着他问：“你难道就不担心他会出什么意外吗？他的本意是求法，却在大菩提树下待了那么久……”

“长老想得太多了。他是个大活人，能出什么事？”

海慧法师摇了摇头，轻轻说道：“这个我也说不上来，只是心中隐隐有些不安罢了。”

沉默了一会儿，他终于下了决心说：“这件事，我会同正法藏商量的。长老最近也不必再去问般若羯罗了，他现在只是个学僧，玄奘的事情，他知道的可能还没有我们多，我们不能耽误了他的修学。”

“长老所言甚是，是我多虑了。”师子光无奈地说道。

玄奘这段日子确实一直在菩提树下，他感谢陪他来此的达摩掬多，不忍这位善良的同修陪自己继续受热，彼此互道珍重后，便让达摩掬多独自回底罗磔迦寺去了。

雨季过后的炎热虽然短暂，却让人受不了，烈日在空中高悬，烤透了饱含水分的大气层，天地间没有一丝风，整个大地就像一只闷热的砂锅。

玄奘在树下一直保持着禅坐的姿势，却始终难以入定。

最直接的感受就是热，自从进入中印度以来，他一直在四处朝礼圣迹，一颗心全在佛陀身上，对于这里的炎热气候竟是完全无视。直到现在才发觉，自己早已被无处不在的热浪包裹住了，身心异常疲惫。炙热的空气充斥着身边的每一个角落，整个大地都变成了一个火炉，似乎一定要让他窒息过去，才肯罢休。

玄奘感觉自己的眼前闪动着一片炽烈的白光，刺得两眼生疼，咸咸地流下泪水。

为什么？他不安地想，这里是菩提伽耶，是佛陀成道的地方，头顶又是那棵曾经为佛陀遮荫蔽日的大菩提树，理应是遍地莲花的清凉世界才对。可这强大的热力，为什么竟使我有一种身处地狱的感觉呢？

难道说，我的心已经到了地狱？

他极力收敛心神。或许，必须等我达到佛的境界，才能够感受到那种殊胜的清凉吧？

可是，佛的境界究竟是什么？

佛合着目，什么也不理会，任由人世间因果报应，生死轮回……

我知道，不管是何地、何处、何人；不管是地狱、人间、天界；也不管是正法、像法、末法’在佛的眼里都是一般无二，没有区别的。只有像我这样的凡夫，才会妄自分别……

我知道，人人都有生老病死，世间的一切都要经历“成、住、坏、空”，包括金刚座、菩提树，包括佛陀和佛法……

可是，为什么我还是看不透？为什么我会如此悲伤？

玄奘只觉得自己的心越来越痛，痛得快要窒息了！

漫漫征途中，他曾四处拜师、求教，广泛阅读各种语言的经藏，视野大大开阔，许多曾经萦绕心头的疑惑已经解开。但与此同时，新的疑惑又不断涌入……现在，他距离那烂陀寺越来越近，西行的目的即将达到，他知道这个时候应当欢喜，但同时他更清楚地知道，自己在觉悟的道路上，还有很长的路要走。

如果我能够亲耳聆听佛陀的教诲，而不是后来人的诠释，那该有多好！

这个念头从来没有像今日这般强烈和真挚，也从没有像今日这般让他绝望。

太阳渐升渐高，带来的暴热炙烤着大地，脚下的沙石发出炫目的白光，玄奘默默地闭上了眼睛。

在他的内心深处，总想要守护住某些东西，可有时就算是尽了全力，仍然无法守住，这就是无常。在这个过程中，坚持得越久，内心所受到的伤害也就越多。

或许，这就是所谓的“烦恼”吧？

阿难尊者说服不了进入执道的比丘，选择了涅槃。他是断尽烦恼的大阿罗汉，自然不会对世间的无常生起执着之念。

他在恒河上空分身涅槃的时候，会想起自己当年所做的那七个梦吗？或许他会释然一笑，那里面只有一个关于他自己的梦是较好的预兆，而他也的确尽到了自己应尽的责任……

那么其他的，就交给时间和因果吧。

而玄奘清楚自己烦恼未尽，所以，当他面对一些无法承受的事情，无法不受到困扰。他把所有的责任都归咎于自己，却始终无法面对这一路走来的意义。

他静坐着，突然感到一阵眩晕，心中烦恶欲呕，脑袋也疼得厉害，冷汗自额头上涔涔而下……他双手攥紧，极力控制着自己的肉身，努力想保持一个端坐的姿态，眼前却涌现出无数白亮的影子……

这天气，实在太热了……

这里是摩揭陀国的首府，它的名字依然叫“王舍城”，却已不是玄奘先前参观过的遗址，而是当年的阿育王于老城衰败后，在老王舍城附近又重新建立的一座新王舍城。

新的王舍城四面环山，同老王舍城一样，城外长满香茅，城内遍植着金叶银花的羯尼迦树。

夕阳西下，在天空中染起一大片橘红色的晚霞，将城郊那座小小的木制精舍笼罩在一片炫目的红光之中。

般若羯罗端坐在精舍内的一间小屋里，玄奘则躺在旁边的一张绳床上，他发着高烧，已经昏睡了整整一天一夜，到现在也没有要清醒的意思。

海慧法师走了进来，小声问道：“他怎么样？醒了吗？”

般若羯罗摇了摇头，目光中充满忧郁。

海慧法师走到玄奘跟前，伸手抚了一下他的额头，只觉得触手滚烫，忙将手缩了回来。

“想不到他病得这么重！前两天还和师子光长老谈论过他呢。”

“这次真是多亏了长老，否则不知道会发生什么事。”般若羯罗心中有些后怕，感激地说道。

海慧法师笑了笑说：“他不会有事的。就算我不派人来，也会有别人来的。法师要相信一件事，你的这位朋友不是一般人，他的头上有无数善神在护佑。所以，你大可不必担心。”

话虽如此说，他的内心还是有几分惊奇，玄奘在菩提树下一待数日，心情不佳，他的确担心会出现什么意外和不测，奇的是这种担心在那几日竟是越来越强烈，以致寝食难安。昨天，他终于决定不再等待，将自己的担忧禀明了正法藏戒贤长老，希望长老能够准许他派几名学僧到菩提树下查看。

正法藏立即同意了这个要求。结果机缘巧合，他们刚到菩提树下，就看到玄奘中暑昏迷，周围围了一圈的人，全都在流泪叹息，不知所措。这情景着实把海慧长老吓了一跳，忙命学僧们将玄奘带到这座精舍之内，给他喂了些凉水，又叫人去请寺中一位医僧来看。

医僧的结论也是中暑昏迷，治疗的方法便是放置于阴凉地里，以冷水外敷，暂时不要吃东西。

谁知一天一夜过去了，病者到现在也没有要清醒的意思，以致连医僧都对自己的结论有些拿捏不定了。

再次检查了玄奘的身体后，医僧的脸上露出忧郁之色，他犹豫着对海慧法师说道：“修行人自有百神相助，除非业力现前，否则是不会生病的，更不会病得这么重。”

“大师的意思是……”

“除非，他有心结。”医僧很肯定地说道。

对于这番话，海慧法师是深信不疑的，昏迷中的玄奘时常发出一些谁也听不懂的呓语，那是些简短的音节，几位自称懂得很多方言的年轻学僧凑在一起低声细语，不时猜测着他在说什么。

“我想，这大概是一种咒语吧？”

“可这咒语也太奇怪了吧？不是梵语，不是巴利语，也不是达摩毗荼语。难不成是大雪山以北那些拜火教徒的咒语？”

“别胡说了，他是一个僧人，怎么会念拜火教的咒？”

“而且听着也不像啊……”

“莫非，他在梦里见到了他方世界的佛菩萨，教给了他一种奇特的咒语？”

众人猜来猜去，却始终不得要领。

“别猜了。”般若羯罗叹道，“这是他家乡的语言，数万里之外的东方语言，你们怎么猜得出来？”

海慧法师也叹了一口气说：“谁又能想到，曾经走过千山万水，历经千难万险的玄奘法师，竟然会在佛陀得道的菩提树下病倒呢？”

玄奘躺在绳床上，时而昏迷时而明白，凌山上的雪暴不时出现在他的脑海里，令他浑身发抖，奇寒无比。

“菩萨，这大雪山怎么总也走不到尽头呢？”他在梦里抱怨着。

“因为我在这里！”一个狂傲冰冷的声音高声嘶吼道。

他抬起头，看到魔王波旬站在雪山之巅，高大的身体宛如一堵巨墙，遮挡住了他的目光。

身边的追随者们一个接一个地倒下去，变成石头般的物体。欢信、道缘、安归、帕拉木昆……最后一个是科塔尔，脸色惨白地冲他笑着……

魔王纵声狂笑，声音如雷，震得山上的冰雪纷纷掉落下来——

“你怎么不念经了，小和尚？还是你已经知道，你的佛陀是斗不过我的？他戒律森严，总是强调贪欲的危害，而我则随顺众生，满足他们的欲望。众生皆有贪欲，这便是魔性，佛法根本就无能为力！”

玄奘感觉脑子里就像进了一根铁刺，头痛欲裂，他想念经，却偏偏什么经文都想不起来了！

他费力地从冰雪中爬了起来，朝着山顶上那个巨大的黑色身影合掌道：“波旬居士，你享你的天福，我求我的正法。我们原本毫不相干，你为何要来侵犯我？”

波旬冷笑不已：“你一介凡夫俗子，只管念你的经便是，求的什么法？既然你自不量力，我自然要来看看你的成色！”

玄奘叹道：“你总是想着破坏，使众生不闻正法，多劫沉沦，这对你又有什么好处？”

波旬道：“佛法存世，对我才没有好处。别忘了，我是六欲天主！众生没有了欲望，又怎会有我波旬？”

“六欲天主？就为了你那点儿可怜的控制欲吗？”玄奘冷冷地说道，“我想你应该知道，佛光乃普照之光，照耀着世间的每一个众生，也包括你。佛法一旦消失，你的福报也就完了，等待你的将是无间地狱。”

“无间地狱？”波旬哈哈大笑道，“我先把你送入地狱！”

风刀疾厉而至，洪水般的白雪从天而降，眼看就要将他淹没。他想跑，然而风中那薄薄的冰刃刺入全身，将他的骨头牢牢锁冻，动弹不得。

“不对啊，这怎么可能？”他不安地想，“我明明是在印度，在佛陀得道的菩提树下，那是一个很热的地方……”

刚想到这里，眼前便出现了一棵茂盛的大树，正是大菩提树！玄奘心中一喜，直朝树下扑去。谁知就在这时，炙热的火焰从地底升起，将他同这棵树一起，紧紧包裹在一团烈焰之中……

波旬仍在大笑：“我告诉你，用不了多久，这棵菩提树以及五印大地上仅存的佛教伽蓝都将再度毁于战火，佛法将会在五印大地上彻底消失！哈哈哈哈……”

“不！”玄奘突然大叫了起来。

听到这痛苦的呼声，般若羯罗匆匆忙忙赶了过来，却见玄奘依然昏睡不醒，双手紧紧攥住衣角，牙齿已将下唇咬出了道道血痕，额头上冷汗涔涔，似在忍受着极大的痛苦……

他不禁皱起了眉头，难道说，那棵大菩提树真的使这位历尽艰辛才来到这里的求法僧心灰意冷了吗？

难道说，他求法的决心动摇了吗？

不，般若羯罗摇了摇头。

虽然相处的时间并不长，但他自信自己还算了解玄奘。这位来自东方的法师有着极其强大的精神力量，只要他心中信仰的大厦不坍塌，他就是不可战胜的，没有任何东西能够压垮他！

可是，令般若羯罗感到忧心的是，眼前的一切恰恰说明，这栋大厦开始松动了。

这位天竺僧侣终究还是猜错了，自幼向佛的玄奘，拥有常人所不及的坚不可摧的信仰。自从踏上西行之路起，他便将自己的一切交给了佛陀，一路上经历了数不清的矛盾、痛苦和磨难，早已将他的心志锤炼得坚强无比，绝非任何外力可以摧毁和动摇！

他只是被一种强烈的危机感和责任感弄得不堪重负。多年的旅途劳顿加上印度半岛的酷热，使他感到了一种深深的倦意，以致心力交瘁。菩提树下的所见所思，更加重了这种疲惫。他太累了，虚弱的肉身在用这种极端的方式抗议，它要歇一歇，以帮助主人迎接更艰难的挑战……

但肉身的休眠并不影响精神的振奋，朦胧中，他看到了木叉麹多，那个傲慢的龟兹国师对他说过：“一般世俗所说的烦恼，通常都指向死亡的阴影。人们不知道死后的世界是什么样的，所以不想选择轮回，只想长生。但是，这个娑婆世界又怎么会有长生之物呢？或许，婆罗门所说的梵就是长生的象征了。”

听了这个解释，玄奘不以为然地摇了摇头说：“我从不相信世间存在着永恒之物，也从不追求所谓的‘永恒’。”

“那么佛陀呢？他不是为了生死之事才出家修行的吗？”

“是的。但我想，佛陀追求的不是永恒，而是自由。”

“法师是个通透之人。”木叉麴多评价道。

不，我一点儿都不通透。他自嘲地想，难道我不是希望佛法能够永恒吗？在这方面，我竟是丝毫也不能免俗……

如今，佛教在它的发源地衰退了，所谓的“永恒”至少在娑婆世界是不可能存在的，包括佛法在内。

木叉麴多消失了，眼前的景物变得迷离起来。他在梦中结跏趺坐，身周是熊熊燃烧的烈火，烈火之外则是一大片压抑得令人绝望的黑暗。这里莫非就是大铁围山？就是地狱？他奇怪自己对此只有好奇，全无半点儿惧怕和沮丧之意……

魔王波旬再一次出现在他面前，口中仍是那句话：“未来数百年间，佛法将完全在五印大地上消失！而你，一个烦恼未断的凡夫，妄图以一己之力拯救佛法，你不觉得这很可笑吗？哈哈哈哈……”

玄奘在这狂笑声中结跏趺坐，禅心已然恢复了平静，恢复了他一贯的沉稳、冷静、执着的特质，不回应，也不愤怒。

他知道，眼前这个家伙说的很可能是真话。既然是真话，那便没什么可愤怒的了。

这是众生的业力导致的吗？面对这场磨难，我身为佛门弟子，又能做些什么？

不错，我是一个烦恼未断的凡夫，我真的有能力去拯助佛法吗？

火越烧越旺，几乎要把他彻底淹没了……

又是一个清晨，医僧开出了治疗暑热的药方，忧虑地说道：“现在用药稍微早了一点儿，试试看吧，如果还不管用，那便是业力所致，我也无能为力了。”

然而，当般若羯罗端着药盘走进玄奘的房间时，却意外地发现玄奘不见了！

“玄奘法师呢？”般若羯罗叫醒睡在屋内另一张绳床上的僧侣问。

“难道不在床上？”年轻的学僧揉着眼睛，迷迷糊糊地答道。

般若羯罗走到玄奘的绳床边，他注意到玄奘那个平常极少离身的竹制驮经架不见了。又赶紧冲到外面，却见银踪还在安详地嚼着草料。

海慧法师也带着弟子们赶来了，众人分散开来，在精舍的四周转了几圈，始终不见玄奘的身影。

般若羯罗的心中一片混乱，说不上是惊还是喜。一直昏迷的玄奘突然不见，还带走了他的驮经架，说明他很可能已经醒了，否则怎么会离开？可问题是，他连马都没有牵，又能走到哪里去呢？

那烂陀寺毕竟不是一般的寺院，作为印度佛教的最高学府，它有着自己的信息渠道和人脉网络。很快，他们就打听到了玄奘的去向——

“有人在恒河岸边见到一个长相奇特的外国僧侣，有着一头黑色短发和一双漂亮的黑眼睛，身上的僧服样式完全不同于本地僧侣。看他脸色苍白，像是大病在身的样子，不知道是不是你们要找的玄奘法师？”

“正是！”般若羯罗欢喜万分地问道，“他要去哪里？”

那人道：“当时我正和哥哥前往东峰寺里送菜，他停下来向我们问路，打听去往迦布路寺的孤山精舍怎么走。”

“孤山精舍……”海慧法师满腹狐疑地皱起了眉头，“这里不也是佛陀讲经的精舍吗？就算要礼佛，也不用另换一座精舍啊。再说他重病在身，去孤山精舍做什么？”

“这我就不清楚了。”那人道，“他没提，我们也没问。”

“不管怎么说，我们过去看看不就清楚了吗？”般若羯罗一边说，一边已经去牵马了。

抱病的玄奘踉跄地行走在恒河边上。他是被一个熟悉的声音唤醒的，那是在莫贺延碛，在他最绝望的时候始终萦绕在耳边的一个慈悯的声音。

睁开眼睛的时候，天还未亮，一缕月光斜斜地从窗口泻入，只照得地面一片雪白。

他几乎没有去想这里是什么地方，原本在菩提树下的自己，为什么会突然来到这个陌生的精舍？为什么会躺在一张绳床上？身边又为什么会有两个熟睡的僧侣？

反正人在异乡总是会有一些奇怪的事情发生的，想得太多也没什么用处。

他挣扎着坐了起来，那种熟悉的眩晕感再次出现，像火苗一样撩拨着他，令他险些摔倒，只得坐在床上大口喘气……

过了好一会儿，他终于站起身，费力地将那只装载行李的驮经架背到肩上，踉踉跄跄地出了门。他连马都没有牵，就依着梦中的呼唤，直奔城南而去！

昏迷了两天，他什么东西都没有吃，身体空虚得厉害，原本热昏的脑袋倒是清醒了许多，很多想不通的事情，也逐渐地被他理出了脉络——

不管怎么说，佛教在佛国正处于不断的衰退之中，这是事实，也与当年佛陀的一些预言相吻合。

我无法与佛陀生在同一个时代，无法亲聆教诲，这是我自身的业力所致，也是无法改变的事实。

而凭我个人的力量，再加上一个那烂陀寺，依然很难改变佛教在印度的命运，这同样是事实。

我要取到真经，要弘扬佛法，就必须面对和接受这些事实。

世间的一切皆有因缘，我虽然无法改变结果，却可以在力所能及的范围内尽力而为。

在到达天竺以前，我的本意只是学习，希望能够在佛的国度遍览佛法，解决自己心中的疑惑。但是现在我知道了，佛陀助我来到这里，其用意远非如此。至少，我不能坐视那些珍贵的佛典因为印度佛教的衰落而流失散落。

佛陀说过，一切皆在人为。一个修行人可以通过自己的努力改变很多。

如果我能将这些珍贵的佛典，将佛典中最精华最核心的经卷，尽可能地带回中原……

玄奘突然强烈地感受到自己西行的使命，绝非仅仅学习《瑜伽师地论》和佛法东传那么简单，而是要肩负起佛法东移的重任！

“佛法东传”与“佛法东移”，虽然只是一字之差，这其中的差别何止以道里计！

但是这里有一个前提，那就是，我必须在印度完成学业，并且尽可能地收集经典，平安归国！

问题是，我可以做得到吗？

离开新王舍城一直向东，就踏上了灵山的大道。

这里峰峦高峻，林木青翠，花草遍地。玄奘一边行走，一边采集花草，预备到菩萨面前做敬献。

他走在一条废城外郭的甬道上，这是荒原少有的几处邑居之地，只有几十户婆罗门、两三座外道神祠和几座荒弃的寺院，甬道便从那几座寺院的中心穿过。

玄奘边走边打量着这些寺院，从外部建筑上看，它们属于大乘佛教，但是里面已经空了，没有佛像，没有看护人，没有僧徒，没有完整的门窗。真的很难想象，这里距辉煌的那烂陀寺并不太远。

这时，一座古朴的伽蓝引起了他的注意，他抬起头，看着门额上的梵文名称——迦布德迦伽蓝。

“鸽寺？”玄奘喃喃自语。

“迦布德迦”是梵语“鸽子”的意思，以动物的名称来命名一座佛教寺院，这种情况并不多见。

但不多见不代表没有，比如距此不远的大乘寺院东峰寺就有一座雁塔，这个名字来源于一个感人的传说——

那时的东峰寺还是一座小乘佛寺，僧侣们有吃三净肉的习惯。一天早上，应食的净肉没有买到，转眼天已近午，僧侣们的饭食还没有解决，管事的僧人急得在院中散步消愁。

就在这时，天空飞过一群大雁，管事僧在遥望中自言自语道：“今天大家的午餐不够，菩萨你知不知道啊？”

谁知他的话音刚落，就见那只头雁应声而回，收拢双翅从云端投身坠下，落在了他的脚边。

管事僧惊恐之余，内心深受震动。于是幡然悔悟，遍告寺僧。众僧认定这只头雁是菩萨的化身，不仅没有吃它，反而流泪为其建立灵塔，将死雁埋在里面，从此改奉大乘。

“由此可见雁的佛性。”玄奘边走边想，“那个将我和伙伴们引出大漠的雁群，想来也是乘愿再来的菩萨吧？身处畜生道，依然可以度化众生，玄奘真是远远不及……对了，玄奘记得自己曾经说过，要为它们造塔，今生今世，一定不能食言……”

同大雁一样，鸽子也是一种有灵性的鸟儿，它们是否也在畜生道里保持着一份难得的佛性呢?

走上十四五里，玄奘来到著名的灵鹫山。这里孤峰耸立，泉石清奇，林木森郁，山的四周有环绕王舍城的十处石窟，北岭上有一座高台，形如鹫鸟，上面栖息着大批兀鹫，“灵鹫山”就此得名。

不过中原人图简便，因而这里又被称为“灵山”。

这里也不是玄奘的目的地，但由于佛陀生前曾多次在此讲经说法，《法华经》便是在此演说的，著名的“佛陀拈花、迦叶微笑、以心传心”的故事也发生于此，因此还是有必要上山礼拜、凭吊一番的。

玄奘手拄长棍，喘息着登上高台。

当年，频毗娑罗王为了闻听妙法，派遣众多工匠跨过山谷，攀登悬崖，将石头垒成阶梯，从山脚到山顶，筑成了一条宽十余步，长五六里的石阶山路，倒让后来者省了不少力气。

沿途有两座小塔：一座名为“下乘”，因为国王到此就必须下马下象或下车，开始徒步前进；另一座名为“退凡”，因为至此便屏退凡夫，不准一同前往了。

山顶上是一个东西长、南北窄的平台，蔚蓝的天空与翠绿的山林相互映照，浓淡色彩历历分明。

玄奘在山上慢慢行走着，他看到东面山崖下有一块巨石，高一丈四五尺，方圆三十多步，这是提婆达多从远处掷石击佛的地点。

当时，就在这个悬崖上，提婆达多瞄准佛陀滚下一块巨石，却被佛陀闪身躲过，巨石撞到山崖上，崩开的碎块打中了佛陀的大脚趾，致使佛足流血。

惊慌失措的阿难跑过来，气愤地说道：“一定又是提婆达多要害如来，真是个懦夫！如来的处境太危险了！”

佛陀安详地回答道：“用暴力或阴谋想要取得胜利，这是不可能的事情。你说，做这件事的是提婆达多，可能是的，但也有可能不是。你不要着急，如来的处境不危险，危险的是你，你看看你刚才的样子。”

阿难这才意识到自己的失态，不禁面露羞愧之色。

如今，玄奘站在这里俯瞰大地，清凉的空气使他头脑清醒。雨季后的晴空万里无云，恒河犹如一条丝带，时分时合，逶迤着从田野中穿过，远处的王舍城、青山、绿茵、阡陌尽收眼底……

这美丽的景色令玄奘的心为之一爽，病也似乎好了一半。遥想当年，佛陀也曾站在这里，眺望摩揭陀城的情形……

山崖的南面有一宽大石室，当初如来曾经在此入定。

除此之外，还有舍利弗等大阿罗汉入定的石室，舍利弗的石室前有一口井，井内已经干涸无水。

崖下石涧之中，有一块巨大的磐石，这是如来曝晒袈裟之处，石上留有清晰的衣服纹印，洁白光滑，犹如雕刻。旁边一块石上有佛陀的足迹，足底轮相的纹样虽然有些模糊，但是大致轮廓依然可见。

当然，这里最主要的遗迹还是在西侧悬崖处，一座青砖建成的精舍，形制奇特，门朝东开。可惜精舍已经毁塌大半，很多地方只存地基。所幸的是，里面的佛陀说法像依然存在，这让玄奘心中稍觉宽慰。

他慢慢走到莲花台前，只见眼前的佛陀神情自若，眼睛低垂，半睁半闭，慈祥而又平和……

第32章

我活着就是为了等你

散花礼拜后，玄奘并没有立即离开，而是就这么静静地站立在佛像面前，仿佛看到了佛陀寂静不动的容貌背后，存在着一种不可思议的热爱和情感，那是一种超乎七情六欲的无穷定力，是在一切鬼怪妖魔的进攻面前百毒不侵、我自岿然不动的从容，是生机勃勃和无穷无尽的智慧，是战胜一切困难的决心和毅力……

蓦然，他又想到了法显，当年，七十高龄的法显大师来灵山朝觐，独自一人登上山顶，他在《佛国记》中说：

“佛昔于此说《首楞严》，法显生不值佛，但见遗迹处所而已。即于石窟前诵《首楞严》，停止一宿。”

语气中充满了深深的虔诚和遗憾。

玄奘觉得自己的遗憾甚于法显大师，大师当年在此山上，尚可于石窟中见到《楞严经》，心中如同见到了佛陀真身。而自己到目前为止，还没有看到过《楞严经》的一言半句，这山顶石窟内空空如也，哪里有什么《楞严经》的影子？

玄奘是听说过《楞严经》的，早在南北朝后期，就有印度高僧从水路来到中原，拜访了浙江天台山的智者大师。两位异国大德相见之后交流甚欢，当听说智者大师依据《妙法莲华经》独创了修行中的止观法门之后，这位印度僧人惊讶不已地告诉他，这种止观中三种观照的观点和印度《首楞严经》中的意趣完全相符！

智者大师闻言大喜，他一生弘扬天台止观，成就殊胜，却对《妙法莲华经》中的六根功德来源心有疑念，于是便诚心向印度僧人请教。

印度僧人告诉他说，在《楞严经》中，有关这方面义理的阐述十分详尽。但因为当地国王将此经视若国宝，严禁外传至他国，印度本地僧人不得携此经出境，严令曾经习学背记者不得出关。至于外国僧侣，就更是连看都看不到了。他对此经也只是大概地看过一点儿，并未花时间学习和背诵，否则也不可能离开印度到中原来。

听了这话，智者大师心中对这部素未谋面的《楞严经》更感兴趣，很想能够尽快拜读。可惜他年纪大了，天台宗又有很多事情要做，无法在这种情况下远行求法。

印度僧人离开后，智者大师特地在天台山的华顶上设置了一个“拜经台”，面向西方印度的方向虔诚礼拜。他期望能以自己的虔心建立一个善缘，让此经有机会传到东土。

这一拜就是十八年，然而直到智者大师圆寂，竟一直无缘亲见此经。

智者大师圆寂的时候，玄奘尚未出世，这个故事是他在国内游学时听江南一带的僧人讲的。当时就十分感慨，如今到了佛陀宣讲此经的地方，心中的感慨就更深了。

印度国王视此经为国宝，不令外传。这在玄奘看来，是一件很不能理解的事情。

佛法当然是宝，那是因为它属于众生，对众生有着莫大的功德利益。法贵流通，束之高阁绝不是恭敬的做法。

可叹那些印度国王不知道是怎么想的。法显大师竟能在此读到《楞严经》，也算难得的缘法了。

玄奘也修止观，他是大乘唯识宗学者，而唯识学的建立，就同瑜伽师的止观经验有关。所谓“诸识所缘，唯识所现”的道理，就是他们通过修习止观体悟出来的。

因而，作为一名唯识学者，在平常的修行中，瑜伽止观是非常重要的组成部分。《解深密经·分别瑜伽品》中，专门介绍了瑜伽止观的修习方法。而玄奘准备去学习求取的《瑜伽师地论》，也是以瑜伽师的修行次第为线索，建立三乘的修证体系。

《楞严经》中也有关于止观的修行法门，这使得玄奘也不禁对此书产生了浓浓的兴趣。

据说，当时的法显大师在灵鹫山上露宿一夜，彻夜诵读《楞严经》。第二天一早，当他顺着一条山间小径往回走时，迎面走来一位须眉皆白的老僧，服饰素雅，神韵清峻，看年纪至少九十岁了！法显大师暗暗称奇——都说我年纪大了上不得山，这位老修行的年纪不是更大吗？

心里这么想着，却也没有特别在意，点头致意后，便提步绕过去继续行走。

行不多远，又遇见一名小僧，他将法显大师拦下，疑惑地问道：“你见到头陀摩诃迦叶，为何毫无喜意，更不与之交谈？”

法显大师猛然醒悟，后悔不迭，急忙返身追赶。只跑出数步，但见小径被横石阻挡，无法前行，只得流涕而归……

对于法显前辈的经历，玄奘自是敬慕不已，于是也决定在这灵山顶上露宿一夜。

他倒不指望能见到摩诃迦叶尊者，这个是需要缘分的，而他连看到《楞严经》的缘分都没有，还有什么可说的呢？

也不是为了展示虔诚，因为他心里清楚得很，一个人对佛的虔诚心再坚定，也拯救不了这个世界，他自己就是个现成的例子。

他留在山上只是因为他爱山，记得当年从蜀道入川的时候他就跟长捷兄长说过，希望有朝一日能够找一处山林终老。何况这里是灵山，是佛陀讲经说法的地方，山间时有云雾缭绕，好似仙境一般，不被世俗所影响。

玄奘很喜欢这种安宁，自从少年时为避战乱离开洛阳，他好像就再没有享受过安宁的日子。

在他眼里，世间最大的悲哀，莫过于明明已经厌倦了漂泊，却又不得不漂泊。

仰望苍穹，一轮明月高悬在深蓝色的夜空中，月光像水一样倾泻下来，洒在他的脸上，又缓缓地流到地上，仿佛要涤尽这世间哀愁。

他轻叹，灵山遗世独立，而他终究属于世俗。

第二天一早，玄奘下了山，循着梦中的声音继续前行，接近正午时分，他终于抵达了他的目的地——孤山精舍。

孤山精舍自然是坐落在孤山之上，此山高大险峻，树木茂盛，各种名贵鲜花遍布山崖，清澈的泉流环绕着一座朴素的竹制精舍。

精舍内供奉着一尊观自在菩萨圣像，尺寸虽然不大，但是神态威严，令人肃然起敬。

常有信徒到这里来祈祷，据说只要禁断饮食，约束杂念，或一七日，或二七日，心诚意专地祈请，便可看到菩萨从檀像中走出来，慈音慰喻，满其所愿。

后来，由于前来祈愿的人太多，精舍的守护者怕污了圣像，便在佛像周围七步外竖起栏杆，前来礼拜和祈愿的人只许站在栏外，不准靠近圣像。就算要供养菩萨鲜花，也只能遥遥掷撒。如果幸运的话，抛出去的花朵刚好飘落在菩萨的圣像上，那便是吉祥如愿的佳兆。

这些，都是当日他在菩提树下打坐时，那些僧侣居士告诉他的。

玄奘一直觉得，自己同观自在菩萨有着某种宿世因缘。想当初，他就是靠诵念菩萨的《心经》，才得以走出莫贺延碛的。他相信这一次，菩萨依然可以帮他。

他毕竟是个佛教徒，在很多时候，特别是自己不能想通和禅悟的时候，便会很自然地去追求佛陀、菩萨对自己的指点。

这一次，他专程来到孤山精舍，就是想从菩萨这里得到一个明确的答复。

两名精舍守护者将玄奘迎进正殿，他们惊讶地打量着这个容貌清癯的外国僧侣——他显然走了很长的路，看上去疲劳又憔悴，身上那件褪色的长袍已经被汗水浸透。然而其目光却极为清亮，漆黑色的眸子中隐隐透出几分执着与疯狂……

“莫非他就是那烂陀大德们要找的玄奘法师？”

“一定是他！”两名守护人窃窃私语道。

玄奘没有听见他们的谈话，他的目光聚焦在殿中央的观自在菩萨圣像上，径直走了过去。

这里的菩萨高鼻深目，有着与中原大不相同的相貌，但手印是不变的，一手捏印，一手持杨枝。最重要的是，菩萨一如既往地慈眉善目，光彩照人，似乎总是在倾听着什么。

玄奘心中一酸，合掌恭敬地礼拜后，将一路采集的花编穿成三个花鬘，捧到菩萨的面前……

他完全没有注意到精舍旁边拴着的七匹马，其中一匹正是他的银踪，更没注意到就在旁边的灵庙里，走出了六个衣着整齐、面貌庄严的僧侣——正是般若羯罗和海慧法师，以及那烂陀寺的四位高僧。

原来，得知玄奘欲往孤山精舍，这些僧人于昨天傍晚就骑马赶了过来，并在精舍旁边的灵庙里住了一夜。由于玄奘一直没来，几位高僧很是为他担心了一阵。

现在，隔着敞开的门扉，他们看到玄奘正在菩萨像前虔诚礼拜，众人悬着的心这才终于落了下来。

海慧法师朝迎过来的精舍守护人摆了摆手，示意他不要说话，然后领着众人小心翼翼地走了出来，站在玄奘的身后。

圣像前的玄奘心无旁骛，身外的一切均与他无关。他面向菩萨，轻声说道：“弟子玄奘，自东土长安一路西行，承蒙菩萨慈悲护佑，方才到此，心中感恩不尽。可是弟子终究只是一介凡夫，业障深重，烦恼未断，只怕要辜负菩萨的厚爱了。”说到这里，他的声音哽咽起来，“玄奘有三愿要发，希望菩萨能给予提示，让玄奘可以继续走完这条路。否则，就让玄奘的生命在此终结吧。”

般若羯罗没有想到，玄奘竟会说出这样的话来，他心中酸楚，一时竟不知该说什么才好。

海慧法师却暗暗松了一口气，因为他知道，一个人若是还有痛苦，那便是没有完全绝望。

玄奘又朝着菩萨圣像深施一礼，低低地说道：“第一愿，玄奘不远万里来此求法，就像鸿雁一般历尽艰辛，如学成后能平安归国，希望花落尊手。”

说罢，他闭上眼，虔诚地默祷一番，便将手中一只花鬘远远地抛出。

由于疾病和疲劳，他的动作有些轻软无力，但是在场的每个人都惊讶地看到，花鬘在空中画了一道优美的弧线，竟稳稳地戴在了圣像的右手腕上。

见此情形，般若羯罗和海慧法师均欣喜无比，忍不住在心中默念了一句佛号。

玄奘的精神不觉为之一振，他想，菩萨果然慈悲。或许，事情远没有他想象得那么糟糕，佛教还可以继续兴旺起来。

于是，他执起第二只花鬘，恭敬地说道：“玄奘福薄，未能与佛共生于世，亲聆教诲，心中常自遗憾。唯愿以所修福慧，令我得生睹史罗宫，亲事弥勒菩萨，他日随佛降世，广度众生。若能如愿，愿花贯圣像之肩。”

站在他身后的六位高僧眼睁睁地看到，轻旋的花鬘在空中很自然地垂下，穿过菩萨举起的左臂，轻轻滑落在佛像的肩上，摇晃数下，便静止不动了。

真是从未有过的殊胜啊！海慧法师慨叹不已，难怪正法藏戒贤长老以年迈多病之身，一直在等着他；难怪他进入印度以来，所到之处，人人敬重；难怪到处都是有关他的奇异传闻。看来，这位异乡僧侣果然有些与众不同之处。

这时，玄奘已经执起第三只花鬘，他面色庄严，声音沉稳地说道：“圣教称，众生界中，有一分没有佛性。玄奘对此深为自疑，如若弟子也有佛性，依靠修行可以成佛，愿花贯菩萨项颈。”

般若羯罗闻言愣住了，他知道大乘瑜伽行派中称，有一分众生没有佛性，永远不能成佛。却没有想到这件事竟会对玄奘构成困扰。一个自幼出家、行过千山万水来到佛国求法的高僧，居然会怀疑自己没有佛性！这在般若羯罗看来，简直不可思议。

看来，印度佛法的衰落，菩提树下的所见所闻，真的对他的心灵造成了前所未有的沉重打击！

而更令般若羯罗和在场众僧没有想到的是，玄奘竟会在菩萨和大众面前，将自己心中的困扰和不安毫无遮拦地说了出来。

“真是个坦荡的佛子啊！”海慧法师感慨地想到。

众人正惊疑间，却见玄奘已将手中的花鬘掷到空中，这一次，他掷得十分有力，就连花鬘都似乎感受到了这个僧侣心中的坚决与坚定——在场的每一个人都紧盯着那些花朵，它们稳稳地飞到圣像的头顶，旋转着落下，在触及石质的一刹那，人们仿佛看到有奇光迸射而出，一股浓香在大殿中散发开来，五彩的花鬘已套在菩萨的颈项之上！

“慈悲而又自在的佛陀啊！”两名守护人早已激动万分，上前顶礼玄奘，吻足庆贺道，“这真是前所未见的祥瑞！将来法师必定成佛，请不要忘记今天的因缘，一定要先来度化我们啊！”

玄奘静静地站立在石像前，只觉得一股淡淡的清凉之气自心底升起，迅速地弥漫全身。此时此刻，他已经完全确定了自己的使命，那就是阅尽印度所有佛祖遗迹，遍访名师，遍习经典，参透领悟一切佛法真谛，弘扬佛法，让更多的人获得解脱。

而眼下，他必须立即前往那烂陀寺求经学法，尽自己的力量整顿印度佛教，然后将那些圣典尽可能地带回中原，以利中原百姓，拯救佛法经典和延续法脉……

刚想到这里，眼前又鬼使神差般地出现了那个著名的魔王，目光阴恻，在朝他冷笑——

“你一介凡夫，凭什么与我作对？”

“波旬居士。”他双手合十，用汉语轻轻说道，“虽然你控制了整个欲界，但是，你遇到了佛陀。他拥有无上的智慧和慈悲，他已将你完全打败。作为佛的弟子，我虽不及他的万一，但我了解你的底细，我也会打败你！”

魔王的形象在他的眼前逐渐融化，消失……玄奘轻轻松了一口气，他历尽劫波，终于度过了他在印度求学中要处理好的第一件事——面对佛教在印度的现实状况。

两名守护人等了一会儿，不见玄奘答话，有些奇怪，怯怯地呼唤了一声：“法师……”

玄奘这才清醒过来，他看到两名白衣男子战栗着伏在自己脚下，连忙施礼和搀扶：“二位檀越快快请起……”

“玄奘法师！”般若羯罗激动地走了过来。

见到故人，玄奘心中一喜道：“羯罗师兄，你怎么来了？”

“我来很久了。”般若羯罗笑道，“在那烂陀寺等了你好些日子，也没见你过去，只好来找你了。”

“玄奘惭愧，让师兄久等！”

“法师不必惭愧。”海慧法师也已走了过来，“老衲是那烂陀寺的常住僧人，法号海慧。适才有幸见到法师许愿的全部过程，真是殊胜至极啊！现特率那烂陀寺四位高僧大德，代表正法藏戒贤尊者，前来邀请玄奘法师到那烂陀寺驻锡。”

说罢合掌施礼，在他身后的四位高僧与般若羯罗也都一起合掌，齐宣佛号。

“诸位大师太客气了。”玄奘连忙还礼道，“弟子到印度来，原本就是要去那烂陀寺求经学法。只是弟子学识浅薄，担心贻笑于诸位大德，因而迟迟不敢前去叩门。”

海慧法师感叹道：“法师太过谦逊了，那烂陀寺以能请到法师这样的大德为荣。”

两名精舍守护人呆立在一旁，听着这些僧侣的对话，又看到玄奘神采奕奕，脸上已没有了丝毫病容，心中都不禁暗暗称奇。

离开孤山精舍的时候，玄奘骑在银踪马上，又忍不住回头，朝那扇敞开的门里望了一眼。石制的观自在菩萨仍然在用慈悯的目光注视着他，他低落的心情在菩萨这里得到了最大的安慰——是的，佛教在印度的没落已经不能改变，但是对佛学经典的探求，对信仰的追求，使他又有了新的希望和启迪。

他仿佛听到菩萨用慈悯的声音对他说："要相信心中的希望一定会照亮你脚下的路，不要回头，玄奘，也不必感到困扰和担忧，照你心中所想的去做吧。

"世界是你的影子，你必须承受的一切，你所想念的一切，你希望努力去做的一切，你渴望领悟的一切，皆是你能变的心识所起的境相。所以，你就是这个世界。

"回避不是修行，恐惧也不是修行。一个修行者必须秉承如下圣谛：存在着苦难，存在着产生苦难的原因，苦难的原因可以消除，存在着实现这一目的的途径。

"这，就是四圣谛[1]……"

玄奘终于看到了那座传说中的寺院，它被包裹在一大片茂密的庵没罗林中，一道赭红色的墙体若隐若现，宏大的规模在求法僧的眼中铺展开来……

他是被成百上千热情的僧人和居士簇拥着来到这里的。

刚刚离开孤山精舍时，玄奘还只是同海慧法师、般若羯罗等六人同行。不承想，途中经过目犍连尊者的故乡拘理迦邑，远远地便听到梵乐悠扬，原来那烂陀寺又派出了两百多名僧侣和一千多名善信，手持宝盖旌幢，一路焚香散花前来迎接他们。

这之后，越是接近那烂陀寺，这支欢迎的队伍越是浩大。身边的空气中一直回荡着各种花香和檀香的气息，人们热情如火，不停地用长诗赞美着玄奘，就这样浩浩荡荡地行走了八九里路。

早在来此之前，玄奘就已对那烂陀寺有所了解，知道这座宏大的寺院大约建于两百年前，古老的梵文发音是Nalanda，其中Nalan的意思是"莲花"，在印度象征着知识，da的意思是"给予"，Nalanda的意思应该是"青色莲花"，引申意为"知识的给予者"。

而且，由于语言文化的不同，一词多义极其普遍，这座寺院还可译成"施无厌"，但玄奘显然更喜欢"知识的给予者"这个解释。

严格说起来，那烂陀寺并非单独一座寺庙，而是由一组寺庙组成的群落。在漫长的岁月里，先后有六代帝王在此营建寺院。

首先是帝日王，他是孔雀王朝时的国王，一向信奉佛教，崇敬三宝。他在这片丛林中建造了最初的那烂陀寺。

后来，帝日王的儿子觉护王继位后，在寺院的南边又新建了一所佛寺；如来王继位后，也如法炮制，在原寺的东面又建了一所新寺；幼日王继位之后，在这东北方向，又建起了一座佛寺……[2]

就这样，从帝日王一直到幼日王，先后六代国王在这里营造了一个庞大的佛寺群落，最后将所有寺庙用砖墙围起来，形成八个大院和三座藏经阁，成为全印度规模最宏大的寺院群！

这，就是现在的那烂陀寺[3]。

那烂陀寺后来受到历代王朝的供养，在佛陀与圣者的加持下，成为五印度正法的中心。

要维护这样一座庞大的寺院正常运转，当然需要强大的国力来支持。或许是佛陀的加被，印度历史上最为繁荣强盛的孔雀王朝的核心统治区域就在摩揭陀国，这给了那烂陀寺充分的物质保障。

在孔雀王朝强大国力的支持下，全印度的高僧都聚集到了这里，一处超越时代和地域的佛学圣地就此诞生!

到了笈多王朝时期，那烂陀已经成为名震海外的佛教大学。也许当时的人们都没有想到，在笈多王朝灭亡，佛教已经开始走向衰落的时候，这里却成为全世界佛教徒的圣地。除印度本土外，往东的南海诸国及狮子国等地都有众多的僧人来此进修。

更令人感到惊讶的是，这里不仅是佛教的中心，还是艺术、天文、医学、数学、自然科学等学问的中心，这些学科从那烂陀出发，经僧人的传播走向了世界。

一路西来，玄奘早已习惯了热情的迎接，本不易在心中掀起波澜。然而这一次，当他被欢迎的队伍簇拥着抵达那烂陀寺时，当他看到早已等候在寺院外广场上威严整肃的数千名僧人的时候，当他听到那热情诚挚的问候和祝福，闻到散发在空气中的花香的时候，还是情不自禁地心怀感动……

慈祥的维那师走上前来，向玄奘散花礼敬，并亲自击响犍椎。玄奘知道这鼓声意味着什么，从这一刻起，他已正式成为那烂陀寺的一员，可以平等享受寺内僧人的一切待遇。

在庄严的梵唱声中，二十名戒行精圆、威仪整肃的青年僧人走了过来，向玄奘合十行礼，玄奘也向这些同修恭敬地回礼。

站在最前面的僧人朗声开口道："正法藏得知法师前来，很是欢喜，希望能立即见到法师，请法师随我们来。"

听了这话，玄奘的心猛然跳了一下，他来印度求经，其中一个重要的心愿便是见到戒贤尊者。在他的心中，早已将这位尊者当作自己的导师。如今这个心愿即将实现，他的心中竟平白产生了一种很不真实的感觉。

就这样跟随着二十名青年同修，穿过层层叠叠、错落有致的殿宇和僧舍，玄奘发现他来到了一座宏大而庄严的法堂前。

眼前是一条铺设着整齐石板的长长的甬道，甬道的深处隐隐透着暗金色的光芒，温暖而又神秘……

玄奘回头看了看那二十名青年僧人，站在最前面的僧人冲他点了点头，示意他自己进去。

赤足踏在青石铺就的甬道上，静静感受着这份清凉舒爽和踏实的感觉，玄奘一时竟怀疑自己走在一条长长的时光回廊里，四周都是佛的光辉，这光辉温柔地包裹着他，令他仿佛又回到了婴儿时期，躺在母亲温柔的怀里……

他一步步地朝里迈进，就如同当年一步步地走出长安城，弱小的身躯行走在广袤的天地间，踩出一条莲花路。在他的前方，梵音袅袅，骤然响彻……

早在前往伽耶城的途中，玄奘就曾在一座孤山上瞻仰过一所著名的伽蓝，伽蓝的名字就叫戒贤寺，看上去极为壮观华丽。据说这座寺院是七十多年前，戒贤论师与外道辩论获胜后，施舍受封食邑而建造的。

戒贤论师出自东印度三摩呾吒国的王族，属婆罗门种姓。年少时曾经游历五印寻师求学，后在那烂陀寺遇见护法菩萨，听他说法后，开始坚信佛教觉悟妙理，于是出家为僧。

不久，他便精通了大乘瑜伽行派的理论，名声冠绝当代，美誉传布异国。

得到护法菩萨的真传后，戒贤长期住持那烂陀寺，弘传唯识教义。他依照《解深密经》《瑜伽师地论》等大乘经论，将佛教判为“有、空、中”三时，同时主张“五种姓”[4]说。

如今，已经一百零六岁的戒贤尊者，穷解三藏八万四千法门，总持如来一切法藏，无论道德、学问都为五印之冠，受到各国国王和僧众俗民的敬仰，人们尊称他为“大三藏尸罗跋陀罗”，意为“正法藏”。

玄奘知道自己与戒贤尊者会有思维上的碰撞，但这并不妨碍他对尊者五体投地地尊敬。随着他的脚步一步步地深入，心中更是升起一股神圣的感觉，仿佛他在久远劫以前就在等待着这一天了……

终于，他在甬道的尽头处看到了自己朝思暮想的导师——身披深红色的九带僧衣，胡须白得像雪，满面皱纹，一双悲悯的慈目朝他凝望，目光中似有着深深的期许……

见到这位长者的第一眼，玄奘便更加印证了自己心中的想法，那种似曾相识的感觉是如此强烈，他恍然觉得自己与这位素未谋面的导师之间有着某种夙世的因缘……

他不知自己是何时踏上殿堂的，又是如何对着戒贤尊者行弟子礼的。只知道当他的思维又重新回到头脑中时，已经合掌长跪在尊者的面前。

戒贤尊者目光柔和，眼中似有一层氤氲的云雾，带着清凉的水汽若隐若现。他缓缓伸出右手，为远来的弟子摩顶。宽厚的手掌上带着檀香的气息和温暖的感觉，传达着一位长者和智者深深的祝福。

玄奘伏在地上，一滴清泪悄然滴下，落在长者的脚趾上……

“法师从何处来？”长老的声音像是从很遥远的天际传出。

“从东方汉地至那国来，欲依师学《瑜伽师地论》。”玄奘的声音很轻，恭敬地答道。

“法师在路上几年？”

“弟子从长安出发，历时三年到达北印度。后在北印、中印各国游学，至此又是两年。”

说到这里，玄奘心中升起一丝感慨——真快呀，想不到我竟在路上走了这么久！

尊者也在暗自感慨——真快呀，距离菩萨的开示已经过去了这么久！

殿堂里仿佛落下了雨点，一滴一滴落在玄奘的手上，透着几分温热的感觉。玄奘略有几分困惑地抬起头，他看到了什么？原本法相庄严的戒贤尊者竟已是泪流满面！

“菩萨慈悲！”尊者的声音微微颤抖，“五年了，我终于等到你了……”

这时，外面的数百僧侣也都依次走了进来，向戒贤尊者顶礼。

尊者稍稍平复了一下心神，悲悯的目光环顾四周，然后举起一只手，令弟子广敷床座。

玄奘与诸僧落座后，尊者这才轻轻说道：“我今年一百零六岁了，之所以活这么久，就是为了等你。这段因缘，除了觉贤，我从未对任何人说起过……”

这满怀着感恩和庄严的语调令玄奘略觉意外，但他仍然静静地坐着，没有说话。

在圣者面前，没有必要做那些多余的客套。

尊者叹息道：“生命真是漫长啊！我老了，气力不支。觉贤，这段因缘就由你来为大众讲解吧。”

“是，正法藏。”年逾古稀的觉贤长老早已激动得满面泪水，他恭敬地上前领命，向大家讲述了一段发生在五年前的痛苦往事——

谁也不知道，那烂陀寺的大长老，一向法相庄严的正法藏戒贤尊者，竟然患有严重的痛风症，病发时手足痉挛，全身关节如被火烧刀刺，痛苦难当。

长期病痛造成的痛苦主要还是心理上的折磨，当一个人在长达二十年的时间里一直被某种疼痛骚扰，就会产生深深的焦虑和恐慌，以致身心俱疲。

不过，尊者是个得道之人，常念出家人身空不受，又不希望别人为他担心，是以一直隐忍不发。除弟子觉贤外，全寺上下竟无一人知道他的痛苦。

可他毕竟仍是凡夫之身，特别是在五年前，病情突然加剧，以致到了难以忍受的地步。尊者感叹自己业障深重，同时又深深地厌恶此身，厌离此世，终于做出了一个决定——欲绝食取灭。

他将自己深思熟虑后的打算告诉了弟子觉贤，觉贤长老虽心中难舍，却也无力劝阻，因为他知道，这是帮助师尊从痛苦中解脱出来的唯一方式。

然而就在当天夜里，尊者于半梦半醒之间，看到一位金色的天人从天而降，责问他为何要行此不智之事，舍弃此身。

这天人便是曼殊室利菩萨，他告诉戒贤，不要因为此身难安就将其弃之，这是愚蠢的举动。你在过去世中曾做过国王，多恼众生，故招此报。现如今你应当观省宿业，至诚忏悔，显扬正法，遍及未闻，则病痛自会消除。而不是舍弃多年的修行，去做此无益之事。

尊者闻听此言，心生痛悔，于是至诚礼拜，忏悔往昔罪业。

菩萨又道："在遥远的东方国度，有一个僧人，乐通大法，远道而来向你学习，如今就要上路了。你当安心等他前来，传法与他。此事功德不可称量，你要切记。"

说罢寂然不见。尊者醒来，回思梦中情形，历历在目，心中隐隐觉得此事不可思议。那烂陀寺名扬五印，时有外国僧侣前来求学，原本不足为奇。菩萨如此珍而重之地托梦于他，要他忍耐病苦等待的这位东土僧侣，究竟是何许人也？

但是不管怎么说，菩萨的指示总是要听的，戒贤从此打消了自行入灭的念头，以修定来安稳此身，力扬正法，病痛居然逐渐减轻了。

觉贤长老讲完之后，现场僧众无不唏嘘感叹，这种跨越时空的宿命因缘震动了所有人，也让戒贤尊者感慨万分，多年的等待终于有了一个结果，诚可谓悲喜交集！

玄奘心中也是既意外又感动，想不到自己的西行之旅竟然真的惊动了菩萨。他立即起身，再次礼谢道："弟子玄奘，自当尽力听习，愿师尊慈悲，摄受教诲。"

戒贤尊者伸手将他拉了起来，望着这张庄重虔诚的年轻面孔，回想起当年菩萨的重托，一时竟有种恍然若梦的感觉。

---

[1]四圣谛为"苦、集、灭、道"，即告诉人们人生的本质是苦，以及之所以苦的原因、消除苦的方法和达到涅槃的最终目的。

[2]帝日王梵名铄迦罗阿迭多，觉护王即佛陀毱多王；如来王即呾他揭多鞠多王；幼日王即婆罗阿迭多王。

[3]那烂陀寺坐落在今印度比哈尔邦中部都会巴特那东南90千米处，是印度著名的旅游胜地。1861年，英国考古学家康宁汉姆对照玄奘的《大唐西域记》发现了这处遗址。玄奘记载这里有108处院落，目前只发掘了11处。尽管发掘出来的部分只及它全部的十分之一，但已有数千米长，分休息、生活、寺庙三部分，有淋浴间、书房，书房内还有铜做的座台，显示出昔日寺院的豪华。

[4]佛教的"五种姓"说与印度世俗的"五种姓"说并不一致，依据《大乘入楞伽经》，将众生分为佛种姓、缘觉种姓、声闻种姓、不定种姓和无种姓。此五种种姓，证得的果位不同。

这五种姓的划分不以家庭出身为依据，而是由阿赖耶识中无漏种子（没有烦恼所污）和有漏种子（为烦恼所污）所决定。同一家庭之中可能这五类种姓皆有，但在承认人的差异性上却大同小异。

图书在版编目（CIP）数据

行者玄奘. 5 / 昌如著. — 北京：北京联合出版公司，2017.6
ISBN 978-7-5596-0446-0

Ⅰ. ①行… Ⅱ. ①昌… Ⅲ. ①长篇小说－中国－当代
Ⅳ. ①I247.5

中国版本图书馆CIP数据核字（2017）第115702号

行者玄奘. 5

作　　者：昌　如
选题策划：北京磨铁图书有限公司
责任编辑：昝亚会　夏应鹏
封面绘画：翁子扬
装帧设计：颜森设计　刘珍珍

北京联合出版公司出版
（北京市西城区德外大街83号楼9层　100088）
三河市冀华印务有限公司印刷　新华书店经销
字数428千字　700毫米×980毫米　1/16　印张22
2017年7月第1版　2017年7月第1次印刷

ISBN 978-7-5596-0446-0
定价：36.80元